LUCIEN BODARD · DER KONSUL

Lucien Bodard

Der Konsul

Roman

R. Piper & Co. Verlag

Aus dem Französischen von Rolf und Hedda Soellner

Die Originalausgabe erschien unter dem Titel »Monsieur le Consul« bei den Editions Grasset et Fasquelle, Paris

ISBN 3-492-02103-4

Gesetzt aus der Monotype Garamond-Antiqua
Gesamtherstellung: Salzer - Ueberreuter, Wien
Printed in Austria

Erster Teil

Szetschuan

Für Marie

Die junge Frau richtet den Blick auf die schmale Einfahrt zur Stromenge. Das Lächeln auf dem ovalen Gesicht unter dem reichen schwarzen Haar ist schwer zu deuten. Ihr Mann sitzt neben ihr, wachsam, würdig, proper, wie aus dem Ei gepellt, mit wohlgebürstetem Schnurrbärtchen und tadellosem Scheitel, und spricht die angemessenen Worte: »Ängstigen Sie sich nicht, Mimi.« Die Dschunke ächzt. Der chinesische Steuermann hängt an seinem Ruder wie am Marterholz. Ringsum brodeln die Wasser.

Ein Jahr ist es her, seit Anne Marie geheiratet und ihr Heimatstädtchen im Anjou verlassen hat. Jetzt fährt sie schon seit mehr als zwanzig Tagen den Yangtsekiang stromauf. Und Schanghai, die Metropole des weißen Mannes, des Gold- und Geldmannes, des Gentleman der tropischen Breiten, ist nur noch eine Seifenblase, die in der Zeit entschwebte. Danach ein verrosteter Dampfer und ein trunksüchtiger englischer Kapitän mit blutunterlaufenen Augen. Dem war alles egal, ganz besonders die Ladung Chinesen, diese Menschenklumpen, die auf Deck zwischen ihre Bündel gepfercht waren. Danach Häfen, Docks, Beladen und Löschen, Empfänge in den Klubs der ausländischen Konzessionen, Banketts, Ansprachen: das eiserne Ritual des siegreichen Kolonialismus, ein Protokollmedley aus französischem Geschwätz und britischen Witzen. Whisky. Säufer im Smoking. Chinesische Diener, die darauf dressiert waren, nichts zu hören. Die Gespräche kreisten endlos um das Business und die Unverschämtheiten dieser gelben Schweine. Ein ganzes Protokoll, das Anne Marie unter dem billigenden Auge ihres Gatten diskret zu meistern lernt. Er lobt sie: »Gut, sehr gut. Sie haben sich gut aus der Affäre gezogen.« Seinerseits ein zufriedenes Lächeln, auf ihrer Seite Gleichgültigkeit.

Dann ein noch älterer, noch verrotteterer, noch überladenerer Dampfer und als »Skipper« ein totenbleicher fetter Mensch undefinierbarer Rasse, der typische »old China hand«. Er spricht nur in Beschimpfungen zu seinen chinesischen Matrosen, die sich krümmen, mit Schulterblättern und Wangen grimassieren, um ihren Gehorsam auszudrücken. Alles an Bord ist verwahrlost. Gelblicher Dunst lastet auf einem wäßrigen Universum, eine Schlammschicht ohne Grenzen, ohne Ende, ein einziges Klatschen. Rostige

Wasser, zerfressen von China, von Gewimmel aller Art, von unsichtbaren Menschen, die sich auf Planken drängen, auf Flößen, auf Sampans. Ein schwimmendes Volk. Anne Marie erblickt ein Stück Segel, die Spitze eines Mastbaums. Diese Visionen gleiten vorüber und entschwinden. Eines Abends ein Aufprall, ein aufgeschlitztes Fahrzeug, versinkende Leiber. Anne Maries Schiff hält sich nicht auf. Der Kapitän trinkt aus einer Flasche. Die Gesichter der himmlischen Passagiere sind eine Mauer aus Teilnahmslosigkeit: Augen, Runzeln, die sich nicht bewegen. Anne Marie ist betroffen aufgesprungen, ihr Mann zieht sie am Ärmel: »Schweigen Sie, das schickt sich nicht.« Er lehrt sie China kennen.

Endlich hört die Landschaft auf, inexistent zu sein. Vor Anne Maries Augen erscheint die barbarische Pracht, der bizarre Formenreichtum des alten China. Tempel voller Monstren, Dächer, die in Drachenschwänze ausschwingen, Statuen mit verzerrten Zügen, zinnenbewehrte Mauern, geringelte Türme gleich steil aufgerichteten Raupen, von Glocken schwirrend. Aus einer Bucht glotzen Augen auf hölzernen Schiffsrümpfen. Es sind die Augen der Dschunken, die den Fallen Trotz bieten, welche die Wassergeister in den Stromengen des Yangtsekiang bereithalten. Die Dampfer fahren nur bis hierher. Wer weiter will, muß eines dieser hölzernen Boote mieten.

Es ist Sonntagmittag, als Anne Marie auf ihrer Dschunke in diesen Alptraum einzieht. In einen dieser gräßlichen Nachtmahre, in denen man in einem tiefen und engen Gefängnis steckt: einem unheimlichen Loch. Kein richtiges Tageslicht mehr. Graubleiche Helle fällt von den kahlen, glatten Wänden, aus einer Höhe von zwei- bis dreitausend Metern. Gleichlaufende Wände, bedrängende Wände. An ihrem Fuß im Halbdunkel das Wasser. Dieser gewaltige Korridor, den der Strom ins Gebirge sägt, windet sich wie ein Darm, wie Gekröse. Die Steilflächen sind abgeschunden, der rötliche Fels gleicht Rinderfleisch am Haken. Stellenweise wird die Durchfahrt noch düsterer, nimmt die Bleitöne von Trauerfarben an.

Angst. Anne Maries Mann drückt ihre Hand. Er hat diese Stromengen schon früher passiert, mitten in der Monsunzeit, wenn die eingezwängten Wasser vierzig, fünfzig Meter hoch steigen und nur noch eine einzige Schnelle sind, ein einziger

Blitz. Die Wellen sind dann Schwertklingen, metallisches Leuchten, sie kreuzen sich in Wirbeln, in Trichtern, in denen die Boote sich wie Kreisel drehen, ehe sie wieder loskommen. Bei Hochwasser zerschellen viele Dschunken, vor allem stromab fahrende, an den zerklüfteten Bergflanken, werden von der ungeheuren Kraft der Stromschnellen dagegengeschleudert, besonders an Stellen, wo der Schraubstock des Flusses sich in scharfen Kurven krümmt. Unheilvolle Stätten, wo alles, was zerschellt, Fahrzeuge und Menschen, in den Tiefen verschwindet und mit fortgerissen wird, bis dorthin, wo der Yangtsekiang sich in die Ebenen ergießt.

Anne Maries Mann spielt den Furchtlosen. Er sagt zu ihr, daß jetzt Niedrigwasser sei, die Gefahr geringer. Vor Augen hat sie einen einzigen Schiffsfriedhof. Jede kleine Bucht ist voller Wracks. Der Yangtsekiang bei niedrigstem Wasserstand ist nicht mehr reißend, er ist nur ein brodelnder Kessel. Überall weiße Flecke, Schaumblumen, rund um zackige Felsvorsprünge, an deren Sprengung niemand je gedacht hat und auf denen sich die Fahrzeuge pfählen.

Stunden, Tage bleibt Anne Marie in dieser Erdkatastrophe gefangen, in diesem Toben, diesen wahnwitzig mäandernden Schlünden. Stetes Donnern der Wogen. Monotonie. Die Natur ist so schrecklich, daß sie alles Menschliche auszulöschen scheint. Nur noch verkrampfte und angespannte Schemen jagen auf entgegenkommenden Dschunken vorüber. Die ihre rückt Meter für Meter entlang einer schmalen Kerbe vor, die in die jähen Felsen eingeschnitten ist – keine Kerbe, ein Treidelpfad. Geschleppt, gezogen wird sie von Seilschaften nackter Männer, unter den Peitschenhieben der Aufseher. Diese Ziehkulis, Bodensatz des Elends, sterben fast alle mit zwanzig Jahren, unter den Schlägen oder an Erschöpfung. Anne Marie hört ihr Keuchen.

Anne Marie und ihr Ehemann, beide in Weiß gekleidet, blikken von Zeit zu Zeit zu den ragenden Felsgipfeln auf und fragen sich, ob sich von dort oben nicht Briganten auf sie stürzen werden. Briganten, mit denen man, wie Monsieur weiß, nur diskutieren, palavern, verhandeln muß. Grimmige Komödien, die allzuleicht in Mord, Blut und Hinrichtung umschlagen können. Die Unruhe des Mannes greift auf Anne Marie über. Ein wenig mehr Licht dringt zu ihr, als erweiterte sich die Schlucht. Und tatsächlich sieht sie am weniger steilen Abhang eine Wunde klaffen, eine Ausschachtung, eine Grotte, in der ein Tempel nistet, darauf zwei patinaüberzogene Buddhastatuen.

Eine Glocke ertönt. Gebet oder Angriffssignal? Auf dem Kulipfad steht ein Chinese im langen Gewand, ein runzeliges, öliges, verschlagenes, joviales Lächeln auf dem gelben Gesicht. Welche Drohung verbirgt sich wohl hinter diesem Lächeln? Welche Schmeichelei, welche Überredung, welche Erpressung? Die Dschunke hält an, und der Mann klettert an Bord. Er ist genau das, was der Franzose befürchtet: ein Abgesandter der Banditen, die in der Pagode ihr Hauptquartier aufgeschlagen haben. Anne Marie verharrt regungslos, aufrecht, wie gefühllos, während sie den heiseren Lauten des chinesischen Dialogs zwischen dem Unbekannten und ihrem Mann lauscht. Die Unterhaltung beginnt mit Höflichkeitsfloskeln, mit Verbeugungen. Dann verhärtet sich das Gesicht des Besuchers, seine Worte drücken Entschlossenheit aus, werden von Zornausbrüchen markiert, enden praktisch mit einem Ultimatum. Anne Marie begreift, daß dies Spiel ist, denn in China ist alles Spiel, und bei diesem Spiel geht es um ihren Kopf, um die Köpfe der anderen, um alle Köpfe.

Der leichenblasse Ehemann flüstert Anne Marie auf französisch zu: »Die Piraten fordern zweitausend Taels, eine enorme Summe. Und wenn ich sie ihnen gebe, verlangen sie noch mehr . . .« Vor der Pagode sieht sie beturbante Männer mit umgeschnallten Patronengurten. »Seien Sie nicht kleinlich«, sagt sie zu ihrem Mann, der aufs neue begonnen hat, sich auf chinesisch herumzustreiten.

Ein Silberpfeil blitzt über den Yangtsekiang. Trillerpfeifen, Schiffsschrauben, die durch die Strömung pflügen, die Fanfare, die Trikolore an einer Mastspitze, dann wühlen sich Granaten ins Gebirge. Das französische Kanonenboot. Der Unterhändler ist verschwunden, die Briganten ebenfalls. Das Schiff manövriert mühsam, um neben der Dschunke beizudrehen. Anne Marie, die wie immer über den Ereignissen steht, klettert das Fallreep hinauf. Ihr Mann folgt. Empfangscour durch die Schiffsoffiziere. Auf dem Kanonenboot trifft das Paar in Tschungking ein.

In Tschungking wurde ich wenig später geboren. Denn Anne Marie hatte mich während der Fahrt auf dem Yangtsekiang unter dem Herzen getragen. Vielleicht war ich das erste europäische Kind, das in dieser fernen Stadt zur Welt kam. Als Geburtshelfer fand sich ein Schiffsarzt, ein Rauhbein ohne Erfahrung auf diesem Gebiet. Er träufelte dem Neugeborenen Tropfen in die Augen, die davon zu weißlichen Kugeln gerannen, wie pochierte Eier. Wochenlang war ich blind. Anne Marie pflegte mich mit Gelassenheit, mein Vater regte sich auf. Dann taufte mich Monsignore Guébriant, der berühmteste Missionar Südchinas, ein Heiliger mit Wolfsrachen und langem Haar. Und nach Empfang des Sakraments wurde ich sehend.

In den folgenden Jahren lernte ich Tschungking kennen. Eine Stadt, auf einen Felsen gebaut, der aus dem Zusammenfluß wilder Ströme ragt, des Yangtsekiang und des Kialing. Wie Schorf, wie Räude überzieht sie den Berg. Oben die Paläste, darunter krallen sich die Hütten an den Steilhang. Fast senkrecht steigen die gewaltigen Treppen an, steinerne Stufen, abgenutzt von der Menschenflut, dem unaufhörlichen Auf und Ab der Menge auf der Suche nach Nahrung oder Lust.

Treppenstadt. Meine ersten Schritte tat ich auf diesen riesigen Stufen unter Anne Maries Schutz. Damals haben sich mir die ersten Bilder Chinas eingeprägt: Unrat und Aas.

Auf den untersten Treppenstufen wird täglich der größte Naturdüngermarkt der Welt abgehalten. Ich ergehe mich zwischen den stinkenden Kübeln, den Behältern voll menschlicher Fäkalien, die verkauft und gekauft werden, so lange vermengt, bis die gewünschte Zusammensetzung erreicht ist, die ideale Qualität. Es gibt Spezialmarken, Fabrikationsgeheimnisse. Es ist eine altehrwürdige Branche, die wie jede andere Betrug und Fälschungen kennt. Mein Vater hält sich die Nase zu, aber Anne Marie hat gelernt, den Geruch zu ignorieren, als könnte nichts an sie herankommen. Und ich rieche seit meiner frühesten Kindheit überhaupt nichts.

Dann bin ich die Treppe hinabgestiegen bis zu dem Bodensatz aus Schlamm und Gestank, den der Yangtsekiang hinterläßt, wenn er sich bei Niedrigwasser zurückzieht. Dort sprießen auf Bambuspfählen Strohhütten wie Pusteln. Ein unbeschreibliches Durcheinander von Menschen. Zur Regenzeit stürmen die Wogen wieder heran, beladen mit Schutt, den sie am Oberlauf von den Zauberbergen Tibets und des Himalaja abgerissen haben. Tierkadaver vermengen sich mit dem Pfahlwerk der schwimmenden Wohnungen, die gleichfalls in die Fluten stürzen. Der Stadtrat von Tschungking ermißt die herankommende Flut an der Anzahl der angespülten Leichen. Einmal sah ich den nackten und wie einen aufgeblasenen Schlauch angeschwollenen Leib eines kleinen Mädchens an der Böschung liegen.

Vom oberen Teil Tschungkings aus sieht man jenseits des Yangtsekiang die »Kanonenboote der Zivilisation« vor Anker liegen. Ein beruhigender Anblick. Aber als ich drei Jahre alt war, übersiedelten meine Eltern in die Stadt Tschengtu im Inneren der Provinz Szetschuan. Die wunderbarste Provinz Chinas, aber auch die rückständigste, denn sie ist von der Welt durch einen Ring gewaltiger Gebirge getrennt. Darin sind wie in einem natürlichen Käfig sechzig Millionen Menschen eingeschlossen, die noch immer in der Zeit des Konfuzius leben. Einzige Spuren der Neuzeit: ein paar Geräte und Feuerwaffen. Hier ist das China, das für Ausländer verboten ist. Keine Konzessionen mehr, keine Exterritorialität, keine Banken, keine Buildings. Nur Schönheit und Abenteuer.

Verschwommene Erinnerungen an die lange Reise. Weg vom Yangtsekiang und tief hinein ins Landesinnere. Keine Straßen, nur die Reisfurchen und die Bergpfade. Die ungebrochene Kraft der Natur, das Flammenmeer der Blüten, die terrassenförmigen Felder, die einander überpurzelnden Berge und die friedlichen Dörfer. Spöttische gelbe Gesichter. Mein Vater hat eine Karawane zusammengestellt, Pferde und Kulis befördern die Lebensmittel, die uns ein Leben auf europäische Art ermöglichen sollen. So zieht ein kompletter Krämerladen auf Packsätteln und Schultern fürbaß. Mein Vater reitet, meine Mutter und ich reisen auf Tragbetten. Keine unerfreulichen Begegnungen. Wir nächtigen in Herbergen, die Karawanserails gleichen.

Tschengtu, im Zentrum des Blühenden Reiches, in rotem Hügelland, eine Stadt, versunken auf dem Grund der Jahrhunderte, die nacheinander die Tatarenstadt, die Kaiserstadt und die Chinesenstadt abgelagert haben. Feudalherrschaft. Hier lebten etwa zwanzig Europäer, die von den Chinesen gerade noch geduldet werden.

Die Stadt umzogen mächtige zinnenbewehrte Wälle mit vier monumentalen Toren, die nachts geschlossen wurden. Darauf, mit Ketten befestigt oder auf Stangen gepfählt, die tägliche Ernte an abgeschnittenen Köpfen, blutgestriemt, die Haarschöpfe von Schweiß und Todesnaß verklebt, die Haut besudelt, seltsam gebräunt von ihrem Eintritt in das Reich der Ewigen Schatten, die Augen verdreht, das Weiße nach außen, oder nur leere Höhlen, Löcher, wenn sie ausgestochen wurden. Die Köpfe von Banditen, säumigen Zahlern, Widerspenstigen, die dem Kriegsherrn nicht nach dem Munde redeten. Ein Befehl auf den Lippen dieses Herrn, sein Finger, der sich zwischen seinem Federbusch und dem mächtigen Krummsäbel an seinem Gürtel hebt, und die Soldaten packen die Verurteilten, um sie zu köpfen oder zu pfählen. Auf den Pfählen winden sich die Menschen wie Würmer an einem Spieß.

Ich aber war glücklich. Ich hielt meinen Einzug in die Stadt auf Menschenrücken, auf einem Tragsessel: acht Kulis in Livree bildeten zwei Vierergespanne, die einander ablösten und keuchende Laute ausstießen, heiser und atemlos, als wäre ich eine erdrückende Bürde. Sie taten das mir zu Ehren, damit ich mich für eine gewichtige Persönlichkeit halten konnte. Auf meinem Hochsitz lernte ich, der Dreikäsehoch, die Menschenverachtung. Ich beherrschte die Welt, das Gewirr der Gäßchen, die überquollen von Urin, Auswurf, Exkrementen, Schmutz aller Art, so widerlich, daß der Auswurf der Menschheit Mühe hatte, all diese Auswürfe zu vertilgen. Gestank, Labyrinth, in dem das Halbdunkel das Unnennbare verbarg. Menschenmenge, Gestalten in Lumpen und Lumpen, auf Bambusstangen zum Trocknen gehängt. Meine Träger stießen die Bettler und die Aussätzigen beiseite, dieses Fleisch, das nur aus Wunden, Schorf und Fliegen bestand. Wirres Haar über Gesichtern, die keinem Geschlecht mehr angehörten, die nur noch Agonie waren. Aber diese menschlichen Larven, diese Geschöpfe, die bei lebendigem Leibe von innen vom Hunger und von außen von der Krankheit zerfressen werden, haben in China eine seltsame Macht. Was nicht tot ist, besitzt unbändigen Lebenswillen, eine furchtbare Technik, um dem Leben noch ein paar Augenblicke zu entreißen. Ihre Taktik besteht darin, daß sie sich zusammentun, um anzurücken, zu umzingeln, erneut anzugreifen, und dabei herzzerreißende Schreie ausstoßen, mitleiderregende Litaneien, aber auch düstere Drohungen murmeln, hämisch lachend die Gliedstummel schwingen. Sie treten in apokalyptischen Scharen auf – wohlberechnete Apokalypse, wohlgeordneter Wahnwitz. In Tschengtu haben sie ihren König und ihren Mirakelhof. Diese Elendsgestalten stürzen sich auf die vorüberkommenden Reichen, nicht um deren steinerne Herzen zu rühren, sondern damit sie sich mit ein paar Münzen von dieser Pestilenz loskaufen sollen. Vorausgesetzt, daß die Bettler sich nicht verrechnet haben, daß der Angegriffene nicht wirklich eine mächtige Persönlichkeit ist, seine Schergen hat, die vom Leder ziehen und zuschlagen, um Platz zu schaffen. Meine Kulis zum Beispiel stoßen zu.

Häufig werde ich auf meinem Sessel über Tote oder Sterbende hinweggetragen. Krepierte Bettler, Konkubinen, die Selbstmord verübt haben, verweste Leichen neugeborener Mädchen, die man in der Gosse ausgesetzt hat, entkräftete Leiber von Kulis, die unter der Last zusammenbrachen, elende Leiber von Bauern, die eine Hungersnot in die Stadt getrieben hat. Solange er glaubt, noch leben zu können, wehrt sich der Chinese und kämpft verbissen; doch dann kommt der Augenblick der Resignation; man seufzt nicht mehr, man nimmt nur noch hin. Wenn sie vor einem übermächtigen Schicksal stehen, vor dem Unvermeidlichen, so finden sie das letzte Lächeln, setzen sie den Stolz gegen den Untergang. Auf der Erde der Himmelssöhne kennt man keine Gnade für die Verlierer. Doch der Sterbende stirbt in Frieden, allein. In völliger Einsamkeit und zum letztenmal wahrt er das Gesicht, indem er den Tod akzeptiert. Die Menge, das Gewimmel, das Durcheinander weichen endlich vor ihm. Es ist gefährlich und bedeutet ein Sakrileg, einen Todeskampf zu stören. Haucht ein Mensch seine Seele aus, so wäre eine mitleidige Geste ihm gegenüber eine Herausforderung an die Natur, an die Götter und Menschen, die teuer zu stehen kommt. Denn sie kann die Geister erzürnen, die den Sterbenden umschweben, um sich ihrer Beute zu bemächtigen: des letzten Atemzugs. Jede Leiche ist gefährlich, denn sie ist umgeben von Ausdünstungen, Geistern, von einer höllischen Aura. Man begräbt die Leichen der Ärmsten auch nicht, man wirft sie in stinkende Winkel, unter die morschen Wälle, in die Flüsse. Häufig sieht man räudige Hunde an einem Schenkelknochen oder an Menschenhänden nagen.

Die Ungleichheit gilt noch mehr im Tode als im Leben. Die Armen werden nicht begraben. Das Hinscheiden eines Reichen ist ein Fest. Auf meinen Spaziergängen begegne ich oft prächtigen Aufzügen weißgekleideter Menschen, Männer und Frauen, wie wandelnde Grabtücher. Weiß ist die Farbe der Trauer. Die Straße füllt sich mit Wagen, mit Tragliegen, Hellebarden, Räucherstäben, festlichem Zeremoniell. Knallfrösche, Rasseln, Gongs, Wehgeschrei der Klageweiber, getragener Singsang der Bonzen, eine Art Gregorianischer Choral, worin das buddhistische »om« dominiert, das das Allumfassende bezeichnet. Ohrenbetäubender Lärm, um die Dämonen zu verjagen. Freudenfeuer. Flammen, die Papiergegenstände verzehren: Darstellungen der Besitztümer des Verstorbenen, die ihn nun ins Reich der Gelben Brunnen begleiten, damit er es auch dort bequem habe. Denn wenn auf dieser Erde, die er nun verläßt, alle Riten genau erfüllt werden, so erwartet ihn drüben das gleiche üppige Leben. Allein auf die Pietät kommt es an, auf die Pflichttreue, die Ahnentäfelchen, die Pracht der Zeremonien, wenn das Gesicht des Abgeschiedenen und seiner Nachkommen gewahrt sein soll. Die Söhne sind da, ernst und nach dem Rang geordnet, hinter dem Prunksarg, der seit Jahren schon als Gegenstand der Freude und des Trostes im Schlafzimmer des Mannes gestanden hat, der nun gestorben ist. Diskretion. Kein Schmerz. Als wären sie unfähig, Gefühle zu haben. Außerdem zählt der einzelne Mensch nicht. Nur die endlose Abfolge der Generationen, der Strom der Zeit, wo die Reichen sich in dieser und in der anderen Welt allen Vorteil sichern und vom Vater an den Sohn weitergeben.

Manchmal werde ich zu den Stadttoren gebracht, zu den grasbewachsenen Grabhügeln, mit denen die Ebene übersät ist, so weit das Auge reicht. Keine Zeichen, keine Mäler. Diese Tausende von Erdbuckeln bergen das Volk der angesehenen Toten. Das hier ist kein Friedhof. Die Natur hat die sterblichen Hüllen zurückgenommen. Aber diese noblen Toten fressen die armen Lebenden auf, indem sie den Boden besetzt halten, der Ernten hervorbringen könnte.

Ich liebe diese friedlichen Hügel. Ich wandere durch Wind und Staub, begegne Menschenkarawanen, langen Zügen von Kulis, die sich hüpfend fortbewegen, mit einem Hüpfen, das die Mühsal unter den Reissäcken oder den fünfzig bis hundert Kilo schweren Steinsalzblöcken mindern soll.

Als ich sechs Jahre alt geworden war, kamen zu meiner großen Freude die Pferdehändler zum Haus meiner Eltern, um ihnen für mich ein Pferd zu verkaufen. Was für ein endloses himmlisches Feilschen, während ich vor Ungeduld zapple. Ich erinnere mich an einen Brandfuchs, aber die Wahl meiner Eltern fällt auf ein braunes Fohlen. Gleichfalls ein stolzes Tier, es ähnelt den Rennern auf den himmlischen Fresken. Im phantastischen und elenden Alltag dieses Landes haben die Pferde für mich seit meiner Kindheit die Schönheit verkörpert. Dort, wo der Mensch nur ein Stück Vieh ist, ist das Pferd, auch noch unter dem Packsattel, auch noch so armselig, noch so ausgemergelt, sogar blutend von den Schlägen, die Verkörperung der Intelligenz. Das winzig kleine chinesische Pferd mit seinem schmalen Maul, den bebenden Nüstern und einem runden Bauch, der es im Gleichgewicht hält, kann sich überall bewegen, sein Fuß ist sicherer als der Fuß des Menschen, es ist zäher als der Mensch, spürt die Gefahr lang vor ihm, klettert besser als der Mensch in die Höhen und Tiefen der chaotischen Natur, auf den Pfaden der zehntausend Stufen in den Gebirgen Chinas, über die sich der Zug der Leiber und der Dinge wälzt. Es ist ebenso stolz, ebenso hartnäckig wie der Mensch und stirbt nur, wenn seine ganze Kraft verbraucht ist. Dann stochert der Treiber vergebens mit einem spitzen Stock in der Wunde herum, die er dem Tier hinter dem Ohr beigebracht hat, um es zum Weitergehen zu zwingen. Es legt sich hin, schließt die Augen, ein Haufen Pferdefleisch für das Schlachtermesser.

Mein Pferd ist mein Adelsprädikat. Von nun an bin ich ein großer Herr. Auch ein Reitknecht, ein Mafu, wurde sorgfältig für mich ausgesucht. Anfangs mochte ich ihn nicht, wegen seines verschlossenen Wesens, seiner schweren Züge und der geschlossenen Augen. Aber er kann stundenlang in seiner Stallburschenlivree hinter meinem Reittier herlaufen. Er wird mein erster Gefährte.

Ich lasse mich von meinem Pferd tragen und entdecke nach und nach die Eigentümlichkeiten Chinas: das unendliche Grauen und die unendliche Raffinesse. Beide ergänzen sich, sind einander unentbehrlich. Und so ist auch Tschengtu, diese Kloake, diese Galeere – wie übrigens alle chinesischen Städte jener Zeit –, zugleich ein Kleinod, eine einzige Freude.

Das Äußerste an Schmutz und an Luxus. Die ganze Stadt ist ein riesiger Markt für Fraß und Prostitution. Hier das Todesröcheln, dort die erlesenen Genüsse der Haifischflossen, der Kleinen Blume und der Singmädchen. Die seltsam schrillen und faszinierenden Stimmen der Mädchen, die die Gewinnzahlen der Tierkämpfe ausrufen. Das Kreischen der Weibsdrachen wird übertönt vom Klappern der elfenbeinernen Mah-Jongg-Steine, die geräuschvoll aufgesetzt werden und verkünden, daß das Leben ein Spiel ist. Rezitativ der Sängerinnen, Schminke der Transvestiten, Erwerb von Jungfernschaften, Verkauf von Sklaven, rote Truhen der Hochzeitszüge, der Weihrauch und die Buddhabilder, die Gebete der Bonzen, die Schönheit der achtzehnstöckigen Porzellantürme, die geschwungenen Dächer der Pagoden. Hier die verrufenen Gassen, ganze Stadtviertel voller Freudenhäuser, die Opiumhöhlen, die Theater. Dort die Gilden der Handwerker, die vor den Augen der Passanten arbeiten. Die Händlerviertel mit ihren Bannern, ihren Rechentafeln, ihrem Wald von Schriftzeichen. Unvermittelt tritt man aus dem Gewühl der Straße in den kahlen Laden, wo die Welt ausgeschlossen ist. Die Köstlichkeit der Stille, der einzige Gegenstand, der einem gezeigt wird, der einzige Blick, den der Kunde auf das angebotene Meisterwerk wirft. Diese Ruhe ist in Wahrheit eine wohlberechnete Gewaltanwendung: man soll die Nerven verlieren, der Versuchung unterliegen.

Oft reite ich in den Wald um die große Pagode. Ich galoppiere am Fuß der großen Umfassungsmauer zwischen den ehrwürdigen Stämmen der Maulbeerbäume dahin, eine Holzschnittlandschaft. Ich weile in einem Traum aus Seen, Hügeln, Bambus und Rhododendren, im Reich des Großen Friedens, umflossen von moosigem Licht. Manchmal entdecke ich durch das Laubwerk die geschweiften Konturen einer herrschaftlichen Behausung, glasierte Dächer, deren Grün- und Ockertöne flammen wie ein Regenbogen. Souveräne Ruhe. Die Wachen, die den Yamen beschützen, zeigen keine Spur von jener glatten Verkrampftheit, die den Büttel kennzeichnet. Friede. Und Geheimnis. Denn das Leben verbirgt sich hinter den hohen Mauern, in die statt einer Tür ein großes rundes Loch eingeschnitten ist, ein vollendeter Kreis, der Glück bedeutet. Durch diese Öffnung erhasche ich einen Blick auf das Hin und Her von Konkubinen und Domestiken zwischen den Miniaturfelsen und kostbaren Pagoden. Ringsum zwitschern Vögel. Ein seltener Laut, ein Luxus für sich, denn in Tschengtu verlassen die Vögel die herrschaftlichen Wälder nicht, sie fliehen den Lärm des Pöbels. Noch ein Geräusch: das Bimmeln von Glocken. Ein fetter Bonze im safrangelben Kleid geht vorüber und führt die automatischen Bettelgesten aus, sein kahler Schädel glänzt in der Sonne.

Aber bald umgeben mich wieder Elendshütten und Volksmassen. Dann schreit mein Mafu: »Platz für den fremden Herrn!« Ich galoppiere. Mein Pferd hämmert mit seinen Hufen die Straße und wiehert. Ich schlage es mit meinem Reitstöckchen, damit es schneller läuft. Ich vermeine, mitten in diese Menge zu reiten und sie zu zermalmen. Vor mir rettet sich, wer kann. Manche stürzen mit allem, was sie gerade tragen, zu Boden. Ich erinnere mich an ein Mädchen, das mit großen Schritten dahinging und an jedem Ende der Tragstange einen Eimer mit stinkenden Exkrementen hängen hatte. Sie wollte diesen menschlichen Dünger auf dem Markt verkaufen, aber nun liegt sie inmitten der ausgeschütteten Ware, verzweifelt, weil sie das Verdauungsprodukt ihrer Angehörigen verloren hat und damit die morgige Schale Reis. Damals begriff ich die Aufteilung der Welt in Menschen, die tragen, und Menschen, die getragen werden. Das Getragenwerden erlaubt den Betuchten, unbehelligt diesen Pfuhl zu durchqueren, in dem jeder lebt oder stirbt, wie er eben kann. Mein Pferd ist mein Drache. Ich dehne meinen Ausritt bis Sonnenuntergang aus, bis die Stadt die mit Ketten gesicherten Tore ihrer Wälle schließt und die Nachtwächter ihren Rundgang beginnen, bei dem sie mit ihren langen Stöcken auf den Boden stoßen und dem Volk zurufen, es solle schlafen gehen. Doch in China schläft man nie. Auch im Dunkeln geht das gleiche Gewimmel weiter.

Auf dem Rückweg von meinen Streifzügen kam ich durch ein Gäßchen im Schatten bröckeligen Mauerwerks, einer alten durchlöcherten Mauer des Mandschu-Viertels. Hinter mir hörte ich das Keuchen meines Mafu, dem endlich doch der Atem ausging. Ich zügelte mein Pferd, das bereits den Stall witterte und ungeduldig stampfte. Seine Hufe klapperten auf dem unebenen Pflaster. Plötzlich befand ich mich in der Hut zweier riesiger, rotbemalter, feierlicher Schutzgötter mit gewaltigen waagrecht zugeschnittenen Bärten. Diese Genien flankierten den Zugang zu unserem Haus – Schildwachen gegen das Böse. Im ersten Hof mit seinen großen, düsteren regelmäßigen Platten stand ich unter der Trikolore, die vom weißen Mast wehte. Denn das Haus, das ich betrat, war das französische Konsulat. Mein Vater war der französische Konsul.

Während mein Reittier nervös auf den Platten scharrte und grimassierend die großen Zähne zeigte, sprang ich zu Boden. Der Mafu hatte sich niedergekauert, das Hinterteil auf den Fersen, die klassische chinesische Ruhestellung. Eine ausgeklügelte und intensive Technik des Ausruhens. Manchmal kam ich gerade zurück, wenn die Fahne eingeholt wurde. Mein Vater, in strammer Haltung, umgeben von seinem Stab, rief mir zu: »Stillgestanden!« Meine Mutter machte mir von fern, von einer Türöffnung her, ein Zeichen, leise zu ihr zu treten, ohne den Konsul von Frankreich zu stören. Wenn ich neben ihr stand, umarmte sie mich, stellte aber keine Fragen. Sie wollte einen Gentleman aus mir machen.

Das Konsulat ist ein großer Yamen. Eine Flucht von Höfen, Gärten, Teichen, gewölbten Brücken, Lotosblumen, Jasminsträuchern, Granatbäumen, zwischen deren rötlichen Früchten die weißen Flecken der hockenden Silberreiher leuchten. Eine Schar beturbanter Diener. In diesem Zauberlabyrinth ein paar chinesische Pavillons mit mächtigen lackierten Balken, schwarzen Pfeilern und durchbrochenem Holzwerk. Die Dächer bilden versteinerte Wogen, auf eine Reihe konkaver Ziegel, das Wellental, folgt eine konvexe Reihe, der Wellenberg. Auf dem First die glückbringenden Tiere in Porzellan. Die Fensterscheiben sind aus Ölpapier. Es ist auf dunkle Rahmen geklebt, deren bizarres rechtwinkliges Sprossenwerk himmlische Schriftzeichen bildet. Im Halbdunkel der Zimmer schweben Papierlampen wie dicke aufgeblasene Ziegenschläuche. Da und dort erblickt man im Halblicht einen Buddha, denn meine Eltern schwärmen für »Kuriosa«.

In meiner Welt gibt es einen Ort, dessen Betreten mir grundsätzlich verboten ist: das Amtszimmer meines Vaters. Ein feierlicher und riesiger Raum, in den er sich allmorgendlich Punkt elf Uhr begibt. Ein Schreibtisch mit Stößen von Papieren, darüber eine Büste Mariannes und ein kleines Bündel französischer Flaggen. An der Wand eine große Fotografie von ihm selbst und eine zweite, von gleichem Format, die des jeweiligen Kriegsherrn mit eigenhändiger Widmung des Betreffenden in blumenreichen Wendungen. Begrüßung durch den Vizekonsul und den Siegelbewahrer, zwei kleine weißhaarige Herren, ständig in Furcht und Schrecken, voller Diensteifer. Aber für meinen Vater ist der eine ein »Wirrkopf« und der andere eine »Nervensäge«. Zeremoniell. Sorgenschwere Stirn des Konsuls von Frankreich, auf einsamem Posten in diesem Tschengtu, das brodelt von Verschwörungen, Hinrichtungen, echten oder falschen Kriegen, der unendlichen Vielfalt von Handelschaften. Nichts ist offenkundig. Man muß alles erraten, begreifen. Dieser Aufgabe widmet mein Vater sich Tag für Tag mit der Überzeugung, daß er allein dazu fähig ist, denn er ist bereits hinlänglich von China durchdrungen.

Man sieht es ihm nicht an. Er ist ein schlanker Mann, in dessen kleinem Gesicht die dichten Brauen und eine vorspringende Nase mit dem affektierten Schnurrbärtchen und den feingeschnittenen Zügen kontrastieren. Er ist der Postkarten-Franzose von 1900 in Feierlich. Charmant. Er ist nicht nur »der Konsul«, sondern mehr Konsul als irgendein Mensch vor ihm. Die Frauen, angefangen bei meiner Mutter, haben sich bei offiziellen Empfängen hinter ihm zu halten. Er trägt so oft wie möglich seine bestickte Uniform und den Degen. Sein ganzer Stolz sind die Orden. Sämtliche weißen Elefanten der Welt, die Niftam Ischtikar, die Dutzende von Medaillen exotischer Länder, deren Herrscher sie, auf Anraten der französischen Räte, an alle guten Diener Frankreichs verteilen. Wie ist er schön, mein Vater, wenn er sich in seinen Staat wirft und wenn sämtliche Hausboys einschließlich meiner recht zurückhaltenden Mutter aufgeboten werden, um ihn anzukleiden!

Zu Tagesbeginn ist mein Vater ganz steifer Kragen mit Querbinder. Gegen Mittag ergreift er unter Seufzen und Schnurrbartzupfen seinen Gänsekiel und verfaßt einen Rapport an den Außenminister. Er schreibt einen gepflegten Stil, er ringt mit jedem Komma, er ist miserabler Laune. Wenn er einen Lichtstrahl im Magma der chinesischen Verworrenheit, in der alles zwar seinen Sinn hat, aber einen verfälschten und unzugänglichen Sinn, zu erblicken glaubt, läßt er meine Mutter rufen und liest ihr seine Prosa vor. Sie hält die große klare Stirn und die vergißmeinnichtblauen Augen zur Tür gerichtet, findet die Lektüre langweilig und entfernt sich wieder, nachdem sie gemurmelt hat: »Mein armer Freund, Sie machen sich das Leben unnötig schwer, das wird Sie noch teuer zu stehen kommen.« Sodann beginnt mein Vater herzzerbrechend zu lamentieren. Seine Miene drückt tiefen Schmerz aus. Manchmal wirft er meiner Mutter vor, noch ehe sie Reißaus nehmen kann: »Sie interessieren sich nicht für mich, für meine Arbeit zum Wohle Frankreichs und auch zu Ihrem Wohl. Glauben Sie, daß Sie ohne mich eine große Dame sein würden? Was habe ich mich abgerackert in meinem Beruf! Meine Gesundheit habe ich ruiniert.« Und wenn meine Mutter sich besonders abgeneigt erweist, die väterlichen Mühen anzuerkennen, dann verfällt mein Vater zusehends, wird grün im Gesicht. Eine Weile trotzt er noch standhaft dem Übel, dann aber drängt sich das Wort über seine Lippen: »Meine Amöben.« Das entscheidende, das fürchterliche Wort, das Schreckgespenst aller Europäer, das Erzübel. Alle weißen Eingeweide werden von diesen Amöben befallen. Die Damen und Herren aus den westlichen Ländern verbringen ihr Leben zwischen bleierner Hartleibigkeit und gräßlichen Entleerungen, winden sich bei Zeremonien und großen Essen in grimmigen Schmerzen. Mein Vater ist viel zu gewissenhaft, um sich bei Festmählern mit den Kriegsherren nicht mit Fischkutteln vollzuschlagen, auch auf die Gefahr hin, sein eigenes Gekröse zu ramponieren.

Wenn mein Vater mit sich und dem Leben zufrieden ist, kann er stundenlang über seine Amöben sprechen. Bei der Schilderung der klinischen Details legt er sich keinen Zwang auf. Sein Grimmdarm ist seine ruhmreiche Verwundung im Dienste Frankreichs. Meine Mutter hat wenig für diese freien Äußerungen übrig, sie sagt sogar leise: »Wenn er unbedingt ein Held sein will, warum kämpft er nicht vor Verdun?« Aber das Wort »Amöben« ist meiner Mutter noch verhaßter, wenn mein Vater es, in Todesnöten röchelnd, klagend ausspricht. Es widert sie an. Dieser Exkrementenkult ist ihr »zu chinesisch«, zumal sie als einzige Ausnahme wunderbarerweise niemals unter der Krankheit zu leiden hatte.

Manchmal, wenn mein Vater von der Trefflichkeit seiner Formulierungen besonders angetan ist, sucht er um jeden Preis Bestätigung. Da er den Vizekonsul, einen wabbeligen strohblonden Menschen, verachtet, wendet er sich an seine chinesischen Dolmetscher – er spricht den Dialekt der Provinz recht gut, aber seine Würde erfordert, daß er Übersetzer beschäftigt. Sie werden ihm von den Missionaren geliefert, die für diesen Zweck ihre besten Zöglinge abstellen. Die Sitzungen gleichen Litaneien: seine Kunststrophen, ihr »jawohl, Herr Konsul« – in gebührend bewunderndem Ton vorgebracht. Langgezogene gelbe Gesichter, alle in der gleichen Neigung äußersten Respekts, Gesichter ehemaliger Chorknaben vor der Monstranz. Die langen Röhren ihrer Kleider umschließen magere Körper. Süßliches Lächeln. Einer trägt eine Brille, in China ein anerkanntes Zeichen der Distinktion. Er ist der Favorit meines Vaters, der immer einen Günstling haben muß, einen Lieblingssklaven, dessen Vorzüge er allein erkannt hat und dem er sein Herz auszuschütten geruht. Der Bebrillte dient ihm als Spion. Meine Mutter, die ihn verabscheut, nennt ihn »Fischgräte«, denn er besteht nur aus Wirbelsäule und Gelatineaugen hinter den nickelgefaßten Gläsern. Eines Tages erscheint sie im Amtszimmer, hinter ihr der Oberkoch, der sich mit der schmutzigen Hand das runde schmutzige Gesicht kratzt. Aller Klatsch im Haus und in der Stadt sammelt sich bei seinen Kochtöpfen. Dieser ergebene Diener hat Anne Marie eines Tages anvertraut: »Der Sekretär des Herrn Konsul ist reich. Er verkauft die Geheimnisse des Konsulats an jeden, der sie kaufen will.« Der Küchenchef bestätigt vor meinem Vater, der seinen Zwicker aufgesetzt hat, um strenger zu wirken, diese Aussage. Er gibt sogar im einzelnen die Geheimnisse an, die dieser Mensch verraten hat, die Unterhandlungen meines Vaters, der im Namen Frankreichs Opium für die Regierung Indochinas einkauft und den Kriegsherrn Waffen verkauft. Offenbar ist die ganze Stadt auf dem laufenden. Mein Vater ist sehr aufgebracht. Er wird sein Herzblatt an die Luft setzen, ungeachtet der eindringlichen Vorstellungen der Missionare.

Die Missionare gehen im Konsulat ein und aus. Sie stecken voller Informationen. Mein Vater läßt sich häufig zu Gesprächen mit ihnen herab. Aufrechte Patrioten, dem Land ergeben mit Haut und Haaren – und das will etwas heißen, bei dem Haarwald, den sie herumtragen. Aber manchmal erbost sich mein Vater über die Gottesmänner. Er brüllt: »Sie sind unersättlich. Immer betteln, immer fordern. Und welche Scherereien sie mir mit den Chinesen machen! Was wollen sie denn noch, sie haben doch die Pfoten schon in jedem Geschäft, in Tschengtu haben sie den gesamten Handel mit Scheiße in der Hand, und sie sind sogar stille Teilhaber an den Freudenhäusern – womit ich keineswegs ihre Kirchen meine.« Selbstgefälliges Schmunzeln, das Bonmot hat den väterlichen Zorn besänftigt.

Von den Angestellten meines Vaters imponiert mir am meisten ein völlig vertrockneter und verkrümmter alter Schriftgelehrter. Er hat Fingernägel wie Zangen, zehn bis fünfzehn Zentimeter gebogenes Horn, die in Schutzhüllen aus ziseliertem Silber stecken: alles, was ihm von seinen Reichtümern geblieben ist, aus der Zeit, als er noch Mandarin war, kaiserlicher Landverweser mit Jadeknöpfen. Jetzt entrollt er die mit Bändern und prächtigen Siegeln geschmückten Pergamente, die von den Boten eines Kriegsherrn oder eines bedeutenden Handelsmanns gebracht werden. Denn jeder Transaktion gehen unweigerlich zahllose Botschaften in Form solcher blumenreicher, poesiegetränkter Rollen voran, ehe man schließlich ganz diskret, fast verstohlen zum Kern der Sache kommt, zum Beispiel der Lieferung von Gewehren aus der Fabrik von Saint-Etienne. Wenn mein Vater nach konzentrierter, stirnrunzelnder Überlegung schließlich seine Antwort zusammengebraut hat, lächelt er verschmitzt. Und sogleich beginnt der Schreiber mit seiner Klauenhand, in der der Pinsel nur eine noch längere Klaue ist, die erhabenen Zeichen zu malen, in denen mein Vater sich fußfällig erniedrigt und dabei seine Preise hochhält. Die vergilbte, vertrocknete, abgezehrte, monströse Zauberhand pinselt die Ideogramme. Schließlich das Ritual des Siegellacks, der erhitzt wird, ein Knistern, ein Brandmal, das glückbringende Stigma, das Siegel des ewigen Frankreich auf dem Reispapier.

Ich fange eine Ohrfeige, wenn ich das väterliche Amtszimmer unbefugt betrete. Aber manchmal läßt mein Vater mich zu sich kommen, um mit mir schönzutun. Die Zärtlichkeit meiner Mutter ist immer fern, eine Fata Morgana, die meines Vaters überschwenglich, ölig, sentimental. Manchmal erteilt er mir mit lehrhafter Miene Ermahnungen. Manchmal übermannt ihn die Rührung, wenn er sagt: »Du bist mein kleiner Junge. Wenn du brav bist, wirst du einmal ein großer Konsul von Frankreich. Noch größer als ich.«

Meine Mutter sagt oft zu meinem Vater: »Sie haben jedes Gefühl für Lächerlichkeit verloren, mein Freund.«

»Ja, aber ich habe dafür gelernt, was es heißt, das Gesicht zu bewahren. Und das allein zählt hier. Ach, übrigens, ich habe eine Idee...«

Ich erinnere mich an eine seiner Ideen, die eine lange Reifezeit benötigte. Tage hindurch war mein Vater in seinem Amtszimmer in Meditationen versunken und miserabler Laune gewesen. Der kleinste Laut, der an sein Ohr gedrungen wäre, hätte eine Katastrophe ausgelöst. Im Yamen herrschte angestrengte Stille. Alle gingen auf Zehenspitzen. Die unmittelbaren Mitarbeiter zitterten. Die Dienerschar hatte sich in den fernsten Winkeln zusammengedrängt und versuchte, ihr lärmendes Tun zu dämpfen. Es fällt den Chinesen sehr schwer, sei es bei der Arbeit oder beim Vergnügen, ohne die Skala ihrer kleinen professionellen oder privaten Geräusche auszukommen, ihr Spucken und Speicheln, ihr Keckern, ihren Schleimauswurf, der in einer langen Flugbahn aus dem Bauch aufsteigt, um in einem Klecks zu enden, den sie wie eine Granate abfeuern. Nur die Furcht macht die Himmelssöhne stumm. Dann bemühen sie sich, keinen Laut hören zu lassen. Meine Mutter schwebte durch den Yamen, um über seine völlige Geräuschlosigkeit zu wachen. Die Szenen meines Vaters waren ihr lästig, sie wollte sie vermeiden. Ein wenig spöttisch durchschritt sie die Höfe und bedeutete allen, den Mund zu halten.

Der einzige Mensch, mit dem sie ihre Mühe hatte, war der Wäscher. Ein leicht buckliger, kropfiger Zwerg, Prototyp des bockigen, bornierten Chinesen. Die Widerspenstigkeit in Person. Ein gewissenhafter Fachmann, dessen Mund ein tönender Mahlstrom war; er nahm einen Schluck Wasser und spie ihn wie einen Sprühregen wieder aus, der die Wäsche befeuchtete. Seine Zahnstummel lenkten den Strahl. Das Schlabbern der Zunge diente als Hub- und Saugpumpe. Eine jahrhundertealte Technik. Daher die verständnislose Erstarrung des ehrenwerten Dieners, als meine Mutter ihm gebot aufzuhören.

Das Konsulat ist also der Palast der Erhabenen Ruhe. Aber das Echo einer fernen Diskussion zwischen einer alten griesgrämigen Amah und einer jungen vorwitzigen dringt bis zu den Ohren meines Vaters. Zerreißt ihm das Trommelfell. Der Chefboy wird zitiert und erscheint mit seinem steinernen, glatten Gesicht, das sich dem Sturm stellt. Dieser König der Domestiken äußert millionenfaches Bedauern ob seiner Unwürdigkeit. Aber wie soll man so dumme Geschöpfe wie Weiber zum Schweigen bringen?

Gequälte Miene meines Vaters, der dieses Argument nicht entkräften kann. Erst gestern hat er beim Abendessen ein Haar in seinem Teller gefunden. Und er hegt einen wilden Haß auf dergleichen Gebilde in der Suppe. Einen Chinesen stört ein Haar in der Bouillon nicht im mindesten. Aber mein Vater hat, trotz aller Anpassung an die Landessitten, gewisse Schrullen des weißen Mannes. Der Chefboy ist darauf dressiert, die Absonderlichkeiten der Fremden hinzunehmen. Es ist sein Beruf. Doch an jenem Tag rüffelt mein Vater den verantwortlichen Chef des Hausgesindes über alles erträgliche Maß. Der läßt zwar das Schelten über sich ergehen, ohne mit der Wimper zu zucken, aber ein gewisses Rosa, ein Teerosa, mischt sich in das Gelb seiner Wangen. Ein Zeichen, daß sein »Tsch'i« jeden Moment hervorbrechen kann. Der »Tsch'i« ist der Dämon der Gewalttätigkeit, der in jedem Menschen steckt. Und mein Vater weiß nur allzugut, daß ein Chinese, dessen »Tsch'i« entfesselt ist, sei er Kriegsherr oder Hausboy, zur wilden Bestie wird. Er stellt also seine Maßregelung ein.

Ich komme ausgerechnet in diesem Moment dazwischen und fange eine Maulschelle. Mein Vater humpelt auf einmal, er wehklagt, ich sei ihm auf die Füße getreten. Es ist bekannt, daß er außerordentlich empfindliche Extremitäten hat. Dieses Mal fühle ich mich zu Unrecht beschuldigt. Ich weine. Meine Mutter kommt herbei, zuckt mit den Achseln, nimmt mich bei der Hand und führt mich hinaus.

Mein Vater hat Gewissensbisse. Er marschiert in seinem Amtszimmer auf und ab. Meine Mutter spricht nicht mit ihm. Sie bringt mich zu Bett. Als ich am nächsten Morgen erwache, sitzt mein Vater an meinem Bett.

»In ein paar Wochen wirst du stolz auf mich sein. Dann darfst du mit mir in einer prächtigen Prozession mitgehen. Ich habe da eine großartige Idee.«

Das Schweigen ist beendet. Das Konsulat erwacht wieder zum Leben. Die Meditationsphase meines Vaters hat Früchte getragen. Strahlend erläutert er Anne Marie, was er sich ausgedacht hat: Da Tschengtu vor kurzem in die Hände eines neuen Kriegsherrn fiel, gilt es, sich diesen durch ein großartiges Geschenk gewogen zu machen. Und warum nicht eine Badewanne aus weißer Emaille, die erste, die in Szetschuan ihren Einzug halten würde, und zwar einen glanzvollen Einzug?

Anne Marie mißtraut den glanzvollen Ideen ihres Gatten.

»Schenken Sie diese Badewanne lieber mir, als diesen Bauernlümmel damit zu hofieren. Und außerdem könnten Sie sich dabei bis auf die Knochen blamieren.«

Der Konsul läßt nicht locker. Und so enthält das von Schanghai kommende Diplomatengepäck diesmal eine besonders riesige Kiste. Sie wird auf Dampfer verfrachtet, auf Dschunken, auf Menschenrücken getragen. Niemand wundert sich darüber. Denn mein Vater ist für die umfangreichen Sendungen bekannt, die er sich allmonatlich kommen läßt. Tonnenweise Pakete, Ballen, deren Umhüllungen mit dem Wort »Geheim« bedruckt sind, als handelte es sich um Staatsdokumente. Indessen enthalten sie vor allem Lebensmittel, die mein Vater für erfolgreiche diplomatische Demarchen unerläßlich findet: Weine und Schnäpse als Hauptargumente bei Verhandlungen mit den Kriegsherren. Vor ein paar Monaten waren ein paar überlastete Kulis unter ihrer Bürde in die stinkende und kostbare Bütte getaumelt, worin in einem Winkel der Reisfelder die Exkremente aufbewahrt werden. So kam es, daß zwischen dem Kot der Champagner perlte, der zum Begießen der frankochinesischen Freundschaft bestimmt war.

Endlich ist die Badewanne in Tschengtu. Außer meinen Eltern kennt niemand den Zweck dieses unhandlichen Gegenstands. Macht nichts. Mein Vater rekrutiert Hunderte von Bettlern, steckt sie in die Livree der Konsulatsdiener. Er organisiert einen imposanten Zug mit Tamtam, Drachentanz, Oriflamme, Knallfröschen, Weihrauchfässern, Räucherstäbchen, litaneienleiernden Bonzen, die ihren Preis im voraus ausgehandelt haben. In der Mitte der Marschkolonne reitet mein Vater in bestickter Galauniform mit Zweispitz und Degen vor der Badewanne her, die behutsam von vier der stämmigsten Burschen getragen wird. Ich reite neben ihm. Unser Zug bewegt sich zwischen den Spruchbändern. Ihre riesigen Schriftzeichen verkünden, daß mein Vater untertänigst dem großen General ein Geschenk bringt, zum Zeichen ewiger Verbundenheit. Dieser General schwebt übrigens bereits in Form eines Riesenfotos über dem Angebinde.

Aufmarsch durch die mittelalterlichen Gassen der Stadt, vorbei an der Menge der Neugierigen. In Tschengtu werden die Gaffer sofort zu einem menschlichen Ozean, der alles überschwemmt. Man scherzt. Denn für den Durchschnittschinesen ist jedes ungewöhnliche Schauspiel, das nicht auf seine Kosten stattfindet, keine Katastrophe bedeutet, immer ein Jux. Und an jenem Tag beschränkt sich die Katastrophe auf ein paar Stockhiebe, mit denen die herbeigeeilten Soldaten einen Weg bahnen. Ein Wunder geschieht, die Menge weicht zurück. Die Chinesen sind hochzufrieden und gaudieren sich über die ganze Sache wie über etwas, das ausgesprochen »Gesicht« hat. Mein Vater plustert sich auf.

Der Zug passiert die Tore, die Brücken, die Schildwachen vor dem Palast des Generals. Ankunft im Ehrenhof, vor dem Kriegsherrn höchstselbst in Fleisch und Blut, der zugleich überrascht und hoheitsvoll auftritt. Übergabe des Objekts, Reden, wildes Gegonge. Und sogar Truppenrevue vor der Badewanne, die der General nicht als Badewanne erkennt. Unmöglich, ihm ihren Zweck zu enthüllen, wenn man nicht will, daß er das Gesicht verliert. Lange Zeremonie, die Anwesenden sind in Feierlichkeit erstarrt, ihre Gesichter lächeln, ein himmlisches Lächeln, das eine Steigerung des Ernsts ist. Alles klappt vorzüglich. Der große Kriegsherr läßt das Geschenk von seiner Palastgarde in seinen Harem schleppen: Die Konkubinen sind neugierig, sie wollen den geheimnisvollen Gegenstand sehen. Mein Vater entfernt sich mit seinem Gefolge. Wie er in den nächsten Tagen erfährt, hat bisher noch keiner der Würdenträger gewagt, dem Kriegsherrn zu eröffnen, daß das Instrument zum Waschen dient. Der Kriegsherr hat indessen entschieden, daß es sich um einen Kochtopf von besonders großem Fassungsvermögen handle. Und so ist die Badewanne den Feuertod gestorben ...

Desungeachtet ist der Kriegsherr nun dank der Badewanne bei meinem Vater in der Schuld. Er kann ihm die nächste Bitte nicht abschlagen. Und so kommt es, daß ich ein paar Tage später, weil in meiner kleinen Person das Prestige Frankreichs beleidigt worden war, Ursache der Hinrichtung zweier Männer wurde.

Auf meinem abendlichen Heimritt war meine Kappe von einer Kugel gestreift worden, vermutlich einer verirrten Kugel. Unverzüglich wirft sich der Konsul von Frankreich, dem die Würde seines Vaterlandes über alles geht, in seine berühmte Uniform und fordert beim General Gerechtigkeit und Wiedergutmachung. Der seinerseits seiner Entrüstung freien Lauf läßt und exemplarische Genugtuung zusichert. Mehr sagt er nicht. Wir werden für zehn Uhr am nächsten Morgen auf das unbebaute Gelände vor dem Nordtor der Stadt gebeten, den Exerzierplatz der Truppen. Mein Vater ist kein Frühaufsteher. Wir treffen verspätet am Treffpunkt ein: ein mit Stacheldraht umzäuntes Geviert, menschenleer. In der Mitte zwei Pfähle. Henkersknechte machen sich sachkundig an zwei nackten Männern zu schaffen, die an diese Pfähle gebunden sind. Sie sollen bei lebendigem Leib zerstückelt werden. Bei unserem Eintreffen haben sie bereits fast keine Arme, Schulterblätter und Rippen mehr. Fleischbrocken und gräßliche Schreie, die uns vorgeführt werden, wobei man unter Hörnerschall unsere zufriedenen Mienen beobachtet. Mein Vater erklärt, daß der Ehre Frankreichs hinlänglich Genüge getan sei. Er hütet sich zu sagen, daß er keineswegs soviel verlangt habe, weit gefehlt, denn dadurch würde er den Kriegsherrn schwer beleidigen, der mit dem Ausmaß der Foltern das Ausmaß der Wichtigkeit dartut, die er dem Herrn Konsul und seinem wohlgeborenen Sprößling zumißt. Wir entfernen uns, aber die Exekution geht weiter.

Mein Vater ist ein bißchen beschämt, ein bißchen entsetzt, kann es sich aber doch nicht verkneifen, bei unserer Rückkehr schulmeisterlich zu meiner Mutter zu sagen:

»Recht und schön. Aber wenn der General uns seine Huld beweisen wollte, warum hat er die Hinrichtung nicht mitten in der Stadt vornehmen lassen, vor der ganzen Bevölkerung? Es wäre eine viel bedeutendere Sühne gewesen, und sie hätte politisches Gewicht gehabt. Wahrscheinlich wollte der General nicht so weit gehen, denn damit hätte er sich selbst als mitverantwortlich für das Attentat bekannt, was seinem Gesicht geschadet hätte. Hier haben Sie, liebe Anne Marie, wieder einmal eine jener chinesischen Feinheiten, die die Seele Asiens sind.«

Anne Marie wendet den Kopf ab.

»Im Grunde sind Sie stolz auf Ihre Heldentat, nicht wahr?«

Ich jedenfalls fühlte mich als Held, denn die Amahs beglückwünschen mich, die Dienerschaft schart sich um mich. Es war meine Einführung in die Grausamkeit.

Hätte ich mich geschämt, wenn man mir damals gesagt hätte, daß diese armen Schlachtopfer nichts Böses getan hatten? Daß es sich natürlich nicht um die gleichen Männer handelte, die auf mich geschossen hatten? Sie waren einfach Kulis, die man auf der Straße aufgelesen hatte, oder noch wahrscheinlicher Insassen eines Gefängnisses, denn der Kriegsherr würde sich nicht die Mühe machen, die wahrhaft Schuldigen aufzuspüren. Die sich womöglich noch unter seinen eigenen Soldaten gefunden haben könnten.

Ich lebte im Glück. Auch mein Vater, meine Mutter ebenfalls. Alle drei hatten wir teil an der chinesischen Euphorie. Trotz meiner Jugend hatte ich begriffen, daß in China alles Freude, daß das Leben mächtiger ist als der Tod.

Schon ahnte ich unbestimmt, daß mein Vater in seiner Nachahmung chinesischer Lebensart ein bißchen schwerfällig war. In diesem Streber mit den Eitelkeiten und Launen eines Despoten und jener gewissen Vulgarität des »kleinen Weißen« mischten sich die Romantik der Blauen Blume und der Zynismus der Kolonien. All meine Bewunderung galt meiner Mutter. Sie wurde von den Dienern des Konsulats sehr verehrt. Es mochten ihrer fünfzig oder hundert sein, alle weiß gekleidet und mit blauem Turban: Boys, Wäscher, Köche, Boten, Wächter, Tragsesselträger, Mafus. Allen ging es sehr gut. Man mußte sie sehen, wie sie dutzendweise um den dampfenden Reisberg kauerten, schweigend der Tätigkeit und dem Genuß des Essens hingegeben, mit ihren Stäbchen im präzisen, fabelhaften Rhythmus die Nahrung in den Mund beförderten. Diese Diener waren feine Herren, sie hatten ihre eigenen Diener, die in Kesseln gewaltige Mahlzeiten für sie bereiteten und später die Reste aufessen durften. Alle standen auf und verneigten sich, sobald meine Mutter erschien.

Anne Marie wußte instinktiv, daß man Chinesen nicht kritisieren, nicht abkanzeln, nicht anschreien darf, ihnen keine Szenen machen, wenn sie nicht verstehen, nicht verstehen wollen, wenn sie zuerst »ja« sagen und dann etwas so Absurdes tun, daß die meisten Europäerinnen ein großes Geschrei erheben.

Anne Marie läßt sich niemals hinreißen. Vor allem, weil sie sich stets bewußt ist, eine Frau zu sein, will heißen, ein minderwertiges Geschöpf, sogar für die männlichen Dienstboten. Niemand sieht sie jemals zornig oder hört sie schelten. Sie sagt höchstens zu den Dienern – auf chinesisch, denn auch sie hat die Sprache Szetschuans erlernt: »Eure Art, die Dinge zu besorgen, ist gut, aber versucht einmal die meine, vielleicht ist sie auch nicht schlecht.« Damit erzielt sie fabelhafte Resultate. Zum Beispiel, daß der Koch sich nicht in die Finger schneuzt, daß der Gärtner nicht mehr den Inhalt unserer Senkgruben benutzt, um den Ertrag des Gemüsegartens zu steigern. Dieser Verzicht auf das geheiligte jahrhundertealte Verfahren der Eigendüngung hing freilich damit zusammen, daß der Wackere nunmehr zu seinem privaten Nutzen die Darmprodukte des Yamen in der Stadt veräußern konnte.

Meine Mutter ist immer im Bilde. Sie errät. Sie errät, daß der Gärtner den Erlös aus seinem schwunghaften Handel nach einer internen und sehr strengen Hierarchie mit den übrigen namhaften Dienern teilt. Nicht nach der offiziellen, sondern nach einer geheimen und rein chinesischen Hierarchie. Meine Mutter führt ein Regiment der goldenen Mitte. Sie fordert niemals ihren Anteil aus den kleinen Haushaltgewinsten, den eine chinesische Erste Gattin sich nicht entgehen ließe. Aber sie unterscheidet sich auch von den Europäerinnen, die rastlos unkontrollierbare Abrechnungen nachkontrollieren, sie ist nicht kleinlich. In China ist nichts klar, haben die Zahlen keinen Sinn, man muß Vertrauen haben.

Ich habe nie erlebt, daß meine Mutter einem Bediensteten vorgehalten hätte: »Diesmal hast du übertrieben, du stiehlst zuviel.« Mein Vater hat ihr beigebracht, man dürfe einen Chinesen niemals dabei ertappen, wie er lange Finger macht, wenn man ihm nicht die Hand abhacken lassen könne. Einen Menschen bezichtigen, heiße ihn demütigen, ihn zwingen, zur Verteidigung seiner Ehre ein solches Labyrinth aus Lügen, Leugnen und Ausreden zu spinnen, daß der Ankläger sich darin verstrickt und klein beigeben muß, als hätte er selbst ein Unrecht begangen. Doch trotz der guten Lehren, die er erteilt, läßt mein Vater sich gelegentlich zu Schimpfkanonaden hinreißen, und prompt empört sich sein Opfer wider ihn nach echt chinesischer Art – weit aufgerissene Unschuldsaugen, tödlich verletzte Miene ob soviel Ungerechtigkeit, eine ganze Pantomime entrüsteten Protests.

In diesen Fehler verfällt Anne Marie niemals. Sie versteht es ausgezeichnet, sich bestehlen zu lassen, nicht zuwenig, denn das wäre ihrem Rang nicht angemessen, nicht zuviel, sonst stünde sie als Närrin da. Geht jemand zu weit, so verliert sie kein Wort, aber ihr Gesichtsausdruck sagt alles. Tatsächlich hat sich die gesamte Dienerschaft aus freien Stücken auf eine maßvolle Diebstahlsquote geeinigt und hält sich daran, im Gegensatz zu schlecht geführten Haushaltungen, wo man alle möglichen

Kniffe anwenden muß, um herauszuschlagen, was man als sein gutes Recht betrachtet. Im Yamen ist jedermanns Stolz Genüge getan. Alles funktioniert aufs beste, sowohl für das Hauspersonal, das ein ruhiges Leben führt, wie für meine Mutter, die nicht allzuviel Mühe aufwenden muß. Nur eine amüsierte Wachsamkeit. Denn China, das auf viele so erschreckend wirkt, ist für sie eine unerschöpfliche Quelle der Erheiterung. Die kuriosen Windungen des gelben Hirns entzücken sie immer wieder aufs neue. Begegnet sie zum Beispiel dem Gärtner, der durch seinen Kommerz reich geworden ist, einem Alten mit terrakottafarbenem Runzelgesicht, so fragt sie ihn: »Sehr ehrenwerter Ahne, Großvater, erzielt das Produkt einen guten Preis auf dem Markt?« Was als feine Anspielung gewertet wird, die nicht verletzt und den Scharfblick meiner Mutter ebenso zur Geltung bringt wie ihren Sinn für Usancen.

Meiner Mutter erscheint Tschengtu völlig normal. Auch wenn sie eine Kobra in ihrem Schlafzimmer findet oder neben dem Zugang zum Konsulat einen vergessenen Korb mit abgeschnittenen Köpfen oder wenn ein Maschinengewehr auf ihr Fenster gerichtet ist. Auch bei den Galafressereien mit dem Kriegsherrn wirkt sie, meist als einzige Dame der Runde, in Spitzentaille und Falbelrock, durchaus am Platz. Mit dem spöttischen Wohlwollen der Mona Lisa, mit leicht geschürzten Lippen lauscht sie dem Prahlen der Missionare und den Jeremiaden der Nonnen. Nichts bringt sie aus der Fassung, weder eine Fahrt auf der Dschunke, die der wahnwitzigen Strömung des Hochwassers ausgeliefert ist, noch der Anblick der lebenden Leichen während einer Hungersnot. Jeden Morgen frisiert meine Mutter sorgfältig ihr Haar, dann macht sie die Runde durch den Yamen und informiert sich über die Dramen und Tragödien des Tages, immer mit jener unbeteiligten Freundlichkeit, die ihr ein »Gesicht« verleiht, ohne daß sie sich besonders darum bemühte. Sogar die in rascher Folge wechselnden Kriegsherren bringen ihr einen Respekt entgegen, der über einfache Höflichkeit hinausgeht. Sie erweisen ihr besondere Aufmerksamkeit. Sie machen ihr nicht pompöse Geschenke, wie den anderen Barbarenweibern, sondern schicken erlesene Stücke, Symbole aufrichtiger Verehrung. Denn sie haben Sinn für Würde und honorieren die Würde meiner Frau Mama.

Aber was in Tschengtu wirklich zählte, war nicht das Urteil der Kriegsherren, sondern das der Domestiken. Sie hatten in der Bevölkerung ein Bild Anne Maries verbreitet, das ihre Schutzwehr bildete. Ich begleitete sie gern durch die Gassen der Stadt. Wir begaben uns häufig ins Herz der Altstadt, ich ritt hinter ihrem Tragsessel. Während die chinesischen Damen mit den verstümmelten Füßen in verschlossenen Sänften steckten, hinter zugezogenen Vorhängen, um nicht durch die Blicke der Plebs beschmutzt zu werden, ließ meine Mutter sich im offenen Sessel vor aller Augen dahintragen. Sie hatte niemals Unannehmlichkeiten – kein wohlberechnetes Gedrängel, damit sie von ihrem Hochsitz herunterpurzeln sollte, keine obszönen Anrempelungen von der Art der himmlischen Obszönitäten, die die abscheulichsten der Welt sind, keine Ansammlungen von Soldaten oder Bettlern, wenn sie vorüberkam. Obgleich es nach chinesischer Auffassung unschicklich war, sich derart vor aller Augen zu zeigen.

So zog sie durch das Chinesengewimmel dahin. Sie blickte souverän hinweg über die Freudenmädchen, die Aussätzigen, über alles allzu Makabre, ohne indes den Kopf abzuwenden, einfach indem sie das alles nicht sah. Und unser Weg endete bei den schönen Dingen des Lebens, zumeist bei den reichen Kaufleuten der Seidenstraße, der Bronzestraße, der Lackstraße. Bei den Kostbarkeiten, die der Besitzgier der Reichen dienen.

Der Tragsessel wurde abgestellt. Rhythmische Bewegung der Kulis, damit meine Mutter Anne Marie absteigen und mit ihren unversehrten Füßen weitergehen konnte. Sie nahm mich bei der Hand, und wir gingen zu einem Laden, der eine Höhle war. Sie war geschützt durch eine Palisade, einen Staketenzaun, der dank riesiger derber Vorhängeschlösser jederzeit dichtzumachen war. Mauern und Korridore, und dann betrat ich hinter ihr einen großen leeren Raum. Halbdunkel, nur durchbrochen von den roten Pünktchen der brennenden Räucherstäbe, die grüßende Stimme einer Frau, die man kaum sehen konnte, denn ihr seidenes Gewand war silbergrau, von der gleichen Farbe wie das Dämmerlicht. In einer Ecke über einem roten Glimmen, einem Lacksessel, erhob sich langsam etwas wie der Kopf einer Schildkröte. Dieser Kopf gehörte einem Greis, so hochbetagt, daß er fast eine Minute brauchte, ehe er zuerst den Kopf und dann den Körper aufgerichtet hatte. Langsames Entfalten. Der Verehrungswürdige trug die alte Tracht: ein mit glückbringenden Tieren besticktes Gewand. Alles war fern, gedämpft, aus einer anderen Welt. Der Welt der Schätze. Vor meiner Mutter öffneten sich verborgene Truhen, Stück für Stück wurde herbeigetragen, antike Statuen, altes Porzellan, durchbrochenes Elfenbein, Stoffe, auf denen sich Krieger mit roten Masken gegenüberstanden. Wir sahen Jade aller Grüntöne, tibetanische Wandbehänge voller schwarzer Dämonen, Buddhas mit verziertem Nabel, indische Statuetten, die umschlungene Götter darstellten. Die Langsamkeit des Alters paßte zu der Hantierung, die der Greis versah: ein Kleinod nach dem anderen aus seinem Gehäuse von Ebenholz oder Sandel holen, es zur Augenweide, zur Erweckung von Bewunderung oder Begehren darzubieten. Ich erriet bereits, daß Kauf und Verkauf in China eine köstliche Folter waren: nach einer jahrtausendealten Technik wird der Kunde eingeschätzt und sein Verlangen geweckt. Die Heftigkeit dieses Verlangens bestimmt den Preis. Gebärdenspiel und Mimik bei diesem Schachern sind bloß Formsache, angebracht bei gewöhnlichen Leuten. Wichtig sind eine kühle Stimme und kühle Worte, ein Wetteifern an Uninteressiertheit, hinter der sich leidenschaftliche Gier verbirgt. Meine Mutter sprach Chinesisch mit französischem Akzent. Ihre Unerschütterlichkeit kam ihr zustatten. Sie brachte die seltensten Stücke nach Hause, zeigte sie meinem Vater, der sich ärgerte, sie nicht selbst gefunden zu haben, und erklärte, es handle sich zweifellos um Fälschungen. In China sind nachgemachte Antiquitäten manchmal viertausend Jahre alt.

Von Zeit zu Zeit erschienen stämmige Burschen mit gewaltigen Bündeln auf dem Rücken im Konsulat. Sie brachten Götterbilder, Vasen, Räuchergefäße zum Vorschein, die sie billig verkauften. Das geschah zum Beispiel nach einer großen Katastrophe, einer Überschwemmung oder Trockenheit, deren letzte Überlebende diese Gegenstände für Reis eintauschen wollten. Meist aber waren es die Truppen des Kriegsherrn, die irgendeine kleine Stadt eingenommen hatten. Das wußte ich von meinem Mafu, einem ehemaligen Soldaten. Er hat mich in die Feinheiten seines Berufs eingeweiht:

»Erfolgreich plündern ist sehr schwierig. Denn sobald das Nahen eines Trupps gemeldet wird, vergräbt die Bevölkerung alles, was sie besitzt. Die Bauern haben überlieferte Verstecke für ihren Reis, ihr Salz, ihre Kohlköpfe. In den Städten haben die besseren Leute seit eh und je ihre Geheimzimmer, um dort die Gold- und Silberbarren unterzubringen. Manchmal schließen sie sich selbst mit ihren Söhnen und ihren Lieblingskonkubinen dort ein. Da heißt es graben wie ein Maulwurf, den kleinsten Spalt entdecken, den kleinsten Zwischenraum, der zu einem Gang, zu einem Loch führt. Den vermögenden Leuten muß man oft die Füße ins Feuer halten oder den Bauch aufschlitzen, ehe sie den Mund auftun. Man sichert einem Diener oder einem Sklavenkind zu, sein Leben zu schonen, damit es seinen Herrn verrät. Nach dieser Methode muß man jeden Quadratzoll eines Dorfs oder einer Stadt absuchen, ehe man Feuer legt. Am meisten springt bei den üppigen und strotzenden Pagoden heraus; die Bonzen verfluchen einen zwar, aber man schert sich nicht darum.

Es ist eine harte Arbeit. Denn was man sich genommen hat, wollen einem die anderen nehmen. Sie töten einen wie einen Hund. Die Offiziere fordern ihr Teil. Ich jedenfalls bin dabei nicht reich geworden. Ich bin marschiert, ich habe schwere Lasten getragen, ich bin immer bestohlen worden. Aber was man mir wieder wegnahm, landete immer in Tschengtu, bei den Reichen. Die bereichern sich an der Habe der ausgeplünderten Reichen hinten in der Provinz.«

Mein Mafu lacht, während er von seinen Mißgeschicken berichtet. Dieses Lachen gehört zu den Dingen, die ich in Tschengtu lernte. Eine Lehre, die ich überall bestätigt fand: auf dem Gesicht des alten Gelehrten im Konsulat, auf den Gesichtern der Dienstboten. Für einen Chinesen ist Unglück, ob sein eigenes oder das der anderen, immer ein Grund zu gutmütiger, positiver, zynischer Belustigung, nie zu Mitleid. Das gebietet der Stolz. Zeigen, daß man nicht angefochten ist, nicht getroffen, daß man über dem Schicksal steht. Vor allem sich selbst niemals als Opfer empfinden und sich über die Opfer lustig machen. Auch ich lernte, nichts zu empfinden, mich nur zu mokieren, wenn mein Vater mich anbrüllte.

Das Gesicht meines Mafu ist fast immer wie aus Stein gemeißelt. Kompakt, vierschrötig und vor allem ganz und gar flächig. Die Lider kaum geöffnet über glanzlosen Schlitzen, die List und Brutalität verraten und nur durch ein schwaches Glimmen irgendein Gefühl andeuten. Er läuft hinter mir her wie ein unermüdliches Tier. Ein Tier, dessen Gefährlichkeit ich spüre. Das mir aber grenzenlos ergeben ist. Ein Tier, das zu mir spricht. Sein Leben sind die Kriege, die Massaker, und während er erzählt, strahlt sein Gesicht vor Freude. Er hütet mich wie seinen Augapfel, wenn er mich durch die Halsabschneidergäßchen von Tschengtu geleitet. Immer hält er einen dicken Knüppel in der Faust. Er ist mein Freund.

Im Yamen verhätscheln mich meine Amahs, meine Ammen, meine Kinderfrauen. Sie lieben in mir vor allem den kleinen Mann. Sie betrachten meine Männlichkeit, rühmen sie, freuen sich daran. Es macht ihnen Spaß. Sie lachen, als sie feststellen, daß die Weißen anders gebaut sind als die Chinesen, aber immerhin normal. Im Volk erzählt man sich nämlich, sie trügen ungeheuerliche, teuflische Dinger, mit Stacheln bewehrt, vielfach geschwänzt, Folterinstrumente, mit denen sie die Frauen zerreißen und töten. Meine Amahs wissen es jetzt besser.

Meine oberste Amah, meine zweite Mutter, heißt Li. Ein großes flaches Gesicht, ein Gesicht wie ein Kürbis, wie eine Lampe, ist ständig über mich gebeugt. Sie ist eine junge Bäuerin, die ihre großen Füße behalten hat. Sie wiegt mich in einer Hängematte, die zwischen den Granatapfelbäumen ausgespannt ist, und um mich einzuschläfern, läßt sie mir ganz heimlich, nach Landesbrauch, die überraschendsten Liebkosungen zuteil werden. Zum Glück hat Anne Marie davon keine Ahnung. Ausdrücklich verbietet meine Mutter, daß man mich zu den magischen Zeremonien mitnimmt, bei denen die Dämonen und die bösen Geister ausgetrieben werden sollen. Wie sie weiß, versammeln sich die Bediensteten von Zeit zu Zeit des Nachts hinten im Garten um einen alten hinkenden Zauberer in schmutzigen Kleidern, der auf der Stirn eine wuchernde Warze hat, ein widerliches drittes Auge. Ich glaube, während ich mit überreizten Sinnen in meinem Zimmer liege, den Lichtschein, die Töne, die Düfte der Zeremonie wahrzunehmen. Ich weiß, daß Li bebend in der ersten Reihe hockt. Ich weiß, daß der Hexenmeister sich gegen entsprechende Bezahlung mit einem Degen durchbohrt und sich große krumme Nägel ins Fleisch treibt. Dann schlafe ich ein.

Von meinen Amahs lerne ich zunächst die Landessprache. Ich bin ein kleiner weißer Chinese, der mit Legenden gesäugt wird. Li erzählt mir Geschichten, in denen es wimmelt von Ungeheuern, geflügelten Schlangen, Höllenfürsten, alles verschlingenden Drachen. Aber sie sagt, ich würde alle diese Schrecknisse besiegen, diese Greuel, diese Ausgeburten, Dünste, Träume und Alpträume, die für mich dennoch wie lebendige und gefährliche Tiere sind. Ich trüge an mir, sagt sie, die Zeichen des Wohlergehens und würde später ein König des Himmels. Zunächst einmal laufe ich nach Landesart den ganzen Tag mit nacktem Popo herum. Denn in Tschengtu sind die Kinder der Reichen zwar ganz und gar in dicke Seide gehüllt, und man schminkt ihnen die Backen, aber in ihre Hosen ist eine Art Klappe eingeschnitten. Dieses Stoffteil wird hochgeschlagen und der blanke Popo freigelegt, damit diese hochfeinen Kleinen jederzeit ihr feines kleines Geschäftchen bequem verrichten können – das sogleich sorgsam aufgelesen wird. Meine Abfälle allerdings werden nicht zur Düngung der Spargel und Artischocken im Küchengarten verwendet, dieser Gemüse, die meine Mutter als erster Mensch des Abendlandes in Szetschuan eingeführt hat und die ihr ganzer Stolz sind. Meine Mutter läßt ständig alles desinfizieren, ich aber schwelge mit meinen Amahs in chinesischen Suppen, faulen Eiern, dicken Essigbohnen, Palmwürmern. Trotzdem schäme ich mich, mit nacktem Hinterteil herumzulaufen, und ich schreite deshalb zu meiner ersten antichinesischen Revolte. Einer siegreichen Revolte: ich bekomme einen Matrosenanzug. Mein Leben ist eine Wonne. Ich habe viele Freunde unter den kleinen Jungen der Konsulatkulis, nackten Bürschchen mit dicken Bäuchen und schlenkernden Schwänzchen. Hinter jedem läuft ständig ein Hund her, der eigens dazu abgerichtet ist, sie im Bedarfsfall mit seiner Zunge sauberzulecken.

Zur Monsunzeit, als die Wolken wie schmutzige nässende Riesen über der Erde hängen, als der Wasserdrache kommt, schenken meine Amahs mir einen jungen Panther. Ein Pelzknäuel, mit dem ich den ganzen Tag spiele. Abends wird mein Gefährte in ein Türmchen mit schwervergittertem Fenster gesperrt. Doch in einer Sturmnacht, als der Himmel dem Feuer aus den Nüstern der Dämonen gleicht, drückt der Panther, von panischer Furcht ergriffen, das Gitter ein und springt hinaus. Das Seil, mit dem er angebunden ist, hält ihn in der Schwebe und erwürgt ihn. Mein erster Kummer. Er ist so tief, daß meine Amahs sich in Trauerkleidung hüllen und ein richtiges Begräbnis veranstalten. Die gesamte Dienerschaft folgt dem Zug. Auch ich trage ein weißes Gewand. Meine Mutter hat erlaubt, daß ein sehr frommer Bonze gerufen wird. Gongs und Litaneien, ein Grabhügel im Garten, wo mein Panther ruht.

Danach schenken meine Amahs mir langhalsige Sumpfvögel. Flamingos, Kraniche, Reiher, die stundenlang wie angewurzelt in einem kleinen Tümpel hinten im Garten auf einem Bein stehen. Man hat ihnen die Augenlider zugenäht. Das einzige Mittel, sie am Fortfliegen zu hindern. Als meine Mutter das erfährt, läßt sie die Lider unverzüglich wieder öffnen, und das ganze Geflügel macht sich pfeilschnell in die Sümpfe davon. Ich bin wütend auf meine Mutter.

Ich nehme zu an Weisheit und Erfahrung. Weit mehr als meine Eltern lebe ich im wahren China, mit meinen Amahs, meinen Mafus, den Dienern, die mir Stäbchen reichen, damit ich mit ihnen essen könne wie sie, wie ihre Kinder, die wie Wiesel rennen. Auf der Straße bin ich gut Freund mit den Suppen- und Kuchenverkäufern, mit den alten Schriftkundigen, die öffentliche Schreibstuben betreiben. Mein Mafu bringt mich zu den Fuhrleuten, den Maultiertreibern, den Wasserträgern, sogar zu den Soldaten. Aber vor allem nehmen meine Amahs mich regelmäßig mit in die Stadt. Sie sagen zu meiner Mutter, daß wir zu den Nonnen gingen. Aber wir besuchen jedesmal die Bonzenklöster, die Wahrsager, die aus seltsamen Kräutern und aus Fleischbrocken die Zukunft lesen. Die Zeichen sind günstig. Das erzähle ich Anne Marie nicht.

Wenn ich mit Li ausgehe, nimmt sie mich mit auf ihren Tragsessel. Einen verlausten Mietsessel, der von nur zwei Kulis getragen wird. Ich sitze auf ihren Knien, und sie reibt ihre Nase an der meinen. Ihr langer Zopf baumelt über meine Schulter, ich ziehe daran, und Li fährt in die Höhe. Sie lacht. Einmal sagt sie zu mir, sie werde mich jetzt zu den Prinzessinnen führen. Wir halten vor einer Art verwahrlostem Tempel. Es ist ein Theater, wo die großen jahrtausendealten Opern der »Drei kämpfenden Königreiche« gespielt werden. Gedränge, Geschrei, Auswurf und Spucke. Ausscheidungen aller Art, auch der Nasenschleim der Erkälteten, die sich ein Nasenloch zuhalten, um desto kräftiger durch das andere pusten zu können. Knallfrösche explodieren, die dicken roten Flocken aus den zerrissenen Hüllen sind wie Blüten über den Boden verstreut. Entkräftete Bettler machen sich direkt auf der Erde über die Obstkerne und Knochenreste her, die den unablässig kauenden Zuschauern aus dem Mund fallen. Blaugewandete Bedienerinnen füllen Tee in die Schalen der Zuschauer, die mit ihren Sapeken winken. Der kochendheiße Strahl landet haargenau im Becher. Der ganze Saal brodelt, man plärrt und prügelt sich. Zufriedenes Knurren steigt aus dem chinesischen Publikum, das für Dramen schwärmt.

Denn auf den Brettern spielt sich ein Drama ab. Ein Kaiser der Han-Dynastie trägt eine rote furchteinflößende Maske, die Maske der schrecklichen Majestät. Hinter den Lidschlitzen rollt der Herrscher riesige Augen. Seine Brauen sind Kohlebalken, sein Vollbart ist ein schwarzer Strom. Auf dem Kopf trägt er einen Dreispitz mit geschwungenen Federn. An seinem Rücken ist ein Fahnenbündel befestigt. Über sein Gewand ziehen sich Drachen. Seine Stimme rollt wie Donner. Grölender, singender Donner. Donner, der plötzlich abbricht, um dem Getöse der Tamtams, Gongs, Tamburine und Flöten zu weichen. Schläge, Geplätscher, Triller, die sich überschlagen. Musik, die einer wilden und zähflüssigen Verzauberung gleicht, frenetisch und langsam. Alles strebt dem Höhepunkt zu. Der Kaiser ist zu Ende mit seiner Tirade, seinen Ausführungen, seinen Schlußfolgerungen, er kommt zum Wahrspruch. Heiseres Gebrüll. Der Kaiser gibt seinen wie Flöhe herumhüpfenden Trabanten Befehl, seine Tochter zu töten: sie hat ihm den Gehorsam versagt. Wenn das Grollen der väterlichen Stimme verhallt ist, erscheint die Verurteilte, um die klassische Szene des vergeblichen Flehens um Gnade zu spielen. Weibertränen, die dem Kaiser Gelegenheit geben zu weiteren Beweisen seiner Unerbittlichkeit, seiner Lust an der grausamen Pflicht, der großen chinesischen Tugend.

Die Prinzessin, deren Haar funkelt von den tausend Feuern

ihrer Juwelen, nähert sich auf ihren verstümmelten Füßen, mit ausgebreiteten Armen, um sich im Gleichgewicht zu halten. Sie jammert. Täubchenklage, Augenverdrehen, Hüftenwinden. Aus den Seidenärmeln flehen die Hände. Die Finger halten einen Schleier, der die Züge verhüllen, das Zittern und Zagen bei der Verkündigung des Todesurteils verbergen soll. Die Chinesen im Zuschauerraum weinen, was sie in Wirklichkeit nie tun würden. Die Henker packen die Prinzessin und schleifen sie hinaus zum Tode. Die Instrumente fallen ein wie eine tönende Klinge, wie eine ohrenbetäubende Woge. Die Prinzessin ist gerichtet. Aber ich weiß, daß sie lebt wie ich.

Über einen Theaterbesuch kann ich mit meinen Eltern sprechen. Voll Rührung erzähle ich meinem Vater von der Prinzessin. Aber er zwirbelt seinen Schnurrbart und lacht mich aus:

»Deine Prinzessin ist ein Mann. Alle Prinzessinnen auf dem Theater sind Männer.«

Und mein Vater wendet sich meiner Mutter zu, halb beckmesserisch, halb lüstern, halb entrüstet, halb entzückt, und flüstert ihr leise Worte ins Ohr, die ich nicht hätte hören sollen:

»Diese Schauspielerinnen sind professionelle Lustwesen unbestimmten Geschlechts. Die Reichen in der Stadt schätzen sie sehr. Sogar der General frönt dieser Neigung.«

Meine Mutter ist schockiert. Nicht von dem, was mein Vater sagt, sondern von der Art, wie er es sagt. Diese ganze Mimik, diese Mischung aus Philistertum und Schlüpfrigkeit. Ein gereiztes Zucken läuft über Anne Maries Gesicht.

Ich habe zwar nichts begriffen, aber ich will nicht mehr ins Theater gehen. Und meine treue Li läßt mich bei unseren Ausflügen im Tragsessel andere Freuden kennenlernen. Die Freuden, die wir dem neuen Kriegsherrn verdanken, der sich Mühe gibt, seine Untertanen zu befrieden und ihnen gleichzeitig eine Lehre und Unterweisung zuteil werden zu lassen.

Der neue Kriegsherr von Tschengtu ist »modern«. Er legt sich den Titel Marschall zu. Er ist kein ehemaliger Habenichts, kein ehemaliger Mönch, der seinen Aufstieg seiner Gerissenheit verdankte, seiner Ruchlosigkeit, einem blutigen Streich, der Tüchtigkeit im Stehlen und Pfählen und dem genialen Einfall, die Brigantenhorden als Privatarmee um sich zu scharen. Der Marschall von Tschengtu wurde in einer Militärakademie ausgebildet und hat sogar die modernen Wissenschaften studiert. Um sich bei den Einwohnern von Tschengtu beliebt zu machen, fügt er den alten Raffinessen die fortschrittlichen hinzu. Er hält sich zum Beispiel eine Militärkapelle in Husarenuniform, mit Pauken und Trompeten, die Blechmusik seiner Streitkräfte, die nach der europäischen Tonleiter spielen kann. Er hat aus Schanghai einen Musikpavillon kommen lassen. Die Einweihung erfolgte unter großem Gepränge auf dem Hauptplatz der Stadt, der auch die Richtstätte ist. Manchmal werden beide Funktionen kombiniert. Bei Festlichkeiten spielt der Musikzug Beethoven oder was er darunter versteht. Zu diesem Schauspiel versammelt sich die Crème der Stadt. Die himmlische Herrenwelt im traditionellen Gewand, die himmlischen Damen mit den bandagierten Füßen, diesen verkümmerten auswuchsartigen Stummeln, sind mit allen Angehörigen und Kindern erschienen. Man lauscht den abendländischen Symphonien, in die sich Tamtams und Knallfrösche mischen. Und man hört auch Schreie. Denn auf dem Podium ist ein nackter Mann an einen Pfahl gebunden. Sein Körper wird ständig weniger. Nach jedem Musikstück säbelt der Henker dem Unglücklichen mit seinem Messer ein Stück Fleisch ab. Diese Brocken wirft er in die Menge, die lachend schiebt und stößt, um nicht getroffen oder besudelt zu werden. Während das menschliche Etwas noch immer lebt, ein armloser, beinloser Rumpf wird, ein blutender, brüllender Klumpen. Kindliche Fröhlichkeit. Li gefällt es, sie lacht, ist jünger, reizender denn je. Sie nimmt mich auf die Arme, hebt mich hoch über ihren Kopf, damit ich gut sehe. Die Gesellschaft ist entzückt, ein voller Erfolg. Die Leute rund um uns sagen, daß der Marschall ein guter Mann sei. Er ist ein großer Marschall, der den Frieden gebracht hat – so viel Frieden, daß man jetzt einfach durch ein paar Hinrichtungen die Ordnung aufrechterhalten kann.

Diese Kundgebung erscheint mir so patriotisch und verdienstvoll, daß ich meinen Eltern davon berichte. Mein Vater macht wie immer ein paar didaktische und gelehrte Bemerkungen.

»Mein Kind, was du da gesehen hast, war ein infames Hinschlachten. Typisch für die Entartung unserer Zeit. Man hat den Mann zerstückelt, abgestochen wie ein Schwein. Er ist nach ein paar Minuten krepiert. Ich habe zu meiner Zeit die richtige Prozedur des langsamen Todes kennengelernt. Damals wurden nur die Muskelpartien entfernt, eine nach der anderen, über der Brust, an Armen und Beinen. Nichts Lebenswichtiges wurde verletzt, der Todeskampf dauerte tagelang. Alles Fleisch wurde vom Skelett entfernt. Und wenn nur noch die Knochen übrig waren, wurden sie ausgerenkt und gebrochen. Und dann wurde der Kopf abgeschlagen.«

Über die Wangen meiner Mutter huscht wieder ein nervöser Schatten, sie sagt zu meinem Vater: »Schweigen Sie.« Sie schickt mich zu Bett und macht Li ernste Vorhaltungen. Li ist höchlichst überrascht, sie begreift nicht, was sie falsch gemacht hat: Ist es denn nicht gut, daß ein Kind sehe, wie das Verbrechen bestraft wird?

Um das Jahr 1918 ist Tschengtu erfüllt von den Wohltaten des neuen Kriegsherrn. Er will dort die Künste und Wissenschaften des Abendlands zur Blüte bringen.

Sofort fühlt mein Vater sich noch eindringlicher zum Dienst am Vaterland aufgerufen.

»Das eröffnet eine Vielzahl neuer Märkte! Ich muß sie unseren französischen Firmen in Schanghai sichern. Wenn die Engländer sich einbilden, ich überließe ihnen diesen fetten Brocken . . .«

Die Bevölkerung ist weniger begeistert. Sie weiß, daß sie alles bezahlen wird. Beunruhigte Mienen, als der Marschall verkündet, er werde sich höchstselbst seinem Volk in einer Maschine zeigen, die sich ganz von allein bewegt: in einem Automobil. Eine Proklamation befiehlt der Bevölkerung, sich zu versammeln und begeistert zu sein.

Für die Vorführung des Marschalls wird dringend eine schöne und würdige Triumphstraße benötigt. Denn das Magma der Winkelgäßchen, der Schuttabladegäßchen, diese darmartigen Gebilde würden der Majestät des motorisierten Marschalls übel anstehen. Es ergeht Befehl an die reichen Händler der Seidenstraße, vor Ablauf von vierundzwanzig Stunden ihre Läden auf eine Tiefe von vier Metern abzureißen. Mein Mafu führt mich hin. Alles ist ruhig. Ein alter Stadtschreiber erklärt:

»Die Herren Seidenhändler haben sich zusammengetan, Sie haben einen großen Geldbetrag gesammelt und dem Kriegsherrn übergeben. Der Marschall hat geruht, ihre Bitte anzuhören.«

Jetzt ist eine andere, weniger reiche Straße bedroht. Doch auch ihre Bewohner vermochten den Marschall umzustimmen. Die gleiche Szene wiederholt sich an den folgenden Tagen in allen Durchgangsstraßen der Stadt. Schließlich rücken Soldaten mit Maschinenpistolen, Äxten und Fackeln aus. Sie demolieren ein Elendsviertel, dessen Einwohner zu arm sind, um sich das Wohlwollen des Kriegsherrn zu erkaufen. Die Menschen wehren sich, es wird Feuer gelegt. Alle werden verjagt, die Widerspenstigen getötet. Auf diese Weise hat man ein Terrain gewonnen, das groß genug war, daß Tun Kiong, das heißt der Kriegsherr, in aller Pracht anrollen konnte.

Der große Tag. Ein Haufen Volks drängt sich am Ort. Er wurde von den Soldaten mit drastischen Mitteln zusammengetrieben. Die trüben Gesichter der unfreiwilligen Zuschauer grimassieren wie Wasserspeier – Ausdruck pflichtgemäßer Freude. Trompeten, Fanfaren, eine Militäreskorte um eine Kühlerhaube. Hüstelndes Töff-töff, und der Kriegsherr rollt unter dem Schutz seiner Armee stehend im ersten Automobil von Tschengtu durch die Stadt.

Mein Vater sieht aus, als hätte er eine Schlacht verloren. Er sagt zu meiner Mutter:

»Und es ist nicht einmal eine französische Marke.«

Es war die einzige Ausfahrt. Das Vehikel ist danach wahrscheinlich in einem Winkel des Palasts des Tun Kiong verrostet. Denn sooft ich dem Kriegsherrn in der Stadt begegne, sehe ich den üblichen Aufzug. Eine Mischung aus dem alten China und dem neuen, dem China der Gewehre. Gongs, Salven, Banner und Fahnen, Würdenträger in Roben und Männer in Militäruniform. Immer Bajonette, aber auch die traditionellen Peitschen und Ketten der Henker, die dem Marschall folgen. Er reitet unter einem großen Sonnenschirm. Und ehe er auftaucht, leeren sich jedesmal auf geheimnisvolle Weise die Straßen: kein einziges Gesicht. Stille der Furcht. Denn wenn jemand sich zeigte, könnte das Auge des Kriegsherrn auf ihn fallen, und wer weiß, was dabei herauskäme.

Ich fürchte den Kriegsherrn nicht. Er kommt oft zu Festlichkeiten ins Konsulat. Li kündigt mir seine Besuche schon Tage vorher an. Li, die ich oft überrasche, wie sie und der kahlköpfige Oberkoch sich am kleinen Finger halten. Das ist ein Liebeszeichen. Ich bin eifersüchtig, aber durch den Koch ist Li so gut informiert.

Der Dienerschaft des Konsulats steigt das große Ereignis zu Kopf. Aus jedem einzelnen spricht der Eifer, spricht das »Gesicht«, das der Besuch des Marschalls dem ganzen Yamen verleiht. Alles trieft von Wichtigtuerei. Nur meine Mutter zeigt sich unbeeindruckt. Sie weist die Köche an, die herablassend erwidern »wissen wir«, vor allem dann, wenn sie gar nichts wissen. Anne Marie läßt Gerichte ihres heimatlichen Loiretals zubereiten, wobei der Mandarinfisch den Hecht zur Beurre blanc ersetzen muß. Die Köche sind stolz darauf, daß sie in die Geheimnisse des Abendlandes eindringen. Aber sobald sie diese Geheimnisse kennen, möchten sie sie unbedingt durch die chinesische Zubereitungsart verbessern. Meine Mutter kann sie nur mit großer Mühe daran hindern, daß sie nach himmlischem Brauch alles kurz und klein schneiden.

Mein Vater wandelt in tiefem Nachdenken einher. Besonders, wenn er in die Schatzkammer geht. Langes Entriegeln der Schlösser. Dort sind die Kostbarkeiten aus Schanghai verwahrt, von der Verbandwatte, den Schnurknäueln bis zu den Trüffeln und dem Cassoulet. Wie mein Vater sagt: »Die Rechnungen sind gesalzen, aber es geht um die Zukunft Frankreichs am Oberen Yangtsekiang.« Alle paar Monate trifft eine neue Sendung ein, und dann herrscht große Freude, wenn die Deckel der mit Konserven gefüllten eisenbeschlagenen Kisten aufspringen. Für mich sind die Konserven wertvoller als Jade und Buddhas, sie sind der Abglanz einer unbekannten Welt. Und ich rühre mich stundenlang nicht vom Fleck, während mein Vater die Dosen zählt und zum Chefboy sagt: »Es sind soundsoviele von diesem und soundsoviele von jenem.« Der Chefboy stimmt gleichmütig zu. Aber er weiß, daß er hiermit davor gewarnt wurde, lange Finger zu machen.

Höchste Wonne: mein Vater sucht nun diese Höhle auf und macht seinen Schlachtplan für das große Diner.

»Soundsoviele Flaschen Champagner. Soundsoviele Flaschen Bordeaux. Soundsoviele Flaschen Muscadet – der Muscadet wird Ihnen zu Ehren serviert, Anne Marie. Soundsoviele Flaschen...«

»Aber das ist zuviel. Sie werden sich betrinken, der Marschall ebenfalls. Es wird sehr unerfreulich werden.«

»Ich tue es nicht zum Vergnügen, das wissen Sie genau, Anne Marie. Aber ich muß mich opfern . . . Was hielten Sie von einigen Dosen Gänseleber?«

»Damit die Gäste sie zugleich mit den Getränken wieder von sich geben können? Und der Marschall könnte glauben, man habe ihn vergiftet. Er weiß nicht einmal, was das ist.«

»Er wird tun, als wüßte er es. Um mir damit eine Ehre zu erweisen.«

Mein Vater im Frack. Meine Mutter im Abendkleid. Es wird Nacht. Meine Eltern sind in voller Rüstung. Mein Vater stellt sich schrecklich an. Sein Hemd erwürgt ihn. Und die Schuhe drücken auf seine Hühneraugen. Mein Vater hinkt demonstrativ, er verwünscht die Boys, vor allem seinen Kammerdiener, der ein Tölpel ist. Meine Mutter erscheint: eine Tulpe aus kostbaren Spitzen. Auf ihrer Brust ein Jadegehänge. Ihr Anblick heitert den Konsul auf. Galant, zärtlich und autoritär spricht er, in seiner doppelten Eigenschaft als Ehemann und Amtsvorstand, zu Anne Marie:

»Ihr Kleid ist zwar teuer gewesen, aber es steht Ihnen gut. Ich verlasse mich auf Sie. Sprechen Sie heute Abend nicht zuviel. Die Frauen haben zu schweigen.«

Er versucht, sie zu küssen, aber sie weicht aus.

Lärm im Ehrenhof. Gewieher, Pferdegetrappel, Kuligeschrei. Es geht zu wie in einer Karawanserei. Männer mit Federbuschen springen aus dem Sattel und werfen den Stallknechten die Zügel zu. Feiste, in Fett und Seide gewickelte Chinesen, Kaufleute, die sich umständlich aus ihren Sänften schrauben. Die Lampen in den Hofwinkeln erhellen die Gesichter der Kulis, der Leibgarde, einer ganzen Schar, Gesichter, die sich aus dem Dunkel schälen, die auf kauernden Körpern stecken, reisverschmierte Gesichter. Großes Kampfgetümmel. Der Kriegsherr rückt mit seiner Ehrengarde an, die ständig im Alarmzustand ist, jederzeit bereit zu töten, denn eine Überraschung ist immer möglich. Stählerne Blitze. Gewehre im Anschlag, während der Marschall auf meinen Vater zugeht, der sich tief vor ihm verbeugt, und auf meine Mutter, die das unerhörte Privileg genießt, ihre senkrechte Haltung zu wahren, und nur eine leichte Reverenz andeutet, ein graziöses Kopfneigen.

Drinnen begann die Entente cordiale, das große Gaudium, das Mahl der hundert Gedecke mit seinem Aufgebot an Kristall, Silber und Linnen. Ich kauerte in der Anrichte, wo meine Amahs mich versteckt hatten, und spähte durch die Servierluke. Der Kriegsherr thronte auf einem mit Tigerfellen bezogenen Hochsitz. Ein Adjutant mußte alle Weine und Speisen vorkosten. Die Leibgardisten im Hof ließen den Finger nicht vom Abzug.

Ich beobachtete die Freundschaftsriten, ein Crescendo. Zu Anfang nichts als starre Höflichkeit. Aber mein Vater verfolgte unbeirrt sein Ziel. Er verstand sich darauf, diese Steifheit in Geplauder, Komplimente und Scherze aufzulösen. Der Abend kam in Schwung. Ich hörte die Reden, hörte das Lachen. Blumenreiche Ansprachen, Schwänke, die mit Beifall belohnt wurden. Meine Mutter ließ sich nicht stören durch diese Rüpel, die versuchten, europäisch zu essen. Komisches Ringen der Gäste mit den Löffeln und Gabeln. Die Geladenen bedienten sich der Finger und erleichterten sich durch Rülpsen. Sie spuckten Gräten aus. Die Diener des Konsulats trugen die Hammelkeulen auf. Es folgte ein Gemetzel.

Der Konsul von Frankreich ließ sich nicht lumpen. Er schwelgte im Schwulst. Frankreich über alles, China über alles; seine Heiterkeitsausbrüche wurden pflichtschuldigst von der ganzen Tafelrunde aufgenommen. Er war noch gespreizter – von geradezu komischer Gespreiztheit – als die Himmlischen. Er gab Jokes zum besten – man bediente sich dieses englischen Worts –, die zum Repertoire, zum Katalog gehörten und die jeder kannte. Diplomatischer Almanach des China der Kriegsherrn. Belustigung. Automatismus der Belustigung. Denn mein Vater wußte, daß die Wahrheit in China ein Sakrileg ist, daß die kleinste Anspielung auf die Realität unschicklich ist. Ich fand die Veranstaltung gelungen: die totale Scheinwelt.

Die Scheinwelt, die in Entfesselung übergeht. Denn jetzt schickt mein Vater sich zur ersten Nagelprobe an. Er steht auf, er trinkt einmal »ex«, zehnmal, fünfzigmal. Jedesmal hält er das Glas zur Huldigung und Herausforderung dem Gast entgegen, den er ehren will. Endlich kommt die Nagelprobe mit dem Kriegsherrn, der gleichfalls aufsteht. Der Chinese und der Franzose stehen sich gegenüber und kippen ihre Gläser mit den geheiligten Gebärden. Der Konsul und der Potentat Aug in Aug beim Brüderschaftsduell mit dem Trinkglas. Die Atmosphäre ist mit Erregung, mit elektrischer Spannung, mit Aggressivität geladen. Leise Rufe, Lachen von allen Seiten. Die Geladenen fordern nun ihrerseits meinen Vater zur Nagelprobe heraus. Mein Vater stellt sich schwankend dem allgemeinen Extrinken. Worte schwirren, Gläser klirren, Trinksprüche werden gekreischt. Der erste übergibt sich. Meine Mutter sitzt ruhig auf ihrem Platz neben dem Marschall.

Draußen gehen den Soldaten versehentlich ein paar Schüsse los. Niemand regt sich auf. Im Hof schlafen die Kulis. Drinnen beginnt auf dem verwüsteten Tisch die Pokerpartie. Mein Vater sitzt schlaff, fast hilflos zwischen den Chinesen, die ihre steinerne Ruhe wiedergewonnen haben. Ihre knappen Worte beim Überbieten. Ihre Gesichter, ihre eisigen Mienen. Der Haufen Geldscheine, die Karten, die von den gelben Fingern auf den Tisch geklatscht werden. Leidenschaftslosigkeit der Chinesen bei einem leidenschaftlichen Spiel. Grausamkeit liegt in der Luft. Der Konsul verliert. Und dann wieder Gelächter, Extrinken, Aufstoßen, Körper, die unter den Tisch rollen, auf den dreckigen Boden. Die gelben Gesichter jetzt grünlich, verzerrt. Das chinesische Talent, mit Eingeweiden, Schleimhäuten, Mündern Geräusche zu erzeugen. Mein Vater ist hochzufrieden, genauso muß ein Fest enden. Er ist entschlossen, auszuhalten, sich zum Ruhme Frankreichs auf den Füßen zu halten. Er belauert den Kriegsherrn, deutet jedes Lächeln, forscht in den Schlitzaugen. Der

Kriegsherr ist noch immer ungebrochen. Der Höhepunkt: Er läßt zwei riesige mit Cognac gefüllte Gefäße bringen und fordert meinen Vater zur großen Nagelprobe. Unentschieden. Das Ganze nochmals. Der Marschall trinkt, mein Vater trinkt, und der Marschall stürzt von seinem Thron. Sieg meines Vaters. Pyrrhussieg, denn er fragt sich später, ob er nicht besser als erster umgekippt wäre. Unlösbares Problem des »Gesichts« ...

Folgt das große Einsammeln. Soldaten tragen den Marschall weg. Kulis und Leibgardisten ziehen die übrigen Männer unter dem Tisch hervor. Jeder Diener schafft seinen Herrn nach Hause. Und im leeren Saal übergibt sich mein Vater. Mein Vater, der heldenhaft war, der bis zuletzt seine Pflicht getan hat. Auch er wird nun hinausgetragen.

Nachdem alle abgezogen waren, schlüpfte ich in den verwüsteten Speisesaal. Ich goß sämtliche Weinreste aus den Gläsern in einen Becher zusammen. Dann trank ich »ex«. Meine Mutter kam dazu und sagte: »Hältst du dich vielleicht auch für einen Konsul?«

Am folgenden Tag ist bis sechs Uhr abends absolute Stille im Konsulat geboten. Dann kommt der Konsul im Pyjama zum Vorschein, eine feuchte Serviette über der Stirn, ein wandelnder Leichnam. Er sagt zu Anne Marie:

»Sie waren gestern abend ein wenig kalt.«

»Ich habe bis zum Ende bei Ihrem Freund, dem Marschall, ausgeharrt. Ein Wunder, daß er mich nicht bei seinem Sturz mitgerissen hat. Aber das Kleid, über dessen Preis Sie sich so sehr aufhielten, ist ruiniert.«

»Vergessen Sie nicht, Sie sind die Gattin des Konsuls.«

»Ich weiß, Sie erinnern mich ja unaufhörlich daran.«

»Sie haben sich sehr gut gehalten. Es war ein wohlgelungener Abend. Ich habe mitgezählt, der Marschall hat zwanzigmal gelächelt, zwölfmal gelacht und vierzehnmal ›ex‹ getrunken. Wenn das mein englischer Kollege erfährt, wird er sich schön giften! Ich habe dem französischen Einfluß in Szetschuan zur Vorherrschaft verholfen, das steht fest. Es wird mir bei meinen großen Plänen sehr zustatten kommen.«

Er hüstelte, um sich vollends munter zu machen.

»Ich werde unverzüglich an den Quai d'Orsay melden, daß

meine Beziehungen zum Marschall besser sind denn je zuvor.«

Nachdem der Konsul sich korrekt angekleidet hat, läßt er seinen Stab antreten. Das heißt den Vizekonsul, den Siegelbewahrer, den alten Schriftkundigen, die Dolmetscher und Anne Marie. Unter den bemüht sonnigen Mienen seiner Umgebung beginnt mein Vater mit der Abfassung seines Berichts: »›Gestern abend demonstrierte der Marschall ausdrücklich seine Sympathie für Frankreich, indem er mit großem Gefolge im Konsulat dinierte . . .‹ Wie finden Sie diesen Anfang, Anne Marie?«

»Sehr gut. Aber vergessen Sie nicht, daß es Zeit ist für das Abendessen.«

»Lassen Sie mich in Ruhe.«

Mein Vater arbeitet, wohlgelaunt füllt er Seite um Seite. Keine Rede von Abendessen. Meine Mutter wartet, aber ihre Augen leuchten auf, als sie einen Boten des Marschalls ankommen sieht, der ihr ein Kästchen aus schwarzem Holz bringt. Anne Marie erbricht die Siegel, schiebt den Deckel auf und findet zwei nachtschimmernde Ringe, zwei tiefgrüne Jadearmreifen.

Zwei Wochen später jedoch ist das Konsulat von einem Kordon aus Soldaten und Stahl umschlossen. Ein Wald von Bajonetten, Männer in spannungsgeladener Unbeirrbarkeit, wie wilde Tiere auf der Lauer. Offiziere brüllen Befehle. Uniformierte bringen ein Maschinengewehr in Stellung, richten es auf das Amtszimmer meines Vaters und ein zweites auf den großen Salon, in dem der Marschall so aufwendig bewirtet worden war.

Ein aufgebrachter Mensch, ein kleiner Affe mit gewaltigem Federbusch, nimmt vor dem Eingang Aufstellung und beginnt, lauthals zu zetern. Er verkündet, daß er das Konsulat dem Erdboden gleichmachen werde, diesen Schlupfwinkel chinafeindlicher Banditen, diese Räuberhöhle.

Es ist sechs Uhr morgens. Mein Vater ist allein mit meiner Mutter und mir in seinem Amtszimmer. Das chinesische Personal hat sich im Hinterhof verschanzt und betrachtet sensationslüstern und tatenlos das Schauspiel. Mein Vater schlägt sich an die Stirn:

»Es ist nur eine Erpressung, aber warum?«

Meine Mutter, ironisch:

»Vielleicht ein neuer Gunstbeweis des Marschalls?«

»Lassen Sie mich nachdenken. Es könnte sich um die Sache mit den Kanonen handeln, die mein Mittelsmann für den Marschall in Schanghai bestellt hat. Es scheint, daß sie unterwegs, in Hai Tschang, von einem anderen Kriegsherrn abgefangen wurden.«

Noch immer das Gekreisch des Menschen mit dem Federbusch. Nun hat Brüllen in China immer eine ernste Bedeutung. Es will besagen, daß man die Maske fallen läßt, die obligatorische Höflichkeit aufgibt, um zur Ausführung, zur Tat zu schreiten. Aber zu welcher Tat? Der Mann schwingt seinen Säbel, aber die Truppen bewegen sich nicht. Die Soldaten stehen regungslos. Nichts passiert.

»Was waren das für Kanonen?« fragt meine Mutter den Vater.

»Alte 75er. Der Verkäufer, den ich empfohlen habe, Monsieur Dumont, ist kein kleiner Krämer. Er vertritt eine der angesehensten Firmen Schanghais, ein bekanntes Unternehmen.«

»Sie katzbuckeln ständig vor den Geschäftsleuten und den Bankiers von Schanghai, und dabei haben sie Ihnen durch ihre Unredlichkeit schon so viel Ärger bereitet.«

»Dieses Mal handelt es sich um Leute, die auf Waffenlieferungen an die Kriegsherren spezialisiert sind. Sie verstehen ihr Geschäft. Nein, ich glaube, hier bin ich das Opfer einer Chinoiserie unter Chinesen geworden.«

Kurz, der Konsul ist wieder einmal in eine dieser himmlischen Intrigen aus Brutalität und Untätigkeit verwickelt, die er so gut kennt. Man versinkt darin wie in einem Sumpf, die Worte verhallen ungehört, haben keinen Sinn, prallen ab an der chinesischen Mauer aus Spitzfindigkeiten, die keinerlei Bezug zum Thema haben. Man weiß nicht einmal mehr, worüber man sich streitet. Triumph des chinesischen Mißverstehens. In diesem Fall eines gekonnten, gewollten und sorgfältig inszenierten Mißverstehens, einer Komödie mit ein paar Hundert vollausgerüsteten Soldaten. Genau gesagt der Leibgarde des Marschalls.

Der Konsul hat seine Miene reiflichen Nachdenkens aufgesetzt.

»Fürchten Sie sich nicht, Anne Marie. Die Lage ist nicht ernst. Die Domestiken sind nicht getürmt. Und der Marschall hat auch nicht den Pöbel auf uns gehetzt. Diese Truppenentsendung ist weiter nichts als ein Eröffnungsschachzug. Warten wir in aller Ruhe einen Boten des Marschalls ab.«

Lange Erwartung. Vergebliche Erwartung. Mein Vater beschließt, in den Ehrenhof hinauszugehen. Bajonette umringen ihn. Endloses Palaver mit einem Offizier, der meinem Vater erklärt, daß man ihn töten werde. Eine Stunde lang regt der Offizier sich abwechselnd auf und wieder ab. Dann kehrt mein Vater, als wäre nichts gewesen, in sein Amtszimmer zurück. Meine Mutter küßt ihn auf die Wange.

Endlich Hufegeklapper. Endlich ein Abgesandter des Marschalls mit einer Schriftrolle. Der alte Schriftkundige, der genau im rechten Moment auftaucht, liest meinem Vater dieses Dokument vor, worin der Marschall dem Konsul von Frankreich erklärt: »Nur zu Ihrem Schutz habe ich eines meiner unwürdigen Regimenter zum Yamen geschickt. Denn die Stadt wird von Piratenhorden bedroht.«

Zwei Tage hindurch kommen und verschwinden die Boten im gestreckten Galopp, bringen und holen Schriftrollen, die mit Wachssiegeln versehen sind – dem Siegel des Kriegsherrn und dem Siegel der Französischen Republik. Austausch von Komplimenten. Mein Vater erklärt sich verwirrt von so viel Fürsorge, es ist ihm eine außerordentliche Ehre, unter der Obhut dieser bewundernswerten Truppe zu stehen. Er dankt dem Marschall zehntausendmal für sein Wohlwollen. Indessen bedürfe er, dank des Kriegsherrn, der durch seinen Edelmut, sein Genie und seine Liebe zum Volk den Frieden in der ganzen Stadt gewährleistet, dieses besonderen Schutzes nicht. Aber der Bescheidenheit des Marschalls ist durch solche Argumente nicht beizukommen. Er antwortet dem Konsul von Frankreich, der Geist des Bösen sei überall, und seine armseligen persönlichen Talente seien nicht ausreichend gewesen, die Gefahren zu bannen, die über Tschengtu und dem französischen Konsulat dräuten. Seine Wertschätzung für meinen Vater und dessen Familie machten es ihm zur Pflicht, für ihre Sicherheit zu sorgen. Diese Pflicht sei ihm heilig. Eher würde er sich die Kehle durchschneiden, als das Konsulat der Französischen Republik der Gefahr überantworten.

An den folgenden Tagen ist die Soldateska noch immer hier.

Ein schlapper, desperater Haufen, der sich mit Weibern auf dem Pflaster wälzt. Die Köpfe wackeln kraftlos, die Mienen sind zugleich verstört und ratlos, wie überwältigt von Verzagtheit und Müdigkeit. Unter diesen Kriegern sind zwölf- bis dreizehnjährige Kinder mit kahlgeschorenen Schädeln. Sie haben die Patronengürtel auf den Boden geworfen, und die Riemen der Maschinenpistolen baumeln auf halbmast. Die Offiziere sind verschwunden. In diesem Zustand der Energielosigkeit sind die Soldaten noch gefährlicher, als wenn sie hysterisch sind. Denn sie beginnen dann, auf eigene Rechnung zu arbeiten. Da der Marschall seinen Männern niemals einen Sou gibt, beschließt mein Vater, sie selbst zu bezahlen. Er läßt durch unsere Diener Sapeken und Nahrungsmittel verteilen. Großes Freßgelage.

Mein Vater marschiert rastlos auf und ab. Wann und wie wird der Marschall sein Spiel aufdecken? Es kann alle möglichen Formen annehmen. Endlich erscheint auf einem Tragsessel ein Unterhändler der alten Schule, ein Fettsack, Hände in den Ärmeln versteckt, Augen hinterm Speck versteckt, Gedanken im Schädel versteckt. Eine Kugel, die mitten durch die respektvoll zurückweichende Garde bis zum Amtszimmer des Herrn Konsul rollt.

Er ist ein kleiner gelber Milliardär. So klein, daß er sich für unwürdig erklärt, mit meinem Vater zu sprechen. Herr Lü hingegen, Oberhaupt der Seidengilde, könnte ihm vielleicht ein paar nutzlose Ratschläge erteilen. Doch leider könne Herr Lü wegen seines hohen Alters nicht zum Konsulat kommen. Ob der Herr Konsul ihm, dem Diener Herrn Lüs, zu Herrn Lü folgen wolle?

Aufbruch meines Vaters zu den düsteren, entlegenen Höhlen, versteckt hinter stinkenden Mauern, gewaltigen Riegeln, Gucklöchern, unsichtbaren Blicken und Losungswörtern, wo die gelben Milliardäre auf ihrem »kang« liegen. Aufbruch zum hochmächtigen Herrn Lü.

Im Konsulat wartet man. Die Dienerschaft ist sehr interessiert. Der Koch ist baß erstaunt, daß Herr Lü, den kein Mensch je zu sehen bekommt, sich meinem Vater zeigen wolle. Er kommt zu dem Schluß: »Ich glaube, es wird für den Herrn Konsul glücklich ausgehen.«

Nach zwei Stunden kommt mein Vater in bester Laune zurück.

Er berichtet bei Tisch, daß er in eine Art verlassene, verfallene Stadt geführt worden sei. Kein Mensch zu sehen, nicht einmal der huschende Schatten eines Dieners oder Wächters. Nach dieser Einsamkeit ein völlig dunkles Zimmer, in dem nur eine Opiumlampe die Hüften von Göttinnen und die Bäuche edelsteinerner Buddhas aufglimmen läßt. Das Leuchten, das fast vom Fußboden her kommt, von Mahagonidielen aufsteigt, bricht sich an der Kante eines Gesichts und an der Linie eines liegenden Körpers. Ein durchsichtiges Skelett. Alles, was noch übrig ist von Herrn Lü, der kein Fleisch, keine Muskeln mehr hat, kaum noch ein Restchen Blut, ein paar verkümmerte Knochen. Und doch ist er einer der Herren von Tschengtu.

Herr Lü hat nach den Regeln der alten chinesischen Weisheit gelebt. Früher einmal gehörte er gewiß zu den Genießern, die ihren Nabel vor sich hertragen, rülpsen, fressen, sich mit Frauen zur Befriedigung sämtlicher Gelüste umgeben. Aber als mit den Jahren auch die fleischlichen Freuden dahinschwanden, nahm er seine Zuflucht zum Opiumtraum, zum Knistern der Kügelchen, zur liegenden Lebensweise, bei der nur noch das Gehirn aktiv ist. Denn wenn das Opium den Körper lähmt, die vulgären Gelüste tötet, so verleiht es dem Denken äußerste Schärfe. Denken wird zum Spiel, wird zum Krieg, zur eisigen Grausamkeit, zur letzten Wollust, zum Sitz der Potenz. Es gibt keine Gefühle mehr, weder Gut noch Böse. Nur noch Intelligenz, nur noch Urteilsfähigkeit und in ihrem Gefolge noch mehr Macht und noch mehr Geld.

Mein Vater gibt seine Eindrücke wieder:

»Was will Herr Lü von mir? Seine vertrockneten, steinharten Augen betrachten mich. Er wackelt mit einem edlen Kopf, dessen Runzeln wie Pfeiler sind, kaltes und loderndes Gebälk, das eine tote Haut hält. Er ist ein Gespenst von furchtbarer Unerbittlichkeit, der Unerbittlichkeit des Jenseits. Was weiß ich von ihm? Daß, wenn er sich von seinem Lager aufrichtet, dieser Mann, der nur ein Hauch ist, ein Atemzug Opiumrauch, jeden beliebigen Befehl murmeln kann, und man wird ihm gehorchen. Es gibt keinen Ungehorsam gegenüber Herrn Lü, der mit seinem Rechenbrettchen reicher ist als eine Bank in Schanghai mit ihrer Marmorfassade.

Wer ist Lü? Er ist die Habsucht, die Verbindung aus dem Handel des Mittelalters und dem modernen Geschäftsleben. Das China der fremden Teufel, die besessen sind von ihrer Gewinnsucht, ihren Maschinen, Dollars und Fabriken kennt er in- und auswendig. Sogar hier in seinem Tschengtu, in seiner Höhle, weiß er, was Business ist. Er steht auf bestem Fuß mit den Merchants und den Compradores von Hankau und Schanghai. Zugleich bleibt er bei der chinesischen Tradition des Squeeze, das heißt, daß man aus allem etwas herausschindet: aus einem Bürgerkrieg, einer Hungersnot, einem Massaker. Er weiß alles. Was finanziert er nicht alles! Revolutionen, Entführungen, Plünderungen. Er hat Verbindung zum Kriegsherrn, zum Großbürgertum, aber auch zu den Gangstern, den Mitgliedern der Geheimbünde, den Piraten, jeder der zahlreichen unterirdischen Welten. In China vermischt sich alles, müssen Sie wissen, ist alles ein einziger gelber Dunst. Aber darin finden sich Männer wie Lü!«

»Haben Sie mit Herrn Lü Opium geraucht?« fragt meine Mutter.

»Nachdem er mich lange betrachtet hatte, bedeutete mir Herr Lü durch einen Wink seiner Knochenfinger, die aus einem weiten Ärmel hervorkamen, ich solle mich zu ihm legen. Er reichte mir eine Pfeife mit Jademundstück und bereitete mir sodann eigenhändig ein Kügelchen, knetete es, erhitzte es auf dem handförmigen Öfchen. Wir haben schweigend geraucht, es war fast ein Ritual. Ich sollte wohl ein ebenso körperloses Wesen werden wie er. Keine Frau war anwesend, keine Konkubine. Nur ein altersloser Mann zu unserer Bedienung.«

Ich saß neben meiner Mutter. Uns gegenüber kaute der Konsul zwischen den Worten. Familienszene. Monsunhitze. Mein Vater scheuchte die aufgeregten Fliegen mit der Serviette von seiner Stirn. Die Boys brachten die Speisen. Die Nacht senkte sich über uns, über die Gedecke, über die »barbarischen« Eßgeräte. Anne Marie sagt zu mir: »Iß nicht mit den Fingern, wie die Eingeborenen.« Und dann wendet sie sich wieder an meinen Vater, fällt ihm ins Wort:

»Wie viele Pfeifen haben Sie geraucht? Haben Sie Kopfschmerzen?«

»Sie hören mir nicht zu, Anne Marie. Dabei ist das, was Lü mir eröffnet hat, von größter Bedeutung für mich und für Frankreich.«

»Nämlich?«

»Also, passen Sie auf. Nach einer halben Stunde tauchte Lü aus seinem Nirwana auf und murmelte: ›Ich habe Sie in einer sehr interessanten Zeit kennengelernt, es war in Kanton und ist lange her. Doktor Sun Yat-sen wollte das Kaiserreich durch Bomben zu Fall bringen. Ich war sein Sekretär. Eines Tages wurde ich angewiesen, in der internationalen Konzession von Shameen einen französischen Herrn abzuholen, einen geheimen Emissär, den die Behörden von Indochina zu Sun Yat-sen schickten. Dieser Herr waren Sie. Sie trugen chinesische Kleidung. Ich führte Sie zu Doktor Sun Yat-sen. Sie boten ihm im Auftrag Ihrer Vorgesetzten die Hilfe Ihres Landes an. Dadurch konnte Doktor Sun Yat-sen nach Saigon gehen, um die Aufstände in den Städten Yünnan und Kwangtung anzustiften und die Revolution vorzubereiten, die, wie Sie wissen, 1911 ausbrechen sollte. Inzwischen konntet ihr Franzosen ungestört eure Eisenbahnlinie von Hanoi nach Yünnanfu bauen. Diese Erinnerungen veranlaßten mich, Sie holen zu lassen, um über Sie ein zweitesmal die Hilfe Frankreichs zu erbitten. Unser Marschall von Tschengtu ist ein Schüler Sun Yat-sens. Als unsere eben geborene Republik bedroht war, haben die Armeen von Yünnan, der Nachbarprovinz Ihres schönen französischen Indochina, sie gerettet. Der Marschall war einer der Helden aus Yünnan, die über die Gebirge und Hochflächen nach Tschengtu eilten, um die Revolution zu verteidigen. Aber jetzt wollen die undankbaren Leute von Szetschuan, verblendet vom Geld der Verbündeten des Nordens und der britischen Handelsleute in Schanghai, ihn und seine Soldaten verjagen. Es gibt gewisse Leute in Szetschuan, vorgebliche Generale, die Truppen ausheben und große Mengen Waffen auf dem Yangtsekiang heranschaffen. Und das bescheidene Material, das unser Marschall in Schanghai kauft, trifft nie bei ihm ein. Als die französischen 75er Kanonen, die er bereits bezahlt hat, nun auch verschwanden, glaubte unser Marschall, Sie gehörten ebenfalls zu seinen Feinden . . .‹

Unnötig, Ihnen zu sagen, meine liebe Anne Marie, daß ich

bei dieser Anschuldigung zusammenzuckte und mir insgeheim sagte: ›Dieses Schwein Dumont ... Er hat mir einen seiner üblen Streiche gespielt, ohne sich einen Deut darum zu scheren, welche Folgen das für mich haben kann ...‹ Aber weit mehr noch wundere ich mich über Benehmen und Sprache dieses Lü. Keine Spur von einer chinesischen Unterhaltung, bei der ich eine glatte, abweisende Miene vor mir habe, die alles ableugnet. Lü legt unverzüglich seine Karten auf den Tisch:

›Herr Konsul, meine demütigen Bitten fanden das Ohr des Marschalls. In seiner Weisheit hat er gesehen, daß die Engländer diejenigen sind, die ihn zu Fall bringen wollen. Sie haben ein Jahrhundert daran gewendet, aus dem Yangtsekiang ihre Hauptverkehrsader zu machen. Und jetzt wollen sie ihre Herrschaft, die bereits bis zu den Quellen dieses Stroms reicht, ausdehnen bis nach Szetschuan und weiter nach Tibet. Wie Sie wissen, Herr Konsul, haben die englischen Truppen von Indien aus schon einmal das Dach der Welt erobert. Sie haben dort überall ihre Agenten, sie betragen sich als die Herren des Landes. Das große Ziel des Colonial Office, des War Office und der Handelsherren ist die Beherrschung einer Straße von Schanghai über den Himalaja bis Kalkutta. Die Engländer lieben nur schlafende Hunde. Deshalb hassen sie den Marschall von Tschengtu, diesen großen Patrioten, diesen Revolutionär, der das größte Hindernis für ihre verderblichen Ambitionen darstellt.‹«

Wir sind beim Dessert, ich beobachte, wie mein Vater sich müht, Herrn Lü zu imitieren, dessen Mimik, dessen würdevolles Gehaben.

»›Aber, Herr Konsul, der Marschall weiß, daß Frankreich edelmütig ist. Frankreich, das den Frieden nach Indochina gebracht hat. Frankreich, das von Tongking aus diese Eisenbahn gebaut hat, die hinaufklimmt bis ins arme und wilde Yünnan. Yünnan, die Provinz, in der unser Marschall geboren ist. Yünnan, dessen Gebirgsmassive dem prächtigen Szetschuan Schutz und Schild sind. Yünnan, das friedliche Sprungbrett der Franzosen, der Freunde der Revolution, nach China hinein. Von Hanoi aus können französische Waffen in wenigen Wochen in Tschengtu sein. Mit der Eisenbahn bis Yünnanfu. Dann mit Karawanen. Aber wäre es nicht gut für Frankreich wie für China, wenn sie, die Franzosen, ihre Bahnlinie bis nach Szetschuan vorantreiben würden?‹

Danach sank Lü wieder in seinen Opiumtraum zurück. Er schloß die Augen, lag da wie tot und einbalsamiert, aber er hat sich nochmals aufgerichtet und mir wortlos mit seinen Ärmeln einen Gruß zugewinkt. Und ich bin fortgegangen.«

Diesen ganzen langen Bericht hat mein Vater mit so viel Genuß an seiner Redekunst vorgebracht, daß er sein Essen kaum berührte. Der Konsul hört sich gern reden. Er wählt seine Worte, seine Wirkungen, spricht aus innerster Überzeugung und dabei wie zu seinesgleichen, macht sich seinem Publikum verständlich. Aber dieses Publikum besteht meist aus meiner Mutter, die skeptisch oder geringschätzig reagiert.

»Kurzum«, sagt sie, »dieses alte Schlitzohr hat Ihre Phantasie geschürt.«

»Wir wollen nicht übertreiben, Anne Marie. Diese Eisenbahn durch Szetschuan ist ein langgehegtes Projekt. Ich habe mich bereits früher viel damit befaßt. Meine ersten Vorgesetzten in Hanoi, kleine spitzbärtige Herren mit riesigen Tropenhelmen, unter denen ihre Gesichter verschwanden, dachten lang vor dem Weltkrieg nur an diesen Plan. Aber die Chinesen wollten nichts davon wissen.«

»Und der Marschall will nichts als Maschinenpistolen von Indochina. Alles übrige ist der Köder, an dem Sie prompt anbeißen.«

»Mag sein. Aber trotzdem, wenn ich derjenige wäre, dem es gelänge, diese Eisenbahn ins Rollen zu bringen? . . . Ich würde zum Generalkonsul ernannt. Es wäre phantastisch. Frankreichs Vorstoß bis ins Herz Chinas, ins Herz Asiens. Alle Schätze des Oberen Yangtsekiang hätten Hanoi oder Haiphong zum Absatzmarkt anstatt Schanghai.«

»Sie kommen ins Schwärmen.«

»Keineswegs. Und nicht nur die Engländer hätten das Nachsehen. Auch die feisten französischen Herren von der Konzession in Schanghai würden wütend sein. Unter ihnen sind einige Bankiers und Geschäftsleute, die verdammt viel Einfluß in Paris haben. Da heißt es nachdenken.«

»Wollen Sie denn in Tschengtu für die Leute aus Yünnan Partei ergreifen?«

»Wo denken Sie hin, Anne Marie? Ich lege keinen Wert darauf, uns massakrieren zu lassen, Sie, mich und unseren Sohn, wenn der Bürgerkrieg ausbricht. Nein, ich muß schlau zu Werke gehen.«

Zufriedenes Lächeln des Konsuls, der seiner Fähigkeit zur Doppelzüngigkeit absolut sicher ist. Meine Mutter ist weniger sicher. Die Mahlzeit ist beendet.

Die Soldaten des Marschalls haben jedenfalls das Feld geräumt. Die Gesichter der Dienerschaft lächeln wie immer, als wäre nichts geschehen. Der Chefboy meldet lediglich den Diebstahl eines Mandarinszepters aus Jade, eines der Prunkstücke meines Vaters, der zuweilen zum Spaß ein Drachengewand anlegte und das Szepter schwang, als wäre er selbst ein himmlischer Würdenträger. Er hat sich sogar in diesem Aufzug fotografieren lassen. Bei der Meldung dieses Raubs denkt mein Vater natürlich, daß die Soldaten einen breiten Buckel haben und der Chefboy sich die Gelegenheit zunutze gemacht habe. Aber es ist unmöglich, die Ehrlichkeit des Dieners in Zweifel zu ziehen, ohne den Anstand zu verletzen.

Li erscheint wieder in alter Fröhlichkeit. Auch der Mafu, der mir unter entzücktem Grimassieren vermeldet:

»Eine Armee steht vor der Stadt.«

Ist diese Armee mit dem Kriegsherrn verbündet oder verfeindet? Der Mafu lächelt das Lächeln der Unwissenheit. In den Gassen wogt die Menge wie eh und je. Die Stadttore sind nicht verschlossen. Ein paar Soldaten stehen trutzig davor Wache, sie essen und fächeln sich.

Ich reite durch das große Südtor. Nach einigen hundert Metern gelange ich zu einem Gräberfeld, wo verdreckte, zerlumpte Gestalten herumlungern, gleichfalls Soldaten. Kochkessel, Musikkapellen, die Hefe des Volks, Dirnen und fliegende Händler, Menschen, die nichts zu verlieren haben. Aber viele Bajonette und sogar ein paar Kanonen sind auf Tschengtu gerichtet. Ein Hornsignal, die Soldaten nehmen mehr oder weniger stramme Haltung an. Offenbar soll ein General diese Abteilung inspizieren.

Der Mafu spottet: »Das sind Szetschuanesen. Sie werden die Yünnanesen vertreiben.«

Die Lumpenkerle von Soldaten treffen indes alle Vorbereitungen zum Kampf. Sie beschäftigen sich mit der Beschaffung der diversen Zaubertränke, die Mut einflößen. Eine Reihe Männer liegen hinter einem großen räudigen Tier, das mit einem Strick an einem Pfahl angebunden ist: eine Tigerin. Die Wackeren warten, daß das Tier sich erleichtert und sie seinen Urin auffangen, kaufen und trinken können. Mein Mafu, der erfahrene Krieger, klärt mich auf:

»Es gibt nichts Besseres, wenn man stark werden will wie ein Tiger; es sei denn, man kann es sich leisten, die Leber eines Mannes zu essen.«

An den folgenden Tagen ist es ruhig in Tschengtu. Es ist nicht zur Schlacht gekommen, wie die guten Leute auf Grund geheimnisvoller Informationen prophezeit hatten. Im Konsulat erzählen die Diener, der Marschall von Yünnan habe mit den Szetschuanesen verhandelt; sie wollten mit ihm gemeinsam zum Frieden und Wohlergehen Tschengtus beitragen. Die Szetschuanesen sollten den Südteil der Stadt besetzen.

Der Marschall organisiert, um sein Gesicht zu wahren, ein großes Fest, als hätte er einen Sieg errungen. Er hat fünfzig Gefangene aufgetrieben – was für Gefangene, weiß niemand, denn die Szetschuanesen sind ja nun Freunde. Es handelt sich wie immer um Bettler, die man irgendwo zusammengeholt hat. Menschenmenge und Musik. Die Männer, deren Hände auf dem Rücken gefesselt sind, werden angekettet in Bambuskäfigen herbeigebracht. Schon jetzt sind sie nur noch Gerippe mit einem letzten Rest Fleisch und Leben, schon jetzt blutige Klumpen, Tiere nach langen Folterungen. Sie werden aus ihren Reusen gekippt und bleiben vor Entkräftung auf dem schlammigen Boden liegen. Die Henker zerren sie auf die Knie hoch und halten sie so mit aller Kraft fest, denn die Verurteilten sinken immer wieder zusammen. Knechte kommen herbei, sie tragen Hirschfänger, riesige, sehr schwere Messer, die mit beiden Händen an den Nacken der Unglücklichen gehalten werden. Mit einem

Schubs wird das Opfer in die günstigste Lage gebracht. Ein heftiger Druck, die Klinge tranchiert. In ein paar Minuten ist alles erledigt. Der Haufen Köpfe wird in einem Karren fortgeschafft. Anderntags sucht mein Vater den Kriegsherrn auf, um ihm zu gratulieren. Eine delikate Situation, denn er weiß nicht, wie er ihn begrüßen soll. Als siegreichen Kriegsmann oder als Retter des Friedens?

Die Zeit verging, ich war zu einem richtigen kleinen Mann herangewachsen. Ich kannte alle Winkel des riesigen Tschengtu, dieser Stadt mit einer oder zwei Millionen Einwohnern. Wenn die Bevölkerung, die Kulis, das Heer der Bettler, die ehrenwerten Geschäftsleute, mich auf meinem rotbraunen Renner vorüberkommen sahen, gefolgt von meinem Mafu, lächelten sie amüsiert und sagten: »Da kommt das weiße Kind.« Ich war eine stadtbekannte Persönlichkeit geworden.

Jetzt beweist mir sogar der Kriegsherr seine Achtung. Eines Tages schickt er mir ein Pferd aus Feuer und Flammen, mit dampfenden Nüstern, blitzschnell ausschlagenden Hufen, das piaffiert und um sich beißt, wenn es festgehalten wird. Eine große Schriftrolle aus Reispapier, die vom Marschall an mich persönlich adressiert ist, wünscht mir in roten gemalten Zeichen »die zweitausend Glückseligkeiten auf diesem nichtswürdigen Tier«. Anne Marie ist dagegen, daß ich diese Bestie besteige, die von zwei Soldaten am Halfter festgehalten wird. Mein Vater meint, es wäre eine Beleidigung für den Kriegsherrn, wenn ich nicht aufsäße. Der Mafu tritt mit seiner dümmlichen Miene an das Pferd heran, beruhigt es und wirft mich in den Sattel. Und ich sprenge auf meinem prächtigen Roß stolz durch die Stadt.

Einmal stürze ich jäh, tue mir aber nicht weh. Dann reite ich einen Mann nieder. Mein Mafu schreit mir zu, ich solle fliehen. Aber am Abend rotten sich um das Tor des Konsulats zerlumpte schwärenbedeckte Gestalten und verfluchen kreischend die fremden Teufel. Ein Zwerg mit hohler Stimme führt den Chor der Verwünschungen an. Mein Vater tritt aus seinem Amtszimmer und erkundigt sich, was los sei. Der Chefboy erwidert: »Diese Leute da behaupten, die Angehörigen des Mannes zu sein, den Ihr Herr Sohn umgeritten hat. Sie sagen, er sei gestorben. Sie wollen eine Entschädigung.«

Höchst wahrscheinlich eine abgekartete Sache. Aber der Auflauf wird immer größer. Mein Vater hält es für klüger, den Preis für den Tod zu zahlen: ein paar Schnüre Münzen. Alles ist nach altem Brauch verlaufen. Alle sind zufrieden.

Meine Amahs sind fett geworden. Sie essen immer noch mehr. Ihre Lieblingsdelikatesse, die dem Reis seinen feinsten Wohlgeschmack verleiht, sind Fischblasen. Wenn sie noch roh sind, sehen sie aus wie ein Haufen blutiger Seifenblasen. Weich, flüssig, leicht. Eines Tages sehe ich vor den Wällen, auf der schön gepflasterten nördlichen Straße, einen kleinen Hügel aus einer klebrigen, formlosen, teils durchsichtigen Masse. Sie erinnert mich an die leckeren Fischblasen. Aber das ist es nicht. Es ist etwas anderes. Es ist menschlichen Ursprungs. Kein Haufen Augen, keine Sammlung von Ohren. In unruhigen Zeiten ist es gang und gäbe, daß Augen ausgestochen, Ohren abgeschnitten, gesammelt, zuhaufgeworfen werden. Das hier ist, wie ich erst später begreifen sollte, ein Haufen männlicher Geschlechtsteile. Mein Mafu sagt mir, daß hier am Vortag ein kleines Scharmützel stattgefunden habe. Die Sieger haben die Besiegten kastriert. Die Leichen liegen, ineinander verknäult, ein Stück weiter in einem Graben. Doch hier auf der Straße hat man, anstatt eines Triumphbogens, diese verwesenden Phallen zurückgelassen, harmloses Strandgut, das niemanden stört. Denn auf meinem Weg geht das Leben, das ewige, fieberhafte, unermüdliche, phantastische Leben Chinas weiter. Das Leben, das alles in Bewegung hält, die Bauern, die Karren, die Koteimer, die Traglasten, und das einzig die Ungeheuerlichkeit der Katastrophen einen Augenblick lang zu dämpfen oder anzuhalten vermag.

In Tschengtu stehen indessen die Zeichen schlecht. Die Stadt schwirrt von schlimmen Gerüchten. Die Domestiken im Konsulat sind wieder einmal bloß noch Schemen. Li, meine lächelnde Li, zeigt mir ein unbekanntes Gesicht, als hätte ein Schleier ihre Züge ausgelöscht und nur eine formlose, fühllose Maske zurückgelassen. Die Maske der Angst.

Schließlich berichtet sie mir voll Entsetzen, daß die Tafel des Großen Todes wiedererschienen sei. Also hatte das Volk dereinst vergeblich den verruchten Stein zutiefst in einem Tempel vermauert. Vergeblich hat man zeitenüberdauernde Materialien daraufgetürmt. Vergeblich die Erinnerung an das Versteck aus dem Gedächtnis der Menschen getilgt. Vergebens gehofft, auf diese Weise das Schicksal abwenden zu können. Denn wer immer die Stele zu Gesicht bekommt, ist gezwungen, die anderen Menschen zu töten. Und nun ist sie vor wenigen Tagen ans Licht gekommen, als die Mauer einstürzte, hinter der sie verborgen war. Sie kam zutage und mit ihr die Inschrift:

»Der Himmel hat zehntausend Dinge geschaffen, um dem Menschen zu helfen. Aber der Mensch hat nichts, gar nichts gemacht, um dem Himmel zu helfen.«

Für die Leute von Tschengtu bedeutet das: Blut. Blut, die mystische Leidenschaft des Furchtbaren, der einst die Tafel des Großen Todes errichten ließ, der sich zum König von Szetschuan machte, zum König des Großen Ostreichs. Er hatte nach dem tragischen Sturz der Ming-Dynastie im 17. Jahrhundert diesen Thron usurpiert. Er wollte in Schutt und Asche die legitimen Kaiser rächen und hat ein Schreckensregiment geführt. Sein Traum war das Ende der Welt. Daher tötete er jeden Tag. Er war nicht mit sich zufrieden, wenn sich nicht täglich die Leichenhaufen türmten. Aus Haß gegen das Leben metzelte er in seinem vermessenen und unseligen Wahn alles nieder. Nach seiner Meinung hatte die Menschheit den Himmel verraten. Alle Menschen hatten Verrat geübt. Dafür nahm er ihnen das Leben. Dreißig Millionen hatte er in Szetschuan vernichtet, das nach seinem Tod nur noch eine entvölkerte Wüste, ein übervölkerter Friedhof war. Er folterte mit unerhörter Raffinesse, schlachtete in seiner Verachtung der Weisheit die Weisen ab. Er umgab sich mit einer Armee, die nur an den Tod glaubte. Um die Treue seiner Offiziere zu erproben, ließ er ihren Frauen die Füße abschneiden und diese Gliedmaßen zu seiner Ergötzung vor sich aufhäufen. Seine Lieblingskonkubine hackte sich aus Liebe zu ihm selbst den rechten Fuß ab und warf ihn zuoberst auf den Haufen. Der König des Westens ergötzte sich daran und gab sich dann selbst den Tod. Danach mußte mehr als ein

Jahrhundert vergehen, bis Szetschuan sich mit Einwanderern aus den Nachbarprovinzen wieder bevölkerte.

Wird die Maske des Großen Todes sich aufs neue über Tschengtu legen? An den folgenden Tagen wird Li immer verstörter. Im Traum hat sie eine Dschunke gesehen, die von einem schwarzen Sturmwind fortgerissen wurde und in einem Blutstrom versank. Wie es scheint, haben sämtliche Wahrsager der Stadt Feuerzeichen am Himmel erblickt: die Spuren des Kriegsdrachens.

Mein Vater sitzt in seinem Amtszimmer und versucht, halb spöttisch und halb schulmeisterlich ernsthaft, den in Habt-acht-Stellung stehenden Generalstab mit seinem Optimismus anzustecken. Anne Marie hält sich in der Nähe der Tür auf, sie möchte sich davonstehlen, aber der gebieterische Blick des Gatten hält sie fest.

»Die Tafel des Großen Todes? Ich verstehe, daß die wackeren Szetschuanesen das Grausen packt. Sie wissen schließlich, daß ihr China hin und wieder von nervösen Zuckungen befallen wird, die ein paar Jahrhunderte lang anhalten können. Von einem Vernichtungstaumel. Er hat das China der Himmelskaiser in seinen Abgrund gerissen, das China der Propheten und das der aufständischen Bettler ... Und das ist noch gar nicht so lange her. Als ich in sehr jungen Jahren in dieses Land kam, sprachen die alteingesessenen Weißen noch von den Taiping. Der Schrecken steckte ihnen noch immer in den Gliedern. Sie selbst sind zwar davongekommen, aber das Tal des Yangtsekiang war mit vierzig bis fünfzig Millionen Leichen übersät. Und vor allem war es danach ungemein schwierig, den europäischen Handel neu aufzubauen und lebende Kunden zu finden.«

Die Taiping-Rebellion, der Traum von der Gerechtigkeit, der Glaube an ein mögliches Glück auf dieser Erde. Die Armen folgten dem Aufruf Hongs, des Heiligen, und erhoben sich. Horden von Bettlern mit roten Turbanen auf den Köpfen. Horden, Hunderte von Kilometern lang, metzelten die Unterdrücker nieder. Metzelten alles nieder. Denn die Tugend führt immer zum Töten. Die Ausgestoßenen ließen die kaiserlichen Garnisonen über die Klinge springen. Während der Eroberung Nankings wurden fünfzigtausend Enthauptete in den Blauen Strom geworfen. Die überlebenden Einwohner erhielten Befehl, ihre Schätze auszuliefern: Gold, Silber, Juwelen. Und Befehl, Hong zu huldigen, der sich zum Kaiser ausrufen ließ.

Der Mummenschanz in Nanking dauerte zehn Jahre. Hong machte seine vier bedeutendsten Feldherrn zu Königen. Er selbst saß auf einem Thron unter einem Wald von Fahnen und Spruchbändern. Mittags warfen sich die Würdenträger vor ihm auf die Knie und intonierten überschwengliche Lobgesänge, wobei sie die Formeln benutzten, die am Hof von Peking üblich waren: »Zehntausend Jahre, zehnmal tausend Jahre für Hong.«

Jeder König, jeder Anführer hatte seinen Hof, seinen Harem, seine Favoriten. Jeder Zaunkönig gab sich im Schutz der Altäre, die sich bogen unter Räuchergefäßen und Blumen, den wildesten Ausschweifungen hin. Schatullen mit den Gesetzestäfelchen standen auf Tischen. Davor saß der Potentat im gelben Gewand, das lange Haar in einem Netz gefaßt. Die Angeklagten wurden ihm vorgeführt. Er zog blindlings eines der Täfelchen heraus, worauf die Strafen geschrieben waren. Es war immer die Todesstrafe, nur die Art des Vollzugs wechselte. Banditen mit roten Stirnbinden packten die Verurteilten. Die Gläubigen lagen betend auf den Knien, inmitten von Knoblauchgestank und unvorstellbarem Dreck.

»Die Kaiserin Tse-hi«, fuhr mein Vater fort, »ich habe ihr Begräbnis gesehen. Das war 1908. Wenn man bedenkt, daß diese alte Dame vor fünfzig Jahren das Reich vor den Taipings gerettet hatte. Ein Genie, diese Tse-hi. Sie tat der Himmlischen wie der Irdischen Tugend durch Massenmorde Genüge. Denn in den Augen der Himmlischen Weisheit ist Massenmord an sich schon eine gute Sache und ganz besonders ein probates Mittel gegen den unheilvollen Aufstand der Hundert Namen, will heißen des Volkes.«

Noch immer herrscht das gebotene ehrerbietige Schweigen im Amtszimmer. Aber der Vizekonsul hat das Unglück, niesen zu müssen. Der Konsul durchbohrt ihn mit einem furchtbaren Blick und nimmt seine Betrachtungen wieder auf.

»Leider hat die arme Tse-hi gegen Ende ihres Lebens einen großen Fehler gemacht. Sie hat es sich in den Kopf gesetzt, diese Unglückselige, nun auch die Europäer zu massakrieren. Zu diesem Zweck verbündete sie sich mit den Geheimgesellschaften, den Magiern und den Armen, kurz mit denen, die sie so glänzend aus dem Weg geräumt hatte, als sie sich Taipings nannten. Im Jahr 1900 tat sie sich mit den Boxern zusammen, Leuten vom gleichen Kaliber. Es bekam ihr schlecht, denn sie hat nicht nur den Himmelstempel verloren, die zivilisierte Welt hat zudem die Gelegenheit genutzt, ihr eine gründliche Lektion zu erteilen. Seitdem wissen die Chinesen wohl, daß man den Europäern kein Haar krümmen darf.«

»Manchmal erzählen Sie interessant«, sagt Anne Marie, die während der ganzen Zeit an der Tür gelehnt war.

»Sie sind zu gütig.«

»Ich bin ganz Ohr. Aber sagen Sie, was wird jetzt und hier passieren?«

»Die Dinge haben sich geändert. Die kosmische Ordnung des Himmelsreichs existiert nicht mehr. Die mystischen und unterirdischen Leidenschaften, die gelegentlich die Massen entflammen, sind degeneriert. Aus den Anführern der Geheimbünde sind in den großen Städten wie Schanghai organisierte Gangster geworden, die in Übereinkunft mit den Polizeikräften der ausländischen Konzessionen für Gesetz und Ordnung sorgen. Anderswo, im mittelalterlichen China, zum Beispiel in Tschengtu, haben sich diese Herrschaften in die Kriegsherren verwandelt. So ziemlich überall finden sich Compradores und Merchants. Darüber stehen die Weißen. Alle denken nur ans Geld. Wir haben diese Leute einen Geschmack am Dollar gelehrt, der ihnen fremd gewesen war. Das ist unser Sieg, der Sieg der Moderne, der Sieg der chinesischen Revolution von 1911.«

»Und Sie, Sie denken nicht an Geld?«

»Nein, ich denke an Frankreich. Ich stehe auf vorgeschobenem Posten. Aber eins greift ins andere. Die Hungersnöte, die Warlords, die schönen ausländischen Konzessionen an der Küste und am Unteren Yangtsekiang, die Sikhs und die Marinetruppen, die feinen Klubs in Schanghai mit ihren Schildern ›Für Chinesen und Hunde verboten‹, die gelben Milliardäre, die Banken und auch die Konsuln, die Pastoren und die katholischen Missionen, die Katechumenen und die Geistlichen. Das alles ist eine riesige

Interessengemeinschaft, wo auf dem Leichnam des Himmlischen Reiches neben den Zylinderhüten der Gentlemen die Soutanen und Nonnenhauben aus dem Boden schießen. Zur Zeit sind Soutane und Haube sogar das typische Wahrzeichen Frankreichs in Szetschuan. Sie wuchern geradezu. Aber die Position Frankreichs wird sich ändern, wenn ich meine Eisenbahn bekomme.«

»Sie glauben also wirklich an Ihr Dampfroß?«

»Ja, aber ich muß warten, bis Lü mich in den Sattel hebt. Denn der Kriegsherr wird Waffen brauchen. Die Lage der Yünnanesen in Tschengtu verschlechtert sich zusehends.«

»Wird es Unruhen geben in Tschengtu?«

»Ganz bestimmt. Keine Massaker, wie zur Zeit Tse-his. Es gibt nicht mehr genügend Tugend. Nur noch Interessen. Alle diese Generale, die aus dem Nichts gekommen sind und von der Habgier zerfressen werden. Sie werden sich untereinander eine Komödie à la chinoise liefern, will heißen, eine Komödie voll Haß, Greuel, finsteren Intrigen, unerhörten Grausamkeiten, verschnörkelten Abkommen. Soldaten, wohin man blickt. Das Volk, das nicht zählt, wird die Zeche bezahlen müssen. Es ist durchaus möglich, daß die Provinz in ein Chaos stürzt.

Aber wie Sie wissen, Anne Marie, ziehen die Weißen aus solchen Wirren ihren Vorteil. Und hier in Tschengtu halten wir Konsuln, ich und meine japanischen und englischen Kollegen, kräftig mit. Diese Rüpel in Uniform und Talar brauchen uns. Für ihren Kuhhandel. Damit wir gegebenenfalls als Schiedsrichter oder Mittelsmänner für sie fungieren. Damit wir notfalls dem Besiegten Asyl gewähren. Diese Leute bedienen sich der Konsuln, und wir Konsuln bedienen uns dieser Leute. Denn trotz Shakehands und Bridgeparties ist jeder Konsul der Feind des anderen. Der Gerissenste wird siegen, das wissen Sie genau. Aber diese Chinesen da, alle die Herren von Tschengtu, möchten in uns gern ihre Hampelmänner sehen. Sie können uns, sei es aus Berechnung oder rein gefühlsmäßig, manchmal ganz schöne Streiche spielen.

Blut wird natürlich schon fließen in Tschengtu. Es wird in beschränktem Umfang zu Metzeleien kommen, denn der Tod ist nun einmal in diese Rechnung einkalkuliert. Ich glaube, daß wir Konsuln dabei im Prinzip tabu sind. Wir sind unentbehrlich.

Die einzige Gefahr droht von einem Volksaufstand. Es ist Tradition, daß diese Leute sich wegen eines bloßen Gerüchts, eines Gemunkels, eines absurden Hirngespinsts erhitzen, in immer größere Erregung hineinsteigern und schließlich in einen Taumel der Wut und Empörung geraten. Tausende von Händen und Messern können sich erheben, um die Weißen abzuschlachten. Ein Instinkt, der seit langem schläft, aber jederzeit wieder erwachen kann. Die ›großnasigen Hunde‹ töten und foltern, das ist noch heute der stille Traum hinter dem Geklimper der Höflichkeiten. Ein Glück, daß die Kriegsherren ›zivilisierte Menschen‹ sind, mit denen wir Geschäfte haben und die es verstehen, einen Mob zum Schweigen zu bringen.«

Anne Marie ist ein bißchen blaß geworden.

»Keine Bange«, empfiehlt ihr Gatte in scherzendem Tonfall, »Sie können zwar getötet werden, aber Ihrer Ehre droht keine Gefahr. Eins ist der Plebs fast unmöglich, sogar den Bettlern, sogar den Soldaten, die sonst zu allem fähig sind: die europäischen Damen zu vergewaltigen. Sie zerstückeln, ihnen den Leib aufschlitzen und mit ihren Gedärmen Ball spielen wie mit einem Schnurknäuel, das mit Vergnügen. Aber für alles übrige ist der Ekel zu groß. Es müßte sich schon um ein patriotisches Unternehmen handeln, aber so weit treiben die Chinesen ihren Patriotismus nicht.«

Anne Marie ist ruhig. Um keinen Preis der Welt würde sie sich von ihrem Herrn Konsul beeindrucken lassen.

»Aber, meine liebe Anne Marie, das wird nicht geschehen. Und wenn schon, ich würde in jedem Fall vor Ihnen getötet. Sie hätten noch ein paar Sekunden Zeit, um mich zu trauern.«

Der 14. Juli ist, soweit ich mich zurückerinnern kann, stets der stolzeste Tag meines Vaters gewesen. Eine bombastische Kirmes. Von der weit geöffneten Tür des Konsulats wird ein Ehrenweg über die gepflasterten Höfe angelegt. Diese Prunkstraße besteht aus kostbaren chinesischen Teppichen und ist mit grünen Topfpflanzen abgesteckt. Er führt unter einem pagodenförmigen Triumphbögchen hindurch, auf dem im Vereine zwei riesige Fahnen flattern, die französische und die chinesische Flagge, darunter sind auf einer roten Lacktafel in schwarzer Schrift die Zeichen der Ewigen Freundschaft gemalt. Rundum Räuchergefäße, Vasen, Hängelampen und vor allem Spruchbänder, Girlanden von Fahnen aller Art und Größe. Die Flaggengala der in China vereinten Nationen, eine verwirrende Fülle, allen voran natürlich Marianne. Fähnchen, die in Vasen stecken wie Blumensträuße, an den Wänden hochklettern wie Lianen, sich wie Palmwedel an Plafonds ineinanderschlingen. Man steigt drei Stufen hinauf und kommt in den großen Salon, der ganz mit Stoffbahnen ausgeschlagen ist, auf denen Krieger in roten Masken die Größe Frankreichs symbolisieren. Um Mittag nimmt der Herr Konsul hinter einem Ruhealtar Aufstellung – halb Altar des Vaterlandes, halb Ahnenschrein –, um seine Rede zu halten. Ein rhetorisches Glanzstück, das er tagelang in seinem Amtszimmer immer wieder aufpoliert hat und dessen Thema natürlich Frankreich ist, ein Frankreich, das sich mit mitreißendem Elan und Geist den großen Aufgaben und den hohen Idealen widmet. Begeisterung der Zuhörer.

Jedesmal ist das »Tout Tschengtu« anwesend. Etwa fünfzig gelbe und weiße Persönlichkeiten. Der Kriegsherr und seine bedeutendsten Generale kleiden sich von Jahr zu Jahr martialischer: flache Helme mit Augenschild tief ins Gesicht, weiche Stiefel bis zum Knie, steife hochgeschlossene Jacken, darüber Riemen und Koppel, Wehrgehänge, Orden und Affenschaukel, die neueste militärische Errungenschaft in Szetschuan. Keine Kinkerlitzchen mehr. Nur noch die Symbole von Tapferkeit und Mannestugend auf dem khakifarbenen Drillich. Sogar der Marschall von Szetschuan hat den drohenden und einschüchternden Effekt der kriegerischen Nüchternheit erkannt, wie sie seit den Schlachten von Verdun und an der Marne von allen großen Armeen der Welt übernommen wurde. Der Marschall, seine Trabanten und Adjutanten bilden einen Block höflicher und imponierender Unbewegtheit, als handelte es sich um den Generalstab Fochs oder Hindenburgs. Aber das alles ist ihnen noch viel zu neu: nichts stimmt, alle stecken in ihrer Montur wie in einem Kartoffelsack. Eine Reithose pludert, ein Mund gähnt, ein Schnurrbart sträubt sich, ein Auge tränt, eine Hand verscheucht eine Fliege, die militärische Ehrenbezeigung ist eine lasche Hanswurstiade. Aber sie geben sich alle Mühe, sie spucken nicht aus. Der Marschall und sein Gefolge verharren während der ganzen Ansprache meines Vaters in steinerner Würde. Am Ende tut dann auch der Marschall den Mund auf und versichert den französischen Konsul seiner Liebe zu Frankreich.

Abseits von der Kriegerkaste die großen Tiere der Stadt: in der Mehrzahl Beamte, Stadträte, Präfekten, denn im neuen Tschengtu gibt es eine Verwaltung nach europäischem Muster. Das einzige Bestreben der Amtsträger geht dahin, sich nicht vom Kriegsherrn den Kopf vor die Füße legen zu lassen und ihr materielles Überleben zu sichern, indem sie der Bevölkerung die Haut abziehen, noch das wenige herauspressen, was die Soldaten und die Banditen ihnen gelassen haben, so gut wie nichts. Ein schwieriges, undankbares, ja gefährliches, aber gleichwohl unerläßliches Unterfangen, denn diese Herren bekommen keine Bezahlung. Sie stehen wie Statisten herum, tragen gezwungene Mienen zur Schau, eine Mischung von Mandarinswürde und aus Schanghai importiertem Pedantentum. Sie sind in lange Gewänder gehüllt wie die Milliardäre, die Gilden- und Zunftmeister. Etwa zwanzig an der Zahl. Die letzteren, die weit weniger starr wirken, sind Raubkatzen mit eingezogenen Krallen, ihre Gesichter glänzen von hinterhältiger und vergnügter Liebenswürdigkeit. Denn sie haben Geld und auch Macht. Aber wer sind die Komplizen des Kriegsherrn? Wer seine künftigen Opfer? Wer seine Feinde?

An Weißen sind die übrigen Konsuln und ihre Staatsangehörigen anwesend. Zwei Konsuln: der japanische und der englische. Es gibt keinen deutschen mehr und noch keinen amerikanischen.

Der Konsul Nippons ist ein kleiner Affe, aufgeputzt wie ein Paradiesvogel, steifleinen wie ein Leichenbitter, bei jeder Gelegenheit verbeugt er sich so tief, daß sein Degen auf dem Boden klirrt, richtet sich dann mit einem zackigen Ruck wieder auf und lächelt. Aber das ist nicht das chinesische Lächeln, es ähnelt eher einem weißen. Der japanische Diplomat wird in der Tat als Weißer ersten Ranges und höchster Wichtigkeit betrachtet.

Ohne es sich einzugestehen, zählen die weißen Weißen, die mit weißer Haut, auf ihn, falls es in Tschengtu wirklich eine schlechte Wendung nehmen sollte. Denn die Japse, das ist bekannt, verstehen es mit den »Eingeborenen«. Sie lassen sich nie aus der Fassung bringen. Sie sind Meister des wohlberechneten Zuschlagens und Losplärrens. Und außerdem können sie es sich leisten. Wird die Kriegsschule in Tschengtu, die dem Marschall und seinen Truppen den letzten Schliff gegeben hat, nicht von Offizieren des Reichs der Aufgehenden Sonne geleitet?

Den englischen Konsul kann mein Vater nicht leiden, daran ändert auch die gegenwärtige Entente cordiale nichts. Denn auch er möchte Szetschuan in die Tasche stecken. Kurioserweise ist er ebenfalls eine Erscheinung aus dem Jahr 1900, genau wie mein Vater, aber eine angelsächsische Ausgabe. Wie mein Vater ist er kein kleiner Mann, wirkt aber klein. Wie er der perfekte Hausherr der Gesandtschaft, ebenfalls wohlproportioniert und gut gewachsen, wie er eine Mischung aus wohlwollendem Snobismus gegenüber der Gesellschaft und leidenschaftlicher Pedanterie in seinem Beruf. Der Engländer sieht fast wie ein Baby aus mit seinem Puppengesicht, den blauen Augen, dem blonden Schnurrbärtchen. Aber er ist ein Baby Albions, das heißt ein zäher Brocken. Mein Vater ist eifersüchtig, weil dieser »Kleine« über einen schöneren Yamen und mehr Personal verfügt und über viel mehr Geld als er. Und außerdem weiß mein Vater, daß hinter diesem Mann John Bull mit seinem ganzen Gewicht steht, die berüchtigten Dienststellen, die sich seit Jahrhunderten nach Asien hineinfressen, und dazu die großen britischen Firmen von Schanghai, die Könige des Goldenen Kalbs. So viele achtunggebietende und unerreichbare Gentlemen hinter diesem Konsul von Tschengtu! Während am Quai d'Orsay Poeten sitzen, während die Franzosen arme Schlucker sind ...

Für meinen Vater ist dieser englische Amtskollege der Konkurrent mit den finsteren Projekten. Der andere hegt übrigens meinem Vater gegenüber die gleichen Gefühle. Ständiges Belauern, Verfolgungswahn auf Gegenseitigkeit. Beide Konsuln bestechen ihre chinesischen Dolmetscher, ihre Boys und Köche, damit sie ihnen jeden Klatsch hinterbringen. Sie schwärzen einander diplomatisch bei den Kriegsherrn und den Notablen an. Was sie nicht hindert, bei jeder Begegnung überschwengliche Herzlichkeit an den Tag zu legen. Am Ende eines jeden 14. Juli versichert der Engländer dem Franzosen nach einem letzten Shakehands: »Es war ein großartiges Fest.« Mein Vater beglückwünscht den anderen ebenso liebenswürdig an jedem Geburtstag des Königs von England, nachdem im Yamen des Briten eine Zeremonie gleichen Kalibers abgerollt ist. Und außerdem speisen die beiden Familien mangels anderweitiger Gesellschaft häufig zusammen. Mehr noch, Anne Marie stattet fast täglich dem Yamen des britischen Diplomaten einen kurzen Besuch ab, die in den Kolonien übliche Stippvisite am Spätnachmittag. Die Frau des Konsuls ist reizend, die typisch englische Lutschbonbonschönheit. Ich spiele mit den Kindern des Ehepaars, für die man eigens eine Nurse aus Großbritannien kommen ließ. Keine Rede davon, daß diese Gören sich mit den »Natives« abgeben.

Aber mehr noch als den Konsul Seiner Majestät haßt mein Vater den britischen Pastor im schwarzen Westenanzug und weißen gestärkten Vatermörder. Er ist eine graue Eminenz von Tschengtu. Ein Bonvivant mit einem Gesicht wie ein aussätziger Pudding. Am 14. Juli verhält sich der apoplektische Trunkenbold zunächst wortkarg, die winzigen Äuglein glitzern. Dann versetzt er meinem Vater plötzlich einen rüden Schlag auf den Rücken und erkundigt sich: »Wird der Champagner wieder so vorzüglich sein wie letztes Jahr? Vive la France!« Seine Frau, eine Elefantenkuh mit rosigem Porridgeteint, ermahnt ihn: »Benehmen Sie sich!« Mein Vater ist überzeugt, daß dieser pickelige, rotgesichtige, schmerbäuchige Pfarrherr in Wahrheit der Chefagent des Intelligence Service in Szetschuan ist, der Meisterspion, dazu der Mann, der für die englischen Trusts arbeitet. Meine Mutter findet das Paar sympathisch.

»Nur ein Glück«, ruft mein Vater manchmal nach dem Fest aus, »daß es keinen deutschen Konsul mehr gibt, seit China seinem Land den Krieg erklärt hat. Diese Farce hat ihr Gutes, sie hat mir einen höchst unangenehmen Herrn vom Halse geschafft, den typischen Preußen. Als ich in jungen Jahren zum erstenmal in Tschengtu war, fühlte er sich bei jeder Gelegenheit bemüßigt, von Sedan anzufangen!«

Seit dem Sieg von 1918 steht Frankreich in Szetschuan in hohem Ansehen. Jeder 14. Juli bildet den Höhepunkt der internationalen Saison in Tschengtu. Alles läuft wie am Schnürchen. Nach den üblichen Ansprachen und der Gratulationscour folgt ein Meer von petits fours und Sandwiches, ein Ozean von Gläsern und das Knallen der Champagnerkorken. Der Marschall trinkt auf das Wohl Frankreichs und verläßt sodann das Fest. Auch die übrigen Himmlischen gehen. Desgleichen der japanische Konsul. Nun ist die Stunde der französischen Kolonie, das heißt der Geistlichen, der Nonnen und der drei Ärzte. Kurz, die Familie ist unter sich.

Nach der zündenden Rede des Konsuls lassen die frommen Väter Unmengen von Champagner durch die bartgetarnte Futterluke rinnen. Ein geschlossener Kreis alter fideler Gesichter, abgemagert, aber gesund unter den Salz- und Pfeffermähnen. Und wie sie schwatzen! Jeder katholische Missionar ist ein wahrer Strom von Haaren, ein Strom, der bis zum Boden fließt, unendlich viel mächtiger als das dürftige Gerinnsel der großen heidnischen Gottesgelehrten. Er fegt über die Erde Chinas. Diese Erde, wo die Ältesten schon seit vierzig oder fünfzig Jahren ihren christlichen Winkel nicht mehr verlassen haben. Diese Brüder sind die Ohren und Augen meines Vaters, seine besten Informanten ... aber nicht kostenlos!

Und die frommen Schwestern mit den Flügelhauben drängen sich wie verängstigte und stumme Schäflein in einer Ecke zusammen. Natürlich nippen sie kaum an ihrem Glas. Aber wie sie essen! Ernsthaft, lautlos, pausenlos. Denn im Gegensatz zu den frommen Patres, die sich nichts abgehen lassen, fasten sie alle Tage, sie sind halb verhungert. Während die Gottesmänner aus vollem Halse lärmen, entfernen sich die Nonnen mit vollen Bäuchen, schleichen auf Zehenspitzen hinaus, nachdem sie meiner Mutter demütig gedankt haben.

Und die Doctores, die sind lustige Kumpane. Sie leiten ein französisches Institut außerhalb der Stadtwälle, wo Serum hergestellt wird. Was hat ein für das französische Kolonialreich der Dritten Republik so charakteristisches Unternehmen im entlegenen Szetschuan zu suchen? Wahrscheinlich dachte man, daß dort, in Tschengtu, im hintersten China, im übervölkertsten

China, viele Epidemien wüten würden. Man ergriff die Gelegenheit, ein gutes Werk in Angriff zu nehmen, bis man die Eisenbahn in Angriff nehmen könnte. Also wurden »Spezialisten« ausgeschickt, in Wahrheit Feldschere des Heeres oder der Marine. Französische Logik. Und sooft die Cholera oder eine Pockenepidemie ausbricht und die herumliegenden Leichen störend werden, bietet mein Vater dem Kriegsherrn die Dienste des Instituts an! Der Kriegsherr lehnt jedesmal achselzuckend ab: »Gut, wenn die Leute sterben, es gibt zu viele!« Chinesische Logik. Und außerdem pflichtet mein Vater ihm bei:

»Es würde nur Entsetzen und Tumulte auslösen, wenn man die Chinesen zwingen wollte, sich von den fremden Teufeln impfen zu lassen. Sie würden es für einen schlimmen Zauber halten. Sie könnten sogar unsere Ärzte töten. Und dann hätten wir keine Bridgepartner mehr.«

Die Ärzte sind nicht übermäßig mit Arbeit belastet. Auch nicht mit Familien, denn sie müssen unverheiratet sein. Folglich sind sie die Zierde des mondänen Lebens von Tschengtu. Wenn ich bei den Missionaren an Haare dachte, so dachte ich bei den Ärzten an Stiefel. Immer gestiefelt in einem Leder, das alles überzog, das sich über ihre ganze Person ausbreitete, wie eine zweite Haut war. Alle tragen Schnurrbärte, sind forsch, zackig, galant, zuvorkommend, richtige Garnisonslöwen. Szetschuan kann ihnen nicht imponieren. Als rechte Kolonialveteranen haben sie schon ganz anderes erlebt. Sie hausen in ihrem Institut wie daheim in ihrem Romorantin – mit geringen Abweichungen. Nicht aus Dummheit, sondern weil sie alte Snobs sind. Da es keine Klubs gibt, suchen sie die Konsulate auf. Als gefällige, unterhaltsame Dauergäste geben sie Couplets zum besten, dreschen Karten, bechern Bordeaux bei meinem Vater und Whisky bei den Briten. Die chinesischen Geschichten meines Vaters öden sie an. Meine Mutter lieben sie sehr. Aber als gastliches Haus ziehen sie das englische Konsulat vor. Glatter Verrat nach Meinung des französischen Konsuls, der ihnen von Zeit zu Zeit die kalte Schulter zeigt. Aber das ist ihnen egal. Man versöhnt sich bald wieder. Gesprächsthemen sind die Gerüchte aus Schanghai und Hankau, die Bälle, die Rennen, die Ehebrüche, die Ernennungen, die Börsencoups in der zivilisierten Welt. Wenn man dann bei Tisch sitzt, ist das riesige China nur noch ein kleines Nest, wo alles sich herumspricht, nur nicht, was bei den Chinesen passiert. Die wackeren Medizinmänner. Dabei zählen zu ihren Freunden auch ein paar gelbe Milliardäre, bei denen sie kleine Fêten feiern, aber darüber sprechen sie niemals vor Anne Marie. Sie trinken den Meßwein der Priester und besaufen sich beim protestantischen Pastor. Mein Vater findet, ihr Patriotismus lasse zu wünschen übrig, aber am 14. Juli und am 20. Januar stellen sie sich immerhin regelmäßig ein.

Der 20. Januar ist der Geburtstag meines Vaters. Ein Fest, das im politischen und gesellschaftlichen Leben von Szetschuan vielleicht ebenso glanzvoll ist wie der 14. Juli. Als wäre alles, was den Repräsentanten Frankreichs betrifft, im gleichen Maße wichtig für die Belange Frankreichs. Oder als wäre mein Vater die Inkarnation Frankreichs, der lebendige Leib Frankreichs, ganz in Schwarz gehüllt, vom Schuhwerk über den Gehrock bis zu den Haaren, schwarz die Brauen und die Kohleaugen.

Das »Tout Tschengtu« stellt sich vollzählig ein. Der große Salon ist in einen glückssymbolträchtigen Thronsaal verwandelt. Banner, wiederum Fahnen, die gleichen wie am 14. Juli, aber die Wandbespannungen sind anders: anstatt der roten Krieger der Stärke die gewundenen Drachen des Wohlergehens, deren Panzerringe mit Blumen und Ähren besteckt sind. In der Mitte dieser Segenszeichen prangen auf einem zehn Meter breiten Spruchband, sozusagen dem Frontispiz, in goldenen Lettern die Worte: »Monsieur Albert Bonnard zum Geburtstag.« Albert Bonnard ist der Name meines Vaters, und er leuchtet wie eine heilige Inschrift. Aber an diesem Tag erscheinen der Marschall, die Generale, die Konsuln nicht in großer Uniform mit schleppendem Säbel, sondern im kleinen Dienstanzug – Abendanzug am hellen Tag ist das Minimum an Förmlichkeit in Szetschuan. Denn es ist ein Fest der reinen Freundschaft. Einmal kam der Marschall sogar im blauen Gewand – ein Raffinement, das sein hochentwickeltes Taktgefühl bewies: Neigung, nicht Verpflichtung hat ihn hergeführt. Was letztlich, wie mein Vater später meiner Mutter erläuterte, die politische Signifikanz des Besuches noch betonte.

Die Glückwünsche. Das Hautrunzeln des Marschalls, dieses

Anknipsen der Liebenswürdigkeit auf seinen Zügen, um dem Konsul ein langes Leben zu wünschen. Das Haupt-Wort vom Langen Leben kehrt aus dem Mund eines jeden Himmlischen Gratulanten wieder. Lang lebe Albert Bonnard. Nicht nur einfach alles Gute, das würde als unzulänglich, gefährlich und grob erachtet. Für die Gelben kommt es nicht in Frage, meinem Vater gute Gesundheit zu wünschen, denn damit wäre zugegeben, daß er krank werden könnte. Nur der englische Konsul säuselt boshaft »good health«. Wenn die Ärzte das hören, grinsen sie insgeheim, denn Albert Bonnard ist ihr bester Kunde. Er läßt sich regelmäßig in ihrem Institut durchleuchten, denn er will die diversen Flüssigkeiten, die sein Inneres durchströmen, immer unter Beobachtung halten. Außerdem läßt Albert Bonnard sich von seinen Doktoren endlose Atteste über seine verschiedenen Leiden ausstellen – von der Darmschwäche bis zur myogenen Herzinsuffizienz –, die er zum Quai d'Orsay schickt, um seine Verdienste noch mehr herauszustreichen. Mein Vater ahnt die anglofranzösische Ironie. Meine Mutter lächelt maliziös. Zum Glück stellen sich am Ende des Aufmarsches die Mönche und die Nonnen ein, aufrichtige Menschen. Sie überschütten meinen Vater mit Gottes Huld und Gnade, um so verschwenderischer, als sie ihn verdächtigen, Freimaurer zu sein.

Aber am 20. Januar ist mein Vater immer kerngesund, Leutseligkeit gaukelt über den Ernst der Züge. Er dankt jedem einzelnen Gast, faustdicke Lobrede, himmelhohe Übertreibung und gewichtige Anspielung. Alles um ihn ist Idylle. Was könnte er dem Marschall noch mehr wünschen, hat er doch aus Szetschuan das Land der Glückseligkeit gemacht? Ist der Marschall nicht, bei aller Treue zur großen Weisheit seiner Rasse, auf den Fortschritt der Provinz bedacht, indem er mit kundiger Hand die besten Errungenschaften des Westens wählt? Elektrizität, Telegraf und Telefon werden Tschengtu zur Musterstadt machen. Möge der Marschall wissen, daß Frankreichs Hilfe ihm sicher und selbstlos gewährt werde.

Nach dieser Spitze gegen seinen englischen Amtskollegen macht mein Vater sich mit Inbrunst an die Ehrenrettung des Briten. Er sagt zu ihm: »Sie sind wirklich a jolly good fellow. Und ich freue mich, daß die Entente cordiale sogar hier ihre Früchte trägt.« Dem Japaner gegenüber läßt mein Vater äußerste Vorsicht walten, beschränkt sich darauf, ihn in wohlgedrechselten Phrasen zu grüßen und nochmals zu grüßen, ihn und seinen Mikado. Daraufhin fertigt er summarisch die französische Kolonie ab, die Ärzte, die im Kampf gegen die Epidemien heldenhaft ihr Leben einsetzen, und die Ordensleute, die ihren Glauben und ihre christliche Nächstenliebe in dieses China gebracht haben, das jede neue Wahrheit mit offenen Armen aufnimmt.

Schließlich kann man die Freundschaft nicht gebührend feiern, ohne zahlreiche Fotografien zu machen. Die Anwesenden sind nach dem Protokoll zu gruppieren, wobei ein gemeinsamer Nenner für das westliche und das östliche Protokoll gefunden werden muß. Es ist keine Kleinigkeit, das »Tout Tschengtu« unter einen Hut zu bringen, ohne daß jemand das Gesicht verliert. Mein Vater ist Meister in dieser Kunst. Mein Vater neben dem Kriegsherrn. Rechts und links die übrigen Konsuln, dann eine Reihe von Generalen, eine Reihe bedeutender Handelsherren, die Reihe der Ärzte und des Bischofs, die restliche Geistlichkeit und die Nonnen bilden den Hintergrund. Da der 20. Januar kein hochoffizieller Anlaß ist, darf meine Mutter in der Spitzengruppe posieren. Ich ebenfalls, mit Strohhut und Matrosenanzug. Endlich ist es soweit, das ganze Ensemble, Zylinderhüte, Jacken, himmlische Talare, steife Kragen, wahrt lächelnde Habt-acht-Stellung, bis der Auslöser klickt. Ein zweites Klicken. Zehn, zwanzig Klicken, der ganze Areopag würdig und strahlend vor dem mächtigen dreibeinigen Kasten mit seinem schwarzen Tuch, seinem Objektiv, dem Auslösebällchen, dem Faltenbalg, hinter dem der Fotograf kauert – ein Mensch ohne Nationalität, ohne Protektion, ein kleiner grünlicher Mensch, der aus Schanghai gekommen ist. Er bezeichnet sich als Kantonesen. Aber er ist für die Veranstaltungen des öffentlichen Lebens in Tschengtu so unentbehrlich, daß er nichts zu befürchten hat, weder für seine Person noch für seine Apparatur.

Wenn die ganze Gesellschaft abgezogen ist, stellt mein Vater sich ganz allein unter das Spruchband »Monsieur Albert Bonnard zum Geburtstag« und posiert mehrere Minuten, während der armselige Fotograf mit demütigem Eifer sein Metier ausübt.

Ein paar Tage später läßt der Konsul durch besondere Boten

die Fotos verteilen. Es sind fast schon Wandbilder, auf dicke Pappe aufgezogen, gerahmt, mit Unterschriften in Ideogrammen und lateinischen Buchstaben versehen, die an das große Ereignis gemahnen und Tag und Jahreszahl festhalten. Jeder Gast bekommt seinen Satz Fotos und dazu das Porträt meines Vaters und seine Visitenkarte. Besuchskarte und Foto sind die beiden großen Neuheiten in Szetschuan. Mein Vater hat an beidem einen sagenhaften Konsum.

Faszination der neuen Ära, die nach Tschengtu vordringt. Fern liegt die Zeit, da der französische Konsul dem Kriegsherrn eine Badewanne verehrte. Jetzt übergibt er im Namen des Präsidenten der Französischen Republik einen großen Stromgenerator. Chinesische Mechaniker, die in einer Missionsschule ausgebildet wurden, kommen aus Schanghai, packen die Kisten aus, die von einer Kulikarawane angeschleppt worden waren, und setzen die einzelnen Teile zusammen. Der Konsul, dem die Naturwissenschaften ein Buch mit sieben Siegeln sind, überwacht mißtrauisch das Einsetzen der Zylinder, der Kabel und Schrauben. Endlich ist Einweihung. Der Marschall tritt heran, drückt auf einen Hebel, und es wird Licht. Ein stolzer Augenblick, als in Szetschuan unter der Schirmherrschaft des Konsuls von Frankreich der elektrische Strom zu fließen beginnt.

Das Resultat sind ein paar nackte und schmutzige Glühbirnen, die ständig ausgehen, im Yamen des Marschalls, der Konsuln und einiger Würdenträger. Auf der Straße sieht das Volk zu, wie abgeschälte Bäume aufgestellt werden, von denen Drähte baumeln und die den herumlungernden Bettlern und Soldaten zum Anlehnen dienen.

1922. Der Konsul wird wieder um ein Jahr älter. Denn morgen ist der 20. Januar. Im Konsulat die üblichen Vorbereitungen, dazu will meine Mutter mit einer neuen Spezialität aufwarten: mit Klub-Sandwiches für die Herren, nach einem Rezept der dicken Pastorsgattin. Anne Marie befehligt ihre schweigenden, emsigen Köche und Boys. Ihr gedrehter Chignon ragt in die Höhe wie ein Zepter, während sie Berge von eckigen und runden Schnitten auftürmt, mit allem Möglichen belegt und mit scharfen Soßen nach dem Geschmack des indischen Kaiserreichs garniert: mit Chutney und anderen Spezereien, wie in den Klubs von Schanghai. Und sehr viel Tomaten, der Stolz meiner Mutter, denn nur im Garten des französischen Konsulats wächst dieses Gemüse, von dem sie mit Vergnügen allwöchentlich je einen Korb der englischen Konsulin und der protestantischen Pastorin schickt.

Mein Vater hat sich inzwischen mit einer Miene, wie sie bedenklichen Situationen vorbehalten ist, in seinem Amtszimmer eingeschlossen. Er kommt auch nicht heraus, um einen Blick auf die Vorbereitungen und Zurüstungen zu werfen. Monsieur le consul befinden sich im Kriegszustand, seine Züge sind mit schweren Bedenken gepanzert. Denn wieder einmal wird Tschengtu von der Zerstörung bedroht.

Den ganzen Vormittag hindurch waren die Besucher aufmarschiert. Als erster, wie immer, wenn Gefahr im Verzug ist – es ist sogar das Zeichen, daß sie bereits vor der Tür steht –, erscheint der Bischof von Tschengtu. Ein grobknochiger Koloß, wie mit der Axt geschnitzt; argwöhnische Augen, vorspringende Wangenknochen, vertrocknete Hände. Er steckt in einer Soutane, so abgetragen und geflickt, daß aus dem Violett, der Farbe seines hohen Amts, eine schmuddelige Mischung aus Erdbraun und staubigem Gelb geworden ist, wie bei den Bettelmönchen. Aber das Brustkreuz funkelt. Sooft er mich sieht, reicht er mir seinen Ring zum Kuß und sabbert einen Segen durch die vom Kautabak vergilbten Zähne.

Aber dieses Mal sieht der heilige Mann mich gar nicht, weder beim Kommen noch beim Gehen. Er ist eine Stunde bei meinem Vater geblieben und hat ihn sorgenerfüllt zurückgelassen. Wie ein Wirbelwind stürmt er aus dem Amtszimmer und klettert auf seinen alten Gaul, dessen Zähne genauso lang sind wie die seinen.

Und mit umwölkter Stirn sprengt er im Galopp davon, ein Wunder, wie er sich auf dem schlechten chinesischen Holzsattel überhaupt halten kann.

Die nächsten, die dem Konsul ihre Aufwartung machen, sind die gelben Handelsherren, deren ölige Glätte durch nichts zu beirren ist. Sie sind die Notabeln der Handelskammer von Tschengtu, Milliardäre, die bei keiner Feier im Konsulat fehlen, die jedoch niemals ins Amtszimmer meines Vaters kommen. Diesmal werden mehrere Tragsessel vor der Tür abgestellt, deren Insassen plötzlich das Bedürfnis empfanden, »den Herrn Konsul zu belästigen«.

Gegen ein Uhr erscheint ein ebenfalls gelber, aber bedeutend jüngerer Mann, der sehr häufig, aber immer sehr diskret vorspricht. Er trifft zu Fuß ein und schlängelt sich verstohlen ins Haus, was immerhin ungewöhnlich ist. Denn auch er ist ein reicher Händler. Eine rautenförmige Gestalt, oben und unten spitz zulaufend, mit einer bescheidenen Rundung in der Mitte. Seine Erscheinung bildet eine kuriose Mischung aus Orient und Okzident: der Körper ist nach der traditionellen Art bekleidet, mit einer schwarzseidenen Jacke, die über einem langen weißen Unterkleid getragen wird. Aber der Schädel verschwindet unter einem weichen Filzhut mit einem Band um die vorschriftsmäßig eingebeulte Krone. Im Gesicht ein schmales Schnurrbärtchen nach europäischer Mode und natürlich eine Brille, die man kaum sieht, denn die Gläser haben eine ganz dünne Goldfassung. Kurz, das Nonplusultra moderner Eleganz, dezent gemildert durch das klassische Gewand.

Dieser Gentleman-Kaufmann ist für mich ein Rätsel. Er spricht ein sehr gutes Französisch mit einem Wortschatz direkt aus dem Wörterbuch und einem kleinen näselnden Quieken. Er sagt bewundernswert »Monsieur le consul« und richtet vor allem, anstatt mich in vornehmem Schweigen anzusehen wie die anderen einflußreichen Chinesen, denen es nicht in den Sinn käme, meinen Vater durch eine Bemerkung über seinen Sprößling zu beglücken, immer ein paar vertrauliche, freundliche Worte an mich, zum Beispiel: »So, so, was spielen wir denn da, Kleiner? Soll ich dir aus Schanghai ein Tretautomobil kommen lassen?«, und dann lacht er vergnügt. Wenn er mit dem Konsul spricht, so verharrt er nicht in der schicklichen Unbewegtheit, sondern ist quicklebendig, stößt nervöse kleine Laute aus, und über sein mageres Gesicht laufen rasche kleine Zuckungen, als wären sie die Pantomime seiner Gedanken.

Das Tretauto habe ich wirklich bekommen und bin sogar damit gefahren. In Anwesenheit meiner Eltern dankte ich dem Spender, der erwiderte: »Na, hats dir Spaß gemacht?« Aber ich mag diesen Chinesen trotzdem nicht. Erstens, weil er mir unverständlich ist, so völlig anders als der Marschall, die respektablen Milliardäre, Li, mein Mafu, die Domestiken und der gelehrte Kalligraph. Außerdem haben die Missionare mich vor ihm gewarnt. Er sei ein Christ, aber von der schlechten Sorte, wie sie die Jesuiten von Schanghai an ihrer Universität züchten. Diese Jesuiten, die für die Missionare von Tschengtu ein Schreckgespenst darstellen. Diese Jesuiten, die zu allem fähig sind, haben sie doch vor langer Zeit, vor mehreren Jahrhunderten, dem Kaiser als dem Sohn des Himmels gehuldigt, als wäre er der Herr unser Gott, Christus selbst. Damals verkleideten sie sich als Gelehrte, sie wurden die »Schriftkundigen des Abendlandes«, lehrten Mathematik, fertigten die kuriosesten Dinge wie Uhren, Kompasse und auch Kanonen. Aber diese Glücksritter des Glaubens praktizierten den Ahnenkult, den Kult der verstorbenen Herrscher, als wären diese Heilige gewesen. Um die Chinesen zu bekehren, haben sie die heilige römisch-katholische Lehre in eine Moral verkehrt, die dem Himmel und der Erde dient, wie die Lehre des Konfuzius. Abscheuliche Verwirrung, die vom Papst verworfen worden war.

Das alles haben die Missionare von Szetschuan mir immer wieder gesagt. Sie selbst halten am Heiligsten Herzen Jesu und an der Unbefleckten Empfängnis fest. Und sie mißtrauen nach wie vor den Jesuiten, die sich jetzt in Schanghai unterfangen, intelligente und gebildete Christen heranzuziehen, die Voltaire und Galilei kennen und sogar über die Dogmen diskutieren. Daraus können nur Taugenichtse werden, Intriganten, Perverse, Verräter. Sie sind schlimmer als die echten Heiden. Man begegnet ihnen bei allen zweifelhaften Verhandlungen, wo sie als Unterhändler, Mittelsmänner, Compradores auftreten und nur an ihre eigenen Interessen denken, nicht an die Interessen Gottes. Wie anders als diese guten Christen von Szetschuan, die so einfach sind, so fromm und nichts anderes kennen als die heilige Kommunion und den Gehorsam gegenüber den frommen Vätern!

Der chinesische Herr aus Tschengtu ist kein Comprador. Tschengtu ist nicht nur den europäischen Firmen, sondern auch ihren weißen oder gelben Vertretern unter Androhung greulicher Strafen verboten. Er handelt lediglich en gros mit Tee, vielleicht auch mit Opium. Aber in Wahrheit dient er insgeheim den Interessen einer bedeutenden französischen Firma in Schanghai, eben dieser Firma, die sich auf Waffen spezialisiert und dem Marschall die famosen Kanonen verkauft hat. Und deshalb taucht er von Zeit zu Zeit unter allen möglichen Vorsichtsmaßnahmen im Konsulat auf. Was er berichtet, ist oft sehr verdrießlich für die Missionare, diese Heiligen, die nicht immer Säulenheilige sind.

Zwei Uhr nachmittags. Endlich erscheint mein Vater zum Essen. Und wie immer empfindet er das Bedürfnis, alles meiner Mutter zu erzählen, die ihm dieses Mal übrigens aufmerksam zuhört. Er beginnt mit einem Ausbruch:

»Dieser Bischof hat vielleicht Nerven! Er berichtet, daß der Marschall, nachdem er im Lauf des Jahres bereits fünf- oder sechsmal die Steuern erhöht hat, nun der Stadt die enorme Auflage von einer Million Taels machte. Und jetzt fordert der komische Heilige, daß seine Christen von dieser Zahlung befreit werden. Das ist aber noch nicht alles. Offenbar hat der Kriegsherr die Reichen der Stadt wissen lassen, falls das Geld nicht innerhalb von drei Tagen eingehe, könne ein widriges Schicksal durchaus beschließen, ein ganzes Stadtviertel in Schutt und Asche zu legen, aller Wahrscheinlichkeit nach das Viertel der reichen Händler. Nun ist der Prälat strikt dagegen, die Kirche Notre-Dame, die dicht daneben liegt und wie eine Streichholzschachtel brennen würde, von den Flammen ergriffen zu sehen. Er verlangt, ich solle den Kriegsherrn aufsuchen, Protest einlegen und alles tun, damit er an einer anderen Ecke Feuer lege, die weder Kirchen noch Katechumenen beherbergt. Für den

Bischof sind die schwersten Heimsuchungen bloße Bagatellen, solange sie nur die Heiden treffen. Wird aber einem seiner Schäfchen ein Haar gekrümmt, so sieht die Sache anders aus.«

»Was haben Sie Monsignore geantwortet?«

»Daß ich mich schwer hüten werde, den Marschall zu inkommodieren oder ihn gar als Brandstifter zu behandeln. Denn wenn der Kriegsherr auch zu einem schweren Schlag gegen die wohlhabenden Bürger ausholt, er wird dafür sorgen, den Anstrich der Unschuld für sich zu wahren. Nicht seine Soldaten werden die Täter sein, sondern von ihm gedungene Briganten. In der Nähe des größten Feldlagers der Yünnanesen halten sie sich bereits zu Hunderten auf, als Kulis verkleidet, in Lumpen gehüllt. Die ganze Bevölkerung zittert schon wegen ihrer Anwesenheit.

Der Bischof ist wütend abgezogen, nachdem er mir noch zu verstehen gegeben hatte, er werde sich bei seinen Vorgesetzten und bei der Regierung in Paris beschweren. Der Gottesmann hat mir ganz schöne Kopfschmerzen bereitet! Aber dafür werde ich ihn in meinem Rapport an den Quai d'Orsay tüchtig eintauchen. Ich werde nicht ihm zuliebe meine ganze Politik gefährden und dazu die Eisenbahn, in der sie gipfeln könnte.«

»Wieso?«

»Lassen Sie mich der Reihe nach berichten. Anschließend kamen die Handelsherren an. Nichts als Lächeln, Bücklinge, Ächzen über die Unmöglichkeit, die vom Marschall geforderte Riesensumme aufzutreiben – aber nicht ein Wort von dem Brand, der sie ihnen entlocken soll. Was wollten sie von mir? Unter Aufbietung des ganzen Repertoires umschweifiger Höflichkeiten sind sie endlos um den heißen Brei herumgeschlichen. Endlich begann der Bedeutendste von ihnen, einer von diesen rückständigen Alten, die noch nicht gelernt haben, ein bißchen weniger schmutzig vor einem Weißen zu erscheinen, ein mindestens zehn Minuten langes Gerülpse und Gekläff. Sooft der Treffliche einen kreischenden Satz von sich gegeben hat, pausiert er sekundenlang, um den nächsten auszubrüten, und sabbert vor sich hin, als wäre er plötzlich eingeschlafen, während seine Gevattern zustimmend nicken, als wollten sie sich mit seinen Worten solidarisch erklären. Woraufhin er wieder erwacht, um den Mund aufzutun und wieder ein Sätzchen locker zu machen. Kurz, ein zeremoniöser Diskurs sehr chinesischer, sehr altchinesischer Prägung.

Der ehrenwerte Redner preist sich zunächst glücklich, sich und alle Geschäftsleute von Tschengtu, mit ihrem Geld zur Erstarkung der vereinten und prächtigen Armeen Yünnans und Szetschuans beitragen zu dürfen, die in diesen unsicheren Zeiten den Schutz Tschengtus gewährleisten. Sie, die Händler, seien bereit, diesem edlen Ziel sich selbst, ihre Angehörigen, ihre Frauen, ihre Kinder, ja sogar ihre Ahnen zu opfern. Aber ach, sie sind bereits so schrecklich arm. Die Geschäfte gehen so schlecht ... Sie sind nur erbärmliche Menschlein, erdrückt von der Größe der patriotischen Aufgabe. Doch – könnten nicht die ausländischen Freunde, vor allem die französischen Freunde, die das schöne Indochina beschützen, zum Aufschwung der Streitkräfte Tschengtus beitragen, indem sie ihnen Material liefern? Sie würden tausendfach dafür gesegnet sein.

Großes Räuspern und Hüsteln. Sämtliche Herren betrachten eingehend ihre besockten Füße, um nicht den Eindruck zu erwecken, als warteten sie auf eine Antwort. Was bedeutet, daß sie sie kaum noch erwarten können. Mir bleibt die Spucke weg. Ich habe begriffen, daß ich nach dem Begehr dieser Leute für die Yünnanesen Waffen aus Indochina kommen lassen soll. Wie Herr Lü. Aber Herr Lü ist die graue Eminenz dieser Yünnanesen. Diese Notabeln dagegen sind Bürger von Tschengtu, alteingesessene Szetschuanesen, die im Grund den Marschall und seine Soldaten hassen, diese brutalen Söldner, die zu allem fähig sind, drauf und dran, sie zu verheizen, sie und ihre Läden. Zweifellos stehen sie auf seiten der szetschuanesischen Armeen, die von überall her Zulauf bekommen, riesig werden. Warum also bitten mich diese schlauen Händler, ihren Feinden, diesen eingekreisten Yünnanesen, zu Hilfe zu kommen? Welche Netze, welche Fallen, welche Abgründe verbergen sich hinter diesem absonderlichen Ansinnen? Ich setze mein schönstes Lächeln auf, um diesen Großchinesen zu sagen, wie recht sie hätten, auf Frankreichs Liebe zu China zu bauen – eine Liebe, die Frankreich schon viele Male unter Beweis gestellt habe und jederzeit aufs neue manifestieren werde. Indes, gerade um dieser Freundschaft willen sei Frankreich verpflichtet, sich zurückzuhalten, kenne es doch die unendliche Weisheit der Chinesen, die es so vortrefflich verstünden, zeitweilige Schwierigkeiten beizulegen, denen die große Glückseligkeit auf dem Fuße folgen werde.

Als ich diese listigen Kater wieder los war, stieß ich einen tiefen Seufzer der Erleichterung aus. Chinesen sind und bleiben unverständlich. Was wollen sie von mir? Ich denke dauernd darüber nach.«

Und wenn der Konsul nachdachte! Heute kann ich ihn mir vorstellen, den alten Geschäftsträger in Südchina, wie er in seinem Büro auf und ab läuft, nichts begreift und nur schmerzlich seufzen kann. Er, Albert Bonnard, französischer Konsul in China, ein sehr guter Konsul, Konsul mit jeder Faser seines Herzens und in jeder Stunde seines Lebens, der in seinem Amt aufgeht, seine Himmelssöhne von Grund auf kennt, wird zuweilen von Müdigkeit und Ekel überwältigt. Dann erschlaffen seine Züge, werden zu den Gesichtszügen eines Konsuls, der eine Fußangel fürchtet.

Während dieser tagelangen Depressionen wird mein Vater von gelben Gesichtern heimgesucht, den liebenswürdigen Masken der Deputation, sie vervielfachen sich in seinem Hirn wie in einer Spiegelgalerie. Unbewegte Gesichter, hinter denen sich komplizierte, umschweifige, wahnwitzige und tatsächlich ausgeführte Projekte verbergen. Grausames China. Welche Umstände, ehe die Intelligenten – es gibt so etwas wie ein Gesetz der Intelligenz und der Schläue – die Besiegten wie Ameisen zertreten! Kein Mitleid, keine Gefühle. Die Unerbittlichkeit der Logik, die Nacht der Intrigen, verzweifelte Energie, Hinterlist, die großen Festschmäuse, die als Fallen dienen, und dann die Lust am Ausbeuten, Erniedrigen und Quälen derjenigen, die hilflos oder einfach weniger stark sind. China ist die permanente Revolution, der ewige Kriegszustand nicht nur zwischen den Armeen, sondern zwischen allen Menschen, in den Familien, in den Gilden, überall. Immer heißt es töten oder getötet werden. Reichtümer anhäufen oder vor Elend krepieren. Alles ist langsam und schwindelerregend schnell zugleich. Alles ist möglich. Alles ist erlaubt. Tugenden, das sind die lohnenden Laster, die Gewinn und Genuß einbringen. Der Genuß wird noch gesteigert durch die Katastrophen, die andere treffen, seien es die besiegten Feinde oder die Masse der gewöhnlichen Sterblichen. Aber nichts ist jemals ein für allemal gesichert. Nichts ist jemals definitiv. Die Partie geht für jeden endlos weiter. Das Dasein ist ein Wettstreit, bei dem Wille gegen Wille steht und das Schicksal in tausend wechselnden und widersprüchlichen Masken auftritt. Der drohende Tod, die überstandene Folter, die Greuel wandeln sich in Überfluß, Hochmut, Freuden. Oder umgekehrt: Der Sturz in Unglück und Todesnot. Die friedlichen Chinesen frönen einer ständig lauernden versteckten Raserei, die jederzeit ausbrechen kann. Das alles unter Wahrung des Gesichts und der Schicklichkeit, der obersten Spielregel, während der eigentlichen Auseinandersetzung weder Demütigungen zuzufügen noch einzustecken. Alles wirkt ruhig. Alles ist unter Verschluß. Wenn Perfidie und Greuel nicht genügend abwerfen, so bleibt immer noch die Möglichkeit, sich zu arrangieren, das Netzwerk der Kompromisse und Zugeständnisse, tausendfädige Gespinste, labile Gleichgewichte, die lange aufrechterhalten werden können. Eines Tages platzt dann die Bombe, das Signal ertönt, die Entscheidung fällt. Der Überlegene wirft mit rituellen Gesten die Maske ab. Er bricht in Schmähungen, in Beleidigungen, in Rachegeschrei aus, als wäre es ein beispielloses Verbrechen gewesen, daß man ihm die Stirn geboten, Widerpart gehalten hat. Wehe den Verlierern, die vor ihrer Bestrafung aussagen, gestehen, bereuen und um Gnade bitten müssen. Eiserne Regel, daß die Besiegten um ihr Leben betteln und die Sieger »nein« brüllen, zornig wüten und toben, sich mit Freude und Haß füllen, bis zur Exekution. Torturen. Langsamkeit der Torturen zur Genugtuung des Triumphators, damit sein Triumph noch größer sei. Wehe den Armen, wehe den Unglücklichen! Der Vorhang der Würde zerreißt, und sichtbar werden grauenhafte Szenen der Versklavung, der Ausrottung, Bilder von Millionen Leichen, die der Hunger ausgezehrt oder die Flut fortgerissen hat, während die Reichen üppig tafeln. Das ist das China des Buddhismus, mit seinem symbolischen Lebensrad, in das die Menschen durch ihre Leidenschaften geraten. Einzig durch den völligen, absoluten Verzicht auf die glücklichen Illusionen kann dieser rasende Lauf angehalten und das rettende Nirwana erreicht werden. Aber die Weisen, die über der Welt stehen, sind rar – sogar die Bonzen sind häufig durchtriebene Schurken.

China. Dieses zwielichtige und bizarre China ängstigt meinen Vater zutiefst, trotz aller theatralischen Forschheit. Genau wie es alle Weißen ängstigt, alle Abendländer, die in ihrer Besessenheit nicht aufhören, dieses Land zu zertrampeln, zu besiegen, zu erniedrigen, in Ketten zu legen, durch Verträge und Auflagen zu binden. Alle diese Weißen haben Angst, auch hinter den Mauern ihrer Konzessionen und Buildings, inmitten ihrer Reichtümer. Angst trotz ihrer Bibel, ihrer Dollars, ihrer Kriegsschiffe, ihrer Polizisten, Spitzel, Kolonialtruppen. Angst, die niemals völlig schweigt, die ihnen die mörderischen Geißeln dieses Landes willkommen macht. Diese teuflische Freude verbergen sie unter Mitleid, Verachtung, Herablassung. Fünf Zeilen in den englischen Zeitungen Schanghais für fünf Millionen Chinesen, die in Schantung, dreihundert Kilometer entfernt, Hungers gestorben sind. Wird denn diese erstaunliche Fähigkeit der Himmlischen, alles zu ertragen, niemals erschöpft sein? Denn selbst wenn sie unterworfen sind, sich gegenseitig zerfleischen, zur primitivsten Barbarei zurückkehren, vermögen die Chinesen Furcht und Schrecken zu verbreiten.

Die heimliche Angst meines Vaters war um so größer, als er in Tschengtu, im verbotenen China, eben nur geduldet und ganz allein war zwischen den Kriegsherren und den Massen der Himmlischen. Er war China ausgeliefert, spielte das Spiel der Chinesen nach chinesischer Manier, um zu überleben, zu siegen, Frankreich zum Sieg zu verhelfen. Alles war wirkliche oder eingebildete Gefahr. Es kam vor, daß die verbissene Gehirnakrobatik des Herrn Konsul sich überschlug, Dramen erfand, wo keine waren, daß die chinesische Indifferenz, der gewöhnliche Alltag ihn verstörten. Dann war seine Miene verschlossen, abwesend, und meine Mutter fragte ihn: »Sind Sie krank, Albert?« In solchen Krisen konnten ihm auch die Ärzte kaum helfen, nur die frommen Patres, die einzigen Weißen, die keine Bange kannten, brachten ihn über den Berg.

Doch an diesem Vorabend seines Geburtstags straffen sich

mit einemmal die absackenden, leidenden Züge des Konsuls. Er richtet sich im Sessel auf, und auf seinen Wangen unter dem Kneifer erscheint die charakteristische Kerbe der Entschlossenheit. Eine bittere Falte des Mitleids mit Albert Bonnard, aber zugleich das Siegel fanatischen Beharrens bis ins letzte. Der Gesichtsausdruck des Helden, der Übermenschliches leistet, des Mannes, der sich für die Pflicht opfert. Denn trotz seiner Schwächen, seiner gelegentlichen Feigheit, seiner Klagen und Wehwehchen ist der Konsul unter der komischen Maske ein Mensch, der wie besessen sein Ziel verfolgt und immer den höchsten Einsatz wagt. Die wirkliche Furcht versteckt sich hinter listiger Verwegenheit und Heuchelei, Selbstzufriedenheit und Selbstbewunderung. Und es wäre sein größter Wunsch, daß seine Umgebung, allen voran meine Mutter, diese Bewunderung teilten. Daher der mimische Aufwand, der den anderen seine Tapferkeit vor Augen führen soll.

Wie immer, wenn er sich selbst Mut machen muß, berauscht der Herr Konsul von Frankreich sich in der Stille seines Amtszimmers an den eigenen Worten. Dieses Mal hat er sich wohl gesagt: »Es wird in Tschengtu zum Krieg kommen. Wenn ich mich ruhig verhalte, wird das Ministerium mich nicht tadeln, sondern beachten. Ich bin kein Sohn eines Erzbischofs wie so viele Konsuln, die ihre Hände in den Schoß legen und sich brüsten, wenn alles vorüber ist. Sie haben ihr Amt durch ihre guten Beziehungen bekommen, und die größte Null bringt es am weitesten. Aber ich habe mich aus eigener Kraft emporgearbeitet und erledige die Dreckarbeit, für die die anderen sich zu gut sind. Jetzt aber werde ich meinen großen Coup landen, hier in diesem Hexenkessel Tschengtu. Er beginnt zu brodeln. Er muß schon ganz schön heiß sein, sonst hätten es diese Witzfiguren niemals gewagt, an mich heranzutreten. Aber was haben sie in ihren seidenen Ärmeln stecken? Wen kann ich danach fragen? Nach der Szene von heute morgen möchte ich mich nicht an den Bischof wenden. Ich will Herrn Scheng zu mir bitten.«

Und so erschien Herr Scheng im Amtszimmer des Konsuls und verließ es wieder. Heimlich, aber guter Dinge, ein vergnügter kleiner Raubvogel. Und so kommt mein Vater am

Ende der Mahlzeit, nachdem er, wie üblich, den Chefboy wegen eines verstopften Salzstreuers angeschnauzt hat, nachdem er mit dem Bischof und den Händlern aufgeräumt hat, auf den Nachtisch zu sprechen: auf den sehr sonderbaren Herrn Scheng.

»Sie kennen Herrn Scheng dem Namen nach, Anne Marie. Monsieur Dumont hat ihn mir in Ihrer Gegenwart empfohlen, bei diesem schauderhaften Diner, zu dem er uns in seinen riesigen Bungalow einlud. Konzertflügel! Zweifelhafte Ölgemälde! Chinesische Kulis, als Lakaien verkleidet! Ein Angeber, dieser schlagflüssige, schreimäulige Vielfraß von Dumont, der ständig mit der Faust auf den Tisch schlägt, wenn er seine Witze reißt. Ein Kürbiskopf im Frack, mit diamantenen Manschettenknöpfen. Ich habe Ihnen schon von ihm erzählt. Und dabei war sein Vater nur ein Marseiller Gangster, ehemaliger Matrose auf englischen Seglern, die Kisten voll Opium aus Bengalen in die roten Felsenbuchten der Küste von Kwangtung schmuggelten. Und der Sohn ist Milliardär und behandelt mich von oben herab. Sie erinnern sich, daß dieser feine Herr um ein Haar frech gegen Sie geworden wäre. Er hat mich in Harnisch gebracht. Und ein anderer Gast, ein Polizist aus der französischen Konzession in Schanghai, ein Mensch mit gezwirbeltem Schnauzbart und stechendem Blick, ein tückischer kleiner Strolch, mußte Dumont zur Ordnung rufen. Und Dumonts Frau, eine vietnamesische Mestizin, die er in Saigon aufgegabelt hat, konnte sich darüber schieflachen. Und ich saß nicht einmal auf dem Ehrenplatz. Der war Tu Yü Seng vorbehalten, einem der drei größten Ganoven von Schanghai.«

»Aber ja, ich erinnere mich. Und danach hat Dumont Sie auch noch beim Poker gerupft...«

»Er war betrunken! Er warf Bündel von Dollars auf den Tisch und schrie: ›Tapis‹! Völlig unkorrekt! Er wollte mir zeigen, daß ich neben ihm eine Null sei. Danach hat er mich – Sie erinnern sich? – in eine Ecke des Salons gezogen, um mit mir geschäftlich zu sprechen. Erteilte mir gute Lehren. Warf mit berühmten Namen um sich, Bankiers, Minister, hochgestellte Persönlichkeiten in Paris, seine Partner, wie er behauptete. Und wollte mir mit seinen guten Beziehungen zum Big Business imponieren, den Jardine und Matheson, den Butterfield and Swire, der »Hongkong and Shanghai Bank«, diesen englischen Firmen, die das Merkantilsystem in Asien kontrollieren. Und dann höhnte er noch: ›Diese Kriegsherren, die kenne ich allesamt, alles meine Freunde. Ich weiß, wie man mit Chinesen umspringt. Sie sind schlaue Teufel, aber ich bin doch noch gerissener. Sie haben nur einen Gedanken: Geld scheffeln, um noch mehr Soldaten zu haben und noch mehr Soldaten haben, um noch mehr Geld scheffeln zu können. Sie möchten Spielzeug, alles was zum Töten dient. China ist ein fabelhafter Markt für Waffen. Die Engländer arbeiten mit ihrer Finanzkraft, die Japaner mit ihren Schwärmen von Spitzeln und stoßbereitem Schwert. Aber ich arbeite mit meinem Köpfchen, nach bester französischer Tradition.‹«

»Ich erinnere mich, daß er mir anderntags einen riesigen Blumenstrauß schickte.«

»Und dieser Dumont ist in Schanghai eines der prominentesten Mitglieder der französischen Kolonie! Hat Zugang zu den besten englischen Klubs, zeigt sich mit einer Nelke im Knopfloch auf den Rennplätzen. Stammgast im Cercle français, wo er an der größten Bar der Welt thront. Und dazu der Busenfreund des französischen Generalkonsuls, des Oberhaupts der französischen Konzession!«

»Sie wären gar nicht ungern an seiner Stelle!«

»Und ob! Herr über eine Million Menschen sein, davon tausend Weiße! Der Stadtrat tanzt nach seiner Pfeife, die französische Administration, die französische Justiz, die französische Polizei, die französischen Dienststellen und sogar ein Bataillon Indochinesen. Ein König!«

»Und zudem ist die Konzession so schön. Ich würde gern in einer der schattigen Avenuen wohnen, am liebsten in der Avenue Foch oder der Avenue Joffre. Lauter Blumen und schöne Villen.«

»Voll von Kriegsherren, die in ihren Provinzen Pech gehabt haben und im stillen Winkel auf bessere Tage warten, Opium rauchen und sich ihrer Konkubinen, ihrer Brut und ihrer Schätze freuen! Ehrlich gesagt, ich habe lieber mit der aktiven Sorte zu tun, wie hier in Tschengtu.«

»Und, Albert, in Schanghai hätten Sie Ärger mit den Europäern. Sie sind so leicht in Ihrem Stolz verletzt. Wenn Sie dort den Vortritt vor den Damen haben wollten, so wie hier, würden Sie innerhalb der französischen Kolonie monatelange Zwietracht säen. Sie würde sich in verschiedene Lager spalten, und die Herren Franzosen würden beim Aperitif von nichts anderem mehr sprechen.«

»Der jetzige Konsul hat keine solchen Scherereien. Der ist ein schlauer Fuchs. Lang und mager wie ein Zwirnsfaden, er wickelt seine Verhandlungspartner vollständig ein. Von slawischer Abkunft, wie Sie wissen. Daher auch seine Toleranz, die an Zynismus grenzt, sein amüsiertes Zusehen bei Laster und Verbrechen. Er fühlt sich wohl in diesem Super-Chicago, wo, jedenfalls in der französischen Konzession, ein Ton herrscht wie im Provinzvarieté. Cancan, Snobismus und Vulgarität. Er hat mir ins Gesicht gelacht, als ich mich bei ihm über Dumont beschwerte: ›Dieser Monsieur Dumont ist schon in Ordnung. Natürlich kein feiner Mann. Komisch, wenn die Engländer zu Geld kommen, werden sie Gentlemen, auch wenn sie Halsabschneider-Gentlemen sind. Unsere französischen Milliardäre in Schanghai bleiben so ordinär, wie sie immer waren.‹«

Und mein Vater läßt sich des langen und breiten über seine Landsleute in Schanghai aus, nach seiner Ansicht lauter Parvenus, Lümmel, deren Derbheiten kraß abstechen von der Korrektheit der Briten. Albert, der selbst nicht aus höchsten Kreisen stammt, wundert sich, daß die gravitätischen Engländer, die er im übrigen nicht leiden kann, sich mit diesen gallischen Rabauken abfinden. Er ist überrascht, fast schockiert, daß diese Briten, die den Chinesen gegenüber stets ihre Apartheid wahren, die Kumpanei der Herrschaften aus der französischen Konzession mit den Gelben ohne weiteres hinnehmen . . .

Albert schert immerhin nicht alle Franzosen von Schanghai über einen Kamm: Es gibt unter den hohen Tieren einige korrekte Herren mit steifem Kragen, Adelsprädikat, Handküßchen, gewählter Ausdrucksweise, exzentrische alte Beaus. Mit ihnen ist nicht gut Kirschen essen. Die anderen, die Kameraden von der Küste, die sich in allen Winkeln Chinas herumgetrieben haben und robust genug waren, um zu überleben und Gewinn zu machen, sind offenbar Frohnaturen. Ihre einzige Krankheit ist das Geldverdienen und Geldverjubeln, aber diese Krankheit ist in Schanghai weit verbreitet. Lebensgierige Leute, die China demoralisiert hat. Sie geben sich, als wären sie ebenso stark wie die Himmlischen, mischen sich unter sie. Und kommen dabei unter die Räder. Sie sind halb verrückt unter der rauhen Schale, geben sich ungestüm, ausgelassen, genießerisch, als halbe Chinesen, halbe Engländer und in der französischen Konzession auch noch als zweihundertprozentige Franzosen. Aber eines Tages wird fast jeder irgendeinem chinesischen Geschäftsmann gegenüber wortbrüchig, ein irreparables Vergehen. Die wenigsten haben begriffen, daß, besonders unter Gangstern, das einmal gegebene Versprechen unbedingt eingehalten werden muß. Hier scheiden sich die Asse von den Pinschern.

»Aber was hilfts«, seufzt Albert, »sogar Dumont hat sich Mätzchen erlaubt. Ein dreister Bursche. Aber ich muß ihm die Stange halten, ihm und seinem verwünschten Herrn Scheng.«

Albert hebt die Augen gen Himmel:

»Er ist mein Kreuz. Aber ich behalte ihn im Auge. Ich habe es Herrn Lü natürlich nicht gesagt, aber ich war über die Sache mit den 75er Kanonen von Anfang an auf dem laufenden – durch die Pfaffen. Danach kamen mir Zweifel ... Aber kurz darauf hatte Scheng mir geschworen, er sei unschuldig. Und ich war töricht genug, an seine Ehrlichkeit und an die seines Auftraggebers zu glauben, für die sich überdies der französische Konsul in Schanghai verbürgt hatte. Bis die Missionare mir hinterbrachten, Scheng habe sich aus dem Staub gemacht. Von da an war die Sache klar ... wenn man so sagen kann ...«

Anne Marie zuckt mit den Achseln:

»Warum haben Sie mir von alledem nichts gesagt? Ich wäre weniger überrascht gewesen, als die Truppen des Marschalls das Konsulat umstellten. Mein Freund, Sie sitzen ganz schön in der Tinte.«

»Ich wollte Sie nicht beunruhigen. Vor acht Tagen ist ja auch Scheng wieder in Tschengtu aufgetaucht, keineswegs in Stücke geschnitten, lächelnd sogar, und hat gründlich ausgepackt. Dumont ist tatsächlich der Schuldige, er wollte sich bei den feindlichen Engländern, den Yünnanesen und den Südstaatlern Liebkind machen. Er, Scheng, wurde nicht einmal eingeweiht und konnte gerade noch rechtzeitig Fersengeld geben und sich weit von Tschengtu absetzen. Er ist nach I-schang gegangen. Dort hat er sich mit dem Kriegsherrn arrangiert und ihm eine bedeutende Summe als Bezahlung für die Kanonen herausgelockt, die bereits von den Yünnanesen bezahlt waren. Die Hälfte davon schickte er Dumont und kehrte mit dem Rest nach Tschengtu zurück, wo er sich mit Herrn Lü arrangierte. Er sagte zu ihm: ›Ich gebe Ihnen einen Teil des Geldes zurück. Für das übrige erteile ich Ihnen einen guten Rat – er wird Sie nichts kosten und Ihnen anstatt der Waffen, die Sie eingebüßt haben, weit bessere verschaffen.‹ Die Idee war folgende: Der Kriegsherr von Tschengtu solle so tun, als wäre er über mich erzürnt, und das Konsulat belagern lassen; dann solle Lü mir den rettenden Vorschlag unterbreiten, Maschinengewehre aus Indochina zu beschaffen, gegen das Versprechen einer Eisenbahn durch Szetschuan.«

»Und nach allem, was er angestellt hat, haben Sie noch immer Vertrauen zu Scheng?«

»Ja, denn was er getan hat, nämlich mir alles über die Kanonen erzählt, ist für einen Chinesen ganz außerordentlich. Plötzlich mit dieser entwaffnenden Offenheit die Karten auf den Tisch legen, das bringt nur ein Gelber fertig, den die Jesuiten in die Kur genommen haben. Schlankerhand. Unumwunden. Er ist dahintergekommen, daß sich in bestimmten Fällen auch die Wahrheit lohnen kann ... Für einen Himmlischen ausgesprochen pervers.«

Meine Mutter verzieht das Gesicht.

»Dieser Scheng wird Sie hintergehen.«

»Jetzt nicht, jetzt sind wir Verbündete. Nachdem sein französischer Waffenhändler die Szetschuanesen beliefert, braucht er den Yünnanesen gegenüber meinen Schutz. Und weil er Lü auf mich gehetzt hat, verlange ich von Scheng, daß er mich über alles auf dem laufenden hält, wenn ich dafür sorgen soll, daß er weiterhin am Leben bleibt. Eine Hand wäscht die andere.«

»Scheng sieht aus wie ein Frettchen, wie ein Fuchs, wie ein Spitzbube mit seinen verlogenen Augen.«

Aber mein Vater weiß es besser.

»Sie täuschen sich völlig, Anne Marie. Heute vormittag war

Scheng fabelhaft. Kaum hatte ich nach ihm geschickt, war er auch schon da. Und als ich ihm – ein wenig beunruhigt, wie ich gestehen muß – vom Besuch der Großchinesen von Tschengtu berichtete, erfolgte zunächst langanhaltendes nervöses Hüsteln, bei ihm vermutlich Ausdruck höchster Fröhlichkeit, Ironie und Belustigung. Und dann riet er mir nach einigem Räuspern, ich solle mir keinerlei Sorgen machen: ›Im Gegenteil, es ist ausgesprochen komisch, Herr Konsul. Die ehrenwerten Handelsherren von Tschengtu sind wie Ricken, auf die der Adler niederstößt und die verzweifelt einen Retter suchen. Der Herr Konsul könnte der Richtige sein, denken sie.‹

Liebe Anne Marie, Scheng hat mir erklärt, daß diese Herren um jeden Preis einen Ausweg suchen. Denn wenn die augenblickliche Situation bestehen bleibt, werden sie erpreßt, ausgenommen, geschröpft bis zum Weißbluten, bis sie ihre letzten Sapeken ausgeschwitzt haben, nachdem sie allen möglichen Druckmitteln unterworfen wurden, als da sind Feuersbrünste, Morde, Entführung ihrer Kinder, Verschwinden ihrer Konkubinen, Verstümmelung ihrer männlichen Nachkommen und was es sonst noch an bewährten Mittelchen gibt. Drei Armeen wollen sich an Tschengtu mästen. Die Armee von Yünnan. Die von Kueitschou, die als Verstärkung mit den Yünnanesen angerückt ist. Und schließlich die von Szetschuan, die von Tag zu Tag zahlreicher wird. Allerhand hungrige Mäuler. Und die Herren Großhändler, die wissen, was ihnen blüht, sind verzweifelt.«

Die unglücklichen Handelsherren von Tschengtu, die sich im Amtszimmer des Konsuls zusammendrängten, waren Opfer ihrer eigenen Naivität geworden. Sie hatten einst die Yünnanesen freudig empfangen, als sie aus dem Land jenseits der Wolken, dem tropischen Land, gekommen waren, um die Söldnerheere des furchtbaren Yüan Sche-kai zu verjagen, der sich in Peking zum Kaiser ausrufen lassen wollte. Diese Yünnanesen wurden »Tiger« genannt. Sie waren Halbwilde, harte, hochmütige Krieger. Aber das üppige Szetschuan hatte ihre Begehrlichkeit geweckt.

Vor ein paar Jahren schossen in Tschengtu Schilderhäuschen aus dem Boden, Mautschranken, Zollschranken, ein ganzes

Spinnennetz, in dem die Offiziere saßen und Waren und Geld abfingen. Das Lächeln der früheren Blutsauger war der Gewalt gewichen, dem Schlag mit dem Revolverkolben. Der Marschall forderte laufend Kontributionen zum Unterhalt seiner Regimenter. Die Notabeln sprachen bei ihm vor und schwitzten vor Furcht und Höflichkeit. Jeder von ihnen hatte bereits auf eigene Faust versucht, sich den Marschall gewogen zu machen, ihm kostbare Geschenke geschickt, die glückbringenden Banner, seine Lieblingskonkubinen, Lustknaben, Segenswünsche auf Schriftrollen, in die Geldscheine gewickelt waren. Es genügte nicht. Es genügte niemals. Worauf die friedliebenden Händler von Tschengtu sich in ihren Behausungen einschlossen und mäuschenstill verhielten. Aber was half es ihnen? Denn wenn sie nicht offizielle Vorladungen vom Marschall erhielten, so kamen abgefeimte Emissäre und schlugen ein Arrangement vor. Ein Arrangement, das sie jedesmal teuer zu stehen kam.

Nun taten die Handelsherren sich zusammen. Ihre lange Geduld war erschöpft, und in einer Anwandlung von Mut warben sie szetschuanesische Söldnerführer an, die szetschuanesische Truppen aufstellen und die Yünnanesen vertreiben sollten. Denn es gab in der ganzen Provinz nur noch ein paar behäbige szetschuanesische Milizeinheiten, alte Regimenter, die noch traditionsgemäß mit Sonnenschirm und Opiumpfeife ausrückten, nach Vätersitte schnorrten und stibitzten. Doch nach den geheimen Zusammenkünften der Händler wurde es plötzlich rege in der Stadt, und sogar Generale, Gelehrte, Bonzen, Popanze und ehemalige Mandarine mischten mit. Ein Netz unbekannter Herkunft, Geld unbekannter Herkunft. In Wahrheit das Geld der Handelskammern.

Nach einigen Monaten konkretisiert sich der Trubel. Rund um die Stadt sammeln sich szetschuanesische Truppen. Ihre Soldaten gebärden sich furchteinflößend und kampfbereit. Genau wie die Kriegshelden auf der Bühne . . . Diese Armeen entwickeln sich ständig weiter, schreiten vom Mittelalter zur Moderne vor, die Truppen übernehmen den zackigen Stil der Neuzeit, anstatt sich mit der guten alten Mischung aus Lässigkeit und Blutdurst zu begnügen. Und dann, alle diese Waffen, die Bajonette, diese Maschinenpistolen und Kanonen . . .

Die Handelsherren haben sich ins eigene Fleisch geschnitten, denn auch ihre szetschuanesischen Generale haben nichts anderes im Sinn, als sich zu bereichern, und denken nicht ans Kämpfen. Die Händler drängen vergeblich, die Militärs antworten im Namen der Kriegskunst: »Der Augenblick ist noch nicht gekommen. Wir müssen warten, unsere Schlagkraft erst noch verstärken, ehe wir die Yünnanesen vernichten können. Wir machen ihnen dann in einer einzigen Schlacht den Garaus.«

Die stark beunruhigten Milliardäre von Tschengtu wollen nichts mehr herausrücken: erst nach dem Sieg möchten sie die Rechnung bezahlen. Daraufhin helfen die szetschuanesischen Generale ihrer Großzügigkeit durch gezielte Exempel nach, Menschen verschwinden, andere werden mit abgeschnittenen Köpfen aufgefunden. Allerdings könnten diese Unannehmlichkeiten auch auf das Konto der Yünnanesen gehen, die wütend sind über die Konkurrenz und brutaler und unersättlicher denn je. Man könnte meinen, die Kriegsleute beider Parteien, deren Zahl sich täglich mehrt und die einander hassen oder zu hassen vorgeben und einander dabei protokollgetreu grüßen, hätten sich abgesprochen, die Bevölkerung erst völlig auszupowern, ehe sie den Kampf gegeneinander eröffnen.

Die Händler zerbrechen sich die Köpfe, wie sie »ihre« szetschuanesischen Generale zum Krieg zwingen und ein für allemal Ruhe bekommen könnten. Lange Geheimsitzungen der Weisen. Die Lösung der verzweifelten Situation kommt in Gestalt einer unschuldigen Bemerkung seitens eines Herrn, der aussieht wie ein Seidenkokon: »Es heißt, die Yünnanesen warteten auf eine Lieferung schwerer Maschinengewehre, die ihnen die Franzosen aus Indochina zukommen lassen, um an den Szetschuanesen blutige Rache zu nehmen.« Ein großartiges Argument. Ins Schwarze getroffen. Dieses Gerücht muß nun diesen widerspenstigen, ausgekochten szetschuanesischen Militärs hinterbracht werden. Sie müssen sich bereits niedergemacht und erschossen sehen von den angreifenden Yünnanesen, die zwar nur ein paar kleine Haufen sind, aber im Blutrausch wüten werden, sobald sie die Waffen haben. Die Händler haben ihren Plan durchgeführt. Sie machten die szetschuanesischen Militärs glauben, daß diese sagenhaften französischen Waffen kommen würden, beinah schon da seien, damit die nackte Furcht sie treibe, sich ins Getümmel zu stürzen, die Yünnanesen mit ihrer Übermacht zu erdrücken, in Grund und Boden zu schlagen. Der Besuch der Handelsherren im Konsulat ist der Clou ihres Manövers.

Der Konsul hat seinen letzten Löffel mit Gartenerdbeeren gegessen und ist sehr mit sich zufrieden. Denn er konnte Anne Marie hinlänglich beweisen, daß er die Lage erfaßt und gemeistert hat. Nun möchte er, ehe die Tafel aufgehoben wird, ihr gegenüber noch seinen letzten Trumpf ausspielen und sein Ingenium hell erstrahlen lassen:

»Sie wissen, Anne Marie, wie vorsichtig ich bin. Hätte ich den Händlern gegenüber ein einziges unbesonnenes Wort verlauten lassen, auch nur mit einer Silbe die Waffenlieferung aus Indochina bestätigt, so hätte ich damit den Krieg in Tschengtu entfesselt. Die wackeren Handelsmänner wären stracks zu den szetschuanesischen Generalen gelaufen. ›Jetzt haben wir Gewißheit. Ihr werdet niedergemacht, wenn ihr die Yünnanesen nicht augenblicks angreift!‹ Sie sehen, welche Verantwortung ich trage.«

»Sehr schön«, sagt Anne Marie. »Dank Ihrer Umsicht wird also in Tschengtu nichts passieren. Wenigstens nicht viel. Und wie steht es mit den angesagten Lustbarkeiten, mit dieser bewußten Feuersbrunst, die für morgen oder übermorgen angekündigt ist?«

»Sie können sich denken, daß ich Scheng danach fragte. Er hat nur leise gelächelt. Bei der augenblicklichen unübersichtlichen Lage kann es so schlimm nicht werden. Gewiß, es wird Feuer ausbrechen, sonst würde der Marschall das Gesicht verlieren. Aber es wird höchstens irgendein Armenviertel niederbrennen.«

Mein Vater, der sich zur täglichen Siesta zurückzieht, strahlt übers ganze Gesicht. Als fände er sich ungemein gerissen, als hielte er alle Fäden sämtlicher Verschwörungen von Tschengtu. Meine Mutter sieht inzwischen nach den Vorbereitungen für die Geburtstagsfeier Albert Bonnards. Sie waren nämlich ungestört weitergegangen, der diplomatische Gewittersturm vom Vormittag schien den Frieden im Konsulat nicht getrübt zu haben. Die endlosen Kommentare meines Vaters beim Mittagessen hingegen haben zweifellos in den Küchen ihr Echo gefunden, in den Höfen, und hinter den beflissenen Mienen der Dienerschaft, die das Fest vorbereitet, allerhand Gedanken ausgelöst.

Halbschatten der Granatbaumallee im Garten des Konsulats. Lauer Erdgeruch unter den Voluten des Blattwerks und der Fülle aufgeplatzter Früchte. Eine Stele mit verwittertem Löwenkopf, ein steinernes Einhorn, Lichtreflexe der glasierten Dächer mischen sich mit dem Dämmerlicht der Vegetation. Ein Hauch von Unwirklichkeit. Formen und Schatten. Symbole. Die Seerosen drüben auf dem Teich sind lebendige Herzen. Die Welt des großen Friedens. Dort, wo das Dunkel am dichtesten ist, tief in den blühenden Büschen, ist eine Frau in weißer Tunika auf einer Holzbank zusammengesunken. Es ist Li. Sie gibt leise ungewohnte Geräusche von sich, rieselnd und keuchend zugleich. Wasser steht in ihren Augen, rinnt über das platte Gesicht. Ich bin bestürzt. Denn Tränen, flüssigen Kummer, echten Schmerz habe ich an ihr noch nicht erlebt. Chinesen und Chinesinnen weinen nicht. Sie plärren, sie kreischen, toben sich aus in Wort und Gebärde, ungeheuerlichen Ausdrücken, fuchteln zu gräßlichen Verwünschungen. Die Lippen speien Schimpfwörter aus. Solche Szenen, solche Ausbrüche von Hysterie sind rein konventionell. Das gängige Verfahren, um Zorn, Schmerz oder Haß auszudrücken, alle Arten vorgeblicher Gefühle, von denen man nie weiß, ob sie echt oder falsch sind. Die überspitzten Wehlaute professioneller Klageweiber, das Gekrächz von Berufsbettlern. Die Maßlosigkeit von Geschrei und Geräuschen ist eine schauspielerische Leistung, die ihre Gage fordert, oder Magie, die an die Phantasie appelliert. Aber daß ein Mensch, daß eine Frau wie Li sich ganz im stillen, ohne Berechnung, ohne

Profit, ohne Publikum, ihrem Schmerz hingeben könnte, scheint mir peinlich. Ich schäme mich ein bißchen für sie.

Ihr sonst so friedliches, so ruhiges Gesicht ist von pathetischer Trauer gezeichnet. Sie schluchzt haltlos:

»Die Yünnanesen werden uns alle umbringen. Sie werden mich töten, wie sie meine Eltern getötet haben, die elendiglich verbrannt sind, aber dieses Mal wird die ganze Stadt in Schutt und Asche sinken.«

Wie oft schon hat Li mir vom schrecklichen Ende ihres Vaters, ihrer Mutter und einer unbestimmten Zahl jüngerer Geschwister vor ein paar Jahren erzählt! Ihre Angehörigen handelten in einem Gäßchen am großen Südtor mit gebackenem Fisch. Sie waren fliegende Händler, verkauften ihre Ware auf offener Straße, und ihre Ausrüstung bestand aus einem Karren, einigen Hackmessern, einem Glutofen unter einem Becken mit allen möglichen Fettresten. In diese brodelnde Mischung kamen die Karpfenabfälle, die Fischblasen, die Flossen. Die Flamme beleuchtete fröhliche Gesichter, der Schweiß rieselte munter über die Backen, die Münder mümmelten, während die Sapeken der Kunden sich an den Schnüren reihten. Es stank, aber es war ein wunderbares Leben.

Dann zuckte eines Abends eine andere Flamme, eine himmelhohe, die Zunge des Feuerdrachens, in den Schlupfwinkel dieser armen Leute. In wenigen Stunden war dieser menschliche Ameisenhaufen von der Feuersbrunst verzehrt. Die »Feuerwehrleute«, weit entfernt, etwa Wasser zu spritzen, schlugen auf Gongs und Tamburins, um die bösen Geister zu verscheuchen. Aber der Wind legte sich, und anstatt sich auf weitere Beute zu stürzen, noch mehr Gassen zu verschlingen, kam der Brand zum Stillstand, verzehrte sich an seinem Herd, das Rot wurde zu Schwarz, dann starb die Glut mit allem, was sie getötet hatte: Zehntausenden unbekannter Menschen, von denen keine Spur zurückblieb. Nicht einmal ein Name.

Li war auf den riesigen Scheiterhaufen zugerannt. Sie hatte gesehen, daß ein paar Gestalten, schwarzen Ameisen gleich, den Gluten entronnen waren. Sie hatte stundenlang gewartet. Vor ihr erstreckte sich ein Leichentuch, eine meterdicke Schicht von Schlacke. Die atemraubende Hitze kühlte sich nach und nach ab. Endlich wagte Li sich an die Stätte des Schreckens, die das Feuer rein gebrannt hatte. Am Rand des Unglücksorts ein paar nicht verbrannte Leichen und Horden von Hunden, die sich um sie balgten. Danach ein einziges Aschenfeld. Kein Mensch, nur ein paar Diebe und eine Militärpatrouille mit eigenem Henker, die Axt umgeschnallt. Und dann huschende Schatten, die nicht auf Beute ausgingen, sondern nach menschlichen Überresten suchten. Sie durchwühlten den Schutt, in der Hoffnung, wenigstens noch die Knochen eines Familienmitglieds zu finden. Die Hunde hatten bessere Nasen als die Menschen. Sooft ein Tier einen verkohlten Schulter- oder Armknochen ausgrub, war auch schon ein Mann oder eine Frau zur Stelle, packte ihn und behauptete entschieden: »Das ist ein Knochen meines verehrungswürdigen Großvaters.« Denn diese Entdeckung erlaubte, die Riten zu vollziehen, Täfelchen aufzustellen, einen Ahnenaltar zu errichten. Ein Trost. Li jedoch kehrte mit leeren Händen zurück. Ihre Eltern hatten sich in Rauch aufgelöst, sie konnte ihnen keine Ehrung mehr erweisen. Zum Unglück kam die Schande. Nur eine Schwester war ihr noch verblieben, die jetzt in einem Teehaus diente.

Heute nun, dieses Häufchen Elend im Garten des Konsulats, ist das wirklich meine Li, die so fröhlich mit mir lebte, aß, mich liebkoste? Ist das meine Li, die in ihrem friedlichen Dasein an meiner Seite nichts anderes fürchtete als die schädlichen Geister und sie mit allerhand Amuletten bannte? Sie hatte unter meinen Kleidern ein Säckchen mit seltsamen Präparaten versteckt: Elefantenmist, Kobragift, Blut eines Mannes, den man an einem Vollmondtag hingerichtet hatte. Aber meine Mutter entdeckte diesen Medizinbeutel und warf ihn fort.

Ich erkenne Li nicht wieder, die mir damals den Feuertod ihrer Eltern mit so viel Gleichmut geschildert hat, als berichtete sie von einem unangenehmen Zufall, einer alltäglichen Begebenheit, einer Banalität. Ich fragte mich, ob nicht ein böser Zaubertrank, ein Dämon in ihr wirke. Auch meinem Vater war schon seit einiger Zeit Lis seltsames Wesen aufgefallen, aber er hatte eine andere Erklärung dafür gehabt. Er sagte zu meiner Mutter:

»Sie ist eine dumme Gans. Wenn sie so weiterfaselt, werden

wir sie durch eine ältere und vernünftigere Kinderfrau ersetzen müssen. Sie darf unseren Sohn nicht hysterisch machen. Ihr Haß auf die Yünnanesen ist krankhaft. Als hätten sie ihre Angehörigen willentlich verfeuert. In Tschengtu brechen alljährlich ein paar Brände aus und äschern irgendein Stadtviertel ein. Vielleicht Unglücksfälle, vielleicht auch die bequemste Methode für einen Grundeigentümer, sein Grundstück vom menschlichen Ungeziefer zu befreien. Möglich, daß die yünnanesischen Offiziere einschließlich des Marschalls sich über dieses ein wenig summarische Verfahren nicht aufzuregen geruhten, daß sie gegen eine entsprechende Summe beide Augen zudrückten. Ein einfaches und übliches Geschäft. Landessitte. Die Mandarine haben es früher genauso gemacht.«

»Aber dieses Mal wird doch der Marschall selbst Feuer legen lassen?« hatte meine Mutter gefragt.

»Zugegeben, der Fall liegt ein wenig anders. Es handelt sich um hohe Politik, meine Teuerste. Wir im Konsulat laufen keine Gefahr. Uns werden sie nicht verheizen. Li macht zuviel Geschichten.«

Und tatsächlich wird Li jetzt, hier im Garten, von einem wahren Wutrausch erfaßt. Ich versuche vergebens, sie zu besänftigen, indem ich meine Nase an der ihren reibe. Anstatt wohlig zu seufzen, beginnt sie gräßlich zu ächzen, springt auf, ihr Haar ist wirr, ihr Gesicht entstellt. Es ist der »Tsch'i«, der finstere Geist in ihrem Körper, der ihr den Kopf verdreht hat. Sie schreit:

»Ein Wahrsager hat es mir prophezeit. In ein paar Wochen werden Tausende von Yünnanesen vor den Stadtmauern lebendig eingegraben, so daß nur noch der Kopf herausschaut. Mit meinen Nägeln kratze ich ihnen dann die Augen aus!«

Die Diener haben sich, trotz der Festvorbereitungen, vollzählig um uns geschart, ihre Mienen sind betreten. Auch der Koch ist da, Lis »Beschützer«. Ein Schädel wie eine Reisschale, Schlitzaugen, Krähenfüße rundherum, Fältchen wie um den Nabel eines Buddha. Sein Wanst zeugt von Wohlstand und Weisheit. Er ist der wahre Herr der Dienerschaft, er und nicht der offizielle Chefboy, dieser dürre Kleiderständer, der meinem Vater um den Bart geht. Der Küchenchef spricht wenig, begibt sich niemals der fast priesterlichen Würde, die einem Mann ansteht, der die Bäuche füllt. Mit wenigen Worten und unbewegten Zügen, als äußerte er keine eigene Meinung, weiß er meiner Mutter stets guten Rat zu geben. Niemals eine heftige Bewegung, jedenfalls nicht bis zu diesem Moment, da er nun Li packt und ihr mit seinen Riesenfäusten ein paar gewaltige Hiebe versetzt. Und im Handumdrehen wird Li, als erwachte sie aus einem bösen Traum, wieder meine reizende, meine sanfte Li. Aber ich höre, wie der Koch ihr zuflüstert:

»Bist du verrückt! Du verfluchst die Yünnanesen vor dem Sohn des Herrn Konsul, der ihnen so sehr gewogen ist!«

Ich war ein stilles Kind, ein bißchen hochnäsig, und dieses Gezeter machte mir keinen Spaß. Ich war bereits blasiert. Und so überließ ich das Konsulat seiner Geschäftigkeit, seinen Stimmungen, seinen Festvorbereitungen und machte mich davon.

Mein Fluchtziel ist Tschengtu, und mein Mafu begleitet mich. Dieser Klotzkopf ist ganz fidel. Er, der Veteran, der ehemalige marodierende Soldat, der alte Haudegen, der unterschiedslos für die verschiedensten Lager, Armeen und Kriegsherrn gekämpft hat, der Söldner des Elends, der mit souveräner Gleichgültigkeit geköpft, gepfählt, ausgeweidet hat, pfeift auf die Yünnanesen und die Szetschuanesen. Ihn beglückt die Witterung des Krieges, der näher rückt, sich allmählich einnistet, seine Greuel nach Tschengtu tragen wird.

Klebrige Schwüle lastet auf Tschengtu, die Stadt ist leblos, stumm, entvölkert. Alles ist von einer Wolke der Ungewißheit überdeckt. Die wenigen Menschen hasten nicht, sie sind träge, untätig, apathisch. Kein Rufen, kein Schreien, kein Feilschen, keine Grausamkeit, keine Freude. Nur Schatten, ausdruckslose Gesichter, Leute, die sich einander argwöhnisch nähern, nur um ein paar Worte, ein paar Gesten zu tauschen. Und in diesem fast leeren Raum, in dem Labyrinth ohne Menschengewimmel, springt der Schmutz einen noch heftiger an. Der Gestank steigt, ungemildert durch die Vitalität der lärmenden, schreienden, kreischenden Volksmenge, in seiner ganzen Widerlichkeit aus den Abfallhaufen. Die Geschwüre der Bettler, die Aussätzigen und Fliegen, die Hunde, die nur noch eine einzige schwärende Wunde sind, das alles, was normalerweise vom Sturzbach des

Lebens mitgerissen wird, Betörung und Wollust im Guten wie im Bösen ausströmt, wird wieder zur banalen Fäulnis, die in der Sonne trocknet. Sogar die Scheiße, die man sonst so liebevoll sammelt, bleibt einfach liegen. Die Bettler setzen nicht wie üblich zum Sturm an mit ihren Gliedstummeln, sie kauern sich zusammen wie elende Tiere. Ich reite über Scheintote hinweg: Flußschiffer, die mit offenen Mündern schlafen, die abgezehrten Gliedmaßen angezogen.

Dann komme ich zum Strom, einem Nebenfluß des Yangtsekiang, einem Graben, der mit einer kaum noch flüssigen Masse gefüllt ist, bei Niedrigwasser zu Schlammschollen getrocknet, bei Hochwasser eine breiige Flut. Aber jetzt im Januar wälzen die Wasser sich nur mühsam zwischen den Müllhängen hindurch. Geier kreisen in der Luft, um Aas auszumachen. In der schwimmenden Stadt der Dschunken, wo sich sonst Kulis, Huren, Matrosen, kleine Diebe, Totschläger, Wahrsager, Kartenschläger, Männlein und Weiblein und ihre ganze Brut wie eine Horde Taschenkrebse ineinanderschieben, herrscht Ruhe. Dort ist die Erwartung besonders gespannt. Diese Hefe der Menschheit, die noch weit unter dem in Kasten organisierten Bettelvolk steht, lauert schon auf Feuer und Blut, um im Gefolge der Soldaten über die Stadt herfallen und plündern zu können.

Inmitten dieses Vakuums aus Furcht und Hoffnung regen sich nur noch die Herden menschlicher Lasttiere, die unter den Peitschenhieben der Aufseher hundert Kilo schwere Reissäcke auf die wundgescheuerten Schultern laden, riesige Beulen hinter den kahlen Schädeln. Jede der nackten, ausgemergelten Gestalten läuft unter diesem Überbau, dieser Wucherung dahin, den Kopf gebeugt, die Rippen vorspringend, hastet und holpert und stürzt blindlings dahin, um sich so schnell wie möglich der Bürde zu entledigen, die keiner lange tragen könnte. Sie müssen dazu die schmalen, schlecht gefügten, schlecht befestigten Planken passieren, die über den sogenannten Fluß, diesen Brei aus Erde und Wasser, führen. Sie müssen zu einem großen hölzernen Schiff mit eckigem Heck hinaufsteigen, dessen runder Bauch die Körner aufnimmt. Und sobald ihr Atem ein wenig ruhiger geht, die Muskeln ein wenig entkrampft sind, eilt der Mann zurück. Endloses Hin und Her. Eine Kolonne von

Menschen, die mühselig hüpfend dahinstürmen, sich gegenseitig stoßen, um nicht aus dem Schwung zu kommen, formlose Ungeheuer unter ihrer Last und nur noch Skelette, wenn sie vom Schiff zurückkehren, um unter einer neuen Fuhre wieder anzuschwellen. Ein Karussell.

Das Karussell des Wohlstands, denn diese Arbeit bedeutet Leben, Fluß der Nahrungsmittel, Blühen des Handels. In anderen Teilen Tschengtus dagegen, vor allem im Tschengtu der Reichen, dem Tschengtu, für das die Flußkulis sich noch abrackern, herrscht lauernde Apathie. In den breiten Straßen, an denen die massigen Türme der Leihhäuser und die Wachttürme aufragen, baumeln die Transparente der Händler traurig über dem regelmäßigen Pflaster. Kein Klappern von Mah-Jongg-Steinen, keine Herren, die sich damit vergnügen, Drachen steigen zu lassen oder Vögel von barocker Schönheit zur Schau zu stellen, vor allem Eisvögel, deren Gefieder dem Spiegel eines azurblauen Sees gleicht. Keine Traumdamen, keine Freudendamen in Etuikleid und Tiara, Köpfe wie Kunstwerke, die von einem Tragsessel steigen, um wie verwundete Schmetterlinge in einen düsteren Hauseingang zu flattern. Die Teehäuser sind leer. Die Läden nur einen Spalt geöffnet, die Vorhängeschlösser können jeden Augenblick zuschnappen. Man ahnt, daß überall, hinter Wänden, Mauern und Mäuerchen, unsichtbare Chinesen Beirat halten. Männer mit abgenutzten Armbinden trotten durch die Gassen. Es sind die Agenten der Großen, die das Geschick bestimmen. Diese niedrigen Boten tragen Vorschläge und Gegenvorschläge hin und her. Tschengtu brütet sein Schicksal aus.

Überall sind Soldaten. Man findet sie in allen Tempeln, ihre kleinen schwarzen Pferde mit den versengten Mähnen sind lässig mit einem Riemen an einem Buddha angebunden. Die Soldaten lungern in Grüppchen in den Häusern, den Höfen, den Straßen herum. Die meisten haben außer Schlafen und Essen nichts zu tun, andere riegeln in Kordons, in Patrouillen, in Pelotons die Straßen ab. Sie plündern nicht einmal. Auch bei ihnen herrscht das große Warten, das blutige Freuden und reiche Beute verheißt.

Ausdruckslose Gesichter der Soldaten von Kueitschou, der

Mietlinge der Yünnanesen. Sie starren zwar von Waffen, die sie noch nicht schwingen, sind aber im übrigen schäbig ausstaffiert, die nackten Füße stecken in Strohsandalen, die Körper in khakifarbenen Fetzen, die einst Uniformen waren. Das einzige beinah Adrette an ihnen, das ihnen die Würde von Waffenträgern verleiht, ist eine Schirmmütze mit Wappenschild. Mein Mafu macht mich auf sie aufmerksam:

»Sie halten das Zentrum von Tschengtu besetzt und bereiten zweifellos den Verrat an den Yünnanesen vor. Ihr General verhandelt mit den Szetschuanesen. Er hat seinen Leuten sogar Order gegeben, die Bevölkerung nicht zu belästigen. Ein Dummkopf, dieser General, denn wenn die Yünnanesen Prügel kriegen, dann werden die Szetschuanesen sich auf keinen Fall genieren, ihn um einen Kopf kürzer zu machen.«

Anderswo ist die Reglosigkeit noch erschreckender. Ich war durch das Tor in einer alten Ziegelmauer innerhalb der Wälle von Tschengtu geritten. Nun bin ich in der ehemaligen Kaiserstadt, der Residenz des Vizekönigs. In den vergangenen Jahren war ich oft durch diese verlassene Pracht galoppiert: Wälder, Wiesen, Teiche, Paläste, der Schildkrötenhügel mit seinen Pagoden, den Buddhastatuen unter jahrhundertealter Patina, den Kaiserstandbildern, vor denen einst Kerzen brannten. Man hat mir erzählt, daß hier die kriegerischen Tataren herumspazierten, Schmetterlingstrommeln mit Schiebeverschluß voll wütender Gliedertiere umhängten. Mit Stäbchen sammelten sie Insekten auf. Sie taten nichts. Ihre Frauen mit den großen Füßen kauerten auf dem Boden, eine Kamelienblüte im Haar, und rauchten Pfeife oder Zigarren. Der Hofstaat des Vizekönigs, die Säbel der Eunuchen, die Zimbeln, die Kniefälle. Aber ich selbst habe alle diese erhabenen Mandschus nicht gekannt, sie waren während der Revolution von 1911 getötet worden. Seitdem ist die Kaiserstadt vereinsamt: rissige, bröckelnde Ruinen, noch immer anmutige Reste. Dann kamen fleißige Chinesen, Bauern, kratzten die Erde aus allen Winkeln zusammen und legten Gemüsebeete an: Kohl und Rüben, dazu die üblichen Dungvorräte. Ich bekam auf diesem Gelände meist die Rücken der unermüdlichen Gärtner zu sehen, die harkten, jäteten oder Exkremente breiteten.

Doch seit einiger Zeit hat sich die yünnanesische Armee in der Kaiserstadt verschanzt wie in einer Festung, der letzten Bastion im Falle eines Generalangriffs. Und heute sehe ich Tausende von Soldaten. Hinter jeder Zinne kniet ein Mann und hält die Waffe auf Tschengtu gerichtet. Hinter den Einfriedungen stehen Gewehrpyramiden. Truppen in Reih und Glied, sitzend oder liegend. Disziplin. Keine Unruhe. Nur stocksteife, sehr saubere Soldaten mit kahlgeschorenem Schädel oder sehr kurzem Haar. Kälte, automatische Gesten: schultern, laden, anlegen, alles drückt Gehässigkeit aus, Mordlust. Schlank, aus hartem Holz geschnitzt, glatt, die Haut wie eine Uniform, die Uniformen aus einfachem Drillich. Jeder trägt den roten Turban, Farbe des Blutes und des Feuers, und um den flachen Leib den Patronengürtel. Nur scheinbar träge Blöcke, die strotzen von Grausamkeit, Verachtung, Überheblichkeit. Manche sind sehr jung, in der Brusttasche steckt ein Kamm. Dieser Kamm gehört zur Ausrüstung, er ist Zeichen der Hygiene, der Neuzeit, der Revolution.

Wir dürfen passieren. Mein Mafu und ich kommen zu einem früheren Mönchskloster, das jetzt Kommandostelle ist. Wir betreten einen Saal mit rötlichen Lackfarben, wo eine Wachabteilung vor den Göttern auf einem Haufen liegt. Plötzlich ein heiserer Schrei, ein lautes Brüllen, eine kehlige Explosion. Ein Befehl. Das Klicken von Gewehrverschlüssen. Alle Augen richten sich auf uns, auch alle Bajonette, und der Mafu fuchtelt mit den Händen und schreit: »Er ist der Sohn des Konsuls von Frankreich, des großen Freundes eures Marschalls. Wenn ihr ihm etwas tut, sind eure Köpfe schon abgeschlagen.« Verbohrte Mienen der Soldaten, als hätten sie nicht gehört, nicht verstanden. Da kommt ein Offizier und weist sie sofort an, uns gehen zu lassen.

Wir durchqueren abermals die Kaiserstadt. Mein Mafu geleitet mich vorsichtig zurück, er hält mein Pferd am Zügel. Er ist guter Dinge. Wir passieren die Wachen, die uns ohne das geringste Aufglimmen in den Blicken betrachten, als existierten wir gar nicht. Sie sind in drohender Haltung an unserem Weg aufgepflanzt, in einer Mischung aus steifer Arroganz und lässigem Dünkel. Alles ist normal. Ein paar Meter weiter weg kauern die Weiber der Soldaten und kochen Reis. Es sind pausbäckige, rüstige Frauen, mit runzeligen, ledrigen Gesichtern, gegerbt von Wind und Wetter. Sie folgen ihren Männern überallhin, in die Schlacht, zur Belagerung, in Ströme von Blut. Kaum wie Frauen anzusehen, eher wie kompakte, geschäftige Dinge, an denen nur der Blick menschlich ist. Und beinah jede trägt, ohne jemals ihre Beschäftigung zu unterbrechen, in einer Art Rucksack ihr Letztgeborenes. Rundum nackte, lachende Kinder.

Bellende Kommandos. Auf einem Feld exerzieren Soldaten in guter Ordnung, stechen ihre Bajonette in Strohpuppen. Präzise, genaue, wiederholte Bewegungen, der Stahl fährt in die Stelle eines Herzens, einer Brust, eines Bauchs. Aber mein Mafu muß beim Anblick dieser Soldaten verächtlich ausspucken. Der alte Abdecker ist in seinem Gefühl für Schicklichkeit verletzt. Denn diese Soldaten sind Mädchen in Uniform, Sturmtruppen für die vorderste Linie.

Düster meint er:

»Diesen Yünnanesen ist nichts heilig. Sie wagen es, Frauen in ihrer Armee zu haben, ganze Bataillone.«

Für ihn, wie für alle Szetschuanesen, bedeuten diese weiblichen Soldaten einen Frevel, Schmähung und Hohn zugleich. Die Leute von Tschengtu sprechen nur voll Entrüstung von ihnen und freuen sich schon darauf, ihnen bei der ersten Gelegenheit die Eingeweide herauszureißen.

Wir nähern uns dem Ausgang der Kaiserstadt. Hier treibt sich allerhand szetschuanesisches Völkchen herum, Huren, Schreiber, fliegende Händler, Gaukler, Ragoutverkäufer – Feinde, aber für die Soldaten unentbehrlich. Ein Karawanserail mit allen seinen Geräuschen, dem Feilschen um einen Kohlstrunk, den grellen Stimmen, dem anpreisenden Singsang. Plötzlich erstarrt, verstummt alles. Ein Hornstoß. Aus dem Schatten des Tors, diesem tiefen Loch, taucht ein stolzes yünnanesisches Regiment auf. Die Standarte schimmert, ein General salutiert mit gezogenem Säbel. Hinter ihm ein Strom von Bajonetten, Soldaten, die mit jenem zugleich schleppenden und schnellen Schritt marschieren, der unglaubliche Entfernungen und Hindernisse zu überwinden vermag. Es ist die ruhmreiche Rückkehr einer Expedition in die Umgebung der Stadt.

Die Krieger sind mit schweren Säcken und Bündeln beladen. Quietschende Karren befördern den Anteil des Generals. Wahrhaftig ein triumphaler Einzug. Man muß nur sehen, wie diese Männer an ihrer Beute schleppen, wie der General prahlerisch seinen Sieg verkündet. Er führt seine Gefangenen vor, die schon fast totgeprügelt sind, kaum noch menschliche Wesen. Angeblich sind es Briganten. Was sie natürlich gar nicht sein können, denn die Yünnanesen sind die Freunde der Raubritter. Einigen haben sie sogar militärischen Rang und das Prädikat Beschützer des Volkes verliehen.

Den Schluß der Kolonne bilden, von Bajonetten eskortiert, fünf- bis sechshundert zerlumpte Gestalten, die immerhin noch einen einigermaßen kräftigen Eindruck machen. Sie sind mit langen Ketten aneinandergefesselt und bewegen sich wie eine Raupenkette in kleinen Sprüngen vorwärts, während die Soldaten sie mit den Bajonetten stechen oder antreiben. Einige haben den Kopf in einer »Geige« stecken, einem hölzernen Halskragen. Das Regiment verschwindet in der Kaiserstadt. Wir verlassen sie. Mein Mafu erklärt mir, was ich soeben gesehen habe, sei gang und gäbe, das übliche Rekrutierungsverfahren. Frisches Blut für die Truppe. Vermutlich sind die Yünnanesen zu einem sorgfältig ausgewählten Marktflecken gezogen, in dessen Nähe sich keine Garnison, weder des einen noch des anderen Lagers, befindet. Nachdem sie den Ort eingekreist und geplündert hatten, wurden alle nicht gar zu kümmerlich wirkenden männlichen Einwohner zusammengefangen. Das Unternehmen war sicherlich mit den Banditen abgesprochen worden, die sich, als Kulis verkleidet, schon früher in die Siedlung eingeschlichen hatten und dann mithalfen, die Männer und die Schätze zu finden. So geht das immer vor sich, behauptet mein Mafu. Im Grund eine Bagatelle, nicht einmal das, was man gemeinhin als »Brigantenjagd« bezeichnet, eine weit gewinnbringendere, aber auch schwierige Razzia. Denn sie erfordert Vorbereitungen und Verhandlungen und kann sogar ins Auge gehen. Es können sogar Schüsse fallen.

Der Mafu hat sich von seinem Ekel vor den Yünnanesinnen in Uniform erholt, das Schauspiel, das wir zuletzt sahen, hat seiner Landsknechtsseele wohlgetan, und er erzählt vergnügt:

»So war es in den guten alten Zeiten. Aber jetzt wirds ernst. Viele Soldaten werden sterben. Ich weiß nicht, wann, aber es wird ein wirklicher Krieg sein, einer, der nichts einbringt.«

Wie er sagt, sind die Yünnanesen daran schuld. Sie scheinen überall zu stecken, aber sie verlaufen sich im großen Szetschuan. Sie haben die ungeheure Weite, die Unbeständigkeit, die Zahl gegen sich. Sie schlagen zu wie Eisenfäuste, aber immer mehr in blindem Haß. In wirklichem Haß. Härte und Hochmut erlauben ihnen nicht, die Beute loszulassen. Dennoch fürchten sie sich allmählich vor den Szetschuanesen, die zwar keine Krieger sind, aber nach Rache schreien.

Der Mafu schneidet eine Grimasse:

»Seit ein paar Monaten versuchen die Yünnanesen, die viel zu wenige sind, Szetschuanesen einzufangen und sie zu ihren eigenen Soldaten zu machen. Jede Woche schleppen sie Tausende in ihre Lager, vor allem in die Kaiserstadt. Wer nicht mitkommen will, wird sofort erschossen. Im Lauf der Ausbildung erschießen sie noch weitere, um die übrigen das Fürchten zu lehren. Kolbenhiebe, Brutalitäten, Hinrichtungen, Spießen mit Bajonetten. Für die Kriegsherren ganz normale militärische Ausbildungsmethoden. Aber trotz dieses grausamen Verfahrens müssen die Yünnanesen feststellen, daß die Bettler, die Kulis und Bauern, die sie eingefangen haben, denen sie eine Uniform und einen schönen Beruf gegeben haben, bei der ersten Gelegenheit desertieren. Es hilft nichts, sie in Stücke zu schlagen. Sie hauen ab. Denen, die bleiben, wagen die Yünnanesen nicht, Gewehre in die Hand zu geben. Also bleiben sie weiterhin allein. Nur noch die Briganten halten ihnen die Treue – und auch sie nicht alle. Was den Marschall nicht hindert, in hochtrabenden Proklamationen zu verkünden, daß er dieses Gesindel ausrotten werde.«

Wir durchqueren das nach wie vor schläfrige Tschengtu und kommen zum Gebiet der Szetschuanesen. Alles scheint im Wartestand. Am großen Südtor dörren alte abgeschnittene Köpfe unter Schwärmen von Fliegen; nicht einmal frische Köpfe sind zu sehen. Ein paar schmuddelige Offiziere und Soldaten lungern an den gewaltigen Torflügeln, die noch immer offenstehen. Die Ketten, mit denen sie verschlossen werden können, liegen verknäult auf dem Boden. Der Torbogen ist ein schwarzer Tunnel unter den Stadtwällen, den jetzt niemand mehr passiert. Stille. Ich sitze ab und steige die abgetretenen Stufen hinauf bis zum pagodenförmigen Wachposten, genau über dem großen Durchgang. Dort schlafen die Soldaten auf dem nackten Boden. Es sind alte Szetschuanesen, verkrümmte und verschlagene Kerle, Veteranen der Stadtmiliz, die das Kriegführen den Yünnanesen überlassen.

Mein Mafu ist mir gefolgt, nachdem er mein Pferd einem Dreikäsehoch anvertraute, dem Sieger unter der Schar rachitischer Kinder, die sich darum rauften, die Zügel halten zu dürfen. Er beginnt ein Gespräch mit einem dieser ergrauten Büttel, der unter entsprechendem Gekekker eine Wasserpfeife schmaucht und dessen glückliche Miene ihn erhaben macht über alle kleinen Widrigkeiten einschließlich der Fliegen, die an seinem zugeschwollenen Auge kleben:

»Nun, verehrungswürdiger Großvater, bald wirst du wohl viele Yünnanesen töten?«

»Ja, mein Sohn. Ich werde sie so kunstgerecht zerwirken, daß ihre Stücke der Auslage jedes Schlächterladens zur Zierde gereichen. Aber zuerst muß man die Yünnanesen zu mir bringen, lebendig und gut verschnürt.«

»Aber, Großvater, wer wird es mit diesen Bestien aufnehmen, wer wird sie besiegen, um sie dir ans Messer zu liefern?«

»Blicke hier über die Zinnen. Dann siehst du rund um Tschengtu die jungen Armeen Szetschuans, zahlreicher als die Zähne des Tigers. Du weißt, wie die Ameisen ein großes Tier anfallen, überwimmeln, lähmen, fortschleppen und töten. Genauso werden es unsere Soldaten mit den Yünnanesen machen.«

Die Wälle umziehen in einem unregelmäßigen, eingedrückten und ausgebuchteten Ring die Stadt Tschengtu. Eine schöne Einfriedung, über zehn Meter hoch, ehrwürdige Steine, die sich um die Stadt schließen, ein Fuchsbau, ein waffenstarrendes Labyrinth. Am Fuß der Wälle räudige Flecke: die Exerzierplätze der Szetschuanesen. Rostschäden inmitten der blühenden Natur.

Von meinem Platz aus betrachte ich den fernen Horizont. Friede, Schönheit. Die gefurchten Reisfelder, Treppen aus jungen Sprossen, die bis zum Kamm der Hügel ansteigen. Der

Fluß Minh windet sich durch die rote, fette, wellige Erde, die üppig mit Baumgruppen und Buschwerk bewachsen ist. Blumen. Hibiskus, das Symbol Szetschuans. Auf dieser blühenden Bühne spielt sich das menschliche Leben ab, die nie endende zähe Arbeit, ein Leben, von dem die Pflastersteine der Zickzackwege Zeugnis ablegen, das Schachbrettmuster der Kanäle und Deiche, das Mosaik der Lehmdörfer, die Wälder, die Tempel oder Yamen in ihrem Schatten bergen, die gebückten Gestalten der Bauern auf ihren Feldern. Rücken, die seit Jahrtausenden Tag für Tag über diese Erde gebeugt sind, nur um zu essen, zu überleben. Dahinter, halb in den Wolken, die Berge, lange Kruppen, ein geordnetes Chaos, Kettenzüge, die sich wie Treppenstufen staffeln, bis zum nahen Himalaja ansteigen. Als Vorposten des Dachs der Welt der heilige Berg Ho Mi Schang, ein Felsengewirr, mit seinen sechsundfünfzig Pagoden zwischen Fuß und Gipfel, über schwindelnden Abgründen und unter dem Schutz Buddhas.

Unterhalb von Tschengtu dagegen herrscht wildes kriegerisches Getümmel. Im Gegensatz zu den düsteren, schweigenden Yünnanesen der Kaiserstadt mit ihren eisigstarren Augen zeigen die Szetschuanesen fieberhafte Aktivität. Wellen von Männern, die kriechen, Sturm laufen, springen, über Gräben setzen, ihre schweren Waffen in Stellung bringen, unter Staubwolken und wildem Geschrei das Feuer eröffnen. Explosionen. Wo schlagen die Geschosse ein? Das kümmert keinen. Das Ganze wirkt wie ein Jahrmarkt, eine Art erregter, nervöser Gefechtsübung, und niemand weiß, wieviel daran Prahlerei, Komödie ist. Eine berittene Eskorte mit flatterndem Wimpel begleitet einen Mann, einen Gorilla, dessen plattnasiges Gesicht so geschlossen ist, als hätte es überhaupt keine Öffnungen, weder Augen noch Ohren. Dieser Mann ist der kommandierende General der Szetschuanesen.

Ich steige mit meinem Mafu wieder hinunter. Wir durchschreiten das Tor, nach dessen feuchter Nacht uns Stacheldrähte und Maschinengewehre empfangen. Wir schlagen eine Straße ein, die von lachenden Soldaten gesäumt ist. Das Grimassieren der Szetschuanesen, man weiß nicht, ob freundlich oder feindlich, anstatt des eiskalten Zorns der Yünnanesen. Auch hier eine, allerdings viel zahlreichere Menge, die mit den Truppen ihre Geschäfte macht. Und sie zeigt keinerlei Erregung bei der Ankunft einer Seilschaft von Männern: Zwangsrekrutierte, diesmal für die Szetschuanesen.

Angesichts der wenigen Aufseher kommentiert mein Mafu:

»Für die Szetschuanesen ist es viel leichter, Nachschub zu rekrutieren. Gleiche Methode wie die Yünnanesen, aber auf die sanfte Tour. Wenn sie eine Ortschaft eingekreist und die männlichen Bewohner zuhauf getrieben haben, appelliert der kommandierende Offizier in einer kleinen Ansprache an ihre Opferbereitschaft zur Rettung Szetschuans. Wer einen Tael geben kann, wird nicht mitgenommen. Die anderen, die Armen, werden mit Stricken aneinandergebunden. Ganz selten ein paar Hinrichtungen.«

Die Fantasia von etwa tausend Soldaten kommt knapp vor uns zum Stehen. Wieder dieses Gesichterschneiden: Schwanken zwischen Heiterkeit und Haß. Eine Gruppe, die uns den Weg verstellt, wird unangenehm. Finger zeigen auf mich. Eine Hand richtet einen Revolver auf meinen Kopf. Der Mafu bricht in Schmähungen gegen diese »Flegel« aus, ein Sturzbach von Flüchen bricht von seinen Lippen. Wütendes Geschrei antwortet ihm. Aber der Mafu brüllt am lautesten. Die Soldaten entfernen sich murrend. In China trägt in gewissen Fällen der Wortgewaltigere den Sieg davon. Der Mafu faßt mein Pferd am Zügel und läßt es schleunigst kehrtmachen. Wir rücken ab, ziehen wiederum durch das tiefe Loch des Tors.

Nach meiner Rückkehr ins Konsulat berichte ich meinen Eltern von diesem Abenteuer. Anstatt mich zu beglückwünschen, regen sie sich furchtbar auf. Sie zitieren den verstockten Mafu herbei, der lediglich sagt:

»Das ist ganz ungefährlich. Ein Spiel . . .«

Der Mafu zieht ab. Mein Vater sagt nach einigem Überlegen zu meiner Mutter:

»Wir sollten unserem Sohn vielleicht ein militärisches Geleit mitgeben.«

»Wie, Soldaten, um ihn vor den Soldaten zu schützen? Würden seine Hüter denn nicht ständig in Versuchung sein, ihn zu entführen?«

»Nicht, wenn ich sie gut bezahle. Es wird teuer kommen, denn sie werden für ihre Treue immer noch mehr fordern.«

Mein Vater seufzt tief.

»Ich könnte mit dem Marschall darüber sprechen. Er würde mir zuverlässige Yünnanesen geben, aber die szetschuanesischen Generale würden wütend sein und imstande, mir einen üblen Streich zu spielen. Und umgekehrt, eine szetschuanesische Begleitmannschaft, das würde noch mehr Scherereien geben.«

Anne Marie sagt mit neutraler und ausdrucksloser Stimme, die ihre Verachtung bekundet:

»Kurz, Sie denken bei der ganzen Sache an Ihre kleinen diplomatischen Kabalen, nicht an das Kind.«

Mein Vater ist niedergeschmettert. Seine Duldermiene erscheint, die Augen diskret gen Himmel gerichtet, gerade genug, um zu zeigen, was er leidet.

Der Weisheit letzter Schluß: Es wird mir verboten, mich den Feldlagern zu nähern. Mein Vater spricht mit gewaltiger Stimme, seiner Amtsstimme, die unter dem Schnurrbart hervordröhnt, um mir Maulschellen anzudrohen, falls ich das Verbot übertrete.

Meine Mutter zuckt mit den Achseln:

»Sie verstehen nicht, mit diesem Kind umzugehen. Warum nicht freundlich mit ihm sprechen, anstatt den Konsul herauszukehren, sogar ihm gegenüber?«

Trotz alledem ist der Konsul am nächsten Morgen recht guter Dinge. Das heißt, er trägt zur Feier des Tages zum wohlgebürsteten Haar, dem Zwicker und dem Gehrock eine Miene bescheidener Genugtuung. Alles ist bereit für den Empfang, der in seinem Hause, im Konsulat, ihm zu Ehren stattfindet. Vor allem das riesige Transparent: »Monsieur Albert Bonnard zum Geburtstag.«

An diesem Tag blüht die Freundschaft schöner denn je. Nie war der Areopag der Gäste jovialer, das Strahlen auf den guten gelben Gesichtern glücklicher, das Shakehands der Weißen herzlicher gewesen. Die übliche Gemeinde ist vollzählig angetreten. Auf seiten des Marschalls und der Generale ein Hauch gebotener Strenge, der ihren Höflichkeiten noch mehr Gewicht verleiht.

Rundlich und leise die Milliardäre mit ihrem zwinkernden Lächeln und den kleinen fahrigen Bewegungen. Im übrigen britische Würde, ein wenig verkniffen beim Konsul Seiner Majestät und alsbald fröhlich über Bord geworfen vom Pastor, der seine Jokes losläßt. Der japanische Konsul und seine automatenhaften Verbeugungen. Und natürlich diese wandelnden Haarwälder, die Missionare, die Flügelhauben der Nonnen wie sturmerprobte Segel über den verknöcherten Gesichtern. Die Geselligkeit der drei Ärzte und der beiden Pfleger, die ein bißchen müde sind, denn eine kleine Beulenpestepidemie hat ein paar Szetschuanesen auf die Idee gebracht, es doch einmal mit der abendländischen Wissenschaft zu versuchen. Zeichen der neuen Zeit ... Sogar ein Herr von der französischen Postverwaltung ist da, ein farbloser Mensch. In diesem Szetschuan ohne eine Spur von öffentlichen Diensten, wo nichts klappt, funktioniert die französische Post ganz vorzüglich. Ein großartiger Beitrag Frankreichs zum modernen China. Haben die englischen Gentlemen das Zollwesen in der Hand, so ist es das Verdienst drahtiger kleiner und spitzbärtiger Franzosen, daß sie einen Postdienst von fast beispielhafter Zuverlässigkeit eingerichtet haben. Auch wenn rundum die Menschen aus dem einen oder anderen Grund zu Tausenden sterben, die Briefe kommen an, gesiegelt und frankiert, der Postbote stellt sich ein mit seinem Buch, worin man den Empfang eingeschriebener Sendungen quittieren muß. Die zuweilen höchst seltsame Dinge enthalten, ein Ohrläppchen, ein ganzes Ohr, eine Fingerspitze, einen Finger. Einem Entführten abgeschnitten, um das Herz seiner knausrigen Familie zu rühren, die zu lange mit der Zahlung zögert. Eine allgemein bekannte Sprache, ein Ultimatum an die Verwandten: »Beeilt euch, ihr laßt euren ehrenwerten Angehörigen leiden. Wenn ihr euch nicht zu mehr Großzügigkeit entschließt, wird bald nichts Nennenswertes von ihm übrig sein. Es ist nicht unsre Schuld, es ist die eure, die Schuld eures Geizes.«

Der kleine farblose Herr beschäftigt sich allerdings nicht mit dem Inhalt der Sendungen. Nur mit ihrer Beförderung. Er gehört zu jenen unbedeutenden Franzosen, die nichts vorstellen und sich für ihr Amt aufarbeiten. Ihm ist nichts zuviel. Aber da dieser Mann sein Verdienst nicht herausstreicht, hält mein Vater nicht viel von ihm. Und da er zudem fast ständig auf einem Muli in den entlegensten Räuber- und Soldatennestern herumreist, kann er nur selten bei den großen Zeremonien im Konsulat seine Aufwartung machen.

Mein Vater indessen sorgt sich mehr um den Inhalt der Briefe. Besonders, da diese frommen Patres in allen Ecken und Winkeln Szetschuans ständig in alle möglichen Händel und Querelen verwickelt sind. So hat mein Vater gelegentlich, mit heuchlerisch betrübter Miene, erzählt, welches Mißgeschick einmal einem seiner Amtsbrüder widerfuhr, einem anderen französischen Konsul, dem ein Finger eines Missionars zugestellt wurde, zwei Finger eines Missionars, das Herz eines Missionars. Aber mein Vater fügt sogleich hinzu: »Hier ist das nicht zu befürchten, die Pfaffen haben überall ihre Finger im Spiel.«

Heute, bei dieser Geburtstagsfeier im Konsulat, wer würde da an alle diese Greuel denken, diese Kriege, Gemetzel, Entführungen, Epidemien, Folterungen, an alle diese Geißeln des Himmels und der Erde? Wer würde beim Anblick dieser Blüte unserer Gesellschaft an die Leichen der Vergangenheit und der Zukunft denken? Und doch sind diese Chinesen und selbst die Europäer, während sie ihre Glückwünsche aussprechen, in die geheimnisvollsten Machenschaften verwickelt. Die Festversammlung gratuliert meinem Vater und bereitet nebenbei die Kriege von Tschengtu vor. Eine Komödie, deren Ausgang noch nicht abzusehen ist. Alle Möglichkeiten sind gegeben. Nur eins ist sicher, diese Veranstaltung ist ein Totentanz.

Denn de facto ist der Krieg bereits da. Der Marschall, Kriegsherr der Yünnanesen, ist von seinen Feinden umzingelt. Die Gestalt, sehr schlank in der Uniform, die Züge asketisch, das Antlitz knochig und scharf geschnitten, wirkt wie ein Stelzvogel mit souverän teilnahmslosen Augen, einer Blicklosigkeit, die das »Gesicht« vorschreibt, als wolle er die Gefahren nicht sehen. Aber sie umgeben ihn von allen Seiten, kreisen ihn ein, in der höchst lebendigen Form der übrigen Generale, die ihm ihre Ehrenbezeigung erweisen und mit ihm die Champagnerkelche leeren. Neben dem Marschall steht der General der Armee von Kueitschou, der Provinz der hunderttausend Berge, der kargen Kalkgebirge, die der Dschungel zerfressen und geschwärzt hat.

Ein klobiger Bauer mit einem Kopf wie ein Tonkrug, aus dem Fleischmassen quellen, eine rosafarbene Geschwulst, die seine eine Wange überzieht, während die andere flach ist. Diesen Kürbis ziert ein hochgezwirbelter Schnurrbart und ein vorstehendes Gebiß. Trotz allem liegt eine gewisse Noblesse in dieser Ungeschlachtheit, dieser Roheit. Als wäre er der treue Lehnsmann des Marschalls, der jedoch genau weiß, daß sein General bereits mit den Szetschuanesen in Verhandlung steht.

Die Szetschuanesen sprudeln von Liebenswürdigkeit. Sie sind sieben oder acht, sie begrüßen den Marschall, die Konsuln, die Gäste einschließlich der Missionare. Immer ein kleines szetschuanesisches Gemecker, das in diesem Fall Wohlwollen ausdrücken soll. Zum erstenmal werden diese Militärs in der Gesellschaft empfangen, vom »Tout Tschengtu«, und sie platzen fast vor eitler Untertänigkeit aus ihren Operettenuniformen. Eindeutig lauter Strolche, die sich nur durch Verbrechen aus der Hefe des Volks heraufgeboxt haben und jetzt Befehlshaber der wackeren Armeen sind, die Szetschuan befreien sollen. Der Gorillamensch, den ich gestern vor den Wällen inmitten seiner Truppe gesehen habe, ist ein ehemaliger Bonze. Ein sadistischer Mönch, der den Frauen des Dorfes Giftschlangen in die hochgeschlagenen Hosen steckte und dann die Reptilien mit Stöckchen reizte. Die übrigen Szetschuanesen sind der Abschaum des Proletariats, falsche, triefäugige Gaunervisagen. Einer läßt seine Goldzähne blitzen. Ein anderer hat an Stelle der Nasenlöcher nur haarige Öffnungen. Kurz, alle höchst unerfreuliche Typen. Die beste Figur machen in der szetschuanesischen Gruppe noch die alten Berufsmilitärs aus der Zeit des Kaiserreichs, die aus Raffgier nochmals in die Uniform geschlüpft sind – der ehemalige hohe Offizier, ein langes und stocksteifes Gespenst, und die beiden Berufskrieger, einer fett, der andere mager, beide aalglatte Spitzbuben mit den gleichen flinken, huschenden Augen, die eine günstige Gelegenheit abzupassen scheinen.

Und, wie immer einen Schritt hinter diesen Herren Offizieren, die Talarträger. Milliardäre, seriös und leutselig. Lauter »Weise Köpfe«, die sich nur durch körperliche Einzelheiten unterscheiden: die einen gleichen Fässern, die anderen Kegeln, bei manchen ist die Haut so glatt, daß sie nackt wirkt, bei manchen wie ein Reibeisen. Ein paar nahezu junge Männer sind darunter. Und die »Ahnen«, zerbrechlich wie alte Damen. Wie viele düstere Geheimnisse bergen sie! Einige sind als die sündigen Seelen der gegenwärtigen Kriegsherrn bekannt. Denn jeder Feldherr, dessen Geschäft blühen und dessen Degen Früchte tragen soll, bedarf eines Wirtschaftsberaters, eines schnellen Denkers, eines findigen Kopfs, der stets die besten, die raffiniertesten Schliche ausheckt. Diese Experten in der Kunst der Erpressung sind noch mehr zu fürchten als ihre uniformierten Chefs. Einer von ihnen ist der Kumpan des yünnanesischen Marschalls, Herr Lü, der sich ausnahmsweise von seinem »kang« erhoben und seine Höhle verlassen hat, um im Konsulat zu erscheinen. Damit erweist er meinem Vater eine große Ehre. Nachdem er, eine gestaltgewordene Rauchspirale, Albert Bonnard seinen Glückwunsch entboten hat, zieht er sich in die hinterste Reihe zurück. Seine Augen sind fast geschlossen, aber er erwidert auf seinem entlegenen Platz die Verbeugungen der ihn beflissen grüßenden Handelsleute mit automatenhafter Präzision. Von seinem Schlupfwinkel aus beherrscht er die Szene.

Auch eine watschelnde Mißgeburt hat sich eingestellt, mit sarkastischer Schnauze, riesigen Augen im nur faustgroßen Gesicht, der Schrecken von Tschengtu. Er ist ein sehr ehrenwerter Seidenhändler, das Gehirn der Szetschuanesen, besonders des riesenhaften Mönchsgenerals. Ihm ist rein alles zuzutrauen. Er hatte mit seiner Brandparole die feisten Milliardäre von Tschengtu so weit gebracht, daß sie zur Finanzierung der szetschuanesischen Armeen beitrugen. Und jetzt tritt er zu ihnen, lacht ihnen ins Gesicht, macht sich über sie lustig, läßt sie wissen: »Ihr müßt noch mehr geben, sonst . . .«

Alle Großen von Tschengtu sind also brüderlich im Konsulat vereint. Zu dem Spiel, das bereits im Gang ist und bei dem jeder Reiche alles tut, um andere zu rupfen, und alles, um nicht gerupft zu werden, kommen die Einflüsse von außen. Das heißt, die Konsuln von Tschengtu, die Politik der Großmächte, die Weisungen des weißen oder gelben Big Business in Schanghai, die Abgesandten der anderen Kriegsherrn, der »Revolutionsgenerale« des Südens und der schrecklichen konfuzianischen Warlords des Nordens, die auf den nackten gelben Lößebenen Nordchinas die

Nachfolge Yüan Sche-kais angetreten haben. Despoten mit zahllosem Kriegsvolk.

Gerade heute bemüht sich die ganze Gesellschaft im Konsulat besonders um einen kleinen Chinesen mit Zylinder, der zudem den Ehrenplatz einnimmt. Ein schmächtiges Kerlchen im Frack, das bei meinem Vater den Hofnarren spielt. Er gibt sich drollig wie ein Pinseläffchen, spricht sogar französisch unter prustendem Gelächter, Augenzwinkern, Armefuchteln, und der Mund mit den beweglichen Lippen ist wie eine Gummiklappe. Dieser Bruder Lustig spricht mit dem Konsul wie ein Pariser Gassenjunge. »Ah, Monsieur le consul de France! La France ... Meine ganze Jugend habe ich im Quartier Latin verbracht. Die Bockbiere in den Brasserien, der Jux mit den Kumpels, die Vorlesungen der alten Professoren an der Sorbonne, bei denen ich hochachtungsvoll einschlief. Was habe ich auf dem Boulevard Saint-Michel gebummelt, wo alle mich ›le Chinois‹ nannten! Dabei bin ich kein Schlitzauge und kein Pokergesicht, es war eine tolle Zeit im schönen Paris. Und die Maler und die kleinen Modelle vom Montmartre! Wissen Sie, Monsieur le consul, daß ich eines davon geheiratet und nach China mitgebracht habe, daß ich Frankreich von ganzem Herzen liebe. Wenn ich auch ein guter Chinese bin, so betrachte ich mich doch ebenso als guten Franzosen. Sie sehen, Sie können auf mich und meine schwachen Kräfte zählen.«

Der Konsul traut diesem Menschen nicht über den Weg. Denn er ist als der außerordentliche Gesandte des Präsidenten der Republik in Peking nach Tschengtu gekommen. Diese Republik ist offensichtlich ein Witz, sie existiert praktisch nicht. Aber alle Kriegsherren des Nordens brennen darauf, sie zu erobern, denn wer sich ihrer bemächtigt, bemächtigt sich auch ihrer Legende, kann sich ihrer angeblichen Legitimität bedienen, um die Hand nach allem auszustrecken, auch nach Szetschuan. Das erklärt, warum dieser komische Vogel, dieser Ex-Scholar des Quartier Latin, nach Tschengtu geschickt wurde; um dort Zwietracht zu säen, die Szetschuanesen gegen die Yünnanesen aufzuhetzen und das Terrain vorzubereiten.

Albert Bonnards Sympathie gilt den Südstaatlern. Dem Plan eines fortschrittlichen Blocks, der von Kanton nach Tschengtu reichen würde. Das alte Projekt einer südchinesischen Konföderation, die, unabhängig von Schanghai und von Peking, zwangsläufig unter den Einfluß Frankreichs geraten würde. Denn Frankreich wirkt nun von Indochina aus direkt auf dieses Gebiet ein, dank der Eisenbahn – dieser Eisenbahn, die mein Vater so gern bis nach Tschengtu weiterführen möchte. Wie oft habe ich gehört, daß meine Mutter meinen Vater fragte:

»Aber in Indochina treten wir Franzosen doch für Recht und Ordnung ein. Mit allen Mitteln. Wie kommt es dann, daß wir in China die Revolution begünstigen, jedenfalls das, was man hier als Revolution bezeichnet?«

Und mein Vater kontert:

»Das können Sie nicht verstehen, Anne Marie. Das sind politische Feinheiten.«

Seit einiger Zeit hat mein Vater festgestellt, daß in Tschengtu rätselhafte Herren aus dem Norden ankommen, die Reden honigsüß, die Hände voller Gold, vor allem voll goldener Versprechungen. Sie kommen aus Peking. Prächtiges entmachtetes Peking, ein Jammertal, in dem die Ausländer in ihren Gesandtschaftsvierteln herumstolzieren. Der Schatten Pekings. Herzzerreißendes Vakuum, wo kein Kaiser mehr im Himmelstempel den Kult vollziehen wird, um die Erde zu befruchten und die Ernten wachsen zu lassen. Der entthronte Sproß der letzten Dynastie sammelt unter der Fuchtel eines zweifelhaften weißen Tutors pornographische Bilder und bezieht offiziell eine Rente, die er nicht anrührt. Reigen der Ausländer im Smoking und ihrer Damen im Abendkleid zu den Klängen der »Schönen blauen Donau« in ihren Palästen. Reigen der Kriegsherren, die einander hinter den Mauern der erhabenen und toten Stadt ablösen, nach Kriegen, die grotesk und nicht einmal besonders blutig sind, aber dennoch scharenweise ihre Opfer fordern. Hunderttausende von Soldaten stehen einander gegenüber, sie kämpfen nicht wirklich, die Schlachten werden auf der Ebene der Marschälle und Generale ausgetragen, die sich aneinander verkaufen. Der Verrat treibt üppige Blüten, die Dollars fließen in Strömen. Die unzähligen Soldaten jedoch, diese wilden ausgehungerten Horden, denen es nur noch ums nackte Überleben geht, bilden ein Elendsheer, das wiederum vom grenzenlosen allgemeinen Elend zehrt. Ganz Nordchina ist nur noch verbrannte Erde, über die ohne Unterlaß die Armeen von Lager zu Lager ziehen. Brandschatzend, mordend, plündernd, Jahr um Jahr. Schmutz und Verfall. Einsamkeit der verlassenen Landstriche, auf denen die Soldateska keine Beute mehr findet. Die verächtliche Gleichgültigkeit, die nichts mehr in Ordnung, nichts mehr für wichtig hält, weder Leben noch Dinge oder die modernen Errungenschaften, auf die die Kriegsherren so stolz waren, ist schrecklicher als die Grausamkeit. Die großen Bahnlinien, die von dem internationalen Bankenkonsortium gebaut worden waren, sind nur noch Brucheisen, über das langsam die Truppentransportzüge holpern. Klumpen stumpfsinniger Gesichter in den vollgeschissenen Konvois. Diese Züge rumpeln auf gut Glück zu den wechselnden Kriegsschauplätzen. Züge der Angst. Züge, die auf Befehl irgendeines Kriegsherrn rollen, der eine Strecke, ein paar Bahnhöfe, ein paar Waggons erobert hat. Und manchmal rattert, ehrfürchtig bestaunt, ein Luxusexpreß vorüber, gespickt mit schwerbewaffneten Soldaten, schmucke Prätorianer, die ein Juwel beschirmen, denn drinnen, in seinem Salonwagen, räkelt sich der Kriegsherr mit seiner Konkubine.

Einige dieser Kriegsherren des Nordens verfügen über unbegrenzte Macht und sind als Superkriegsherren weit und breit gefürchtet. Der Potentat lebt ständig hinter einem Deckungsgürtel; sitzt er, so umringen ihn bewaffnete Soldaten; verläßt er das Haus, so wird er von einem gepanzerten Wagenkonvoi abgeschirmt. Perfekte Sicherheit. Und dazu Prachtentfaltung, denn es folgen sein Generalstab, ein Hofstaat, Kämmerer, ein Protokollchef, Privatsekretäre, ein Siegelbewahrer, Minister und Henker. Ein Schreckensregiment. Der schrecklichste dieser Tyrannen ist Tschang So-lin, der ehemalige Freibeuter, der jetzt im Namen von Weisheit, Ordnung und Tugend wütet. Er ist Herr über die Mandschurei. Dieser greise Despot, ein kleiner sperberähnlicher Mann, läßt alle Intellektuellen töten, jeden, der dem modernen Denken anhängt, jeden, dem er mißtraut. Frömmelnde Miene, Scheitelkäppchen, aber seine Füße waten im Blut. Immer mehr Blut, um »die Gesellschaft zu schützen«. Ein Wort von ihm, und

Tausende von Köpfen rollen. Massenmord, Raubzüge und Scheinheiligkeit. Ein anderer dieser Warlords ist der christliche General im chinesischen Gewand und mit dem Fächer in der Hand, immer einen Bibelspruch im Mund, seit er sich taufen ließ, und auch seine Truppen werden mit dem Gartenschlauch getauft, ehe sie unter Absingen der chinesischen Version von »Näher, mein Gott, zu dir« oder »Macht hoch die Tür« in die eroberten Städte einziehen. Der General ist unbekannter Herkunft, auch er hat durch Verbrechen sein Glück gemacht. Ein Erzpharisäer und Erzheuchler, von dem sogar die Chinesen noch einiges lernen können. Zum Beispiel weint er bitterlich, während er Befehl gibt, die Reichen zu foltern, damit sie mit ihrem Mammon herausrücken. Millionen von Dollars, Kisten voller Goldbarren, Raub aller kaiserlichen Schätze. Das alles im Namen des schmerzhaften Herrn Jesus und der christlichen Nächstenliebe.

Kurz, auf den kahlen und eisigen Ebenen Nordchinas ist die Bestialität schon zur Banalität geworden, zum Alltäglichen, Langweiligen. Dennoch gibt es unter diesen Geißeln Gottes, unter diesen unmenschlichen Kriegsherren einen »Gentleman«. Zumindest nach einhelliger Meinung der aufgeklärten Geschäfts- und Finanzleute, der Diplomatie, der britischen Marine. Bei den Galadiners in Schanghai, zu denen sich Britannia und Konsorten zusammenfinden – ausschließlich Weiße, Gelbe nur zur Bedienung –, wird bei Tisch von jeher voll Genugtuung, voll Zuversicht, voll Hochmut über die unglaublichen Charakterfehler der Chinesen gesprochen. Die gleichen Diskussionen, Argumente, Anekdoten, Bestätigungen, Beweise werden zehntausendmal wiederholt. Doch seit einiger Zeit tritt immer irgendein Brite auf, ein »old China hand«, ein typischer John Bull aus dem Kaufmannsstand, der lauthals bellt, als wäre es eine Herausforderung oder doch eine überraschende Eröffnung: »Aber General Wu ist ›decent‹. Ein Ehrenmann. So sehr, daß man zweifeln möchte, ob er Chinese ist, ein echter Chinese.«

Wu, das ist dieses üble Subjekt, das im Augenblick in Peking herrscht, bis es vom nächsten üblen Subjekt verjagt wird. Eine alte Bestie, ein alter Bluthund. Seine Visage ist vielleicht ein bißchen weniger unerfreulich, seine Manieren sind nicht ganz so abscheulich wie die der anderen Kriegsherren des Nordens, aber er läßt genau wie sie alles töten, alles verwüsten, alles vernichten. Alles, bis auf die Interessen der Engländer. Wie ein Zerberus wacht er über alles, was britischen Staatsbürgern und britischen Firmen gehört, über ihre gewaltige Ausbeutungsmaschinerie. Tschang So-lin hat sich an die Japaner verkauft, der christliche General bändelt mit jedem an, aber Wu ist der Lakai Englands. Der Mann, der Albions Größe dient. Folglich ein Mann, der meinem Vater gar nicht sympathisch ist. Und den er nun um so weniger schätzt, als eben dieser lästige Wu es war, der diesen Clown aus dem Quartier Latin mit seinem Zylinderhut zwecks finsterer Intrigen nach Tschengtu geschickt hat.

Mein Vater sieht sehr schwarz. England möchte, nach seiner Überzeugung, Wu ganz China zuspielen, angefangen mit Szetschuan, diesem Garten der Hesperiden, dieser goldenen Frucht, diesem Teil Chinas, der von den höchsten Gebirgen der Welt umfriedet wird. Dieses Szetschuan, in das im Lauf der Jahrtausende die Armeen aus dem eisigen Norden und dem tropischen Süden eingefallen sind. Seit einigen Jahren nun sind die Yünnanesen die Beschützer Szetschuans. Mein Vater findet das ideal. Hingegen würde es ihm äußerst mißfallen, wenn es den Engländern durch unsaubere Machenschaften gelänge, die Yünnanesen hinauszuekeln und die Provinz Wu in die Hände zu spielen. Inzwischen müßte man nur die Szetschuanesen aufhetzen, die Yünnanesen auszurotten.

Der französische Konsul ist also miserabler Laune. Und er besitzt die besondere Gabe, seinem Mißvergnügen den jeweils angemessenen Ausdruck zu verleihen. Unbedeutenden Leuten gegenüber offenbart es sich meist in gereizter, schmollender Übellaunigkeit, einer Art Krampf aller Gesichtsmuskeln, und dazu den einschlägigen Bemerkungen. Bei Höherstehenden beschränkt er sich auf eine leicht gekränkte Miene, es sei denn, er wäre wirklich im Innersten, in seiner Konsulwürde getroffen. Dann kann es geschehen, daß er während einer ganzen Soiree finster, schweigend, verbiestert vor sich hin brütet und antwortet: »Gar nichts habe ich«, wenn Anne Marie ihn fragt: »Was haben Sie denn, Albert?« Aber heute, an seinem Geburtstag, wenn er als Hoherpriester der allumfassenden Liebe amtiert, inmitten dieses

Sammelsuriums von Chinesen, die sich noch einmal unter den Fittichen Frankreichs brüderlich zusammenfinden, ehe sie einander anderswo abschlachten, kann mein Vater natürlich unmöglich mürrisch sein. In einem solchen Fall muß man sich beherrschen. Er tut es mit vorfabriziertem Lächeln. Im Innersten tobt er.

Denn er erlebt nun die Durchstecherei des perfiden Albion mit eigenen Augen, vor seiner Nase, in seinem Konsulat, in aller Offenheit bei diesem Empfang zu seinem Geburtstag. Wenige Meter von meinem Vater entfernt hofiert dieser Affe vom Boulevard Saint-Michel, dieser falsche Hund, einen englischen Apoll mittleren Alters, den der britische Konsul mitgebracht hat. Ein Gentleman aus Schanghai, der nur auf einen Sprung in dieses entlegene Szetschuan gekommen ist und dessen mysteriöser Reisezweck sich hinter dem Etikett »Business« verbirgt. Es müssen allerdings schon saftige Geschäfte sein, denn dieser Mann ist kein Geringerer als der Erbprinz des berühmten Jonson-Clans, einer Dynastie des Goldenen Kalbs, der Achtbarkeit und des großen Zasters jeglicher Provenienz.

Inmitten der gespreizten Herzlichkeit, die den Erfolg der Veranstaltung beweist, durchfahren meinen Vater, wie er sagt, »Gedanken, deren jeder ein Dolchstoß ist«:

»Es ist soweit. Sie wollen mich aufs Kreuz legen. Wenn ein Brite dieses Kalibers nach Tschengtu kommt, dann ist das der Startschuß für die große Nummer. Und daß er zugleich mit dieser halben Portion hier ist, diesem schmierigen Schnüffler, das ist kein Zufall. Es beweist, daß es bald brenzlig wird, für mich und für die Yünnanesen auch.«

Dabei könnte man sich, jedenfalls als Zuschauer, nichts Harmloseres vorstellen als die Unterhaltung des winzigen Chinesen mit dem schönen Briten. Hier die spitze kleine Frettchenschnauze des Mannes aus Peking, die zu dem Engländer aufblickt und nicht genug tun kann, um unter meckerndem Lachen vor Liebenswürdigkeit überzuströmen, dort die undurchdringliche Mauer englischer Lebensart. Der Gentleman schwebt unerreichbar, wenn auch unübersehbar, hoch über allem Volk, seine stattlichen Kilos, an denen kein bißchen Fett sitzt, stecken in der durchsichtigen Frischhaltepackung der gesellschaftlichen Umgangsformen. Er ist vom Scheitel bis zur Sohle der Mann von Welt, ganz Distanz und ganz Höflichkeit. Typisch der Erbe sozusagen kaiserlicher Handelshäuser. Nichts von der Aggressivität, wie sie junge Tradesmen aus mittelmäßigen Firmen unverhüllt austoben. Auch nichts von der blaublütigen Ungeniertheit der Oxford-Aristokraten, die sich nur zum Vergnügen in Fernost herumtreiben und nebenbei auf Raub ausgehen. Dieser Mann hier, der wie ein Überraschungsgeschenk ins Konsulat mitgebracht wurde, trägt das britische Gütezeichen, dazu ein unsichtbares »& Co.« wie ein Adelsprädikat. Kaufmannsadel der »merchants-adventurers«, die in den tropischen Ländern alsbald zum Establishment gediehen sind. Er stammt in der dritten Generation aus dem Big Business, dem Business, das aus dem Bodensatz des selbst erst sprießenden Schanghai aufsproß. Aber wo sind diese noch gar nicht so lang vergangenen Zeiten? Jetzt ist alles solide verankert. Die Macht und die Unerschöpflichkeit von Geld- und anderen Mitteln, und der Gentleman in Tschengtu vereinigt das alles mit stolzer Sicherheit in seiner Person. Aber diese Selbstsicherheit tarnt sich hinter zurückhaltendem Auftreten, einem strengen, pedantischen Kodex, der für ihn ebenso gilt wie für seine Gesprächspartner und vom Hochmut nicht weit entfernt ist.

Wie dem auch sei, dieser Mann ist entschieden einnehmend: im besten Alter, der gutgeformte Kopf einer griechischen Statue, ein bißchen schwer, aber rosig wie ein Beefsteak, prächtige blonde Locken, die gleichmütigen Augen ernst und hell, eine Andeutung von Schnurrbart, so leicht, so duftig wie aus Stroh. Nüchterne Eleganz, Nelke im Knopfloch. Eine bestimmte Kopfhaltung, eine bestimmte Art, passiv und aktiv zugleich zu sein, groß zu sein, nicht grob, mit zögerndem Tonfall ausschließlich Banalitäten zu sagen. Der Klubmann, der Sportsmann, der Geschäftsmann, der Mann von Welt, in Stimme und Auftreten die Zuversicht, die unaufdringliche Überzeugung, daß »alles bestens in Ordnung ist«, die Skala diskreten Lächelns von der Zustimmung bis zur beharrlichen Ablehnung. Bei seiner Ankunft küßte er zunächst Anne Marie die Hand, dann folgte ein männliches Händeschütteln mit meinem Vater und den übrigen Anwesenden, die Andeutung einiger hampelnder und zappelnder Bewegungen, um seinen guten Willen zu zeigen, was im übrigen sein Gleichgewicht kaum störte. Und dem »Affen« aus Peking, der sich an ihn gehängt hat, antwortet er bedächtig, mit halb geschlossenen Augen, daß er eine gute Reise gehabt habe und sich sehr freue, die schöne Stadt Tschengtu kennenzulernen ...

Mein Vater kennt diese Sorte Engländer sehr genau. Diese Taipans, wie sie in Schanghai genannt werden, besitzen die englische Fähigkeit, ihre Intelligenz zu verbergen, und sind doch Ungeheuer, die vor nichts zurückschrecken, vor allem nicht davor, einen Konsul von Frankreich, und sei er noch so gewitzt, über den Löffel zu balbieren, wenn er nicht ganz genau aufpaßt!

Der Konsul ist also das Mißtrauen in Person. Argwohn nagt an seinem Herzen. Bestimmt nörgelt er im stillen:

»Widerliche Kerle, diese Engländer, vor allem die milliardenschweren Taipans. Ihre Aufmerksamkeiten, die Anne Marie so gut gefallen, alles Scheiße. Und der da heute, dieser Stockfisch, bei dem man nicht weiß, ob er schläft oder wach ist, den man mir zur Feier des Tages angeschleppt hat, dieser berufsmäßige Erbe, muß ein ganz besonders abgefeimter Lump sein. Je engelsgleicher so ein Brite sich gibt, um so teuflischer ist er. Aber ich werde Scheng fragen, was der im Schilde führt.«

Denn Scheng ist hier. Seine obere Hälfte, die er gewöhnlich mittels Filzhut und Brille abendländisch aufputzt, ist dank eines seidenen Scheitelkäppchens wieder chinesisch geworden. Er bemüht sich sichtlich, in der illustren Versammlung sowenig Platz wie möglich einzunehmen. Er zuckt ein wenig betroffen, als mein Vater zu ihm hingeht und sagt: »Ich möchte Sie morgen dringend sprechen.« Scheng verzieht das Gesicht und murmelt: »Zu dumm, daß ich heute Abend für ein paar Tage verreise. Ich bedauere tausendmal, Monsieur le consul.« Und schon ist Scheng verschwunden.

Ein weiterer Stachel im Fleisch meines Vaters. Und diese Engländer rundum spielen die Naiven. Der Konsul Seiner Majestät nebst blühender Gattin bedankt sich zuckersüß und schwungvoll bei Anne Marie für die letzte Tomatenlieferung. Der Pastor, dessen blaurote Rübe aus dem Stehkragen zu platzen droht, besäuft sich systematisch und weckt explosionsartige Geräusche, will heißen Gelächter, bei ein paar wackeren Missionaren, die sich unschicklich gaudieren. Und der Brite, dieser Taipan, der aus Schanghai, wirbelt zwischen den verschmitzten oder verschlagenen Visagen der Kriegsherren herum, führt allein ein ganzes Ballett auf. Er hat einen Dolmetscher zur Seite, der ihm Stand und Namen aller dieser ehrenwerten Persönlichkeiten nennt. Bei jeder Vorstellung, vor jedem Kopf ruft der Engländer aus: »Erfreut, Sie kennenzulernen.« Genau als hätte er keine Ahnung, als wüßte er nicht zu unterscheiden zwischen den Leuten von Yünnan, Szetschuan und Kwai Tschu. Er macht einfach in aller Unschuld seine Anstandsrunde.

»Gott weiß, wie unschuldig diese Engländer sind« – denkt mein Vater wohl. »Wetten, daß auf dem Yangtsekiang vergammelte britische Frachter schwimmen, deren Bäuche vollgestopft sind mit Gewehren und Munition für die szetschuanesischen Truppen. Und Scheng macht sich aus dem Staub. Ich will ihnen zeigen, daß ich kein Dummkopf bin.«

Seine Züge verhärten sich, er sieht aus wie ein Skarabäus mit Brille. Der arme kleine Konsul Frankreichs in Szetschuan hat eine seiner heroischen Anwandlungen und beschließt, diesen Krämern von Schanghai Trotz zu bieten, die mit den Kriegsherren konspirieren, mit Marschall Wu und allen möglichen gelben Brüdern. Auch er, Albert, wird seine Fäden ziehen. Tschengtu soll seine blauen Wunder erleben ...

Es ist Zeit für den Konsul, seinen Gästen zu danken. Dem nach wie vor katzenfreundlichen »Tout Tschengtu«, allen den seidigen Chinesen mit ihrer reservierten Herzlichkeit, die sich nur in Kopfnicken äußert, in Ärmelrascheln, im sanften Glimmen der Augen und den üblichen Freundschaftsfältchen auf den Gesichtern. Mein Vater ergreift also das Wort, aber jetzt mit entschlossenem, fast zornigem Ernst. Mit seiner nüchternsten, ein wenig barschen Stimme gibt er wohlgesetzte Phrasen von sich, zwischen denen er Pausen setzt wie Akzente.

»Tausendmal zehntausendfachen Dank allen den erhabenen Persönlichkeiten, die zu Ehren meines Geburtstags hierhergekommen sind. Wiederum habe ich ein Lebensjahr vollendet, mich der Weisheit des Alters um einen weiteren Schritt genähert, und ich möchte diesen Tag nutzen, um meinerseits an China und an Szetschuan die unermeßliche Zahl meiner guten Wünsche zu richten. Das höchste Gut ist der Friede. Ich weiß, daß alle Freunde Tschengtus um ihn bemüht sind. Doch sollten wir uns hüten vor Leuten, die von weither gekommen sind, um im trüben zu fischen, um Zwietracht in die Herzen zu säen und unheilvolle Konflikte auszulösen. Frankreich wird, dessen versichere ich Sie, allezeit die Einigung der Chinesen und die Entwicklung Chinas fördern.«

Ein Skandal! Wie eben in China ein Skandal aussieht. Sämtliche Kriegsherren, sämtliche Milliardäre, überhaupt alle Gelben tun, als hätten sie nichts gehört. Vielleicht ist das Lächeln ein bißchen zu breit, zu bemüht geworden. Und dann räumen die Himmlischen aller Parteien in Trüppchen nach letzten Bücklingen und den letzten paar Millionen Glückwünschen das Feld. Als einziger Chinese bleibt der »Affe«, der Abgesandte Wus, der sich vor Verlegenheit windet. Außerdem hat er zuviel getrunken, er ist blau.

Er klammert sich an meinen Vater und drückt frenetisch dessen Hand:

»Monsieur le consul, denen haben Sie es gegeben. Aber wenn das auf mich gemünzt war, so täuschen Sie sich. Sie sind auf dem Holzweg. Das Herz meines erhabenen Herrn, des Marschalls Wu, ist rein. Und vor allem seine Börse ist schlapp. Wenn Sie also glauben, mein Herr habe mich hierhergeschickt, damit ich mit Gold herumwerfe, so kann ich nur lachen, Monsieur le consul. Das Gold behält er nämlich schön für sich. Trinken wir auf Frankreich, Monsieur le consul, auf das großmütige Frankreich, das seinen guten Freunden vielleicht ein paar Waffen gratis geben wird. Die Franzosen lassen sich gern ausnehmen, Monsieur le consul. Im Gegensatz zu den Engländern, die sich immer bezahlen lassen. Es lebe Frankreich!«

Und das Pinseläffchen mit dem verrutschten Zylinder grinst übers ganze Gesicht, hampelt und strampelt, läßt den Konsul los, um sich an einen Missionar zu klammern:

»Hochwürdiger Vater, trinken Sie mit mir. Auf das Wohl der katholischen Kirche. Hochwürden, man könnte Sie für einen Chinesen halten, aber für einen Chinesen aus dem Volk. Sie verkaufen Ihren lieben Gott nur an die kleinen Leute. Anstatt den Pöbel mit Ihren komischen Geschichten, mit Kreuzigungen und so weiter aufzuwiegeln, warum sind Sie nicht lieber Philosoph geworden, Weiser, wie unsere Kaiser es dereinst Ihren Vorgängern empfahlen? Über die Religionen machen wir echten Chinesen, wir echten Gelehrten uns nur lustig, das ist nur Opium fürs Volk. Denn ich bin ein Gelehrter. Sie dürfen nicht glauben, daß ich in Paris nur ein flottes Leben führte. Ich habe die Staatsprüfungen bestanden. Hochwürden, ich sage Ihnen, Sie haben Ihre Chance vertan. Was machen Sie in China, mit Ihrer elenden Kundschaft, von der Sie leben? Sie verteilen nur Hostien. Die Pastoren, vor allem die amerikanischen, können den Chinesen immerhin Geld geben, viel Geld.«

Der Kleine übergibt sich. Seine ehrenwerte Suite schleppt ihn hinaus zu seinem Tragsessel. Es sind nur noch Weiße da, und einer von ihnen ist rot, scharlachrot vor Wut. Der britische Konsul ist aufgebracht wie ein Kampfhahn. Er zieht meinen Vater in eine Ecke, und bald geht es hoch her zwischen den beiden Konsuln, sie schreien, brüllen einander an, werden fast handgemein. Der kleine Engländer, der jetzt alle Fassung verloren hat, zetert:

»Und die Feuersbrunst? Die von den Yünnanesen in Aussicht gestellte Feuersbrunst? Und Sie, mit all den Waffen, die Sie diesen Leuten geliefert haben, Sie wollen nicht bei ihnen vorstellig werden, um dieses furchtbare Verbrechen zu verhindern!«

Mein Vater ruft leichenblaß die Ehre Frankreichs an:

»Was kann ich bei den Yünnanesen ausrichten? Ich schwöre Ihnen, daß wir ihnen kein einziges Gewehr geliefert haben. Aber Sie, können Sie leugnen, daß Sie den Szetschuanesen genügend zugesteckt haben, um damit die ganze Provinz in Feuer und Blut zu tauchen? Denn Sie wollen den Krieg in Szetschuan. Was hat dieser junge Taipan aus Schanghai hier zu suchen? Und der Abgesandte Ihres Verbündeten Wu? Dieses Männchen, das sich hier wie ein Schwein benommen hat?«

»Alles Lüge. England rüstet die Szetschuanesen nicht mit Waffen aus. Aber es kann auch nicht die Geschäfte verhindern, in die, wie ich glaube, einige Ihrer Landsleute in Schanghai verwickelt sein dürften.«

Beide Konsuln kläffen einander an, bezeichnen sich als Lügner. Der Taipan, der Engländer aus Schanghai, ist völlig entgeistert, verstört, weicht betroffen vor dieser Entgleisung zurück. Er ist wie erstarrt. Da packt der englische Geistliche mit seinem kräftigen Arm den britischen Konsul wie einen unartigen Schüler: »Aber, aber. Behave yourself.«

Nun ist nur noch die französische Kolonie übrig, mein Vater steht als kleinlauter Sieger vor ihr. Keine Wogen der Bewunderung schlagen hoch. Im Gegenteil, die französischen Ärzte schleichen auf Zehenspitzen hinaus und mühen sich, nicht laut zu lachen. Vor der Tür platzen sie los, diese vergnügten Saufkumpane können sich nicht genug wundern über die Humorlosigkeit mancher Menschen. Einer tippt sich mit dem Finger an die Stirn und sagt fachmännisch: »Toller Bursche, dieser Albert. Heute hat er sich selbst übertroffen, hält sich für den Talleyrand vom Yangtsekiang. Seine arme Frau . . .«

Das Gottesvolk ist auf Tauchstation gegangen. Die Nonnen hinter ihren Flügelhauben, die Mönche hinter Bärten, Runzeln, zugekniffenen Lidern. Eine geschlossene Formation. Schließlich tritt der Bischof, der Fels der Kirche, zu meinem Vater hin und schleudert ihm mit Donnerstimme ins Gesicht:

»Was ich Ihnen gestern sagte: Sie hätten dem yünnanesischen Marschall Vorhaltungen machen sollen.«

»Aber, Monsignore, ich bin überzeugt, daß Sie selbst bereits alles Menschenmögliche zum Schutz der Missionen unternommen haben . . .«

Bleibt nur noch Anne Marie, kerzengerade und schlank, aber sie wendet sich ab. Die langen Wimpern verdecken die Augen, die geschlossenen Lippen bilden einen leichten Schmollmund, auf dem Gesicht liegt ein angedeutetes, beunruhigendes Lächeln. Es ist ihr Ausdruck der Geringschätzung, ohne Heftigkeit, ohne Dramatik, nur Überdruß, gelassene Verachtung. Sie schickt sich an, den Raum zu verlassen, als mein Vater sie zurückruft, um ihr ein zustimmendes Wort zu entreißen.

»Ich habe doch recht gehabt, wie?«

»Sie haben sich lächerlich gemacht, mein Freund.«

»Aber ich hatte schwerwiegende Gründe . . .«

»Mag sein. Aber Sie setzen sich so häufig Grillen in den Kopf. Außerdem ist das kein Grund, sich derart bloßzustellen.«

Offizieller Spannungszustand zwischen den Gatten. Bei Tisch fällt kein Wort. Anne Marie bleibt stumm, tut jedoch, als störte diese Verstimmung sie nicht im geringsten, ißt ordentlich, erteilt mit der natürlichsten und ungezwungensten Miene ihre Anweisungen an die Dienerschaft. Albert hingegen hält den Kopf tief über seinen Teller gebeugt, kaut endlos angewidert an einem Bissen, hört dann ganz mit Essen auf, seine Züge erstarren zwischen Zorn und Kummer. Beim Dessert fragt seine Frau mit gespieltem Erstaunen:

»Was ist Ihnen denn, Albert?«

»Anne Marie . . .«

Der Konsul zieht sich in sein Schweigen zurück. Ein langes Schmollen, das sich später, im ehelichen Schlafgemach, in lauten Stimmen Luft macht. Eine Szene.

»Also kurzum, Anne Marie, Sie lieben mich nicht.«

»Wie sollte ich? Sie vergessen, daß Sie mich gekauft haben. Ich erinnere mich sehr genau, wie Sie mich abschätzten, damals auf dem Bahnhof von Ancenis, als ich aus Nantes zurückkam. Wie ein Pferdehändler auf dem Markt. Und Sie haben schnell gehandelt. Schon am nächsten Tag stellten Sie sich im Sonntagsstaat bei uns ein, begleitet von Ihrem Bruder, dem schnurrbärtigen Rittmeister, den sie in seiner Garnison hatten besuchen wollen. Und sofort hielten Sie bei meiner Mutter um meine Hand an. Großer Familienrat. Meine sämtlichen alten Cousinen und Tanten lagen mir in den Ohren, was für ein gediegener Mann Sie seien, junger Diplomat im Fernen Osten, mit einer glänzenden Zukunft. Ich wollte nicht. Aber mein Vater war erst vor kurzem als ruinierter Mann gestorben. Er hatte sein Vermögen vertrunken, und kein Mann aus der Gegend würde mich heiraten. Denn ich hatte keine Mitgift, und das verzeiht man dortzulande nicht. Alle diese Provinzler und kleinen Landjunker, diese alten Jungfern und mehr oder weniger verblödeten, aber reichen Onkel drängten mich: ›Es ist deine Pflicht, Anne Marie.‹ Nur meine Mutter, die schon zum zweitenmal Witwe geworden war, sagte liebevoll zu mir: ›Anne Marie, du weißt, ich will nur dein Bestes. Aber Albert betet dich an, und er ist ein ritterlicher Mann.‹ Sie waren in der Tat fabelhaft gewesen, denn Sie hatten vor dem Notar den Empfang einer fiktiven Mitgift anerkannt, die ich nicht bekam. Und an meinem Hochzeitstag habe ich geweint.«

»Anne Marie, in den folgenden Jahren waren wir glücklich.«

»Ich habe meine Verpflichtungen erfüllt, ja. Aber ich habe Sie nie gemocht. Sie sind zu spießig. Ich liebte das Leben an der Loire, die Hügel, die Weinberge, wo die Herren nicht arbeiteten, sondern ihre Höfe besaßen, die von ehemaligen Royalisten bewirtschaftet wurden. Ich bewunderte meinen Vater, denn er lebte auf großem Fuß, wie die Jeunesse dorée in der Bretagne. Er fuhr Regatten in Vannes, er besaß eine Jacht, er besuchte die Klubs. Seine Höfe verkaufte er, einen um den anderen, und ist im Wahnsinn gestorben. Aber er war ein Mann von Welt gewesen, auch wenn er uns mittellos zurückließ.

Sie, Albert, können diese Noblesse, diese Großzügigkeit nicht verstehen. Als Sie mich nach La Rochelle zu Ihren Angehörigen mitnahmen, war ich entsetzt. Dieses baufällige Haus, der Stolz der Bonnards, dieser vierstöckige Steinhaufen direkt an einer Straße voller Mauern, der wie ein Gefängnis aussah. Das Ganze schmutzig, feucht, voll ekelhafter Gerüche, modriger Winkel, bedrückender Schatten, abgenutzter Stufen. Und genauso abgenutzt wie die Behausung, genauso karg, noch mißförmiger, mumienhafter als eine hundertjährige Chinesin, Ihre alte, ebenfalls verwitwete Mutter, faltig und gelb, deren Haut dennoch so an den Knochen klebte, daß sie einen Totenschädel auf den Schultern zu tragen schien. Lebendig waren nur die halbblinden Augen, die Lippen, die genauso schlaff waren wie die Ihren. Im übrigen war sie die Magd Ihres Vaters, der sie noch rechtzeitig geheiratet hatte. Eine Alte, vor deren Küssen mir graute und die mir unaufhörlich einschärfte: ›Machen Sie Albert glücklich, er ist ein guter Sohn.‹ Aber am abstoßendsten waren Ihre ältere Schwester, dieses Mannweib, und ihr Gatte, mit seinen Hamsterbacken und den Maulwurfspfoten, der das Möbelgeschäft der Familie führte. Im Hinterladen mußte ich mir sein endloses Geschwätz anhören, worin nur von Geld, von Karriere und Krankheiten die Rede war. Es wurde über die ganze Sippe hergezogen. Dieser war auf die schiefe Bahn geraten, jener zum Bürovorstand befördert worden. Und alles wurde ins Kalkül gezogen, die Verdienste, die Ausgaben. Und Ihr Schwager fuchtelte mit den Wurstfingern und fällte, schwelgend in Rechtschaffenheit, Dummheit und Brutalität, unwiderrufliche Urteile über einen jungen Cousin, der ihn hatte anpumpen wollen, und über andere anrüchige Verwandte. Und Sie waren der Phönix in diesem Hühnerstall. Gewiß, Sie und die Ihren, Sie haben ein gewisses Verdienst, aber eins, das eher peinlich ist.«

»Sie sind ein Snob, Anne Marie. Sie werfen mir sogar die Mühe vor, die ich mir gegeben habe, um Karriere zu machen, von der auch Sie profitieren.«

»Schön, sprechen wir darüber. Ich weiß, wie Sie Konsul geworden sind. Durch einen dieser zugleich dummen und verschlagenen Streiche, die charakteristisch für Sie sind und zu denen man nur unverschämt genug sein muß. Ihre andere Schwester, die apfelbäckige, birnenförmige, die in Flicken geht und sich abrackert für ihre zahlreichen Kinder, hat es mir erzählt, als Sie mich ihr in Saigon wie eine Jagdtrophäe vorführten. Damals hielt sie noch Schule, die liebe Frau Lehrerin der kleinen ›nhaqués‹, mit ihrem gar nicht lieben Herrn Lehrer, der hinter den Huren her war, den orientalischen Damen. Diese gute Seele hat Ihnen das Geld geschickt, damit Sie in Asien Ihr Glück versuchen konnten, denn in Frankreich taten Sie nicht gut, und es blieb Ihnen nur noch die Möglichkeit, in den Kolonien Karriere zu machen. Übrigens kein glänzender Start, alle möglichen armseligen Posten. Und dann haben Sie die Gelegenheit mit unerhörter Dreistigkeit beim Schopf gepackt.«

»Was soll dieses Geschwätz, Sie faseln, Anne Marie.«

»Keineswegs. Diese Gelegenheit bot sich in Gestalt einer blonden üppigen Dame, einer Art verfetteter Sylphide. Ein kleines Modell für gewisse reiche Maler, die sich als Renaissancefürsten fühlten. Ich weiß es, ich habe ihr Foto gesehen. Diese Frau begleitete damals eine sehr hochgestellte Persönlichkeit des Außenministeriums auf einer Reise durch ganz Asien. Wirklich die Höhe. Das Nonplusultra. Die Heimat der Aufklärung, das Jahrhundert des Positivismus und Humanismus, der Wissenschaft, ist auf diesen Mann mit der edlen Stirn gekommen, einen reichen Erben, der sich seine eigene Legende geschaffen hat. Sie wissen, wen ich meine? Ein schöner Kopf, rassig, feingeschnitten, stolz, lächelnd, bezaubernd, souverän, ein Edelbürger. Ein Engelskopf, den das Leben abgeschliffen hat. Denn er will vor allem leben.«

»Ich bin vielleicht mittelmäßig, aber ich vermag Menschen von erstklassiger Qualität zu erkennen, wie damals diesen Mann, wie später Sie.«

»Keine Schmeicheleien, Albert. Sie wissen sich der Menschen zu bedienen. Sie verstehen einen Streich vorzubereiten. Das Paar wurde in ich weiß nicht mehr welcher Stadt in Indochina erwartet, wo Sie sich aufhielten. Sie sagten sich, daß die illegitime Dame nicht zu den Galas und den offiziellen Empfängen eingeladen würde, und Sie boten sich als Cicerone an, in allen Ehren, versteht sich. Jeden Morgen stellten Sie sich bei ihr ein, ausgerüstet mit Ihrem ganzen Charme, Ihrem besten Anzug, Ihrem gewinnendsten Lächeln, größtem Diensteifer und einem amüsanten Tagesprogramm. Jeden Morgen brachten Sie einen riesigen Blumenstrauß mit, und dabei hatten Sie keinen Sou. Das war Ihr bester Einfall. Denn die Dame war entzückt, und der Herr fragte Sie, ehe er seine Asientournee fortsetzte, mit der Miene eines einflußreichen Gönners: ›Ich möchte gern etwas für Sie tun. Was würde Ihnen Freude machen?‹ Und Sie erwiderten prompt: ›Konsul sein.‹ Und ein paar Monate später waren Sie Konsul.«

»Und was ist daran beschämend? Dieser Herr hat mich nicht nur wegen dieser kleinen Gefälligkeit bevorzugt. Er hat meine Fähigkeiten erkannt. Er protegiert mich noch immer. Wie andere Konsuln in China, die sich als Literaten einen Ruhm erwerben.«

»Das reicht, Albert. Da kann ich nur lachen. Sie wissen genau, daß Sie jedenfalls nie Mitglied der Académie française sein werden.«

»Ärgern Sie mich nicht. Sie sehen doch, wie ich mir Mühe gebe. Welche Risiken ich auf mich nehme. Sie sehen es . . .«

»Sie sind ein Emporkömmling geblieben. Früher waren Sie servil, jetzt sind Sie eitel. Immer wollen Sie sich zur Geltung bringen. Ohne jedes Taktgefühl, wie man heute nachmittag erlebt hat. Die Leute mögen Sie nicht.«

»Aber Sie sind doch diejenige, Anne Marie, die von Eitelkeit besessen ist. Sie benehmen sich wie Jungfer Rührmichnichtan, Ihr hoheitsvolles Gehabe ist ein ständiger Vorwurf für mich. Sie fangen es schlau an. Niemals beklagen Sie sich vor anderen. Sie verstehen es, nicht unglücklich auszusehen. Also sagen die Leute – wie ich sehr wohl weiß –: ›Vorbildlich tapfer, wie diese

Frau einen solchen Ehemann erträgt.‹ Für Sie müßte ich mindestens ich weiß nicht was sein, ein Nabob, ein Lord.«

»Sie haben mich tatsächlich tief getroffen, als Sie Streit mit den Engländern suchten. Sie sind die einzigen erträglichen Leute in Tschengtu, die einzigen, die eine gute Kinderstube haben.«

»Und deren Gesellschaft ich Sie nunmehr berauben werde, um allem die Krone aufzusetzen.«

»Ich werde sie morgen sofort aufsuchen. Ich kann mich Ihretwegen nicht mit allen Menschen überwerfen. Lassen Sie sich das gesagt sein.«

Der Konsul faucht wie eine Dampfmaschine, wie ein Mann, der sich mühsam zurückhält. Ich liege nebenan in meinem Schlafzimmer, und ohne daß ich das geringste von der elterlichen Auseinandersetzung begriffen hätte, sehe ich das entschlossene Gesicht meiner Mutter deutlich vor mir. Dann herrschen Nacht und Schweigen.

Der Himmel ist ein Schwamm, vollgesogen mit dem Geifer der bösen Geister, der auf die Erde herunterfällt. Wasserfälle, dicht wie Mauern, hämmern die Erde, wo alles sich staut, wo der Schmutz zu rinnen beginnt, die Flüssigkeit steigt wie in einem verstopften Ausguß. Mein Vater inspiziert das Gemäuer der Kaiserstadt direkt über dem Konsulat, das auf uns herabzustürzen droht. Denn unter dem geschmolzenen Himmel besteht die einstige Pracht mehr denn je nur noch aus Ruinen und Fäulnis, geborstenen Portalen, umgestürzten Standbildern.

Richtig, mein Vater entdeckt einen Riß in den Wällen, eine geschwärzte und bemooste Zickzacklinie, die sich nach unten zu verbreitert und einen Schutthaufen bildet. Ein Sturzbach hat sich in den Spalt gezwängt und verbreitert die Bresche ständig. Mein Vater tritt näher, aber von oben schreit ihm ein Soldat zu, er solle weggehen. Der Konsul wendet sich ab, nachdem er festgestellt hat:

»Die ganze Geschichte ist baufällig. Sollte der Krieg ausbrechen, so genügen ein paar Granaten, und wir kriegen die Bescherung auf den Kopf.«

Aber im Augenblick wird diese Sintflut nicht als Katastrophe betrachtet, jedenfalls nicht nach chinesischen Maßstäben. Tschengtu findet sich damit ab. Auch wenn in den Lehmvierteln die Hütten massenweise weggerissen und Mensch und Tier in einer Art Jauche begraben werden. Diese Menschenleben, diese Dinge kommen nicht durch die Wut des Wassers zu Schaden, sie lösen sich in einer Ätzlauge auf. Dort, wo die Lehmhütten sich verflüssigen, fliehen die Leute, die Diebe stellen sich ein, die Soldaten ebenfalls, die einen, um zu plündern, die anderen, um sich gegen Entlohnung als Retter anzubieten. Lange Verhandlungen, denn es muß für jedes einzelne Leben, für jeden geretteten Gegenstand bezahlt werden.

Kein großes Unglück. Im Konsulat sagt Li mir voll Genugtuung:

»Alles ist so durchnäßt, daß es den Yünnanesen so bald nicht gelingen wird, ihren Brand zu legen.«

Das Leben geht weiter. Auch wenn der Himmel nicht nur Wasser ausgießt, sondern auch schädliche Keime; Keime, die das Blut zersetzen, schwärzliche Flüssigkeiten aus den Körperöffnungen der Menschen rinnen lassen, die Leiber höhlen oder blähen, die Haut in eine chaotische Landkarte von Geschwüren und Wunden verwandeln, Hitze- und Kälteschauer verursachen, Schweißausbrüche und Schüttelfröste der von Alpträumen erfüllten Fieber, Keime, die den Tod bringen.

Blitze, apokalyptische Wolkenreiter, die Luft ist voller giftiger Ausdünstungen, und dann kommen die Könige des Festes, die Ratten. Von überall kommen sie zum Vorschein, rennen in ganzen Herden durch die Stadt, in ihrer Rüstung aus scharfen Äuglein, Zähnen und schwärzlichem Fell. Eine Springprozession, die über alles herfällt. Viele dieser Tiere, die das Übel verbreiten, stürzen im Lauf zu Boden und krepieren selbst. Tausende und Abertausende kleiner Aashaufen, die den Tod an die Menschen weitergeben. Cholera. Pest. Die Geißeln der Menschheit. Nun entzünden die reichen Chinesen in ihren Behausungen, trotz der erstickenden Hitze, in jedem Gemach ein gewaltiges Feuer, um die Luft zu reinigen und die ansteckenden Krankheiten zu vertreiben. Einen Sterbenden schließt man in ein Zimmer ein, überläßt ihn hilflos der Seuche. Manchmal schiebt man durch ein Loch in der Wand auf einem Brett eine Schüssel Wasser hinein. Dieses Wasser ist das einzige Zeichen des Mitleids, und der Durst des Sterbenden ist furchtbar. Wenn der Durst wird wie schmelzendes Blei, ist der Tod da.

Wie Li mir berichtet, sind die Epidemien in diesem Jahr nicht besonders schlimm. Ein durchschnittliches Jahr. Aber sie erinnert sich, wie einmal in ihrer Kindheit die Stadt heimgesucht wurde. So viele Tote, daß man sie einfach auf Weidenrosten in die Sonne legte oder an den Hängen der nahen Hügel ablud. Eilige Trupps von Überlebenden, die ihre Toten fortschafften. Von den Leichenhaufen stiegen Dünste auf, die in die Stadt zurückwehten und sie erstickten.

Am Nachmittag ist eine Brise aufgekommen und hat die Wolken verjagt. Und der blaue Himmel erschien, ein Porzellanhimmel wölbt sich über der Erde, von der schwerer Brodem aufsteigt. Die Sonne wie eine Tiara. Meine Mutter ruft mich, wir wollen gemeinsam zu einem Besuch ausgehen. Mein Vater hat sie gehört und blickt sie forschend an, sagt aber nichts.

Wir ziehen in der üblichen Anordnung aus. Die Tragkulis,

deren nackte Füße in dem Gemisch aus Schlamm und Abfall patschen, tragen Anne Marie mit unglaublicher Sicherheit hoch über den schmutzigen Boden dahin. Mein Pferd hebt mich ebenfalls über alles Elend weg. Mein Mafu marschiert mit großen Schritten, er ist recht zufrieden, lächelt beinah. Wir begeben uns nicht zum britischen Konsulat, sondern zum Pastor und seiner Pastorin.

Ihr Yamen liegt in einem Gehölz. Schon im Hof der Chor ihrer grüßenden Stimmen: »Nice to see you.« Die ebenso dicke wie würdige und gute Pastorin öffnet die Arme und drückt mich an ihren Busen. Sie hat keine Kinder und liebt mich abgöttisch. Dennoch weiche ich ihrem Kuß aus, denn sie bietet mir eine wahre Doggenschnauze. Dann gibt mir die Pastorin eine Schnitte Pudding. Sie ist auch meine Englischlehrerin und bringt mir bei, wie man ein Gentleman wird inmitten all dieser Eingeborenen. Manchmal sagt sie entrüstet zu meiner Mutter: »Wie können Sie nur Ihren Jungen von chinesischen Kinderfrauen und Domestiken erziehen lassen? Er wird schlechte Gewohnheiten annehmen, er wird ein abscheulicher kleiner Chinese werden.« Dann lächelt meine Mutter und sagt nichts.

Der Pastor mustert mich im allgemeinen nur schweigend mit seinen harten Schweinsäuglein. Er gibt mir die Hand und nennt mich Früchtchen. Manchmal, wenn er zuviel getrunken hat, fängt er an zu zittern und sogar zu bellen. Dann kann er bösartig werden. Aber normalerweise behandelt er mich wie einen kleinen Mann, im Gegensatz zu seiner Frau, für die ich ein Baby bin. Das heißt, daß er mir in Abständen von einer Viertelstunde ein Bonmot oder einen Witz zukommen läßt.

Das Paar, das seit undenklichen Zeiten in Asien lebt, versteht sich auf kolonialen Komfort. In höchstes Erstaunen versetzt mich ein kleiner Boy, der an einer Schnur zieht und damit eine Leinwand bewegt, die Wind macht. »Ein Panka, wie in Indien«, erklärt mir der Pastor.

»Komischer Vogel, trauen Sie ihm nicht über den Weg«, legt mein Vater meiner Mutter unaufhörlich nahe. Der Pastor hat eine kleine Kapelle eingerichtet, aber ausgenommen am Sonntag, wenn als einziger der britische Konsul zum Gottesdienst kommt, bleibt die Bibel auf dem Pult liegen. Dem Pastor scheint nicht viel am Bekehren zu liegen. Nie sieht man Katechumenen, nie arme Chinesen bei ihm. Dafür halten sich oft Soldaten oder die Kulis eines weichgepolsterten Tragsessels in seinem Hof auf, was besagt, daß er einen Kriegsherren oder einen reichen Händler empfängt. Das verstärkt den Argwohn meines Vaters noch.

Für den Pastor haben die Chinesen keine Seele, aber er räumt ein, daß sie Körper haben, und da er einen medizinischen Grad erworben hat, beschäftigt er sich ein bißchen mit diesem Körper. Der Kirchenmann hat sogar eine kleine Ordination eingerichtet, mit ein paar Medikamenten, Desinfektionsmitteln und einem chirurgischen Besteck. Er operiert selbst. Jeder Eingriff ist für ihn ein eiskalt servierter Witz: grausames Vergnügen blinkt in den starrenden, wenngleich blinzelnden Augen des geistlichen Gentleman-Trunkenbolds auf. Im übrigen geht alles äußerst ernsthaft vor sich.

Wichtig ist, daß man ein passendes Opfer findet: einen Himmlischen mit westlichen Ambitionen, der über ein Wehwehchen klagt. Stößt der Pastor in der Stadt auf einen solchen Kunden, so donnert er sofort: »Kommen Sie zu mir, das werden wir gleich haben.« Jetzt sitzt der Chinese, der das »Gesicht« wahren muß, in der Falle.

An diesem Nachmittag spielt der Pastor mit keinem Wort auf den Streit im französischen Konsulat an. Nur die Pastorin sagt zu meiner Mutter, als ihr Mann einen Augenblick hinausgeht: »Albert ist in letzter Zeit ein bißchen nervös. In Asien, my dear, darf man sich niemals aufregen. Die Ehefrauen müssen auf ihre Männer aufpassen, die sich sinnlos erhitzen; die Frau muß den Mann zu beruhigen verstehen.« Nur der wohlwollende Rat einer Matrone an eine unerfahrene junge Frau. Weiter nichts.

Der Pastor ist noch immer nicht zurückgekommen. »Er wird wahrscheinlich wieder einen Chinesen zerstückeln«, sagt die Pastorin. Im Hof haben nämlich vier Kulis ein Tragbett abgestellt, auf dem ein lebloser Körper liegt, den man zur Ordination bringt. Während die Damen bei ihrem Tee plaudern, vernehmen sie metallisches Klirren, kleine Stöße, Keuchen, einen Schrei, was beweist, daß der Geistliche seine Heilkunst ausübt. Nach einer halben Stunde wird der Himmlische, der noch immer nicht tot ist, von seinen Leuten wieder auf sein Tragbett gelegt und weggebracht. Das alles geht so ungerührt und gleichgültig vor sich, als handelte es sich um ein ausgenommenes Schwein.

»Ein schöner Reinfall«, bricht der Pastor los, der endlich zu den Ladies in den Salon zurückgekehrt ist. Schweißtropfen bedecken das dicke krebsrote Gesicht. Mit einer knappen Handbewegung gießt er sich ein gewaltiges Glas Whisky ein, leert es auf einen Zug. Dann ein kurzes Auflachen. Ganz der Gentleman, der seine Erregung zügelt.

»Ein übler Streich«, fährt der Pastor mit der halb beschämten, halb belustigten Miene eines Mannes fort, der sich über sich selbst mokiert. »Ein Chinese, der mich beim Wort genommen hat, und auf die hinterhältigste Art. Das Oberhaupt der Seidengilde von Tschengtu, ein hohes Tier, den ich schon oft aufgefordert habe, es einmal mit meiner Medizin zu versuchen. Jetzt kommt er und nimmt mich beim Wort, nachdem er schon halbtot ist. Er hat die Beulenpest! Seine Familie, überglücklich, sich auf so ehrenhafte Weise des Ahnherrn zu entledigen, schickt ihn mir unverzüglich her. Ich kann mir die Mienen der Nachfahren vorstellen, wenn sie ihn zurückkommen sehen! Ha, ha! Und noch dazu wird der Gute womöglich am Leben bleiben!

Ich habe nämlich die Beule aufgeschnitten. Es war eine harte, gräßliche Schwellung, eine Art Auswuchs, blödsinnig und widerlich – die Todesbeule. Ich tauchte also mit dem Skalpell in den Tumor, der sehr kompakt war. Dann stieß ich auf eine weiche Zone, eine Tasche, aus der eine Flüssigkeit wie verquirltes Ei kam. Angeblich kann der Pestkranke überleben, wenn es gelingt, diesen Ausfluß zu provozieren . . . Mir ist diese Operation bisher immer mißlungen. Daher war ich ganz beruhigt. Aber wenn dieser verdammte Seidenhändler da nicht stirbt, wird man mir dutzendweise solche verwünschten Todeskandidaten ankarren...«

Meine Mutter schaudert ein wenig. Der Pastor lacht nur.

»Keine Angst, schöne Freundin. Ich habe mich gründlich desinfiziert. Sämtliche Vorsichtsmaßnahmen getroffen.«

Im Grunde hat der Pastor das Gefühl, daß diese Chinesensippe ihn hereingelegt hat. Er kocht. Mit ihm, dem berüchtigten Spaßvogel, hat man sich einen Spaß erlaubt. Es ist typisch für ihn, daß er in solchen Fällen an seinem Groll würgt, bis er einen Sündenbock gefunden hat. An diesem Abend muß ich herhalten.

Wir sind im Hof, meine Mutter und ich, und bereiten uns zum Aufbruch. Sie setzt sich in ihren Sessel, ich besteige mein Pferd. Die Pastorin steht unter der Tür und wirft mir einen letzten Kuß zu, während der Pastor, der seinen Whisky im Stich gelassen hat, mir ein heiseres Bye-bye zuruft. In düsterem Sinnen betrachtet er die Szene, sein Blick fällt auf meinen Mafu, der mir mit chinesischem Grinsen die Zügel hält. In diesem Moment stürzt der Geistliche herbei, bremst vor dem Mafu und beglotzt ihn mit hervorquellenden Augen. Mit unsicheren, aber zielstrebigen Schritten tritt er noch näher an meinen »Stallmeister« heran. Strahlendes Lächeln breitet sich über seine Züge – als hätte er eine erfreuliche Entdeckung gemacht. Dann klopft der Pastor mir auf die Schulter und bellt: »Sieh mal, mein Junge, dein Mafu ist aussätzig.« Er weist mich auf die Schwellungen am Kopf hin, auf die »facies leontina«, zeigt mir die Hand mit den verdickten Fingergelenken. Anne Marie, die bereits auf ihrem Sessel sitzt, fragte den Pastor in aller Ruhe: »Sind Sie sicher, mon cher?« Er beginnt seine Demonstration triumphierend von neuem. Der Mafu hat, wie jeder Himmlische angesichts einer Katastrophe, eine völlig stumpfe Miene aufgesetzt. Anne Marie fragt ihn: »Bist du aussätzig?«, und er antwortet: »Ja. Ein bißchen.« Endlich brechen wir zum Konsulat auf, in der gleichen Anordnung, in der wir gekommen sind.

Auf dem Rückweg ist mir das Herz schwer. Ich will nicht, daß man mir meinen Mafu wegnimmt. Seine Freundschaft ist mir wichtiger als seine Krankheitsmale! Ich fürchte mich nicht vor Aussätzigen.

In Tschengtu gab es nämlich eine Menge Aussätzige. Zum einen alle die, an denen man vorüberkam, ohne von ihrer Krankheit zu wissen, die dezent, anonym waren, ihre Wunden verbargen und versuchten, normal zu leben. Diese Berührung erschreckte niemanden. Die gesunden Chinesen achteten zumeist nicht auf die Aussätzigen, empfanden ihnen gegenüber weder Abscheu noch Furcht.

Ein seltsames Land, dieses China, mit seiner Nachlässigkeit, seiner Trägheit, seinem grausamen Fatalismus auf der einen und der insektenhaften Hartnäckigkeit, Ängstlichkeit, Erregung auf der anderen. So ließ man im allgemeinen die Aussätzigen ungeschoren, es konnte aber auch vorkommen, daß man sie eines Tages, auf Grund einer Laune des Kriegsherrn oder einer aufgebrachten Volksmenge, einfach tötete. Aber so oder so, es blieben immer genügend übrig.

Und vor allem blieben diejenigen, bei denen die Krankheit schon zu sichtbar war, die schon zu zerfressen waren, deren Körper sich allmählich auflösten. Die Bevölkerung jagte sie vor die Stadtmauern. Manche gingen freiwillig, ohne die Ausweisung abzuwarten. Sie hausten auf der Ebene der Grabstätten. Wenn ich dort vorüberritt, erblickte ich ein Volk von Schemen, die sich in die Erde der Grabhügel Höhlungen geschaufelt hatten und dort ihre verwesenden Leiber zu den verwesenden Leichen, den Gerippen, gesellten. Sie glichen Föten. Das Elend hatte den Unterschied zwischen Männern und Frauen gelöscht. Kein Geschlecht, kein Alter. Der Schmutz verhüllte die Eiterungen. Manchmal, wenn ein Reicher hierherkam, um die wahren Toten zu ehren, krochen diese Halbtoten aus ihren Löchern und bettelten um Almosen. Dann hieben die Soldaten auf sie ein, sie flohen, irrten umher, kehrten zurück. Man weiß nicht, wovon sie sich ernährten, aber sie vermehrten sich. Man sah Mütter, die Säuglinge auf dem Rücken trugen. Es war das Reich der blutigen Gliedstummel und der leeren Augenhöhlen.

Wenn ich dorthin ritt, scharten diese Monstren sich um mich. Sie freuten sich, sie lachten bei meinem Anblick. Lachten ohne Lippen und Zähne. Ich nahm ein kleines Halsband aus Sapeken ab und warf die Münzen in die Luft. Nun entbrannte vor den Hufen meines Pferdes ein Kampf unter diesen Larven, der so lange dauerte, bis mein Mafu eingriff. Unwirsch drosch er mit dem Stock um sich und schrie: »Kommt dem jungen Herrn nicht nah. Euer Gestank beleidigt seine Nase. Weg da!« Dann verkrochen sie sich wieder gutmütig lachend in ihre Höhlen.

Aber heute ist er selbst, der Mafu, der Schrecken der Aussätzigen, dem Aussatz zum Opfer gefallen. Auf dem Rückweg zum Konsulat folgt er mir wie immer, nur vielleicht mit einigen Schritten mehr Abstand. Meine Mutter dreht sich auf ihrem Sessel um und mustert das Gesicht des Mannes, das in der Sonne wie ein löchriger Fladen aussieht. Die Gestalt meiner Mutter ist plötzlich von Nachdenklichkeit und Melancholie umhüllt. Ich treibe mein Pferd zu ihr hin und rufe: »Ich will meinen Mafu behalten.« Sie will mir keinen Schmerz bereiten und lächelt mir sanft zu: »Mein Kind, wir werden ihn von den französischen Ärzten untersuchen lassen. Sie werden entscheiden, ob es möglich ist . . .«

Mein Vater schreitet bereits im Hof des Konsulats auf und ab, ganz offensichtlich erwartet er uns ungeduldig, um eine Szene zu machen. Sein Gesicht ist ernst. Mit schneidender Stimme fragt er Anne Marie: »Sie sind also, entgegen meinen Anweisungen, bei den Engländern gewesen?« – »Ja, mein Freund. Wir haben dem Pastor und seiner Frau einen Besuch gemacht. Einen sehr nützlichen Besuch. Stellen Sie sich vor, der wackere Pfarrer hat entdeckt, daß der Mafu unseres Sohnes aussätzig ist . . .« Die Züge des Konsuls erschlaffen. Er reißt sich sofort wieder zusammen, aber an Stelle des erzürnten Ausdrucks hat er jetzt seine Amtsmiene aufgesetzt. Bestimmt ist er im Grunde ganz froh, daß er einen Anlaß hat, den Streit mit seiner unbotmäßigen Gattin, dessen Ausgang ohnehin höchst unsicher wäre, einstellen zu können. Leider spielt er sich sogleich pedantisch als Fachmann in puncto China und Chinesen auf, was Anne Marie nicht etwa besänftigt, sondern zur Weißglut reizt.

»Warum«, sagt sie, »marschieren Sie dauernd um diesen Mann herum? Sie verstehen doch nichts davon. Wir müssen ihn zuerst zu den Ärzten schicken, damit sie eine Diagnose stellen.«

»Nicht nötig. Wir brauchen die Doctores nicht zu bemühen. Das sieht man, daß dieser Mensch aussätzig ist, und zwar schwer.«

Mein Vater wirft sich in die Brust, seine Haltung ist ungewollt komisch:

»Ich kenne mich aus. Vor unserer Ehe hatte ich einen chinesischen Kammerdiener, einen sehr geschickten Mann, eine wahre Perle. Er hat mich jeden Morgen rasiert und mich kein einziges Mal geschnitten. Er hat mir mit vollendeter Geschicklichkeit in Unterhosen, Trikot und Hemd geholfen. Er hat mir die Krawatte geschlungen. Er war das Wunder eines blitzsauberen Chinesen. Nun, eines Tages, als er mich nach dem Duschen abtrocknete, sah ich, daß einer seiner Finger angefressen war. Aussatz! Bei diesem Mann, der mich ständig anfaßte . . . Sie sehen, ich kann wirklich mitreden . . .«

»Mein armer Freund! Gestehen Sie, daß Sie ein unangenehmes Viertelstündchen durchlebten. Und dann haben Sie mich geheiratet, damit Sie sich gefahrlos von mir bedienen lassen können, anstatt von diesem Musterdiener . . .«

»Was fällt Ihnen ein, Anne Marie. Wenn ich auf Sie angewiesen wäre, um mich anzukleiden und zu frisieren . . . Ja, es war wirklich ein abscheulicher Schock. Aber das war bald vorbei, denn wenn man sich in China irgend etwas zu Herzen gehen läßt . . . Habe ich Ihnen schon erzählt, daß ich einmal in einer chinesischen Provinzherberge mehrere Nächte auf einem mit Maisstroh gefüllten Sack geschlafen habe? Eines Morgens regt sich darin etwas. Ich hatte Kobra-Eier ausgebrütet, und die Jungen waren ausgeschlüpft. Diese Schlangenkinder benahmen sich bereits sehr drohend, sie richteten sich auf und wiegten die Köpfe. Ein Glück, daß die Eltern nicht da waren!«

»Ich habe Sie diese Geschichte schon tausendmal erzählen hören. Sie ist bei den großen Diners eine Ihrer Dessertanekdoten. Eine Ihrer erfolgreichsten. Aber wieso haben Sie mich bisher mit der Geschichte von Ihrem aussätzigen Boy verschont?«

»Sie tun mir unrecht. Sie finden mich langweilig. Aber ich sage Ihnen, vor Ihrer Zeit war ich bei den Damen wegen meines Witzes sehr beliebt.«

»Ich weiß, Albert. Offenbar haben Sie eine so galante und beflissene Art, den Damen den Hof zu machen, daß keine widerstehen kann.«

»Darum geht es nicht. Glauben Sie mir, ich habe in diesem verdammten China schon die unmöglichsten Dinge erlebt.«

»Gewiß, Albert, ich kenne Ihren Mut. Sie sind wunderbar, Sie werden mit allem fertig, Sie haben immer eine Lösung parat. Und ich bin überzeugt, daß Sie mit Ihrem ärgerlicherweise aussätzigen Boy hart umgesprungen sind . . .«

»Ich werde mich genieren . . .«

»Aber mit dem Mafu werden Sie das nicht machen. Sie werden sehr freundlich zu ihm sein. Er ist ein treuer Diener, und unser Sohn hängt sehr an ihm.«

Während dieser kleinen Aussprache hat sich die gesamte Dienerschaft in den Winkeln des Hofs versammelt und glotzt uns an, wie wir so im Mittelpunkt des gefliesten Gevierts stehen. Ich schniefe laut, Anne Marie streichelt mir das Haar, mein Vater hüstelt und räuspert sich, ehe er das Wort an den Mafu richtet, der wie ein Klotz wenige Meter von uns entfernt steht. Seiner Frau zuliebe setzt der Konsul ein verständnisvolles Lächeln auf. Voll edler Trauer sagt er zu dem Mafu: »Warum hast du dein Leiden verheimlicht, das deinen jungen Gebieter hätte erfassen können? Du hast ihm doch sonst treu gedient, hättest dich für ihn töten lassen ... Ich mache dir keinen Vorwurf, ich will dir sogar Geld geben, aber du mußt fort von hier ...« Nach beendeter Ansprache wirft mein Vater dem Mafu von fern einige Geldstücke zu, die klimpernd über das Pflaster rollen. Der Mafu hebt sie nicht auf. Er hat sich in jene düstere und schweigende Bitterkeit zurückgezogen, die sich bei den Chinesen gelegentlich in einem Ausbruch von Wut oder Wahnsinn Luft machen kann. Mein Vater zieht sich vorsichtshalber zurück. Aber über das grobe Gesicht des Mafus huscht ein Lächeln:

»Ich werde fortgehen. Doch ich Unwürdiger möchte um eine große Gnade flehen. Nehmt an meiner Stelle meinen leiblichen Bruder, ich garantiere für seine Treue. Er ist wie ich ehemaliger Soldat, ein sehr kräftiger Mann, aber ihn hat kein Fluch des Himmels getroffen. Er wird gut über Euer Kind wachen.«

Der Herr Konsul tut, als sei er unentschlossen. Anne Marie ergreift die Initiative: »Hol deinen Bruder her«, sagt sie zu dem Mafu, der wenige Sekunden später wieder erscheint und einen kleinen stämmigen Kerl mit schiefem Gesicht und scheelem Ausdruck mitbringt. Mein Vater untersucht ihn wie ein Pferdehändler, läßt ihn Ärmel und Hosenbeine hochkrempeln – keine sichtbaren Zeichen der Krankheit zu entdecken. Der Handel gilt.

Ich breche sofort in die Stadt auf, weil ich den neuen Mafu ausprobieren will. Er läuft ebenso gut hinter meinem Pferd her wie der alte, er kann genauso gut schreien und schlagen, um mir einen Weg durch die Menge zu bahnen. Er ist ein ganz gewöhnlicher Mensch, von stumpfer und ein wenig beunruhigender Dienstbereitschaft.

Seit acht Tagen regnet es nicht mehr. Tschengtu ist wieder schön, der Himmel rein, eine Azurschale, in deren Mitte eine Sonne sitzt, die das Miasma der Erde aufsaugt. Alle Pestilenzen, Ausdünstungen, Eiterungen, Wasser- und Schlammassen verschwinden in der Luft – einer fast trockenen Luft, die den Boden austrocknet. Tschengtu ist eine feste Kruste, in der die Abfälle versteinern und die Schönheiten neu erstrahlen. Tschengtu hat auch sein friedliches Treiben wiedergefunden, als wären die Kriegsgefahren ebenfalls gebannt.

Ich treibe mich selten in der Stadt herum. Die meiste Zeit verbringe ich mit Li, meiner einzigen wahren Freundin unter den Chinesen, seit der aussätzige Mafu fort ist. Aber im gleichen Maß, wie Tschengtu sich wieder belebt, wird es mit Li immer schlimmer. Meine Li ist tieftraurig und prophezeit mir mit der zugleich unbeteiligten und schrillen Stimme eines Klageweibs:

»Jetzt kann Tschengtu wieder brennen, und die Yünnanesen werden sich beeilen, es in Brand zu stecken. Bald werden wir Flammen hochschlagen sehen, wie damals, als meine Angehörigen starben. Flammen, die uns alle vernichten werden . . .«

Und wirklich überzieht bei Anbruch des nächsten Tages brennende Röte den Himmel. Gespenstisch, unwirklich, wie ein magischer Sonnenuntergang: Lichterspiel, blendende Reflexe, Irisieren der glasierten Dächer. Schillern. Am Südende von Tschengtu, wenige Kilometer vom Konsulat entfernt, speit ein Krater schwarze, rotgebänderte Rauchsäulen aus, schwere, dunkle, von Feuerblitzen durchzuckte Spiralen, die zum Himmel steigen, sich in der Luft verbreitern, sich über die Stadt legen wie ein flockiger, marmorierter Plafond, eine Wergdecke, in der schließlich die letzten Funken erlöschen. Immer dichter werdender Ruß erstickt Tschengtu. Gleichzeitig rasen Feuerwogen dicht über den Boden hin bis zu den Stadtmauern, prallen ab, stürmen gegen sie an. Die Wälle, die eine Zeitlang in der Glut verschwunden waren, tauchen ein wenig geschwärzt, aber unversehrt wieder auf. Die steinernen Bollwerke haben dem Brand Einhalt geboten. Zu ihren Füßen liegen die Trümmer des einzigen Stadtviertels, das niedergebrannt ist. Das Schauspiel hatte vier bis fünf Stunden gedauert.

Im Hof des Konsulats hat der Konsul von Frankreich, ein

Opernglas vor dem Auge, mit gieriger und zufriedener Miene das Schauspiel genau verfolgt. Und Albert, der Konsul, läßt Anne Marie an seiner Seite der allerhöchsten konsularischen Überlegungen teilhaftig werden. Sie scheint nicht zuzuhören, aber ich spitze die Ohren:

»Wirklich ein Schlitzohr, dieser Marschall. Alles genau ausgetüftelt. Herr Scheng hat es mir vorausgesagt – wo, zum Teufel, ist er übrigens abgeblieben, seit er sich an meinem Geburtstag aus dem Staub gemacht hat? –, es sind wirklich nur ein paar Armengäßchen in Rauch aufgegangen. Die besseren Viertel, die Läden und Yamen der reichen Händler, Monsignores katholische Kirche, die großen Pagoden, die bedeutendsten Teehäuser und Bordelle wurden verschont. Ein reeller Mensch, dieser Marschall, und es muß ihm eine hübsche Summe eingebracht haben, daß er die Reichen und ihre Behausungen nicht brandschatzen ließ. Offensichtlich waren Vorkehrungen getroffen, damit die Feuersbrunst zwar imponierend genug war, um dem Marschall zur Ehre zu gereichen, aber doch nicht ein beim augenblicklichen Stand der Dinge unerwünschtes Ausmaß annehmen konnte. Die Yünnanesen haben verstanden, bei ihrer kleinen Grillparty solche Faktoren wie Topographie und Windrichtung in die Planung einzubeziehen. Saubere Arbeit, jede Menge ›Gesicht‹ für den wohlberatenen Marschall, und das alles nur um den Preis von ein paar hundert leicht angekohlten Kulis.«

Ich möchte mir das alles gern näher besehen. Es wird mir verboten. Also treibe ich mich im Garten herum. Eine Frau kauert auf der bemoosten Bank, es ist wiederum Li, und wieder weint sie. Bei meinem Nahen richtet sie sich auf. Ihre Augen sind riesengroß und wirr. Sie keucht:

»Das Feuer! Das Feuer, das meine Angehörigen verschlungen und mir jetzt auch noch Nangh raubte, meine kleine Schwester, die einzige, die mir verblieben war. Der Brand hat das Stadtviertel verwüstet, wo sie mit dreitausend anderen Mädchen gearbeitet hat, um die Sampanschiffer zu unterhalten. Ich muß wissen, was aus ihr geworden ist, damit ich sie beweinen kann, wenn sie tot ist, und mich mit ihr freuen, wenn sie noch lebt. Ich muß in die Stadt. Komm mit. Aber paß auf. Monsieur le consul und Madame dürfen es nicht wissen . . .«

Eine Verschwörung. Li gleitet durch das Tor, eine große Gestalt im weißen Gewand, auf tüchtigen Füßen. Inzwischen hat mein scheeläugiger Mafu heimlich mein Pferd vorgeführt. Ich sitze auf und folge Li, die mich mit einer Art rücksichtsloser Gleichgültigkeit durch das Menschengewimmel zur anderen Seite der Stadt führt.

Ich erinnere mich noch heute an diese Expedition durch die teilweise zerstörte Stadt. Wie viele derartige Unglücksfälle habe ich seither in China gesehen! Als Kind sah ich die Dinge noch mit anderen Augen. Alles erschien mir völlig normal. Ich war ausgezogen, um mir eine Katastrophe anzusehen, und bin in ein Fest geraten. Ich fand es ganz natürlich, daß Menschen, die dem Unheil entronnen waren, sich darüber freuten. Was gingen sie die herumliegenden Leichen an? Die Weisheit gebot, über die Toten zu lachen, weil man selbst lebte. Der Brandgeruch stickte mich in der Kehle, hie und da fielen Funken auf mich herab, Rauchschwaden krochen noch immer wie Schlangen über den Boden. Das tat der Lebenslust keinen Abbruch . . .

Li schreitet rüstig aus. Wir, mein Mafu und ich, schwenken hinter ihr in eine breite reiche Straße ein, mit seltsamen Bannern, auf denen Mißbildungen, gutartige Auswüchse dargestellt sind. Es ist der große Markt der Heilkünstler. Vor allem Ausgeburten der chinesischen Erotik. Wunderläden bieten Präparate feil, die »Potenz« versprechen, den steinalten Reichen, die nur noch leere Puppen sind, Buddhas, deren greise Häupter fast den Boden berühren, neue Manneskraft zusichern. Wenn diese Alterchen nicht weise genug sind, zum Opium überzugehen, das die Gelüste ertötet, so stopfen sie sich mit Zaubermitteln voll. In den Auslagen drängt sich Wunderbares und Widerliches, Verwestes, Stinkendes, Groteskes, Bizarres, Verblüffendes, da liegen Haufen fauligen Fleisches, Kot, Überreste animalischer oder vegetalischer Herkunft, dunkle Blätter, schwärzliche Flüssigkeiten, Schuppen, Tierfelle, Stachel, zauberkräftige Wurzeln. Zum Beispiel Ginsengwurzeln, die aus der Mandschurei oder Korea kommen und kleinen Menschenpuppen gleichen, Hexenamuletten, gräßlichen Pygmäen. Ich betrachte diese Wurzeln, deren jede einem winzigen Leichnam gleicht, einem Leichnam, der einen Greis zum Leben erwecken, ihm die Kraft zurückgeben soll, ein Kind zu schänden, ein kleines Mädchen oder einen Knaben. Jede Jungfernschaft wird teuer verkauft, und manche Milliardäre führen sich angeblich allmonatlich eine zu Gemüte, teils zum Vergnügen, teils als Therapie, denn jeder weiß, daß die Vereinigung mit frischem Fleisch frische Kraft gibt.

In dieser Geschäftsstraße, die davon lebt, alte Männer jung zu machen, blüht der Handel, trotz des Brandgeruchs, trotz der Schwaden heißen Gestanks, trotz der ziehenden Rauchfahnen, die das übliche Halbdunkel noch tiefer machen. Die Menge ist ungetrübt fröhlich. Die einzigen unzufriedenen Lebewesen sind die Schlangen. Schlangen gibt es in allen Tempeln, steinerne, bemalte Schlangen, gräßlich geschuppte Drachen, die sich heranwälzen. Aber die Schlangen in dieser Straße, die mich so faszinieren, sind quicklebendig. Sie sind sogar gereizt, wohl durch den Brand so ganz in der Nähe, der sie aufgeregt hat. In jeder dieser Hexenküchen findet sich ein geschlossener Behälter, in dem sie gewöhnlich zuhauf liegen, ein widerliches, glitschiges Knäuel. Aber heute haben sie sich voneinander gelöst und hämmern mit den Köpfen wütend an die Wände ihres Korbs.

Ich bleibe eine Weile stehen und schaue zu. Denn vor einer Auslage hat sich ein schwächlicher Mensch eingefunden, um Schlangengift zu kaufen. Ein stämmiger Gehilfe packt eines der Reptilien und hält es mit einem gegabelten Stock fest. Der Hals des Tiers bläht sich noch mehr, schwillt unheimlich an. Es ist eine Königskobra, eine Naja, und sie ist fast wahnsinnig vor Wut, sie windet sich und zischt. Plötzlich wirft der Gehilfe ihr ein Stück Stoff vor, einen Köder, den die Kobra für einen Menschen hält. Ein Blitz, ein Regenbogen, ein Rascheln, der Leib bäumt sich, der Zahn fährt in den Lappen, das Gift spritzt heraus. Der Händler steckt das überlistete Tier wieder in den Korb, dann sammelt er die auf den Lappen gefallenen Tropfen auf und verkauft sie sehr teuer an den verehrungswürdigen Kunden, der sie trinken wird, um zu Kräften zu kommen – zu Kräften kommen ist eine Obsession der Chinesen.

Die Szene hat nur ein paar Sekunden gedauert. Doch als ich kehrtmache und weiterreiten will, sehe ich mich einer Maske gegenüber. Es ist ein Mann, dessen Gesicht fast völlig unter angeklebtem Bambuspapier verschwindet. Nur Augenschlitze. Der Mann stellt sich regungslos und schweigend meinem Pferd in den Weg, und das Tier bleibt von selbst stehen und beginnt, ihn abzulecken. Eine sehr sonderbare Erscheinung.

Dieses Lebewesen fängt an zu sprechen. Und ich erkenne sogleich die Stimme meines aussätzigen Mafus:

»Junger Gebieter, fürchtet Euch nicht. Ich will Euch nicht verlassen. Ich will Euch in Tschengtu auch weiterhin dienen. Niemals werde ich mich Euch nähern. Und zur Vorsicht trage ich auch noch diesen Verband. Sagt Euren Eltern nichts. Aber sooft Ihr allein das französische Konsulat verlaßt, werde ich an Eurer Seite sein. Euer Mafu, den ich Euch verschafft habe, hält mich auf dem laufenden. Ich bin nicht weit weg, bei einem Suppenverkäufer, meinem Vetter, hundert Meter vom Yamen entfernt.«

Ich lächle dem Mafu zu, dessen Pappgesicht mein Lächeln nicht erwidern kann. Ein furchtbarer Anblick, dieser treue Mensch ...

»Du wirst immer bei mir sein. Aber leg zuerst diese Larve ab, du siehst aus wie ein Ungeheuer. Dein Aussatz macht dich weniger häßlich.«

»Nein, Herr. Ich habe einen sehr klugen Zauberer befragt. Und er hat mir dieses Pflaster verschrieben, das eine sehr große Wirksamkeit hat. Denn selbst wenn es mich nicht heilt, so wird doch meine Krankheit Euch nicht befallen können.«

Li ist inzwischen stehengeblieben. Ihr Gesicht zeigt keine Überraschung, vielleicht war sie im Bilde. Nun setzt sich unser Zug wieder in Bewegung. Li voraus, der nicht aussätzige Mafu vor meinem Pferd, der aussätzige dahinter.

Das echte China. Ich dringe mit meinem Gefolge immer tiefer ein. Ich bin trunken vor Freude. Plötzlich werde ich aus meinem Traum gerissen: ein Anprall, mein Pferd scheut, meine Mafus schelten, und dann kommt eine laute, kreischende Frauenstimme aus einer geschlossenen Sänfte. Die Dame verwünscht mich, sie verwünscht vor allem ihre ungeschickten Träger, die mit mir zusammenstießen und ihre kostbare Last ins Wanken brachten. In der Sänfte sitzt wirklich eine junge Schönheit. Ich bekomme sie kurz zu Gesicht, als ihre Kulis nach kurzer Zeit mit präzisen Bewegungen wie Gewehrgriffen die Sänfte niedersetzen. Die Gestalt, die ihr entsteigt, schwankt zuerst wie ein schlecht ausbalancierter Kreisel, bis sie aufrecht steht und dann auf den dunklen Spalt in einer Mauer zueilt – einer jener Mauern, wie sie jede chinesische Behausung umschließen, hinter der sich ebensogut der Yamen eines Reichen wie ein verrufenes Haus befinden können. Die Schöne humpelt ein paar Meter auf ihren verstümmelten Füßen und verschwindet in einem dunklen Gang. Was ich sah, ist kaum ein irdisches Wesen. Es ist eine kunstvolle Schöpfung, ein Gesicht wie ein Pinselstrich, die Züge durch Schminken und Juwelen zu einer kalten Maske von schmerzender Schönheit, tödlicher Intensität ziseliert. Nichts als Linien, von einer Reinheit und Schärfe, daß sie weder Gewicht noch Materie besitzen, ein Gesicht wie ein vollendeter Reflex inmitten des Schimmerns von Stickereien und aller raffinierten Künste. Alles Leben konzentriert sich in den harten, unerbittlichen Mandelaugen, glühenden und zugleich erkalteten Kohlen, die alles beherrschen.

Ich bin hingerissen. Aber der aussätzige Mafu spuckt bei ihrem Anblick mit äußerstem Ekel aus. Er tritt näher, um mir seine Verachtung zu erklären:

»Das ist eine Kleine Blume.«

Eine giftige Blume, von ungeheuerlicher Vollendung, mit Geduld verfertigt zum Vergnügen der dicken Reichen in Unterhosen, dieser Leute, die jede Wollust genießen wollen. Wir haben sie gesehen, wie sie sich zu Kunden begab, die sie holen ließen. Sie haben einen kleinen Jungen als Boten zu ihrer Kupplerin geschickt, der Matrone, die das Mädchen noch als Säugling von seinen ausgehungerten Eltern gekauft hat. Die alte Schlampe hat das Kind vor der Ehe mit den Wassergeistern gerettet – ohne das Geld hätten die Eltern es bei der Geburt ertränkt. Diese Wohltäterin hat das Mädchen ernährt, untergebracht, ausgestattet, ausgebildet, ein Kunstwerk aus ihm gemacht, das seinen Kaufpreis tausendfach, zehntausendfach einbringen wird. Aber ein Mädchen, das durch diese Schule gegangen ist, hat ein härteres, kälteres, gierigeres Herz als ein Dämon. Diese königliche Prostituierte bringt Tod und Ruin.

Der Mafu argwöhnt, daß Li ihn vielleicht vor Ekel ausspukken sah. Sofort versucht er, das wiedergutzumachen.

»Lis Schwester, bei der ist das etwas anderes, die ist eine

richtige Hure. Eine Bäuerin, die ihren Körper an die Leute verkauft, um leben zu können. Sie tut nichts Böses. Sie ist sehr anständig. Ich habe eine hohe Meinung von ihr. Und außerdem sieht sie Li ähnlich.«

»Du kennst sie also?«

Der aussätzige Mafu sagt mit lachender Stimme:

»Ich gehe oft zu ihr. Darum bin ich froh, daß sie nicht tot ist. Wir werden sie gesund und munter antreffen. Denn das Feuer, in dem sie bei lebendigem Leib verbrennen sollte, hat hundert Meter vor ihrem kleinen Bordell haltgemacht.«

»Woher weißt du das?«

»Ich habe aufgepaßt, ich habe alles gesehen.«

Und er berichtet ... Zuerst haben Männer in Kulikleidung, Söldlinge im Dienst der Yünnanesen, Benzin über die Häuser und Hütten geschüttet. Nachdem sie noch brennende Fackeln hineingeworfen hatten, machten sie sich in aller Ruhe davon. Wer hätte es gewagt, an diese schrecklichen Kerle Hand anzulegen? In kürzester Zeit war aus den einzelnen Brandherden eine einzige Feuerfront geworden, die mit furchtbarer Schnelligkeit voranrückte, die alten Häuser, die hölzernen Läden fraß, über die Gassen sprang. Sie verzehrte alles, Dinge und Menschen. Nur ein paar Leute flohen und schleppten armselige Gegenstände fort, ihre einzige Habe. Die Frauen hatten sich mit ihren Kindern beladen. Die Halbverbrannten, die Kaumverbrannten, die Nichtverbrannten rannten heulend und stolpernd in wilder, kopfloser Flucht davon. Wer stürzte, wurde von der Feuerwand eingeholt, die, vom Wind getrieben, hinter ihnen herraste. Dann wurde der Feuersturm plötzlich langsamer, hielt inne, verzehrte sich an Ort und Stelle, erschöpfte sich allmählich, die scharlachroten Flammen der Apokalypse wurden zum traurigen Magma verkohlter Trümmer, erkalteten in allen Farbnuancen eines riesigen Scheiterhaufens, der langsam erlischt.

Der Mafu ist unerschöpflich in seiner Schilderung:

»Ich war dabei, als der Brand, der das Bordell von Lis Schwester bedrohte, nachließ und innehielt. Also wußte ich, daß Nangh nichts passiert war. Ich wollte es sofort Li sagen. Es wäre auch gefährlich für mich gewesen, nur noch einen Augenblick länger in dieser Gegend zu bleiben.«

»Was hattest du denn noch zu fürchten, nachdem der Brand erloschen war?«

»Die Yünnanesen!«

Jetzt war der Mafu kein Holzklotz mehr wie sonst, er lachte unter der Maske. Seine Augen, Löcher in der Papplarve, waren heiter. Vor Freude fuchtelte er mit Armen und Beinen, bewegte die Zunge. Er war so stolz auf die Übeltaten der Yünnanesen, als hätte er dabei mitgewirkt. Er war Augenzeuge gewesen, wäre um ein Haar ihr Opfer geworden, aber er bewunderte die Schlauheit der Ausführung.

Ein ganzes Regiment war plötzlich aufgetaucht. Es hatte einen eisernen Ring um die Brandstätte gebildet. Zunächst wurden die Maschinengewehre in Stellung gebracht und auf die Unglückszone gerichtet, dann waren die Soldaten in kleinen Trupps eingedrungen und hatten die Ruinen mit ihren Bajonetten durchstöbert. Offiziere mit gezogenem Revolver bewachten die Mannschaften. An diesem noch rauchenden Leichenhaufen hatten sich bereits die Leute eingestellt, die immer von solchen Ereignissen angezogen werden. Sie stocherten in der Asche auf der Suche nach Beute oder einem Andenken und wollten beim Anrücken der Truppen des Kriegsherrn Fersengeld geben. Ihre verzweifelte Flucht endete vor den Bajonetten. Zu jedem, den sie gefaßt hatten, sagten die Yünnanesen eiskalt: »Du bist einer dieser ruchlosen Verbrecher, die hier den Brand gelegt haben. Der Zorn des Marschalls ist grenzenlos. Er wird sogleich Gericht halten.« Schrecklich waren die Gesichter der Yünnanesen, ihre Todesworte, ihre mordbereite Gleichmütigkeit. Diejenigen unter den armen Gefangenen, die Geldstücke besaßen, gaben sie den Soldaten und kamen frei. Die anderen flehten vergeblich. Sie wurden wie Schweine zusammengebunden, an die zwanzig, und auf einen Haufen geworfen. Man wartete auf das Eintreffen des Marschalls. Denn der Kriegsherr will selbst der Exekution beiwohnen, um so seinen Abscheu vor dieser Schandtat und seine Liebe zur Bevölkerung von Tschengtu zu demonstrieren.

Da der Mafu die Brandstätte nicht betreten hatte, war er auch nicht den Yünnanesen in die Hände gefallen. Und jetzt ist er bei uns, hier in der Straße der Drogenhändler, inmitten der glücklichen Menge der Reichen. Seine Erregung hat sich gelegt, die Fortsetzung seiner Abenteuer erzählt er mit mürrischer Stimme:

»Ich habe mich, wie schon gesagt, aus dem Staub gemacht. Und ich habe mich durch ein Hinterpförtchen im Garten, beim Tümpel, ins Konsulat geschlichen, durch eine geheime Tür, die der Herr Konsul nicht kennt. Als ich Li alles erzählt und gesagt hatte, daß ihrer Schwester bestimmt nichts geschehen sei, hat sie zu jammern angefangen. Sie wollte mir nicht glauben. Sie hat geschrien: ›Hast du sie gesehen?‹ – ›Nein.‹ – ›Das Feuer ist ein Fluch über unserer Familie. Heute haben die Flammen sicherlich meine arme Schwester verschlungen. Nach meinen Eltern war jetzt sie an der Reihe. Und dann werde ich dran sein . . .‹ Deshalb habe ich Li angeboten, sie hierherzubegleiten, denn jetzt besteht keine Gefahr mehr. Nicht nur, daß das Feuer gelöscht ist, auch die Menschenjagd ist beendet. Li war einverstanden. Ich habe noch gesagt, daß sie Euch mitbringen müsse. Denn ich wollte Euch wiedersehen. Und ich wußte, ich würde Euch Freude machen mit dem schönen Schauspiel des heimgesuchten Tscheng-tu. Und so haben wir unseren kleinen Ausflug angetreten . . .«

Es ist ein langer Ausflug. Nach der großen reichen Straße, die dem Handel mit Stärkungsmitteln dient, nach den Gassen eines Viertels der Teehäuser kommen wir ans andere Ende der Stadt, in einen Wirrwarr armseliger Schuppen, die sich aneinanderlehnen, um nicht einzustürzen. Wie Pusteln sitzen sie am Fuß des Stadtwalls, der einen breiten friedlichen Schatten über sie wirft.

Ich sehe keine Zerstörungen. Die Luft ist wie Pech. In der Sonne wie kochender Teer. Als wäre man in einem Ofen. Doch selbst hier, so nah an der Unglücksstätte, herrscht Ruhe. Alltag. Durch die gepflasterten Gäßchen bewegt sich eine sehr arme, sehr gesittete Menge. Als seien diese einfachen Leute, die der Befriedigung ihrer Gelüste nachgehen, in einer Art Hemmung befangen, besser gesagt, einer gierigen Scheu. Der Menschenstrom fließt zwischen den Pfahlhütten hindurch, die alle gleich sind, aus Bambus und Papier, und alles Bordelle. Entlang an den Gesichtern und Waden der Frauen, die am Wegrand hocken. Vor jeder Hütte sitzt auf einem Schemel ein Mädchen in ländlicher Kleidung, Jacke aus Rohleinen und blaue Hose. Ihre Haltung ist seltsam: der Oberkörper gerade aufgerichtet, eines der fetten weißen Beine unter den Popo gezogen. In dieser Lockpose, die indessen von ihrem Körper nur die Füße zeigt, warten sie würdig und zur Schau gestellt stundenlang mit heiterer Miene. Es ist die jahrtausendealte ehrwürdige Haltung der Prostituierten, um die Kunden zu »erregen«. Diese Freudenmädchen haben nichts von der Schamlosigkeit ihrer europäischen Schwestern an sich. Sie sind einfache Mädchen aus dem Volk.

Auf einem dieser Hocker sehe ich über einem flachen Oberkörper ein plattnasiges, grobes, unschönes Gesicht, das ich sofort erkenne. Es könnte Lis Gesicht sein. Es ist das Gesicht ihrer Schwester Nangh. Ohne ein Zeichen von Erschütterung, ohne Gefühlsäußerung, als wäre nichts passiert, vollziehen die beiden Frauen das Begrüßungsritual. Die jüngere ist aufgestanden und macht vor uns tiefe Bücklinge, dann bittet sie uns zeremoniös, Li, mich und die Mafus, in ihr Bordell.

Es ist eine Familienwohnstatt. Wir betreten einen sehr dunklen Raum mit einem Fußboden aus gestampfter Erde. Der Aufenthaltsraum. Alles spricht von Wohlanständigkeit. Auch der Pietät ist Genüge getan – der Ahnenaltar, die hölzernen Hellebarden, der dickbäuchige Buddha, die bronzenen Schildkröten der Langlebigkeit, die Kuan-jins, die kurvenreichen Göttinnen der Fruchtbarkeit, alles ist da. Räucherstäbchen brennen vor Schalen mit Opferblumen. Auf roten Lacktafeln sind die großen Sprüche der Weisheit und der Tugend aufgemalt. Friede.

Der Empfang beweist den Respekt, den Li genießt – eine achtbare Persönlichkeit. Die Inhaberin verbeugt sich mit gefalteten Händen vor ihr. Eine so alte Frau, daß man ihr, wie es der Brauch ist, das Haar abgeschoren hat. Ihr Schädel glänzt. In einem Winkel raucht ein verrunzelter Alter mit regelmäßigem Gluckern seine Wasserpfeife: ihr Mann. Auch allerhand Buben wimmeln herum, die Enkel und Urenkel. Glück.

Glück, das man nicht trüben darf. Und das ich durch die Tolpatschigkeit des weißen Kindes, des kleinen Barbaren, aufs Spiel setze. Denn ich sage zu der Alten, die mich mit ihrer Knochenhand freundlich tätschelt, um eine Artigkeit, einen Glückwunsch auszusprechen: »Ich freue mich sehr, daß Euer ehrenwertes Haus nicht verbrannt ist.« Die Finger der Alten lassen mich los, der pergamentene Kopf fährt zurück, die Augen schließen sich vor Angst. Li und der aussätzige Mafu sind verlegen, sie schämen sich für mich. Denn durch meinen Ausspruch habe ich die Möglichkeit angedeutet, daß das Unglück hätte geschehen können. Eine abscheuliche Möglichkeit. Das erste Gebot der Höflichkeit lautet: niemals, auch nicht auf Umwegen, auch nicht durch gegenteilige Wünsche, den Gedanken an eine mögliche Heimsuchung aufkommen lassen. In Tschengtu gilt es bereits als ungehörig, jemandem Gesundheit zu wünschen. Wie oft hat Li mir das alles eingehämmert! Sie hat mich auch gelehrt, daß die bloße Nennung des Übels es bereits hervorrufen kann, denn sie weckt das Schicksal, die dunklen Mächte, die bösen Geister.

Die Alte hat einen Räucherdocht angezündet, um die verderbenbringende Wirkung meiner Worte zu bannen. Ein durchdringender und beißender Geruch, in den sich süßliche und würzige Düfte mischen. Düfte des Traums, der die Unglücklichen das mitleidlose Leben vergessen läßt.

In Tschengtu überlagert der Opiumgeruch alle alten Gerüche Chinas. Den Geruch der nahrungspendenden Scheiße, des Muskats, der in den Tempeln verbrannten Extrakte, der Parfums der Damen mit den Lilienfüßen, die Gerüche von Dreck, Schlamm, Reisfeldern, Sümpfen, Brackwasser, der schlickträchtigen Flüsse. Duft des Opiums, das die Yamen der Reichen auf der Suche nach zerebralen Freuden heimsuchte und dann hinabstieg auf die Straße, in die Spelunken, die Städte und Dörfer, alle Wohnstätten der Armen eroberte. Überall verbergen Bambusverschläge nur unzulänglich die Opiumhöhlen. Das ganze Volk gibt sich ihm in glücklichem Selbstmord hin. Anstatt ihre Schale Reis zu essen, geben die Kulis und die menschlichen Lasttiere Chinas, die Träger und die Sampanschiffer, ihre letzte Sapeke dafür. Da sie keine Kraft mehr haben, sterben sie noch schneller als früher, sei es beim Schleppen der Dschunken oder unter den Stangen der Tragbetten. Die Handwerker und Bauern arbeiten weniger, die Ernten sind schlechter, es gibt nicht mehr genug zu essen.

Der Austausch von Höflichkeiten zwischen Li und der Alten in dem friedlichen Raum, in dem wir uns aufhalten, tun dem Geschäftsgang und seiner freundlichen und grausamen Vertraulichkeit keinen Abbruch. Zum Bordell gehört auch eine Opiumhöhle. Opium und Prostitution, aber die beiden Geschäftszweige sind getrennt. Der Droge wird hinter dem Ahnenaltar mit seinen roten Räucherpünktchen gehuldigt. Aus einem dunklen Winkel dringen Lichter, Knistern bis zu mir, sirupartige Dünste, Aufblinken, eine Welt des Schweigens, eine Welt des Nichts läuft auf vollen Touren. Auf hölzernen Etagen sehe ich Körper liegen. In einer Art Kaninchenstall mit mehreren Regalen sind reihenweise nackte Männer ausgestreckt – nackte Skelette. Herzzerreißender Schmutz. Mager, ausgemergelt, vorspringende Rippen, gedehnte Adern auf der fleischlosen Haut, ein Bild des ewigen Friedens, der großen Entsagung, nur die Augen leben. Aber welche Kraft, welche Gier beherrscht diese kümmerlichen Schatten – jeder nur ein Stecken, ein Strich, eine Linie –, damit sie sich aufrichten und den Rauch einsaugen können, wenn sie an der Reihe sind. Danach fallen sie auf das elende Lager zurück, in Ekstase, in Erwartung des nächsten Zugs. Das Opium wird von zwei riesenhaften Weibern bereitet, die fest und aufrecht dastehen und wie am Fließband arbeiten mit ihrem Tablett, ihren kleinen Geräten, der Lampe, dem Gefäß mit der Droge. Jede dieser Schicksalsdienerinnen reicht die fertige Pfeife sofort einem wartenden Mund, beugt sich hinunter, wenn der Mann auf dem Boden liegt, reckt sich, um hinaufzureichen, wenn er auf einem der oberen Roste ruht.

Endstation. Um so mehr, als das, was die Unglücklichen hier zu sich nehmen, nicht reiner Stoff, gute Ware ist, sondern »Satz«. Schwärzlicher, fast harter Abfall von verheerender Wirkung – das, was in den Pfeifen der Reichen zurückblieb, die wollüstig zu Hause rauchen. Dieser Abfall kommt wieder auf den Markt. Aber oft ist er Abfall des Abfalls, Bodensatz des Bodensatzes, ein gräßliches Konzentrat, alles, was nach drei- bis fünfmaligem Gebrauch vom Ausgangsprodukt zurückblieb. Es ist zuweilen so fest, daß man es nicht mehr rauchen kann. Dann ißt man es. Die Ärmsten der Armen kauen und schlucken diesen allerletzten »Satz«, um doch noch den Traum zu ergattern. Die Satzschlucker brechen oft auf der Straße zusammen oder sogar in einer Opiumhöhle.

Hier kommt es oft vor, daß ein Mann von seinem Brett herunterfällt. Es ist übrigens kurz nach unserer Ankunft passiert. Ein Kuli, der »Satz« gegessen hatte, war auf den Boden gestürzt. Er ist starr, blutlos, atmet nicht, die Augen sind geschlossen. Auf ein Zeichen der Alten hin wird er draußen im Gäßchen deponiert. Vielleicht wacht er wieder auf. Vielleicht auch nicht.

Unsere Gesellschaft jedenfalls hat ihre gute Laune wiedergefunden. Hat dieser Zwischenfall genügt, um die boshaften Dämonen zu beschwichtigen, das Schicksal zu beschwören? Wie dem auch sei, Li strahlt, die Bordellbesitzerin gebärdet sich noch würdiger. Ein paar Mädchen kommen dazu und plaudern mit uns. Sie haben alle große Füße, auch Nangh, Lis Schwester. Das bedeutet, daß sie Dirnen der untersten Kategorie sind, die es nicht einmal wert waren, daß man sie verstümmelte.

Von Zeit zu Zeit verlassen uns die Schönen und verschwinden mit Kulis, deren Lumpen tausend Flicken aller Farben tragen. Diese Männer sind robuster als die Opiumraucher, die in ihrem Winkel bleiben und nicht an fleischliche Genüsse denken. Mit den stämmigen Burschen, die zur Unzucht hierherkamen, läuft alles wohlgemut ab. Der Mann hat nach kurzem Geplauder voll Grimassen und jovialen Späßen eine Partnerin ausgewählt und zieht sodann unter seinen Lumpen, man könnte meinen aus der Haut, eine Schnur mit aufgefädelten Sapeken hervor. Dann verschwindet er mit der Auserwählten hinter einem Bambusvorhang in die Liebeslaube. Unmißverständliche Geräusche. Sie stören niemanden. Der zufriedene Kunde gesellt sich meist noch für ein Weilchen zu uns, trinkt eine Tasse Tee oder Schnaps. Alles ganz unbefangen.

Die jüngste und hübscheste Pensionärin begleitet einen Sampanschiffer, einen gewaltigen Klotz. Ich spähe zum Vorhang, hinter dem sie verschwunden sind. Durch einen Spalt sehe ich den Fußboden aus Erde, einen Spucknapf, eine Holzpritsche, auf der sich Gestalten regen. Als der Mann wieder hervorkommt, fällt mein Blick auf das nackte Mädchen, das zierlich dasteht, zartgeschwungene Formen, eine Pfirsichblüte, wie die chinesischen Gedichte sagen. Ein zauberhaftes Bild, auch wenn die Kleine sich einer prosaischen Beschäftigung widmet: sie gießt sich das schmutzige Wasser einer kleinen Schale zwischen die Schenkel und reibt sich mit den Fingern, ohne Seife, ohne

Handtuch. Schließlich bedient sie sich eines Stücks Papier, wie man Toilettenpapier benutzt. Sie spürt meinen Blick und lacht freundlich.

Ich bin von Bewunderung und Staunen erfüllt. Der erste Körper, die ersten Brüste, die ich sehe. Denn im China der Bürger und der Kriegsherren ist Nacktheit bei den Damen, wenn auch noch so mäßig, verpönt. »Kein zu tiefes Dekolleté«, predigt mein Vater unaufhörlich meiner Mutter. Dabei haben die reichen Himmlischen einen enormen Verschleiß an Frauen in Gestalt von Konkubinen, Sängerinnen, Kleinen Blumen. Aber sie müssen wie hinter Glas sein: Kunstwerke aus Stoffen und Juwelen; immer bedeckt, immer in ihre Schönheit eingesiegelt. Durch diese Künstlichkeit, durch das Geheimnis reizen sie die Begierde und finden hohe Beschützer. Ihre Körper sind ein verwirrendes Rätsel. Hermetismus, der zu Raffinement, zur Perversion führt.

Weibliche Reize hatte ich bisher nur bei den Bettlerinnen gesehen, den weiblichen Kulis auf der Straße, deren zerrissene Lumpen sich über schlappen, erschöpften Brüsten öffnen, an denen oft ein halbtoter Säugling hängt. Ekelerregende Bilder. Ich mußte also mit Li ins Bordell ihrer Schwester kommen, um endlich lockendes Fleisch zu sehen. Ich bin angetan und ein bißchen beschämt – denn ich weiß, daß für die »besseren« Chinesen hier nur ein Fleischmarkt für Kulis ist. Für sie existiert das Volk nicht, was es tut, noch viel weniger. Ich bin ein bißchen angesteckt von der himmlischen Verachtung für die niedrigen Schichten. Mein Vergnügen daran, hier zu sein, zu sehen, was ich sehe, ist ein bißchen getrübt. Trotz Li, trotz meiner Liebe zu Li.

Dennoch betrachte ich hingerissen dieses blumenhafte Mädchen, das nach beendeter Waschung in die grobe Kleidung schlüpft und sich, ganz formlos unter ihrem Baumwollzeug, einfältig lächelnd wieder zu uns gesellt. Ende des Wunders. Aber Li hat mich beobachtet und erbebt vor Freude. Wieder einmal preist sie, gurrend und schnurrend, meine Männlichkeit, sie will sie unbedingt der ehrenwerten Bordellwirtin vorführen, die sich sehr für dieses kleine weiße Objekt interessiert. Ich weigere mich zur großen Enttäuschung des Kreises neugieriger gelber

Gesichter. Trotzdem umschmeicheln mich alle. Ich bin der König.

Privileg der Kindheit. China der Widersprüche. Denn selbst für diese Hefe der Gesellschaft, selbst in dieser Spelunke, würde die Anwesenheit eines erwachsenen Barbaren Schlimmeres bedeuten als Pest oder Feuer, ein Mißgeschick, das Ruin und Entehrung nach sich zöge. Nicht einmal die Kulis würden noch hierherkommen. Kein Chinese würde hier noch etwas anfassen, aus Furcht, sich zu verunreinigen. Mich jedoch, den Kleinen, den Unschuldigen, füttern sie mit Melonenkernen. Lis Schwester, die Dirne, die uns zu Ehren dienstfrei ist, enthülst sie für mich zwischen den Zähnen.

Ihre Lebensgeschichte ist banal. Die Eltern, die später im Feuer umkamen, hatten bei einer Überschwemmung alles verloren. Sie hatten das letztgeborene kleine Mädchen in Tschengtu, auf der Straße, feilgeboten. Ein paar Sapeken für ein sieben- oder achtjähriges Mädchen. Aber das Kind war zu gewöhnlich, als daß eine angesehene Kupplerin es erworben und aus ihm eine Kleine Blume gemacht, seinen Körper gefoltert hätte, wie die chinesischen Gärtner die Bäume foltern, um aus ihnen kostbare Monstergewächse zu machen. Nein, die Herrin dieses armseligen Bordells, dieses »Teehauses«, kaufte die Kleine und machte die Ausgabe schleunigst durch den Verkauf ihrer Jungfernschaft wieder wett. Seither ist das Leben der jüngsten Schwester Lis sehr einfach. Die Jahre vergehen. Sie hat zu essen, also ist sie annähernd glücklich. Ihr Gewerbe ist in China nicht verrufen. Werden denn nicht alle Frauen, auf die eine oder andere Art, gekauft oder verkauft?

Aber sie hat Angst vor der Zukunft, vor dem Morgen, der alles bringen kann. Selbst wenn keine großen Katastrophen passieren, ist sie todgeweiht. Ist sie einmal nicht mehr brauchbar, bedeutet das den sofortigen Tod. Wird sie von der Krankheit befallen, die die Haut der Männer aufbrechen läßt, fressen sich Geschwüre und Eiterpusteln in ihre eigene Haut, gräbt die Verlebtheit das Netzwerk der Runzeln in ihr Gesicht, so wird die Herrin sie eigenhändig auf die Straße setzen. Niemand wird Mitleid mit ihr haben, sie wird unweigerlich krepieren. Zuerst halb verhungert, halb verwest sein, schließlich ganz. Wieviel tausend Frauen sterben so in Tschengtu, wenn sie zu nichts mehr taugen, inmitten der Menge? Am besten, sie bringen sich selbst um, springen in den Fluß, Todesart der Armen. Die Ströme Chinas verschlingen die Frauen, tragen weibliche Leichen mit sich wie weiße Larven. Die Leichen weiblicher Säuglinge, aus denen noch nichts, die Leichen der Alten, aus denen nichts mehr herauszuholen ist.

Also ertrinken oder ein grauenhaftes Bettlerdasein – bestenfalls. So endet normalerweise das Leben einer Hure. Aber darüber hinaus ist jederzeit mit einer Katastrophe zu rechnen, die zugleich mit Nangh auch die Alte, das Bordell, die Gasse, das Stadtviertel, vielleicht die ganze Stadt vernichten kann. Anstatt des einsamen Todes der Entkräftung ein Tod inmitten des allgemeinen Sterbens. Sie und alle diese armen Leute dieses Bordells sind, trotz der wirklichen oder gespielten guten Laune, von Angst erfüllt. Nachwirkende Angst vor dem Brand, der sie um ein Haar alle getötet hätte und von dem man nicht sprechen darf. Angst vor allem wegen des Kriegs, der Tschengtu seit Wochen bedroht und der auf so viele Arten töten kann. Angst vor allem und jedem. Denn jeder Tag und jede Stunde kann das Verhängnis bringen.

Wer ist seines Lebens sicher? An eben diesem Tag, in dieser dürftigen Höhle wäre mein aussätziger Mafu beinah vor meinen Augen getötet worden. Während meine Kinderfrau sich in Szene setzt, verhält er sich schweigend, wiegt sich in der Hocke. Nicht daß die seltsame Bandagierung seines Kopfes ihm peinlich wäre; keiner der Anwesenden achtet darauf. Er ist einfach nicht gewohnt, in Gesellschaft zu sprechen. Aber er hat einen Finger ganz leicht in einen von Nanghs Fingern gehakt. Die größte Liebeskundgebung in diesem China, wo man nichts erkennen läßt. Da betreten zwei yünnanesische Soldaten den Raum. Ohne Grimm, ohne Frivolität, wie Automaten, mit dem Gleichmut einer fälligen Verrichtung. Der eine greift sich Nangh, der andere nähert sich der weißgekleideten Li, die aufschreit. Der Mafu hat sich seine Liebste ruhig wegnehmen lassen – da kann er nichts machen. Aber als der Yünnanese Li an den Haaren zu sich heranzieht, richtet er sich auf und schreit: »Rührt sie nicht an. Die ist keine Hure.« Der Mann setzt ihm seelenruhig den Revolver an den Bauch. »Verfaulter Kürbis, schweig oder ich schieße.« Aber der Mafu zetert: »Schau dieses weiße Kind an. Er ist der Sohn des Konsuls von Frankreich, des Freundes des Marschalls. Die Frau ist seine Amah. Wenn du ihr etwas antust, hast du bald gar keinen Kopf mehr.«

Gewichtiges Schweigen in der Runde. Li hat lautlos den Mund geöffnet. Ich reiße die Augen weit auf. Ich bin ruhig. Diese Szene ist mir wohlbekannt, ich habe sie erst vor ein paar Tagen in der Kaiserstadt erlebt. Der Mafu hatte damals das gleiche gesagt. Aber damals, das wußte ich, bestand keine Gefahr. Dieses Mal wittere ich den Tod. Dem Yünnanesen steht die Mordlust in den Augen – lange Sekunden hindurch bleibt sein Finger am Abzug liegen. Wird er abdrücken? Sein Gesicht bebt vor Zorn, eine unmerkliche und deshalb um so gefährlichere Welle durchläuft es. Die kalte, wahnsinnige Wut des Chinesen, des Haudegens, der von einer öffentlich geforderten Beute ablassen muß. Es geht weniger um Li als um die Demütigung, um das »Gesicht«, das er verlöre. Der Mafu rührt sich nicht. Der Yünnanese dreht sich um, winkt seinem Gefährten, ihm zu folgen, und geht hinaus.

Der Mafu setzt sich wieder, nimmt wieder Nanghs Hand, als wäre nichts geschehen. Und jetzt beginnt Li, ihre gewohnten Verwünschungen zu schleudern:

»Ich werde kein Reiskorn mehr essen, ehe die Yünnanesen nicht alle in Stücke gehauen sind!«

Die Alte, die Bordellwirtin, die viel Erfahrung besitzt und schon so viel Schreckliches gesehen hat, wackelt ungläubig mit dem Kopf:

»Meine Tochter, Ihr habt Glück gehabt, daß es Yünnanesen waren. Es sind disziplinierte Soldaten. Man muß nur den Marschall erwähnen. Leute von einer anderen Armee hätten uns vielleicht alle getötet.«

Li beruhigt sich sofort, sie senkt den Kopf, ehrerbietig, unterwürfig, wie es einem einfachen Mädchen ansteht, wenn ein verehrungswürdiger Ahne ihm weise Lehren erteilt.

»Ich«, fährt die Kupplerin fort, »ich wünsche mir keinen Krieg in Tschengtu. Auch keinen, der es den Szetschuanesen ermöglichte, die Yünnanesen loszuwerden. Ich weiß zu gut, was geschieht, wenn eine Armee eine Stadt einnimmt und die andere Armee daraus vertreibt. Es bedeutet zwei blutrünstige Wellen von Männern. Die der Besiegten, die plündern und massakrieren, um die Stadt ein letztes Mal auszubeuten, ehe sie fliehen. Und dann die der stolzen Sieger, denen der Kriegsherr zum Lohn ein paar Schlachttage einräumt, einmal, um seine Krieger zu belohnen, und zum anderen, um die Bevölkerung eine heilsame Furcht zu lehren. Köpfe müssen auf Pfählen stecken, von den Bajonetten muß Blut rinnen, so manches Mädchen erstochen werden. Dann kehrt die Ordnung ein, und es heißt bezahlen. Was man vordem an den alten Kriegsherrn abgegeben hat, zählt nicht. Es ist der Untergang der Geschäftsleute, vor allem der kleinen, wie ich es bin, die keinen Schutz genießen. Ach, wie viele Städte habe ich im Lauf meines langen Lebens dieses furchtbare Los erleiden sehen! Jedesmal haben die Soldaten mir alles geraubt . . .«

Jetzt bricht der aussätzige Mafu sein Schweigen. Der Mund verzieht sich spöttisch, und er fragt die Alte:

»Und deine Unschuld, haben sie die auch geraubt?«

Die Alte windet sich. Allgemeine Heiterkeit. Schließlich antwortet die Alte mit geschürzten Lefzen:

»Da sind sie zu spät gekommen. Meine Mutter hatte sie verkauft, als ich acht Jahre alt war . . .«

Lachen. Nachdem es wieder still geworden ist, hört man eine ernste Stimme, die Stimme Nanghs, die eine flehende Haltung eingenommen hat:

»Erlauchte Li, große Schwester, könntest du, die du die Geheimnisse der Fremden kennst, nicht deine große Macht einsetzen und mir erlauben, mich im Fall eines Unglücks oder Krieges in das französische Konsulat zu flüchten?«

Lis Gesicht wird auf der Stelle hart und verschlossen. Ablehnung. Sie, die so viel um die vermeintlich umgekommene kleine Schwester gejammert, geweint, Geschichten gemacht hat, wird zu Stein, als es darum geht, sie wirklich zu retten, falls das eines Tages notwendig sein sollte.

»Nein. Denn der Herr Konsul würde erzürnt sein. Er hat allen seinen Dienern verboten, Asyl zu gewähren, auch nicht den eigenen Angehörigen. Andernfalls würde das Konsulat von Hunderten, Tausenden von Chinesen gestürmt. Es würde meinem verehrungswürdigen Gebieter viele Sorgen machen. Der siegreiche Kriegsherr würde sich gewiß beklagen.«

Lis Schwester unterwirft sich mit der schicklichen Beflissenheit. Die ganze Versammlung billigt diese weisen Worte: in China ist der Egoismus geheiligt. Nur der aussätzige Mafu lacht höhnisch. Er sieht Li, wie sie wirklich ist, ein Frauenzimmer, dem man nicht über den Weg trauen darf, das als echte Chinesin zu allem fähig ist, Güte und Mitleid zur Schau stellt, wie rasend gegen die Bösen wettert und im Handumdrehen nur noch Berechnung und Feigheit ist, sobald die eigenen Interessen oder die eigene Haut auf dem Spiel stehen.

Ich aber mag Li, die mich verwöhnt und überall herumzeigt. Es ist mir egal, was sie wirklich ist, ich will nicht wissen, ob sie aus Zuneigung handelt. Ich habe zuviel »Gesicht«, um mir in bezug auf sie Fragen zu stellen. Ich bin zu sehr Chinese, um mich für Lis Herz zu interessieren, vorausgesetzt, sie tut, als hätte sie eins, vorausgesetzt, sie tut, was ich will. Und darauf versteht sie sich, aber ich bin überzeugt, daß sie mich angesichts einer Gefahr im Stich lassen wird. Nicht so der aussätzige Mafu. Nur auf ihn kann ich mich verlassen.

Trompetengeschmetter reißt ihn hoch: »Beeilen wir uns, der Marschall kommt.« In aller Eile brechen wir auf, bahnen uns einen Weg durch die zerlumpte Menge, die sich ebenfalls zu diesem Schauspiel drängt. Wir lassen die Baracken hinter uns und stehen plötzlich vor einem mehrere hundert Meter breiten Krater. Verbrannte Erde, schwarzer, abscheulicher Kahlschlag. Der Boden trägt nicht, die Füße sinken in eine pulverartige Schicht ein. Die Gleichtönigkeit der Oberfläche wird nur durchbrochen von größeren Aschenbuckeln, von nicht völlig verbranntem Gebälk, das aufragt wie Schiffswracks. Über dieser untergegangenen Welt schwebt der Geruch des Todes – aber jetzt ist nicht der Augenblick, an die Leichen zu denken, die noch unter dieser Schutthalde liegen. Denn schon wird die Leere, die das Feuer hinterließ, von strahlender Pracht erfüllt. Die ganze militärische Glorie entfaltet sich auf diesem so vorsorglich reingebrannten Gelände. Eine Eskadron kommt dahergaloppiert, die Pferdehufe schleudern erloschenen Zunder hoch. Ein Regiment präsentiert die Gewehre. Die Banner funkeln. Kanonenschüsse donnern zu Ehren des Marschalls, der, umgeben von seinem Generalstab, die Parade abnimmt. Ich erkenne ihn von fern an seiner mageren, kalten und hochmütigen Erscheinung. Er bleibt stehen. Ein Degen wirbelt in seiner Hand — mit einem einzigen Streich, mit großartiger Leichtigkeit durchschneidet er den Hals eines Mannes, der vor einem Block kniet. Des »Anführers« der »verbrecherischen Brandstifter«. Es sind noch weitere Schuldige zur Bestrafung vorgeführt, eine ganze Reihe zusammengesunkener Menschenbündel, schon in die richtige Haltung für die Hinrichtung gebracht. Ihre Exekution überläßt der Marschall, nachdem er eigenhändig das Beispiel richtender Gerechtigkeit gegeben hat, seinen Soldaten. Ein Ballett. Hinter jedem Opfer nimmt ein Soldat Aufstellung, schwingt eine Klinge über dessen Kopf, hält sie ein paar Sekunden lang in der Schwebe, bis der Marschall ruft: »Tötet.« Gleichzeitig blitzen alle Eisen, rollen alle Köpfe, schießt das Blut aus den Rümpfen, die zu Boden sinken. Wunderbare Präzision. Ein Murmeln der Bewunderung läuft durch die Volksmenge, die sich unter der Bedeckung von Wachtposten mit durchgeladenen Gewehren in langen Reihen rundum drängt. Und dann folgen Lachen, Grimassen, Genugtuung. Obwohl die armen Teufel, die vor kurzem aufgegriffen und jetzt geköpft worden waren, Leute aus dem Viertel sind, Nachbarn, Verwandte vieler dieser Lacher. Aber die Freude am so kunstvoll vergossenen Blut ist übermächtig. Außerdem weiß man die Schläue des Marschalls zu schätzen, seinen Geniestreich. Hat er nicht zuerst das Feuer legen lassen, so daß ganz Tschengtu vor ihm das Fürchten lernte, und bringt es jetzt auch noch fertig, den Unschuldigen zu spielen, indem er vor allem Volk mit kriegerischem Zeremoniell die Köpfe wahrhaft Unschuldiger rollen läßt, von denen jeder der aufgekratzten Zuschauer weiß, daß sie unschuldig sind? Damit gewinnt der Marschall »Gesicht« auf der ganzen Linie als furchtbarer, rücksichtsloser Kriegsherr und als ritterlicher Rächer des Volkes.

Es ist ein Ehrentag für den Marschall. Unter den hohen Persönlichkeiten, die ihn umgeben, sind alle Kriegsherren von Tschengtu. Der Bauernrüpel aus Kueitschou, alle szetschuanesischen Generale – der verrückte Ex-Bonze, die kleinen Pinscher, die Haudegen von einst, die so plötzlich im Rang gestiegen sind. Alle strahlen, freuen sich, gratulieren sich, beglückwünschen den yünnanesischen Marschall zu seiner Energie und seinem Mut, die die Stadt gerettet haben.

Der Mafu murrt bei diesem Anblick:

»Die Tiger wollen einander die Beute nicht streitig machen, sie wollen sie gemeinsam fressen . . .«

»Welche Beute?« frage ich.

Und der Mafu erwidert:

»Tschengtu.«

Hundert Meter vor dem Konsulat verschwindet der Aussätzige. Ich kehre mit Li und dem anderen, dem scheeläugigen Mafu, zurück. Meine Eltern haben von der ganzen Eskapade nichts bemerkt. Aber ich muß irgendwem mein Herz ausschütten.

Ich wählte den uralten Gelehrten, den verkrümmten Greis, der meinem Vater als Kalligraph diente, zu meinem Vertrauten. Auch er war mein Freund. Er lehrte mich das alte China, das vornehme China, das China der Tugenden kennen. Er predigte mir die Verachtung manueller Arbeiten und die Achtung vor dem einzig erhabenen Gedanken. Seine Geringschätzung für die Kriegsherren, diese Bauernlümmel, war grenzenlos. Aber ich wollte ihn herausfordern:

»Soeben habe ich gesehen, wie der Marschall eigenhändig einen Kopf abschlug. Mit einem einzigen Säbelhieb. Es war schön.«

In angewiderter Entrüstung schilt der Alte mich aus:

»Das hast du dir angesehen! Ich weiß wohl, daß der Marschall von Zeit zu Zeit selbst zum Schlachtmesser greift und einen Hals abschneidet. Es ist widerwärtig. Man sieht eben, daß dieser Mensch aus dem niedrigsten Volk stammt, wahrscheinlich ein früherer Kuli oder Brigant. Wie hat dir so etwas gefallen können?«

»Ich fand, daß er mit dem Degen viel geschickter umgeht als mit einer Gabel, wenn er im Konsulat speist.«

Der welke Greis streckt die Hände mit den Krallennägeln aus den weiten Ärmeln, diese berühmten Klauen, die beweisen, daß er niemals, auch nicht im Elend, mit ihnen gearbeitet hat, und stürzt sich mit plötzlich kräftiger und stolzer Stimme in seine große Tirade über die Herrlichkeiten der Vergangenheit – als solcher Schimpf undenkbar gewesen wäre:

»Welche Finsternis ist über das Reich des Himmels gekommen, seit der Himmelssohn gestürzt wurde! Ich war einst einer der dreißigtausend Weisen, die, nachdem sie die kaiserlichen Examen in Poesie bestanden hatten, China im Namen der Tugend regierten. Ich hielt die ewige Weltordnung aufrecht, ich kämpfte gegen das Böse, gegen alles, was den Lauf der Zeit und der Generationen beeinträchtigte. Ich erließ meine Edikte in meinem Gerichtssaal, mit meinen Insignien, meinen Roben, meinen Siegeln, meinen Bannern, meinen Schreibern und meinen Henkern. Und da jeder Verstoß gegen die Moral ein Greuel ist wider die Grundlagen der Natur und der Welt, der die Abfolge der Jahreszeiten und das Einbringen der Ernten stört, mußte ich jede Spur solcher Verstöße tilgen, die Urheber der lästerlichen Missetat vernichten. Nachdem ich über die Gesetze der Weisheit nachgedacht hatte, verhängte ich über jeden die zutreffendste Strafe. Danach machten sich meine Henker, wackere schnauzbärtige Männer, deren Amt vom Vater auf den Sohn überging, mit Pflichteifer an den Vollzug. Sie zerschnitten Fleisch, Muskeln und Knochen, nach meinem Gebot, in meiner Gegenwart. Ich handelte nicht aus Laune, sondern in Erfüllung meiner Pflicht, der geheiligtsten aller Pflichten.

Aber niemals hätte meine Hand ein Folterwerkzeug oder überhaupt irgendein Werkzeug berührt. Die Hand des Weisen dient nur dazu, den Pinsel zu halten, der durch die Eleganz der schönen Zeichen, die Majestät der Buchstaben, die Idee, das oberste Gesetz verkündet. In jeder Lage findet das Gehirn der Mandarine, dieser Kundigen der höchsten Harmonie, stets das Urteil, das die größte Tugend zur Geltung bringt. Sie, die selbst jeglicher Dinghaftigkeit enthoben sind, regieren die Dinge durch ihr Urteil, ihren Richterspruch, ihre Erlasse. Sie werden allem gerecht, sie verkörpern das absolute Gute. Unter ihnen stehen, als die Verlängerung ihres Arms, ihre »Satelliten«, die wirkliche Hände haben, die ausführenden Hände der Gerechtigkeit, die nach den gewöhnlichen Menschen greifen. Es war die erhabenste Eintracht, und sie hatte ihre tragende Säule in Peking, im Himmelstempel. Jetzt aber ist der Himmel eingestürzt, es herrscht nur noch die allgemeine Verwirrung, das Chaos des Unglücks, das die Menschheit, die sich gegen die erhabene Weisheit auflehnte, den tierischen und haltlosen Leidenschaften ausliefert. In diesem Abgrund treiben die Kriegsherren ihr Unwesen . . .«

Ich verstehe den Redeschwall des einstigen Mandarins nicht recht. Manchmal spricht er stundenlang so zu mir, in einer viel zu gelehrten Sprache, mit Wendungen und Worten, die mir nichts sagen. Immerhin entnehme ich dieser geheimnisvollen Unterweisung so viel, daß ein junger Herr wie ich sich niemals einer abstoßenden Verrichtung schuldig machen, vor allem sich nie seiner Hände bedienen dürfe, es sei denn zu vornehmen Tätigkeiten: die Zügel seines Pferdes führen, schreiben und essen. Und selbst im letzteren Fall haben die hochgestellten Chinesen ihre Konkubinen oder Kleinen Blumen, die ihnen jeden Bissen eingeben. Mir schieben meine Amahs den Reis mit ihren Eßstäbchen in den Mund. Selbst muß ich nur die Gabeln handhaben, wenn ich bei meinen Eltern am Tisch sitzen darf. Ich finde das schwierig und unangenehm – ich stelle mich nicht viel geschickter an als der Kriegsherr, wenn er im Konsulat speist. Ich verschütte alles, ich bekleckse mich und meine Umgebung. Keine Mahlzeit geht zu Ende, ohne daß meine Mutter angewidert zu mir sagte: »Wie schmutzig du bist. Ein kleines Schwein . . .« Dieser Vorwurf gleitet an mir ab. Für mich ist das Schmutzigsein durchaus ehrenhaft, wie für alle Chinesen, unerläßlich, wenn man genießen und das »Gesicht« wahren will – die Würze der Fressereien und Gelage, bei denen die Reichen durch Menge und Güte der Gerichte ihren Reichtum kundtun.

Ich mag den armen Mandarin wegen seiner majestätischen Redekunst. Er lehrt mich, ebenfalls majestätisch zu sein. Und dann tut er mir leid, denn nach diesen Höhenflügen ist er nur noch ein weinerlicher, armseliger Zwerg, der sich an meine Hoheit klammert, als könnte ich sein Los verbessern. Seine Arroganz bricht zusammen. Mit der berühmten scharf zugespitzten Hand kratzt er sich jämmerlich unter dem Arm, während doch ein Gelehrter sich zu diesem Geschäft einer Elfenbeinhand an einem langen Stab zu bedienen hat. Seine Zähne sind Stummel, sein Atem riecht faulig, er spuckt, er ächzt. Meine Amahs scheuchen ihn unter einem Hagel beißender Hohnworte von mir weg, aber er kommt immer wieder. Er ist nicht größer als ich. Er meckert mir ins Ohr, daß für ihn das Leben der Ozean der Mißgeschicke sei. Seine Söhne waren während eines blutigen Aufstands von der Hefe des Volks massakriert worden, dank der Erinnerung, die seine frühere Gerechtigkeit hinterlassen hat. Er selbst hatte sich, um den Mördern zu entrinnen, mehrere Tage in einer Latrine versteckt, wo die Passanten auf ihn heruntermachten. Seine Töchter hat er an eine Kupplerin verkaufen müssen. Entsprechend der großen Tradition töchterlichen Gehorsams opferten sie sich mit edler Würde, vergossen nur ein paar Tränen der Scham über ihr Geschick. Er ist allein geblieben, ohne Ahnentäfelchen, ohne Nachkommen, ohne einen Sarg, der auf ihn wartet, so arm, daß er sich nicht einmal das Opium des Vergessens leisten kann.

Sobald mein Vater auftaucht, läßt der Alte mich stehen, kriecht zu ihm hin, verbeugt sich bis zum Boden, bis der Herr Konsul schreit: »Das reicht. Hör auf mit dem Katzbuckeln.« Alle behandeln den Alten schlecht. Wenn Anne Marie Albert wegen seiner Unfreundlichkeit gegen diesen alten Mann Vorwürfe macht, rechtfertigt er sich energisch: »Aber dieses alte Wrack ist widerlich. Als er noch Mandarin war, gabs keinen blutrünstigeren, verschlageneren und erpresserischeren in ganz Szetschuan. Er ließ jeden umbringen, der ihm nicht genug zahlte. Er sei fähig, hieß es, aus einem Stein Geld zu pressen. Und er ist das gleiche üble Subjekt geblieben.«

Nichts jedoch vermag den Ahnen zu entmutigen. Er läßt nicht locker in seinem Versuchen, meinem Vater ein paar Tael mehr abzuringen. Sobald er den Herrn Konsul dabei ertappt, daß er still in sich hineinlächelt, packt er die Gelegenheit am Schopf. Will heißen, er spielt einmal mehr seine große Bittstellerszene, ein Meisterstück an Takt, Gesittung und guter Erziehung: niemals fordern, nichts direkt aussprechen, denn das wäre ein barbarisches Vorgehen, das man nicht einmal einem Barbaren gegenüber anwenden darf. Der Gelehrte wirft sich Albert zu Füßen, mit jammervoller Stimme betet er seinen ganzen Jammer her. Aber diese rituellen Klagen, die das Herz meines Vaters rühren und seine Hand an den Geldbeutel führen sollen, verhallen ungehört.

Albert hat nur die eine Sorge: er will sich nicht »einwickeln« lassen. Daher setzt er eine abwesende Miene auf. Er begreift nicht. Er will nicht begreifen. Er sagt nicht nein, er sagt gar nichts, was schlimmer ist als nein. Und dennoch versucht der Alte unermüdlich mindestens ein-, zweimal pro Monat sein Glück, immer auf die gleiche Weise. Albert grollt: »Diese Litanei hängt mir schon zum Hals raus. Ich hätte den Alten längst vor die Tür gesetzt, wenn er die Schriftzeichen nicht so schön malen könnte.«

Am Tag nach dem Brand kommt der Alte wieder an, seine Miene ist verstört, offensichtlich hat eine neue Katastrophe ihm den Rest gegeben. Keine Träne, im Gegenteil, die Runzeln in seinem Gesicht sind so ausgetrocknet wie ein sonnengedörrtes Reisfeld, sprüngig, von wasserlosen Gräben durchzogen. Aber die Äuglein sind quicklebendig, wie bei einer alten Gaunerin, die einen Streich ausheckt. Beim Anblick dieser tiefen und so trefflich herausgearbeiteten Verzweiflung errate ich, daß dem Alten während der Nacht endlich die gewinnbringende »Idee« gekommen ist.

Eine Zeitlang streicht er um meinen Vater herum, der nicht reagiert, dann kommt er zu mir in den großen Hof. Er seufzt und sagt:

»Die Würde des Menschen, sagten die Alten, besteht darin, alles schweigend zu dulden. Aber vielleicht haben die Jahre meinen Mut geschwächt. Und dann, du bist ein Kind, und zu dir muß ich sprechen, wie mir ums Herz ist.«

Gehüstel nach dieser Vorrede.

»Selbst dir habe ich nicht die volle Wahrheit gesagt. Eine meiner Töchter war Prostituierte, sie machte mir in töchterlichem Respekt kleine Zuwendungen. Aber ach! Gestern, als ich bei Einbruch der Nacht nach Hause kam, erfuhr ich, daß sie bei dem großen Brand umgekommen ist. Vergebens habe ich im Morgengrauen ihre Überreste gesucht. Lange bin ich armer, kraftloser Greis umhergeirrt!«

Pause. Dann verkündet ein Miauen, daß der Alte in seiner Rede fortfährt:

»Was soll aus mir werden, ohne die Geschenke meines Kindes? Woher soll ich meinen Reis nehmen? Groß ist der Edelmut des

Konsuls von Frankreich. Aber mein so schwacher Leib stellt zu große Ansprüche. Ich werde sterben.«

»Ich will meinen Vater sogleich bitten, Milde walten zu lassen.«

»Nein, tu das nicht, Kleiner. Ich schäme mich . . .«

Unter den entzückten Blicken des Alten eile ich von hinnen. Ich stürze ins Amtszimmer, wo der Konsul hinter seinem Klemmer die verklemmteste Miene aufgesetzt hat. Seine schlechte Laune stört mich nicht. Ich fange an, alles zu erzählen. Aber ich habe kaum den Mund aufgetan, als Albert losplatzt:

»Dieser alte Affe. Lauter Humbug! Hirnverbrannt – den Brand vorschieben, damit er uns mit der Geschichte von der toten Tochter kommen kann! Ich frage mich ja schon eine Weile, was er als nächstes erfinden wird. Dieser alte Lüstling möchte sich eine neue Konkubine kaufen, eine kleine Jungfrau von acht oder zehn Jahren! Die klassische Verjüngungskur für restlos verkalkte Hundertjährige! Zum Glück hat mein Chefboy mich gewarnt. Aber meinen Sohn da hineinziehen! Ich lasse ihn hinauswerfen, diesen Halunken!«

Armer Mandarin. Er ist grünspanfarben geworden, fuchtelt mit den langen Nägeln, verliert alle Würde, ist ein verkrümmtes Häuflein, das im Amtszimmer des Herrn Konsuls heult und schreit. Albert hält sich höchst indigniert die Ohren zu und bedeutet den Dienern, sie sollen den Gelehrten an die Luft setzen. Was diese nur allzu freudig tun, sie zerren ihn hinaus, schlagen ihn, lachen, schreien ihm Beschimpfungen zu.

»Deine Töchter, die müssen ein so großes Loch haben, daß ein Tiger sie vögeln kann.«

»Du Kriechtier, wie glaubst du, sollte dein elender Wurm von einem Glied sich recken, um eine Jungfrau zu spießen? Der Herr Konsul erspart dir eine unnötige Ausgabe, wenn er dich hinauswirft.«

»So lang sollst du dich entleeren. bis dir die Augen aus dem Hintern kommen.«

»Deine Augen werden keine Sapeke mehr zu sehen kriegen, kein Reiskorn wird in deinen Magen kommen, und wenn du stirbst, sollst du nur noch die Flughaut einer Fledermaus sein.«

»An den zehntausend Ängsten sollst du krepieren!«

»Der Hunger soll dich zwacken, daß du glaubst, deine Därme wären tausend Meilen lang!«

Li tut sich besonders hervor, sie reißt an den kostbaren und sehr spärlichen Barthaaren des Mandarins, diesem dürftigen Gefranse, das wie ein räudiger Pinsel das Schriftzeichen der Agonie in die Luft malt. Da erscheint die lange, kalte Gestalt Anne Maries, die aus dem Garten kommt, unter dem Torbogen zwischen Garten und Hof. Ihr langer Schatten fällt in den Hof. Sie spricht kein Wort. Ihr Gesicht ist unbewegt. Bei ihrem Erscheinen stellen die Diener ihre Anfeindungen ein. Beschämt beruhigen sie sich, kehren flugs zu jenem Gleichmut zurück, wie er guten Dienern ansteht. Ich gehe zu meiner Mutter.

»Man darf diesen armen Mann nicht hinauswerfen. Es würde seinen Tod bedeuten.«

Anne Marie wendet sich ab.

»Ich kann ihm nicht helfen. Dein Vater ist zu sehr erbittert. Du weißt, wenn er in dieser Verfassung ist, nimmt er seine Entscheidungen nicht zurück.«

Der Mandarin ergibt sich in sein Schicksal. Er humpelt zum Tor und verschwindet. Ich habe den Mandarin nie wieder gesehen. Niemand hat je erfahren, was aus ihm geworden ist.

Wie oft habe ich in Tschengtu erlebt, daß die freundlichen und wohlbekannten Leutchen, die ganz in ihren alltäglichen Geschäften aufgingen, plötzlich von fanatischer Bosheit ergriffen wurden. Dann stürzen sich alle, Greise, Frauen und auch Kinder, hemmungslos auf irgendeinen Unglücklichen. Ich erinnere mich an einen Wahnsinnigen, der mit gewaltigen Eisen an einen Pfahl gebunden war. Die übliche Methode, mit der man in China den Wahnsinn kuriert. An dem fast nackten Mann lebten nur noch die verdrehten Augen, die wie Kugeln herumrollten, und der aufgerissene Mund. Um ihn hatte sich eine dichte Menge gesammelt, tausend Köpfe, in frenetischer Lustigkeit gefältelt. Die Belustigung bestand darin, daß man den Irren biß, ihm mit den Zähnen Hautfetzen abriß, sein Blut vergoß. Als Wundverband hatten die Leute unter dem Vorwand, den Verrückten zu beruhigen, ihn von oben bis unten angespuckt. In der Tat hatte der Irre sich beruhigt, man hörte nur noch schwaches Stöhnen, das im Gelächter der befriedigten Gaffer unterging.

Bei der Geschichte mit dem Mandarin gebe ich meinem Vater alle Schuld. Dabei ist er kein harter Mann. Aber an diesem Tag ist er auf Hochtouren, so übler Laune, daß seine Haut gelb ist und er mit behutsamem Finger seine Leber abtastet. Die Schmetterlingskrawatte flattert um den hüpfenden Adamsapfel wie ein Feldzeichen. In solcher Berserkerwut genügt es dem Herrn Konsul nicht, Gift und Galle zu verspritzen, er muß sein Opfer haben. Heute mußte der Gelehrte über die Klinge springen. Alles Schicksal.

Die Erbitterung des Konsuls hat ihren Grund. Er hat soeben von der nationalen Einheitskundgebung aller Kriegsherren, Freund und Feind, mit dem yünnanesischen Marschall an der Spitze, auf dem verbrannten Gelände erfahren. Zum Glück weiß mein Vater nicht, daß er der letzte Mensch in Tschengtu ist, der es erfährt, einen Tag nach allen anderen. Er tobt ohnehin schon genug. Denn zum erstenmal begreift er nicht, was gespielt wird, er ist eine Beute der Ratlosigkeit, der Mutmaßungen und Befürchtungen. Nachdem er in seinem Zorn den Vizekonsul und den Siegelbewahrer, beide schon in normalen Zeiten nur ängstliche Nullen, völlig am Boden zerstört hat, klagt der ein wenig besänftigte Albert meiner Mutter:

»Mir das! Was soll in dieser Situation aus mir werden, aus meiner Politik, aus meiner Eisenbahn? Wenn diese Landsknechte sich zusammentun, ist alles futsch!«

»Sie dürfen sich nicht entmutigen lassen, Albert.«

»Ich und den Kopf verlieren, aufgeben? Niemals! Sie kennen mich schlecht, Anne Marie. Ich werde kämpfen bis zum Ende. Ich habe noch nicht alles Pulver verschossen.«

»Na, sehen Sie.«

»Anne Marie, für eine Frau sind Sie intelligent. Sehr intelligent – ja, ich anerkenne es, ich sage es offen. Aber Ihr weiblicher Verstand vermag trotzdem nicht die ganze Tragweite der Situation zu erfassen. Sie sehen die Klippen nicht, die auf meinem Weg lauern. Sie glauben immer, daß ich übertreibe, mir etwas einrede.«

»Aber Albert, Sie tun mir unrecht. Ich weiß sehr wohl, daß Sie ein brillanter Diplomat sind.«

»Das sagen Sie, aber denken Sie es auch?«

»Gewiß.«

»Ich lebe in ständiger Hochspannung. Ich denke pausenlos. Nachts muß ich Schlafmittel nehmen, und Sie beklagen sich, daß ich dann schnarche.«

»Mein Freund, Sie schnarchen häufig. Und sehr laut. So laut, daß ich mich manchmal frage, ob unser Sohn im Zimmer nebenan nicht davon aufwacht.«

»Genug, Anne Marie. Ich spreche im Ernst. Ich quäle mich. Alles ist so kompliziert, ich manövriere auf engstem Raum. Ich muß mich immer genau auf Kurs halten. In jedem Augenblick. Früher quälte ich mich bei dem Gedanken, meine Waffenhilfe an die Yünnanesen würde die Szetschuanesen so sehr aufbringen, daß sie sich auf ihre Gegner stürzen und sie vernichten könnten, noch ehe mein Material eingetroffen wäre. Und in diesem Fall würde es mit meiner Eisenbahn Essig sein. Aber jetzt, nachdem alle diese Bauernlümmel von Tschengtu unter einer Decke stecken und ich weiß nicht was ausmauscheln, pfeift meine Eisenbahn ebenfalls auf dem letzten Loch. Sie sehen nun, warum ich Tag und Nacht keine Ruhe finde ... Ich frage mich nun, wer hat die Yünnanesen und die Szetschuanesen, die einander so erbittert bekämpften, plötzlich zueinandergebracht? Damit jeder dieser Generale sich mit seinem Brocken begnügt, muß ihnen eine fette Beute zur Teilung vorgeworfen worden sein. Aber was nur?«

Anne Marie deutet ein leises neckendes Lächeln an:

»Sie machen sich zuviel Sorgen, Albert. Sie werden bestimmt dahinterkommen. Und so geschickt, wie Sie sind, werden Sie auch einen Ausweg finden.«

»Das ist leicht gesagt.«

Anne Maries Ironie ist von außen nicht feststellbar, jedenfalls nicht, ehe um ihren Mund nicht die kleinen senkrechten Linien erscheinen, Zeichen offener Verachtung. Aber das ist heute nicht der Fall.

»Und dann, Albert, wie oft haben Sie, als Kenner des Reichs des Himmels, mir erklärt, daß die Chinesen niemals redlich sind, auch nicht untereinander! Nach Ihrer Ansicht verbünden sie sich nur, um den Verbündeten um so besser verraten zu können. Nach Ihrer Theorie werden die Kriegsherren von Tschengtu, selbst wenn sie einander heute ewige Freundschaft schwören, in ein paar Wochen oder Monaten mit gezogenen Schwertern aufeinander losgehen. Vertrauen Sie doch Ihren eigenen Lehren, die ich so oft aus Ihrem Munde gehört habe. Beruhigen Sie sich, mein Freund. Sie werden Ihre Eisenbahn schon kriegen.«

»Aber, wenn es dann zum Kampf kommt, dann sollen die Szetschuanesen im Sold der Engländer mir nicht meine Yünnanesen aufreiben.«

»Es wird Ihnen schon etwas einfallen, mein Lieber.«

Meine Mutter, die jetzt mehr als genug hat, entschwindet, während mein Vater die Arme zum Himmel hebt und ausruft:

»Ach, diese Frauen, selbst die besten . . .«

Plötzlich faßt er einen Entschluß, das heißt, er ruft wie immer um Hilfe. Aber wen? Den Bischof? Nein, der lügt zu sehr. Herrn Scheng? Der wird mir sagen, wer diese ganze Intrige eingefädelt hat – der englische Konsul war es nicht, auch nicht der reiche Bengel, den er bei sich hat; die beiden sind nicht hell genug, um meine Yünnanesen zu ködern. Aber dieser Schuft von einem Scheng, hat der nicht die Frechheit gehabt, mir bei meinem Geburtstag ins Gesicht zu sagen, daß er die nächsten Tage für mich nicht zu sprechen sei! Das beweist doch, daß er mitmischt. Wird er dann kommen, wird er sprechen? Ist er überhaupt in Tschengtu?

Glöckchenschwingen, um den Chefboy herbeizurufen:

»Man soll Herrn Scheng hierherholen!«

Eine Stunde später spaziert Herr Scheng mit der prachtvollen Selbstsicherheit eines Großen dieser Welt ins Konsulat, läßt alle die kleinen Vorsichtsmaßnahmen beiseite, die er sonst beim Überschreiten dieser Schwelle beachtete. Er ist großartig. Dem Konsul erweist er eine noch enthusiastischere Liebenswürdigkeit als gewöhnlich, sie sprüht sogar in seinen Brillengläsern. Heute hat er sich zu europäischer Kleidung bequemt. Auf dem länglichen Schädel sitzt sogar eine Melone, sie schwankt wie auf einem Kleiderhaken. Endlich entledigt er sich dieser kostbaren Kopfbedeckung und beginnt, überschwenglich und unter höflichen kleinen Schluckern, Alberts Hand zu schütteln, eine volle Minute lang. Albert macht dieser Sympathiekundgebung ein Ende, indem er sauersüß und mit leise vorwurfsvollem Lächeln fragt:

»Wo, zum Teufel, haben Sie die ganze Zeit gesteckt, lieber Herr Scheng?«

»Ich wurde einer Lappalie wegen abberufen. Ein bloßes Mißverständnis. Stellen Sie sich vor: In Sutschau landete ein Frachter mit Waffen, die mein ehrenwerter Dienstherr Herr Dumont verkauft hat, und nun glaubte die zweite szetschuanesische Armee, die Waffen wären für sie bestimmt, während sie an die erste szetschuanesische Armee ausgeliefert werden sollten. Die beiden Armeen hätten sich um ein Haar wegen dieses bedauerlichen Irrtums eine Schlacht geliefert. In diesem Moment kam eine yünnanesische Division dazwischen und machte Anstalten, sich der ganzen Ladung zu bemächtigen. Es kam zu Auseinandersetzungen zwischen den Heerführern der verschiedenen Einheiten. Ein paar Soldaten wurden getötet, die Stadt Sutschau wurde ein bißchen gebrandschatzt, das fragliche Schiff ein bißchen geentert. Der britische Kapitän, der es wohl mit der Angst zu tun bekam, rief mittels seines telegrafischen Apparats Hilfe herbei. In Tschengtu, wo die Botschaft aufgefangen wurde, waren alle Kriegsherren einstimmig für Frieden. Sie beschlossen, den kleinen Zwischenfall geheimzuhalten – nicht einmal Ihr Kollege, der englische Konsul, hat etwas davon erfahren. Dann haben sie einige Generale nach Sutschau geschickt und mich gebeten, sie zu begleiten. Sie überbrachten den strikten Befehl, Frieden und Freundschaft zu halten. Alles ließ sich leicht wieder einrenken.«

»Demnach wäre also alles in schönster Ordnung?«

»Noch vor kurzem empfanden meine Auftraggeber und ich Bitterkeit und Entmutigung: die szetschuanesischen Kriegsherren hatten kein Geld, um ihre Einkäufe zu begleichen. Sie zahlten nicht. Um diese unerfreuliche Angelegenheit zu regeln, kam der junge Herr Jonson vor einiger Zeit nach Tschengtu – er wurde sowohl von seinem einflußreichen Vater wie von Herrn Dumont geschickt; die beiden Herren sind Geschäftspartner. Trotz seiner beachtlichen Geschicklichkeit hatte Herr Jonson zunächst keinen Erfolg. Die szetschuanesischen Generale blieben beharrlich dabei, daß sie keinen Sou besäßen, nicht einmal ihre Truppen auszahlen könnten, die bereits wegzulaufen drohten. Diese kriegerischen Herren fanden Herrn Jonsons Drängen höchst unschicklich, sie waren so erzürnt, daß sie sein Leben bedrohten.«

»Das dürfte inzwischen beigelegt sein. Sonst würden Sie nicht so strahlen, Herr Scheng.«

»Ja, Monsieur le consul. Aufs prächtigste. Dank der außerordentlichen Intelligenz Herrn Dumonts. Sein Freund Tenh Yü-siü in Schanghai, der berühmte Anführer der Blauen Bande, ließ durchblicken, daß er gern das Opium Szetschuans aufkaufen würde. Es wurde mit hohen yünnanesischen Würdenträgern in Tschengtu Kontakt aufgenommen – denn die yünnanesische Armee beherrscht die wilden und entlegenen Gegenden, wo der Mohn wächst. Nach behutsamem Vorfühlen schlug man schließlich den betreffenden Persönlichkeiten vor: ›Anstatt eure Produktion nach Yünnanfu zu schicken, wo sie für einen Spottpreis an die Verwaltung Indochinas abgetreten wird, könntet ihr euch doch mit Tenh Yü-siü verständigen – er würde euch einen weit höheren Preis bieten. Aber in diesem Fall müßtet ihr den Gewinn mit den szetschuanesischen Generalen teilen.‹ Natürlich sind die Szetschuanesen mit Freuden bereit, diesen Schnitt zu machen, aber die Yünnanesen zögern . . . Und doch – welche reiche und prächtige Zukunft würde sich eröffnen, wenn sie unsere bescheidenen Vorschläge akzeptieren wollten! Die Kriegsherren aller Parteien hätten Gebirge von Taels, um sich dafür bei uns die Waffen zu kaufen, die sie ins rechte Licht setzen, ihr ›Gesicht‹ und ihre Macht vervielfachen würden, während der ›schwarze Schlamm‹ friedlich, ohne Geschichten und lautlos in Richtung Schanghai flösse, den Yangtsekiang hinunter, beaufsichtigt von Herrn Tenh Yü-siü, einem sehr geschickten Organisator. In Szetschuan würde der Bund der Waffen mit dem Opium Frieden und Wohlstand für alle bringen.«

Mein Vater ist blaß geworden. Blässe der verhöhnten Redlichkeit, bereit, in Zornesröte und Donnerwetter umzuschlagen. Aber zunächst dringt aus seinem Mund nur der keuchende, erstickte Aufschrei eines tödlich getroffenen Herzens:

»Wie! Sogar mein Opium, will sagen, das Opium, das an die Verwaltung von Indochina ging, hat man mir auf diese Weise gestohlen, stibitzt, geklaut. Aber, hören Sie, Herr Scheng, das ist ein Skandal, ein Betrug, eine Unterschlagung!«

»Seien Sie unbesorgt, Monsieur le consul. Herr Dumont ist ein sehr guter Franzose. Er wird alle Interessen Frankreichs wahren. Sie werden sich sehr gut mit ihm verstehen. Denn er wird in einigen Tagen selbst nach Tschengtu kommen, zusammen mit seinem ersten Gehilfen und einigen ›old China hands‹, sehr erfahrenen Engländern der britischen Partnerfirma, die beauftragt ist, dem doch noch ein bißchen zu jungen Herrn Jonson zu helfen. Von der Gegenseite werden sehr diskrete chinesische Herren abgestellt, deren ausgezeichnete Manieren keine Aufmerksamkeit erregen werden: genau gesagt, hohe Persönlichkeiten der Blauen Bande. Alle diese Herren sind beseelt von der großen und weitblickenden Entschlossenheit, ein Abkommen über mehrere Milliarden mit dem yünnanesischen Marschall und den szetschuanesischen Generalen zu schließen. Der Freundschaftspakt . . .«

Meinem überrumpelten, bestürzten, besiegten Vater bleibt nur noch eins übrig: seine Niederlage zu kaschieren. Was er mit bleischwerer Ironie, säuerlichem Lächeln und falschem Zungenschlag versucht:

»Ah, jetzt verstehe ich, warum Sie so auf dem hohen Roß sitzen, Herr Scheng. Sie sind Seine Hoheit Scheng, König des Doppelspiels. Und wenn ich sage, Doppel . . . Sie waren nicht müßig, Herr Scheng. Sie müssen allerhand krumme Touren gedreht haben in letzter Zeit, Herr Scheng. Und jetzt, Herr Scheng, sind Sie dank Ihrer bescheidenen Vorschläge, wie Sie sich ausdrückten, nicht mehr um ihre Haut besorgt, sondern gut Freund mit allen diesen vortrefflichen Kriegsherren.«

»Und ich bin auch stets Ihr Freund, Monsieur le consul. In aller Bescheidenheit zu Ihren Diensten, Monsieur le consul. Ah, in meiner Aufregung hätte ich beinah vergessen . . . Herr Dumont hat mich beauftragt, Ihnen seine Grüße zu bestellen und Ihnen mitzuteilen, daß er im Konsulat Wohnung nehmen wird, er und sein Gehilfe.«

Nach diesem Fangstoß entfernt sich Scheng in tiefer Ehrerbietung, sein Gesicht ist ernster und öliger denn je, er frohlockt im Inneren, empfindet größten Triumph, geht jedoch nicht so weit, offene Schadenfreude zu verraten, denn schließlich, die Zukunft ist immer ungewiß, und mein Vater könnte nochmals nützlich sein. Albert, der allein zurückblieb, schüttelt jetzt wohl den Kopf, den er sodann in die Hände sinken läßt. Die Ellbogen stützt er auf den Schreibtisch mit den sorgsam geordneten bedruckten Briefbogen, auf denen er seinen Sieg vorbereitet hatte: die Eisenbahn. Aber wo bleibt sie nun, diese Eisenbahn? Lange Minuten hindurch verharrt der Konsul niedergeschlagen, kraftlos. Seine makellose Erscheinung ist dahin, der schnurgerade Scheitel wird von Haaren wie von Unkraut überwuchert, die dichten Brauen sind gesträubt, sogar die Schmetterlingsschleife ist verdreht wie ein erstarrter Propeller. Alles löst sich auf, alles sinkt dahin, auch das Schnurrbärtchen, höchstes Symbol seines Stolzes. Endlich rafft er sich mit ungeheuerlicher Anstrengung einigermaßen auf, um festzustellen, daß der Alptraum keineswegs gewichen ist. Und er jammert sich selbst vor:

»Was könnte ich denn ausrichten gegen diese Herren in Schanghai, gegen die gefräßigsten Haie Asiens und der ganzen Welt? Denn wenn auch Jonson junior ein kleiner Fisch ist, der Senior ist aus anderem Holz geschnitzt. Einen Kopf wie ein Geigenkasten, wallendes Haar und einen rötlichen, nach vorn gereckten Spitzbart. Die kleinen Äuglein aber sind die reinsten Scheinwerfer. Apropos Geige, der alte Knabe spielt wirklich nicht schlecht auf!«

Endlich erblickt er einen Hoffnungsstrahl. Einen Lichtstreif am Horizont seines Unglücks in Form eines eklatanten Verstoßes gegen das Protokoll.

»Wie kommt eigentlich dieser Scheißkerl von Dumont dazu, mir seine Ankunft nicht einmal persönlich durch einen Brief anzukündigen? Für wen hält er mich? Ich werde ihn nicht empfangen. Ich werde ihn nicht einmal sehen.«

Am nächsten Tag trifft ein vollendet höfliches Schreiben von Dumont ein mit ergebensten Empfehlungen an Madame. Und ein paar Tage später ist Dumont mit seinem ganzen Stab in Tschengtu. Er selbst steigt im Konsulat ab.

Zweiter Teil

Schanghai

Was ist eigentlich dieses Schanghai, das nun in Gestalt seiner Waffen- und Opiumhändler zur großen Beunruhigung meines Vaters nach Tschengtu vorstößt? Es ist das unmoralischste Unternehmen, das der weiße Mann sich im Namen der Moral je geleistet hat.

Schanghai, das seine Entstehung dem Opium verdankt, schleppte die Droge vom Ausland nach China ein, lang ehe das Land sich mit Mohnfeldern überzog, wie in Szetschuan.

Zu Beginn des vorigen Jahrhunderts, noch vor der Gründung Schanghais, kreuzten die sturmzerzausten Segler Englands vor den Küsten Kwangtungs. Puritanismus und Konterbande, perfekte Organisation, ein Bombengeschäft. Das Opium der Ostindischen Kompanie wurde auf geheimnisvollen Wegen in ganzen Schiffsladungen angeliefert. Den größten Ausgabenposten bildeten die Schmiergelder für die Mandarine mit Sonnenschirm und Seidenrobe, die dafür beide Augen zudrückten. Die weißen Merchants, die Handelsherren in Kalkutta und anderswo, hatten eine gemeinsame Bestechungskasse von 100 000 Dollar gegründet. Aber der patriotische Vizekönig von Kanton verbot bei Todesstrafe jeden Handel mit dem »schmutzigen Schlamm«. Und so stürzte England sich in den Opiumkrieg.

1842 erschien die »Nemesis«, der erste Panzerkreuzer, der jemals das Kap der Guten Hoffnung umschiffte, der Stolz der britischen Flotte, ein hochmodernes Dampfschiff, vor Kanton. Ihre gewaltigen Geschütze legten Kanton in Schutt und Asche. Dann feuerten die englischen Kriegsschiffe eine Breitseite auf die kaiserliche Armada ab: auf Tausende von Dschunken, die wie eine hölzerne Stadt auf dem Meer lagerten. Als die Rauchschwaden sich verzogen hatten, bedeckten nur noch schwimmende Ruinen das Wasser und Leichen den Strand. Das englische Geschwader fuhr nordwärts an der Küste entlang und bombardierte sämtliche Häfen. Jedes Bombardement bedeutete eine Massenvernichtung, Tausende von verkohlten und zerfetzten Toten in einer brennenden Stadt. Schließlich dampften die Kanonenboote Seiner Majestät den Blauen Strom hinauf. Und zum erstenmal sahen die Chinesen des Binnenlands Granaten, richtige Granaten, die aus dem Himmel fielen und das Reich des Himmels verwüsteten. Erst dann war der Kaiser in Peking zum Nachgeben bereit. Der Friede wurde geschlossen, China den Ausländern geöffnet, der Handel mit Opium genehmigt, Schanghai dem Business überlassen.

Die Engländer hatten mit sicherem Instinkt das Gelobte Land des großen Geldes angesteuert. Noch während des Krieges hatte die »Nemesis« bei ihrem Versuch, in das riesige, sumpfige, schlammige und gefährliche Mündungsdelta des Yangtsekiang einzudringen, den Hwangpu entdeckt, einen schmalen, aber tiefen Wasserlauf. Einen kleinen Nebenlauf des Yangtsekiang, den einzigen, der bequem schiffbar war. Nur eine Schlammrinne. Ein paar Kilometer vom übelriechenden Ufer entfernt ein größerer chinesischer Marktflecken, fast unbekannt, ohne eine besondere Gründungsgeschichte, ohne einen großen Mandarin, ohne Vergangenheit, ganz einfach Schanghai genannt, was bedeutet: »vom Meer stromauf«. Alte Lehmmauern beschützten eine rückständige Bevölkerung von Krämern und Handwerkern. Entgegen seiner Gewohnheit gab der englische Admiral diesen Flecken nicht zur Plünderung frei. Ja er ließ sogar in dem besetzten Städtchen folgende Proklamation anschlagen: »Vor dem Vater im Himmel, der unsere Geschicke lenkt, sind alle Menschen Brüder. Darum sollten sie einander wie Brüder begegnen.«

Schanghai. Wer hätte gedacht, daß dieses Nest zur Weltstadt werden sollte? Weit und breit nichts als Schmutz und Elend. Bei Friedensschluß kein einziger Weißer. Der erste, der sich im November 1843 dort niederläßt, ist ein englischer Konsul, den ein Dampfschiff, die »Medusa«, absetzte. Es war Abend. Keine Menschenseele am Ufer. Der Diplomat beschließt, an Bord zu übernachten. Beim flackernden Schein der Petroleumlampe trinkt er auf die künftige Größe des Hafens, der zunächst nur ein verpesteter und verlassener Sumpf ist. Aber die Großartigkeit des Vorhabens begeistert George Balfour – so hieß dieser Konsul –, und er ruft, über die Admiralitätskarten gebeugt, aus: »Die Kultur der Barbaren muß der unseren weichen, denn sie ist die höchste.«

Bei Tagesanbruch schickt der Taotai, der Bürgermeister der Barbaren, einen Tragsessel zum Hafen. Das Volk der Krämer in ihren schreiend bunten Buden und der düngerduftenden Bauern verneigt sich erstaunt und höflich vor Balfour, der seine ersten

Schritte auf dem Boden Schanghais tut. Niemand spuckt aus, niemand geifert. Aber keine Möglichkeit, Quartier zu nehmen, bis ein Chinese im Pelzmantel anbietet, ein Karawanserail mit vierundfünfzig Schlafräumen zu vermieten. Man versteht sein Entgegenkommen, als er erklärt, daß er für seine treuen Dienste das Monopol aller Handelsgeschäfte mit den Fremden haben möchte.

Das waren die Anfänge des heutigen Schanghai. Balfour holt sich unverzüglich beim Taotai die Genehmigung zum Erwerb eines Terrains außerhalb der Stadtmauern, wo sich die Untertanen Seiner Majestät ansiedeln könnten. Er wählt den Schlammstreifen, der das abfallende Flußufer des Hwangpu bildet. Fünfzig Jahre später wird hier der »Bund« sein, wo die schönsten Gebäude und die größten Banken der Welt stehen und die größten Passagierdampfer anlegen.

Aber zunächst sieht man nur Unkraut und wilde Tiere. Nach einem Jahr hat Schanghai erst dreiundzwanzig ausländische Bewohner, die in Pestdünsten vegetieren. Ein paar kleine Weiße, in armseligen Hütten. Wird das Wunder geschehen?

Englische Hartnäckigkeit. Balfour läßt dort, wo ein kurvenreicher Kanal in den Hwangpu mündet, ein Gebäude errichten. Es ist das britische Konsulat. Nun tauchen auch die seriösen Herrn auf, die Taipans und ihre Griffins, Gentlemen, aus dem härtesten Holz geschnitzt, die von ihren Arbeitgebern in London oder Kalkutta sorgfältig ausgewählt wurden. Achtbarkeit, Gesundheit, in Indien oder anderswo erworbene Erfahrungen, eiserne Willenskraft, Erfolgsstreben und atavistische Liebe zum Geld. Die Taipans sind um die Vierzig. Die Griffins sind junge Männer von zwanzig Jahren. Sie müssen ebenso ausdauernd sein wie die echten Griffins, die Wildponys, die auf den ersten Rennbahnen des bereits unterworfenen Asien laufen.

Die Eroberer Schanghais, Chinas, ganz Asiens sind also nur Angestellte. Ihre oberste Regel: als Weiße leben, als weiße Herren. Sie sollen die Gelben ausbeuten, nicht sich unter sie mischen. Jeder Taipan läßt sich in angemessener Entfernung von der Chinesenstadt, am Ufer des Hwangpu, einen Bungalow westlicher Bauart errichten: unten die Büros, oben die Wohnräume, säulentragende Terrassen, auf denen man Whisky trinkt. Diese

Pioniere haben keine Frauen. Aber sie führen ein Leben im englischen Stil, wie die großen Geschäftsleute in den Kolonien. Tropenhelme und weiße Anzüge. Nach des Tages Arbeit kleidet man sich für den Abend um. Dann versammelt sich die Männergesellschaft und läßt es sich wohlsein. Zeremoniell, Etikette: die wahre Kultur. Speisen und Getränke in Mengen. Die Runde britischer Gesichter, blühende und hagere, in steifer Kurzweil um den mit schwerem Silber gedeckten Tisch, dem jedoch die Dame des Hauses fehlt. Das Dinner beginnt mit einer Suppe, zu der Sherry gereicht wird; und dann folgen die Entrees, die Hauptgerichte, Fleischspeisen, Desserts, der Champagner und die Zigarren. Gewaltige Kiefer. Ausladende Bäuche. Fröhlichkeit auf geröteten und bleichen Gesichtern. Niemals bedrückt sein. Keine Schwäche zeigen. Lachen, wie es sich gehört: ein Lachen, das allen verborgenen und verbotenen Schmerz überdeckt. Arbeiten wie besessen, dann diese »Parties«. Jeder dieser Männer ist ein unbezwingliches Stück England. Und doch werden viele dieser Taipans und Griffins bezwungen und sterben – an seelischer oder körperlicher Abnutzung, einem tückischen Fieber, das aus dem Hwangpu und den Wassern aufsteigt, oft auch an einer Epidemie, einer kleinen Cholera oder einer kleinen Pest, die ein Schock Gentlemen dahinrafft. Die ersten Gräber, die Predigt eines Pastors von der Sterblichkeit allen Fleisches.

Die Toten sind bald ersetzt. Ohne Unterlaß kommen neue Taipans, neue Griffins – sie sind genau wie die alten. Nach ein paar Jahren reihen sich schon ein paar Dutzend Bungalows am Ufer des Hwangpu. Bungalows, die alle einander gleichen, für Männer, die alle einander gleichen, ein paar hundert rauhe Geschäftsleute, sorgsam ausgesucht, sehr viktorianisch, aber gesellig im Umgang. Veranstaltungen um des Vergnügens willen. Aber auch als Philosophie, als Verhaltenskodex, eine würdige Lebensführung, die – ganz unter der Hand – die Überlegenheit der Angelsachsen über ihr chinesisches Personal noch mehr festigt.

Die weiße Kolonie und die gelbe Stadt grenzen aneinander und sind doch wie Hunderte von Kilometern voneinander entfernt. Welcher verständige Taipan würde jemals in die Altstadt gehen, um gelbe Gesichter zu sehen und Mikroben aufzuschnappen? Und doch sind die Chinesen des alten Schanghai ordentliche Leute, keine Gauner wie die von Kanton. Wie in alten Zeiten schließen sich die Mauertore der himmlischen Stadt des Abends, die Nachtwächter marschieren durch die Straßen und schlagen mit den Bambusstöcken auf den Boden. Keine Soldaten. Der gute dicke Taotai ist sehr freundlich. Alles ist so friedlich, daß die Missionare, die ihre Amtspflicht, die Erfüllung ihres Bekehrungsauftrags, nach Schanghai führt, bei der Rückkehr von ihren heiligen Expeditionen sagen: »Außer den Hunden, die noch nicht an die Anwesenheit von Fremden gewöhnt sind, hat niemand sich bissig gezeigt.«

Die Taipans bleiben in ihren Bungalows, die man »hongs« nennt. Sie haben keine Chinesen um sich, nur die Hausangestellten, die sie »Boys« nennen. Fabelhaft dressiert. Völlig mit den seltsamen Sitten der Barbaren vertraut – ein kostbares Wissen, das sie vom Vater an den Sohn weitergeben. Die besten Diener der Welt, die intelligentesten, sie lächeln immer, wissen genau, was einem Gentleman ansteht. Kennen die komplizierten Regeln des Lebens in den Kolonien genauso gut wie ihre Herren, den Augenblick des ersten Whiskys des Abends, das geheiligte Zeremoniell des Sherrys. Sie können sogar die Orden in der richtigen Reihenfolge an eine Uniform heften.

In Wahrheit gibt es noch eine zweite Kategorie von Chinesen, die unentbehrlich und weitaus wichtiger sind. Ohne sie wäre jeder Handel unmöglich. Es sind die Compradores, sämtlich »moderne« Chinesen, auch wenn einige schon alte Mondgesichter haben und noch die altehrwürdige Mimik, die gewundene Rede und traditionelle Gewandung pflegen. Aber nichts mehr von Rülpsen und Spucken. Sie sind schlau genug, um den Engländern zuliebe Zugeständnisse an die Hygiene zu machen. Die meisten verkleiden sich als Barbaren, tragen Krawatte und Straßenanzug. Sie haben die Meere des Südens durchkreuzt, waren in Singapur und Hongkong, wo »law and order« der Gentlemen herrschen. Sie sprechen neben allen Dialekten auch die Sprache Shakespeares, für Handelsschulen.

Jede Firma hat ihren Comprador. Er hat Zugang zu den Büros. Manchmal sogar einen eigenen Verschlag in einem Winkel. Der stämmige Taipan, der, stets mehr oder weniger schwitzend, in seinem Sessel sitzt, läßt den Comprador holen und sagt zu ihm: »Verhökern Sie mir diese Stoffsendung zu dem und jenem Preis« – und der Stoff ist verhökert. »Kaufen Sie mir hundert Tonnen Tee dieser oder jener Qualität zu dem und dem Preis ab« – und der Tee ist gekauft. Das Ganze ohne Aufhebens.

Soll der Comprador zusehen, wie er die Sache erledigt. Und er erledigt sie immer und zur allgemeinen Zufriedenheit. Niemand fragt ihn, wie er das macht. Man verläßt sich auf ihn. Denn er ermöglicht es dem Taipan, in China Geschäfte zu machen, ohne sich mit den Chinesen zu beschäftigen.

Wie sollten die weißen Herren mit den zahllosen kleinen gelben Händlern Abschlüsse tätigen können? Ein Abgrund klafft zwischen ihnen. Die chinesischen Geschäftsleute hegen tiefes Mißtrauen gegenüber Verträgen, Klauseln, juristischen und wirtschaftlichen Prozeduren der Europäer mit allen ihren Fallstrikken! Im echten China, wo einzig das Wort gilt, das die Handelspartner einander geben, betrachtet man das Vorgehen der Weißen als unschicklich, kindisch und hinterhältig. Was für ein Mangel an Erziehung, irgend etwas Schriftliches zu fordern. Und was für eine Perfidie obendrein, denn danach stellen diese Fremden auf Grund irgendeiner unverständlichen Klausel ganz unglaubliche Ansinnen, rufen Konsuln und Kanonenboote zu Hilfe, um durchzusetzen, was oft glatter Betrug ist, wenn es sich auch im Rahmen ihrer Gesetze hält. Keiner versteht den anderen. Die Weißen zetern jedesmal: »Und diese gelben Affen, die sich an keine Abmachung halten ...« Die Himmlischen andererseits bleiben, entsetzt ob solcher Praktiken, in ihren Gilden verschanzt und schieben an ihren Rechenbrettern herum, geheimnisvoll und unzugänglich. Ein Gefälle von mehreren Jahrhunderten zwischen beiden Handelssystemen. Erbitterung der Europäer und Groll der Chinesen, die sich klaglos von ihren Mandarinen schröpfen lassen, aber nicht auch noch von fremden Handelsleuten ausgenommen werden wollen, von Hellhäutigen noch dazu.

Ein Glück, daß es die Compradores gibt! Sie versöhnen die Gegensätze. Sie sind die idealen Kontaktmänner zwischen der Handvoll Taipans und dem riesigen China. Die Taipans bleiben in ihren Büros und tun, was ein Gentleman tun kann. Warten auf die Orders aus London. Buchhaltung. Warenbücher. Rechnungen. Berichte. Inzwischen befassen sich ihre Compradores mit dem wirklichen China; arrangieren alles mit den Chinesen aller Klassen: Mandarinen, Händlern, Banditen, ganz zu schweigen von den paar hundert Millionen Gelben. Zug um Zug spinnen diese Herren ihre Netz über ganz China, zum Nutzen der Taipans und zu ihrem eigenen Nutzen. Sie wissen nicht mehr, ob sie gelb oder weiß sind, gehören beiden Welten an und sind selbst bald Milliardäre. Und über sie, durch sie wird das alte China trotz der Hochnäsigkeit der Merchants langsam verwestlicht, auf eine unerfreuliche und widerspruchsvolle Weise.

Glückliche Zeiten. Am Ufer des Hwangpu gedeihen die Taipans weiterhin, dank des Opiums aus Indien. Kein Einfuhrzoll, denn die wenig tugendsame Kaiserin Tse-hi will sich nicht bereichern an den »Lastern und dem Elend« ihres Volkes. Trotzdem werden die Opiumladungen taktvollerweise ein paar Kilometer stromab in Wusong gelöscht. Dort liegen ständig ein Dutzend alter Pontonschiffe vor Anker, die als schwimmende Depots dienen und die Giftfracht der Klipper aus Kalkutta übernehmen. Diese Klipper sind scharf gebaute Schiffe mit riesigen Segeln, die schneidig durch die Wogen jagen und in dichter Folge verkehren. Sie haben herrliche Takelage und Elitemannschaften, die weder Monsun noch Stürme fürchten. Im Taifun läßt der Kapitän als echter Gentleman der Meere noch mehr Leinwand setzen, nur zum Spaß, als wäre es eine Rallye. Jede Ladung ist Millionen wert. Mit schweren Bordgeschützen werden Piratendschunken versenkt, die die Küsten unsicher machen.

Blühende Zeiten. Aber die Taipans möchten in einer richtigen Stadt leben, mit allem, was für Geschäft und Vergnügen nötig ist. Tausende von Kulis rammen Millionen und Abermillionen von Pfählen in den Schlamm. Wie viele sterben? Aber so entsteht fester Boden, richtiger Boden, auf dem man Rasen ansäen, schöne Gärten anlegen kann, Promenaden und Klubs installieren. Und, wiederum mit Kulis und Pfählen, wird das dreckige Ufer des Hwangpu in einen anständigen Kai verwandelt, wo noch mehr Frachter anlegen können. Eine Stadt wird aus dem Nichts gestampft. Bei ihren Dinner-Parties sagen die Taipans mit grauseidenen Zylindern und engen hohen Kragen zueinander: »Es macht sich.«

Alles macht sich zu gut. Eines schönen Morgens im Jahr 1853 erwacht der Himmelsdrache mit seinen todbringenden Gliedern. Die Taipans werden von China belagert, von der Riesenmasse China, von allem, was sie in ihren Tiefen an Geheimnissen, an Drohungen, an Wahnsinn birgt. Das ganze Gewicht Chinas wirft sich auf ein paar tausend Weiße und ihren »Bund«, diesen unseligen Meteoriten aus einer anderen Welt, der sich so anmaßend in der alten himmlischen Erde eingenistet hat.

Blutige, todbringende Jahre, nicht in Schanghai selbst, aber rund um Schanghai. Kein direkter, konzentrierter Angriff auf den »Bund«. Nur ein unzusammenhängendes, absurdes, unentwirrbares und blutiges Drama, dessen Ausbrüche in jedem Augenblick den winzigen, noch kaum im Schlamm verwurzelten Stützpunkt des Abendlandes hinwegreißen können. Chinesenhorden kämpfen unmittelbar am Rande des »Bunds« gegeneinander. Es ist der Konflikt zwischen den Taiping und den Kaiserlichen. Wie viele barocke, blutrünstige, lächerliche Episoden spielen sich vor den Augen der Weißen ab! Nur der Haß dieser zahllosen Chinesen gegeneinander rettet Schanghai vor dem Zugriff der Gelben. In blindem Haß wollen die feindlichen Lager sich zugleich der Weißen bedienen, sie als Verbündete einsetzen und sie töten. In ihrem Wahn lassen sich die verwickelten Chinesenhirne aller Parteien, die wie immer den längsten Weg, die gewinnträchtigsten Kniffe suchen, schließlich von diesen Weißen gängeln, die sie alle gleich fanatisch hassen. Hinterlist, Konfusion, eine Perversion der Intelligenz, die größte Schwäche Chinas.

Schreckensjahre, in denen die Taipans wie beim Poker gelassen ihr Spiel spielen, um den Einsatz ihres Lebens und des Lebens aller Weißen. Ein falscher Schritt, ein ungeschickter Zug, und es kann zum Massenansturm der Gelben gegen die Barbaren kommen, zum Massaker. Inmitten dieses Chaos zeigen die Taipans so starke Nerven wie noch nie, äußerste Entschlossenheit, völlige Skrupellosigkeit. Eine Skrupellosigkeit, die noch mehr Durchschlagskraft besitzt als die der Chinesen. Die unglaublichsten Dinge passieren. Taipans und Griffins legen ihre Geschäftsbücher beiseite und bilden eine bewaffnete Miliz, schlagen die chinesischen Angreifer aller Art zurück. Britischer Mut. Aber vor allem britischer Geschäftsgeist. Überleben genügt nicht. Auf welcher Seite liegt ihre Zukunft? Eiskalte Berechnungen, Wagestücke, Gemetzel, Kehrtwendungen – darin besteht die wohlüberlegte Politik der Taipans. Wer kann Schanghai das ganze Tal des Yangtsekiang verschaffen? Nicht die Taiping-Rebellen, die keinen Handelsinstinkt haben, sondern Kaiserin Tse-hi. Die Herren in Schanghai kümmert es wenig, daß soeben ein offizieller Krieg im fernen Norden beendet wurde. Ein Krieg, in dem die englischen und französischen Armeen unter furchtbaren Greueln Peking erobert, Tse-his Paläste verwüstet und die Verbotene Stadt entweiht haben. Zur gleichen Zeit unterhalten die Taipans eine weiße Söldnertruppe, die mit Billigung Tse-his den Taiping-Rebellen eine vernichtende Niederlage zufügt. Die Generale der Kaiserin müssen sie nur noch abschlachten. Danach werden auf dem Blauen Strom an Stelle der Leichen die Waren aus Schanghai schwimmen.

Die wahre Größe Schanghais beginnt um das Jahr 1865.

Was für eine Moritat! Alles begann ganz friedlich und komplizierte sich dann langsam nach chinesischer Art, von undurchsichtigen, beängstigenden Entwicklungen zu noch undurchsichtigeren und bedrohlichen Entwicklungen. Anfangs machte das den Weißen Spaß. Wie im Theater, von Logenplätzen aus, beobachteten sie die kuriosen Sitten dieser Eingeborenen, die einander mit Feuereifer umbrachten, aber immer höflich und immer außerhalb des »Bunds«.

Die Taipans wissen tatsächlich kaum etwas von den Taipings und von Hong, der in Nanking das Reich des Himmlischen Friedens ausrief. Nanking ist so weit! Daher sind sie gelinde erstaunt, als sie eines schönen Morgens feststellen, daß die Chinesenstadt Schanghais einen neuen Herrn hat. Der »Dreifaltigkeitsbund«, eine mit den Taiping verbündete Geheimgesellschaft, hat sich der Stadt bemächtigt. Perfekte Verschwörung. Aus den stinkenden Gassen tauchten finstere Gestalten auf, mit langen Messern und Piken bewaffnet, und erstürmten die Bürgerhäuser, plünderten und mordeten. Den Taipans gegenüber benehmen diese rauhen Gesellen sich allerdings recht gesittet. Ihr Anführer, ein gewisser Lew, der englisch spricht, macht dem Protokoll entsprechend die Runde bei den großen Firmen am Ufer des Hwangpu. Er sagt zu jedem Taipan: »Unser

Himmlischer Vater Hong ist unser Christus. Er liebt euren Christus. Ihr und eure Christen habt nichts zu fürchten.« Die seit einiger Zeit ansässigen Pastoren und Pfarrer sind durch diese Sprache erschüttert. Sie gehen in die Chinesenstadt und zelebrieren eine Messe. Inbrunst. Neben den braven Katechumenen beten noch eifriger die rotverschmierten Männer des »Dreifaltigkeitsbunds«.

Doch der Wald der Schiffsmasten im Hwangpu beginnt sich zu lichten. Das Geschäft geht schlecht. Es geht noch viel schlechter, als die kaiserlichen Truppen erscheinen, um dem »Dreifaltigkeitsbund« den Krieg zu erklären. Die Weißen auf ihren Terrassen glauben sich im chinesischen Theater. Hysterie, Gongs und Geschrei, entrollte Banner, seltsame Kostümierungen, ausgefallenste Waffen. Ein sagenhaftes Getümmel. Die Männer des »Dreifaltigkeitsbunds« haben Schlammfestungen gebaut, die von den Kaiserlichen belagert und mit Feuertöpfen bombardiert werden. Wie gewöhnlich ist das Ganze unverständlich. Meist endet der ganze Zauber ohne einen Schuß. Manchmal empfehlen die Boys ihren Herren: »Passen Sie auf. Es wird interessant werden.« Diese Diener irren sich nie. Zur vorhergesagten Stunde kommt das Gemetzel, das Blutbad.

Die Taipans handeln als rechtschaffene Geschäftsleute: sie verkaufen ihre Kanonen und Granaten an beide Armeen. Das ist die Neutralität des »Bunds«. Aber die Taipans sagen sich auch sehr richtig, daß sie eines Tages Ärger mit dem einen oder dem anderen Lager kriegen werden, vermutlich mit beiden. Daher bildet Captain Tronson von den 2. Bengalen-Füsilieren die jungen Griffins in einem Blitztraining auf dem nagelneuen Rennplatz zu Soldaten aus. Eines Tages erliegen die Kaiserlichen der Versuchung, in den »Bund« einzudringen, um ein bißchen zu »organisieren«. Unverzüglich setzen die dreihundert Freiwilligen Captain Tronsons zum Sturm auf das Hauptquartier der Kaiserlichen an – unter den Granaten, die ihre eigenen Firmen an die Chinesen verkauft haben. Sieg. Diese »Schlacht auf der Schlammbank« hat zwei Stunden gedauert.

Die Männer des »Dreifaltigkeitsbunds« haben von den Stadtwällen aus das Treffen friedlich beobachtet. Aber ihre eigene Wichtigkeit steigt ihnen zu Kopf, und sie begehren gleichfalls auf. Diese Geheimbündler haben eben doch nicht den gleichen Christus wie die Christen, sagen sich die Priester angesichts der Verfolgung ihrer Katechumenen in der Chinesenstadt. Den französischen Missionaren gefällt das ganz und gar nicht, und sie bedrängen den Konsul von Frankreich, denn es gibt auch dort einen, er müsse hier, als wahrer Verteidiger des Glaubens, ganz energisch eingreifen.

Der Konsul ist ein kleiner unabhängiger Potentat. Wie ist das möglich? Er ist ein gewisser Monsieur de Montigny. Als er 1848 nach Schanghai kam, waren die »hongs« der englischen Taipans bereits überladene Paläste im italienischen oder maurischen Stil. Weitere ernste Herren, echte Merchants, auch wenn sie Amerikaner oder Deutsche waren, hatten sich zu den Taipans gesellt. Als der Konsul von Frankreich in Schanghai an Land geht, als sein Fuß die Schlickböschung betritt, die das Ufer des Hwangpu bildet, ist er der reinste Paria. Er sucht ein geeignetes Territorium für Frankreich außerhalb des »Bunds« und findet nur trostlose Öde. Er ist ein hartgesottener Bursche, zielstrebig und nicht auf den Mund gefallen, ein fahrender Ritter, ein Condottiere, ein fanatischer Sohn Frankreichs. Er hat eine abenteuerliche Jugend hinter sich, die glorreichen Napoleonischen Kriege, den Kreuzzug für die Unabhängigkeit Griechenlands zusammen mit Byron. Dieser strenge, feurige Mann bringt als wahrer Katholik seine ganze Familie mit in dieses wüste und gefährliche Schanghai: seine Mutter, seine Frau und die beiden Töchter. Die Engländer in ihrem Junggesellenparadies sind platt. Dieser Montigny muß wahnsinnig sein! Er hat wenig Stütze an seiner fernen Regierung, keinen Sou in der Kasse und findet an Franzosen nur ein paar Priester, die ihm einen verwahrlosten Bau zwischen dem Hwangpu und der Chinesenstadt abtreten. Das erste Konsulat auf einem öden Gelände – einem Gelände ohne Bäume, halb unter Wasser, überall stinkende Gräben, hier und dort Gräber und niedrige Hütten aus getrockneter Erde. Kälte, Hunger, Briganten, Einsamkeit.

Der Wahlspruch des Konsuls lautet, mit den Chinesen müsse man »wagen, um zum Zug zu kommen«. Er ringt dem Taotai die Bestätigung ab, daß sein Sumpfloch von nun an die französische Konzession sei. Ein Meisterstreich. Aber die Einsamkeit bleibt, denn es kommen keine Franzosen, um sich in Schanghai niederzulassen. Ein Jammer. Monate vergehen, Jahre, bis sich endlich die ersten Landsleute in dieser durchnäßten Wüste am Fuß der himmlischen Wälle ansiedeln. Nur eine Handvoll, und sie leben isoliert von den Taipans und den übrigen Weißen. An besseren Leuten viele Missionare und auch Beamte: zwei französische Spezialitäten. Aber auch gescheiterte Existenzen, ein Häuflein Rebellen und Deserteure, Vermittler, die Gott weiß was vermitteln, echte oder falsche Handelsvertreter: Abenteurer auf der Suche nach Vermögen oder Vergnügen. Trotz aller Gottesfurcht, der Soutanen, der Kirche, trotz der Frömmigkeit des Konsuls herrscht kein Puritanertum, im Gegenteil: das romanische System, das schon immer das Nützliche mit dem Angenehmen, Geld mit Genuß zu verbinden wußte. Die Kumpanei mit den eingemummelten chinesischen Herren, vor allem mit dem Taotai, die Kunst, sie zu zähmen, die fantastische Idee, den Chinesinnen näherzutreten, mit ihnen zu schlafen. Die Erregung durch Alkohol, Erotik, Büffelsteaks zu Haifischflossen, die Geheimnisse des Fernen Ostens und gut französisches Schwatzen, Spaßen und Schimpfen. Hirne, in denen wahnwitzige Pläne brodeln, Männer, die Strandgut des Lebens bleiben, andere, die reich werden. Über alle Schwierigkeiten und Zwistigkeiten siegt das französische Talent, sich zu einer kleinen anarchisch-bürokratischen Kolonie zu organisieren, mit heiligen Messen, den ersten Alleen und den ersten Villen, den ersten Bordellen. Und auch mit einer winzigen Armee aus einigen Soldaten.

Daher sind die Franzosen keineswegs erfreut, als der Taotai und die besseren gelben Bürger, mit denen sie so gute Beziehungen hatten, von den mit den Taiping verbündeten Leuten des »Dreifaltigkeitsbunds« um die Ecke gebracht werden. Vor allem die katholischen Missionare verabscheuen diese Leute, während die englischen Pastoren ihnen eine gewisse Nachsicht entgegenbringen. Nachsicht, weil der Christus Hongs deutlich protestantisch ist, weil Hong schließlich im Reich des Himmlischen Friedens, in Nanking, den Reverend I. P. Roberts zum Außenminister gemacht hat. Und so sind es die Franzosen, die nach zwei langen Jahren der Geduld den »Dreifaltigkeitsbund« liquidieren, mit stillschweigender Billigung der Taipans, die sich nicht einmischen wollen.

Eines Tages wird in der Chinesenstadt ein Katechumene getötet. Sogleich entrüstet sich der Konsul, von den Priestern angespornt, über die im alten Schanghai verübten antikatholischen »Greueltaten« – und schickt seine Armee los. Die französische Truppe schießt eine Bresche in den Stadtwall, dringt mit aufgepflanztem Bajonett in die Chinesenstadt ein. Die Männer des »Dreifaltigkeitsbunds« ergreifen die Flucht. Vergebens. Denn die Kaiserlichen, mit denen sich die Franzosen abgesprochen haben, rücken hinter ihnen ein. Blutbad. Die Soldaten Tse-his erschlagen jeden, der von den Passanten auf den Gassen als Rebell denunziert wird, mit der Axt. Köpfe türmen sich zuhauf. Wer zufällig Lew, dem Anführer des »Dreifaltigkeitsbunds«, ähnlich sieht, wird füsiliert – Lew entkommt, aber ein Dutzend Ladenbesitzer, die für ihn gehalten wurden, bleiben auf dem Schlachtfeld. In ihrem Rausch brechen die Kaiserlichen die Särge auf und schlagen die Skelette entzwei.

Sieg an allen Fronten, nach dieser gelungenen Arbeitsteilung zwischen Engländern und Franzosen. Aufs neue Blühen und Gedeihen. In einem Jahr werden im Hafen vierhundert Schiffe mit Tee und Seide beladen. Fast hundert »hongs«, die Flaggen von acht Nationen am »Bund« entlang. Doch bald schon kündigen sich noch schrecklichere Stürme an.

Stürme, die aus dem Inneren Chinas kommen. In einem wahren Blutrausch töten die Chinesen sich gegenseitig. Wollen alle Weißen ausrotten. Aber diese Weißen wollen mit ihren englischen und französischen Geschwadern und Expeditionskorps China besiegen, es sich endlich unterwerfen. Wird Schanghai in diesen Unruhen untergehen?

Schanghai ist von allen Seiten von Gefahr bedroht. Sie kommt vor allem aus dem Bett des Blauen Stroms, aus dem Landesinneren, wo Millionen von Taiping marschieren. Das Echo einer blutrünstigen Kakophonie dringt von dort her: Schwerterklirren, Aufeinanderprallen der Lanzen, Kriegstrommeln. Haß. Wilde Gier der notleidenden Massen, die von den Schätzen Schanghais gehört haben. Welche Horden werden auftauchen?

Aber das alte China, das kaiserliche China, das heilige China hegt den gleichen Haß gegen Schanghai. Alle List wird aufgeboten, um zu verhindern, daß die Weißen sich des Reichs des

Himmels bemächtigen. England aber will seinen Handel, Frankreich den Katholizismus schützen, und so entschließen sich beide im Namen der Zivilisation, loszuschlagen. Zwanzig Jahre nach dem Opiumkrieg ist aufs neue offiziell der Krieg ausgebrochen.

1857. Die Kanonen von zweiunddreißig Panzerkreuzern zerstören zum zweitenmal Kanton. Der Sohn des Himmels gibt nicht nach. Also müssen die »Zivilisierten« Peking erobern. Die Welt versinkt in Wahnsinn. Bei den Weißen die Furcht vor China, vor seiner verräterischen Seele. Blutrausch bei den Chinesen. Entsprechende Grausamkeit gegen die Chinesen: Freude am Töten. Ausrottung, Folterungen, Wüten eines jeden gegen jeden, Bestialität. Die Chinesen lassen nur verbrannte Erde hinter sich, Leichen, verpestete Leere. Die Soldaten des Abendlands rücken in einer Hölle aus Mord und Zerstörung vor. Alptraum. 1860 erscheinen Soldaten im Sommerpalast von Peking, die ersten Barbaren, die in dieses verschlungene und verschnörkelte Universum, die Höchste Harmonie, eindringen. In die beängstigende Zauberwelt der kostbaren und barocken Dinge. Sie plündern, brandschatzen, das Feuer verzehrt die ganze Pracht. Als sollten die zähnefletschenden Genien Chinas für immer vernichtet werden. China kapituliert, es muß sich den Fremden wahrhaft »öffnen«, sich Schanghai ergeben.

Inzwischen marschieren die zerlumpten und abenteuerlich aufgeputzten Taiping-Armeen auf Schanghai, dessen reguläre Truppen nach Peking abgestellt sind. Großer Schrecken. Der größte Taiping-General Tschu Wang rückt mit zwei- bis dreitausend Mann in Richtung Schanghai vor. Die Stadt Sutschau, berühmt durch ihre Seidenerzeugung, keine zweihundert Kilometer entfernt, wird erobert. Die Nacht wird von rötlichem Feuerschein erhellt. Die schwarzen Rauchschwaden der verbrannten Dörfer beschmutzen die »hongs«. Die Taipans haben Angst, aber sie überlegen.

Die Überlegung ist stärker als alle Furcht! Es steht alles auf dem Spiel. Denn seit einigen Jahren sind die Taipans praktisch unumschränkte Herrscher. Sie haben eine Kaufmannsrepublik geschaffen nach dem Vorbild Venedigs, in der die Konsuln bloße Statisten sind. Die Kaufleute befehlen, dank eines Stadtrats, der von den reichsten Weißen gewählt wird. Geld. Plutokratie. Abendland. So wurde die internationale Konzession Schanghai gegründet. In Wahrheit eine Regierung, in der die Bürger aller Nationen vertreten sind, mit Ausnahme der Franzosen, die in ihrem Winkel bleiben. Aber dieses Schanghai, das Schanghai der Taipans aller Länder – vornehmlich aber der Engländer –, will vor allem das Tal des Yangtsekiang erobern und das Mekka aller Hoffnungen werden.

Es gilt zu überlegen. Die Taipans werden mit Haß, aber auch mit Angeboten aller Art überschüttet. Die Taiping senden Boten an die Weißen mit der Warnung, daß sie alles Unreine hinwegfegen, alles Schändliche vernichten würden: »Wir werden diese Stadt erobern und alles in Schutt und Asche legen. Aber wenn ihr Europäer unsere zahllosen Soldaten fürchtet, so setzt ein Zeichen an euere Behausungen, und sie sollen verschont bleiben.« Mehr noch, die Taiping schlagen den Weißen ein Bündnis vor, zur gemeinsamen Vernichtung des Himmelsreichs, dieses Reichs, das die französischen und englischen Armeen in Peking angegriffen haben.

Es gilt zu überlegen, denn der Taotai von Schanghai und die chinesischen Bürger beschwören die Taipans, Streitkräfte gegen die Taiping auszusenden. In der völlig verlassenen Chinesenstadt herrscht das Entsetzen. Alles verschanzt sich, alles ist geschlossen. Und die Mandarine rufen diese weißen Barbaren zu Hilfe, die ein paar tausend Kilometer entfernt den Himmelssohn attackieren. Der Vorschlag wird abgelehnt.

Die Klugheit gebietet, keine bewaffnete chinesische Streitmacht in das Schanghai der Abendländer einzulassen. Denn bei der Ausrottung, die alle diese himmlischen Heerscharen sich gegenseitig androhen, könnten leicht auch die Weißen über die Klinge springen. Es heißt also, die Offensive vermeiden, in der Defensive bleiben, denn die Taipans wissen nicht, ob sie mit Hong oder mit dem Himmelssohn paktieren werden. Sollen diese Chinesen inzwischen einander den Garaus machen!

Man beschließt, Schanghai von der eigenen Miliz verteidigen zu lassen. Die Taiping ermorden vor den Toren der Konzession einen Missionar und die Kinder seines Waisenhauses mit der Spitzhacke. Flammen rund um die Stadt. Die Taiping, die sich hinter den Grabhügeln, den Gehölzen, den Ruinen des von den Kaiserlichen gehaltenen alten Schanghai versteckt haben, setzen zum Sturm auf die Wälle an. Aber Engländer und Franzosen kommen überein, sie durch wohlgezieltes Geschützfeuer aufzuhalten. Es kommt zu einigen Plünderungen in der Himmlischen Stadt, ein Stadtviertel wird in Brand gesteckt, aber die Taiping ziehen sich zurück.

Sie ziehen sich nicht weit zurück, gruppieren sich in den eroberten Städten und den Verschanzungen. Das flache Land ist ein bewaffneter Ameisenhaufen. Schanghai verwandelt sich in ein Karawanserail. Ein Haufen gelben Pöbels flüchtet sich vor Krieg, Brand und Tod dorthin. Alle Vogelfreien des Pazifiks drängen herein, sämtliche Galgenstricke, angelockt durch die phantastischen Berichte von Kämpfen, Beutezügen, Plünderungen, durch die Erzählungen der Soldaten, die auf ihrem Rücken die Schätze Chinas schleppen. Die Gebrüder von der Küste, allen voran die Amerikaner, suchen in Schanghai Gewinn durch Verbrechen und Laster. Spelunken und Opiumhöhlen schießen aus dem Boden, und die Straflosigkeit ist gesichert, denn die Taipans hatten keine Zeit, eine Polizeiorganisation aufzubauen.

Kriegsgewinne. Die Taipans verkaufen Tausende von Kanonen an die Taiping. Die Gebrüder von der Küste versuchen, sich an irgend jemanden zu verkaufen. Ihrer hundert schließen sich den Taiping an. Beispiellose Abenteurer. Ein paar werden hingerichtet, andere zu künftigen Räten der Kulikönige ausersehen. Aber die meisten lassen sich mit dem Geld, das die chinesischen Kaufleute lockergemacht haben, vom Taotai von Schanghai kaufen. So entsteht ein Söldnerheer, ein bunter Haufen aus sämtlichen weißen Rassen und asiatischen oder philippinischen Banditen. Anführer ist ein gewisser Ward, Gangster aus den USA und ehemaliger südamerikanischer Freibeuter. Er hat sich in der ganzen Welt herumgetrieben und, wie er sagte, jeden Beruf ausgeübt, nur keinen anständigen. In Schanghai tritt er in chinesischer Tracht und mit einer chinesischen Ehefrau auf. Nachdem er seine Spießgesellen versammelt hat, darunter viele abgeworbene Matrosen und Trimmer von den Frachtern, führt Ward militärische Operationen in der Umgebung Schanghais durch.

Er läßt alles über die Klinge springen und schafft sich ein Vermögen. Mutig wie ein Löwe. Ein paar Niederlagen, aber doch so viele Erfolge, daß Kaiserin Tse-hi ihm zum Lohn den Generalsrang verleiht und seiner Truppe den Namen »Allezeit siegreiche Armee«.

Die Taipans lassen ihn gewähren. Sie stehen nämlich noch immer in Kontakt mit Hong. Denn inzwischen war Peking eingenommen worden, und der Sohn des Himmels hat sich bereit erklärt, den Fremden die Häfen des Blauen Stroms zu öffnen. Wäre es nicht das bequemste, sich mit ihnen zu einigen, vorausgesetzt, daß sie dem Ausbau der Handelstätigkeit zustimmten? Der englische Admiral Hope fährt mit einer Flottille von zwanzig Dampfschiffen den Yangtsekiang hinauf, um Konsulate einzurichten. Er hat mit Hong eine Unterredung in Nanking. Hong erklärt, der Handel korrumpiere den Menschen. Damit hat er das Urteil über die Taiping gesprochen.

Die Engländer machen also Front gegen die Taiping. Denen waren die Weißen willkommen gewesen, solange sie sich mit Nebenrollen, mit Chargen begnügten und als nützlich erwiesen. Aber daß sie sich mit ihren Waren im Himmelsreich zu Herren aufwarfen, wollten sie nicht dulden. Wiederum Krieg. Armeen. Die rot beturbanten Männer tauchen aufs neue und noch zahlreicher vor Schanghai auf. An ihrer Spitze der große Tschu Wang. Diesmal wendet er die Technik der allmählichen Einschließung an, er blockiert Schanghai mit gewaltigen Feldschanzen, einem ganzen Netz von Befestigungswerken. In der Stadt herrscht Mangel. Engländer und Franzosen schicken Schiffe und Truppen nach Schanghai, das von Waffen starrt. In Erwartung des Angriffs trifft Schanghai seine Vorbereitungen – eine abendliche Sperrstunde wird eingeführt, verdächtige Chinesen werden verhaftet, die Strohboote von der Reede entfernt, die Müßiggänger und Bettler zu Schanzarbeiten herangezogen. Endlich am chinesischen Neujahrstag, einem Feiertag, dem 30. Januar, blasen die Taiping zum Angriff. Es ist tiefster Winter, der Himmel wie Blei, unablässig fällt der Schnee, die Erde ist mit einem weißen Tuch bedeckt, der Hwangpu führt Treibeis. Ist diese furchtbare Kälte ein böses Omen? Fürchten die Taiping sich vor den Weißen noch mehr, als die Weißen sich vor ihnen fürchten? Jedenfalls ziehen die Taiping sich wieder zurück. Aber nicht weit.

Die Taipans sind entschlossen, ein für allemal reinen Tisch zu machen, und im Augenblick halten sich zwei draufgängerische Admirale in Schanghai auf. Der eine, Hope, ist Engländer, der andere, Protet, Franzose. Die Admirale lassen zweitausend Frontsoldaten als Garnison in Schanghai zurück und bringen die Mannschaften ihrer Panzerkreuzer und Kanonenboote an Land. Zwei schnelle Abteilungen machen sich in die triste Winterlandschaft auf. Fröhlicher Krieg, schrecklicher Krieg. Nebel, Nieseln, Brände, Wassergräben, das ganze Land ist voller Fallen. Überall Palisaden, Faschinen, zugespitzte Pfähle und vor allem acht Taiping-Lager, gewaltige Anlagen, verschanzte Stellungen, die aus den Trümmern der geplünderten Dörfer gefertigt wurden. Das alles staffelt sich, überlappt sich zu einem primitiven und furchtbaren Geflecht, das sich eng um Schanghai legt.

Tod, wohin man blickt. Die beiden schnellen Abteilungen kommen kurz nach ihrem Ausmarsch aus Schanghai in ein Gebiet, das von den Taiping besetzt gewesen war. Am Rand der gepflasterten Straße reihen sich die Särge. Die Matrosen sprengen sie mit Axthieben, nehmen den verwesten Leichen allen Schmuck ab und stecken ihn sich an ihre Uniformen. Dann ziehen sie in eine zerstörte Stadt ein, ohne eine Menschenseele anzutreffen.

Ein Stück weiter erblicken sie das erste Feldlager der Taiping, einen Wald von Fahnen und Spießen. Himmel und Erde verschwimmen im Grau der trostlosen Weiten. Artilleriefeuer, Sturmangriff, Plünderung. Was noch übrig ist an Möbeln und Gegenständen bis hin zu Tischtüchern, Stühlen und Bänken, häufen Kulis auf requirierte Dschunken. Zweitausend Gefangene. Was soll man mit ihnen anfangen? Den Kaiserlichen übergeben, die in der Nachhut zockeln und sie alle töten würden? Ein Missionar sagt, es könnten immerhin ein paar anständige Burschen darunter sein, die man verschonen sollte. Er befragt sie einzeln auf chinesisch. Wer die Prüfung besteht, wird freigelassen. Die anderen, größtenteils gräßliche Kerle, werden den Kaiserlichen ausgeliefert, dann wird das eroberte Feldlager niedergebrannt.

Aber es gibt noch mehr Befestigungen, noch mehr Taiping.

Also heißt es immer wieder bombardieren, Breschen schlagen, im Schlamm angreifen, Palisaden erklimmen, Einfriedungen, Mauern, unter dem Feldgeschrei der Taiping, die manchmal als Feldzeichen den Kopf eines Weißen auf einer Stange mittragen. Um so erbitterter kämpfen die weißen Truppen gegen die Taiping. Ewig gleicher Schlamm, brennende Städte, Leichen. Und Verluste. Admiral Protet wird von einer feindlichen Kugel getötet. Feierliches Begräbnis in Schanghai.

Wiederum ist Schanghai bedroht. Die Taiping nähern sich aufs neue. Es wird klar, daß die regulären Truppen nicht ausreichen. Also müssen irreguläre her. Die Franzosen kommen auf die Idee, eine frankochinesische Streitmacht zu bilden mit einem Oberleutnant als General, Marineinfanteristen als Offizieren, Chinesen, oft ehemalige Taiping, als Mannschaften. Eine Handvoll Weiße befehligen unsichere himmlische Kantonisten, denen sie ausgeliefert sind. Als Gewehre alte Vorderlader, die von den europäischen Händlern den Rebellen zugedacht, aber vom Zoll beschlagnahmt worden waren. Abenteuer. Weitere Belagerungen, alles geht gut.

Die englischen Taipans aber begnügen sich nicht damit, sie beschließen die Aufstellung einer eigenen schlagkräftigen Truppe, eines Söldnerheers. Sie bedienen sich zu diesem Zweck der alten »allezeit siegreichen Armee«, die sich in voller Auflösung befindet, ja sogar eine Bedrohung für die ehrbaren Bürger Schanghais darstellt. Ward war getötet und durch einen seiner Spießgesellen ersetzt worden, ebenfalls einen amerikanischen Gangster namens Henry Burgevine. Ein mutiger Mann, aber ein schlechter Befehlshaber, reizbar, beständig mit seinen unbezahlten Soldaten im Streit wegen der Beute, in dauerndem Hader mit den kaiserlichen Beamten, denen er vorwarf, daß sie ihm die von der Kaiserin Tse-hi zugesagten Hilfsgelder vorenthielten. In einem Wutausbruch eilt er mit seiner Leibgarde nach Schanghai. Dort ohrfeigt er den chinesischen Bankier Ta-kee, der ihm angeblich die schuldigen Gelder nicht ausbezahlt hat, und nimmt vierzigtausend Piaster an sich. Skandal. Burgevine wird vogelfrei erklärt und versucht, die »allezeit siegreiche Armee« den Reihen der Taiping einzugliedern. Schließlich desertiert er mit zweihundert seiner Soldaten. Er kämpft an der Seite der Taiping gegen die Weißen und nimmt nach wechselvollen Geschicken ein unrühmliches Ende: er wird in einen Bambuskäfig gesperrt und in einen Fluß geworfen.

Alarm. Denn es hätte nicht viel gefehlt, und die »allezeit siegreiche Armee« wäre mit ihren weißen Schnapphähnen und ihrer gelben Soldateska vollzählig zu den Rebellen übergelaufen. Diese uniformierten Banditen träumen davon, eine große unabhängige Organisation zu bilden, die keinem Gesetz unterliegt, keinem Lager angehört, um mordend und plündernd ein Herrenleben zu führen.

Aber die Taipans finden den Mann, den ihnen der Himmel geschickt hat, und lassen ihn zum Befehlshaber der »allezeit siegreichen Armee« ernennen: Charles George Gordon. Berufssoldat, das Idealbild eines Offiziers, ein Vorbild an Tapferkeit. Dreißig Jahre alt, Reitstöckchen und kurzer Schnurrbart. Ein Gentleman, aber wer hätte in ihm den Kriegshelden vermutet?

Zwei Stunden nach seiner Ernennung läßt er seine Truppe Revue passieren. Er führt den Formenzwang der Militärparade ein. Ein entscheidender Augenblick. Wird er, der reguläre Offizier einer sehr regulären Armee, diesen Haufen von Vagabunden und Verbrechern zur Räson bringen? Sein Blick, seine Statur, die Lippen, die sich kaum bewegen, wirken das Wunder. Der »chinesische Gordon« rettet Schanghai und besiegt die Taiping. Als erstes organisiert er die »allezeit siegreiche Armee« straff durch. Respekt und Ordnung, Hierarchie, ein regelrechtes Geniekorps, leichte Artillerie. Schnelle und Konzentration des Feuers gehören zu Gordons Geheimnis.

Gordon eilt von Sieg zu Sieg. In diesem so grausamen China begeht er keine Grausamkeiten, keine Plünderungen, keine Hinrichtungen. Er gibt sogar sein eigenes Geld zur Linderung des Elends. Ein Halbgott, der schließlich Sutschau belagert, wo sich eine große Taiping-Armee verschanzt hat.

Sutschau liegt in den letzten Zügen, der Hunger wütet in der Stadt. In der gleichen Stadt morden die Taiping-Könige einander bei einem Gelage. Gordon begibt sich zu den Überlebenden in die Stadt und schlägt ihnen die Übergabe gegen Schonung ihres Lebens vor. Er wird gefangengenommen und mit der Hinrichtung bedroht. Schließlich wird er doch freigelassen, seine Bedingungen werden angenommen. Sutschau übergibt sich mit hunderttausend Mann und einem ungeheuren Kriegsschatz.

Gordon ruht nicht auf seinen Lorbeeren aus. Eines Tages erfährt er, daß die kaiserlichen Generale hinter seinem Rücken entgegen allen Versprechen die Taiping-Könige hingerichtet haben. Rasend vor Wut und Ekel ergreift er die Pistole und macht sich auf die Suche nach ihnen, um jedem eine Kugel in den Kopf zu jagen. Aber sie haben sich versteckt. Gordon läßt ihnen sagen: »Ihr habt meine Ehre besudelt«, und tritt mit seiner Armee in den Streik. Nach ein paar Monaten nimmt er den Kampf wieder auf und trägt neue Siege davon.

Indessen zieht die Einnahme von Sutschau in wenigen Monaten das Ende der Taiping nach sich. Gordon ist bei den Taipans von Schanghai, die seinen Ehrenstandpunkt nie begriffen hatten, in Vergessenheit geraten. Er verläßt das Reich des Himmels und dient der Regierung seines Vaterlands, bis er 1885 in Khartum von den Derwischen des Mahdi erschlagen wurde.

Nach Gordons Abzug aus China erhob sich die Frage, wem sein Sieg zugute kommen sollte. Unbändige Freude der Kaiserin Tse-hi, die ihre chinesischen Generale mit Ehrungen überschüttet und sie als die alleinigen Sieger betrachtet. Kein Wort über die Weißen am Yangtsekiang, die ihr ermöglicht hatten, ihren Thron zu retten. Sie hat es verstanden, sich dieser Barbaren zu bedienen. Jetzt heißt es, den Kampf gegen sie wieder aufzunehmen. Nicht durch Krieg, sondern durch List sollen sie daran gehindert werden, China zu beherrschen und auszubeuten.

Die Taipans von Schanghai sind ihrerseits fest entschlossen, sich nicht übers Ohr hauen zu lassen. Sie überlassen den Blauen Strom und das ganze Innere China Tse-hi, um sich die Herrschaft desto fester zu sichern. Denn nach Beendigung der Taiping-Kriege sind diese Herren und ihr Schanghai allgewaltig. Also lassen die Taipans sich auf einen Scheinfrieden ein, den sie dazu nutzen, langsam, aber sicher die Dynastie zu untergraben und sie vierzig Jahre später, im Jahr 1911, ganz zu stürzen.

Denn dieser Krieg hatte den großen Boom, einen wahren Gewinnrausch gebracht. Profit, Prostitution, Schwarzhandel. Die Stadt auf dem Schlammufer ist zur Goldgrube geworden. Die Bodenspekulation treibt üppige Blüten, Grundstücke werden zehnmal gekauft und verkauft, zu immer wahnwitzigeren Preisen. Auch die angesehensten Taipans können der Versuchung nicht widerstehen und werfen jeden unnützen Quadratmeter, den sie besitzen, auf den Markt, die Rasenflächen und Magnoliengärten. Sie trennen sich sogar von den »hongs«, die später durch eine Masse von Buildings ersetzt werden. Ist das der Untergang des achtbaren Schanghai?

Keineswegs. Nachdem das Fieber abgeklungen, der Friede eingekehrt ist, wird Schanghai, durch eine heilsame Rezession gerettet, wieder eine anständige Stadt. Großreinemachen im Big Business. Die unseriösen Firmen machen Konkurs. Sechs von elf Banken stellen ihre Zahlungen ein. Die Gebrüder von der Küste, dieses weiße Pack, das sich auf den Waffenschmuggel geworfen hatte, auf die Eskortierung geheimnisvoller Schiffsladungen und sogar auf die Flußpiraterie, verschwinden einer nach dem anderen. So mancher, der eines schönen Tages zu irgendeiner Unternehmung auf dem Meer oder im Landesinneren auszog, ist niemals zurückgekehrt.

Das wahre Schanghai setzt seinen Aufschwung fort, auch wenn sich die viktorianisch anmutenden Konzessionen durch den Zustrom chinesischer Flüchtlinge vereinheimischt haben. Mehr denn je wird es von den Taipans beherrscht, von denen, die klug und weitblickend gewesen waren. Sie sind Quelle und Speicher unermeßlicher Reichtümer. Mit ihren Banken und schönen Häusern, ihren Firmen, Kanonen und Einkünften sind sie vermögend, gesichert und stark, Kolosse.

Diese Gentlemen führen mitten in China das Leben englischer Schloßherren. Alles ist auf die Sekunde geregelt. Schlag zehn Uhr vormittags beginnt die Arbeit im Büro. Danach Tennis, Kricket und Regatten für die Herren. Wasserfahrten in Houseboats, Ausflüge zur Sprudelnden Quelle in Kaleschen voller blonder Damen, denn die Ehefrauen sind längst eingetroffen. Öffentliche Parks, wo die englischen Kinder mit ihren chinesischen Amahs spielen. Hundekulis haben dort keinen Zutritt, das sind die Kulis, die die Hunde der englischen Matronen spazierenführen. Überall leise Musik, Konzerte in einem gasbeleuchteten Saal, wo die Ladies in Abendtoilette den Klängen der »Glocken von Corneville« lauschen. Bälle, Schnitzeljagden, Dinner-Einladungen mit getrennten Cocktails für Damen und Herren. Und vor allem die Klubs. Der Schanghai-Klub, der mehrmals neu und jedesmal größer gebaut wurde, bis er schließlich ein abscheulicher, feierlicher Säulenklotz ist mit über hundert Sälen und Salons, Speisesälen, Billardsälen, Lesesälen, vor allem Bars, in denen sich fröhliche, achtbare Gentlemen versammeln. Hauptereignis sind die Pferderennen. Drei Tage im Frühjahr, drei Tage im Herbst. Alle Büros sind geschlossen. Die Damen des »Tout Schanghai« stellen ihre Garderobe zur Schau. Eine riesige Menschenmenge. Keine Berufsjockeys. Die Taipans reiten ihre eigenen Ponys. Und dann das Rennen um den Großen Preis, das dem Sieger zwei- bis dreihunderttausend Dollar einbringt. Der Sieg fällt immer an einen hochachtbaren Gentleman, niemals an einen Chinesen.

Tugend. Die Handelshäuser sind Heiligtümer des Profits. Alkohol wird erlaubt, sogar empfohlen, aber nur abends. Man darf sich sogar betrinken, muß allerdings am nächsten Morgen mit klarem Kopf im Büro sein. Ehebruch ist verboten. Erlaubt ist das Augenzwinkern einer Hausherrin, die einen gewitzten Gast hiermit zu einem Rendezvous von wenigen Minuten in ihr Ankleidezimmer einlädt. Die jungen Griffins müssen im ersten Jahr ihre Moral unter Beweis stellen. Ein paar Seitensprünge sind erlaubt, aber keinesfalls eine ständige Bindung mit einer Chinesin. Übrigens sind, mit Ausnahme der allerletzten Huren, die durch den »Bund« schreien: »Einen Dollar die Nummer, aber von vorn, nicht von hinten«, die himmlischen Schönheiten recht spröde gegenüber den Weißen, da sie fürchten, sich bei ihren himmlischen Kunden in Mißkredit zu bringen. Die Frauenfrage ist gar nicht einfach. Am besten löst man sie noch in der französischen Konzession, denn im dortigen Sportklub gehört es zum Schick, daß die Paare bei Tisch allesamt Pseudopärchen sind.

Die Weißen sind so feine Herren, daß sie, die doch nur in Schanghai sind, um Geld zu machen, niemals einen Sou bei sich tragen. Man zahlt nicht bar. Man unterschreibt »chits«, also Bons, deren Gesamtsumme am Monatsende zu begleichen ist. Wehe den leichtsinnigen Griffins, die allzuoft ihren Namen unter beliebig hohe Summen setzen. Schanghai erfordert starke

Charaktere, die den Versuchungen des Poker, der »chits« und des Fleisches widerstehen können. Der untaugliche Griffin wird von seiner Firma entlassen, was einer Verfemung gleichkommt. Das »Tout Schanghai« ist ein geschlossener Klub feiner Leute, die niemals ein Feuerzeug bei sich haben, denn immer ist ein Boy zur Hand, der ihnen Feuer gibt.

Die Weißen in Schanghai stehen haushoch über den Gelben! Sie haben überhaupt nichts zu fürchten. Begeht einer von ihnen eine strafbare Handlung, so wird er von seinem Konsul oder von einem konsularischen Gericht abgeurteilt. Seine einzige Strafe besteht in der Verachtung durch die Gentlemen, im Ausschluß aus den Klubs, vielleicht im wohlmeinenden Rat, er möge Schanghai verlassen. Hat sich dagegen ein Chinese der Konzession verdächtig gemacht, so kommt er vor einen gemischten Gerichtshof, bei dem ein englischer Richter den Vorsitz führt und ein einheimischer als Statist fungiert. Hier werden harte Urteile gesprochen, Gefängnis, Peitschenhiebe. Die Polizeimacht ist gewaltig: über zweitausend Polypen aller Art, Franzosen, Annamiten und Chinesen allein in der französischen Konzession, die so bescheiden mit etwa zwanzig Mann begonnen hatte, lauter Korsen unter der Fuchtel eines gewissen Galonni d'Istria, halb Polyp, halb Gangster. Ein großes Aufgebot an Feuerwehr wegen dieser Chinesen, die für nichts und wieder nichts Häuser in Brand stecken. Die Chinesen zahlen die Steuern, haben kein Stimmrecht, kein Recht der Meinungsäußerung, werden auf jede nur mögliche Art von einer Armee von Bürokraten, Technikern, weißen Verwaltungsangestellten kontrolliert. Denn man weiß schließlich, daß man von ihnen auf alles gefaßt sein muß, wenn man nicht durchgreift. Und außerdem gibt es Spitäler, Schulen, Priester und Pastoren für die soziale Seite. Law and order.

Die Weißen sind die Herrenrasse. Keine Rede davon, daß auch nur der mieseste kleine Gauner den chinesischen Behörden überlassen würde. Es gibt in Schanghai eine ganze Anzahl zweifelhafter Weißer, Kneipenwirte, Spieler, Falschspieler, eine ewige Ebbe und Flut von Leuten, die hier ihr Glück versuchen wollen und dabei Pech haben – sie werden entweder abgeschoben oder als Zöllner und Polypen eingestellt. Es gibt zahlreiche weiße Prostituierte, vor allem Amerikanerinnen, in den Bordellen der »Kwang Si Road«, aber sie schlafen nur mit Weißen. Nicht zu vergessen Anna Ballard, eine Prachtperson, die in ganz Asien eine Kette von Puffs eingerichtet hat, mit lauter Französinnen. Anna wurde berühmt, weil sie einmal bei einem Empfang in Schanghai am 14. Juli in aller Öffentlichkeit auf einem splitternackten französischen Konsul ritt und ihn anfeuerte: »Los, du Schwein!« Angeblich erlaubt Anna ihren Mädchen den Verkehr mit gewissen Chinesen.

Mit der Zeit tritt eine neue Menschenrasse auf den Plan: die weißen Schanghaianer, die lebenslangen Schanghaianer, die Männer von Schanghai. Anfänglich waren nicht nur die Abenteurer, sondern auch die Taipans nur für eine begrenzte Zeit gekommen, nur um so schnell wie möglich einen Haufen Geld zu machen und dann anderswo ein normales Leben zu führen. Aber hier mußte man das Geld dem Tod aus den Zähnen reißen. China ist voll von Gräbern weißer Männer. Jetzt werden neue Friedhöfe angelegt, in denen Familiengrüfte prangen.

Um das Jahr 1900 ist Schanghai in den Händen schrecklicher Greise. Die Pioniere sind alt geworden, sie haben das Leben gemeistert und sind nun Exzentriker englischer Prägung, eingefleischte Gentlemen, strotzend von Manien und Millionen. Einige hatten sehr bescheiden angefangen, als Teeprobierer oder Seidenprüfer. Manche waren als Angestellte Londoner oder angloindischer Firmen nach Schanghai geschickt worden und hatten später ihre eigenen Firmen gegründet, weitverzweigte Firmen. Und jetzt sind sie selbst Schanghai, sie beherrschen Schanghai, beherrschen ganz Asien, London frißt ihnen aus der Hand, sie können bei der Regierung und den Ministern alles erreichen, sich Kanonenboote und Konsuln schicken lassen, wann immer sie wollen. Sie fühlen sich als unumschränkte Herren auf unbeschränkte Zeit, sie sind überzeugt, daß Schanghai das ewige Leben habe.

Ein paar Namen, ein paar Gesichter. Abgestandener Klatsch über ihre Vergangenheit. Und jetzt begegnet ihnen nur Unterwürfigkeit, Kriecherei, Ehrfurcht. Nicht daß sie als Despoten aufträten, sich ausschweifenden Luxus oder königliche Launen erlaubten, denn sie sind fast alle Schotten, folglich eher knauserig. Sie haben ihr Büro, ihr Haus voller Dienstboten, ihre Klubs, die angemessenen Vergnügungen. Im Schanghai-Klub geben sie sich wie alle anderen, aber jeder ist von seiner unsichtbaren Aureole umgeben. Alle diese Herren gehorchen dem gleichen Kodex, sind vom gleichen Schlag, ob rundlich oder hager, wohlbeleibt oder klapperdürr. Alle halten sich kerzengerade, ihre Liebenswürdigkeit ist gefährlich, hinter dem gewöhnlichsten Satz steckt unheilvoller Doppelsinn. Sie praktizieren das sogenannte Understatement. Doch manchmal blitzt in einem Auge, einem Wort diamantene Härte auf. Einige treiben die Verstiegenheit so weit, daß sie Bücher lesen, klassische Musik lieben, Geige spielen oder bei Liebhaberaufführungen mitwirken. Sie haben enormes Vertrauen in ihre eigene Person, in ihr Werk, ihre Macht, ihr Schanghai. Hindernisse lassen sie nicht gelten. Sie brechen jeden Widerstand, berechnen jeden Schritt: sie haben die Härte zur Kunst entwickelt.

Süßliche englische Walzer, Whisky in Strömen, kampflustige Spitzbärtchen, Abendanzüge, die Gewohnheit, einander mit Vornamen anzureden, ewige Verbeugungen, die so knapp sind, daß sie wie das Gegenteil von Verbeugungen wirken. Gespielter Charme, britische Unbeschwertheit, Witze, Lachsalven, auf den Bruchteil einer Sekunde geplant, Gespräche über so faszinierende Themen wie das Kricketspiel. Außerhalb des Büros wird nie viel über Geschäfte gesprochen. Keine Aufregung, keine Streitereien, keine Spiegelfechtereien, kein endloses Palavern, kein gewichtiges oder herablassendes Getue wie bei den Franzosen, die sich in Schanghai noch französischer geben als zu Hause: ständig bei Tisch, ständig in endloses Gezänk untereinander und mit ihrem Konsul verstrickt. Aber selbst die Engländer geben zu, daß die Franzosen gerissene Geschäftsleute sind. Auch sie sind echte Schanghaianer.

Worin besteht die Hauptbeschäftigung, die fixe Idee aller Weißen in Schanghai? Sie wollen China und die Chinesen immer weiter zurückdrängen, immer kräftiger schröpfen. Sie wollen diese schlitzohrigen Schlitzaugen, die ihnen im Grunde spinnefeind sind, zivilisieren, das heißt ihnen Dampfschiffe andrehen, Schienen, Lokomotiven, Telegrafen, Fabriken, Tramways, Gas und Elektrizität. Dauerkrieg mit diesen mißtrauischen, abergläubischen Chinesen, die keine industrielle Revolution wollen, weil sie nur an den Himmel glauben, an die Erde, an den Menschen, der durch seine Arbeit und seine Tugend die Elemente beherrscht. Krieg diesen Chinesen, die von den Maschinen die Zerstörung ihres Himmelsreichs fürchten, ihrer überlieferten Gesellschaftsform, der altehrwürdigen Weisheit, Krieg diesen gelben Massen, die das Joch der Fremden fürchten, ein Joch aus Eisen, Stahl und Textilien. Krieg der Kaiserin Tse-hi, die versucht, die ewige Ordnung der Dinge zu verteidigen.

Fünfzig Jahre währt Schanghais Krieg mit China. Der »Bund« wird immer großartiger, hohe Gebäude schießen aus dem Boden, Zwingburgen aus Zement und Stein ersetzen die einstigen »hongs« mit ihren willkürlichen Formen. Zwanzig Großfirmen. Kernstück ist die »Hong Kong and Shanghai Bank«, das schwerste Geschütz der Taipans. Die Bank als vorgeschobener Posten zur Eroberung Chinas. Die Bank, die genau weiß, wie man die Chinesen behandeln muß, sie umgarnen kann, an ihrer Spitze Taipans wie Macgraw und Cameron, die ebensogut mit einem spitzbärtigen Abgesandten Tse-his zu verhandeln wissen wie mit einem gelben Milliardär aus Schansi. Die sich unendlich viel Zeit nehmen, ganz unverbindlich mit einem Gelben plaudern, bis zum letzten Moment, in dem die Entscheidung fällt. Anpassung an die chinesischen Sitten, Kriegslisten. Der einzige »Chinese« unter diesen Engländern war Sir Robert Hart, Leiter der chinesischen Zollbehörde, die im Zug der »ungleichen Verträge« den Ausländern unterstellt wurde. Hart war ein kleiner, schmächtiger Mann, schüchtern, kahlköpfig und schieläugig. Dieser wahrhaft außergewöhnliche Mensch lebte wie ein Mandarin inmitten himmlischer Kunstschätze und junger gelber Knaben, begeisterte sich für alles, was China zu bieten hatte, von den alten Schriftzeichen bis zur Flötenmusik, die sein eigenes Orchester während des Diners darbieten mußte. Ein Zwerg, der sich in der chinesischen Welt wohlfühlte. Sein Hauptquartier im »Bund« war eine Art himmlischer Prunktempel. Er kam wenig mit Weißen zusammen und war selbst der einzige Weiße, der den Umgang und das Vertrauen der Kaiserin und der Gelehrten genoß. Er verstand es, alle schmutzigen Geschichten mit Kompromissen zu beenden, die den Himmlischen das »Gesicht« wahrten, in Wirklichkeit jedoch den Wünschen der Abendländer entsprachen. Hart wurde von vielen verachtet, aber von allen gefürchtet. Er war der Mittler zwischen Weißen und Gelben.

Aber, abgesehen von Sir Robert Harts lohnenden Kompromissen, halten es die Taipans mit der Offensivtaktik. China immer neue Schläge zufügen und vor keiner wie immer gearteten Form des chinesischen Widerstands auch nur einen Schritt nachgeben; weder vor Verzögerungstaktik noch vor Unverständnis oder Todesdrohungen. Jeder Rückzug wäre ehrlos. So haben sich die Franzosen von Schanghai einmal mit Schande bedeckt, weil sie kapitulierten. Sie hatten mit der Sanierung ihrer Konzession begonnen, die zum großen Teil Morast war, voller Grabhügel, Sargstätten, Gebeinkrügen, Tümpeln mit grünlichem Wasser, verpesteten Friedhöfen, Sammelstellen für Leichen, die auf den Abtransport in ihre Heimatprovinzen warteten. Auch ein verseuchter, stinkender Brunnen war da, in den die Chinesen die Kinder warfen. Das alles wurde beseitigt, bis auf den Friedhof der Ning-Po-Pagode. Als die Franzosen hier eine Straße durchführen wollten, erhoben sich die Bonzen, der Mob revoltierte, es kam zu Massenhysterie, Überfällen, Brandstiftungen. Die Sturmglocke im Wachturm der internationalen Konzession ertönte, alle Nationen eilten den Franzosen zu Hilfe, Matrosen, Soldaten, Polizisten beteiligten sich mit Freuden an der Niederwerfung des Aufstands. Ein paar Chinesen werden getötet, die Ordnung ist wiederhergestellt. Und dann erfolgt der Skandal: der Konsul von Frankreich, ein Mann mit zuviel Phantasie, der das unergründliche China fürchtet, erläßt eine feierliche Proklamation, worin er auf den vermessenen Bau der Straße verzichtet, der die Särge verdrängen und den Frieden der Toten stören würde. Die englischen Taipans reagieren mit einem heiligen Zorn. In schlagtreffender Empörung wettern sie in ihren Klubs, bei ihren Mahlzeiten, vor ihren Drinks. Und wie mühelos die Gentlemen und Ladies diesen Verdammungschor intonieren! Alle diese normalerweise so höflichen Leute zeigen plötzlich ihre verborgene Aggressivität, ihren giftigen Charakter. In das so wohlgeordnete Zusammenleben bricht ein Meer bitterer Epigramme und Lieder. Natürlich schießen die britischen Zeitungen von Schanghai, die täglich China mit Worten geißeln – der angelsächsische Stil aus Feierlichkeit, Strenge und Moral besitzt eine erstaunliche Meisterschaft in Sarkasmen und Drohungen –, ihre Breitseiten auf den französischen Konsul ab. Sogar seine Landsleute schließen sich der Treibjagd an. Das weiße Schanghai bezichtigt den armen Diplomaten der Feigheit, stellt ihn als einen Fahnenflüchtigen dar, der Reißaus genommen hat, verduftet ist, sich unter seinem Bett versteckt hält. Warum alle diese Ausfälle gegen den Mann? Weil er die weiße Rasse verraten hat, weil seine Demütigung, also sein Rückzug vor den Chinesen, einen gefährlichen Präzedenzfall darstellt.

Diese innere Spannung bei den Weißen herrschte lange, diese ruhige Arroganz, diese kalte Verachtung, der fanatische Wille, China ihren Willen und ihre Waren aufzudrängen, diese Gier, an allem zu profitieren, alles zu berechnen und dabei selbst immer besser zu leben, absichtlich superfremd zu bleiben in diesem China, das man sich zum eigenen Nutzen abrichtete. Ein Handelskreuzzug. Einmal allerdings haben sogar die Engländer gekniffen. Sie hatten ein Bimmelbähnchen durch die Vororte von Schanghai führen wollen. Zuerst gaben sie vor, es handelte sich nur um eine Straße, aber dann kamen die Schienen an, und das Volk jammerte, man werde den Erddrachen verletzen, und dieses Mal nahmen sogar die Mandarine, deren Blicke hinter geschlossenen Lidern funkelten, nicht Zuflucht zu einer Lüge. Sie blieben dem englischen Konsul gegenüber fest und erklärten rundheraus: »Man wird die Offiziere, die die Kanonenboote befehligen, auffordern zu handeln.« Schließlich kauften die Mandarine alle Waggons, die Schienen und Lokomotiven auf, einzig, um sie zu zerstören, um diese unseligen Geräte zu vernichten.

Fünfzig Jahre, um die Chinesen zu zähmen. Anderswo in China, das von allen Seiten bedrängt wird, Kriege, Massaker und Haß. Die Taipans von Schanghai sorgen dafür, daß diese Schrecknisse, selbst wenn sie von ihnen angezettelt wurden, weitab von Schanghai passieren. Sie gehen sogar so weit, höchst anstellige, höchst fleißige Gelbe zu beschäftigen, nämlich Japaner. Sie sollen an den Grenzen des Himmelsreichs die Russen abwehren, die aus Innerasien auftauchen und sich ein allzu großes Stück China herausreißen wollen. Auf diese Weise bewahrt Albion sich seine Jagdgründe im Tal des Yangtsekiang.

Heller Aufruhr im Reich des Himmels und Friede in Schanghai. Der Friede Albions, der Friede John Bulls, ein System, Asien von Schanghai aus auszubeuten. Das System arbeitet perfekt, der britische Botschafter drangsaliert Tse-hi in ihrer Verbotenen Stadt in Peking. Überall werden die verständnisvollen Mandarine von den englischen Konsuln durch gewichtige Argumente gewonnen: durch Kanonenboote und gestickte Uniformen. Tse-hi und die Mandarine lassen sich nach und nach herumkriegen, bis sie in einer Atmosphäre von Korruption und Fäulnis gefangen sind. Die Taipans operieren von ihrem größenwahnsinnigen Schanghai, dem Nabel des Merkantilismus aus. Schanghai, wo die Chinesen sich allmählich im Schatten der Taipans zusammendrängen.

Alle Nationen reißen sich um China, und die Taipans nehmen es aus. Schanghai ist ein friedlicher Bienenstock, die einzige Revolte ist die der Karrenschieber im Jahr 1897. Riesige Karren, auf denen Waren und Menschen, oft ganze Familien, durch das Gewühl der Stadt transportiert werden. Diesen ächzenden, überladenen Kasten schiebt ein Schatten von Mensch, ein Kuli. Aber die Steuer für jeden Karren wurde vom Stadtrat der internationalen Konzession von vier auf sechs Cent erhöht. Tausende von Kulis rotten sich auf den Straßen zusammen, protestieren gegen diese Ungerechtigkeit, erregen sich, werden gefährlich. Nun verzichten die großen Taipans des Stadtrats auf die Steuererhöhung. Aber alle übrigen Taipans bilden spontan einen Rat der Steuerzahler und setzen den Stadtrat ab! Die reichen wohlgenährten Weißen, die großen Herren ereifern sich dagegen, daß die ausgemergelten Kulis mehr verdienen. Die Gentlemen werfen sich in Uniform, getreu dem typisch britischen Grundsatz, daß ein guter Bürger freiwillig zur Aufrechterhaltung der Ordnung beiträgt. Diese würdigen Freiwilligen schlagen nicht etwa drauflos, nein, sie drohen mit Streik, falls die obersten Behörden der weißen Gemeinde den Gelben nachgeben. Und am Ende hat die Gemeinde nicht nachgegeben.

Ruhe. Sogar während des Boxeraufstands, der Schanghai überhaupt nicht berührt. Im Gegenteil, der Geist von Schanghai feiert in dieser Zeit seinen großen Sieg, denn die Chinesen haben langsam, mit ihrer gewohnten Vorsicht, die Maschinen der

Weißen akzeptiert. Diese Maschinen, die sie so sehr verabscheuten und nach denen sie jetzt verrückt sind, einschließlich der Eisenbahn. Die Chinesen beginnen auch, sich mit den Rikschas abzufinden, die anfangs unbeliebt waren, weil sie aus Japan importiert werden. Chinesen gründen Dampfschiffahrtsgesellschaften mit dem Drachen als Flagge. Chinesen stampfen Fabriken und Firmen aus dem Boden. Chinesische Banken mit Mattglasscheiben, auf denen das Wort »& Co.« prangt. Scharen von chinesischen Kapitalisten. Scharenweise werden die Chinesen von der fixen Idee ergriffen, Geld en gros zu machen, ein Wahn und eine Leidenschaft, ja eine Krankheit, die sie von den Taipans erwischt haben. In Schanghai gibt es jetzt alle Arten von Chinesen. Sie sind Ausbeuter und Ausgebeutete zugleich und unauslöschlich vom Abendland gezeichnet, auch wenn sie es hassen.

Den Taipans ist es völlig egal, was aus allen diesen Chinesen wird. Es ist ihnen egal, daß es nun gelbe Börsenmilliardäre und Fabrikwaren gibt! Das alles fördert nur den Umsatz. Und es ist auch egal, daß neben den Gewinnmachern die Opfer vegetieren, Millionen von Arbeitern und Arbeiterinnen, Kulis, Buben und kleine Mädchen, Maschinenfutter. Denn sie alle kaufen und verkaufen in Schanghai. Und das allein zählt.

Schanghai ist die quecksilbrige Energie Chinas, bereichert um die eiskalte Energie der Engländer in ihrer Hochblüte, mit ihrer maßgeschneiderten Zivilisation der Gentlemen; die Söhne lösen die Väter ab, die Geschäfte florieren immer üppiger dank den so erfolgreich angesteckten Chinesen. Die Taipans der großen Firmen, der großen Klubs scheinen über die Jahre, die Generationen und Ereignisse hinweg immer die gleichen zu bleiben. Sie beherrschen die gelbe Menschenflut, die zu ihren Füßen wogt, sogar im »Bund« selbst, und sie lachen sich ins Fäustchen, denn die Chinesen, die Konsumenten und sogar Produzenten geworden sind, haben vom Abendland nur dessen Laster übernommen. Sogar wenn sie sich völlig den Finanzen und den Maschinen verschrieben, haben sie nur begriffen, wie man damit andere zur Ader läßt. Aderlaß auf der ganzen Linie. Inmitten dieses organisierten Erpressertums fühlen die Taipans sich noch unentbehrlicher.

Den Chinesen geht nach und nach auf, daß das alte China

ausgespielt hat, daß ein neues China nach dem Vorbild Europas im Werden ist. Resultat dieser Erkenntnis ist die Revolution von 1911, die Chinesische Republik. Das Ganze führt zu einem Schieberunwesen größten Ausmaßes, die Waren der Taipans sind gefragt, die Weißen sind die unverletzlichen Könige, selbst nach Meinung der Chinesen. Mehr denn je haben die Weißen das Gefühl, daß sie schon immer recht gehabt hätten, daß China ihnen untergeordnet sei.

Bordell-Schanghai. Kidnapping-Schanghai. Riesen-Schanghai. Schanghai kontrolliert die Hälfte des Chinahandels. Schanghai, wo neben den Kaufleuten die Schutzbanden auftauchen, die Blaue Bande und die Rote Bande, die überall die Hände im Spiel haben. Die Taipans gewöhnen sich in unerschütterlicher Würde an dieses neue Milieu, ein Milieu der Unordnung, das noch mehr Gewinn abwirft. Eine seltsame Welt, in ihrer ganzen Absurdität vom »Grand Monde« repräsentiert, diesem Höllenbabel der Lotterien, Theater, Zoos, Tanzdielen, wo die Chinesen einen Tiger im Käfig bespucken und kichernd ein schwangeres Mädchen von acht Jahren anstaunen, das dort zur Schau gestellt ist. Der Hang zum Monströsen.

Schanghai, die Brutstätte. Der Panzerschrank, in dem das Gold gehäuft wird. Die Stadt der Büros, der Klubs, das Hauptquartier, von wo die Orders abgehen und wo die Gewinne eingehen. Schanghai, dieser Auswuchs Chinas, wo China die Schröpfköpfe angesetzt werden. Der Yangtsekiang, der alle Beute aus dem Inneren Chinas nach Schanghai führt. Ein Jahrhundert hat aus dem Yangtsekiang die kaiserliche Monsterhandelsstraße im Zeichen des Union Jack gemacht. Schanghai reckt die Fangarme immer weiter den Yangtsekiang hinauf, der nach der Regulierung noch besser zur Ableitung der Reichtümer dient. Die wichtigste Saugstelle ist Hankau, am Mittellauf des Stroms, dort, wo er sich zu einem brackigen Meer weitet, das schmutzige Wasser am Horizont in den Himmel übergeht. Hankau ist die Drehscheibe für alle Handelssparten. Es ist das große Warenkontor – alle Arten von Fertigwaren werden an die gelben Massen verkauft, die man ins »System« einbezogen hat, und alle Arten schöner Rohstoffe von ihnen gekauft. Eine armselige Landschaft, aber zahllose Städte, zahllose Menschen und zahllose Wasserläufe sind in diesem Geviert, im gleichen Fieber vereint. Wälder von Dschunkenmasten, rostige Wasser, um die sich die Menschenwohnungen drängen, die ausgedehnten Geschäftsviertel, die überschwemmt sind von englischem Schund, und auch Hochöfen, weißglühendes Metall, Fabrikschlote. Hankau, Warenlager Chinas. Die Hochseefrachter, die auf dem Yangtsekiang Tausende von Kilometern durch das Binnenland gefahren sind, reihen sich am Steilufer wie barockes, aber nützliches Spielzeug und werden gelöscht und beladen. Keine stolzen Kaianlagen, kein »Bund« wie in Schanghai, bei Ebbe nur eine Schore aus grauem, stinkendem, ausgewaschenem Schlamm, bei Flut eine einzige Kloake. Die Schiffe machen an riesigen Pontons fest, die durch Planken mit dem Land verbunden sind. Dort, auf diesem Ufer, ist der Fremde der Herr im Haus. Fünferlei Konzessionen, fünf verschiedene Zivilisationen, fünf verschiedene Landesfahnen, fünferlei Namen für jede Straße, fünf Polizeitruppen und fünferlei Recht. Aber überall, in den Konzessionen und außerhalb, in diesem ganzen Ballungsraum, ist der Handel zur Seuche geworden, vergiftet der wohlfeile – der einträglichste – Fortschritt die Chinesen. Hankau, der Markt, Hankau, das ungeheure Warenlager, Hankau, der riesige Ramschladen, das modernisierte Karawanserail, wo China seine Seele verliert, wo ganz China zu einem Basar geworden ist. Hankau: eine Unmasse von Dingen, eine Unmasse von Begierden, eine Unmasse von Kunden, alles methodisch von den Engländern geschaffen, die den Yangtsekiang beherrschen.

Durch den Flußlauf des Yangtsekiang stößt England immer tiefer ins Innere Asiens vor. Und doch mußten die britischen Frachter, die alten Kähne, denen jede Ladung und jedes Abenteuer willkommen war, jahrelang vor den Stromengen des Yangtse haltmachen. Der Fortschritt ist ohnmächtig vor der Wut der Elemente, den mörderischen Wogen, die Szetschuan, diese Fata Morgana, beschützen. Unerbittlichkeit der Felsen, der Stromschnellen, der Hochwasser, der Wirbel. Doch wie immer in der Geschichte Albions findet sich endlich ein »beherzter Kapitän«, ein Mann, der jedem Unwetter trotzt, mit der Gefahr spielt, das angeblich Unmögliche versucht. Ein gewisser Plant, ein alter Seemann, hat Ende des vorigen Jahrhunderts mit einem sechzig Meter langen Raddampfer, einem asthmatischen Kasten, die ungestümen Wassergeister besiegt und in Tschungking angelegt. Opferung eines weißen Hahns durch die chinesische Mannschaft.

Die moderne Welt ist diesem Pionier gefolgt. Die Kanonenboote des oberen Yangtsekiang. Heldenepos, bis an die tibetanischen Grenzen vorgetriebene Erforschungen unbekannter Ströme, die stets gefürchtet waren wegen der tief eingeschnittenen Schluchten aus schwarzem Sand- oder Kalkgestein, den nah zusammenrückenden Steilufern und Bergrücken, den Riffen, die wie Flußriesen aufragen, den schäumenden Wassern, die kilometerweit über Steine dahinjagen. Eine übermächtige Natur, die von Intelligenz und Bosheit beseelt schien und heilige Scheu einflößte. Im Umland wilde Völkerstämme, die das Jagdhorn blasen.

Um das Jahr 1900 landet der Fortschritt in Tschungking; es wird zu einem kleinen Stützpunkt für Ausländer, mit Geschäftsleuten und Geistlichen, die sich bald über ganz Szetschuan ausbreiten. Die weißen Händler träumen von seltenen Schätzen, von Gold und Smaragden. Die Missionare träumen von Seelen. In Szetschuan herrscht noch das Mittelalter. Ein Mittelalter, das sich jetzt gewinnbringend verwerten läßt, denn von Jahr zu Jahr fahren mehr Frachtschiffe den Yangtsekiang stromauf, sehr weit ins Landesinnere, und sie machen sehr lohnende Geschäfte.

Auf die Einzelgänger, die kleinen Weißen, die Glücksritter folgten in Szetschuan die Sendboten der britischen Taipans, angelockt von den Kriegsherren und ihren stets waffenhungrigen Armeen. Angelockt vor allem vom Opium.

Das Opium, das »Schanghai gemacht« hat, war noch aus Indien gekommen. Dieser schwunghafte Importhandel hatte unter dem Schutz der Konsuln von England ein Jahrhundert hindurch geblüht, bis in die Zeit des Weltkriegs. Bis zum Jahr 1917.

Nachdem 1914 die Opiumeinfuhr aus Bengalen gestoppt worden war, wurden die Massen von Schanghai, die Leute in den großen Ebenen und an den großen Strömen, krank vor Gier nach der Droge. Die Taipans von Schanghai, die mit dem

Opiumimport riesige Vermögen gemacht und zahllose Chinesen den Geschmack am »schwarzen Schlamm« gelehrt hatten, nahmen sich nun der unerträglichen Mangellage an. Sie würden Abhilfe schaffen, selbst auf die Gefahr hin, daß sie dabei noch reicher werden sollten.

Es handelt sich nur um eine Frage der Organisation, denn seit Jahren waren ganze Provinzen Chinas, wenn auch die entlegenen Gebirgs- und Dschungelprovinzen, von Mohnfeldern bedeckt. Auf Hügelkuppen, deren wuchernde Vegetation gerodet worden war, breiteten sich die weißen und lilafarbenen hauchzarten Kelche. Blütenteppiche. Sie wurden von den Ureinwohnern angebaut, die das Hügelland ebneten, die Wälder niederbrannten, um Pflanzboden zu gewinnen, die zarten Stengel anritzten, um den Saft zu erhalten, den sie unter der Bezeichnung »Konfitüre« verkauften. Die Kriegsherren und Großhändler von Szetschuan hatten die Bewohner der wilden Hochländer, die Meos mit den riesigen Köpfen, die Miaos und die Lolos mit den silberumwundenen Hälsen, zu dieser Art Landwirtschaft gezwungen. Die primitiven Stämme hatten sich recht gut angepaßt, sie wollten in Taels bezahlt werden.

Dieses Szetschuan also, das Szetschuan der Marschälle, die Waffen brauchen und Opium in Fülle haben, interessiert die Herren in Schanghai. Gentlemen, die ein mächtiges, prächtiges, einmaliges Schanghai verlassen, um Geld zu machen, dickes Geld, das in der Ferne lockt, in diesem kindlichen und kriegerischen Mittelalter voller Morden und Folterungen. Die großen Firmen zieht der Tod hierher, der viel einbringt. Sie verkaufen die Maschinengewehre, die rasch töten, und sie kaufen das Opium, das langsam tötet. Die Kriegsherren, die Kapitalisten und die Konsuln fallen über Szetschuan her. Alle machen sich über Szetschuan her wie Raben über ein Schlachtfeld. Hier wird sich in Zukunft eine ganze Menge tun, und das beunruhigt, wie man weiß, meinen Vater zutiefst. Seine Hauptsorge gilt ebenfalls den Waffen und dem Opium, aber er hegt über diese beiden Handelsgüter völlig andere Ansichten als die Taipans. Für ihn geht es hier, wie überall, um sein Vaterland, um Frankreich!

Dritter Teil

Die Blaue Bande

Das Speisezimmer des Konsulats gleicht einem erleuchteten Tempel, während alles übrige von der Nacht und ihren Geräuschen eingehüllt ist, Quaken und den kurzen Schreien der Takos, dieser Eidechsen, die winzige Drachen sind. In der Ferne die Lichter von Tschengtu: Papierlaternen, die wie runde Boote schwanken, Fackeln, Öldochte. Und, gedämpft, alle Geräusche, die Menschen hervorbringen ... Meine Mutter, die Dumont nicht mag, hat sich beim Dessert zurückgezogen, nachdem sie gemurmelt hat: »Ich lasse Sie allein, Messieurs, Sie haben gewiß einiges zu besprechen.« Sie macht sich den von den Engländern eingeführten Brauch zunutze, wonach die Damen die Herren nach dem Diner allein lassen. Sie verschwindet so schnell, daß Dumont, der aufgestanden ist, um ihr die Hand zu küssen, keine Hand mehr vorfindet. »Entschuldigen Sie meine Frau«, sagt der Konsul, »sie hat ihre Migräne.«

Nun sitzen sie zu dritt um den unabgeräumten Tisch. Angenehme Formlosigkeit macht sich breit. Die Herren haben, sobald die Dame des Hauses verschwunden war, die Jacketts ausgezogen. Sie sind ziemlich angeheitert, aber ihre Ausgelassenheit verbirgt allerlei Hintergedanken. Ihr Scherzen ist ein Duell, unter den Dessertwitzen schwelt Streit. Albert Bonnard unterdrückt seinen Groll und spielt den Bruder Lustig, den guten Kumpel, um möglichst viel in Erfahrung zu bringen. Das trifft sich gut, denn Dumont packt mit Freuden aus, wenn auch seine scheinbare Naivität eine Falle ist. Er bekundet lärmende Freundschaft für den Konsul von Frankreich. Sein rotes Gesicht ziert ein kleines Schnurrbärtchen, er sieht aus wie ein Schlachtergeselle. Seinem Wanst ist die Tischkante im Weg. Dumont ist ein fetter Mensch, aber stämmig und solid gebaut.

»Monsieur le consul«, schreit er in seiner unbeschwerten Vulgarität, »Sie sind zu gütig. Sie lassen sich von diesen gelben Baumaffen auf der Nase rumtanzen. Glauben Sie mir, es gibt nur eins: den Fußtritt in den Hintern.«

»Aber«, protestiert der Konsul, »sie sind doch keine Neger, sie verzeihen niemals, sie rächen sich, sie sind imstande und schneiden einem die Gurgel durch.«

Heiterkeitsausbruch Dumonts.

»Niemals, wenn Sie es richtig anstellen. Sehen Sie mich an,

ich habs immer mit ihnen gekonnt. Mein armer Vater, der Seemann, hat mir bei seinem Tod ein bißchen Geld hinterlassen. Nachdem ich es beim Poker im Cercle français durchgebracht hatte, hab ich mich in die Riemen gelegt. Fünfzehnmal ein Vermögen verdient und wieder verloren. Ich bin überall herumgekommen. Ich war Diamantenmakler in Tientsin, Raritätenhändler in Peking, Karawanenführer in der Wüste Gobi, Goldsucher in Tibet, Wirtschafter eines Bonzenklosters in Lhasa, Croupier in Macao. Und die Chinesen, die hab ich noch allemal übers Ohr gehauen.«

Dumonts Gehilfe, ein Speichellecker mit verknorpelter roter Säufernase, bestätigt es: Dumont läßt sich nicht hinters Licht führen.

Dumont fährt mit schulmeisterlichem Tonfall fort:

»Die Chinesen haben den Trick, daß sie Ihnen die Hucke vollschwatzen, Sie so verrückt machen mit ihren tausenderlei Winkelzügen, daß Sie nicht mehr wissen, wo Ihnen der Kopf steht. Dann sind Sie geliefert. Aber ich, ich warte nicht, bis sie mich soweit haben, ich führe den ersten Schlag. Einen harten Schlag. Und dann geht der Chinese zu Boden. Er ist k.o. Er ist seiner ganzen Veranlagung nach unfähig, zu begreifen, daß jemand plötzlich und direkt, sozusagen loyal, zuschlagen kann, denn für ihn ist ein Sieg immer nur auf Umwegen zu erreichen.«

»Sie sind also immer für Loyalität, Monsieur Dumont?«

»Wenn ich zuschlage, ja. Aber die Europäer heutzutage sind leider nur noch Schlappschwänze. Gimpel allesamt. Die Chinesen, die früher auf Distanz gehalten wurden, wittern das und tun sich keinen Zwang mehr an.«

Dumont seufzt.

»Alles verweichlicht. Sogar die englischen Taipans. Früher waren sie so stolz, und heute sind die Chinesen ihr Alptraum, sie haben Angst vor ihnen, katzbuckeln vor ihnen. Nur ein einziger hat noch Mumm: der alte Jonson, ein echter Oldtimer. Er wettert gegen alles: die Beschlüsse des Klubs, des Stadtrats, seines Konsuls. Man kann Gift drauf nehmen, daß er bei jeder Versammlung der Taipans auftaucht und einen gepfefferten Speech voller schottischer Flüche vom Stapel läßt und alles sagt, was er von diesen Scheißkerlen hält, die sich China und Schanghai abjagen lassen.«

»Ich habe von Mister Jonson immer nur höchst respektvoll reden hören«, sagt mein Vater katzenfreundlich.

»Dieser alte Halunke! Man muß ihn gesehen haben, wie er gestikulierend durch den ›Bund‹ stolziert! Die Neulinge in Schanghai, die Greenhorns, tuscheln einander bei seinem Anblick ehrfurchtsvoll zu: ›Da kommt Mister Jonson.‹ Der Alte hat sich nämlich seine Milliarden selbst verdient. Mit dem tollsten Coup, der jemals in Schanghai gelandet wurde. Es war um das Jahr 1915, als das importierte Opium rar geworden war. Unser Jonson hat alles zusammengekauft, was in Schanghai noch aufzutreiben war, und dann eine Gesellschaft gegründet, die mit einer chinesischen Gilde zusammenarbeitete. Jonson konnte dank seines Monopols die Droge tonnenweise an die Himmlischen liefern, die sie in den Provinzen verteilten, nachdem sie die zuständigen Leute geschmiert hatten.«

»Ja, ich weiß, Mister Jonsons gute Nase wurde damals von allen europäischen Geschäftsleuten in China bewundert.«

»Er hat sein Geld verdient, ohne einen Finger krumm zu machen. Aber inzwischen haben die Zeiten sich geändert, da kann der alte Jonson noch so schimpfen. Er hat sich mit allen Kriegsherren angelegt, und sie werden immer mehr. Aber er wird alt, er ist nicht mehr ganz auf der Höhe. Und sein Sohn, der junge Mann, der zur Zeit in Tschengtu ist, kann, unter uns gesagt, nicht an ihn heran. Ein Weichling. Der Vater hat den Fehler begangen, daß er den Jungen nach Oxford schickte. Seitdem ist mit dem Junior nichts mehr los. Die Firma ist auf dem absteigenden Ast.«

»Sie ist noch immer sehr bedeutend, soviel ich weiß.«

»Ja, weil der Alte schließlich die Zähne gezeigt hat. Er wollte nicht länger zusehen, wie es abwärts ging. Er hat sich die Sache durch den Kopf gehen lassen, und eines Tages, vor drei, vier Jahren, läßt er mich in sein Büro kommen, ausgerechnet mich, der ich damals gerade wieder mal pleite war und Franzose obendrein. Er raunzte mit mürrischem Gesicht: ›Ich hab von Ihnen gehört. Ich gebe Ihnen zwei Millionen Dollar. Bringen Sie meine Firma wieder in Schwung.‹ Und überreicht mir den Scheck.«

»Jonson, das sind also jetzt Sie? Höchst erstaunlich«, sagt der Konsul von Frankreich.

»Nicht so sehr. Der Alte wußte, daß ich Tu Yü Seng ins Geschäft einbringen würde ... Es gibt trotz allem brauchbare Chinesen, und der da ist verteufelt brauchbar.«

Mein Vater erinnert sich unschwer an Tu Yü Seng, er hat sogar einmal bei Dumont in Schanghai neben ihm gesessen. Ein alter harmlos aussehender Chinese, kleiner Kopf, schmächtiger Körper. Das Gesicht stumpf, kalt, alterslos, schläfrig. Wirkte ungesund, hinfällig, was durch ständiges Husten zum Ausdruck kam, nicht das Husten, das bei den Himmlischen Erheiterung, zustimmendes Lachen bedeutet. Hier handelte es sich um das Husten eines Kranken, eines Schwindsüchtigen, und überdies um seine einzige Sprache, denn er redete kein Wort. Alles an ihm schien erschlafft zu sein. Schleier über den Augen, kraftlose Bewegungen, lahmer Händedruck, zittrige Bewegungen, um die Nahrung an den toten Mund zu führen, pergamentene Haut. Wer ihn nicht kannte, mochte ihn für schwachsinnig halten.

Dumont führt voll Stolz seine Beziehungen vor:

»Tu Yü Seng habe ich durch den Polizeichef der französischen Konzession kennengelernt.«

»Den kenne ich gut«, ruft mein Vater aus, »ein verdammter Korse, typisch schöner Mann, scharfgeschnittenes Profil, feuriges Auge und flinker Verstand. Und dazu ein Held. Ehrenlegion für militärische Tapferkeit als Unteroffizier in Marokko. Hat in irgendeinem Nest die Franzosen gerettet, die von den Arabern massakriert werden sollten. Glücksritter in Uniform. Hat überall gekämpft, sogar in der Weißen Armee in Sibirien, in der Armee Wrangels, die in der Eiswüste gegen die Roten kämpfte: ein Alptraum, der ihm Spaß gemacht hat. Der Feldzug nahm ein blutiges Ende. Nachdem er in Wladiwostok demobilisiert worden war, tauchte er ohne einen Sou in Schanghai auf.«

Dumont schert sich den Teufel um diese Lobeshymne, der Polizeichef von Schanghai als Patriot und Held interessiert ihn nicht. Ihn interessiert nur, daß er jetzt sein Spießgeselle ist. Und das macht er auch Albert Bonnard klar:

»Als er in Schanghai anrückte, war ich gerade auch in der Patsche. Wir wohnten in der gleichen Pension, die schon von zwei Generationen kleiner Weißer abgewirtschaftet war. Eben eine trostlose und verkommene Familienpension für gestrandete Existenzen, mit orientalischem Dreck und einem Chefboy, der hochtrabend als ›Nummer eins‹ bezeichnet wurde. Als Wirtin eine ehemalige Nonne, eine wackere Fünfzigerin, die ihre guten Ratschläge und ihre verblichenen Reize anbot. Der Feldwebel und ich hatten uns angefreundet. Eines Tages teilt er mir mit: ›Man hat mir den Posten des Polizeichefs angeboten. Ich überlege hin und her.‹ – ›Nimm an.‹«

»Habe ich ihn nicht bei Ihnen in Schanghai kennengelernt?«

Dumont wischt die Vermutung meines Vaters mit seiner großen Hand vom Tisch:

»Nein. Das war seine rechte Hand, ehemaliger Fremdenlegionär, ist offenbar ausgerückt. Aber die Sache wurde in Ordnung gebracht. Ein richtiger Schnüffler. Aber mein Freund ist ganz anders. Ein Herr.«

»Ja, er scheint sich gemacht zu haben.«

»Und ob! Ein paar Monate nach seiner Ernennung war er der typische Gentleman von Schanghai. Während der Arbeitsstunden zwar noch immer das Käppi auf dem Kopf und den Zigarettenstummel im Mund, aber abends klemmt er sich ein Monokel ins Auge.«

Und meinem Vater, dessen Adamsapfel vor Ungeduld hüpft, wird das Porträt eines »Grandseigneurs« zuteil, des Mannes, vor dem alles im Staub kriecht. Der Konsul hat einen schlechten Geschmack im Mund: im Grunde verachtet und beneidet er diesen Korsen. Auch ohne Dumonts miserable Schilderung weiß er, welchen Rang dieser Kerl in Schanghai einnimmt: die Gentlemen laden ihn zum Dinner ein, die Ladies verwöhnen ihn, er macht bei allen gesellschaftlichen Veranstaltungen Furore, als wäre der Frack schon immer seine Uniform gewesen. Die Frauen liegen ihm zu Füßen, um einen Blick, die Männer, um einen Rat zu ernten. Er ist immer wachsam, nimmt jede Nuance wahr, ist imstande, seine Züge zur undurchdringlichen Maske zu verhärten, aber auch, als Mann, der seines Erfolgs sicher ist, mit einer Gebärde seine Huldigung auszudrücken, durch den Tonfall seiner Stimme Freundschaft zu bekunden. Er ist zu allem imstande, zu unerbittlichen Entscheidungen, aber vor allem zu subtilen Kompromissen. Besitzt die Gabe, alles in Schanghai zu verstehen, die Creme und die Hefe, die Weißen und die Gelben. Für meinen Vater ist das alles ein einziges Ganoven-»Milieu«, in dem der andere als echter Korse schwimmt wie ein Fisch im Wasser – einen Revolver immer in Reichweite. Er hat natürlich seine Finger in allem, und alles fügt sich zu seinen Gunsten. Ein seltsamer Zufall ließ ihn mehrmals den Großen Preis beim Rennen gewinnen – natürlich eine Gunst der europäischen Kolonie ... Aber vor allem die Himmlischen bemühen sich, seine Gunst zu erringen.

Um meinem Vater zu imponieren, streicht Dumont seine Vertrautheit mit diesem Mann heraus, er weidet sich daran:

»Einmal suche ich ihn in seinem Büro auf, und er vertraut mir mit nachsichtigem Lächeln an: ›Komisches Land. Sooft ich morgens meine Schublade öffne, finde ich einen Haufen Dollars darin. Ich weiß nicht, wer sie hineingetan hat, bestimmt irgendein Himmlischer. Es wäre eine Beleidigung für diesen Unbekannten, wenn ich seine Ehrengabe nicht einsteckte.‹ Das Geheimnis bleibt auch nicht lange ungelöst – immer kommt bald darauf einer von den Burschen und erkundigt sich: ›Hat mein bescheidener Versuch genügt, Euch Freude zu machen?‹«

»Scheint ja eine tolle Nummer zu sein, Ihr Freund.«

»Mit allen Wassern gewaschen, wie mans in China sein muß. Vor allem ein guter Polizist, der jede Unordnung haßt. Vor seiner Zeit war die französische Konzession voll davon, wie Ihnen nicht unbekannt sein dürfte. In Schanghai jemand um die Ecke bringen lassen kostete fünf bis sechs Dollar, mehr nicht. Die einflußreichen Chinesen hatten ihre Behausungen in Festungen verwandelt und als Wälle starke Eisengitter und sogar Bunker errichtet. Jeder Reiche war ständig von einer bewaffneten Leibgarde umgeben, die sehr oft Verrat übte. Wenn ein gelber Milliardär im Auto ausfuhr, begnügte er sich nicht damit, zwischen sich und seinem stets zweifelhaften Chauffeur eine Metallwand zu haben, er versperrte sein Abteil auch noch mit einem Schlüssel, damit man ihn nicht gewaltsam herauszerren könnte. Vergebliche Vorkehrungen, wenn der Überfall durch eine der großen Banden geplant war – von denen die berühmteste die Blaue Bande war.«

Mein Vater wird ärgerlich:

»Ich weiß, ich weiß! Aber wie hat Ihr so einsichtiger Freund in dieses Chaos Ordnung gebracht?«

»Er hat nachgedacht. Er hat sich gedacht, wer das Verbrechen bekämpfen will, muß sich mit den Verbrechern verbünden, muß ihnen zu verstehen geben, wo ihre Interessen liegen. Er mußte seine Gesprächspartner nicht lange suchen. Er hat sie in seinem eigenen Amt gefunden, bei seinen Untergebenen. Stellen Sie sich vor, der ehrenwerte chinesische Inspektor der französischen Polizei, Herr Wang, war gleichzeitig Oberhaupt der Blauen Bande. Und fast alle gelben Polizisten der Konzession gehörten ihr an. Kurz, das Hauptquartier der Bande befand sich im Polizeipräsidium. Und zwar schon seit langer Zeit.

Herr Wang hatte eine verdienstvolle Laufbahn hinter sich. Er hat als Karrenkuli angefangen. Dank seiner Weisheit gelang es ihm, gleichzeitig in der Hierarchie der Kolonialpolizei und der der Bande aufzurücken. Der Gangsterpolyp! Er befand sich damals auf der obersten Sprosse und schickte sich an, in den wohlverdienten Ruhestand zu treten, in einem blühenden Yamen in der Umgebung von Schanghai, umgeben von dem harmonischen Schwarm seiner Frauen, Schwiegertöchter, Söhne und sämtlicher Nachkommen.

Mein Freund läßt also Herrn Wang rufen, der ihn respektvoll grüßt. Dann teilt er ihm mit untröstlicher Miene mit: ›Herr Wang, ich sehe mich genötigt, Sie Ihres Amtes zu entheben. Sie haben sich Ihre Stellung zunutze gemacht, um höchst bedauerliche Verbrechen zu begehen . . .‹ Eine furchtbare Strafe für Herrn Wang, denn dadurch verlöre er das Gesicht – er, einer der Großen von Schanghai, ein Vorbild der Pflichterfüllung. Wang ist groß, hat ein runzeliges Gesicht und einen unter der ehrenvollen Last der Jahre gebeugten Körper. Ein Mann wie er hätte nun aufbrausen können, furchtbare Drohungen ausstoßen – schließlich kann er, wenn er will, die ganze Konzession brandschatzen und massakrieren. Er braucht den Oberen der Großloge der Blauen Bande nur ein Wörtchen zu flüstern. Der Korse lächelt blasiert, während er auf Wangs Antwort wartet – denn von der Erwiderung des

Chinesen wird seine Karriere abhängen, sein Leben und sogar das Geschick des französischen Teils von Schanghai. Es heißt alles oder nichts. Auch Herr Wang lächelt, aber bescheiden, demütig, wie ein gescholtener Untergebener. Denn der Schlaukopf hat sofort begriffen, daß es sich hier nicht um seine Entlassung handelt, sondern um ein Verhandlungsangebot. Aber er stellt sich dumm: ›Herr Polizeichef, ich bitte um Ihr Mitleid. Ich bin ein alter Mann. Und außerdem habe ich oft dienlich sein können, dank der wohltätigen Vereinigung, der ich in meinen Mußestunden meine schwachen Kräfte widme.‹ Was bedeutet, daß er mit sich reden läßt. Meinem Freund ist ein Stein vom Herzen gefallen, er läßt sich jedoch nichts anmerken und deckt nur, mit der gleichen strengen und väterlichen Miene des enttäuschten Vorgesetzten, ein paar weitere Karten auf. ›Herr Wang, Sie haben unklug gehandelt. Ihre Wohltätigkeitsorganisation kontrolliert in Schanghai und in vielen anderen Städten zahlreiche nützliche und lohnende Einrichtungen: die Prostitution, alle Vergnügungen, die Glücksspiele und vor allem das Tier-Lotto, schließlich alles, was mit Opium zu tun hat. Kein Chinese in dieser Stadt schließt ein Geschäft ab, ohne euerem Hilfswerk einen Anteil zu geben, das zudem noch viel Geld verdient, indem es Großen und Kleinen auf sehr überzeugende Weise seinen Schutz verkauft. Ich verstehe, daß Ihre fromme Stiftung Unmengen von Dollars einheimsen muß, um soviel Gutes wie irgend möglich zu tun. Aber wie kann sie sich, um ihre Kasse noch mehr zu füllen, zu so bedauerlichen Übergriffen hinreißen lassen, wie bewaffneten Überfällen, Einbrüchen, Bankraub, Kidnapping und Mord? Das können wir nicht dulden. Herr Wang, Sie sind schließlich ein qualifizierter und sehr geschätzter Polizist. Sie werden verstehen, daß ich in der Konzession Ordnung haben will – eine Ordnung, die dem Gedeihen karitativer Einrichtungen keineswegs abträglich ist, ganz im Gegenteil . . .‹

Herr Wang hat den Kopf gesenkt:

›Herr Polizeichef, ich gestehe meine Unwürdigkeit. Ich habe es an Wachsamkeit fehlen lassen. Ich war zu nachsichtig, wenn junge Mitglieder unserer Bruderschaft sich vom Übereifer hinreißen ließen. Es wird nicht wieder vorkommen. Die französische Konzession wird von nun an mustergültig sein. Wenn wir unsere guten Werke fortsetzen können, so werden ich und alle Brüder meiner Gesellschaft Ihnen bei Ihrem Kampf gegen das Böse beistehen. Wir werden nicht nur der Versuchung widerstehen, sondern wir werden Ihre Augen und Ihre Hände sein. Wir werden Ihnen sogar helfen, solche, die nicht unserer Organisation angehören, ausfindig zu machen und Gerechtigkeit zu üben.‹«

Dumont schnauft wie ein Seehund.

»Ich habe Ihnen, Herr Konsul, diese Unterredung bis in alle Einzelheiten berichten können, weil mein Freund, der Polizeichef, sie mir viele Male mit berechtigtem Stolz erzählt hat. Ihr verdankt es die französische Konzession – und auch die internationale Konzession –, daß sie wieder in Ruhe und Wohlstand leben kann. Die Idee meines Freundes, nämlich, aus üblen Subjekten brave Geschäftsführer des Lasters zu machen, hat sich trefflich bewährt. Was wollen Sie, es ist unmöglich, das Laster in China auszurotten. Können Sie sich Chinesen ohne Glücksspiel und ohne Opium vorstellen? . . . Sie wissen ja selbst, daß es sich hier um eine sehr bedeutende Industrie handelt, bei weitem die größte in Schanghai. Folglich müssen die Weißen den größtmöglichen wirtschaftlichen und politischen Nutzen daraus ziehen. Man soll die Chinesen nach ihrer Fasson leben lassen. Das Meisterstück meines Freundes besteht darin, daß er aus den Leuten der Blauen Bande seriöse Geschäftsleute gemacht hat, die sich ein für allemal auf die Seite der weißen Behörden und der guten Gesellschaft schlugen. Es gibt keine besseren Verteidiger von Gesetz und Ordnung, keine redlicheren, keine zuverlässigeren, wenn man sie nur bei ihren Geschäften ungeschoren läßt. So wird heute das zivilisierte Schanghai vor allem von diesen gelben Gangstern beschützt. Und sie werden eines Tages vielleicht die Stadt auch vor diesen übergeschnappten Kriegsherren und dem ganzen aufgeputschten Gesindel retten. Ehrenwort, sie sind die einzigen Chinesen, denen ich traue. Für die übrigen gibts nur den Tritt in den Hintern . . .«

In diesem Moment leuchtet die Nase von Dumonts Famulus feuerrot auf wie ein Warnsignal:

»Monsieur Dumont, ich glaube, Sie ermüden den Herrn Konsul mit allen diesen Geschichten über Schanghai. Gehen wir lieber schlafen.«

»Unterbrich mich nicht. Ich weiß, was ich tue.«

Dumont füllt sein Cognacglas und fordert meinen Vater nach chinesischer Sitte zum Ex-Trinken auf.

»Auf Ihre Gesundheit, Monsieur le consul. Ich spreche frei von der Leber weg. Wenn ich Sie in die Karten schauen lasse, dann nur, damit Sie wissen, wie sehr ein ehrenvolles und unseren Verbündeten von der Blauen Bande genehmes Übereinkommen über das Opium von Szetschuan die Stellung der französischen Konzession von Schanghai noch weiter festigen würde. Niemand würde wagen, Ihnen das zu sagen, aber ich sage es Ihnen. Ich erbitte übrigens keineswegs Ihre Hilfe für die anstehenden Verhandlungen. Ich bin stark genug, meine Interessen und die meiner Partner allein wahrzunehmen. Ich wäre Ihnen nur dankbar, wenn Sie uns keine Hindernisse in den Weg legten, indem Sie uns ihre yünnanesischen Freunde auf die Fersen hetzen.«

Mein Vater lehnt sich feierlich in seinem Sessel zurück:

»Mein lieber Dumont, ich kann in eine so delikate Angelegenheit in keiner Weise eingreifen. Vergessen Sie nicht, das Opium ist durch die chinesischen Gesetze überhaupt verboten, auch wenn diese Gesetze kaum Anwendung finden. Meine Position ist einfach: Offiziell weiß ich nichts von Ihren Geschäften. Aber moralisch billige ich alle Unternehmungen, die zur Erweiterung des französischen Handels beitragen. Was heißen will, daß ich Ihnen nicht in die Quere kommen werde. Wie sind Sie auf einen solchen Gedanken verfallen?«

»Ehrlich gesagt, Monsieur le consul, ich habe gefürchtet, Sie könnten aus der Reihe tanzen wollen.«

Der Konsul zieht bedächtig ein paarmal an seiner Zigarette und gibt sich wie ein kleiner Metternich.

»Ich bin ein vorzüglicher Tänzer, mein lieber Dumont. Aber ich suche mir meine Partnerinnen aus. In Ihrem Fall werde ich, wie schon gesagt, das Mauerblümchen spielen und lediglich Ihre Darbietung bewundern.«

»Da werden Sie nicht lange warten müssen, Monsieur le consul.«

»Sehr gut. Apropos, Sie haben nicht weiter von Herrn Tu Yü Seng gesprochen, der doch, soviel ich weiß, die Schlüsselfigur der Blauen Bande ist. Wird dieser bedeutende Mann sich selbst nach Tschengtu begeben, um den Handel abzuschließen?«

Dumont erstickt fast vor Lachen:

»Nicht doch! Dazu ist er viel zu schlau. Wenn er hierher käme, könnten die Yünnanesen vielleicht der Versuchung erliegen, ihn als Geisel gefangenzunehmen und Lösegeld zu verlangen. Keine sehr umgänglichen Leute, Ihre Verbündeten ... Herr Tu hat zwei Delegierte hierher abgestellt, ziemlich bedeutende Männer, aber doch nicht namhaft genug, um einer aufgezwungenen Gastfreundschaft seitens Ihrer Yünnanesen würdig zu sein.«

»Und für sich selbst fürchten Sie nichts?«

»Ich bin Franzose. Ich stehe unter Ihrem Schutz, Monsieur le consul. Ihre yünnanesischen Freunde würden Ihnen nicht den schmutzigen Streich spielen, mir ernstlich Scherereien zu machen ...«

Die aufgedunsenen Züge Dumonts schwitzen Cognac und Genugtuung aus. Mein Vater fragt:

»Aber wer ist nun Herr Tu Yü Seng?«

»Mein Freund. Und außerdem einer der mächtigsten Männer Chinas. Als der würdige Herr Wang seine Kräfte schwinden fühlte, zog er sich, wie er seit langem vorgehabt hatte, in den Frieden seiner ländlichen Behausung zurück. Er lebt dort als Ehrenvorsitzender der Blauen Bande das Leben eines Patriarchen. Er verbringt glückliche Tage.

Herr Tu, der seine Nachfolge antrat, ist aus anderem Holz geschnitzt. Er hat die Blaue Bande von Grund auf modernisiert, hat den Dreh gefunden, sie im Einverständnis mit dem Polizeichef der Konzession zu einem reibungslos arbeitenden Racket umzugestalten. Die Organisation funktioniert wie ein gut geöltes Uhrwerk.«

Ich sollte die Geschichte des Herrn Tu erst viel später erfahren. Sie ist exemplarisch:

Tu ist ein Organisator, ein Superhirn. Und doch kommt er aus dem Dunkel, aus dem Nichts, er hat als armseliger kleiner Dieb und kleiner Mörder angefangen. Gauner wie er liefen in

Schanghai zu Zehntausenden herum. Um sich durchzusetzen, um bei so viel Konkurrenz die Spitze zu erklimmen, mußte er schon etwas Besonderes sein. Herr Wang, der seine Qualitäten erkannt hatte, half ihm bei diesem Aufstieg, ehe er ihn zu seinem Kronprinzen machte. Dieser ganze Teil seiner Vergangenheit ist ein Geheimnis. Alle möglichen Freveltaten werden Tu zugeschrieben – vor allem, daß er seine Rivalen innerhalb der Blauen Bande zu einem Bankett geladen und ihnen so raffiniert vergiftete Schwalbennester serviert habe, daß sie nichts bemerkten, bis sie tot umfielen. Beim Dessert waren nur noch Leichen im Saal, und Tu, der lachende Überlebende, ließ sie hinausschaffen. Legenden vielleicht . . . Mit Sicherheit weiß man nur, daß er eines Tages einer seiner Konkubinen mit dem Beil ein Bein abhackte und sie verbluten ließ. Aber in China ist das eine Bagatelle . . .

Jetzt herrscht diskretes Schweigen um Tu. Er haßt alles Auffällige, auch beim Verbrechen. Der Erfolg der Blauen Bande liegt in ihrer Unsichtbarkeit, in ihrem Geschick, überall zu sein, ohne daß man ihre Anwesenheit ahnt. Sie war ursprünglich ein einfacher Zusammenschluß der Fährleute des Großen Kaiserkanals, die zur gegenseitigen Unterstützung vom armen schwimmenden Volk der Dschunken gegründet worden war. Wie konnte aus ihr in wenigen Jahrzehnten diese weitreichende Organisation werden? Jetzt ist diese Gesellschaft hermetisch geschlossen. Wer ihr beitreten will, muß sich einer mit Blut besiegelten Aufnahmezeremonie unterwerfen. In einem phantastischen Dekor leisten die Neulinge den feierlichen Eid des Gehorsams und der unbedingten Verschwiegenheit, verpflichten sich, jeden Befehl auszuführen, auch zu töten, und bei Todesstrafe nie ein Wort darüber verlauten zu lassen. Auf jeden Wortbruch steht der Tod. Ein grausamer Tod.

Die Blaue Bande besteht aus einem Netzwerk von Logen, jede mit ihrem Logenmeister, an der Spitze der Großmeister. Auf der untersten Stufe sammelt sich das Gesindel, eine Plebs, alles, was die Straßen unsicher macht. Das Heer der Bettler, die sich überall herumtreiben, alles sehen, alles auskundschaften und auf einen Wink, einen Befehl hin einen bestimmten Menschen beschatten oder sich zusammenrotten und eine undurchdringliche Mauer bilden.

Über diesem organisierten Abschaum steht eine regelrechte Armee kleiner Ganoven, die, ihre Filzhüte tief ins Gesicht gezogen, Nacht für Nacht in jedem Bezirk der Stadt die Runde machen, um die »Schutzgelder« einzusammeln. Sie suchen die stinkenden Gassen auf, die Hütten, in denen sich Huren und Kulis beim Schein der Petroleumfunzel den Freuden des Lebens hingeben, die Bordelle, die über Abfallhaufen errichtet sind, die Spelunken, in denen Krüppel und Bettler an grob bemalten Brettern, die als Spieltische dienen, ihre Reispfennige verspielen. Die Opiumhöhlen, die mit ihren leblosen Besuchern Leichenhäusern gleichen. Sackgassen und Winkel, Pfahlhütten über kotigem Grund, den ganzen riesigen Bereich der Elendsviertel. Das alles entrichtet respektvoll seinen Tribut an die Blaue Bande. Andere, elegantere Eintreiber suchen die großen, teuren Vergnügungsstraßen auf, deren elektrisch beleuchtete Schriftzeichen die Besucher mit irisierenden Lichtern überschütten. Dancings mit Taxigirls, wo sich an den Wänden halb pflanzliche, halb menschliche Formen zu einem Wald von Fasern und Fleisch zu vereinigen scheinen. Tausende von Dancings, Opiumhöhlen, chinesischen Hotels, eine Kakophonie der Lust. Das alles zahlt. Und schließlich begeben sich distinguierte Herren mit Aktentaschen zu den Ladenbesitzern, den Geschäftsleuten, den Händlern, den Bankiers, und auch diese zahlen. Die Bande ist über ganz Schanghai verteilt. Jeder Agent besitzt einen Revolver, so daß Herr Tu, wenn er will, dreißig- bis vierzigtausend bewaffnete und zu allem bereite Männer zusammenziehen kann.

Herr Tu setzt auf die menschlichen Leidenschaften. Vor allem auf die Spielleidenschaft. Spielen, bis man daran stirbt, verdirbt, verhungert, Spielen als Schicksal und Bestimmung, das ist die Obsession aller Himmlischen, die Krankheit aller Chinesen. Herr Tu trägt diesem Bedürfnis Sorge durch das permanente Spiel, das Allround-Spiel, das den Leuten entgegenkommt, sie in ihren Häusern aufsucht und niemals endet. Das Geld der Armen, und das ist eine ganze Menge, kassiert er durch das Tier-Lotto. Ein perfektes System, um den Leuten die Taschen zu leeren. Eine wohldurchdachte und einwandfrei arbeitende Maschinerie. Schanghai ist in Sektoren eingeteilt, jeder hat seine Buchhaltung, sein Personal, seine Direktion, dazu ein Heer von Kundenfängern, von Anreißern auf Straßen und Gassen; sie schreien und schwenken gelbliche Zettel, mit Zeichnungen und unverständlichen Schriftzeichen bemalt, die sich auf die alte Dichtung und die großen Legenden des Reichs der Mitte beziehen. Und mit allen Arten von Tieren, Ungeheuern, Sphinxen, Einhörnern, auf die die alten Amahs setzen, die schönen Taxigirls, die kleinen Angestellten. Alle konzentrieren sich, um herauszubringen, welches Tier das richtige ist, welches als Sieger aus dem Spiel hervorgehen wird. Dafür studieren, analysieren alle diese zumeist des Lesens unkundigen Leute die unverständlichen Angaben auf den verteilten Zetteln: denn ihnen soll angeblich die Lösung zu entnehmen sein, also das Tier, das dieses Mal gewinnen wird. Wenn dann jeder des Rätsels Lösung gefunden zu haben glaubt, drängen sich alle um den Mann von der Tier-Lotterie, der auf der Straße die Wettscheine verkauft. Ein Meer von abgearbeiteten Gesichtern, ein Wald von Armen, die dem Mann durchlöcherte Münzen oder schmuddelige Scheine hinstrecken, während ein Mund ihm zuruft: »Soviel auf dieses Tier.« Und das spielt sich in ganz Schanghai ab. Alles ist korrekt. Alles im Rahmen der Gesetze. Jeder Wetter bekommt seine Quittung. Aber es fügt sich jedesmal, daß der Sieger nicht das Tier ist, an das die Masse geglaubt hat, auf das alles hinzuweisen schien. Immer ist ein Kniff dabei, der bewirkt, daß ein anderes, ähnliches, verwandtes Tier zum Sieger ausgerufen wird: zum Beispiel die Fledermaus anstatt der Maus. Diese List sichert Herrn Tus Gewinn. Das Ergebnis wird unter rasenden Gongschlägen, einer wahren Hölle von Lärm, von einem Podium feierlich verkündet. Jedesmal eine Pleite. Aus der Menge steigt ein Laut der Enttäuschung auf, ein Seufzen, das sich von Mund zu Mund über ganz Schanghai erstreckt. Dann steigen Schriftkundige in vollem Ornat auf das Podium und erklären mit vielen Hinweisen und Zitaten, warum es nur dieses Tier und kein anderes habe sein können. Dieser Weisen langer Reden kurzer Sinn ist: »Dieses Tier, aus diesem und jenem Grund.« Sie führen so gelehrte Reden, daß niemand sie für Angestellte der Lotterie hält, für alte Spitzbuben, die dafür sorgen sollen, daß die armen Leute das Tier »schlucken«, das sie noch ärmer und Herrn Tu noch reicher gemacht hat. Es gibt niemals Proteste, das wäre unschicklich und gefährlich. Dieses

Theater findet täglich, zweimal täglich statt. Und die Schanghaianer sind so veranlagt, daß sie dieser fatalen Tiere nie müde werden. Eine geniale Masche.

Herrn Tus heller Kopf bewährt sich auch bei der Intensivierung der Drogengewinne. Er hat errechnet, daß das übliche Opiumrauchen auf Bretterliegen Zeitverlust sei, folglich Einkommensverlust. Also hat Herr Tu reines Morphin auf den Markt gebracht. In Form von rosa Pillen – rosa Zuckerguß über einem tödlichen Gift. Sie werden geraucht. Anstatt des langwierigen Rituals mit dem Opiumkügelchen steckt man einfach eines dieser Dragees in den Pfeifenkopf. Glückseligkeit im Handumdrehen. Und noch etwas hat Herr Tu erfunden: die Morphineinspritzung. Morphium, soviel das Herz begehrt, im Trödelladen, für die Armen, die Untermenschen, Männer und Frauen. Die Kunden, ekelerregende Gestalten, menschlicher Abhub aus Geschwüren und Lumpen, lassen sich in gräßlichen Löchern, in unbeschreiblichen Schuppen mit niemals gereinigten Nadeln, wahren Folterwerkzeugen, das Gift injizieren. Sie liegen mitten im Unrat, ihre Gliedmaßen sind versteinert, die Haut ist wie rissiges Leder, nur die Bäuche sind noch weich genug, um die Dosis aufzunehmen. Aber es gibt noch Schlimmeres, vielleicht weniger schmutzig anzusehen, aber in Wahrheit noch unwürdiger. Die Abfertigung solcher Kunden, die sich noch aufrecht halten können. Sie stehen Schlange vor einem Mauerloch. Wer von diesen Bettlern vor dieser Öffnung angekommen ist, wirft sein Geld hinein und streckt den Arm durch, um die Injektion in Empfang zu nehmen. Sie wird verabreicht von einem Kerl, der auf der anderen Seite der Mauer am laufenden Band in das dargebotene Fleisch sticht, ohne jemals die Gesichter zu sehen.

Herr Tu betrachtet sich als einen Wohltäter des Volkes. Er ist der Ansicht, ein Mensch, der ins Unglück geraten ist, braucht nicht Tugend, sondern ein tröstliches Laster. Was tuts, wenn am Ende der Tod steht! Für diese Leute würde er ohnehin nicht auf sich warten lassen. Besser, sie verlassen diese hartherzige Welt mit glücklichen Illusionen.

Herrn Tus vorgebliche Menschenliebe wird von den Chinesen ernst genommen. Durchaus anständige Leute betrachten es als eine Ehre, der Blauen Bande anzugehören. Denn an ihrer

Spitze, in schwindelnden und unbekannten Höhen befindet sich fast die ganze Oberschicht Chinas, die einflußreichen Himmlischen, die man niemals in einer so seltsamen Bruderschaft suchen würde. Wie sollte ein Europäer auf die Idee kommen, daß das ranghohe Mitglied des Kuomintang, der gelbe Milliardär, der verdienstvolle Universitätsprofessor, sogar der Kriegsherr, den er kennenlernt, ein hohes Tier in der Blauen Bande ist? Und doch ist das oft der Fall. Hätte man behauptet, der Präsident der Republik China gehöre ebenfalls dazu, so wäre niemand überrascht gewesen. Auf diese Weise verfügt Herr Tu insgeheim über tausend furchteinflößende Verbindungen – in China geschieht nichts ohne ihn.

1927 wird Tu die Roten abschlachten und von den Taipans als Retter ihres kapitalistischen Schanghai gefeiert werden.

Albert Bonnard hört sich in leutseligem und ein wenig blasiertem Schweigen Dumonts Schwadronieren an. Seine Miene verrät sogar gelinde Langeweile, als wollte er zeigen, daß er nicht der gleichen Welt angehöre wie dieser Dumont und sein Herr Tu. Aber hinter seinem Kneifer ist der Konsul von Frankreich beunruhigt: Dumonts Worte scheinen ihn zu umgarnen wie ein Netz. Er soll ganz offensichtlich auf den Leim gelockt werden, in eine Falle. Was Dumont da berichtet, ist meinem Vater als altem »Chinesen«, als erfahrenem Chinabummler, bis auf ein paar Einzelheiten längst bekannt. Aber er weiß, daß dieses abgedroschene Zeug nur die Einleitung bildet zu Eröffnungen, die in einer genauer umrissenen Erpressung, in härteren Forderungen gipfeln werden. Indem er klarmacht, daß er alles kennt, alles vermag, will Dumont den Konsul von Frankreich »bei der Stange halten«.

Um seine Befürchtungen zu verbergen, mischt mein Vater unerschütterlichen Gleichmut mit einer Prise souveräner Ironie:

»Aber, mein lieber Dumont, verraten Sie mir doch, welcher Art Herrn Tus bedeutende Geschäfte sind!«

»Jeder Art. Eine zum Beispiel haben Sie direkt vor Ihrer Nase. Eben deshalb bin ich hier ...«

»Also machen Sie nicht nur für Jonson den Handlanger, sondern auch für Tu!«

»Ich würde eher sagen, ich bin sein Comprador. Früher waren die Compradores Gelbe, die von den Weißen beauftragt wurden, mit anderen Gelben zu verhandeln. Ich repräsentiere den Comprador neuer Prägung: einen Weißen, dessen sich ein Gelber, in diesem Fall Herr Tu, als Vermittler zu den Weißen bedient.«

»Wenn ich recht verstehe, so spricht aus Ihrem Munde Herr Tu. Er und seine Organisation.«

»So ist es, Monsieur le consul.«

»Sie sind wahrhaftig dreist, Monsieur Dumont. Ich, der französische Konsul in Tschengtu beherberge also unter meinem Dach und im Schutz des Konsulats einen Franzosen, der nichts weiter ist als das Sprachrohr eines chinesischen Gangsters und der mir obendrein noch drohen will ...?«

»Bleiben Sie bloß auf dem Teppich. Ich sage Ihnen die Wahrheit, das ist selten, sogar außergewöhnlich. Sie sollten mir danken. Es liegt mir fern, Sie zu etwas zwingen zu wollen, ich will Ihnen helfen – um Ihnen gegebenenfalls bedauerliche Irrtümer zu ersparen.«

Mein Vater beruhigt sich wieder, nachdem er seine kleine Entrüstungsarie abgesungen hat. Jetzt muß er herausbringen, was Dumont wirklich will. Er hüllt sich in Schwaden von Zigarettenrauch und fragt, scheinbar ohne das eigentliche Thema zu berühren:

»Wie konnten Sie nur bei einem so mißtrauischen und unzugänglichen Menschen wie Herrn Tu zu dieser Stellung aufrücken? Weiß er denn nicht, daß Sie ein Abenteurer sind?«

»Ein genialer, folglich ein aufrechter Abenteurer, ja, das bin ich, Monsieur le consul. Sie haben mir ein Kompliment gemacht. Aber Herr Tu hat meine Meriten längst vor Ihnen erkannt, und das verdanke ich meinem Freund, dem französischen Polizeichef der Konzession.«

»Hab ich mir fast gedacht!«

»Eines Tages suchte ich meinen Freund in seinem Büro auf. Er hatte die Füße auf den Schreibtisch gelegt und lachte vergnügt. Grinsend sagte er zu mir: ›Jetzt kannst du zeigen, ob du ein Mann bist. Ich hab nämlich eine tolle Sache für dich, wenn du dich rantraust.‹ Daraufhin hat er mir erklärt, daß Herr Tu auf der Suche nach einem ganz raren Vogel sei: einem Weißen, der für ihn zugleich auf chinesische und auf europäische Manier arbeiten kann. Intelligent genug, um aus allem Nutzen zu schlagen, aber vor allem intelligent genug, um zu wissen, daß ihm beim kleinsten Fehler oder Fehlschlag, der Herrn Tus Mißfallen erregen würde, die Kehle durchgeschnitten oder der Bauch aufgeschlitzt würde.

Nachdem er mir somit die Vorzüge des Angebots dargelegt hatte, feixte der Polizeichef: ›Ich habe gedacht, daß du diese Perle sein könntest. Interessiert dich die Sache?‹ – ›Ja.‹ – ›Ich verlange nicht einmal Prozente von deinen künftigen Gewinnen, wenn du dich nicht abmurksen läßt.‹ – ›Hochanständig von dir.‹ – ›Erwähne Tu gegenüber meinen Namen nicht. Er weiß, daß ich dich schicke, das genügt. Ich lasse dich von Herrn Pang hinbringen, er ist, wie du weißt, Herrn Tus persönlicher Vertreter in meinem Amt. Pang ist natürlich im Bilde, aber du sprichst kein Wort mit ihm. Auch bei Herrn Tu hältst du den Mund, bis er dir einen konkreten Vorschlag macht. Das kann eine Weile dauern. Du mußt streng auf Form bedacht sein. Du wirst sehen, Tu ist in seinen Geschäften sehr modern, aber er ist auch wieder in vielem der typische Chinese. Höchst erstaunlich ... Du wirst ihn nicht in einem ultraschicken Bürohaus finden, wie es manche Chinesen haben, sondern in einem riesigen, verwahrlosten, schmutzigen Yamen, ganz nach der alten Mode ...‹«

Aber Dumont brennt nicht nur darauf, dem Konsul zu berichten, daß er in die Blaue Bande aufgenommen wurde. Er will ihm mit den Einzelheiten seiner Aufnahme imponieren.

Eine Stunde lang muß der ehrenwerte Albert Bonnard sich verblüfft diese Schilderung anhören, ohne auch nur ein Wort einwerfen zu können.

Es war vor drei Jahren. Schon am Tag nach seinem Gespräch mit dem französischen Polizeichef, gegen vier Uhr nachmittags, also um die Stunde, zu der die feinen Leute ihre Siesta beendet haben, steigen Dumont und Herr Pang aus dem Wagen. Sie sind in einem schmutzigen, sehr volkstümlichen Außenviertel, mit Pfahlhütten auf ödem Gelände, sie gehen an dürftig gekalkten Mauern entlang. Ein paar junge Männer in Kulitracht lungern mit frechen Mienen herum – vermutlich Herrn Tus Schildwachen. Ein Guckloch, eine Holztür, die sich öffnet und wieder schließt. Drinnen ist alles kahl, kalt und verdreckt. Verfallene Säulengänge, gewölbte Brücken, abblätternde Drachen, Höfe, Steinplatten, Unkraut in den Fugen. Hier und dort liegen Schlägertypen herum, einige haben sich ein bißchen aufgerichtet, um mit matten Bewegungen Mah-Jongg zu spielen. Ein paar Männer im langen Gewand kauern schweigend da, sie tun nichts, spucken nur in Spucknäpfe. Wiederum Säle, Höfe, Korridore, ein Labyrinth, und überall Visagen, die alles beobachten. Die Verwahrlosung. Die Gleichgültigkeit. Die Wachsamkeit. Die Drohung Chinas. Dreck, Fliegen, heiße, stinkende Luft. Endlich kommen sie in einen großen Saal. Als einziges Mobiliar zerschlissene Sessel, einige mit Staubhüllen. An den Wänden moderne Farbdrucke mit pausbäckigen und rosigen Babys neben antiken Spruchbändern, auf denen die Maximen der Weisheit geschrieben stehen. Für den echten Chinesen scheint der Komfort im Mangel an Komfort zu bestehen, und er findet, daß der europäische Luxus in einem Haufen unnützer und lästiger Bedürfnisse bestehe. Dieser schäbige Raum wird von bewaffneten Männern bewacht. In diesem seltsamen Feldlager herrscht buntes Durcheinander. Neben stramm aufgerichteten, drohenden Gestalten sieht man andere in allen möglichen Ruhestellungen irgendwo und irgendwie hingelagert. Aber dieser schlappe Haufen würde sich in Sekundenschnelle zu einem geschlossenen Block formieren oder in wildes Angriffsgeschrei ausbrechen. Man spürt eine gefährliche Apathie, die in Wahrheit nur schlummernde Brutalität und lauernde List ist, ein ruhendes Chaos, das jeden Moment losbrechen kann. Alles ist äußerste Zuspitzung in diesem türenlosen Karawanserail, wo die Fenster weit offenstehen, wo alles ineinander übergeht in einem zugleich gemütlichen und unterschwellig erbitterten Durcheinander: die Kommune der »gang« mit ihrer Lässigkeit, ihren Geheimnissen und ihrer verborgenen Grausamkeit.

Nachdem Dumont diesen riesigen und verwahrlosten Raum, dieses Wachlokal durchschritten hat, betritt er einen dunklen

Salon, ein Arbeitskabinett, ein Heiligtum. Dämmerlicht. Chinesische Sessel aus schwarzem Holz, jeder wie ein großes Schriftzeichen, und allerhand europäischer Tand, verblichene Pracht. In der Mitte ein riesiger runder Tisch mit geborstener Marmorplatte. Darauf Zigarettenpäckchen, aufgetürmte Früchte, klebrige Leckereien, Teetassen, kurz, das Zubehör, das bei einer chinesischen Unterredung unerläßlich ist. Bei seinem Eintritt herrscht Schweigen. Obwohl um den Tisch sehr würdige chinesische Herren sitzen, die einen im langen Gewand, die anderen im Jackett, und ihn mit einem Kopfnicken begrüßen. Unter ihnen erkennt er hervorragende Persönlichkeiten der himmlischen Gesellschaft Schanghais, Bankiers, Milliardäre, den Vorsitzenden der chinesischen Handelskammer der internationalen Konzession, einen gelben Stadtverordneten der französischen Konzession. Die Creme der gelben Geschäftswelt.

Demütige Stille lagert in den Runzeln und um die Lippen aller dieser reichen Männer, die im allgemeinen so hochmütig sind, selbst in ihrer falschen Bescheidenheit. Lange Minuten, bis endlich in der dicken Luft fast unmerklich das Schlurfen von Filzpantoffeln hörbar wird. Aus einem entfernten Winkel gleitet ein Mann auf sie zu, schläfrig und trunken von Opium – es ist Tu. Er hat seine Mittagsruhe beendet, die Pfeifen geraucht, die den inneren Frieden geben. Auf den ersten Blick ein Durchschnittschinese: klein, rasierter Schädel, sehr schmale Schlitzaugen, unergründliche Züge. Damals war noch nichts von jener Kränklichkeit und Entrücktheit zu sehen, die ihn jetzt umschattet, er ist im Vollbesitz seiner Kraft, seine Trägheit trügt, er bewegt sich wie ein Raubtier in Pantoffeln. Sein Gesicht ist ausdruckslos. Die Anwesenden erheben sich und verbeugen sich mehrmals. Er scheint sie nicht zu sehen. Er läßt sich auf einem erhöhten Sessel nieder, eine Zigarette in langer Jadespitze, auf jeder Seite einen Spucknapf. Dann läßt er die Lider hochgleiten und geruht, Dumont zur Kenntnis zu nehmen. Nach einigem Ausspucken sagt er geradeheraus:

»Dich da kenne ich.«

»Ich bin ein zu unwürdiges Insekt, als daß mein Name bis an Euer Ohr gedrungen sein könnte.«

»Doch, ich kenne dich . . .«

Tu spuckt wieder aus. Dann vergehen Stunden, in denen Dumont an seinem eigenen Vorhandensein zweifelt. Die übrigen Anwesenden überschütten Tu mit langen und verwickelten Komplimenten, in die sie vorsichtig eine Bitte einzuflechten suchen. Jeder kommt an die Reihe. Tu zieht sich in sich selbst zurück, wie um zu meditieren, dann antwortet er jäh durch eine geflüsterte Bewilligung oder ein ablehnendes Kläffen. Dumont versteht ihn schlecht, denn Tu spricht kein Mandarin, sondern den Dialekt des niedrigen Volks, einen Provinzdialekt. Er spuckt unaufhörlich und raucht eine Zigarette um die andere. Von Zeit zu Zeit grüßt er, lächelt, macht eine wohlwollende Handbewegung. Eine kolossale Frau gießt unermüdlich Tee ein, sie lenkt den langen Strahl mit äußerster Präzision.

Während der ganzen Zeit könnte man glauben, Tu habe die Anwesenheit Dumonts vergessen. Unvermittelt entdeckt er ihn wieder:

»Wir wollen Champagner trinken. Deinetwegen. Auf dein Wohlergehen.«

Schmutzige Gläser. Warmes Gesöff, müdes Geblubber der Bläschen. Tu erhebt sich, steht hoch über Dumont, wenige Zentimeter von ihm entfernt, schwingt ein Glas und schreit »ex«. Das Zeremoniell, die Ehrenbezeigungen, beide stehen Auge in Auge, trinken in einem Zug und kippen das pflichtschuldigst geleerte Glas um. »Und ex«, brüllt Tu den faszinierten Dumont an. Eine Inbesitznahme, und doch für Tu nichts Ungewöhnliches, nur höfliches Grimassieren und die überlieferten Gesten. Aber als es vorüber ist, sagt Tu gebieterisch zu Dumont:

»Du mußt oft kommen. Komm morgen wieder.«

Wochen hindurch ist Dumont immer wieder zu Tu gegangen. Eines Abends, gegen Mitternacht, hat er ihn in einen Raum mit dicken Wänden geführt, der von Männern mit Maschinengewehren bewacht war. Er hat auf einen Knopf gedrückt, und es öffnete sich eine Schatzkammer. Darin lagen Milliarden. Tu wies mit einer ausholenden Handbewegung auf diesen Schatz:

»Ich bin ein sehr einfacher Mensch. Daher bewahre ich das Geld unserer Gesellschaft bei mir auf. Eine ganze Armee könnte es nicht rauben. Aber mir ist ein Gedanke gekommen: Vielleicht gibt es eine bessere Lösung.«

Auf Tus Gesicht liegt die Unbewegtheit, die das Lächeln der Chinesen ist.

»Ich traue den Banken nicht. Aber wenn ich meine eigene Bank hätte, wäre das vielleicht etwas anderes. Ich habe gedacht, du könntest mir helfen, eine einzurichten. Aber zuvor mußt du noch viel mehr Dinge wissen. Ich werde mit deiner Unterweisung fortfahren.«

Dumont und Tu durchschreiten gemeinsam mehrere Höfe, in denen man im Schein einer trüben elektrischen Beleuchtung bewaffnete Gestalten sieht. Dann wird eine dunkle fensterlose Baracke entriegelt. Ein altes Vorhängeschloß öffnet sich wie ein klaffender Kiefer. Drinnen ein paar stärkere nackte Glühbirnen. Auf dem Boden aus gestampfter Erde drei nackte Männer in Ketten mit schweren Eisenkugeln, zwei weitere in Erdgräben in Blöcke gespannt. Bei Tus Eintritt hört das ferne Stöhnen auf. Stille. An einer Wand des Raums wohlgeordnet sämtliche klassischen chinesischen Folterwerkzeuge: Holzblöcke, Räder, Rollen, Haken und Klingen, Kessel und Töpfe, Blasebalge, lange Messer, Stichel, Zangen, Picken, Äxte, kleines und riesiges Gerät, alles, was zum Zerfleischen dient, zum Hängen, Zermalmen, Sieden, und alles von Zeit und langem Gebrauch gezeichnet. Die alten Instrumente haben eine bräunliche Färbung, die Rost sein kann, Staub, Erde, aber auch getrocknetes Blut. Am anderen Ende des Raums liegt in einer Vitrine ein ultramodernes chirurgisches Instrumentarium, Skalpelle, Operationsbesteck, Pinzetten, Scheren, Spiegel, Trokare, Nadeln. Alles aus rostfreiem Stahl, spitzig und bösartig funkelnd.

Tu spielt hier den stolzen Gastgeber:

»Sieh dir meine Folterkammer an. Ich habe alte Henker, die nach den früheren Methoden des Landes foltern können. Aber ich habe mich der Dienste eines erstklassigen chinesischen Chirurgen versichert, der in den Vereinigten Staaten ausgebildet wurde und der mit den Werkzeugen der modernen Wissenschaft martert. Ich habe auch in großen Käfigen einen Tiger und eine Pythonschlange, die ich liebe und die mich lieben und die ich oft streichle. Manchmal lasse ich ihnen einen Menschen vorwerfen.«

Tu spricht diese Worte mit ganz sanfter Stimme:

»Ich nehme Rücksicht auf deine Gefühle, deshalb habe ich

dich an einem ruhigen Tag hierhergeführt, an einem Tag ohne Arbeit. Aber du siehst, daß ich gut eingerichtet bin. Ich habe alles, was nötig ist, um Verräter und Rivalen aus dem Weg zu räumen. Ich habe alles, was nötig ist, um die Gedanken der Leute kennenzulernen, denen ich mißtraue. Das Hirn zum Sprechen bringen, auf die eine oder andere Weise, darum geht es mir. Wenn ich das nicht könnte, wäre ich bald verloren.«

Tu blickt ihm in die Augen.

»Ich bin ein guter Mensch. Ich werde nur dann zornig, wenn ein Mann mein Vertrauen mißbraucht. Dann ist mein Zorn groß.«

Und Tu fängt an zu lachen:

»Solltest du mich jemals hintergehen, nachdem du mein Freund geworden bist, so könnte kein Mensch dich mehr retten. Auch nicht der Polizeichef der französischen Konzession. Deine Leiche würde nicht gefunden. Meine Leichen werden niemals gefunden. Denn ich halte mich an das Versprechen, das ich dem ehrenwerten Chef der französischen Polizei gegeben habe. Ich habe mich verpflichtet, niemals Unordnung zu stiften, und ein aufgefundener Leichnam ist ein Verstoß gegen das Gesetz und gegen mein Wort. Meine Taktik ist das spurlose Verschwindenlassen. Mit Kidnapping, Entführungen und Gewalttaten gebe ich mich nicht mehr ab. Aber ich bin gezwungen, Exempel zu statuieren, um den Ruf und die Disziplin unserer Gesellschaft zu wahren. Überdenke das alles, und komme wieder, wenn du Lust hast.«

Selbstverständlich denkt Dumont mehr an die Dollars als an die Foltern, und er bleibt Tus Gast, bis Tu nach zwei Monaten schließlich zu ihm sagt:

»Jetzt mußt du unser Bruder werden. Du wirst in unsere geheiligte Gesellschaft aufgenommen, du wirst den Blutschwur ablegen.«

Nacht. Ein Saal, von Fackeln erhellt. Eine mittelalterliche Zauber- und Schauerszenerie. Beturbante Männer mit nackter Brust halten die kurzen Säbel über Dumont, in einem Höllenlärm von Gongs, Zimbeln, Trommeln, eine erregte und düstere Musik, schrilles und beklemmendes Getöse, ein Gespenstergalopp, dessen rasende Aggressivität unterstrichen wird von dumpfen Schlägen, die den Tod bedeuten, die Hinrichtung, die rollenden Köpfe. Alles um ihn liegt im Halbdunkel, aus dem Lanzen, Hellebarden und Dolche blitzen, riesige Statuen aufleuchten, Gefäße, in denen Weihrauch knistert, und vor allem ein Altar, geschmückt mit Tafeln, in die geheimnisvolle Quadrate, Zahlen und Nummern eingeschnitten sind – dieser algebraische Wirrwarr birgt den höchsten Sinn der Elemente, er ist der Schlüssel des Universums mit dem Ying und dem Yang, der Einheit von Himmel und Erde, dem Zug der Wolken und Ströme. Diese geheiligten Formeln wurden in der Stadt der Weidenbäume von den fünf wahnsinnigen Bonzen geoffenbart, den Gründern der heiligen Gesellschaft der Blauen Bande – jedenfalls besteht in dieser Legende ihre Theologie. Eine riesige Lampe glüht wie ein blutendes Herz, darüber fünf rote Standarten. Dumont kniet im Hemd, in demütiger Haltung, zu Füßen des derzeitigen Großmeisters, der die Tiara und das feierliche bestickte Gewand trägt: Tu. Tu stellt ihm mit unpersönlicher und wie aus dem Grab tönender Stimme die zum Ritus gehörigen Fragen: »Wer bist du? Was willst du?« Es ist die Prüfung seiner Aufrichtigkeit, die Tu mit kurzem Gebrüll unterbricht: »Nein, du lügst, du enthüllst nicht den Grund deines Wesens.« Dumont gibt endlos immer wieder die gleichen Antworten auf die immer wieder gestellten gleichen Fragen vor Tus schrecklichem Gesicht. Um die beiden, den prächtigen Tu und den elenden Dumont, der Wald der Symbole, der Pergamente, die sich in den Räuchergefäßen verzehren, der Ideogramme, die aufleuchten wie Feuerzeichen, der Dämpfe, die menschliche Formen annehmen. Rundum seltsame, gespannte, wie aufgeblasene Gesichter mit versteinerten Augen. Ein Alptraum.

Szenenwechsel. Der nächste Akt ist weniger bedrückend. Tu hat aufgehört, Dumont zur Entdeckung seiner wahren Persönlichkeit zu zwingen, er nimmt ihn mit sich auf die mystische Reise in die Stadt der Weidenbäume. Gemeinsam unternehmen sie, sie oder ihre Schatten, die phantastische Wanderung durch Raum und Unendlichkeit, über die vier Meere und die drei Ströme hinweg. Dumont, einen scharlachroten Sonnenschirm in der Hand, überschreitet Abgründe voll flammenden Wassers, segelt auf dem Geisterschiff mit den achtundzwanzig Decks und den hundertdreizehn Nägeln, landet am Ufer der Großen Glückseligkeit, schreitet über eine Planke, die in der Luft schwebt, geht durch drei aufeinanderfolgende Umfassungswälle – ist in der Stadt der Weidenbäume und betritt den Tempel des Höchsten Geheimnisses, wo er einen Wunderpfirsich und eine Wunderpflaume ißt. Diese ganze Odyssee läßt Tu sich von ihm bis ins kleinste berichten, er sagt: »Beweise, daß du dort gewesen bist, daß du das alles wirklich erlebt hast.« Dumont entledigt sich dieser Aufgabe, indem er jedesmal einen rituellen Vierzeiler voller Metaphern und Parabeln hersagt, verworrene Sprüche, die er auswendig gelernt hat. Ein seltsames Zeremoniell, bei dem Dumont die Wirklichkeit seiner imaginären Expedition genauso ernsthaft belegen muß, wie er kurz vorher nachweisen mußte, wer er in Wahrheit ist. Wunderliches China, wo die grausamste Realität sich immer mit dem Traum vermischt, dem Gefasel, der Doktrin, den Regeln der Dichtkunst und der Philosophie. Ungereimtheit auf der ganzen Linie. Auch bei den Gangstern.

Die Prüfung geht zu Ende. Zuvor wird Dumont noch mit Stäbchen geschlagen, eine Klinge wird ihm an die Kehle gesetzt. Er zuckt nicht mit der Wimper – also ist er rein. Dumont, der auf dem Boden liegt, erklärt feierlich, daß er die Wahrheit gesagt habe. Daraufhin spricht Tu mit stählerner Stimme über ihn das Urteil: »Du wirst zu den heiligen Gelübden zugelassen. Schwöre, daß du die ganze Wahrheit gesprochen hast. Wisse, daß die einzige Strafe der Tod ist.« Dumont steht auf. Man legt um seinen Arm ein Amulett, an dem konzentrische Kreise hängen, was bedeutet, daß er ein Ring sei, der sich nicht von den übrigen Ringen lösen kann. Er wird vor ein Tischchen geführt, auf dem ein Messer und eine Schale ruhen. Jetzt kommt der Blutschwur. Er ritzt sich mit der Klinge die Hand, ein paar Tropfen Blut fallen in das Gefäß. Tu und die übrigen Männer bringen sich ebenfalls Schnitte bei. Als der Boden der Schale sich rot gefärbt hat, fügt Tu Alkohol hinzu, der mit Rosenessenz parfümiert ist. Er sagt zu Dumont: »Trink«, und er trinkt einen Schluck. Dann trinkt auch jeder der anderen. Tu lächelt:

»Jetzt bist du Mitglied unserer Gesellschaft. Ich gebe dir dieses Büchlein, damit du die Statuten kennenlernst.«

Auf den ersten Blick gibt es nichts Erbaulicheres als diesen ausführlichen Katechismus. Alle »Brüder« sind verpflichtet einander Gutes zu tun, vor allem einander nichts Böses zuzufügen. Folgt der komplette Katalog der Fälle, in denen ein Bruder schlecht gegen einen anderen Bruder handeln könnte, denn die Versuchung verdirbt das Herz des Menschen trotz aller geheiligten Bindungen. Über hundert »Sünden« werden beschrieben: sich die Besitztümer eines Bruders aneignen wollen, ihn bestehlen, ihn in ein Spielhaus schleppen, um ihm sein Geld abzunehmen, seine Frau oder seine Tochter zur Ausschweifung verleiten und daraus Nutzen ziehen, ihn bei einem Streit nicht verteidigen, ihn in einen Kampf hineinziehen, damit er umkomme, in einem Prozeß falsches Zeugnis wider ihn ablegen, ihn verleumden oder sich Verleumdungen über ihn anhören ... Jede dieser Verfehlungen ahndet der Text mit den schimpflichsten Strafen: der Schuldige werde von einer Schlange gebissen, von einem Tiger gefressen, er speie Blut und sterbe, er werde mit dem Schwert gerichtet, vom Blitz erschlagen oder in tausend Stücke geschnitten. Dieses Sündenregister ist die Litanei der Tugend unter Kriminellen; letztlich die Sanktionierung der Tugend, die dem Bösen dient. Die Tugend besteht darin, daß man blinden, totalen Gehorsam, hündischen Gehorsam gegenüber dem Älteren Bruder, dem übergeordneten Bruder oder einem Meister der Gesellschaft übt, wenn er befiehlt »töte«. Automatischen Gehorsam, der niemals eine Frage über den Sinn der Anordnung stellt, auch wenn es um Mord geht, um Brandstiftung, um Folterung oder Menschenraub. Heiligmäßigkeit wird durch völlige Gefühllosigkeit erreicht, durch absolute Kaltblütigkeit bei der Ausführung, sobald der Befehl ergangen ist. Der Eingeweihte muß stets für alles zur Verfügung stehen. Er ist eine fehlerlos funktionierende Maschine, das lebende Werkzeug, das jeder Anweisung gehorcht. Diese Anweisung kann ein völlig Unbekannter aussprechen, ein Reicher oder ein Bettler, der sich dem Erwählten durch ein heimliches Zeichen als Großer Bruder zu erkennen gab. Die Blaue Bande hat ihre Geheimsprache, die nicht aus Wörtern, sondern aus fast unmerklichen Gesten besteht, mit deren Hilfe sich die Eingeweihten inmitten einer Volksmenge, in jeder

Lebenslage untereinander von den Nichtbrüdern unterscheiden können, die essen, schlafen, arbeiten, schlemmen. Eine bestimmte Art, die Pfeife zu stopfen, ein Glas zu füllen, den Reis anzubieten, genügt. Dann sagt der Ranghöhere dem Kleinen Bruder, was er zu tun hat. Es gibt eine Fülle solcher Erkennungszeichen, einen ausgeklügelten Kode für jede Lebenslage einschließlich der Bitte um Hilfe. Hat ein Bruder aus eigenem Antrieb einen Mord begangen, so stutzt er sich links das Stirnhaar und reibt sich das rechte Auge; sogleich kommen ihm alle Mitglieder der Gesellschaft, wo immer sie sein mögen, auch solche, die der Mörder überhaupt nicht kennt, zu Hilfe und beschützen ihn, selbst dann, wenn die Tat nicht befohlen war, ja, wenn er sie aus bloßer Lust am Töten, aus Jähzorn, aus Gewinnsucht oder einer privaten Leidenschaft heraus verübte. Das ist die Blutsbruderschaft, in die Dumont durch seinen Schwur aufgenommen wurde. Eine Welt so absoluter Disziplin, daß ein Verbündeter mit einer Tat beauftragt werden kann, die ihm keine Überlebenschance läßt, keinen Ausweg, praktisch ein Selbstmordkommando ist, und wo dieser doch nicht zögert, sich nicht weigert, nichts bedauert, lächelt. Er vollbringt das Werk, das ihm den Tod bringen wird, mit kalter Gewissenhaftigkeit, zeigt völlige Gleichgültigkeit gegenüber dem Los, das ihn erwartet. Es ist unglaublich, in welchem Maß ein Asiate fähig ist, sich zu fügen, nichts zu hoffen, wenn er einem mächtigen Verband angehört und die Botschaft erhält: »Du wurdest wegen deiner Fähigkeiten für dieses große Werk ausersehen.« Oft wird er nicht einmal darauf aufmerksam gemacht, daß er dabei sein Leben einbüßen wird – das ist unnötig, das versteht sich von selbst, der Befehlende weiß es, der Mann weiß es auch, es ist, als schwiegen sie aus Taktgefühl, aus Hochmut, aus gegenseitiger Achtung. Die Regeln der Blauen Bande sind unerbittlich. Alles ist genau festgelegt: zum Beispiel, wie ein Bruder Polizist, ein Bruder Beamter, ein Bruder Stadtrat, ein Bruder Soldat sich zu verhalten hat. Und dennoch gibt es eine Freiheit innerhalb der Organisation: die Freiheit, die jedem erlaubt, seine kleinen Laster zu haben und seinen eigenen Profit zu suchen, soweit er damit nicht den großen Plänen und den großen Erpressungen Herrn Tus in die Quere kommt.

Ein Bruder, der sich an das Gesetz der »gang« hält, genießt ihren mächtigen Schutz. Protektion ist in China die gesuchteste Ware, vorausgesetzt, es handelt sich um wirkliche Protektion und nicht nur um einen bloßen Squeeze, eine erzwungene Willfährigkeit. In China verzweigt sich alles in sämtliche Richtungen, überschneidet sich, verwirrt sich. Herr Tu beschützt seine Brüder mit äußerster Entschlossenheit, aber gleichzeitig zwingt er den Nichtbrüdern seinen gebührenpflichtigen Schutz auf. Die Blaue Bande, dieser Präzisionsapparat, ist gleichzeitig eine Verschleierungsmaschinerie. Riten, Phrasendrescherei, Höflichkeitsformeln, Erbarmungslosigkeit, manchmal auch Güte, aber meist kalte Grausamkeit. Ordnung, Unordnung, Widersprüchlichkeit sichern in jedem Fall den Sieg. Und Business allerwege . . .

Das Geheimnis lastet wie ein Gebirge auf allen Brüdern. Das Schweigegebot. Der Eingeweihte darf seine Zugehörigkeit zur Bande nicht einmal seiner Frau, seinem alten Vater, seinem ältesten Sohn verraten. Sein Mund muß verschlossen bleiben. Redet er, so wird ihm der Mund aufgesperrt – der Fachausdruck lautet: »Man wäscht ihm den Mund.« Das heißt, er wird mit einer Klinge bis zu den Wangen, bis zu den Ohren, bis zum Gehirn gespalten. Der Stahl ist so scharf, daß er immer weiter eindringt, von Zähnen und Lippen waagrecht durch die Knochen fährt, bis der Kopf in zwei Hälften geteilt ist – eine Schädeldecke, die abfällt wie ein Aufsatz, während der untere Teil mit dem Kiefer auf dem Hals bleibt. Das Opfer brüllt, und die Anwesenden sagen höhnisch: »Jetzt hast du endlich Gelegenheit, das Schweigen zu brechen, den Mund aufzureißen, immer weiter, bis er deinen ganzen Kopf verschlungen hat . . .«

Mein Vater, der aufmerksam zugehört hat, meint spöttisch: »Mein lieber Dumont, ich möchte ja nicht unken, aber fürchten Sie nicht, nachdem Sie sich so ausführlich über Ihre ehrenwerte Gesellschaft verbreitet haben, daß Ihnen auch die furchtbare Strafe blüht, die allen Schwätzern bestimmt ist?«

Dumont, der schon so müde ist, daß seine Hängebacken fahl geworden und die Äuglein von dunklen Ringen umzogen sind, legt aufs neue los:

»Monsieur le consul, ich möchte wetten, daß Ihnen meine Zugehörigkeit zur Blauen Bande längst bekannt ist. Sie ist ein offenes Geheimnis. Schließlich ist mein Freund, der französische Polizeichef von Schanghai, der mich mit der Organisation in Kontakt gebracht hat, nichts weniger als ein Schuft, er ist der geborene Polyp, der gute Polyp, der seine Arbeit versteht. Wenn ich in seinem Büro auftauche, kriege ich ein freundschaftliches Augenzwinkern und einen Schluck Whisky zur Begrüßung. Er boxt mich in den Bauch, macht sich über mich lustig, bleibt aber todernst und verbeißt sich das Lachen. Kurz, er spielt den alten Kameraden, damit ich mich wie zu Hause fühlen soll, die komische Feierlichkeit endet immer mit einem Witz: ›Du wirst zusehends gelber, Ehrenwort. Die Leber? Oder das gelbe Blut, das du getrunken hast?‹ Danach unterhalten wir uns wie alte Kumpel, in Anspielungen, Scherzen, wir sprechen die gleiche Sprache, er weiß genau, wieviel er aus mir herausholen kann, und ich, wieweit ich mit meinen Antworten gehen darf. Natürlich macht er später, nachdem ich fort bin, eine kleine Notiz, die er zu seinen Akten legt. Ein Polyp macht immer Notizen. Und von Zeit zu Zeit verzapft er eine weit unbestimmtere Mitteilung an den Generalkonsul in Schanghai, der davon einen Auszug für die französischen Agenten in China anfertigt. Es würde mich sehr wundern, Monsieur Bonnard, wenn Sie über mich und die Blaue Bande nichts Offizielles hier hätten.

Natürlich ist Tu über dieses Spielchen im Bilde. Ich habe ihn sofort gewarnt. In gewisser Weise hat er mich eigens dazu eingestellt, damit ich mitspiele. Wie Sie wissen, geht in China alles um viele Ecken. Das Geheimnis ist in diesem Land eine Ware eigener Art. Man muß es wittern, ahnen, wissen, wie man es nutzen kann. Man darf das Geheimnis nicht fahrlässig handhaben, sondern sich seiner nur bedienen, um gute Geschäfte anzuleiern, nützliche Verbindungen zu pflegen. Wer dagegen nur ein Wort zuviel verlauten läßt, in der Gegend herumschwatzt, der liefert sich selbst ans Messer.

Die Blaue Bande war eine verdammt gute Schule für mich. Natürlich haben die Kleinen, die zweite Garnitur, die Befehlsempfänger, allen Grund, die Klappe zu halten. Aber die hohen Tiere, die den Blutschwur geleistet haben, finden Mittel und

Wege, durchsickern zu lassen, daß sie zur ›gang‹ gehören. Den ehrenwerten Milliardären, den Großbürgern, all diesen Opas verleiht das einen Nimbus, eine furchtbare Wichtigkeit, die alle Machenschaften erleichtert, die eigenen und die der Bande, die immer mehr oder minder miteinander verknüpft sind. Das Ganze geht in aller Freundschaft vor sich. Aber die Freundschaft ist in China oft tödlich. Eines Tages wird sie zur Mittäterschaft, über Nacht ist eine Armee aus dem Boden gewachsen, deren Angehörige sich untereinander ausrotten oder unter Druck setzen. In der Blauen Bande, wie in jeder Liga, Bande oder Truppe in diesem verflixten Land, herrscht ständiges Sichverbünden und Sichverraten. Alles ist dauernd in Bewegung, auch wenn davon nichts zu sehen ist. Wie oft habe ich es in Tus Salon erlebt, daß ein Reicher sich eines anderen Reichen, den er noch tags zuvor umschmeichelt hat, entledigen wollte, indem er ihn anbrüllte: ›Du hast ein Vorhaben unserer heiligen Gesellschaft verkauft, du hast Verrat geübt.‹ In solchen Fällen schließt Tu die Augen, um nachzudenken, um das Für und Wider abzuwägen. Nur selten folgt, wenn er die Lider wieder hebt, das Zeichen oder das Wort, das den Tod bedeutet – außer es handelt sich um kleine Leute. Bei einem Großen begnügt er sich mit einem finanziellen Aderlaß. Es handelt sich meist um eine Komödie, die er selbst inszeniert hat, weil er sich dachte: ›Soundso hat sich übermäßig bereichert; er soll um einiges erleichtert werden.‹ Tu ist ein zivilisierter Mensch, im Gegensatz zu Ihren barbarischen Kriegsherren in der Provinz. Allzu brutales Vorgehen würde in Schanghai mißbilligt, wo so viele Faktoren zu berücksichtigen sind, wo jeder reiche Gelbe unendlich viele Facetten hat, wo der ›liebe Bruder‹, der andere blechen läßt und selbst blechen muß, auch ein angesehener Bankier ist, Mitglied der Handelskammer, Präsident eines Wohltätigkeitsvereins, Würdenträger der Kuomintang, Polizeispitzel und Gott weiß was noch alles. Diese Magnaten regeln ihre Angelegenheiten lieber durch Kompromisse als durch Gewalt. Alles in allem leitet Tu durch seine geschickte Dosierung von Hermetismus und Durchlässigkeit, die rechte Mischung von streng gehüteten und offenen Geheimnissen, die Blaue Bande erstaunlich gut. Erbarmungslos ist Tu nur gegen seine mutmaßlichen Rivalen und wirklichen Feinde.

Aber dann wird alles mit absoluter Diskretion erledigt, es sei denn, er ließe absichtlich einiges ruchbar werden, weil es seiner Meinung nach gut ist für die Aufrechterhaltung der Disziplin, zur Verbreitung von Furcht und Schrecken und damit jeder wisse, daß man Tu nicht ungestraft verrät, nicht ungestraft hintergeht.

In Schanghai beherrscht Tu die Situation vollständig. Ich war häufig bei ihm, war sein Strohmann, sah ihn jeden Tag, erlebte seine falsche Leutseligkeit und war fassungslos, als ich begriff, daß seine Macht alle meine Vermutungen weit übertrifft. Dieser unvorstellbare Einfluß ist sein eigentliches Geheimnis. Ein Zeichen von ihm, und in Schanghai steht alles still: Tramways, Stromversorgung, Ventilatoren, das Wasser in den Badewannen und Leitungen. Er bewegt den kleinen Finger, und ein Aufstand bricht aus oder ein Streik. Der Hafen verödet, die Dockarbeiter verschwunden, die Schiffe gelähmt. Tu kann, wenn er will, die Preise für die wichtigen Lebensmittel bestimmen, für Gold und Silber, für Seide, für Reis. Er lenkt die öffentliche Meinung, indem er die Journalisten ›berät‹, sie Dreck und Unflat verbreiten heißt. Und wenn ein gelber Milliardär ihm wirklich mißfällt, gibt er die Losung aus, und der Mann ist ruiniert; alle lassen ihn im Stich, seine Schuldner, seine Gläubiger, seine Angestellten, seine Freunde, sogar seine Konkubinen. Eine Treibjagd. Aber Tus Weisheit, der wahre Grund seiner Triumphe, gebietet ihm, diese Macht nicht zu zeigen, sie nicht zu mißbrauchen und sie doch voll auszuspielen, ganz im stillen, anonym. Und doch wissen sogar die hochnäsigen Konsuln, sogar die gerissenen weißen Polizisten, sogar die stolzesten britischen Firmen, daß Tu der eigentliche Beherrscher Schanghais ist.

Und ich bin Tus Abgesandter, sein kleiner Merkur. Mein Auftrag ist, diesem oder jenem weißen Herrn eine Mitteilung zu machen, Vorschläge zu unterbreiten, Verhandlungen anzuknüpfen. Auf meiner Visitenkarte steht mein Name: Monsieur Dumont. Aber die Leute lesen: Der sehr ehrenwerte Herr Tu. Weil der alte Jonson zu lesen versteht, hat er sein Vertrauen auf mich gesetzt. Und glauben Sie nur nicht, daß hinter den bewundernden Blicken der Herren Weißen etwa geheime Verachtung schwelt, daß man mir diese winzigen und grausamen Nadelstiche versetzt, mit denen die gute Gesellschaft der Kolonien ihre Geringschätzung ausdrückt. Höchstens murmelt einmal jemand, ich sei ein bißchen ordinär. Ein Kompliment. Es bedeutet, daß man mich für einen tollen Burschen hält. Natürlich wird mir der französische Generalkonsul nicht die Ehrenlegion verpassen, zumindest jetzt noch nicht, aber wenn diesem langen Leimsieder bloß einer im Bauch umgeht, dann läßt er mich holen, mich und meinen Freund, den Polizeichef. Wir sagen ihm dann, was er zu tun hat. Und er nimmt sichs brav zu Herzen. Und wie ich mir eines Tages im Schanghai-Klub die Seele aus dem Leib gekotzt hab, hat auch nicht ein einziger Brite seine Rotsponnase gerümpft. Das will was heißen! Niemals eine schwarze Kugel, die mich aus den Klubs ausgeschlossen hätte, im Gegenteil, ich steige zu der Würde eines Sekretärs und Schatzmeisters auf und bringe es auch noch zum Präsidenten – was bekanntlich für diese Schwachköpfe in Schanghai die höchste Auszeichnung darstellt. Kurz, dort ist jeder mein Freund. Und Sie, Monsieur le consul in Szetschuan, sollten auch mein Freund werden.

Schlagen Sie ein. Sie werden es um so weniger bereuen, als wir einander eigentlich schon recht gut kennen, auch wenn Sie das nicht wußten. Wissen Sie, wer einer der aktivsten Führer der Blauen Bande ist? Jetzt erfahren Sie eine Neuigkeit. Es handelt sich um den zweitältesten Sohn von Yüan Sche-kai . . .«

Dieses Mal ist der Konsul wirklich erstaunt über Dumonts weitreichende Verbindungen. Denn er hat in der Tat früher einmal mit Yüan Sche-kai verhandelt, genau wie mit Sun Yat-sen. Den beiden Polen der chinesischen Politik zu Beginn des Jahrhunderts.

Yüan Sche-kai ist der Mann, der noch vor kurzem ganz China beherrschte, der, nachdem er alles verraten hatte, das alte Kaiserreich und die neue Republik, in dem hochfliegenden Traum starb, selbst Sohn des Himmels zu werden. Trotz allem ein Titan. Yüan Sche-kai verkörperte das uralte China, das China der Tugend und der Ordnung, das sich der kapitalistischen Verderbnis ergab. Er war der Tiger, der alte Mandarinoffizier, der Grandseigneur alter Prägung, der Vizekönig von einst, der die Kunst der Täuschung wiederbelebt hat. Sein Leben war eine geglückte Mischung aus List, Hochmut, methodischer Grausamkeit, Strömen von Blut, er beherrschte die Kunst, durch Mord und Lüge zu regieren. Er war der Mann der alten Schule, die um den Dollar bereichert war, der erste Chinese, der zwar der traditionellen Gesellschaft angehörte und sie zu erneuern trachtete, jedoch begriffen hatte, daß zu den himmlischen Dekreten die Kanonen, die modernen Armeen und das Big Business kommen müßten. Die Ausländer hatten an seinen Erfolg geglaubt, an ein nützliches China, das er aus den Wirren und der Unordnung herausführen würde. Drei Jahre lang, von 1912 bis 1915, war Yüan Sche-kai nahezu allmächtig gewesen, hatte alle Chinesen hinters Licht geführt und überall Richtblöcke aufstellen lassen. Jeden Tag ließ er in jeder Stadt Hunderte von Menschen köpfen. Hunderte von Gesinnungen ließ er mit Gold kaufen, Yüan Sche-kai machte sich seine Feinde durch üppige Gelage gewogen, die indes mit der Erdolchung oder Vergiftung der Gäste endeten. Aber vor allem empfing dieser große Yüan Sche-kai die einflußreichen weißen Geldleute mit ausgesuchter Höflichkeit, die Könige der Trusts, der Konsortien, der Banken, die die Welt regierten. Denn er hatte stolze Pläne, mußte Milliarden und Abermilliarden aufnehmen, die sagenhafte Zinsen und Dividenden einbringen würden. Yüan Sche-kais China erschien als Quell unerhörter Reichtümer – anders als das, was es später nach ihm unter den Kriegsherren geworden ist, die wohl auch eine Kapitalanlage darstellen, aber wenig einbringen. Unter Yüan Sche-kai hätte es für einen Bruder von der Küste wie Dumont keinen Platz gegeben. Seine Geschäfte spielten sich auf einer anderen Ebene ab. Nur die internationale Hochfinanz, die Geld- und Politprominenz, Leute, die seit Generationen gelernt hatten, die ganze Welt zu schröpfen, eine Elite dezenter, diskreter Herren, die alles vermochten, alles beherrschten und zur großen Treibjagd ins gute China Yüan Sche-kais gekommen waren.

Unter ihnen auch ein Franzose. Geschwungener Schnurrbart, Kopf eines höfischen Apolls mittleren Alters, geprägt von Gelehrsamkeit und Mäßigung. Bei erlesener Höflichkeit die Schärfe des Auges. Die Merkmale der guten Kinderstube. Alle Stigmata des Erfahrenen. Behutsamkeit. Das Lächeln wie ein Schutzeinband, eine Schranke, eine Deckung gegen Schäbigkeiten. Gelassene Heiterkeit, das Vermächtnis einer ruhmreichen Familie der III. Republik, einer Familie, die im Pantheon vertreten ist, einer Familie, die sich dem philosophischen Fortschritt im Sinne der III. Republik verschrieben hat. Er: ein Finanzhai. Sein Beitrag zum Höhenflug der Menschheit: Gründung einer französischen Bank in Schanghai zum Zweck der systematischen Ausbeutung von Yüan Sche-kais China. Freundschaft zwischen dem alten chinesischen Drachen und dem bürgerlichen republikanischen Aristokraten. Die Republik der Geschäfte. Sein Clan in Paris wird mobilisiert und mobilisiert die Kammer, den Senat, die Politik, die Freimaurer, die Börse, alle Dynastien, mit und ohne Adelsprädikat, die das Feld beherrschen. Sie alle stehen hinter diesem Herrn, der in der anderen französischen Niederlassung in Asien Scherereien machen soll, der sich in Indochina eingenistet hat, der Indochina in der Hand hat, Indochina ausbeutet. Ein Kampf auf Leben und Tod hat begonnen.

Der Konsul ahnt, daß Dumont ihm die Geschichte mit der Bank von Schanghai verpassen wird, und da kommt sie auch schon:

»Ein Kampf, in den Sie wider Willen verwickelt wurden, mein lieber Konsul. Denn dieser Bankier in Schanghai ist der Bruder Ihres Protektors, des hohen Diplomaten, der Sie an den Quai d'Orsay brachte, als Gegenleistung für die Blumen, die Sie seiner Mätresse brachten, als das illegitime Paar damals den Ausflug nach Schanghai machte . . .«

Das hat gesessen. Der Konsul ist wie ein Fisch am Haken. Alles in ihm zieht sich zusammen, verkrampft sich. Er ist eine einzige zappelnde Fratze. Normalerweise erstarrt er, wenn er in seiner Eitelkeit getroffen ist. Aber dieses Mal ist der erlittene Schock so heftig, daß er bebt, daß Gesicht und Körper zucken. Er braucht eine volle Minute, um seine Fassung wiederzugewinnen, den Rückzug hinter Klemmer und Schnurrbart zu bewerkstelligen. Er ist ganz grün. Seine Züge sind zur Andeutung eines Lächelns verzerrt, das auf Pappkarton aufgeklebt scheint.

Er hat allen Grund, wütend zu sein. Erst vor ein paar Tagen hat seine eigene Frau ihm die Geschichte mit dem Blumenstrauß vorgehalten, und jetzt reibt sie ihm dieses Schwein Dumont unter die Nase! Der Konsul ist rachsüchtig wie ein Elefant, wenn ihm jemand auf die Hühneraugen tritt.

Endlich meistert er seine Erregung, verbirgt seinen Groll und hißt die Flagge der falschen, scheinheiligen Jovialität, als amüsierte er sich herzlich:

»Das Leben in den Kolonien«, doziert er, »spielt sich immer unter einer Handvoll Leuten ab. Immer die gleichen Gesichter bei den gleichen Gesellschaften. Ein solches Leben wäre unerträglich schal, wenn es keinen Klatsch gäbe. Über jeden gehen Geschichten um, die sich alle Welt erzählt und die er als einziger nicht kennt. Wie es scheint, bin ich ein beliebtes Thema. Der Preis für den Erfolg, nichts weiter. Es stimmt, daß ich sehr bescheiden angefangen habe. Ich habe mich aus eigener Kraft hochgearbeitet und bin stolz darauf. Aber der Blumenstrauß, der ist aus der Luft gegriffen . . .«

Dumont trieft von Wohlwollen:

»Kann schon sein, Monsieur le consul. Man erzählt es sich eben überall, zum Zeitvertreib, damit man was zu lachen hat. Spaß muß sein.

Aber etwas anderes ist kein Spaß mehr, nämlich daß die französische Bank in Schanghai seit dem tragischen Tod des armen Yüan Sche-kai auf dem letzten Loch pfeift. Keine dicken Gelder mehr zu scheffeln. Aus mit den großen Hoffnungen. Es steht so schlecht, daß Ihr Wohltäter vom Außenministerium verzweifelt versucht, den Kahn wieder flottzumachen. Er hat alle Konsuln in China angewiesen, die Geschäfte seines Brüderchens auf jede nur mögliche Weise zu fördern. Das weiß ich hundertprozentig, ich habe die Kopie eines dieser Briefe gelesen. Und natürlich haben auch Sie, Monsieur Bonnard, einen solchen Brief erhalten. Sie wären höchst undankbar, wenn Sie nicht entsprechend handeln würden. Undankbar und unklug.

Nun hat ausgerechnet der Sprößling Yüan Sche-kais, mein Blutsbruder von der Blauen Bande, die gleichen Sympathien für den Bruder Ihres Protektors, wie sie schon sein Vater hatte. Die beiden Männer sehen sich häufig. Sie haben schwerwiegende gemeinsame Interessen. Sie sehen jetzt wohl klarer, was Sie zu tun haben . . .«

Mein Vater hat sich in ein Standbild republikanischer Würde verwandelt, an dem sich nur die weißen, immer strahlenden Zähne bewegen und entscheidende Sätze ausfeilen:

»Mein lieber Dumont, ich bin nur ein Diener Frankreichs. Der Mann, den Sie meinen Wohltäter nennen, war mir stets ein Beispiel unbeirrbarsten, reinsten Patriotismus. Er hat mir selbst geschrieben, wie schwer es ihm falle, sich in dieser Sache zu engagieren – denn man werde ihm zweifellos die niedrigsten Motive unterstellen, ihn der Vetternwirtschaft bezichtigen, wie Sie es soeben getan haben. Trotzdem gelang es ihm, seine persönlichen Gefühle und Bedenken hintanzustellen und zu dem Schluß zu kommen, daß er, als Verantwortlicher für den Einfluß unseres Landes in diesem Teil der Erde, seine Pflicht vernachlässigte, wenn er tatenlos dem Untergang einer Firma zusähe, die einen Stützpfeiler der französischen Interessen in China bildet. Er hat seine Entscheidung nicht zugunsten seines Bruders getroffen, sondern trotz der Tatsache, daß es sich um seinen Bruder handelt.«

Dumont hat die Lippen gespitzt und stößt ironisch einen leisen bewundernden Pfiff aus.

»Die erhabenen Gefühle sind was Schönes, Monsieur le consul. Aber was mich interessiert, ist das Opium. Ich muß es haben. Sie allein können es mir verschaffen. Wie die Dinge liegen, können wir einander ebensogut die Wahrheit sagen. Die richtige Wahrheit.

Ohne Sie würden die Yünnanesen nicht bei unserem Plan mitmachen. Sie sind wahnsinnig hochmütig. Sie denken immer daran, daß sie Yüan Sche-kais Tod verursachten, weil sie 1915 revoltiert und ganz China in einen Aufstand gegen den alten Drachen gehetzt haben, der das kaiserliche Zepter an sich gerissen hatte. Sie betrachten sich noch immer als die Retter der Republik. Und sie hassen die Blaue Bande wegen meines Blutsbruders, des zweiten Sohns Yüan Sche-kais.

Es stimmt, die Blaue Bande hat ein paar yünnanesische Generale und Obersten zu sich herübergezogen, sie aufgenommen, den Blutschwur leisten lassen. Aber kein Mensch weiß, wen diese Kerle verraten werden, wenn es einmal soweit ist: die Blaue Bande oder die Yünnanesen?

Fest steht hingegen, daß die Yünnanesen, die 1915 mit ihren Truppen Szetschuan und Kwangtung ›befreiten‹, sich jetzt in diesen Provinzen kaum noch halten können. Das macht sie wütend. Der Marschall von Tschengtu ist ein Feind Tus, des Sohns von Yüan Sche-kai und der Blauen Bande.

Bringen Sie das in Ordnung, Monsieur le consul. Versprechen Sie diesen Tollhäuslern nötigenfalls, daß Sie Ihnen Waffen aus Indochina verschaffen. Sprechen Sie von Ihrer Eisenbahn, die ihren Nachschub sichern würde. Ich habe nichts dagegen, weit gefehlt . . .«

Meinem Vater bleibt die Spucke weg.

»Wie soll ich das verstehen?«

»Aber, Monsieur le consul, in Geschäften bin ich immer gradheraus. Eine Hand wäscht die andere. Ich bin sehr weitherzig. Ihr Vorhaben gefällt mir. Ich kann Ihnen helfen und dabei auch meinen Schnitt machen.

Tu will sein Opium. Er wird es kriegen. Ich kenne viele Leute, und zwar die besten, wissen Sie, ich habe ebenso viele Beziehungen in Saigon wie in Schanghai. Um die französische Bank in Schanghai steht es wirklich schlecht. Sie kann jeden Augenblick Bankrott machen. Und das wäre auch für Ihren Protektor in Paris höchst peinlich . . . Ich stehe auf denkbar gutem Fuß mit einer Bank, die von Indochina aus operiert. Gediegen, ambitioniert, expansionslüstern, rücksichtslos, aber alles mit Maßen, mit nur so viel Phantasie, wie unbedingt nötig ist. Und diese Bank schluckt alles. Ich bin dort gut angeschrieben. Und außerdem kenne ich die ganze Verwaltung, von den arroganten Zivilbeamten bis zu den eingeborenen Polypen. Ich kann da sehr viel für Sie tun. Ja, ich werde sogar die nötigen Vorkehrungen übernehmen, damit die französische Waffenlieferung an die Yünnanesen in aller Stille über die Bühne geht und niemand Scherereien bekommt, weder die Behörden in Indochina beim Versand noch vor allem Sie, Monsieur le consul, bei der Ankunft. Es würde alles reibungslos ablaufen. Ohne mich würde sich die Geschichte endlos hinziehen und am Ende auf die eine oder andere Weise schiefgehen. Sie würde vor allem bekannt werden, und Sie könnten in Teufels Küche kommen. Die Szetschuanesen würden sich bestimmt nicht genieren, Sie um die Ecke zu bringen, Sie und Ihre Familie, sobald sie davon erführen. Wenn ich mit von der Partie bin, ist jeder Schnitzer, jede undichte Stelle ausgeschlossen. Maßarbeit. Lassen Sie mich nur machen, dann sind Sie gerettet.«

Mein Vater lacht höhnisch, er ist fest entschlossen, sich nicht ins Bockshorn jagen zu lassen, auch wenn er sich schon eine Sekunde lang als blutüberströmte Leiche gesehen hat:

»Und diese Waffen werden nicht plötzlich verschwunden sein wie die Sendung, die Sie den Yünnanesen von Schanghai aus auf dem Yangtsekiang schickten und die dann in den Händen ihrer Feinde wieder zum Vorschein kam? Das hat mir eine Belagerung meines Konsulats durch die Truppen des Marschalls eingetragen, der sehr erbost war, und dies zu Recht. Das ist bisher alles, was ich Ihnen verdanke.«

Dumonts kurze Arme rudern durch die heiße Luft wie die Flügel des Ventilators, ein mattes Kreisen – es sollte seine Resignation vor der Schwerfälligkeit des Konsuls ausdrücken. Aber seine Augen funkeln vor Freude, wie die Augen eines Mannes, der am längeren Hebel sitzt.

»Kleine Fische. Eine lächerliche Ladung. Sie verstehen nichts von Geschäften, Monsieur le consul. Die Dinge stehen jetzt ganz anders, überhaupt nicht zu vergleichen. Was soll das, ich schließe mich Ihrer Meinung an, ich habe Ihnen eine fabelhafte Sache eingefädelt, und Sie trauen mir nicht? Ich will doch nur über Sie an das Generalgouvernement herankommen und auch auf dieser Seite meinen Schnitt machen. Es kann also keine Rede davon sein, das Gouvernement von Indochina hereinzulegen, Sie hinters Licht zu führen, mich hochgehen zu lassen... Und außerdem, merken Sie sich eins, ich bin durchaus in der Lage, wenn es meinen Interessen entgegenkommt, und das tut es, mehrere Spiele gleichzeitig zu betreiben, ohne den Faden zu verlieren.«

»Ja, und dies hier sieht mir nach einem besonders raffinierten Doppelspiel aus. Aber was wird Ihr Chef, Herr Tu, dazu sagen, ganz zu schweigen von Ihrem Associé, dem getreuen Untertan Seiner Majestät, Mister Jonson? Sie werden sich gewaltig in die Nesseln setzen – das bedeutet einen weiteren Bankrott. Oder noch wahrscheinlicher, Sie werden selbst eines Tages als

Leiche aufwachen, wie Sie es mir prophezeien, für den Fall, daß ich Ihre guten Dienste nicht in Anspruch nehmen wollte.«

Dumonts Züge strahlen auf, sein Mund zieht sich in die Breite:

»Nichts zu befürchten. Der alte Jonson ist hundertprozentig Brite: Toast auf die Krone, blinder Glaube an die Politik seiner Regierung. Aber er hat zu dieser Frage eine ganz persönliche Einstellung, die eines eingefleischten Gentleman. Seine Parole lautet: England bereichern und mit ihm einen seiner ergebensten Untertanen, nämlich ihn selbst. Alle Mittel sind erlaubt. Also vertraut er mir. Wir haben schon ganz schön abkassiert für die Lieferungen an die Szetschuanesen, wie Sie wissen. Aber französische Gewehre für die Yünnanesen verachtet er keineswegs, vorausgesetzt, daß etwas für ihn abfällt, versteht sich. Und es schert ihn wenig, wenn das dem englischen Konsul in Tschengtu über die Maßen mißfällt. Für meinen alten Jonson stehe ich ein. Apropos, Sie täuschen sich gründlich, wenn Sie glauben, das Auftauchen des jungen Jonson und danach des gesamten Jonson-Stabs in Tschengtu hätte Ihrem britischen Amtskollegen Freude gemacht. Er traut der Geschichte nicht, dieser Mann... Sie hätten sich den Skandal bei Ihrer Geburtstagsfeier ersparen können. Ich war damals noch nicht hier, aber die Sache hat sich bis nach Schanghai herumgesprochen, und der ganze Cercle hat sich schiefgelacht...«

Die Miene meines Vaters verwandelt sich zu kaltem Hochmut. Seine Augen blicken lange in die Ferne, ins Unbestimmte, hinauf zum Plafond, wo er keinen unverschämten Dumont sehen muß. Jetzt ist er verärgert, aber es ist eine andere Art Ärger, er ist nicht in seinem Stolz getroffen – er ist eingeschnappt. Endlich richtet er unwillig den Blick wieder auf diesen groben Klotz Dumont:

»Unsinn, Dumont. Wenn die Engländer sich auch manchmal gegenseitig eins auswischen, sie halten am Ende immer zusammen, um andere hereinzulegen, zur größeren Ehre Albions. Und Sie stecken mit ihnen unter einer Decke. Begreiflich, daß ich ebenfalls auf der Hut bin. Offen gesagt, Dumont, Sie haben es fertiggebracht, das ganze diplomatische Korps von Tschengtu in Unruhe zu versetzen...«

»Nur keine Übertreibung. In diesem Nest besteht das diplomatische Korps aus einer Handvoll kleiner Konsuln, die sich wichtig vorkommen. Anwesende ausgeschlossen, Herr Konsul. Und außerdem haben die Exzellenzen unrecht. Denn wenn ich, Dumont, einmal mein Wort gegeben habe ...«

»Bleibt immer noch Tu. Wie wollen Sie ihm Ihre Winkelzüge und Manöver schmackhaft machen?«

»Wenn Tu sein Opium kriegt, ist ihm alles andere egal. Er hat nichts dagegen, wenn ich da und dort einen kleinen Profit für mich abzweige, denn ich gebe ihm immer sein Teil ab. Er ist gerissen. Er billigt mein Arrangement – den Szetschuanesen von Schanghai aus Waffen liefern, den Yünnanesen von Indochina aus und ihm das ganze Opium. Tu ist über kleinliche Ressentiments hinaus, er ist vor allem ein großer Politiker. Deshalb wünscht er auch keinen völligen Abzug der Yünnanesen, er braucht sie, damit sie die Szetschuanesen in Schach halten, die Kriegsherren daran hindern, die Provinz in die Hand zu bekommen. Denn wenn diese Tölpel siegen würden, so wäre das erste, daß sie enorme Taxen für den ›schwarzen Schlamm‹ forderten. Man müßte sie spalten, ein paar von ihnen kaufen, ein paar um die Ecke bringen, ein paar ... endlose Komplikationen. Sie sehen, ich habe freie Hand.«

Spontaner Aufschrei meines Vaters:

»Und wo bleibt meine Eisenbahn, in diesem ganzen Wirrwarr, den Sie anrichten wollen?«

»Beten Sie darum. Vielleicht kriegen Sie sie. Aber Sie müssen sich beeilen.«

»Wie?«

»Gehen Sie stracks drauflos. Mit Volldampf. Und steigen Sie herunter vom hohen Roß. Ich will dafür Ihnen zuliebe, mon cher consul, aus reiner Freundschaft meinen Blutsbruder Tu ein bißchen austricksen, ihm in aller Ruhe ein kleines Schnippchen schlagen. Stellen Sie sich vor, in allernächster Zeit würden aus Tschengtu französische Waffen verschwinden, nicht bloß ein paar Repetiergewehre, sondern erstklassige Ware, und in Mengen, eine ganze Ausrüstung. Stellen Sie sich vor, es würden gleichzeitig frische Truppen hierher vorstoßen, einige Regimenter Tang Kiaos, des Chefs der Yünnanesen, der bisher in Yünnan, in seiner guten Stadt Yünnanfu, geblieben ist und sich taub stellt gegen alle Hilferufe seiner Marschälle und Generale, die weitab kämpfen, in dieser Provinz hier oder in Kanton. Ein kleiner fetter Gauner, ein Schuft, wie er im Buch steht, dieser Tang Kiao. Er wäre gar nicht traurig, wenn die yünnanesischen Armeen in Szetschuan, die auf eigene Faust Krieg führen wollen, ordentlich Prügel bekämen oder sogar ein für allemal erledigt würden. Damit wäre er endlich die Konkurrenz los, vor allem Ihren Freund, den Marschall von Tschengtu. Wenn nämlich dieser ehrenwerte Krieger den Szetschuanesen den Garaus gemacht hätte, wäre er dann nicht womöglich versucht, in die alte Heimat zurückzukehren, nach Yünnanfu? Mit seinem siegreichen Expeditionskorps einen Tagesausflug zu unternehmen, nur eben lang genug, um sich an Tang Kiaos Platz zu setzen, der dafür gepfählt, gesotten oder gebraten würde? Eine Hypothese, die viel für sich hat, über die Tang Kiao gewiß nachdenkt. Er ist mein guter Freund, ein Mann, mit dem ich so manchen kleinen Handel abgeschlossen habe, unter anderem über das Zinn und – soll ichs Ihnen gestehen? – das Opium von Yünnan.«

Der Konsul ist kleinlaut geworden, wieder einmal muß er sich in eine anmaßende und sorglose Pose flüchten – denn er hat deren eine ganze Sammlung auf Lager, dieser Mann, der sich so ungern vor vollendete Tatsachen stellen läßt und dem genau das dauernd passiert. Vor allem heute abend, durch diesen widerlichen Dumont, der sich mit solchem Vergnügen über ihn lustig macht, der mit ihm spielt wie die Katze mit der Maus. Aber es ist nicht der geeignete Moment, um diesen Menschen auf seinen Platz zu verweisen. Der Konsul zeigt also sämtliche Zeichen guter Laune, sein Lächeln wird breiter, die Stimme munterer, fröhlich verjagt er den Rauch seiner Zigarette mit einer Hand, an der ein massiver goldener Siegelring mit seinen Initialen wie ein zweites konsularisches Siegel einen Finger schmückt.

»Aber, aber, mein lieber Dumont, wofür halten Sie mich? Das alles war mir bekannt. Wirklich, Sie sagen mir da nichts Neues ...«

Dumont indes schwingt die Zigarre mit dem glühenden Ende, fegt die Täuschungsmanöver meines Vaters beiseite und höhnt lachend wie ein Bühnenschurke:

»Hören Sie doch auf! Sagen Sie lieber, daß Sie aus allen Wolken gefallen sind, Monsieur le consul. Ich bin hier, um in Tschengtu die Operation Opium zum Abschluß zu bringen. Denn mit Yünnan ist alles längst geregelt. Von dort kommt die Droge im Transit nach Haiphong und direkt weiter zu Tu nach Schanghai. Aber die Produktion ist weit geringer als die von Szetschuan.«

»Aber was sagt die französische Opiumregie in Indochina dazu? Sie dürften sich damit beim Generalgouverneur nicht gerade beliebt machen.«

»Ich lasse der Regie ihr Teil, damit sie nicht brotlos wird. Man muß jeden mitkommen lassen. Das und ein paar Kuverts an hohe französische Beamte ...«

»Wie, Sie wagen zu behaupten ...«

»Aber ja, Monsieur le consul. Außer Ihnen – und Sie müssen zugeben, daß ich nicht einmal versucht habe, Sie zu schmieren – sind sie alle käuflich. Auch die Herren von der Zivilverwaltung, die mit ihrer weißen Weste hausieren gehen ... Nichts macht mir mehr Spaß, als einen dieser Herren seinen Grundsätzen abspenstig zu machen. Jeder behandelt mich zunächst sehr von oben herab, führt seinen Rang, seine Würde und sein Glaubensbekenntnis ins Treffen; um am Ende doch die empfindsame Hand auszustrecken und sogar die Scheinchen nachzuzählen. Wenn Sie Namen und Zahlen haben möchten, ich kann sie Ihnen geben.«

Während Dumonts Ausführungen gibt der Konsul sich niedergeschmettert. Er sinkt in seinem Stuhl zusammen, völlig aufgelöst, wie immer, wenn er in der Tinte sitzt. Aber sobald er den Tiefpunkt erreicht hat, erwacht jener unerschütterliche und unverwüstliche Mut, den er sich in Katastrophenfällen zulegt, er taucht Zentimeter um Zentimeter wieder auf und stellt sich dem Verhängnis, das ihn diesmal in Gestalt Dumonts und seiner Bestechungslitanei getroffen hat. Dieses Aufrappeln ist eine seiner Komödien, eine wohleinstudierte Nummer, mit der er sich in Szene setzt und die im allgemeinen bei seinem Publikum Heiterkeit auslöst. So heißt es dann, nach einer Besprechung in seinem Büro oder nach einem Empfang: »Haben Sie die letzte Nummer unseres guten Bonnard gesehen? Was der sich nicht alles einfallen läßt, um sich aus dem Schlamassel zu ziehen! Der ist ein Beweis dafür, daß Lächerlichkeit nicht immer tötet.«

Man sieht, Dumont kennt seinen Bonnard. Er läßt ihn also radschlagen und sein Gefieder glätten, ohne mit der Wimper zu zucken. Denn wenn man durchblicken läßt, daß man auf diese kleinen Kniffe nicht hereinfällt, kann der Herr Konsul schlechterdings bösartig werden. Man darf ihn nicht zu sehr verschnupfen, wenn er spuren soll. Auch das ist gar nicht so leicht. Eine der Stärken Albert Bonnards besteht, wie Dumont genau erkannt hat, darin, daß er als nicht bestechlich gilt. »Bestechlich« ist das Haupt-Wort, das Schlüsselwort in den Kolonien, das Wort, das als erstes fällt, wenn über irgend jemanden gesprochen wird – entweder bejahend: »er ist es« oder, sehr selten, verneinend: »er ist es nicht«. Ist man es, so hat man sich ein für allemal aus der Hand gegeben, auch wenn es sich lohnt, auch wenn es der Beförderung nicht weiter abträglich ist. Er, Albert Bonnard, ist redlich, vor allem aus Eitelkeit, so sehr ist ihm seine Konsulswürde zu Kopf gestiegen. Und außerdem ist er ein Schisser. Unter der Fassade der Rechtschaffenheit beneidet er im Grunde die anderen um ihre Laster. Er ist ein Lästermaul, schmeichelt jedem in der Öffentlichkeit und zieht im geheimen über ihn her oder setzt doch eine diskrete Miene auf, die von Soundso alles und jedes vermuten läßt. Seine Entrüstung über Dumont und dessen Anschuldigungen ist nur gespielt. Er findet lediglich, daß es für einen Beamten ausgesprochen peinlich und gefährlich sein dürfte, von einem Dumont gekauft zu werden. Was bei ihm nicht der Fall ist, Gott sei Dank. Woraufhin der Konsul einen letzten Versuch macht, diesem Schwein gegenüber die Ehre der französischen Staatsdiener zu verteidigen. Er glaubt, das Beispiel für einen integren Mann gefunden zu haben – abgesehen von ihm selbst natürlich:

»Aber der Direktor der Regie von Indochina ist über jeden Verdacht erhaben, ein Mann von strengsten moralischen Grundsätzen. Er hat mir bei meiner letzten Opiumsendung aus Szetschuan endlose Scherereien gemacht, weil ein paar Gramm fehlten. Gerade nur, daß er mich nicht des Diebstahls bezichtigte. Berichte, ein Briefwechsel, der sich über sechs Monate hinzog. Trotzdem muß ich sagen, daß ich von diesem Mann den allerbesten

Eindruck gewann. Ein großartiger Sachwalter. Ein Baumeister des Empire.«

Dumonts Visage ähnelt einem scheußlichen, betrunkenen, rot angelaufenen Wasserspeier:

»Sie sind ganz einfach ein Dummkopf. Sie hätten sich die Scherereien ersparen können, wenn Sie ihm seine Provision gelassen hätten. Wissen Sie, wie ihn die chinesischen Grossisten, die mit ihm zu tun haben, nennen? ›Den ehrenwerten Herrn Zehn Prozent.‹ Etwas Habsüchtigeres als diesen Schwachkopf kann man sich nicht vorstellen. Ich bin auch schwer mit ihm zurechtgekommen... Dieses Schwein wollte die Tarife nicht senken, nicht einmal für mich.«

Bei der Erinnerung an seinen Ärger mit diesem Menschen, den der Konsul so törichterweise rühmte, spuckt Dumont Gift und Galle. Aber sein Zorn verflüchtigt sich, und die Fratze weicht einer Miene sanfter Bestimmtheit.

»Monsieur le consul, in Zukunft wird diese unerfreuliche Erscheinung Ihnen nicht mehr lästig fallen. Sie haben gar nichts mehr mit dem Mann zu tun, denn sobald Sie mit mir zusammenarbeiten, wandert das ganze Opium von Szetschuan schön brav nach Schanghai, den Yangtsekiang stromab.«

Dumonts Worte sind kein Scherz. Sie sind ein Befehl. Kommandoton. Brutalität in der Stimme. Sätze wie Kanonenkugeln. Augen wie rote Punkte über dem schwach glimmenden Punkt der fast aufgerauchten Zigarre. Knappe Handbewegung, und der Stummel fliegt in einen Sektkübel.

»Kommen wir wieder zur Sache: zu Tang Kiao. Ein schlauer Bursche. Läßt Ihren Marschall von Tschengtu ganz schön zappeln und auch ganz schön berappen. Der Marschall ist so weit, daß er bittet wie ein kleiner Junge, in allen Tonarten jammert, einen Boten nach dem anderen zu Tang Kiao schickt, um ihn mit solchem Geschwätz zu erweichen, wie: ›Wir sind am Ende. Wir werden alle abgeschlachtet, wenn Sie uns nicht Waffen und Truppen schicken. Es wird das Ende der glorreichen Geschichte Yünnans sein, seines Kreuzzugs für Chinas Größe.‹ Solche Worte sind für Tang Kiao der reine Honig. Er läßt antworten: ›Ich denke nur noch daran, wie ich Euch helfen kann. Ich magere ab, ich verliere den Schlaf, ich durchwache die Nächte. Mein

Schmerz ist tief. Um Euch zu helfen, muß ich erst Soldaten ausheben, sie ausrüsten, sie ausbilden. Doch, ach, mein Kriegsschatz ist leer. Schickt mir doch Geld.‹ Tang Kiao fordert ungeheure Summen. Und um sie ihm geben zu können, beutet der Marschall ganz Szetschuan systematisch aus, und die erbitterten Szetschuanesen stellen immer mehr Truppen auf, um ihn fertigzumachen und zu Hackfleisch zu verarbeiten. Inzwischen zieht Monat für Monat eine Maultierkarawane hochbepackt mit Säcken voller Taels unter starker Bewachung nach Yünnanfu. Natürlich deponiert Tang Kiao den ganzen Zaster unter seinem Namen an einem sicheren Ort, einer Bank in Hongkong, wo nach britischer Manier ›law and order‹ herrschen. Diesem vorsichtigen Mann erscheint sogar Schanghai zu gefährlich. Er liefert dem Marschall am laufenden Band seine heiligsten Schwüre, aber nicht ein einziges Repetiergewehr, keinen einzigen Karabiner, sondern wartet in aller Ruhe auf das letzte Stündchen dieses Trottels, der ihm ein Vermögen ins Haus schickt . . .«

Dumont strahlt vor Frohlocken, halb Jahrmarktsherkules, halb Schnapphahn, hie Bauernschläue, dort die Überheblichkeit des Meisterschurken, der es sich leisten kann, einem Spießer, seinem Opfer, den Mechanismus eines wohlvorbereiteten Coups vorzuführen. Zum Spaß, aber mehr noch, um dem Gelackmeierten, will heißen, dem Konsul, beizubringen, daß er nach Dumonts Pfeife tanzen muß. Unter Aufbietung aller Kräfte bewahrt Albert seine Würde. Hinter dem Kneifer sieht er aus wie eine Eule, unbeweglich, still und wachsam. Keine Bewegung. Kein Wort. Kaum ein Atemzug. Das große Schweigen. Seine Miene ist abwesend, abweisend, gleichgültig, eine letzte Zuflucht vor diesem massiven Beschuß. Vogel-Strauß-Taktik als Rückzugsgefecht, das die Niederlage hinausschieben soll.

Da geht Dumont erneut zum Angriff über. Dieses Mal bombardiert er den Gegner mit menschenfresserischer Jovialität.

»Na, na, Monsieur le consul, markieren Sie jetzt nicht den Helden, geben Sie zu, daß Sie schwer angeschlagen sind. Und dabei habe ich Ihnen das Schönste noch gar nicht gesagt. Das wird Ihnen den Rest geben. Halten Sie sich gut fest, damit Sie nicht vom Stuhl kippen, Exzellenz.«

Der Konsul öffnet den Mund. Seine Lippen sind schmal. Er

beginnt zu sprechen, gelangweilt, farblos, unpersönlich, kalt. Als gingen Dumonts Manöver ihn nichts an, beträfen nicht ihn. Als kämpfte er gegen den Schlaf.

»Mein lieber Dumont, ich bezweifle stark, daß Sie mir über Tang Kiao, den Marschall und die Yünnanesen noch irgend etwas Neues erzählen können. Ihre sogenannten Enthüllungen standen bereits von A bis Z in meinem letzten Bericht an den Quai d'Orsay. Ich bin nämlich auch kein heuriger Hase mehr. Ich habe meine eigenen Informationsquellen. Etwas anderes. Wollen Sie bitte zur Kenntnis nehmen, daß ich auf keinen Ihrer Vorschläge eingegangen bin, die, wie ich zu meinem Bedauern nicht umhin kann, festzustellen, ein wenig nach Erpressung aussehen. Ich könnte mich bei meinen Vorgesetzten über Ihre wenig korrekte Haltung beschweren . . .«

»Ah là là, Monsieur le consul, Sie treffen mich ins Herz. Lassen Sie sich eins gesagt sein. Ohne mich, ohne mein Zutun würde nicht ein einziges Gewehr, das die Franzosen künftig aus Indochina schicken, bis Tschengtu und in die Hände Ihres Marschalls gelangen. Aus der Traum. Der ganze Ramsch würde unterwegs verlorengehen, spurlos verschwinden. Dagegen wäre die Geschichte mit der Lieferung auf dem Yangtsekiang nur ein kleiner Fisch. Und ich brauchte mir nicht mal die Hände dreckig zu machen. Alles ginge ganz von allein.«

»Höchst interessant, mein lieber Dumont. Aber erklären Sie mir, wieso.«

»Ganz einfach. Tang Kiao würde sich diese wunderbare und gänzlich kostenlose Rüstungslieferung auf halbem Weg, in Yünnanfu, unter den Nagel reißen. Er müßte bloß zugreifen . . . Immer vorausgesetzt, daß ich es ihm nicht ausrede.«

»Ich glaube nicht, daß wir Ihrer bedürfen, um Tang Kiao zur Räson zu bringen. Wir besitzen bedeutende Druckmittel gegen ihn. Denn sein Yünnan ist der abgelegenste Winkel Chinas, eine Endstation, und mit der Außenwelt nur durch unser Indochina dank dieser Eisenbahn verbunden, die ich bis hierher verlängern will. Wenn wir den Verkehr einstellen, sitzt Tang Kiao hilflos in seiner lahmgelegten Provinz. Und außerdem ist er, nicht zu vergessen, ein großer Freund Frankreichs . . .«

Da beginnt Dumont zu prusten und sich zu schütteln wie ein

Rhinozeros, das vom Veitstanz befallen ist. Seine Belustigung kennt keine Grenzen mehr, er wälzt sich in einer Woge aus Speck, Wangen, Armen, Beinen, alles an ihm wirbelt schwerfällig und leicht zugleich. Wie eine balzende Tonne. Die Kupferknoten auf seinen Wangen und die Flecke des Blutandrangs glänzen in dem schweißbedeckten Gesicht wie lauter boshafte Augen. Er brüllt in erstickenden Lachkrämpfen los, in Anfällen, die wie eine tollgewordene Fanfare klingen. Sein Stuhl kracht wie unter einem Erdbeben, das als Herd seinen Bauch hat, der an- und abschwillt, sich aufs neue mit explosiven Dämpfen füllt, mit dem Nabel als Epizentrum. Nach einigen Minuten beunruhigt dieser Vulkanausbruch Dumonts Gehilfen, diesen länglichen und stummen Diener, der sich im Verlauf des Abends zu einem so straff gespannten Zwirnsfaden verdünnisiert hat, daß er in der zum Schneiden dicken Luft kaum noch auszumachen ist. Seit einer ganzen Weile schon ist er praktisch unsichtbar in diesem Raum, der einem gewaltigen Aschenbecher gleicht, worin nur zwei große und sehr lebendige Stummel schwelen, Dumont und mein Vater. Jetzt aber gewinnt der dritte Mann seine menschliche Gestalt zurück, wird wieder zum wachsamen Famulus, der es wagt, Dumont respektvoll zu ermahnen:

»Beruhige dich, Dumont. Denk an dein Herz, es wird wieder Geschichten machen.«

»Halts Maul, du Arschloch. Ich bezahle dich nicht dafür, daß du solchen Blödsinn schwafelst. Und jetzt scher dich zum Teufel.«

Der Mann verdrückt sich unter den allzu gleichgültigen Blicken der Boys, die wie leere Kleiderbündel in gemessener Entfernung herumstehen, nichts zu sehen und nichts zu hören scheinen und doch immer im richtigen Augenblick wie Schatten im Speisesaal auftauchen und die Flasche Champagner oder das Kistchen Zigarren herbeibringen, je nachdem, was die Situation erfordert. Sie sind das stets allgegenwärtige China, das mit gelassener Heiterkeit den Barbaren zusieht, die sich um die Schätze Chinas prügeln. Aber wer von den Weißen, denen sie dienen, macht sich je Gedanken über ihre Gedanken?

»Mir«, erklärt Dumont plötzlich ganz manierlich, »gehts ganz ausgezeichnet. Eine eiserne Gesundheit, und das nach vierzig Jahren China. Ein Herz wie einen Amboß. Das soll mir mal einer nachmachen.«

Ein Hauch von Ironie huscht über das Gesicht des französischen Konsuls, der während Dumonts unflätiger Reden eisig, abwartend dagesessen hatte, die Augen verächtlich und schmal, den Kopf vor Müdigkeit leicht gebeugt; die Finger trommeln auf den Tisch, bemessen die Länge der Zeit.

»Aber, mein lieber Dumont, unter Weißen spricht sich alles herum, wie Sie mir soeben selbst zu bedenken gaben. Ich entsinne mich jetzt, von einer kleinen Herzattacke gehört zu haben, die Sie in Schanghai erlitten. Unter diesen Umständen ist es in der Tat unklug, wenn Sie sich in einen solchen Zustand der Erregung versetzen, wie eben jetzt. Und außerdem, ganz unter uns, was habe ich denn so Komisches gesagt, daß Sie derart unbändig lachen mußten? Ich gestehe, daß es mir nicht ganz klar ist.«

»Sie haben mich wahrhaft königlich amüsiert. Hören Sie, Monsieur le consul, stellen Sie sich nicht dümmer, als Sie sind mit Ihren lachhaften Argumenten. Sie gelten als China-Spezialist, als Experte, als profunder Kenner der Chinesen. Kennen Sie jemanden, der nicht erreicht, was er sich in den Kopf gesetzt hat, wenn er es nur wirklich will und wenn er es nicht mit einem Gegenspieler zu tun hat, der noch durchtriebener ist als er selbst? Bei allem schuldigen Respekt, Sie werden doch nicht behaupten wollen, daß Sie gerissener sind als Tang Kiao? Wenn ich je einen schlauen Hund gesehen habe, dann ist er es, der schlauste weit und breit. Wenn er beschließt, daß der Marschall von Tschengtu die Waffen aus Indochina nicht kriegen soll, dann kann Ihr Protegé in die Röhre gucken, bis ihm die Augen aus dem Kopf fallen. Und sollten die Franzosen mit den Druckmitteln, auf die Sie angespielt haben, Tang Kiao daran hindern, sich direkt zu bedienen, sobald der Ramsch in Yünnanfu eintrifft, dann wird er ihn sich später holen, auf dem Weitertransport nach Tschengtu. Dazu hat er viele Möglichkeiten. Die Karawane kann von geheimnisvollen Räuberbanden angegriffen, von Tausenden falscher Szetschuanesen in einen Hinterhalt gelockt werden, sogar von einem Regiment echter Szetschuanesen. Nichts ist einfacher für Tang Kiao, als unter der Hand, ohne Wissen seines

Marschalls, ein kleines Abkommen mit einem szetschuanesischen Clan auszuhandeln, zum Beispiel mit dem Clan des Generals Verrückter Bonze oder dem des Generals Kleiner Schnüffler. Einen richtigen Vertrag mit Paragraphen, einer Klausel über die Aufteilung der Beute, nämlich der berühmten Waffen aus Indochina, wobei der Löwenanteil in aller Stille kehrt marsch nach Yünnanfu macht, direkt in die Hände unseres lieben Tang Kiao. Sagen Sie mir doch, Monsieur le consul, wer würde dann der Gelackmeierte sein, Sie oder er? Natürlich Sie, trotz aller Überredungskünste, auf die Sie so stolz sind und über die ich mir fast einen Ast gelacht habe. Sehen Sie nur, ich muß mir vor Lachen noch immer den Bauch halten ...«

Dumont hält sich tatsächlich im Anschluß an seine erbaulichen Ausführungen gewissenhaft den Bauch und schlägt sich knallend auf die Schenkel, während das Gesicht des Konsuls immer länger wird.

»Und dabei, Monsieur le consul, ist das nur eine von vielen Möglichkeiten. Es gibt noch weitere und bedeutend unangenehmere. Zum Beispiel die Entführung einer hochstehenden französischen Persönlichkeit. Sie selbst könnten entführt werden oder, noch besser, Ihr kleiner Sohn. Und natürlich würden die unbekannten Entführer als Preis für die Herausgabe des unversehrten Kindes fordern, daß man ihnen die ganze Lieferung in Bausch und Bogen überlasse, den ganzen Schrott mit den glorreichen Firmenbezeichnungen wie Hotchkiss, Saint-Etienne und Le Creusot. Wer würde auf den Gedanken kommen, Tang Kiao dafür verantwortlich zu machen, der in seinem Yünnanfu sitzt, so weit ab von dieser bedauerlichen Geschichte? Um so mehr, als Sie sich darauf verlassen könnten, daß er sich dicke Tränen abringen wird, Sie überschwemmen wird mit geschraubten und herzzerreißenden Versicherungen seines aufrichtigen Mitgefühls, Sie aufs höchste erstaunen wird durch die wilde Entschlossenheit der Befehle, mit denen er den Marschall von Tschengtu, der sich zumindest der Nachlässigkeit schuldig gemacht hat, bombardieren wird: er möge wissen, daß er das Leben des Kindes mit seinem eigenen Leben bezahlen werde. Kurz, das ganz große Trallala ... Das Ganze führt dann zu endlosen Palavern mit irgendwelchen Leuten, bei denen Sie schließlich doch Ihre prächtigen Waffen den Szetschuanesen überlassen, die danach die vereinbarte Menge an Tang Kiao zurückexpedieren. Vielleicht wird Ihr Junge nach alledem noch gesund und wohlbehalten sein, vielleicht aber . . .«

Albert Bonnard hat sich erhoben, steht schlank und gerade da. Er ist nicht mehr der Konsul, der von Amts wegen verbindlich zu sein hat. Er hat sich plötzlich zum Repräsentanten einer anderen Staatsgewalt gewandelt: zum unerbittlichen Vertreter des Gesetzes. Er hat die typische Haltung eines Staatsanwalts angenommen. Aber er hat nichts Leidenschaftliches an sich. Keine Spur von Erregung, Zorn oder Ekel. Nur Strenge. Er ist das Schwert der Justitia, er hat den Schnurrbart, den Kneifer, sein ganzes kleines persönliches Zubehör, seine ganze schöne kleine Gestalt in den Papierkorb geworfen, er ist moralisch nackt, um die Waage der Themis zu halten. Kein Muskelzucken, kein Ausdruck auf seinen Zügen. Die Unpersönlichkeit des Mannes angesichts der Größe der Rolle; im Namen Frankreichs, mit harter und schneidender Stimme, der Stimme der Guillotine, bringt er gegen Dumont die Anklage wegen Hochverrats vor. Er glaubt sich vor dem Schwurgericht.

»Monsieur Dumont, ich sehe mich gezwungen, Sie der Mordandrohung gegenüber einem Vertreter Frankreichs und dessen Familie anzuklagen. Ich werde an zuständiger Stelle Bericht erstatten. Sie haben in aller Deutlichkeit verlauten lassen, daß Sie beabsichtigen, mich oder meinen Sohn entführen zu lassen, falls ich mich Ihren Vorschlägen nicht fügen sollte. Sie haben bereits alles in die Wege geleitet. Mir ist vollständig klar, daß Ihnen als Werkzeug bei diesem Vorhaben Ihr Angestellter dienen wird, Herr Scheng . . .«

Dumont, fürchterlich aufgebläht, von allen widrigen Winden gequält, ist ebenfalls aufgestanden, mühsam, aber unter Aufbietung aller Kräfte häuft er seine Fleischmassen so aufeinander, daß das Ganze schließlich einigermaßen in die Senkrechte kommt. Sobald er sich vollends hochgearbeitet hat, beginnt er aus vollem Hals zu brüllen. Sein Mund ist ein Auspuff, der aus dem Inneren des Fettgebirges kommt. Aus diesem Loch strömt ein Wortschwall, der die Ausführungen Albert Bonnards übertönt:

»Reden Sie doch kein Blech, Monsieur le consul. Sie haben

einfach durchgedreht, na schön. Ich und Ihnen Böses antun wollen? Das kann doch nur ein Witz sein. Ich wollte Ihnen nur vor Augen führen, daß Sie sich Tang Kiao gegenüber keine Schwachheiten erlauben dürfen. Er ist gefährlich, sehr gefährlich, eine Bestie . . .«

Der Konsul bewegt die Lippen, schnell, immer schneller, in einem Crescendo, daß sie auf der Stelle zu laufen scheinen, daß es aussieht, als mümmelten sie die Luft, ein lächerlicher Anblick. Darunter hoppelt das Kinn wie ein Gegengewicht. Unnütze Hast, vergebliche Mühe, denn man hört keinen Ton aus seiner Kehle kommen. Schließlich verzichtet der Konsul auf einen Einspruch, resigniert vor Dumonts Gerülps, diesem übermächtigen Ausbruch. Unentschlossen, die Hände hinter dem Rücken verschränkt marschiert er mit kleinen Schritten den Tisch entlang, sein Gesicht ist plötzlich verfallen und leichenblaß, traurig. Dumont hingegen schreit lauthals weiter:

»Aber ich kann Ihnen diesen gleichen Tang Kiao verpackt und verschnürt, an Händen und Füßen gebunden frei Haus liefern, sanft wie ein Lämmchen, und er wird Wachs in Ihren Händen sein. Genau das wollte ich Ihnen vorhin ankündigen, die freudige Überraschung, das Gastgeschenk des unwürdigen Dumont, aber Sie wollten mich nicht anhören, Sie haben mich zum Teufel gewünscht, das ist mir schließlich in die Nase gestiegen, und ich war ein wenig verärgert. Und hab Ihnen eben auch ein bißchen eingeheizt . . . Aber wir dürfen uns nicht täuschen, alles, was ich Ihnen an Unangenehmem prophezeit habe, ist nicht von Pappe, es würde schwer ins Auge gehen, wenn ich nicht da wäre und mich der Sache annähme.

Aber ich bin da, ich, Dumont. Und ich habe Tang Kiao in der Hand. Denn, merken Sie sich das ein für allemal, Tang Kiao ist mein Kleiner Bruder, der Nachgeborene, der Jüngere, der mir Gehorsam schuldet. Denn er gehört auch zur Blauen Bande, und nicht zuwenig. Ich habe ihn sogar selbst eingeführt, vor drei Jahren in Yünnanfu. Habe ihm den ganzen Zauber verpaßt, den ich mir selbst damals von Tu gefallen lassen mußte – stellen Sie sich Tang Kiao den Schrecklichen im Hemd vor, wie er vor mir kniet . . . Eben den ganzen Sums . . . Die Degen, das Verhör, die Stadt der Weidenbäume, die köstliche Nagelprobe mit dem Blutcocktail und schließlich der große Schwur. Damit hat Tang Kiao sich für immer den Befehlen der Blauen Bande unterworfen, vor allem den meinen: denn ich war der Zeremonienmeister, folglich auch sein Herr und Meister.«

Die Wanderung des Konsuls an der Tischkante entlang ist immer langsamer und schlaffer geworden, bis er schließlich erschöpft stehenblieb, als hätten seine Schritte kein Ziel mehr. Zögernd läßt er sich mit einer Backe auf den Stuhl nieder, seine Bewegungen sind sparsam und kläglich, seine Züge bekümmert. Er fühlt sich besiegt. Trotzdem stellt er, wider alle Hoffnung, nur um sein Gewissen zu beruhigen, eine höchst kniffelige Frage:

»Sie widersprechen sich, Dumont. Haben Sie mir nicht soeben versichert, daß es der Blauen Bande nie gelungen sei, die Yünnanesen ernstlich zu unterwandern?«

Dumont, der die Partie gewonnen weiß, läßt sich als sicherer Sieger in seinen Sessel zurückplumpsen. Bums. Und dann, wie überquellende Gelatine, die soeben noch kurz vor dem Kochen war, jetzt aber beginnt abzukühlen, zu erkalten, zu einer schweren, zähen, festen Masse wird, füllt er den Sessel und bordet über auf den Tisch, schiebt Geschirr und Flaschen beiseite. Dumont genießt seinen Triumph, aber er bleibt vorsichtig:

»Monsieur le consul, ich habe vorhin noch nicht alles ausgepackt. Wer wirft schon alle seine Karten auf einmal auf den Tisch? Man behält seine Asse, teurer Diplomat, so wie ich es getan habe. Wie ich zum Beispiel noch Tang Kiao im Ärmel gehabt habe.«

Dumont beginnt zu schwabbeln, Wogen der Selbstzufriedenheit durchlaufen dieses Gebirge aus Behagen über den eigenen Erfolg.

»Die Yünnanesen zerfallen in zwei gegensätzliche Sorten. Die Ihren hier, die Yünnanesen des Marschalls, die eingekreisten Eroberer, denen Sie aus der Patsche helfen wollen, sind arme Irre, Spinner, Ideologen, Schwachköpfe, die sich 1915 auf die Socken gemacht haben, um im Namen großer Ideen ganz China zu erobern. Wie gesagt, sie leben noch immer von Hirngespinsten, auch wenn sie sich in Szetschuan aufführen wie Bestien und Freibeuter. Diese Sorte, Ihre Busenfreunde, die sind ganz einfach nicht geschäftsfähig. In Yünnanfu dagegen sieht die Sache anders aus, denn Tang Kiao, der ist kein Romantiker. Der ist Realist. Er ist fürs Solide, fürs Greifbare, fürs Vernünftige. Deshalb ist er auch mein Bruder und Tus Bruder geworden, weil er eine gesunde Auffassung vom Business besitzt. Wir betreiben gemeinsam ein beachtliches Netz von Geschäften, von Yünnanfu nach Indochina, nach Kanton, nach Hongkong, nach Schanghai. Ich berate Tang Kiao bei seinen Kapitalanlagen. Daraus können Sie ersehen, welches Vertrauen er in mich setzt.«

Dumont läßt genußvoll die fette Zunge über die fetten Backen kreisen. Dann versichert er mit dem Eifer einer Kupplerin:

»Wenn ich Tang Kiao sage, daß er Ihre Waffen aus Indochina ungehindert durch sein Gebiet lassen soll, wird er sie nicht mit dem kleinen Finger anfassen. Und wenn der Haufen noch so groß wäre. Er wird sich nicht in Versuchung führen lassen, das garantiere ich Ihnen. Und außerdem werde ich ihm, so ganz nebenbei, ein Wörtchen flüstern. Daß, wenn er, Tang Kiao, dieses Material beiseite schaffte, der Marschall und seine Truppen von den Szetschuanesen in kleine Fetzen zerrissen würden und dann keine Ladungen mit Taels mehr in Yünnanfu einträfen . . .«

Dem Konsul ist die schwache Stelle in Dumonts letzten Ausführungen nicht entgangen:

»Sie können Tang Kiaos nicht so sicher sein, wie Sie mich glauben machen wollten, wenn Sie ihm erst mit diesen Taels winken müssen . . .«

Dumonts Müdigkeit explodiert in einem letzten Ausbruch: der Roßtäuscher, der sein Opfer so weit hat, wie er es haben wollte:

»Jetzt aber Schluß mit dem Getue, Monsieur le consul. Ich regle alles für Sie, bis ins Tezett. Sie haben weiter nichts zu tun, als sich aus Paris und Hanoi die amtlichen Papiere zu beschaffen, damit uns die Waffen geliefert werden. Und nicht ein Sou wird dafür bezahlt, auch nicht irgendein symbolischer Betrag oder sonst ein Stuß. Und sie sollen bloß nicht zimperlich sein. Eine tüchtige Portion, wenn ich bitten darf. Ich, Dumont, gebe Ihnen mein Wort, daß ich die ganze Ware dem Marschall in Tschengtu vor die Plattfüße lege, noch bevor seit der Absendung aus den Arsenalen von Indochina ein Monat vergangen ist. Und es wird auch nicht ein Gamaschenknopf fehlen. Dann kann der Marschall, anstatt sich von den Szetschuanesen in die

Pfanne hauen zu lassen, aus ihnen Hackfleisch machen, wenn er Lust dazu hat.«

Dumont ist eitel Wonne, eine Kröte, die ihren leutseligen Tag hat. Aus seinem Mund fließt Honig.

»Bei mir wird immer ganze Arbeit geleistet. Apropos, ich könnte Ihrem Marschall noch einen kleinen Gefallen tun, indem ich unter den Szetschuanesen Zwietracht stifte. Ich hinterlasse einfach gewisse Instruktionen für Herrn Scheng, dessen großen Wert Sie offenbar nicht zu würdigen wissen. Diese Szetschuanesen sind Tölpel, die man ohne weiteres gegeneinander aufhetzen kann, wegen eines Handels, eines Vertrags, wegen irgend etwas, das mit Zaster zu tun hat. Man braucht es nur so einzurichten, daß einer von den Burschen sich den anderen gegenüber benachteiligt fühlt. Schon haben sie sich in der Wolle, und dann fehlt nicht mehr viel, und sie traktieren einander mit Gift, Bajonetten und Kanonen. Unglaublich, wie diese Wilden aufeinander eifersüchtig sind. Herr Scheng wird sie allesamt so hintereinanderbringen, daß sie, wenn der Marschall seine Waffen bekommt und ihnen auf den Pelz rückt, im Handumdrehen bis auf den letzten Mann erledigt sind. Sind der Herr Konsul jetzt zufrieden?«

Dumont strahlt wie die liebe Sonne, sämtliche Unreinheiten seines Gesichts vereinen sich zu einer einzigen hitzigen Scheibe, einem Brei der frommen Denkungsart, einem brennenden Dornbusch der Unschuld:

»Ich möchte wetten, Monsieur le consul, daß Sie den alten Dumont heute am liebsten in der Hölle wußten. Und Ihre Frau Gemahlin dürfte auch noch das Ihre dazu tun, sie stachelt Sie bestimmt den lieben langen Tag gegen mich auf, sie kann mich nämlich nicht riechen, das ist mir klar. Aber ich bin über kleine Gehässigkeiten erhaben, ich blicke darüber hinweg, ich trage sie Ihnen nicht nach, denn ich kenne Sie besser, als Sie sich selbst kennen. Sie möchten Erfolg haben, und zwar großen Stils. Die vielgerühmte Karriere im üblichen Sinn, das ist was für kleine Pinscher, ein Kaffeekränzchen von Krautjunkern, die ausschließlich damit beschäftigt sind, ihre aristokratischen Laster zu pflegen, ihren kleinen Schnitt machen wollen, alle Welt anpumpen und Berichte verfassen, in denen nichts drinsteht. Vor allem wollen sie von nichts etwas wissen. Sie kneifen sämtliche Backen zusammen und gehen auf Nummer Sicher. Aber Sie, Sie sind ein Mann, Sie sind ein Spieler und sogar ein Vabanquespieler. Sie wissen es noch nicht, aber Sie brauchen mich dringend, ohne mich werden Sie sich nie aus dieser Affäre ziehen. Ich werde Sie nicht im Stich lassen, mein lieber Albert. Und Sie werden sehen, bald werden wir unzertrennlich sein. Wenn Sie meine Talente erst einmal zu schätzen wissen, dann tun Sie keinen Schritt mehr ohne mich. Schließlich haben wir große gemeinsame Ambitionen. Die Waffen und die Munition, das ist überhaupt kein Problem, Sie werden schon sehen. Die Eisenbahn allerdings steht auf einem andern Blatt. Alle unsere Banken sind einander spinnefeind, und unsere verschiedenen Yünnanesen werden eines schönen Tages bestimmt aneinandergeraten. Aber Sie haben Glück, es gibt einen Menschen, der mit den Finanziers und den Chinesen fertig wird, ganz zu schweigen von den Engländern und der ganzen übrigen Menagerie, und das ist der gute alte Dumont. Wir bauen Ihre Bahnlinie, oder der Teufel soll mich holen!«

Der Konsul ist vor dieser Lawine der Freundschaftsbezeigungen in Deckung gegangen: armselig, mürrisch, zusammengekauert sitzt er da, Kopf und Gliedmaßen eingezogen, um sich vor den herabstürzenden Massen zu schützen. Endlich, nachdem der Steinschlag der Worte und die Schauer von Dumonts feuchter Aussprache aufgehört haben, kommt er wieder ein wenig zum Vorschein, wie eine Schildkröte aus ihrem Gehäuse. Er scheint unversehrt, weder von der Lawine noch von Begeisterung mitgerissen, nur ein wenig scheu: ein Mensch, der den Sturm überlebt hat. Er verbirgt sich zunächst hinter einer höflichen Neutralität, was bei ihm kein besonders gutes Zeichen ist. Aber Dumont bemerkt nichts.

»Das ist ja alles recht und schön, Dumont. Aber seien wir offen. Was genau wollen Sie jetzt sofort von mir?«

»Daß Sie dem Marschall und seinem Intimus Herrn Lü einen diskreten Besuch abstatten. Und die beiden so weit bringen, daß sie nicht nur alles Opium von Szetschuan an Tu liefern, sondern sich auch verpflichten, ihren Preis unter keinen Umständen zu erhöhen. Selbst dann nicht, wenn wir ihnen den Sieg über die Szetschuanesen verschafft haben.«

Der Konsul ist besänftigt. Seine Miene heitert sich auf, die Verkrampfung in seinen Zügen löst sich. Mit einem Anflug von Lächeln spricht – nein, säuselt er wie ein artiges Kind die Worte, die Dumont von ihm erwartet:

»Gut. Ich werde mich zum Marschall und seinem Ratgeber verfügen. Und ich werde versuchen, sie zu überzeugen.«

Dumonts Faust donnert auf den Tisch.

»Dummes Zeug. Ich will, daß Sie mir verbindliche Zusagen bringen.«

Jetzt wechselt der französische Konsul zu einem zuckersüßen Tonfall über, zu einer einschmeichelnden Stimme, einer unterwürfigen Geste:

»Ihrem Wunsch soll entsprochen werden. Voll und ganz entsprochen.«

Jetzt bläst Dumont sich plötzlich auf. Er atmet gewaltige Luftmassen ein, scheint den ganzen Raum zu verschlucken, das Haus, die Welt. Dumont, der Riese, der Titan, der Gott. Dumont, der krebsrot angelaufene Luftballon. Dumont, der im stillen frohlockt und mit lauter Stimme den geschlagenen Konsul von Frankreich seiner Weisheit, seiner Philosophie teilhaftig werden läßt:

»Mein lieber Albert, das ist das Geheimnis meiner geschäftlichen Erfolge. Ich gehe die Sache im Kern an, und dann lasse ich keinen Stein auf dem anderen. Ich habe immer mehrere Eisen im Feuer und schlucke die dicksten Brocken. Was ich nicht alles verdrücken kann! Nur gut, daß ich einen wahren Straußenmagen habe. Jetzt heißts zugreifen. Sich nicht genieren. Und sich beeilen. In diesem Scheißland haben wir noch ein paar gute Jährchen vor uns. Mehr nicht, egal, was das Gros der Dummköpfe glaubt. Die heißts ausnutzen. Ich möchte nämlich ein echter Millionär sein und meinen Zaster außerhalb Chinas in Sicherheit haben, wenn der Laden auffliegt. Denn glauben Sie mir, die große Pleite kommt, China wird sich an den Fremden rächen, es macht niemals Geschenke. Man muß ihm alles aus den Zähnen reißen. Und ich bin fleißig dabei, unterstützt von Tu, Tang Kiao, Scheng; aber auch sie, meine Teilhaber, meine Komplizen, meine Brüder, sind Saukerle, die mich hassen, mir am liebsten ins Gesicht spucken und mir alles wieder abjagen würden, mir und allen

Weißen. An dem Tag, an dem China endgültig der Kragen platzen wird, sollten wir nach Möglichkeit unser Lager anderswo aufgeschlagen haben . . .

Schauen Sie doch nicht so belämmert drein, Monsieur le consul. Sie glauben doch hoffentlich nicht, die Chinesen hätten Sie ins Herz geschlossen. Das wär einfach zu komisch . . . Keine Bange. Die große Revolution in China bricht nicht von heute auf morgen aus. Sie wird erst eine Weile auf der Stelle treten. Eine ganze Weile. Inzwischen haben Sie Ihr Schäfchen im trocknen, Herr Streber; Sie haben den Ruhm Frankreichs im fernen China begründet, Herr Patriot, denn Sie sind ein echter Franzose, ein guter Franzose, nicht ein Schuft wie ich, ein Lump, der unserem Land trotzdem hundertmal besser dient als ein schafsköpfiger Diplomat oder Gouverneur. Ich meine damit nicht Sie, ganz im Gegenteil, aber manchmal hab ich wirklich die Schnauze voll von der Undankbarkeit und den Unverschämtheiten gewisser Herren. Im Gegensatz zur allgemeinen Annahme bin ich ein sensibler Mensch, ich habe auch ein Herz . . . Aber ich will Ihnen nichts vorjammern. Sprechen wir von Ihnen, mein Freund. Erlauben Sie mir, daß ich ›mein Freund‹ sage. Sie werden im Zeichen der Trikolore Großes vollbringen in diesen gottverlassenen Provinzen, bei diesen gelben verkommenen Wilden, und alles mit Hilfe des Opiums, der Waffen und der Eisenbahn. Eine einmalige Gelegenheit. Man wird es höheren Orts zu schätzen wissen, Sie fallen die Treppe hinauf, und niemand erinnert sich mehr an Ihre Anfänge. Und wenn dann hier alles zusammenkracht, sitzen Sie längst auf einem bequemen Pöstchen weit vom Schuß und scheren sich den Teufel drum. Glauben Sie dem alten Dumont, wenn Sie's schlau anfangen, machen Sie eine Blitzkarriere, Sie holen sich den ersten Preis, den Titel eines Generalkonsuls, eines Ministers, vielleicht eines französischen Gesandten! Immer unter der Bedingung, daß Sie mir keine Fisimatenten machen. Denn, mein lieber Freund, wer da glaubt, er könnte Dumont eins auswischen, der zahlt schwer drauf. Bevor Sie überhaupt wissen, wie es zugegangen ist, sind Sie durch den Wolf gedreht und in so kleine Fetzen zerrissen, daß nicht einmal die frommen Schwestern ihre Hausarmen damit beglücken möchten . . .«

Dumont, der hiermit seine Rede beendet hat, gähnt, daß er

sich fast die Kiefer ausrenkt. Er gewährt dem Konsul Einblick in seinen Schlund bis zur Speiseröhre. Die gleichen roten und klebrigen Massen drinnen wie draußen. Blubbern, Gegurgel, Ruhe. Fauchen eines Dampfkessels. Dann ein Ruck, und Dumont öffnet die Lider, blinzelt mit Augen, deren Wimpern von rosa Talg verklebt sind:

»Ihr Champagner war ein Säuerling, Monsieur le consul. Er ist mir auf den Magen geschlagen. Ich werd mich in die Falle hauen.«

Dumont beugt sich vor, um aufzustehen, stützt sich mit den plumpen Armen auf den Tisch, um den Wanst und die kraftlosen Beine hochzuhieven. Die Anstrengung bringt ihn einem Schlaganfall nahe. Dumonts Körper bleibt auf dem Stuhl kleben, aber das Tischtuch, an das er sich klammert, fällt zu Boden und mit ihm Gläser, Teller, Aschenbecher und alle möglichen Gegenstände. Der Erdrutsch nimmt kein Ende, er wird begleitet vom Klirren zerbrechenden Geschirrs und vom Gluckern verschütteter Getränke. Der Konsul verfolgt die Katastrophe gleichmütig, ohne sich von der Stelle zu rühren. Die Boys eilen flugs herbei, stellen den gewaltigen Dumont so mühelos auf die Beine, als wäre er nur eine Luftblase. Während der Operation, die nur ein paar Sekunden dauert, wackelt Dumont schläfrig mit dem Kopf. Nachdem er schließlich aufrecht steht, würgt er stoßweise hervor:

»Daran ist Ihr famoser Sekt schuld, Monsieur le consul. Ein übles Gesöff, das sogar einen Missionar umhauen würde ...«

Dumont, der nun zwischen zwei Boys hängt wie ein erlegtes Tier, ein formloses Riesentier, verschwindet endlich mit kleinen Schrittchen. Neben dem schweren Tappen sind die leichtfüßigen Schritte seiner Träger kaum zu hören. Er stolpert und flucht wie ein Fuhrknecht. Schließlich bleibt der Konsul allein auf dem Schlachtfeld zurück. Lange betrachtet er, wie Napoleon bei Austerlitz, die wüste Stätte mit schlauen, spöttischen Blicken. Er verschränkt die Arme hinter dem Rücken, reckt den Kopf, um die Zerstörung besser zu übersehen. Dann aber läuft eine leichte Bewegung über das stolze und ernste Antlitz des Siegers, eine Wollust, die ihn entrückt die Lider schließen läßt, der Schwingenschlag des Traums.

Vierter Teil

Reise in die Große Erfüllung

Es ist zwei Uhr morgens. Draußen herrscht pechschwarze Nacht. Der Speisesaal des Konsulats gleicht einem Schlachtfeld mit seinen wüsten Überresten des Gelages, bei dem die weißen Herrschaften eine feuchtfröhliche Erpressungsmensur ausgepaukt haben. Die Schlitzaugen der Diener funkeln wie Leuchtkäfer. Sie beobachten meinen Vater, der allein zurückgeblieben ist, von kaltem Schweiß bedeckt und leichenblaß von der Erschöpfung des Sieges. Im unsteten flackernden elektrischen Licht sieht er aus, als bewegte er sich ruckartig. Das einzige Geräusch ist das unregelmäßige Schnurren des Generators. Der Herr Konsul verläßt unter den verborgenen Blicken den Raum, aber nicht, um sich an der Seite meiner Mutter schlafen zu legen. Er bewegt sich lautlos, nicht wie sonst mit den festen zielstrebigen Schritten des virilen, energischen, tüchtigen Mannes, den er tagsüber markiert. Nein, er schleicht wie ein Dieb in den Salon zu einem Diwan, über dem ein steinerner Buddhakopf auf einem Sockel ragt; unergründliches Lächeln, das grenzenlose Kompromißbereitschaft ausdrückt. Man weiß, was jetzt folgen wird ...

An manchen Abenden, wenn mein Vater besonders lang und konzentriert in seinem Amtszimmer gearbeitet hat, Briefe geschrieben oder einen Bericht verfaßt, energische Unterstreichungen und Pünktchen anbrachte, um dem Geschriebenen mehr Nachdruck zu verleihen, oder wenn er in echter oder vorgeblicher Gastlichkeit endlos mit den Herren bei Tisch verweilt und mit ihnen die üblichen Scherze und Gerüchte ausgetauscht hat – nicht ohne gelegentlich unter dieser Jovialität harte Geschäftstöne anklingen zu lassen, wie zum Beispiel jetzt mit Dumont, und wenn Anne Marie sich längst ermüdet zurückgezogen hat und ihn nicht mehr ertappen kann, auch gar nicht will, zumal alles, was ihn betrifft, ihr völlig gleichgültig ist, dann legt er sich, anstatt das eheliche Lager aufzusuchen, lautlos und wortlos und ohne weitere Anweisungen an die Dienerschaft auf diesen Diwan, um dort Frieden, Größe und Freude zu finden. Wenn dieser überempfindliche, ehrgeizige, eitle Mann vor Müdigkeit mit seinen Nerven am Ende ist, seine Phantasie gekränkt, verletzt, gedemütigt wurde, dann nimmt er seine Zuflucht zum Großen Frieden, zum Himmlischen Manna. Nicht daß er süchtig wäre, er muß sich einfach manchmal die Illusion verschaffen, zu sein, was er nicht ist, erreicht zu haben, was ihm nie gelingen wird. Die Orgien der Phantasie . . .

Nun wird alles zu einem Schattenspiel. Die Diener wissen, was sie zu tun haben: sie halten sich im Hintergrund, wachen geduldig und neugierig. Scheinbare Leere und Einsamkeit, von Schemen bevölkert. Ein einziges Lebewesen wagt sich meinem Vater zu nähern: sein Lieblingsdiener, der Chefboy, kauert sich mit seinen Gerätschaften am Lager nieder. Die Lampen erlöschen, es bleiben nur Widerschein, Schatten, Düfte. Mein Vater liegt in bebender Erwartung, während der Sklave die Zurüstungen trifft. Der Chefboy gleicht dem zarten Schwung der Lackdächer, von denen alles abgleitet; nichts bleibt als dieser fast abstrakte First, der in den Horizont taucht. Nichts an ihm ist greifbar, nicht einmal sein Körper. Alles weicht zurück, flieht, vor allem der schmale Schädel, dessen einzelne Knochenpartien eng aneinandergezwängt sind; der Hals ist ein Steg zwischen diesem Vogelkopf und dem mageren, abgezehrten Rumpf, der unten in zwei dürre Stelzen ausläuft. Dieses Wesen besitzt die Gabe, nichts zu empfinden, immun zu sein gegen sämtliche Ticks, Zuckungen, keuchende Atemzüge, Seufzer, Ausbrüche, Schmerzen, Wehlaute und Freudentöne des Herrn Konsul. Es bietet keine Angriffsfläche, hat keine Unebenheiten, keine Persönlichkeit, ist ein lebendes Ablaufrohr, durch das die Galle des Herrn Konsul abfließt. Dieser dienstbare Geist, der sich ständig in Luft aufzulösen scheint, ist in Wirklichkeit immer gegenwärtig, immer bereit, meinem Vater als Spucknapf zu dienen. Und dieses fast mineralische Geschöpf hat eine Art zweites Gesicht, ahnt die Launen, Wünsche, Gelüste und Nöte des Herrn, kommt ihnen zuvor. Der Konsul hinwiederum braucht einen Menschen, der ihn im voraus wortlos versteht, ihm jeden Wunsch von den Augen abliest – eine Rolle, die Anne Marie zukäme, die sie aber spöttisch und voll Verachtung zurückweist. Also fällt es dem stets gebückt umhergleitenden Chefboy zu, die geheimen Wünsche zu entschlüsseln, ob es sich um die Wahl von Unterhose und Trikot handelt, um die Angezeigtheit eines Schlafmittels, eines Klistiers oder eines Drinks. Auf diese Weise wird mein Vater gehätschelt, werden alle seine Schrullen und Launen befriedigt von diesem schemenhaften Musterdiener, der gerade so viel Gestalt annimmt, daß der Konsul ihn anraunzen und gequält über die winzigen Verstöße quengeln kann, die er mit einiger Mühe zu entdecken vermag. Der Chefboy verteidigt sich dann nicht etwa, nein, er zeigt sich traurig, untröstlich, gedrückt, verschüchtert und schuldbewußt, worauf der Gebieter seinem Groll verstärkt Luft macht, bis er ihn sich schließlich von der Seele geredet hat. Anne Marie behauptet sogar, dieser Mensch bringe meinen Vater genau dorthin, wo er ihn haben wolle, diene ihm sogar als Spion, denunziere durch hingestreute geflüsterte Andeutungen die Hausgemeinschaft, die Stadt und sogar sie, Anne Marie. Aber heute nacht ist der Chefboy bemüht, sich überhaupt nicht bemerkbar zu machen. Jetzt ist nicht der Moment für die kleinen Komödien des Alltags, mein Vater ist jetzt nicht auf das Verständnis seines Dieners angewiesen. Er bedarf nur der Geschicklichkeit des Mannes, um ganz allein die Reise in die Große Erfüllung anzutreten.

Der Konsul bebt vor Ungeduld auf seinem Lager, er fährt den Diener an: »Beeil dich.« Von dem emsig Tätigen sind nur die Hände sichtbar; sie arbeiten geschickt wie die Hände des Henkers an seinem Opfer, die Hände der Waise an ihrer Stickerei, die Hände des Hexenmeisters, der seine Mixturen bereitet. Wunderbare chinesische Hände, die in ihrer Schlankheit und Beweglichkeit nicht aus Knochen, sondern aus Metallgliedern zu bestehen, ihr eigenes Leben zu führen scheinen, unabhängig vom übrigen Körper, wie rastlos arbeitende Maschinen. Die geschäftigen Hände des Boys sind Präzisionswerkzeuge, und nur dann und wann verrät ein Zucken der Haut, daß sie nicht gefühllos sind. Im Schein der Lampe, die über dem Opiumritual wacht, sieht man nur die Augen des Buddhas, das maskenhaft bleiche Gesicht meines Vaters und die geschickten Hände des Mannes, die mittels kleiner Schabinstrumente, einer Art langer Nadeln oder Messer, aus einem Tropfen des »göttlichen Schlamms« ein kompaktes, bereits ein wenig zusammengebackenes Kügelchen drehen. Abfolge flinker Griffe, schwacher Geräusche, ausströmender Düfte. Bald wird es so weit sein, daß der Boy das Kügelchen in die winzige Öffnung des Pfeifenkopfs stopfen und meinem Vater das Mundstück reichen wird. Der stemmt sich schwerfällig hoch, mit geschlossenen Lidern wie ein Blinder, seine Lippen tasten und finden. Dann folgt der tiefe, gierige Zug und der irre, vage, fühllose Ausdruck, eine Art Starre, begleitet von schmatzenden, erstickenden, sabbernden Geräuschen. Eine merkwürdige, unbequeme Körperhaltung, eine manische Anstrengung, um den Rauch zu inhalieren, während am anderen Ende der Pfeife das erhitzte Kügelchen über der Lampe bei jedem Zug knistert. Denn der Diener sorgt dafür, daß der Pfeifenkopf sich immer über der Flamme und das Pfeifenende im Mund meines Vaters befindet. Neben der Schattengestalt des Chinesen ist mein Vater ein Büffel, ein plumpes, tollwütiges Tier. Denn wie er sich so auf seinem Lager hochstützt, mit dem starren Ausdruck auf dem geröteten Gesicht, gluckernd den Rauch inhaliert, sich wie ein Besessener die Lungen damit füllt, es kaum erwarten kann, bis sich das knisternde Kügelchen verzehrt hat, wirkt er, im Gegensatz zu den so harmonischen chinesischen Opiumrauchern, die sich selbst in Rauchspiralen auflösen, noch gedrungener als sonst. Er faucht, spuckt, pausiert dramatisch, um dann in Stöhnen und Räuspern auszubrechen. Dabei verengen sich die Pupillen, ein Ausdruck der Wollust erscheint auf seinen Zügen, und wenn das Kügelchen dann zu Ende geraucht ist, fällt er schwer zurück und fängt mit immer noch geschlossenen Augen zu hüsteln an. Der Herr Konsul von Frankreich scheint entschlummert zu sein; er liegt artig auf dem Rücken, stocksteif, und schnarcht ein bißchen. Scheinschlaf. Wie ein Automat richtet er sich genau in dem Augenblick wieder auf, in dem ihm die neue Pfeife gereicht wird. Wie eine feiste Eidechse schnappt er nach dem Jademundstück, als wäre es ein Insekt, ein Vogel, ein Traumdrache. Und jedesmal vollführt er die gleiche Gymnastik, das gleiche Manöver, nur immer subtiler, mit immer weniger Knarren in Gelenken und Kehle, nimmt immer geschmeidiger die günstigste Haltung ein zur heiligen Kommunion mit dem Opium.

Die Zeit verrinnt, ohne daß sich die Szene unter dem behelmten Haupt des Buddhas veränderte. Die Finger des Boys kneten unermüdlich die Droge, bereiten sie, ohne jemals innezuhalten, um den Lippen des Konsuls in regelmäßigen Abständen eine Dosis Ekstase zu reichen. Mathematischer Rhythmus des Wunders. Allmählich verliert der Herr Konsul an Plumpheit, er strampelt weniger, gleicht einer Aufblashülle, einem schwimmenden Spielzeug, einem lebenden Leichnam. Langsam breitet sich das Lächeln der Glückseligkeit auf seinem Gesicht aus. Endlich öffnet er ein wenig die Augen, aber er sieht nicht, er blinzelt nur, um dem Boy zu signalisieren: »Schneller, schneller . . .« Beim vierten oder fünften Kügelchen wächst seine Ungeduld, seine Gier nach mehr, nach Besserem . . . Die Finger des Boys beschleunigen ihren Rhythmus, und mein Vater, der das eine Kügelchen noch nicht zu Ende geraucht hat, öffnet schon wieder die Kiefer und schnappt ins Leere wie ein Fisch auf dem Trockenen. Und dann füllt er sich aufs neue mit dem köstlichen Rauch, bläht sich, gleitet dahin auf den Wogen des Glücks.

Er wäscht sich, reinigt sich, spinnt in seinem Hirn den Roman seiner Großartigkeit. Ohne das Opium reicht seine Phantasie gerade für die kleinen Dinge und Kniffe, für die Kunst, zu schmeicheln und sich schmeicheln zu lassen, ein kleiner Tyrann, ein kleiner Konsul zu sein, Albert Bonnard zu sein und dabei ein serviler Spießer zu bleiben. Sein Leben war ein einziges langes, mühseliges, unablässiges, mittelmäßiges Strebertum, voll schlecht und recht hingenommener Demütigungen, eine einzige Zurschaustellung der Wichtigkeit, die er sich selbst zumißt und die ihn höheren Orts in ein günstiges Licht rückt. Das alles hat ihm zwar manche stolze Stunde beschert, aber auch einen Stachel in seinem Herzen zurückgelassen. Wenn er sich, wie in dieser Nacht, in einem Zustand der Überreiztheit und Übermüdung befindet, rettet ihn das Opium. Die Zeit ist aufgehoben. Die Wirklichkeit existiert nicht mehr. Nur noch das Denken, das er nach Belieben lenkt, das er mit den süßlichen, pfefferigen Rauchschwaden ins Unendliche steigen läßt: Albert Bonnard der Große, Albert Bonnard, wie er dann im Konversationslexikon steht: »Albert Bonnard, französischer Diplomat, Initiator der Bahnstrecke Tongking-Szetschuan, brachte einen großen Teil Chinas unter französischen Einfluß.« Mein Vater, der in diesem mittelalterlichen, schmutzigen, blutigen Tschengtu, wo niemals etwas entschieden und alles immer in Gefahr ist, in endlose Verhandlungen verstrickt ist, liegt nun hier und läßt sich von seinen Pfeifen in ein Delirium aus Logik und Wahn entführen, sieht seinen Triumph gefeiert, seine Eisenbahn installiert. Die ganze zivilisierte Welt, das unsterbliche Frankreich, der Generalgouverneur von Indochina und sein Gefolge, die Geistlichkeit, die Bankiers, Tang Kiao und die Himmlischen – sie alle rühmen und lobpreisen Albert Bonnard ... In seinem Epos verändert er weder die Menschen noch die Welt, ihm geht es darum, sie in ihrer wahren Gestalt zu zeigen, im Widerstreit von Gemeinheit und Käuflichkeit, als Figuren in einer Farce. Denn so sieht der Konsul von Frankreich das Leben: als Komödie der Insekten, des Ungeziefers, als Kloake, als Kalkül, als Summe aller Gemeinheiten, die den Sauerteig des Patriotismus bilden – nur das begreift er, nur das kennt er, nur das liebt er, die Ausgeburten der Schäbigkeit vor dem Hintergrund orientalischer Grausamkeiten. Aber im Opiumtraum kann er frei aus seiner Erfahrung wählen, aus seiner Vergangenheit, aus seiner Zukunft, kann die Marionetten gängeln, wie es ihm gefällt, und dabei selbst die Supermarionette spielen, die alle anderen tanzen und springen läßt. Er holt sich seine Hampelmänner »von droben«, aus den höchsten Rängen der Macht und des Geldes, dort, wo er immer kriechen mußte und sich jetzt zum Herrn und Meister aufwirft. Wie im wirklichen Leben mischt er auch hier die hehren Interessen des Kolonialismus mit dem Possenspiel des Alltags, ersinnt die schmutzigsten, dümmsten, kindischsten, grausamsten und wildesten Dinge. Ah, er läßt sich nicht lumpen, der Herr Konsul auf seinem Kanapee! Als Akteure nimmt er nur die illustersten Persönlichkeiten, die er kennt, je gesehen hat, die es überhaupt gibt und die bisher weit über ihm standen, wie der Generalgouverneur nebst Gattin, die Administratoren von Indochina, lauter Leute, die ihn immer verachtet haben. Jetzt hat das Opium sie ihm allesamt in die Hand gespielt. Er ist der Größte!

Die Stunden vergehen. Noch immer liegt mein Vater auf dem Sofa und reckt blind den Mund der zehnten, der fünfzehnten Pfeife entgegen. Und während er daran saugt, wirft seine Phantasie die letzten Fesseln ab. In Tschengtu pfeift der Zug, der Zug seines Triumphs! Die Wangen meines Vaters fallen ein, er ist rein, schön, verklärt, wie eine säuberlich hergerichtete Leiche, die sterbliche Hülle eines guten Franzosen. Er schläft nicht, er ist nicht tot, er erzählt sich die tröstliche Geschichte seiner künftigen Eisenbahn, Opium, du Nothelfer für arme, verfolgte, bedrohte Konsuln! Mein Vater fliegt von Wolke zu Wolke und baut sich sein Mausoleum, sein Denkmal, seine Kathedrale, sein unsterbliches Werk.

»Einiges von dem, was dieser Schuft Dumont sagt, ist gar nicht so dumm. Er kennt seine Pappenheimer. Er hat in mir sofort den Mann gesehen, der Großes in Szetschuan vollbringen kann. Und schon setzt er sich auf mich wie eine Schmeißfliege. Dieser Oberchinese Dumont versteht es, die Scheißhaufen und Drecksgeschichten so lange zu vermantschen, bis er daraus pures Gold scheffeln kann. Aber, wie der feiste Kater mir zu verstehen gab: warum sollte ein Ehrenmann wie ich aus diesem verdammten Kuddelmuddel, auf den er sich nur aus Liebe zu Frankreich einläßt und Kopf und Kragen riskiert, nicht als Generalkonsul oder sogar Minister hervorgehen? Es wäre nur recht und billig ... Und warum sollte ich nicht noch höher steigen, wenn eines Tages der erste Zug aus Hanoi unter gellendem Pfeifen in Tschengtu einfährt und mit großem Getöse dampfschnaubend zum Stehen kommt? Ich sehe schon vor mir, wie den mit Standarten und Wappenschildern geschmückten Waggons die höchsten Persönlichkeiten in Galauniform entsteigen: vielleicht ein Minister aus Paris, auf jeden Fall der Generalgouverneur von Indochina und sein Gefolge, ein ganzer Schwarm von Generalen und Admiralen, hohen Kolonialbeamten und Offizieren. Sicher kommt als Vertreter des Außenministeriums mein Gönner, beglückwünscht mich ohne viel Überschwang und Wortgeklingel, läßt wie üblich nur ein kleines Sätzchen fallen, zum Zeichen seiner Zufriedenheit. Nur keine Gefühle zeigen ... Vorausgesetzt, daß er nicht zuvor durch die Bankaffären seines Bruders, die dieser Scheißkerl Dumont mir dauernd unter die Nase gerieben hat, heillos kompromittiert wird. Vielleicht kommen auch berühmte Journalisten, möglicherweise sogar Albert Londres höchstpersönlich. ›Illustration‹ widmet mir einen ganzen Artikel, mein Foto erscheint auf der Titelseite. Der Kaiser von Annam läßt sich durch einen Großmandarin vertreten, einen kränklichen Greis, der Lobhudeleien durch die wackeligen Zähne ausspuckt. Ganz zu schweigen von den herausgeputzten Chinesen aus Yünnanfu, dem Wald lächelnder Masken vor unbekannten Gedanken. Vorndran Tang Kiao, sofern er nicht inzwischen durch irgendeinen yünnanesischen Säbelhelden ersetzt wurde, der ihm seinen Kürbiskopf abgeschnitten hat und dann würdig, als wäre nichts geschehen, seine Stelle einnimmt. Kurz, alles was Rang und Namen hat in der französischen Republik, im französischen Weltreich und seinen Satelliten wird mir zu Ehren erscheinen. Ah, und fast hätte ich das Wichtigste vergessen, die Ehehälften aller dieser Herren. Sicher wollen manche mit von der Partie sein. Sie ließen sich eine besondere Garderobe für die Reise, besser gesagt, die Expedition anfertigen, eine Spezialtracht für Aviatikerinnen oder Amazonen, außerdem reichbestickte Abendroben, denn ich gebe im Konsulat einen Ball, den ich mit der Gattin des Generalgouverneurs eröffne, einer Dame, die, wie es heißt, viel zu jung und viel zu schön für ihren Mann ist . . . Das ganze Reisegepäck und die zahllosen Etuis mit Orden für die gelben Affen. Für mich wird dabei die Schärpe der Ehrenlegion herausschauen . . .«

Der Chefboy entschwindet immer weiter in der Ferne. In den herbsüßen Schwaden ertrinken die Bewegungen, die Geräusche. Mein Vater hat das Kap passiert. Er segelt in einer anderen Welt.

»Zuvor aber werde ich dem Konvoi zwei- oder dreihundert Kilometer entgegenreiten, dann an einer Station zusteigen, mich vor jeder Exzellenz einmal kurz verbeugen und jeder Gattin einer Exzellenz schüchtern die Hand küssen. Meine Bescheidenheit wird Eindruck machen. Zumal diese Jungfernfahrt ein einziger Triumph ist. An der ganzen Bahnlinie entlang stehen Wachtposten, ihre Bajonette blitzen mit den neuen Schienen um die Wette, die Schlafwagen der Prominenz bewacht Tang Kiaos Ehrengarde, ihre geladenen Gewehre ragen aus allen Fenstern und Türen, auch auf den Tendern und Wagendächern kauern Soldaten hinter Maschinengewehren. Eine militärische Demonstration, organisiert von Tang Kiao, teils zur Abschreckung, vor allem aber dem ›Gesicht‹ zuliebe, dem seinen und dem seiner illustren ausländischen Gäste. Trotzdem – hoffentlich passiert nichts Unangenehmes, keine Schüsse oder dergleichen. Aber das ist kaum zu befürchten, denn Tang Kiao ist nicht der Mann, der an dieser Fahrt teilnehmen würde, wenn auch nur die geringste Gefahr für seine kostbare Haut bestünde. Aber ich könnte, um der Sache Würze zu verleihen, den hohen weißen Tieren erzählen, Tang Kiao habe vorsichtshalber die Höhenzüge zu beiden Seiten der Bahnstrecke von seinen Truppen durchkämmen lassen, es sei zu Kämpfen gekommen, ein paar hundert Banditen seien getötet oder hingerichtet worden. Nein, lieber nicht! Sonst kriegen sies auf ihren behaglichen Polstersitzen mit der Angst zu tun und machen sich in die Hosen, sooft der Zug in einen Engpaß oder eine Schlucht einfährt. Und die Geschichte von den ihnen zu Ehren geköpften Wegelagerern könnte diesen zivilisierten Herrschaften, die sich durch Szetschuan kutschieren lassen wie durch den Bois de Boulogne, ein wenig geschmacklos erscheinen. Nein, diesen wackeren Standestouristen ist es lieber, wenn die Bevölkerung ihretwegen zusammenströmt, vorndran die guten verwitterten Gesichter der Alten und die jungen Dorfschönen mit ihrem Eimerjoch. An jeder Station die gleiche Menschenmenge, angemessene Freudenkundgebungen, riesige Transparente. Volkstänze und der ganze übrige Klimbim; dazu ein uralter klappriger Gelehrter, der hüstelnd von einer entfalteten Schriftrolle das Loblied der Großzügigkeit Frankreichs und der väterlichen Güte Tang Kiaos abliest. Darauf hereinfallen wird zwar nur der Generalgouverneur, ein vollbärtiger radikalsozialistischer Kommißhengst mit südfranzösischem Akzent, ohne die geringste Ahnung, was sich in seinen Flußdeltas und Dschungeln tut, in seiner Musterkolonie, wohin ihn die französische Regierung abgeschoben hat. Die alten Indochina-Hasen, vor allem die Beamten der Zivilverwaltung in seinem Gefolge, machen sich keine Illusionen über die Spontaneität dieser Sympathiekundgebungen. Denn sie verwenden Tang Kiaos Spezialrezept schon längst in ihrem Tongking oder Cochinchina, bei allen möglichen und unmöglichen Anlässen, bei der Einweihung eines Marktes, der Inspektionsreise eines alten Trottels, ja sogar anläßlich der Steuereinziehung. Diese Herren werden keinen Ton pfeifen, auch nicht, wenn eine der Damen zwitschert: ›Ach, mit welch gutmütigen Blicken diese armen Chinesen zu uns aufblicken, wie treue Hunde. Wie hat man sie verleumdet mit all diesem Gerede über ihre Grausamkeit, diesen Greuelmärchen.‹

Übrigens schaut in diesem Fall das Volk, das man ein paar Tage vorher irgendwo im Hinterland in den verlotterten Weilern zusammengefangen und vor den Bajonetten her zu den als Bahnhöfen deklarierten Schuppen getrieben hat, damit es auf Kommando seiner Begeisterung freien Lauf lasse, tatsächlich dumpf bewundernd drein. Mit weitaufgerissenen Augen, mit blinzelnden Augen, mit hervorquellenden Augen, mit Augen, die ihren Augen nicht trauen, betrachtet es den Feuerdrachen mit dem schrecklichen fauchenden Kopf, der Funken und Rauch speit und dessen runde, von unten bewegte Zähne alles zermalmen, die Elemente, die Erde, die Berge, die Flüsse, die Felder; mit dem langen stählernen Schlangenleib, der wie der Wind dahingleitet auf seinen kurzen ebenfalls runden Tatzen. Das einfältige Volk glaubt, das Fabeltier sei gezähmt, sei jetzt ein Reittier für gefährliche, schreckliche Männer, die es in seinem Bauch dahinträgt, für Barbaren, die teuflischer Zauberkünste mächtig sind, für Tang Kiao, den Unersättlichen . . . Und neben all seiner Verwunderung zittert das Volk vor Furcht bei dem Gedanken, daß Tang Kiao sich nun jederzeit auf dieses Ungeheuer schwingen kann, um mit einer Armee über die kleinen Leute herzufallen, ihnen den Rest ihrer Habe zu rauben, die letzte Sapeke, das letzte Kilo Reis. In seiner grenzenlosen Angst jubelt das Volk also jetzt Tang Kiao zu, zerreißt sich förmlich vor Jubel. Tang Kiao zeigt seine Doggenschnauze gelegentlich am Fenster, hinter einer kugelsicheren Scheibe, auf deren Anbringung er bestanden hatte. Tang Kiao, den das Volk, wenn es ihn zu fassen kriegte, mit Zähnen und Krallen in Fetzen reißen würde. Tang Kiao weiß das und handelt entsprechend. Der Generalgouverneur von Indochina dagegen nimmt alles für bare Münze. Vor soviel Begeisterung glaubt er von Zeit zu Zeit seinen Wanst erheben und dem Chinesenvölkchen zuwinken zu müssen, um für den überaus herzlichen Empfang zu danken. Kurz, alles läuft sozusagen wie geschmiert.

Der Clou ist dann die Ankunft in Tschengtu, im echten Bahnhof, dem großen Bahnhof, den ich habe bauen lassen, mit dem riesigen Glasdach, den Weichen, Gleisabzweigungen, Bahnsteigen, Prellböcken. Kinder, was für eine Feier! Der nagelneue Bau ist glorioser als das Grand Palais oder ein Pavillon auf der Weltausstellung, die Eisenkonstruktion biegt sich unter der Festbeflaggung, den Fahnen, den mit großen Schriftzeichen bemalten Transparenten, einem Meer von Trikoloren, einem Wald von Topfpflanzen, und darüber, in der Luft schwebend, das Ganzfoto von Tang Kiao und gleich daneben und in gleicher Größe das meine mit der Beschriftung: ›Wir grüßen unsere Wohltäter, die den feurigen Atem des Fortschritts nach Szetschuan gebracht haben. Wir grüßen Tang Kiao und Albert Bonnard, die Väter der Eisenbahn, die über Berge und Wolken hinweg Szetschuan mit der modernen Welt verbindet.‹ Im Bahnhof selbst drängt sich alles, was Szetschuan an Uniformträgern und Säbelraßlern aufzubieten hat, eine ganze Schar aufgeplusterter Kriegsherren, die das Eintreffen des Zugs ein bißchen ratlos erwarten, da manche von ihnen noch nie einen gesehen haben. Sie wissen nicht recht, wie sie sich bei dieser Gelegenheit aufstellen sollen, bis ein kleiner französischer Ingenieur sie auf die Plätze verweist, die ihnen bei der Begrüßung Tang Kiaos zukommen. Zwei Schritte vor der Gruppe, stolz und einsam der Marschall mit steinerner Miene, die nichts von seinen Empfindungen verraten will, denn er ist sich durchaus nicht sicher, daß er, der bis dato in Szetschuan völlig unabhängige Yünnanese, sich unmäßig freut, seinen Chef Tang Kiao hier zu empfangen, der von nun an jederzeit aus Yünnanfu herüberkommen kann. Um so mehr muß er darauf achten, daß alles klappt. So hat er den zivilen Honoratioren, die sich im Hintergrund zusammendrängen, befohlen, im Gehrock zu erscheinen, diesem hochzivilisierten Kleidungsstück, das ihn als einziges würdig dünkt, das Herankommen der neuen Zeit in Gestalt dieser ersten Eisenbahn zu ehren. Da aber in Tschengtu außer den Diplomaten niemand diese Festtracht kannte, wurden im ganzen vorigen Monat die Himmlischen, einer nach dem anderen, in meinem Amtszimmer vorstellig und flehten mich an, ich möge ihnen meinen Gehrock leihen, nur für ein paar Stunden, jedem nur so lange, daß er ihn von einem Meister der Schneiderzunft nacharbeiten lassen könne. Was der auch tat, millimetergetreu, ohne die geringste Änderung der Länge oder Weite, als hätten alle Chinesen von Tschengtu genau meine Figur. Das Ergebnis dürfte ziemlich komisch sein, wenn alle auf dem Bahnsteig zusammengedrängten Gevattern einander gleichen wie ein gelber

Hanswurst dem anderen, nur daß die einen in ihren Nadelstreifen schwimmen könnten und die andern aus den Nähten platzen, einer muß sogar bereits den blanken Hintern verdecken. Aber von dieser Kleinigkeit abgesehen ist die Festversammlung eitel Würde. Rund um den wohlgeordneten Block der Geladenen, die sich in geduldigem und protokollarischem Schweigen in ihre Rolle schicken, hat ein Regiment Aufstellung genommen – Schutz und Drohung zugleich. Die Katzenaugen der Soldaten in Reih und Glied, die regungslosen Gestalten der Offiziere, die hieratische Sprache der stoßbereit ruhenden Bajonette. Weiter hinten die Vielfalt der gewundenen und gezogenen Formen, blitzende Kupfer, Ausbauchungen und Röhren: der Musikzug. Stumme Erwartung.

Asthmatisches Röcheln. Gewaltiges Keuchen. Dumpfes Rattern. Ein letztes Zischen. Der Zug ist da, rollt aus, kommt zwischen den Bahnsteigen zum Stehen. Im gleichen Moment erwachen tausend hölzerne Chinesen zum Leben. Die Honoratioren, die hier nur als Statisten auftreten, verfallen in ruckartige Bewegung, schwanken vor und zurück wie Stehaufmännchen. Huldigende Marionetten. In China drückt man Ergebenheit nicht durch frenetische Ovationen aus – die als gefährlich und unschicklich gelten –, sondern in einem streng geregelten, genau vorgeschriebenen, ausgeklügelten, rhythmischen, kollektiven Ritual, dessen einwandfreie Durchführung übrigens sehr wohl den Eindruck großer Intensität und sogar Echtheit erwecken kann. Das plötzliche Einsetzen der fortdauernden Begrüßungsrumpfbeuge zeigt an, daß der feierliche Augenblick unmittelbar bevorsteht, der Augenblick, in dem Szetschuan seinen Eroberer, seinen Gebieter Tang Kiao leibhaftig zu sehen bekommt, ganz einfach per Eisenbahn – meiner Eisenbahn – zugestellt kriegt wie ein Postpaket. Schicksalträchtige Sekunden. Eine Waggontür öffnet sich, und vor den Augen seiner Untertanen erscheint Tang Kiao in seiner ganzen Gewichtigkeit, mit hölzerner Miene, den walzenförmigen Rumpf in eine Galauniform wie in ein eisernes Korsett geschnallt, fischäugig und von furchterregender Kompaktheit. Nichts an ihm verrät Leben, nur als er die Mütze abnimmt, zukken auf dem glattgeschmirgelten Schädel ein paar Speckwülste. Jede der drei Stufen des Trittbretts, die ihn vom Bahnsteig trennen, tastet Tang Kiao erst mit dem Fuß ab, ehe er sich schwerfällig daraufplumpsen läßt. Kaum hat er diese langwierige Turnübung beendet, da scheint der ganze Bahnhof von mißtönenden Klängen und Gebrüll zu bersten: die Militärmusik und die Kommandos der Offiziere. Vor Tang Kiao blitzt eine erste Klinge auf; der hagere Marschall hat den Säbel gezogen und wirbelt ihn zum Ehrengruß vor dem Kopf seines Chefs. Aber auch die übrigen Kriegsherren empfangen ihn zum Zeichen ihrer Ergebenheit mit blanker Waffe. Vor diesem Aufgebot an Hieb- und Stichwaffen in den Händen dieser Kerle, direkt vor seiner Nase, blinzelt Tang Kiao leicht beunruhigt – und sofort erscheint ein Wall aus Säbeln, den Säbeln seiner Leibgarde, von denen er, zumindest im Prinzip, nichts zu fürchten hat. Von nun an tut er keinen Schritt mehr ohne diesen stählernen Mantel: Bajonette, Lanzen und so weiter. Der gute Generalgouverneur, der jetzt aus seinem Waggon auftaucht, reibt sich verdutzt die Augen: zu den kriegerischen Klängen der Blechmusik schreitet Tang Kiao unter seinem beweglichen Panzerschild, hinter ihm stocksteif die Kriegsherren, ein Wachkordon in Ellbogenfühlung, dessen gezogene Säbel eine einzige weiße Lava bilden, dazu das stählerne Blitzen der Maschinenpistolen, dazu die drollig verkleideten Chinesen, die wie eine Turnerriege ihre Rumpfbeugen ausführen. Dann trete ich an die Seite des Gouverneurs, der immer noch baß erstaunt dreinblickt, und stelle ihm die gelben Zivil- und Militärexzellenzen vor, worauf eifriges wechselseitiges Begrüßen anhebt. Allerorts strammstehende Soldaten, Gewehre mit aufgepflanztem Bajonett ... In diesem Augenblick stoße ich den Häuptling von Indochina mit dem Ellbogen an und flüstere ihm zu: ›Die Marseillaise.‹ Denn was die Militärkapelle soeben intoniert hat, ist in der Tat unsere Nationalhymne. Aber nur ein so geübtes Ohr wie das meine vermag sie in dieser eigenwilligen Fassung und Instrumentierung zu erkennen. Und heute, am Einweihungstag der Eisenbahn, schlägt das Musikkorps von Tschengtu alles bisher Dagewesene. ›Sind Sie sicher?‹ fragt mich der Generalgouverneur. ›Ja, Herr Generalgouverneur.‹ Wir nehmen Haltung an. Zehn Meter vor uns bleibt auch Tang Kiao wie angewurzelt stehen und salutiert zackig. Sofort tun es ihm die Kriegsherren nach, die gewöhnlichen Offiziere ebenfalls, die

Mannschaften präsentieren das Gewehr. Die Zivilisten, denen das Ganze rätselhaft ist, kapieren schließlich, daß sie ihr Höflichkeitsgezappel einstellen und stillhalten müssen. Glorreiche Minuten für Frankreich und für mich. Nachdem die letzte Note verklungen ist, läßt Tang Kiao den Generalgouverneur zu sich unter den metallenen Baldachin kommen, schüttelt ihm zu wiederholten Malen die Hand und sagt: ›Frankreich hat sich mir als wahrer Freund erwiesen. Haben Sie die Güte, der französischen Regierung den Ausdruck meiner Dankbarkeit zu übermitteln.‹ Dann küßt er auch mich auf beide Wangen. Ich habe den Eindruck, daß Tang Kiao anfangs den Generalgouverneur ein wenig vernachlässigt hat über seiner Befürchtung, der Marschall könne ihm an der Spitze aufständischer Truppen einen festlichen Empfang bereiten. Unbegründete Furcht. Tang Kiao macht das Versäumte wieder wett und bittet den Generalgouverneur großartig zu einer symbolischen Schale Tee im Amtszimmer des Stationsvorstehers. Die ganze französische Delegation einschließlich Damen findet sich dort ein und schlappt unter Tang Kiaos wohlwollendem Auge aus zarten Porzellannäpfchen. Ich entschuldige mich für einen Moment, ich muß die beiden wackeren Franzosen, den Lokomotivführer und den Heizer, zu ihrer technischen Leistung beglückwünschen. Die beiden Oldtimer der Kolonie, zwei Veteranen der Indochina-Linie, die noch die ›Pavillons Noirs‹ gekannt haben, tragen Monteuranzüge. ›Ich bin der französische Konsul in Tschengtu‹, sage ich zu ihnen. ›Ist die Fahrt schwierig gewesen?‹ – ›Wir mußten schwer aufpassen, ein paar Brücken haben ganz schön gewackelt. Wer die gebaut hat, hat sich kein Bein ausgerissen.‹ – ›Ihr werdet in die Geschichte eingehen als die Pioniere, die den ersten französischen Eisenbahnzug über den Yangtsekiang bis tief hinein nach Szetschuan geführt haben.‹ – ›Ach, wissen Sie ...‹ – ›Ich werde euch für einen Orden vorschlagen, ihr habt ihn verdient. Die Verdienstmedaille und dazu den Drachen von Annam.‹ – ›Wenn Sie meinen. Eine Prämie wäre uns lieber.‹ Ich verlasse diese Helden des Alltags. In der nun halbleeren Bahnhofshalle habe ich die Freude, den britischen Konsul zu treffen, der aussieht, als habe er die Gelbsucht. Diesmal war kein ›God Save The King‹ für ihn dabei, und in Zukunft wird der ganze Schamott aus Szetschuan über

Haiphong laufen. Ein Chinese, dessen Uniform eines Kriegsherrn würdig wäre, bläst aus vollen Backen in eine Trillerpfeife und entlockt ihr von Zeit zu Zeit tatsächlich durchdringende Töne. Es ist der Stationsvorsteher, der bereits die Bahnhöfe von Hankau und Schanghai kennt. Jüngster Sohn eines Großhändlers und auf diesen hohen Posten berufen, nachdem sein ehrenwerter Vater durch Entrichtung einer beträchtlichen Summe den Marschall von der Befähigung des Sprößlings überzeugt hat. Zur Feier seines Amtsantritts ließ sich der junge Mann diese famose Montur schneidern und dieses famose Büro einrichten, wo Tang Kiao zur Stunde im kleinen Kreis, fast im Tête-à-tête, den Generalgouverneur und dessen Suite mit dem salbungsvollen Gehabe traktiert, das in China als Zeichen der Vertraulichkeit gilt. Und daher muß der aus seinem Revier verdrängte Stationsvorsteher das verlorene Gesicht wiedergewinnen, indem er nun schrille Pfiffe ausstößt, als könnte er damit die Züge in Bewegung setzen! Glücklicherweise wird die eigentliche Arbeit von einem französischen Ingenieur erledigt, der entsprechend meiner Anweisung unsichtbar bleibt ... China. China schickt sich bereits an, von der Anlage Besitz zu ergreifen. Schon sammelt sich auf geheimnisvolle Weise in allen Winkeln des Bauwerks die chinesische Unsauberkeit, Gestank, Auswurf, kleine und große Scheißhaufen – letzteres eine grobe Vergeudung, deren sich nur ganz ungehobelte, ungebildete Menschen, bar jeden ökonomischen Sinns, schuldig machen konnten, wie die Militärs.

Triumphaler Einzug in Tschengtu. Eine Menschenflut brandet gegen den Bahnhof an, ein Wirrwarr aus Augen, Armen, Schädeln. Ein unglaubliches Gedränge ... Die Menge ist ungeheuer, viel zahlreicher, als Tang Kiao sie gewünscht und anbefohlen hatte. Die Menschen sind außer Rand und Band, nach Chinesenart wie toll vor Neugier. Jeder will um jeden Preis das Eisentier, die Lokomotive, sehen und seine Jungen, die Waggons. Es kommt fast zu einem Tumult. Tang Kiao runzelt die Brauen, gibt ein Zeichen. Ein Regiment stürmt vor. Tausende von Soldaten schlagen zu wie Automaten, dreschen mit den Gewehrkolben unterschiedslos auf die formlose Masse ein, auf flüchtende Menschen. In wenigen Minuten ist der Platz wie leergefegt, kein Nachzügler, kein Verletzter bleibt zurück. Strahlend wendet

Tang Kiao sich an den Generalgouverneur. ›Die Begeisterung des Volks kann gefährlich werden, wenn sie die Grenzen sprengt. Nur zu Ihrem Besten habe ich den Bahnhofsplatz räumen lassen, damit Sie friedlich in Tschengtu Einzug halten können.‹ Und in der Tat ziehen wir in feierlicher Prozession durch leere Straßen bis zum Konsulat. Der Generalgouverneur hat mir zugeraunt: ›Tang Kiao ist zu gütig. So viel habe ich gar nicht verlangt. Mir zuliebe alle diese Leute niederzuschlagen ... Komischer Auftakt für meinen Besuch.‹ Ich beruhige den vortrefflichen Mann. ›Tang Kiao hat die Volksmenge nicht Ihretwegen, sondern seinetwegen, vorsichtshalber, so energisch auseinandertreiben lassen. Er liebt keine Massenansammlungen, schon gar nicht in Tschengtu. Er hat zum Beispiel totale Ausgangssperre für die Bevölkerung angeordnet, sobald er sich mit seinen Soldaten in der Stadt bewegt ... Immerhin hat er nicht von den Bajonetten Gebrauch machen lassen, was zweifellos eine zarte Aufmerksamkeit Ihnen gegenüber, eine Rücksichtnahme auf Ihre Gefühle bedeutet.‹«

Eine unerträgliche Verzögerung. Der Chefboy hat das zwanzigste Opiumkügelchen nicht rechtzeitig für den wartenden Mund meines Vaters bereit. Der Konsul hat in seiner Glückseligkeit den Rhythmus beschleunigt, als wäre er selbst der Heizkessel seiner Lokomotive, der zu schnellerem Tempo mehr Brennstoff benötigt. Ein Knurren, aber schon ist der Schaden behoben. Der Konsul setzt seine Reise fort ...

»Danach hat der Generalgouverneur seine große Zeit: zehn Tage voll rauschender und feinsinniger Festlichkeiten! Tang Kiao bietet uns vielleicht ein bißchen zuviel an kriegerischen Vorführungen. Truppenparaden, Aufmärsche, Fackelzüge, Kavallerieattacken, Artilleriegefechte, ganze Wellen robbender und unter Kriegsgeschrei anstürmender Infanterie! Staubwolken und Backofenhitze! Aber wenn der Generalgouverneur der Sache ein wenig müde wird, nähert sich ihm der glücklich lächelnde Tang Kiao: ›Alle diese Geschütze kommen aus Frankreich. Ausgezeichnetes Material, ganz ausgezeichnet, das beste der Welt. Ich lasse meine Truppen nach französischem Vorbild exerzieren. Sie geben sich die größte Mühe, aber sie haben noch viel zu lernen.

Ich bitte um Ihre werte Kritik, damit wir unsere Fehler korrigieren und uns vervollkommnen können.‹ Tang Kiao, dieser Schlaumeier...

Dann kommen die endlosen Freßgelage, Mahlzeiten mit hundert Gängen, tausend Geladenen an kleinen Tischen, Tausenden von Dienern, einer Armee fackelschwingender Soldaten. Eßschalen, hauchdünn wie Schmetterlingsflügel, Gerichte von beunruhigender Fremdartigkeit. Der Herr Generalgouverneur und seine Gattin betrachten mit tiefem Mißtrauen den undefinierbaren Inhalt der Schüsselchen, alle diese weichen, schwabbeligen oder steinharten Substanzen. Erster Zwischenfall, als Tang Kiao die eigenen Eßstäbchen, die ihm dazu dienten, diesen Fraß zum Mund zu führen, ihn hineinzustopfen wie in einen Fleischwolf, plötzlich mit ausholender Armbewegung in einen Haufen stößt und die besten Bröckchen heraussucht, die er sodann, mit einer tiefen, besonders höflichen Verbeugung, zwischen den Spitzen der Stäbchen seiner Nachbarin im Falbelkleid darreicht: der Generalgouverneurin. Diese, weit entfernt, den Wert solch raffinierten Freundschaftsbeweises richtig einzuschätzen, quiekt entsetzt wie eine Operettenzofe... Wo mag Seine Exzellenz, ihr gichtbrüchiger Herr Gemahl, sie nur aufgelesen haben? Wie ist er auf die Idee verfallen, diese halbseidene Ziege zu ehelichen, die er jetzt bei allen offiziellen Anlässen als First Lady am Bein hat? Wie dem auch sei, sie fährt angewidert zurück und keift Tang Kiao wutentbrannt und weit hörbar an: ›Ich will eine Gabel, und zwar eine saubere.‹ Jeder weniger versierte Kriegsherr hätte dies als Beleidigung aufgefaßt; nicht so Tang Kiao, der sofort eine Gabel für die Dame bringen läßt. Dieser Pfiffikus hat, in weiser Voraussicht einer derartigen Kalamität, sogar für einen Vorrat an europäischem Eßbesteck gesorgt! Denn in seinem Yünnanfu, das schon seit so langer Zeit durch die Eisenbahn mit Indochina verbunden ist, hat er aus Hanoi und den Kleinstädten der Kolonie ganze Scharen von Weißen, vor allem Franzosen, ankommen sehen, große Tiere und kleine Schnösel, alle geschwellt von kolonialistischem Dünkel. Er kennt sie durch und durch, alle ihre Gedanken, ihre Manien, ihre Arroganz, ihre Taktlosigkeit, und er kennt auch ihre Weiber, die noch schlimmer sind, hergelaufene Frauenzimmer, die sich für Wunder was halten, hochnäsige Gevatterinnen, samt und sonders gräßliche Nervensägen. Tang Kiao hat sich daran gewöhnt und macht es sich zunutze. Und bei dieser Prominentenspritztour nach Tschengtu, bei der so bedeutende Interessen auf dem Spiel stehen, darf es keine Panne geben. Tang Kiao ist wie eine Mutter, er hat die Augen überall, sieht nach dem Rechten: vor allem nicht zu viele Trinksprüche, denn man sieht dem Generalgouverneur an, daß er eine kranke Leber und einen schwachen Magen hat, sein fahles Gesicht ist schweißbedeckt. Im Gegensatz zu seinem Hausdrachen hält der französische Würdenträger sich korrekt, obwohl ihm die seit Stunden pausenlos vor seiner Nase vorbeiziehenden Gerichte, die er kaum anrührt, sichtlich Übelkeit verursachen. Tang Kiao zwingt ihn nicht, sich vollzustopfen, er unterläßt es, ihn durch aufmunternde Sprichwörter, Maximen und Redensarten zu nötigen, wie es normalerweise die Pflicht des Gastgebers gebietet.

Die unzulängliche Nahrungsaufnahme der höchsten Herrschaften Indochinas wird am Ende durch die Qualität der offiziellen Beredsamkeit, die Feierlichkeit der Phrasen, die Noblesse der Tischreden wieder wettgemacht. Der Generalgouverneur, dessen Karriere bei den herzhaften Wahlbanketts Südfrankreichs begann, wo man sich den Bauch zum Platzen vollschlägt, um sich anschließend in Rhetorik Luft zu machen, ist nach diesem für seinen Geschmack viel zu exotischen, ja mörderischen Festschmaus zu voller Redeform aufgelaufen. Was für ein Strom von Worten rauscht majestätisch die völkerverbindende Bahnlinie entlang! Er feiert ihren Beitrag zum Glück der Chinesen, als wären nicht zunächst einmal Zehntausende von Kulis beim Bau des neuen Streckenabschnitts Yünnanfu–Tschengtu wie Tiere krepiert. Tang Kiao antwortet kurz und bündig, wie es einem Soldaten geziemt. Schließlich lasse ich einen herzbewegenden kleinen Speech los, fast mit einer Träne im Knopfloch. Tang Kiao gibt eigenhändig den Einsatz zum Applaus. Und eine Stunde lang werden Händedrücke gewechselt, nach chinesischer Art ist des Schüttelns, Drückens und nochmals Schüttelns kein Ende, als sollte diese Neuerwerbung Chinas, das Shakehands, den ewigen Fortbestand symbolisieren.

Denn es ist wichtig für Tang Kiao, daß er den Gouverneur für sich gewinnt. Diesen schmalbrüstigen, blinzelnden, spitzbäuchigen, mit seiner Verdauung kämpfenden Alten, der immer ein bißchen schmutzig ist, besonders um den Bart herum, immer müde, immer noch in seine Frau verliebt, was in seinen Jahren der Gesundheit nicht besonders zuträglich ist. Man sieht, daß er seit langem an staatsmännische Ehren gewöhnt ist, einer dieser alten Knacker, die ein Stück der siegreichen Republik sind, mit allen lächerlichen Seiten und vor allem mit sämtlichen einschlägigen Tugenden: Rechtschaffenheit, Würde, Erfahrung. Dazu mit allen Wassern gewaschen und mit allen Salben geschmiert und mit einer hieb- und stichfesten Kenntnis der Menschen und der Macht. Bei jeder Gelegenheit läßt er die Träne quellen, die Stimme beben und führt laut das Glück des Volkes im Munde, doch dahinter verbirgt sich die Bosheit, der harte Befehl, der tödliche Seitenhieb. Unter der weichen Schale ist er ein harter Kämpfer für die Autorität, für Frankreich, denn der Herr Generalgouverneur ist Jakobiner, Patriot, unerbittlicher Verfechter der Staatsräson, kurz, der Prototyp des Radikalsozialisten. Aber ach, seine Qualitäten sind vom Zahn der Zeit stark angenagt. Er ist nur noch ein träger Dickhäuter, dem es um seine kleinen Bequemlichkeiten und um seine kleinen Eitelkeiten geht. Er lebt praktisch nur noch seinen leiblichen Bedürfnissen, praktiziert einen laschen Zynismus, glaubt an so gut wie nichts mehr, will nichts mehr unternehmen, ist in Mittelmäßigkeit versunken und hat nur von Zeit zu Zeit noch Aufwallungen von Luzidität und Willenskraft, vornehmlich wenn jemand ihm auf die Zehen getreten ist. Die Kunst, aus der Untätigkeit zu regieren, Nörgelsucht an Tagen schlechter Laune, Zoten, wenn es ihm gutgeht, manchmal ganz unvermutet maliziöse Geistesblitze, die aufhorchen lassen, aber gleich wieder verlöschen. Kurz gesagt, der Herr Generalgouverneur ist der vorzeitig vertrottelte Prokonsul der Republik, mit Resten einstiger Größe, aber ohne einen Rest von Ehrgeiz. Dagegen habe ich festgestellt, daß seine Ehehälfte, das kleine Frauchen, dieses völlig deplazierte Flittchen, jede Menge ehrgeiziger Pläne für ihn hegt. Sie ist fest entschlossen, ihn ganz nach oben zu befördern, und wenn sie ihn am Nackenfell hochhieven müßte.«

Die Luft ist stickig, ein süßherber Duft verdickt sich zu breiigem Brodem. Der beißende Rauch zieht überallhin seine Spiralen, dringt in die Kehlen der im Dunkeln kauernden lauernden Diener. Einer hustet. Das Geräusch hallt in Alberts Schädel wie ein Gongschlag. Er fährt hoch, brummt unwillig, ist nah am Aufwachen. Aber der Chefboy versorgt ihn flugs mit einem neuen Kügelchen. Und der Konsul träumt weiter.

»Und mein Ball im Konsulat ist ein voller Erfolg. Anne Marie hat mit erlesenem Geschmack – das muß man zugeben – den Garten geschmückt. Lampions schaukeln über den Blumen, den Büschen und Rabatten, über den kalte Bufetts und der Tanzfläche unter den Granatbäumen. Die Zigeunerkapelle des größten Nachtklubs von Hanoi spielt zum Tanz auf; ich habe sie im Gepäckwagen meines ersten Zugs herbringen lassen. War keine Kleinigkeit. Die aufgedonnerte, als Nymphe kostümierte Frau Generalgouverneur sieht mehr denn je wie eine Nutte aus und wird von zwei hübschen jungen Männern hofiert, die sie weislich zu Adjutanten ihres Gatten hat ernennen lassen und überallhin mitschleppt. Sie kippt fast vom Stuhl, als ein prächtig aufgezäumter, gestiefelter und gespornter Tang Kiao sich plump und feierlich vor ihr verbeugt – was ihm bei seiner Korpulenz nicht ganz leichtfällt – und sie um die Ehre des ersten Walzers bittet. Diesmal flüstert der Gouverneur seiner Gattin laut vernehmlich zu: ›Annehmen, keine Widerrede!‹, worauf die reizende Dame erwidert: ›Das werden Sie mir büßen.‹ Und während die ›Schöne blaue Donau‹ durch die szetschuanesische Nacht fließt, nimmt der über solche Bagatellen erhabene Tang Kiao die Schöne in seine starken Arme und blickt souverän über ihr Schmollmündchen hinweg. Denn auch für ihn ist dieser Tanz kein reines Vergnügen, aber er betrachtet seine heroische Initiative als Pflichtübung, als ein ihm zustehendes Privileg und überdies als einen Akt von patriotischer, diplomatischer und internationaler Tragweite, als Besiegelung der bereits per Bahn vollzogenen Allianz zwischen Yünnan-Szetschuan und Frankreich-Indochina. Der so sehr um seine gestrenge Würde besorgte Kriegsherr hat noch nie einen abendländischen Tanz getanzt, auch nicht bei den ganz großen Galas und Konsulatsfesten in Yünnanfu. Woraus sich die Wichtigkeit des Anlasses ersehen läßt, die historische Bedeutung der Tang Kiaoschen Luftsprünge. Tang Kiao walzt dahin, als wäre er auf dem Exerzierplatz, der Säbel rutscht ihm zwischen die Beine und hält seine Tänzerin, die jetzt aus der Not eine Farce macht, gluckert und kichert und die Aufmerksamkeit der ganzen Gesellschaft auf sich zu ziehen sucht, in respektvoller Entfernung: eins, zwei, Marschtritt vorwärts, eins, zwei, Marschtritt rückwärts. Vier dieser Vorstöße und Rückzüge pro Minute, zwei Dutzend Schritte auf einem einen Meter langen Geländestreifen. Danach verbeugt er sich wiederum, läßt kurzerhand seine Dame stehen, die in nervöses Lachen ausbricht, macht eine weitere Verbeugung, diesmal vor Anne Marie, um sie zum Tanz aufzufordern. Anne Marie hatte den ersten Walzer mit dem Generalgouverneur begonnen, der, wie von mir geplant und erhofft, mit ihr den Ball eröffnete. Dieser Tattergreis überbot sich in linksherum, rechtsherum, Wechselschritt, Schleifern, Galoppsprüngen und allen romantischen Tanzfiguren des ehemaligen Korpsstudenten und notorischen Luftikusses einer Provinzuniversität. Und jetzt läßt er sich völlig außer Atem in einen Sessel sinken und brabbelt: ›Das ist nichts mehr für mich.‹ Anne Marie, die dem jugendlichen Greis eine perfekte Tanzpartnerin gewesen war, fügt sich mit gleicher Grazie dem Kriegsherrn, der sein schwerfälliges Stapfen von neuem beginnt. Sie scheint die Gabe zu besitzen, jede Lächerlichkeit von sich abgleiten zu lassen, ihr sanftes, nachsichtiges und ironisches Lächeln, das auf rätselhafte Art zugleich einwilligt und abwehrt, versagt nie. Nach diesen beiden heldenhaften Einsätzen erachtet Tang Kiao seine Mission als erfüllt und tritt den geordneten Rückzug an! Seine Leute in großer Uniform, die, ohne mit der Wimper zu zucken, seine choreographischen Glanzleistungen verfolgt haben, massieren sich geschlossen hinter ihm, und ab gehts, in einem Marschtritt, den sie unserer Fremdenlegion abgeguckt haben. Auch hier zeigt sich eben wieder der französische Einfluß. Unter uns gesagt, ich hatte bei den Musikanten meiner Bumskapelle, lauter Typen mit verbotenen Visagen, eine Pièce frei nach dem ›Marche consulaire‹ bestellt und sie am Vortag Tang Kiao diskret zu Gehör bringen lassen: er hat sich sofort entschlossen, sie zur yünnanesischen Nationalhymne zu erklären.

Natürlich bedeute ich meinen Musikanten, die Weise zu intonieren, sobald ich sehe, daß Tang Kiao sich zum Aufbruch anschickt. Bei den ersten Takten, während er sich noch ringsum verabschiedet, verzieht er seine Bullenbeißerschnauze zu einem Lächeln aufrichtiger Genugtuung; und er stolziert hinaus wie ein Pfau, getragen von den erhabenen Klängen.

Kaum ist er weg, da kommt die Sache in Schwung. Trotz des empfindlichen Damenmangels tanzen wir wie verrückt. Anne Marie kann wieder einen ganz großen Erfolg verzeichnen. Die perfekte Gastgeberin, die Dame von Welt, die charmante junge Frau, mit der es sich so angenehm und gescheit plaudern läßt, die keine Spielverderberin ist und dennoch ein völliges Rätsel. Auch ich wollte einmal mit ihr tanzen; sie hat mich nicht abgewiesen, aber als ich sie an mich ziehe, schiebt sie mich weg: ›Sie drücken mich zu fest.‹ Die Gattin des Generalgouverneurs, der nichts entgeht, übernimmt mich quietschvergnügt. Sie ist außer Rand und Band, blau wie ein Veilchen, hüpft und springt und angelt sich ganz ungeniert die Herren. Der Generalgouverneur hockt zusammengesunken da und schwatzt. Er redet von seinen Wahlkampagnen und tut aus Angst vor einer häuslichen Szene, als hörte er nicht, wie seine Frau Gemahlin, einen Champagnerkelch schwingend, schmettert: ›Donau so blau, so blau, so blau . . .‹ Um ihn herum bilden die Beamten der Zivilverwaltung eine chinesische Mauer, beschützen ihn, obwohl sie ihn für einen alten Schwachkopf halten.

Ich persönlich habe nicht besonders viel für diese Herren übrig, denn bei aller Korrektheit, die sie mir gegenüber an den Tag legen, können sie sich eine herablassende Miene und ein überlegenes Lächeln nicht verkneifen. Sie glauben, mit der Eroberung des winzigen Indochina eine Großtat vollbracht zu haben. Ihrer Ansicht nach sind die China-Franzosen komische Figuren, Abenteurer, Windbeutel, die nie etwas von Asien begriffen haben, sonst hätten sie das Reich der Mitte längst ganz kassiert und eine saubere koloniale Ordnung darin errichtet. Sollen sie doch erst einmal versuchen, mit meinen Kriegsherren auszukommen, ehe sie mir gute Lehren erteilen! Während des Balls tauen sie allerdings ein bißchen auf, und einer von ihnen, der Chef der Gouvernementskanzlei, macht mir sogar zum erstenmal ein Kompliment: ›Gute Arbeit, diese Eisenbahn, mein lieber Konsul. Und ein gelungenes Fest.‹ Ich kenne diese Herren nur zu gut, nachdem ich während meiner jungen Jahre in Tongking mehr oder weniger unter ihrer Fuchtel gedient habe.

Indochina ist eine Maschine, die ihnen gehört, ein Präzisionsmechanismus, an dem man keine einzige Schraube lockern darf. Ein Meisterwerk, wie sie glauben, dank ihrer tadellos funktionierenden Administration: ein Spitzel auf zehn Einwohner, ein Polizist auf hundert, hier und da ein Mandarin, der ihnen die blank gewichsten Stiefel leckt und die armen Eingeborenen wie den letzten Dreck behandelt, schließlich ein paar gefügige Herrscher, darunter einen Kaiser in Hué, der ständig ausgewechselt werden muß, damit man den richtigen, will heißen den Dümmsten, auf den Thron setzt. Ein paar Regimenter Kolonialinfanterie und die Strafkolonie auf Pulo Condor zur Unterdrükkung von Zwischenfällen, die es aber kaum gibt. Ihre ›nhaqués‹ werden, so sagen diese Herren, sich nicht ernstlich auflehnen, denn sie haben ihre Lage begriffen, sind nicht streitsüchtig und schon gar nicht kriegstüchtig, allenfalls von einer gewissen Hinterhältigkeit, die es im Auge zu behalten gilt. Es kommt überhaupt nicht in Frage, Frieden und Wohlstand dadurch zu gefährden, daß man Gelbe in die öffentlichen Ämter Indochinas zuließe, auch nicht die schon sehr verwestlichten Jungen, die ihre Staatsexamen in Frankreich mit Auszeichnung bestanden haben, denn sie werden nie das gehörige Staatsbewußtsein besitzen. Diese annamitischen Klassenprimusse sind im Gegenteil die gefährlichsten Beamten, die man höchstens zu Schreiberdiensten verwenden darf und schlechter bezahlt als einen versoffenen und analphabetischen europäischen Bauarbeiter ... So sieht das System aus, das die zivilen Administratoren unermüdlich und fanatisch weiter ausbauen: sie selbst obenauf, weit darunter das Gros der dankbaren und glücklichen Eingeborenen. Die Zivilbeamten bilden eine herrschende Kaste, die sich durch mimosenhafte Empfindlichkeit auszeichnet, durch argwöhnische und schneidende Arroganz, einen überspitzten provinziell-kolonialistischen Formalismus, halb Romorantin, halb Hanoi. Ihre Ehefrauen sind selbstverständlich makellos weiß, zumeist häßlich, entweder Marke Heimchen am Herd oder typische spitznasige

Kleinbürgerinnen, allesamt von ihrer Wichtigkeit durchdrungen und genaue Kennerinnen des kolonialen Knigge. Die Herrschaften verkehren nur unter sich, laden einander nach strengen hierarchischen Regeln zu Diners ein, bei denen man vor Langeweile fast umkommt. Die Herren sprechen ausschließlich über dienstliche Angelegenheiten, die Damen über den Lebenswandel der nicht anwesenden Damen. Selbst wenn ihr eigener höchst zweifelhaft ist, wie dies häufig in den Kolonien vorkommt. Für die Ehefrauen gilt nur eine einzige eiserne Regel: innerhalb des standesgemäßen Reviers operieren, sich nie mit Subalternen einlassen. Ganz zu schweigen von den Gelben: das wäre der Gipfel der Geschmacklosigkeit.

Diese Beamten können es dem Generalgouverneur nie verzeihen, daß er ihnen in seinen lichten Momenten grausame Wahrheiten verpaßt. ›Glauben Sie mir, Sie sitzen auf einem Pulverfaß. Wenn sich nichts ändert, werden die Annamiten eines schönen Tages den Franzosen die Hälse durchschneiden. Ich werde es nicht mehr erleben, aber Sie, Sie werden es ausbaden.‹ Was zwar keine Reformen auslöst, aber eine ungeheure Erregung in der weißen Kolonie über diese ›unschicklichen‹ Worte. Glücklicherweise ist die unmittelbare, offensichtliche und greifbare Unschicklichkeit in der leichtlebigen Gattin des Generalgouverneurs verkörpert, auf die das ganze weiße Indochina, um sich am ketzerischen Gatten zu rächen, ein scharfes Auge hat. Der Klatsch geht von Mund zu Ohr, dringt in die Privathäuser und Klubs, ergießt sich über Cocktailparties, Tischgesellschaften und Empfänge, beherrscht das mondäne Leben, wird zum Taifun, der nur eine einzige unbewegte Zone hat, das Zentrum, das sich jeweils dort befindet, wo sich der Gouverneur aufhält. Die beschuldigte, in ganz Indochina von den anständigen Leuten verschrieene Gattin treibt es zum Trotz nur um so toller. Irgendeine kleine Affäre wird in Saigon und Hanoi als ›die Affäre‹ hingestellt, an der man die Verteidigung des politischen und wirtschaftlichen Kolonialismus aufhängt. Sie wird mir mit dem Gepäck des Generalgouverneurs und seiner Angetrauten franko ins Haus geliefert. Meine Eisenbahn, meine Karriere, meine Zukunft sind plötzlich aufs engste mit der Tugend – oder dem Mangel an Tugend – eines kleinen Frauenzimmers verknüpft. Gegen zwei

Uhr morgens beschleicht mich die Ahnung, daß mein Ball ein übles Ende nehmen könnte.

Der Generalgouverneur hat so viele Erinnerungen an die gute alte Zeit aufleben lassen, daß er schließlich eingenickt ist. Er schnarcht leise vor sich hin, aus seinem Mund, der sich in unregelmäßigen Abständen öffnet und schließt, dringen Geräusche und Speichelfäden, der Kopf mit dem Wabbelkinn ist auf die Lehne des Korbsessels gesunken, schreckt ab und zu auf und kippt dann wieder schlaff zurück. Plötzlich spüre ich, wie sich in der Umgebung des Schläfers Unbehagen breitmacht. Die hohläugigen erschöpften Musikanten spielen nur noch mechanisch, routinemäßig vor sich hin, wie immer, wenn eine Nacht zu Ende geht, zu ihren Weisen drehen sich nur noch wenige Paare. Die Zivilbeamten und die Militärs stehen in betont unbeteiligter Haltung herum, würden sich am liebsten in Schatten auflösen. Ihre reichgeschmückten, stramm geschnürten Damen hingegen sind ganz bei der Sache, sie sitzen schweigend, die blinzelnden Augen ihrer lauernden Eulengesichter versuchen, die Geheimnisse der Nacht zu erspähen. Da hebt der Generalgouverneur mit einem Ruck den Kopf, seine Züge sind schwer und teigig, er blickt um sich und knurrt: ›Wo ist meine Frau? Wo ist sie denn? Ich kann sie nirgends sehen.‹ Eine Frage, die die Gesellschaft schon seit einer halben Stunde beschäftigt, in Bann hält, seit das muntere Vögelchen in den Garten des Konsulats entflattert ist. Ich habe nicht gewagt, Anne Marie auf die Suche zu schicken, aus Furcht, meine Frau könnte die andere in einer verfänglichen Situation überraschen. Aber, o Wunder, genau in dem Moment, als der hohe Herr Gemahl aus seinem Nickerchen erwacht und den Tatbestand feststellt, taucht sie mit perlendem Unschuldslachen hinter einem Gebüsch hervor. ›Ach, ich hatte schreckliche Kopfschmerzen. Vielleicht habe ich zuviel getrunken ... Ich bin um den Teich spaziert, den Madame Bonnard mir heute nachmittag gezeigt hat. Jetzt geht es mir viel besser ...‹ Der Generalgouverneur ist nach wie vor düster, wenig überzeugt – dabei hat wohlweislich niemand ihn darauf hingewiesen, daß während der ganzen Dauer des Genesungsspaziergangs der Dame auch sein Lieblingsadjutant verschwunden war. Der Gatte, der sonst immer alles gutmütig hinnimmt, braust diesmal auf: ›Du hättest es mir vorher sagen können . . . Du blamierst mich. Ich schicke dich mit dem ersten Dampfer nach Frankreich zurück und reiche die Scheidung ein.‹ In genau diesem Augenblick stürzt, vom Alkohol gefällt, ein Hüne vom englischen Konsulat wie ein Klotz vor dem Büfett zu Boden, seine Hand läßt langsam ein zerbrochenes Glas los, seine Nase blutet. Der rettende Engländer, der dem Ehekrach ein jähes Ende macht. Alle Aufmerksamkeit wendet sich jetzt ihm zu.

Ehrlich gesagt, ich habe es mir lange überlegt, ob ich die Briten zu meinem Fest einladen sollte, aber was blieb mir anderes übrig? Und sie sind auch gekommen, obwohl meine Eisenbahn ihnen ein Dorn im Auge war, schwer im Magen lag, im Hals steckenblieb und in alle Knochen fuhr. Aber wenn dieser Schienenstrang an ihren Nerven zerrte, so war auf ihren Zügen nichts davon zu sehen. Seit dem Empfang auf dem Bahnhof, bei dem sie ziemlich belämmert wirkten, hatten sie sich wieder gefangen. Und sie waren angerückt, mit ihren Orden um den Hals und ihren spitzenbesetzten Damen am Arm, britischer denn je, reizend und zuckersüß, ehrerbietig gegen alle, denen Ehre gebührte, gegen den Generalgouverneur und vor allem gegen seine Dulcinea, als wäre sie eine königliche Hoheit. Mich beglückwünschten sie mit legerer Herzlichkeit: ›Mein lieber Albert, wir freuen uns für Sie, wir freuen uns sehr.‹ Und um zu beweisen, wie wenig ihnen das Ganze an die Nieren ging, haben sie sich hemmungslos amüsiert, wie irre getanzt, gesoffen und Witze gerissen. So ist schließlich dieser Riesenkerl gefallen, als Opfer seiner Pflicht, seiner allzu eifrigen Teilnahme an der Politik der ostentativen Sorglosigkeit, im Dienste Seiner Majestät. Der Kämpe, dem ein Schwarm von Damen Erste Hilfe leistet, mit Servietten und angefeuchteten Taschentüchern das Gesicht abtupft, kommt schleunigst wieder zu sich. ›Champagner!‹ ist sein erstes Wort.

Die Generalgouverneurin hat einen Gedankenblitz. Sie klatscht in die Hände und gluckert: ›Ein Mann. Das nenn ich einen Mann. Aufstellung zur Ehrenpolonäse.‹ Und ungeduldig, atemlos, einer Heerführerin gleich mit funkelnden Augen, aufgelöstem Haar und flatterndem Gewand zerrt sie die hundert mißmutigen Kilo ihres Gatten aus dem Sessel. Der wird trotz seiner Masse unwiderstehlich wie von einem Magneten zu ihr hingezogen, läßt sich mitreißen, streckt sogar den freien Arm nach dem Chef der Zivilverwaltung aus. Der gehorcht. Bald sind alle in den Reigen einbezogen. Madame la gouverneur général führt die vornehme Sarabande an, die auch von den gestrengen Herren und den reservierten Damen mitgetanzt wird, die so tun, als fänden sie das höchst amüsant, auch von den Engländern, die ausgelassen sind wie Kinder auf dem Schulhof, auch von mir selbst und Anne Marie. Wir bilden eine lange Seilschaft der kolonialen Elite, eine Seilschaft in Uniformen und Ballroben, eine Seilschaft, die über die Schnur haut. Höhepunkt des Abends, kommandierte Lustigkeit, der Generalgouverneur hinter seiner Gattin gibt den Ton an, er wackelt mit Hüften und Bauch, spielt den Lebemann. Die Musikanten blasen Sturm, die Gouverneuse singt und tanzt und flüstert ihrem Gatten zu: ›Du bist doch mein Herzensschatz.‹ Der Haussegen hängt wieder gerade. Glänzender Abschluß eines Abends, der in allen Stücken meiner Eisenbahn würdig war. Ein Erfolg. Nur Anne Marie, die ihre Sache sehr gut gemacht hat, begnügt sich wie immer mit ihrem Mona-Lisa-Lächeln.

Die folgenden Tage sind ebenfalls ein Erfolg. Die Stimmung bleibt gut, und der schlaue Tang Kiao hat begriffen, daß meine Edeltouristen nach dem offiziellen Brimborium ein bißchen ausspannen möchten. Ich darf also für den Gouverneur und seine Gruppe eine Führung durch Tschengtu veranstalten. Das Programm hatte ich unter dem Gesichtspunkt ausgeklügelt, daß eine solche reine Repräsentation nur auf ein einziges Ziel gerichtet ist: die Freuden des Tourismus. Im Grunde ist meine Eisenbahn für diese reizenden Exzellenzen eine Art Kolonialausstellung. Daher herrscht bei den Stadtführungen und Landpartien der ersten Tage große Animation. Die Herren in Tropenhelmen, die Damen im Safari-Look: breitrandige Hüte und Schleier. Die Fünfzigjährigen amüsieren sich wie auf einem Schulausflug. Der gutgelaunte Generalgouverneur will seine Kenntnis des Fernen Ostens herauskehren und stellt ungemein tiefe Fragen zur Diskussion: ›Die verkrüppelten Füße der Frauen, nicht wahr, mein lieber Konsul, haben die Sinnlichkeit stimuliert? Raffinierte Brüder, diese Chinesen! Die Phantasie geht doch die seltsamsten Wege.‹ Aber noch ehe ich antworten kann, gibt die Gattin lachend zurück: ›Ach, Chéri, da bin ich doch besser dran, für deine

Sinnlichkeit brauch ich mir keinen Fuß ausreißen.‹ – Und zu mir: ›Mein lieber Albert, was können Sie uns besonders Pikantes, besonders Gepfeffertes zeigen?‹ In Tschengtu schwirrt sie herum wie eine Libelle, überschäumend von Temperament, für kurze Zeit losgelassen und fest entschlossen, diese Zeit zu nutzen. Sie weiß, daß die Damen und Herren sich keine ihrer Extravaganzen entgehen lassen werden, um nach der Rückkehr die ganze High-Society Indochinas damit zu ergötzen. Deshalb übertreibt sie noch mehr. Aber bis sie ›die China-Abenteuer der Generalgouverneurin‹ in Hanoi zum besten geben können, geruhen die hohen Beamten gute oder doch leidlich gute Miene zu machen, und ihre Ehehälften raffen ihren ganzen Charme zusammen. Man bricht wacker zu Fuß auf, in bunter Reihe, gefolgt von einer Prozession gesattelter, aber reiterloser Pferde und leeren Tragsesseln, damit unsere Herrschaften beim ersten Zeichen der Ermüdung aufsitzen können. Dazu ein ganzer Schwarm von Dienern, Dolmetschern, Mafus, Kulis in Konsulatslivree und ein paar von Tang Kiao abgestellte Soldaten an der Spitze und am Ende des Zugs. Er hat ihre Zahl sorgfältig berechnet, gerade so viele, wie unsere Wichtigkeit und unser Gesicht erfordern, aber nicht so viele, daß uns das den Europäern so teure Gefühl, die Schule zu schwänzen und auf den Bummel zu gehen, abhanden käme. Hundert vorn, hundert hinten, die Bajonette ausnahmsweise nicht aufgepflanzt. Sogar die Kürbisköpfe grinsen freundlich – auf Befehl vermutlich. Im übrigen brauchen sie nicht einzugreifen, denn die Menge betrachtet aus gemessener Entfernung das komische Schauspiel, das wir ihr bieten, diesen Haufen Weißer mit ihren Weibern, mehr als man je in Tschengtu gesehen hat, in würdelosem Dahinschlendern. Kein Volksgewimmel um uns. Vielleicht hat Tang Kiao entsprechende Order ausgegeben ...

Auf Schritt und Tritt begegnet mir Tang Kiaos Schatten, der für den Generalgouverneur und sein Gefolge unsichtbar, für mich aber deutlich sichtbar ist. Er hat uns ein völlig verändertes, auf Hochglanz poliertes Tschengtu bereitet, das eine der Kolonialdamen zu der Feststellung veranlaßt: ›Ich bin enttäuscht. Das ist hier nicht viel pittoresker als das chinesisch-annamitische Viertel von Hanoi. Wo sind die berühmten Bettler?‹ Ich habe den Eindruck, daß Tang Kiao in seiner notorischen Tüchtigkeit während unserer Galaveranstaltungen alle diese Unglücklichen von seinen Bütteln zu Paaren treiben ließ, damit ihr Anblick nicht das Auge des Herrn Generalgouverneurs und seiner Gattin beleidige und Tschengtu bei ihnen in Mißkredit bringe. Ich fürchte, Tang Kiao könne sogar die Gelegenheit ergriffen haben, um ein für allemal mit diesen armen Teufeln aufzuräumen, sie zu Tausenden vor der Stadtmauer erschießen und in Gruben fallen zu lassen, die sie zuvor selbst hatten ausheben müssen. So würden sie ihren Henkern noch als Tote ein Minimum an Umständen machen, und die Kosten beliefen sich auf den Preis der Gewehrkugeln. Aber zu meiner Erleichterung erfahre ich, daß meine Vermutung nicht zutrifft. Ich habe das Genie Tang Kiao unterschätzt, der noch weit rationeller vorging, nicht nur ohne Unkosten, sondern sogar mit Gewinn. Er hat in seiner Weisheit einfach ein paar Boten ausgeschickt, die den Bettlern den guten Rat gaben, während des Aufenthalts der fremden Teufel aus der Stadt zu verschwinden; später könnten sie nach Belieben zurückkommen und ihrem einträglichen Gewerbe wieder nachgehen. Dieses Gebot wurde gehorsam erfüllt, ja mit einer Dankbarkeit, die so weit ging, daß Seine Majestät der König der Bettler nach einer Kabinettssitzung beschloß, bei seinen Untertanen eine freiwillige Spende einzutreiben, um Tang Kiao für seine unendliche Güte mit einem stattlichen Geldbetrag danken zu können.

Auf diese Weise hat Tang Kiao alle Scherereien vermieden. Er wußte instinktiv, daß ein Massaker dieser menschlichen Wracks von den Bewohnern Tschengtus übel aufgenommen würde, denn dieser Abschaum gehört bei aller Verachtung, die man ihm entgegenbringt, doch zum Leben der Stadt, ist ein Teil ihrer Seele, eine echte Gesellschaftsklasse, eine uralte Institution, fast eine Zierde – allerdings eine Zierde, die man den feinen, per Eisenbahn angereisten Gästen lieber nicht vorführt. Eines wundert mich allerdings noch mehr: auch alles andere Ekelerregende, das sich nicht auf eigenen Beinen wegbewegen konnte, die Stapel, Haufen, Berge von Unrat, die kostbaren Vorräte an Exkrementen, die verpesteten Abwässer, die sonst überall herumliegenden Reste von Fleisch, Knochen, Auswurf und zahllosen sonstigen Substanzen, die widerlichen, stinkenden flüssigen und festen Stoffe, sie alle sind ebenfalls verschwunden. Tschengtu hat Toilette gemacht, Großreinemachen veranstaltet, zum erstenmal in seiner jahrtausendealten Geschichte eine Ahnung von Hygiene bekommen. Aber wie war das möglich? Tang Kiao mußte dazu strenge Befehle erlassen haben. Gehört der Dreck nicht zur geheiligten Tradition, und ist die Sauberkeit nicht eine Marotte der Barbaren? Auch danach erkundige ich mich. Ich erfahre, daß an dem Vormittag, den wir im Anschluß an die Ballnacht im französischen Konsulat verschlafen haben, eine richtiggehende Mobilmachung der Bevölkerung stattfand. Im Morgengrauen erschienen in allen Gassen und Straßen bewaffnete Streifen und gaben den Einwohnern von Tschengtu höchst brutal mit vorgehaltenem Revolver und aufgepflanztem Bajonett Tang Kiaos Willen kund: ›Wer nicht innerhalb von zwei Stunden vor seinem Haus saubergemacht und allen Unrat entfernt hat, bekommt zweihundert Peitschenhiebe und wird bei offensichtlicher Widersetzlichkeit oder grober Nachlässigkeit sofort an der Stelle erschossen, die er zu reinigen versäumt hat.‹ Unmöglich, mit den Soldaten zu verhandeln, auch nicht um so altehrwürdige Handelsware zu retten, wie die Eimer voll menschlicher Fäkalien, die auf Tang Kiaos Instruktion ausdrücklich zu den ›unwerten Dingen‹ zu zählen waren. Das energische Vorgehen der Soldaten, zusammen mit ein paar wohlgezielten Bajonettstößen, genügte, daß ganz Tschengtu sich in die Arbeit stürzte, ›wie ein Ameisenheer sich auf einen Knochen stürzt‹, um ein altes Sprichwort zu zitieren. Jedenfalls wirkte die Stadt innerhalb der gesetzten Frist von zwei Stunden wie desinfiziert, obwohl es an Wasser und Geräten fehlte. Alles, angefangen von den nackten dreijährigen Knirpsen bis zu den in Lumpen gehüllten hundertjährigen Urgroßmüttern, werkte wie besessen. Hände, die lange Ketten bildeten, Tausende gebeugter Rücken. Eines ist mir allerdings nicht ganz klargeworden: Was machten die emsigen Leutchen mit dem von der Straße aufgesammelten Unrat? Wohin schütteten sie diese stinkenden Massen, nachdem die Straße doch von jeher mangels anderweitiger Möglichkeiten ihr einziger Ablagerungsplatz dafür war? Die wackeren, zur Stadtsanierung verurteilten Tschengtuanesen müssen wohl auf die geradezu geniale und ihrer Intelligenz würdige Lösung verfallen sein, der ganzen Schose gastliche Aufnahme in ihren eigenen Höhlen und Hütten zu gewähren, dort, wo sie selbst bündelweise wohnen, essen und schlafen, um so den Willen des gefürchteten Tang Kiao zu erfüllen, und die ganze Bescherung dann, zusammen mit den inzwischen angefallenen Neuzugängen, wieder auf den angestammten Platz, das heißt auf die Straße, zurückzubefördern, sobald der Generalgouverneur und sein Gefolge endlich die Stadt verlassen hätten. Diese Aufnahme in die Hausgemeinschaft ist nicht nur der beste Ausweg aus der Zwickmühle, sondern sie ermöglicht den Bewohnern auch, die ganze wertvolle ›Scheiße‹ zu retten, von der die Ernten der nächsten Saison abhängen ...

Tschengtu ist also eine schöne Stadt und stinkt nicht einmal allzusehr, ein Wunder, wenn man bedenkt, daß jede Behausung zuvörderst ein Nachttopf ist, ein Mülleimer. Aber davon haben der Generalgouverneur und die hinter ihm her schlendernden Herrschaften keine Ahnung. Ich halte mich maßvoll beflissen an seiner Seite, um ihm Tschengtu zu erklären, und auch an der Seite seiner Frau, die gar keine schlechte Beobachterin ist, jedenfalls was die materiellen Dinge des Alltags angeht, denn sie bemerkt zutreffend: ›Hören Sie, Bonnard, Ihr China muffelt viel weniger, als ich dachte. Nicht mal nach Kacke stinkt es hier. Ich hab mir extra ein paar Taschentücher mit Lavendelwasser parfümiert, damit ich sie mir vor die Nase halten kann, wenns nach kaputter Kanalisation riecht. Aber man hat mir gesagt, hier gibts überhaupt keine Kanalisation. Wohin machen dann Ihre Chinesen, ohne daß es zum Himmel stinkt?‹

Den Gouverneur hingegen bewegen Probleme höherer Ordnung. ›Mein lieber Freund, ich bin baß erstaunt‹, vertraut er mir an, ›wie wenig Anteil die eingeborene Bevölkerung an meiner Person nimmt. In Indochina ist der Empfang, den die Massen mir bereiten, immer viel herzlicher, geradezu begeistert. Ich frage mich nachgerade, ob die Bürger von Tschengtu mich trotz meiner Eisenbahn nicht mögen? Was habe ich diesen Chinesen bloß getan?‹

Ich schlucke mehrmals heftig, ehe ich mich zu einer Antwort anschicke, aber in dem Moment, als wir den volkreichen Stadtteil verlassen, um uns in das Geschäftsviertel zu begeben, rettet mich eine erste begeisterte Kundgebung aus der Verlegenheit. An der

Einmündung der Apothekerstraße haben die Pillendreher uns zu Ehren höchstpersönlich einen Triumphbogen aus grünem Laubwerk errichtet. Zu beiden Seiten der gepflasterten Straße stehen die prominentesten Vertreter von Medizin und Pharmazie, ehrwürdige Greise in traditioneller Tracht, und verneigen sich langsam, würdevoll, mit gefalteten Händen bis zur Erde. Das ganze Drogistengäßchen flammt von Willkommensbeflaggung, darunter – Gipfel der Aufmerksamkeit – viele französische Fahnen. Feuerwerkskörper gehen los wie Freudenausbrüche. Das Herz des Gouverneurs schlägt höher: ›Mein lieber Konsul, sagen Sie diesen braven Leuten, daß ich ihnen im Namen Frankreichs, das ich vertrete, von Herzen danke. Sagen Sie ihnen, wie sehr ich gerührt bin, sprechen Sie ihnen meine Anerkennung aus ...‹ Ich übersetze diesen Herzenserguß in weit weniger pathetische Wendungen, damit mich diese Jubler vom Dienst nicht für einen kompletten Esel halten. Aber im Innern danke ich Tang Kiao, der an alles gedacht hat.

Unser Ausflug erreicht seinen Höhepunkt, als wir, noch immer in derselben Marschordnung, mit unseren Soldaten und so weiter, in die Straßen der Luxusgeschäfte einziehen, die Himmlische Rue de la Paix, Rue du Faubourg Saint-Honoré, für die Tschengtu zu Recht in ganz China berühmt ist. Die Seidenstraße, die Juwelenstraße, die Straße der Kostbarkeiten, die Silberstraße, die Goldstraße, die Porzellanstraße, die Bronzestraße, die Straße der Gravüren, die Straße der Königlichen Gewänder, die Straße der Heiligen Siegel, die Straße der Gebetsmühlen, die Straße des Rauchwerks vom Dach der Welt, die Straße der Glückbringenden Buddhas. Immer wieder Triumphbögen, Abordnungen von katzbuckelnden reichen Greisen, Standarten. Unsere Herren und noch mehr unsere Damen werden plötzlich von Leidenschaft gepackt, sie sind nicht wiederzuerkennen. Aus den wohlerzogenen Mienen sind die gierigen Fratzen plündernder Soldateska oder von Hausfrauen beim Ausverkauf geworden. Die große Jagd nach den ›Kuriosa‹ ist angebrochen – ›Kuriosa‹ ist das Schimpfwort, das die Weißen von Schanghai geprägt haben und mit dem sie in Bausch und Bogen alle ›Chinoiserien‹ bezeichnen, diese Wunderdinge, die sie heiß begehren und zu verachten vorgeben. Aber in Tschengtu wird nicht getan, als ob: alle stürzen sich auf die Waren, die wildgewordenen Ehefrauen ziehen die um ihr Portemonnaie besorgten Männer hinter sich her, hinein in die großen Läden, die leeren Höhlen gleichen. Wortlos, mit ausdruckslosen Mienen und so subtiler Behendigkeit, daß sie wie regungslos wirken, holen die chinesischen Händler mit zärtlichen Händen aus umständlich geöffneten Lackkassetten die Kostbarkeiten, tragen sie liebevoll ans Licht, bieten sie den profanen Blicken dar. Ein wollüstiges Zeremoniell, das mir wohlbekannt ist und das die Damen noch mehr in Ekstase versetzt. Erregt, fast unter Zuckungen setzen sie zum Sturm an. Allen voran die Gouverneuse. Sie stülpt sich eine Tiara aus Reiherfedern auf, vom grünsten Grün, vom Grün der absoluten Glätte, Grün der Nacht, Grün des tiefen Sees, Grün der tragischen Strenge, Grün der schicksalhaften Schönheit, Grün der todgeweihten Prinzessinnen. Aber die Gouverneuse sieht mit diesem Hauptschmuck aus wie eine Halbweltbacchantin. Sie wühlt in Bergen von Ringen, Armreifen, Kolliers aus Bernstein und Türkisen, manche schwer wie Ketten, manche ein luftiges Geriesel aus Gold und Silber. Furchtlos wickelt die Dame sich eine rotgoldene Schlange um den Hals, die ihren Busen in den Schatten stellt, sie steckt sich Zauberringe aus feingeschnitzten Skeletten an die Finger. Und unter all der Pracht seufzt sie wohlig: ›Ach, für Schmuck hab ich schon immer was übrig gehabt...‹ Der Generalgouverneur schüttelt resigniert den Kopf. Die anderen Damen, Gattinnen der Zivilbeamten, sind vernünftiger und sparsamer, befassen sich vor allem mit den Brokaten und denken dabei bereits an die Kleider, die sie sich in Hanoi von einer billigen eurasischen Schneiderin daraus arbeiten lassen wollen, oder sie prüfen die Dekorationsstoffe, die sich in ihrem großen Speisesaal gut machen werden. Die Gatten interessieren sich vorzugsweise für erlesene Antiquitäten, eine Terrakottaarbeit oder eine Grabskulptur; sie versuchen, die Epoche festzustellen, und sagen lehrhaft, es sei ein Tang oder ein Ming. Der Generalgouverneur sagt weiter nichts als: ›Wieviel?‹, nachdem eine Stunde vergangen ist. Das Aushandeln ist nun meine Aufgabe. Ich werde mich also in die große Pantomime des Feilschens stürzen, die ich zugegebenermaßen recht gut beherrsche. Aber der Besitzer des berühmtesten Geschäfts, ein fetter alter Gauner, der mich an einen Ochsenfrosch erinnert, eröffnet mir zu meinem größten Erstaunen mit einer Stimme, die so wattig ist wie sein Gewand und der man anhört, daß seine Gedanken weitab in den Wolken schweifen: ›Ich möchte diese verehrungswürdigen Exzellenzen, deren Besuch in meinem nichtswürdigen Laden über jeden Preis erhaben ist, nicht wegen solcher Lappalien belästigen. Wir haben reichlich Zeit, diese schäbigen Geldfragen morgen zu regeln, übermorgen, nächste Woche oder noch später.‹ Ich wittere sofort eine Falle, exorbitante Forderungen, wenn ich dann wiederkommen und die Rechnung für die ganze Gesellschaft bezahlen werde. Aber nein, so war es nicht gemeint, ganz und gar nicht. Das wird mir klar, als ich fast unhöflich darauf bestehe, diesen Mann, der in unbeirrbarer Heiterkeit erstarrt ist, sofort auszuzahlen. Er will überhaupt keine Bezahlung. Da begreife ich: Tang Kiao hat ihn wissen lassen, daß er selbst für alles aufkommen, will heißen, daß er für sämtliche Einkäufe auch nicht eine Sapeke zahlen werde. Tang Kiaos Großzügigkeit, seine stille, diskrete Großzügigkeit, die ihn nichts kostet, denn der Händler zahlt die Zeche. Und würde sie mit dem Leben bezahlen – oder, was wahrscheinlicher ist, mit einer enormen Menge Taels –, wenn er es sich einfallen ließe, bei diesem ›Spiel‹ zu mogeln. Und deshalb zeigt dieser Händler, als guter Chinese, der sein Unglück kennt und es nicht noch vergrößern möchte, diese beinah glückliche Miene, während wir ihn ausplündern. Ich gerate dadurch in eine arge Klemme. Soll ich dem Herrn Generalgouverneur diese chinesischen Feinheiten offenbaren, die uns letzten Endes zu Dieben machen? Wird er begreifen? Und falls der Gouverneur Einspruch erheben und verlangen sollte, daß wir die Kosten für alle diese Kostbarkeiten bis auf den letzten Heller blechen, wäre das eine Katastrophe. Eine Ungehörigkeit, eine schwere Beleidigung Tang Kiaos, der doch so gut zu uns ist. Nach reiflicher Überlegung beschließe ich, den Mund zu halten. Außerdem hat der Gouverneur, der erbittert die unverschämterweise aus Tang Kiaos Hygienefeldzug unversehrt hervorgegangenen Fliegen von seinen edlen Zügen scheucht, jetzt genug von der Sache. Er will nach Hause. Er setzt Tang Kiaos Großzügigkeit, von der er nichts weiß, seine eigene entgegen, um schneller loszukommen: ›Mein lieber Konsul, ich erachte diese Anschaffungen für einen Teil der Spesen, die durch meine Dienstreise nach Tschengtu anläßlich der Einweihung der Eisenbahn entstanden sind. Legen Sie mir die Rechnung vor, oder schicken Sie sie mir nach Hanoi. Ich werde Ihnen den Betrag aus meiner Repräsentationskasse oder meinem Sonderfonds anweisen lassen.‹ Die Damen und diesmal auch die Herren stürzen sich, sobald sie erfahren haben, daß der ›Reptilienfonds‹ alles berappen wird, zu einem letzten Raubzug in die umliegenden Läden, wo die ehrenwerten Inhaber sie mit artigem Lächeln willkommen heißen und nach Herzenslust zugreifen lassen. Totale Ausplünderung. Endlich ist der Sättigungspunkt erreicht; die ganze Gesellschaft begibt sich hochbeladen mit Kostbarkeiten – der Chef des Zivilkabinetts schwankt wie ein Kuli unter der Last einer Räucherurne dahin – zu den Tragsesseln, die zu Packwagen werden. Wir kehren heim wie eine siegreiche Armee, beladen mit den Schätzen der Stadt. Im Konsulat erteilt mir dann der Chef des Zivilkabinetts, dem die delikateren Finanzprobleme anvertraut sind, genaue Anweisungen darüber, wie ich die Rechnung ausstellen soll – Anweisungen, die gänzlich überflüssig sind, denn ich werde überhaupt keine Rechnung schicken, sondern mich an Tang Kiao halten.«

Die Nacht, die meinen Vater auf seinem Lager umgibt, ist leblos geworden. Die Geräusche der Stadt Tschengtu, dieses niemals stillstehende Leben, sind fast erstorben. Man kann die himmlische Stadt nur noch ahnen. Die Stille holt den Herrn Konsul aus seiner imaginären Odyssee zurück. In ein Gefühl der Einsamkeit ... In wirrem Erkennen öffnet er die Augen, sieht den Chefboy, der seine Arbeit eingestellt hat und weitere Anweisungen erwartet. Jetzt wäre für Albert Bonnard die Zeit zum Schlafengehen. Aber er bedeutet dem Diener, in seiner Beschäftigung fortzufahren. Er möchte noch mehr Glück empfinden, die höchsten Wonnen der Phantasie erfahren ... Sein Mund saugt den Rauch ein, bis der Traum zurückkehrt, ein noch verstiegenerer Traum.

»Anderntags folgt die ehrenwerte Landpartie, unerläßlicher Programmpunkt bei offiziellen Besuchen eines Generalgouverneurs. Als Ausflugsziel habe ich einen kleinen achatfarbenen See in einem Kessel zugleich wilder und sanfter Berge mit schroffen und blühenden Hängen gewählt, wo in einem alten Hain eine Pagode steht, die uns bei einem Unwetter als Unterschlupf dienen kann. Dort veranstalten die Franzosen von Tschengtu, immer die gleichen, meine Frau und ich, die Ärzte, manchmal ein Geistlicher, ihre Picknicks, wenn nicht zu viele Räuberbanden oder Armeen die Gegend unsicher machen. Die Boys, die vorausgeeilt sind, haben alles vorbereitet, Geschirr und Zelte, Liegematten, Sessel, Imbiß. Alles ist ganz zwanglos. Hier bin ich nicht mehr der Konsul, man bechert munter, singt fröhliche Lieder, manchmal verkleiden wir uns sogar. Wir kostümieren uns als Chinesen, mit langen Gewändern, und einmal trat einer der Ärzte sogar als Kleine Blume auf, mit zwei Tennisbällen als Busen, was für eine Chinesin schon zuviel ist. Anne Marie setzt in solchen Fällen ihr seltsames Lächeln auf. Mich findet man allgemein sehr amüsant. Nach der Siesta brechen wir zu einem Besuch bei den Mönchen auf, denen wir ein bißchen Geld zustecken und die uns als Freunde empfangen. Alles ganz einfach.

Für den Generalgouverneur ist das Ganze ein Feldzug, eine richtiggehende Karawane, die aus Tschengtu zieht. Die älteren Herrschaften sitzen dieses Mal auf Tragsesseln, eine Hundertschaft von Trägern versieht abwechselnd den Dienst, alle schreien und grimassieren wie unter einer viel zu schweren Last. Der Generalgouverneur thront in einem prächtigen Reisebett, das Tang Kiao eigens für ihn geschickt hat. Ich sitze zu Pferd, habe die Augen überall, erteile Befehle, versuche, die Karawane in Schwung zu bringen. Ein paar jüngere Beamte, die sich ebenfalls als Reiter versuchen wollen, klammern sich an ihre Sättel, denn die kleinen chinesischen Pferdchen sind verteufelt lebhaft, und ein Lulatsch weiß sich nicht anders zu helfen, als daß er die Füße am Boden nachschleifen läßt. Anne Marie, die sich nicht wie die anderen Frauen in eine Sänfte einsperren lassen wollte, sitzt im Reitkleid zu Pferd und sieht zu, wie ich mich tummle. Sie flüstert mir zu: ›Aber, aber, Albert, machen Sie sich doch nicht so wichtig.‹ In Wahrheit sind meine Bemühungen unerläßlich, um ein bißchen Methode in dieses Durcheinander aus Menschen, Tieren und Gepäckstücken zu bringen. Die Chinesen – Kulis,

Mafus und Träger – stoßen und schmähen einander wie üblich hemmungslos, so daß die Weißen im Tragsessel oder zu Pferd wie Korken auf einem sturmbewegten gelben Meer zu schwimmen scheinen. Aber um zehn Uhr morgens setzt die Heersäule sich nach mehreren Fehlstarts und einigen wirren und unerklärlichen Zwischenfällen doch mit unglaublicher Verve, Geschmeidigkeit und Regelmäßigkeit in Bewegung. Alles geht gut. Tang Kiao hat wiederum für die Sicherheit des Generalgouverneurs gesorgt: fünfhundert Soldaten vornweg, fünfhundert hinterher, Maschinengewehre auf Mauleseln. Abschreckungsmaßnahmen... Am Vorabend sind zwanzig Boys und Köche stolz als gastronomische Vorausabteilung ausgerückt, das Elitekorps der Bratspießdreher, befehligt von Herrn Pu, dem Küchenchef unseres Konsulats und Dienerfürsten, mit dem zerfurchten Mondgesicht, der nie aus der Ruhe kommt, nie ein Gefühl zeigt und immer erstklassig ist. Er betrachtet sich als Großmeister der westlichen Gaumenfreuden und nimmt von Anne Marie keine Anweisungen mehr entgegen; sie darf gerade noch die tägliche Speisenfolge vorschlagen. Sagt sie ein Wort zuviel, so ist er zutiefst verletzt, sein Kugelkopf schwillt durch diesen Verlust seines Gesichts noch mehr an, scheint zu bersten von einer Entrüstung, die er nicht ausspricht. Mit der Ankunft des Generalgouverneurs in Tschengtu ist seine große Zeit angebrochen. Der Höhepunkt war gestern, als er, ebenfalls im Tragbett, wie ein hoher Herr, der über ein erbötiges Fußvolk von Dienern regiert, zur Vorbereitung des ländlichen Festschmauses aufbrach, wobei er eine ganze transportable Vorratskammer mit sich führte. Seine Wichtigkeit wird ins Unendliche erhöht durch die Tatsache, daß er seine Kunst an geheimnisvollen Nahrungsmitteln ausüben wird, die von jenseits der Grenzen der Welt stammen: ich habe die berühmtesten Delikatessen Frankreichs kommen lassen, die in den Kolonien – jedenfalls für die ›Kolonisten‹, denen die einheimischen Produkte, und seien sie noch so vorzüglich und noch so sorgfältig auf europäisch dressiert, immer als billiges, schäbiges Zeug gelten – das höchste der Gefühle sind und eine gesellschaftliche Aufwertung bedeuten. Poularden aus Bresse, Seezungen von der Kanalküste, Lammkeulen von Salzweiden, Melonen aus Cavaillon werden also heute in Tschengtu eine echte kulinarische Revolution darstellen. Diese Direktlieferungen aus den Pariser Markthallen, an denen Herr Pu seine Kunstfertigkeit beweisen wird, gehören gleichfalls zu den Wohltaten meiner Eisenbahn, die bis jetzt tadellos funktioniert hat. Dank meiner Bahnlinie ist es jetzt vorbei mit dem Diplomatenkoffer auf dem Yangtsekiang, der wegen der langen Dauer und den Fährnissen der Reise außer den Schriftstücken nur Konserven befördern konnte, die auf die Dauer den Eingeweiden schaden und sie austrocknen. Von nun an kann man ›Frisches‹ essen, wodurch sich das ganze Leben ändern wird. Und dieses Picknick bildet den Anfang ... Alles Nötige ist also zur Stelle, und unsere Karawane zieht steten Schritts einer gewaltigen Freßorgie entgegen.

Alles geht glatt. Die Prozession, die zunächst wegen der Enge der Gäßchen von Tschengtu sehr in die Länge gezogen war, passiert das große Westtor, wo ich feststelle, daß keine abgeschnittenen Köpfe in Körben und auch keinerlei andere blutige Trophäen ausgestellt sind, wie dies sonst üblich ist. Tang Kiao hat wirklich an jede Kleinigkeit gedacht ... Dann schwenken wir mit großem Gepränge auf eine gepflasterte Straße ein, wo wir sehr schnell vorankommen, denn die Soldaten des Vortrupps stoßen die Bäuerinnen mit ihren Trageimern, die Bauern mit den Schubkarren, die Lastträger, das Schlachtvieh, alles, was hier endlos kreucht und fleucht, kurzerhand in die schlammigen Reisfelder, um für uns Platz zu schaffen. Tiere, Menschen und Lasten versinken mit grotesken Bewegungen im Wasser, niemand wagt zu protestieren. Ich ahne, daß der gute Generalgouverneur von diesem Diensteifer ein wenig schockiert ist, und ich sprenge an die Spitze des Zugs zum kommandierenden Offizier und versuche, ihn umzustimmen. Doch trotz meiner wiederholten Erklärungen bleibt sein Gesicht verstockt, die militärische Disziplin ist stärker. Er ist Oberst, und er findet, daß ich seinen Eifer schlecht lohne. Der Mann ist beleidigt, die Diskussion nimmt schärfere Töne an, und ich trete lieber mit eingezogenem Kopf den Rückzug an. Was soll ich nur dem Generalgouverneur sagen? Das Glück will es, daß fast genau zu diesem Zeitpunkt die übrigen Straßenbenützer, als hätten sie sich untereinander abgesprochen, freiwillig im vorhinein den Weg räumen, so daß sie zwar bis zum Bauch im Matsch stehen, aber wenigstens aufrecht, und weder Schläge noch Schaden erleiden. Ein Spalier aus durchnäßten, schlamm- und erdverkrusteten Gestalten betrachtet so unseren prächtigen Aufzug. Ich flüstere dem Generalgouverneur schleunigst zu: ›Es wäre nach chinesischem Protokoll nicht schicklich gewesen, wenn der Konvoi Eurer Exzellenz von der Plebs belästigt würde. Aber ich habe bei den von Tang Kiao abgestellten Gardisten erreicht – sie gehören seiner eigenen Leibgarde an –, daß sie von jetzt an sanfter vorgehen.‹ Der Gouverneur ist zufrieden. Aber bald hat er andere Sorgen. Unser Trupp hat nämlich jetzt die große Chaussee verlassen und bewegt sich über schmale Deiche, dünne Erdstreifen über dem flüssigen Reich, schwankenden Torf, schwärzlichen Schlick, stinkende Flächen, auf denen, soweit das Auge reicht, die grünen Reishalme sprossen und die Blätter der Seerose kleben. Diese hauchdünnen Tragschichten, auf denen sich die Karawane zwei Kilometer weit hinzieht, bestehen selbst nur aus durchnäßten, morastigen Streifen und sind fast ebenso unsicher wie die Wasserflächen ringsum, die sie durchschneiden. Im Handumdrehen geht alles drunter und drüber, die Pferdehufe und die Füße der Träger gleiten aus, rutschen ab, wirbeln durcheinander, fangen sich aber alle wieder, die Tiere wiehern, die Kulis lachen, der weiße Herr oder die weiße Dame, die bisher hoheitsvoll in der Sänfte oder im Sattel thronten, werden so furchtbar durcheinandergerüttelt, daß ihnen schwindlig wird und sie sich schon von ihrer stolzen Höhe in die Niederungen dieser Wasserwüste stürzen sehen. In Wahrheit handelt es sich um eine vorgebliche Unordnung, eine vorgebliche Gefahr, denn die Chinesen und ihre Tiere besitzen einen unwahrscheinlichen Gleichgewichtssinn und ungewöhnliche Kraft. Vielleicht machen sie sich nur ein wenig lustig über diese Barbaren, die auf ihren Hochsitzen thronen wie Buddhas auf ihren Altären. Oder sie wollen durch diese Kunststücke ganz einfach die Schwierigkeit ihrer Arbeit deutlich machen, um später ein paar zusätzliche Sapeken zu kassieren. Der Fremdling, solcher Gymnastik ungewohnt, schwebt in tausend Ängsten. Die Gesichter der Weißen sind schneeweiß geworden, nur die Frau Generalgouverneurin sieht aus, als säße sie auf einer Jahrmarktsschaukel. Ihrem Gatten dagegen, der ganz zusammengekrümmt in seinem prächtigen roten –

Rot, die kaiserliche Farbe – Schrein hockt, steht der kalte Schweiß auf der Stirn. Der chinesische Oberst schickt den in höchster Seenot dahintreibenden Europäern mit lässiger Handbewegung ein paar Soldaten mit aufgepflanztem Bajonett zu Hilfe – und ihr Erscheinen genügt, um unter den Trägern, Kulis, Mafus und sogar der Tierwelt augenblicklich absolute Ruhe zu stiften. Alle fallen wieder in einen geschmeidigen Gleichschritt, einen so regelmäßigen Rhythmus, daß die Beine der Packträger wie Maschinenkolben arbeiten. Eine menschliche Eisenbahn . . . Und doch passiert genau in diesem Moment der Unfall. Ein Tragsessel kippt, und eine elegante junge Europäerin vollführt einen Kopfsprung ins Reisfeld. Man sieht nur noch den Popo und die zappelnden Beine, das Gesicht steckt im Schlamm, die Arme rudern im Wasser, vergeblich strampelt sie mit den Beinen, um sich aus dem saugenden Morast zu befreien. Die Damen und Herren sind von ihren Fortbewegungsmitteln gestiegen und formieren sich zu einer Rettungsmannschaft. Die Herren stellen sich, nachdem sie das unglückliche Wesen aus der Patsche gezogen haben, mit dem Rücken zu der Verunglückten im Kreis auf, um ihre Ehre zu schützen – eine um so zwingendere Notwendigkeit, als es, auch politisch gesehen, höchst schockierend wäre, wenn der nächstbeste gelbe Haufe den nackten Körper einer Weißen zu sehen bekäme, ja sogar einer ›Madame Fonctionnaire‹. Im Inneren des geschlossenen Kreises gehen Anne Marie und ein paar ältere Damen daran, die Ärmste, die zwar keinen Schaden genommen hat, aber wie eine Negerin aussieht, zu trocknen, zu säubern, wieder zurechtzumachen. Sie verzieht auch keine Miene, während die Damen kiloweise die widerlichen Schlammkrusten von ihr abkratzen, denn sie ist nur die Frau eines ganz subalternen Beamten. Der sich übrigens bis zu ihr durchgeschlängelt hat und ihr ins Ohr zischt: ›Daß du mir keinen Mucks tust, und belästige vor allem den Herrn Generalgouverneur nicht.‹ Endlich hat die kleine Frau frische Wäsche und ein Kleid an, das Anne Marie vorsorglich mitgenommen hatte, und lächelt tapfer. Wiederum herrscht perfekte Ordnung. Wiederum haben die Herrschaften ihre Hochsitze eingenommen, die Kulis sind wieder unten, wo sie hingehören. Die Heersäule setzt sich aufs neue in Bewegung.

Der Generalgouverneur würde etwas dafür geben, wenn er jetzt in Indochina in seinem Diplomatenwagen auf einer der schönen Straßen fahren könnte, die von den französischen Pionieren durch Sümpfe und übers Gebirge angelegt wurden! Denn nachdem er nun in seiner Tragbahre dem nassen Element getrotzt hat, wobei er immerhin höchstens ein unfreiwilliges Bad riskierte, sieht er sich nun dem Nichts, dem Abgrund, dem Tod ausgeliefert, sobald seine Träger einen einzigen falschen Tritt tun. Die Karawane folgt jetzt nämlich einem schmalen Felsensteig. Zuvor führte der Pfad gemächlich durch einen Wald, keineswegs der unentwirrbare Dschungel, der übrigens nicht bis ins Innere Szetschuans vordringt, sondern ein grüner Dom. Den leicht abfallenden Weg säumen regelmäßige Säulen, Baumstämme wie Pfeiler, die ein Dach tragen: das geschlossene Blattwerk hoch oben, dreißig Meter über dem Boden. Darunter duftgeschwängerte Leere wie in einem geweihten Raum, mit lackglänzendem Buschwerk gepolstertes Halbdunkel, aus dem rote Blüten wie Feuerbälle brechen. Doch sobald wir diese Waldkathedrale verlassen haben, sind wir wieder dem echten China ausgeliefert, diesem China, das auf Schritt und Tritt Gefahr birgt. Ein Boden wie aufgegangener Teig, rissig, sprüngig, aufgeplatzt, blasig – ebenfalls von großer, aber erschreckender Pracht. Gebirge wie jäh versteinerte Wellenkämme, Gebirge wie riesige Luftballons, Gebirge wie sprungbereite wilde Tiere, mit Hörnern, Zähnen und Krallen bewehrt, Gebirge, von tiefen Schrunden durchzogen, Gebirge, die nur aus endlosen glatten steilen Wänden bestehen und nur stellenweise spärlichen Bewuchs zeigen. Gebirge, die das Reich des Drachens widerspiegeln, erfüllt vom Mysterium ihrer Ungereimtheiten. Mischung aus Traum und Alptraum. Hier stählerner Granit, dort düsterer Sandstein, dann wieder poröser, zerklüfteter, bröckelnder Kalk, Höhle an Höhle, mehr Ruinen als Gebirge. Und alle Farben, von Blutrot bis Ebenholz, gefleckt oder geädert. Darüber Wolkenfetzen ... Keine Täler, aber überall Abgründe, tiefe, schmale Einschnitte, Schluchten, aus deren unsichtbarem Grund man Flüsse brausen hört. Unser Pfad ist nur noch eine Kerbe in der Felswand, die er in einer wahnwitzigen Zickzacklinie erklimmt. Der Schottersteig bietet gerade Platz für die Füße der Träger.

Kaum für die Sänften, die samt den darinsitzenden Damen und Herren mit äußerster Vorsicht dahinlaviert werden und an jeder Wegbiegung mit der einen Seite die Felswand streifen und mit der anderen über dem Abgrund hängen. Ungewöhnliche Anspannung der Träger, die während des Aufstiegs in regelmäßigen Abständen keuchende Laute ausstoßen, pfeifende Atemzüge, eine ererbte Technik, unter der schweren Last die Lungen zu füllen und zu leeren. Eine vorspringende Ader auf der Stirn zeugt von der Konzentration, der reiflichen Überlegung, wo und wie der Fuß auf einer sicheren Stelle aufsetzen und den Bruchteil einer Sekunde ruhen kann, bis im unwegsamen Fels, in den tückischen Geröllmassen, dem mürben Schutt für den nächsten Schritt ein Halt gefunden ist. Die starren, regungslosen Augen der Kulis quellen bei dieser tastenden Suche aus den Höhlen. Auch die Tiere sind mit gleichem Ernst bei der Sache wie die Menschen, stellen die gleichen Berechnungen an. Schweigen liegt über der ganzen Karawane, die regelmäßig, stetig hinaufzieht, obwohl ihr langer Leib sich windet, um den Schleifen des Pfads zu folgen, der alle Unebenheiten und Einbuchtungen der Steilwand, an die er sich klammert, nachzieht. Schweigen, nur durchbrochen vom Keuchen der Träger und den kurzen Befehlen der Oberkulis bei der Ablösung. Eindrucksvolles Schweigen, in dem man, sooft ein Fuß oder ein Huf anstößt, einen Stein rollen, stürzen, von einem Vorsprung der Schroffenwand zum anderen prallen hört, bis er schließlich lautlos in der Tiefe verschwunden ist. Jedesmal ein Schock für den Generalgouverneur und die übrigen Weißen in Sänften oder zu Pferd, denn sie sehen sich schon selbst im Abgrund. In Wahrheit besteht überhaupt keine Gefahr. Diese Kulis, deren nackte Füße längst zu Horn und Leder wurden, sind auf diese Kletterpartien, diese Art von Transporten dressiert, sie haben gelernt, mit ungeheuren Traglasten Gebirge und Abgründe zu bewältigen, auf den schmalen Saumpfaden, die Millionen und Abermillionen Füße vor ihnen ausgetreten haben. Meine Kulis sind jung und mit Reis gemästet, sie könnten einen Generalgouverneur mühelos wie eine Strohpuppe bis ans andere Ende Chinas tragen. Ich hätte nicht meine ganze Karriere aufs Spiel gesetzt, wenn auch nur die geringste Gefahr bestünde, daß der Herr Generalgouverneur oder einer seiner Gefolgsleute bei der Einweihungstournee in Szetschuan in einer Felsenschlucht in tausend Stücke zerschellt. Für mich persönlich, der ich schon so viel in China herumgereist bin, handelt es sich hier ohnehin nur um eine ganz gewöhnliche kleine Bergpartie. Ich muß allerdings zugeben, daß der Generalgouverneur eindeutig nicht dieser Meinung ist; zermürbt von Angst und Schrecken überläßt er sich schließlich seinem Schicksal und schließt die Augen, um nichts mehr sehen zu müssen.

Endlich erreichen wir den Gipfel, eine Art kahles Hochplateau, eine von Regen und Wind blankpolierte Fläche. Ich verkünde, daß mein See nicht mehr sehr weit entfernt sei, und meine Picknickfreunde schöpfen wieder Mut. Aber nicht für lange, denn bald hält die Karawane vor einer Erdspalte, einer schmalen schwarzen Klamm, auf deren Grund das wilde weiße Schäumen eines Sturzbachs tobt. Der einzige Übergang über diese Höllenschlucht ist eine hundert Meter lange Lianenbrücke, die sich in der Mitte stark durchbiegt und beim kleinsten Lufthauch zu schwanken beginnt. Kein Geländer. Alles ächzt, alles bebt, alles wackelt, sobald man sie betritt. Trotzdem besteht keine Gefahr, es sei denn, die Brücke wäre verfault. Ich habe Herrn Pu gestern befohlen, alles zu prüfen. Aber hat er es getan? Besser, ich lasse nochmals vor meinen eigenen Augen eine Kontrolle durchführen. Ich rufe der Karawane, die sich soeben auf diese Pflanzenarche begeben will, Halt zu. Ich ordne eine Prüfung an. Mißmutige Mienen bei allen meinen Gelbhäutern, Soldaten wie Dienern, über diese zusätzliche Arbeit. Ein komisches Volk, diese Gelben: im allgemeinen so gierig nach Leben und Überleben, aber manchmal setzen sie aus purer Faulheit alles aufs Spiel. Lieber riskieren sie ihr Leben, als daß sie eine Arbeit von ungewisser Nützlichkeit auf sich nehmen. Ihr ökonomischer Sinn ist von eigener Art. Daher kommt es, daß sie alle Dinge benutzen, solange es irgend geht, besonders wenn es sich um öffentliche Einrichtungen handelt, und nie etwas reparieren, bis es ganz und gar in Stücke fällt. Erst dann denkt man an Ersatz. Wenn inzwischen Opfer zu beklagen waren, kann man eben auch nichts machen . . .

Aber ich kann mir natürlich nicht erlauben, auf diese Weise

meinen Generalgouverneur zu verlieren. Der mir, während die endlos lange Schlange der Chinesen spöttisch abwartend niederkauert, als wollten sie ihr Geschäft verrichten, eine erstarrte Riesenraupe mit gesträubten Haaren, gereizte Vorhaltungen macht, ganz aufgebrachte Exzellenz, die sich ihrer Wichtigkeit entsinnt: ›Was ist denn jetzt wieder los? Das Ganze ist miserabel organisiert, Herr Konsul. Wohin haben Sie mich verschleppt? Solche Abenteuer sind meiner Gesundheit im höchsten Maß abträglich ...‹ Die Zivilbeamten haben sich um ihn geschart, die Brummigkeit ihres guten Herrn und Meisters hat sich auf ihren Mienen bereits zu strengem Tadel verschärft. Ich stammle nur: ›Das hat nichts zu bedeuten, Herr Gouverneur, nur eine kleine Vorsichtsmaßnahme ...‹, und scheuche meine Chinesen wieder auf. Der Oberst befiehlt seinen Truppen martialisch, die Tragfähigkeit der Brücke zu prüfen – aber wie soll man Vertrauen haben zu diesen Soldaten, die außer bei der allerdings sehr geschickten Handhabung des Bajonetts die Faulheit in Person sind? Ich zitiere also meine Oberkulis zu mir und ködere sie durch das Versprechen einer Extrazulage. Sie haben ohnehin schon seit unserem Aufbruch alles Mögliche versucht, sich das Hirn zermartert, um außer dem obligaten kleinen Bakschisch am Ende des Tages eine Sonderprämie herauszuschinden. Meine Worte wirken Wunder, erfüllen die Burschen mit leidenschaftlichem Eifer. Sie stürzen sich in die Arbeit, untersuchen hingebungsvoll jeden Zentimeter des Übergangs, der einer engen schadhaften Hängematte gleicht. Mit Augen, Füßen und Händen tasten sie jede Faser ab, und beim geringsten Zweifel hängen sie sich daran, klammern sich an, lassen sich ins Leere baumeln, um überall nachzusehen, unten, an den Seiten, um Knoten zu schlingen, Befestigungen, Verstärkungen aus Brettern, Weidenruten und Schnüren anzubringen. Endlich verneigt sich der Chefboy vor mir, legt die Hände aufs Herz zum Zeichen, daß er die Wahrheit spricht, und sagt, daß wir hinüber können. ›Mein lieber Konsul, Sie sind sich doch der Verantwortung bewußt, die Sie da übernehmen ...‹, fährt mich der verzweifelte Gouverneur an, der viel lieber zum Rückzug geblasen hätte. Aber ich bleibe standhaft: ›Herr Gouverneur, ich vertraue dem Wort meines Chefboys. Außerdem können wir jetzt nicht mehr zurück, wenn wir nicht vor ganz Tschengtu und vor ganz Szetschuan das Gesicht verlieren wollen.‹ – ›Nun denn, in diesem Fall . . .‹ Seine Exzellenz gehorcht dem Ruf der Pflicht, aber mir scheint er nicht mehr besonders gewogen zu sein, nachdem ich offenbar sein Leben dem Wort eines gewöhnlichen chinesischen Domestiken anvertraue. Wie soll ich ihm erklären, daß es in China nur eine einzige absolute Garantie gibt: das Wort eines gewissenhaften ersten Dieners, dem eine Belohnung winkt? Zudem hat während unseres kurzen Gesprächs der Oberst seine Truppe neu formiert und in Marsch gesetzt, um den Übergang zu wagen, hinter sich zu bringen. Die Soldaten an der Spitze unseres Zuges laufen, rennen, springen wie Affen, sicherlich um uns, unsere Ängste und Bedenken zu verhöhnen. Dann kommt das schwere Gepäck an die Reihe, die Pferde werden von den Mafus am Zügel über die wippenden Lianen geführt, es folgen die leeren Sänften und sperrigen Gegenstände, mit denen die Weißen sich immer belasten. Das alles zieht ohne einen Unfall glatt über den luftigen Aufbau, als gähnte nicht ringsum die tödliche Leere. Schließlich die Riege der Herren und Damen, im Gänsemarsch, insgesamt ihrer dreißig, alle mit automatenhaftem Gang, verschlossenen Mienen, zusammengebissenen Zähnen, ein Bild eisernen Muts. Die Damen sind stoisch. Nur die Gouverneuse muß sich nicht zusammenreißen, sie tändelt munter hinüber . . . Der Gouverneur dagegen, vorn von mir gestützt, hinten vom Chef der Zivilregierung, taumelt wie eine verstörte alte Puppe, die Augen zum Himmel verdreht, mit zitternden Beinen, und hat nur noch die Kraft, zu ächzen: ›Ah, oh, das passiert mir nicht noch mal, das passiert mir nicht noch mal . . .‹ Einmal bleibt er wie gelähmt stehen und weigert sich weiterzugehen, und ich frage mich bange, wie ich ihn vom Fleck bringen soll. Wird er nicht doch noch abstürzen? Da ruft seine beherzte Gattin ihm zu: ›Vorwärts, Dicker, zeig, daß du ein Mann bist!‹ Diese ehefrauliche Vorhaltung wirkt wunderbar belebend auf den Gouverneur, der seine Bahn mit neugewonnener Würde weiterzieht.

Danach haben wir wieder den kargen Boden unter den Füßen, aber eine köstliche Aussicht vor Augen. Vor uns liegt mein

See, spiegelglatt, ein Gewässer von düsterer Reinheit, eingelassen in eine majestätische und zugleich anmutige Berglandschaft. Keine bizarren oder drohenden Formen, sondern gezähmte Tiere mit einladenden Flanken. Wälder, Bäche, üppige Düfte und Säfte, der große Friede, das Leben, wenn man auch zunächst als einzige Lebewesen nur Herrn Pu und seine Handlanger sieht. Sie haben, das muß man zugeben, auf Teufel komm raus geschuftet. Ihre Hölle sind die flammenden Feuerstellen, über denen gewaltige Fleischstücke braten und die die Mönchlein des nahe gelegenen Klosters mit ihren Bettelschalen herbeigelockt haben. Herr Pu verscheucht sie bei unserem Nahen. Er steht vor uns, dem Gouverneur, den Damen und mir, mit allem berechtigten Stolz, der sich irgend unter dem demütigsten Respekt verbergen kann, in seinem makellos weißen küchenpriesterlichen Ornat. Sein Hauptwerk ist eine Tafel, überladen wie ein Altar mit funkelnden Gedecken, würdig eines kaiserlichen Banketts oder Hochzeitsmahls. Sie ist in einer grünen Mulde aufgeschlagen, am Fuß eines Hangs, der sanft, aber endlos bis zu den leichten Wolken, dem Kranz aus Nebelgespinst, um seinen Gipfel ansteigt. Herr Pu hat sein Bankett genau dort angerichtet, wo das leichte Gefälle sich in den Wassern des Sees verliert. Am Ufersaum spiegeln die Wellen blendendweiße Lichter wider, Quarze und Kristalle, die zu Rauten und anderen geometrischen Körpern geschliffen wurden. An einer kleinen ebenen Stelle hat Herr Pu für uns in den Rhododendrongebüschen und den Beeten wilder Lilien eine Lichtung geschaffen. In der Mitte des gerodeten Raums steht wie gesagt die Tafel, für die Herr Pu das feinste Linnen, das köstlichste Porzellan und das schwerste Silber aus dem französischen Konsulat mitnehmen ließ. Er hatte Anne Marie, deren ganze Liebe und ganzer Stolz diesen schönen Dingen gilt, auf Ehre zugesichert, ein so scharfes Auge auf die Träger zu halten, daß nichts zu Schaden komme – und es kam auch nichts zu Schaden. Er hat sogar die Tischkarten fehlerlos, genau nach meinen Anweisungen plaziert. Die Tischkarten sind für Herrn Pu äußerst wichtig. Während der Gouverneur, die Damen und Herren nach den Regeln der Etikette ihre Plätze einnehmen, haben sich unsere Soldaten und die Kulis ringsum in Gruppen verteilt, einige ziehen auf Wache, andere zünden Feuer an für den Reis, den sie während des Kochens mit ihren Bajonetten umrühren. Das Landschaftsbild hat sich in eine gastronomische Szene verwandelt, die von Herrn Pus aufwendigem Dekor bis zur Futterstelle für die Maultiere reicht. Alle Mägen bereiten sich zur Aufnahme der Genüsse vor, alle Nasen ergötzen sich an den Düften der Speisen. Die gelben Gesichter sind ob dieser Nahrung von tiefem Ernst durchdrungen – denn ich habe alles wohl vorbereitet, eigenhändig sowohl dem Oberst wie dem Oberkuli kleine Beträge zugesteckt, damit sie die Ration ihrer Leute aufbessern, in den am Weg gelegenen Weilern auf ehrliche Weise eine Anzahl Spanferkel erwerben können. Die Bauern, die bereits eine Plünderung befürchtet hatten, waren nur zu gern zu solcher Handelschaft bereit. Jetzt erhebt sich von allen Seiten das Quieken der Schweine, die abgestochen werden. Aber diese Mißtöne klingen wie Himmelsmusik. Ich bin von einem glücklichen China umgeben. Alles steht zum besten.

Nur nicht unser Festmahl. Denn der Generalgouverneur ist sofort nach seiner Ankunft im Sessel zusammengesunken wie ein leerer Sack. Ist er ohnmächtig geworden? Eine Untersuchung durch unseren Arzt aus Tschengtu, den ich vorsichtshalber mitgenommen habe, würde ihn womöglich kränken. Ich richte fragende Blicke auf die Zivilbeamten, aber sie hüten sich geflissentlich, mir einen Rat zu geben. Schließlich beginnt die Gouverneuse, die Wangen ihres Gatten zu tätscheln, und diese Liebkosungen erwecken ihn wieder zum Leben. Aber er spricht kein Wort, sein Gesicht bleibt schlaff und gerötet, und er atmet mühsam. Und wenn ein Generalgouverneur kein Wort spricht, dann wagt auch niemand in seiner Umgebung, Konversation zu machen. Die wohlverteilten Herren und Damen sitzen da und schweigen betreten. Nicht einmal die Gouverneuse hört man plappern ... Ich fasse mir ein Herz und stürze mich scherzenden Tons in ein paar chinesische Histörchen, die ich lustig finde. Aber sie kommen nicht an, vielmehr entschließt der Gouverneur sich endlich, den Mund aufzumachen. ›Von China‹, sagt er, ›von China hab ich die Schnauze voll.‹ Bleiernes Schweigen. Unter Herrn Pus strengen Blicken ziehen die Boys in einer endlosen Prozession um den Tisch, tragen die von ihm zubereiteten Gerichte auf, Spitzenleistungen europäischer Kochkunst. Aber ach, alle diese kostbaren Leckerbissen, die dank meiner Eisenbahn den Weg von Paris nach Tschengtu fanden, sind in einem katastrophalen Zustand. Die Poularden aus Bresse schmecken wie Pappkarton, das Weidelamm ist völlig verschrumpelt, und die Seezungen von der Kanalküste sind halb verfault. ›Brrr‹, macht der Generalgouverneur beim ersten Bissen und spuckt ihn wieder auf seinen Teller. Anne Marie ist bleich vor Verlegenheit ... Was die Situation schließlich einigermaßen rettet, sind die beiden Lebenselixiere der Kolonien: Camembert und Beaujolais. Denn, wo immer sich Franzosen aufhalten mögen, und sei es im hintersten und wildesten Winkel des Reichs der Mitte, ja sogar in einem Dschungel oder in der Wüste, sie bringen es immer fertig, sich diese beiden Köstlichkeiten schicken zu lassen, sie verschwenden Ungeheures an Phantasie auf die Herbeischaffung dieser Himmelsgaben. Gewiß, meine Landsleute in China rühmen sich, häufig zu Recht, daß sie sich besser mit allem Chinesischen abfinden als die übrigen Weißen – aber man muß sie gesehen haben, wenn sie eine Sendung Käse und Flaschen, die auf geheimnisvollen Wegen bis zu ihnen gelangte, in Empfang nehmen! Welche Vorfreude, welcher Appetit, welcher Jubel, welche Fülle an Lobpreisungen, an Begutachtungen, Vergleichen, Erinnerungen, Rührung, welches Ausmaß von Sachkenntnis! Welche gelehrten Vorträge! Kurz, ihr Intellektualismus feiert hier seine größten Triumphe. Im Cercle sportif von Schanghai diskutiert man mehr und ausführlicher über den Camembert, seine verschiedenen Sorten, seine Eigenheiten, seine Qualitäten als über irgendein anderes Thema einschließlich Weiber und Zaster. Und so bewirkt auch bei diesem mißglückten Picknick am See das Erscheinen dieses Käses, zusammen mit einem gewöhnlichen Roten, daß die dahinsiechende Tafelrunde wieder einige Lebenszeichen von sich gibt. Dabei ist dieser Krätzer nicht zu vergleichen mit den berühmten Marken, die ihm vorhergingen und die mit dem entsprechenden Dekorum serviert worden waren. Diese köstlichen Tropfen, die mich soviel gekostet hatten wie flüssiges Gold, waren in den Dutzenden von Gläsern geblieben, unter der mit abschätzigen Grimassen vorgebrachten Begründung, daß sie keine Reisen vertragen, während mein

Landwein literweise durch die Kehlen rinnt. Auch die Miene des Generalgouverneurs hellt sich auf, als er damit seinen Camembert reichlich begießt, der ohnehin schon flüssig genug ist, als stinkende, ekelhafte Masse aus den Schachteln quillt – ein Gestank, der es mit jedem Gestank Chinas aufnehmen kann, ja ihn sogar noch übertrifft, so daß die gelben Diener an sich halten müssen, um ihren Ekel nicht zu zeigen. Ich muß schon sagen, er ist vollreif, mein Stinkadores, überreif sogar. Allgemeine Ausgelassenheit, die ältesten Kalauer, die sich schon in ganz Asien bei den Freßgelagen der Franzosen bewährt haben, werden aufgetischt. Der Generalgouverneur bemerkt feinsinnig, wenn er auf einem Camembert anstatt auf einem Tragsessel nach Tschengtu zurückkehren könnte, wäre er aller Sorgen ledig. Der Gedanke an den Rückweg mit all dem Ungemach, das ihm aufs neue bevorsteht, macht ihm schwer zu schaffen. Trotzdem lacht er mehr gutmütig als erbittert, und um sich Mut zu machen, spricht er seinem Beaujolais wacker zu und verputzt gewaltige Mengen Käse. Auf dem Gesichtchen der Gouverneuse, meiner Tischdame, die bisher wie ein artiges kleines Mädchen neben mir saß, erscheint plötzlich ein übermütiges Lächeln, wahrscheinlich hat sie wieder einen ihrer Streiche ausgeheckt. Ich täusche mich nicht. Lispelnd und gluckernd beginnt sie zu zwitschern: ›Liebster, bester Konsul, Ihr famoser Imbiß war ja nicht gerade ein Honiglecken. Dafür können Sie nichts, aber was den Spaß angeht . . . Diese ganzen Wachsfiguren, ich komme mir vor wie beim Präsidenten der Republik oder beim alten Kaiser von Annam, wo mein Mann mich schon Stunden vorher ermahnt, daß ich den Mund halten soll. Weil er schon so Bedeutendes zu sagen hat . . . Allerdings gibts bei diesen Leichenbittern keinen Camembert wie den Ihren, bei dem man scharf aufpassen muß, damit er nicht davonläuft. Apropos, da fällt mir was ein.‹ Großes Schweigen vor dieser sibyllinischen Erklärung. Die quecksilbrige Dame fährt ganz ungeniert fort: ›Ich habe genug vom Herumsitzen. Ich werde mir ein bißchen die Beine vertreten. Einen kleinen Verdauungsspaziergang machen.‹ Worauf sie sich röckeraschelnd erhebt und munter mit dem Popochen wackelnd das nächste Boskett ansteuert, nachdem sie ihrem Leibadjutanten bedeutet hat, sie zu begleiten. Der Gatte ist völlig manövrierunfähig, denn er ist mit Hilfe des Beaujolais aus seiner Depression in einen heilsamen Schlummer hinübergesegelt und schnarcht mit glückseligem Gesichtsausdruck auf dem Tischtuch. Doch die Dame und ihr ständiger Begleiter haben kaum ein Dutzend Schritte getan, als vierzig Soldaten mit gezückter Waffe hinter einem Busch hervorstürzen und ihnen in respektvoller Entfernung folgen. Sofort schnappt die Gouverneuse: ›Was soll denn nun das wieder? Bin ich vielleicht eine Gefangene?‹ Ich erkläre ihr mit bedauernder Miene, daß ich nichts dafür könne, daß es sich zweifellos um eine Initiative des Obersten handle, der seinen Kopf gern auf den Schultern behalten möchte, denn wenn ihr, ausgerechnet ihr, etwas zustieße, da sich doch in dieser Gegend Banditen herumtreiben könnten ... Die Dame ist wütend. Ich aber hüte mich, sie beschwichtigen zu wollen, ich stelle mich lieber dumm. Ich sage einfältig: ›Wir könnten, um Sie für den vereitelten Spaziergang zu entschädigen, einen kleinen Abstecher zu der nahe gelegenen Pagode unternehmen. Sie ist sehr schön, sehr sehenswert ...‹ Die Gouverneuse läßt mich glatt abfahren: ›Sie könnten sich eine bessere Lustbarkeit einfallen lassen. Ich pfeif auf Ihre Pagode. Diesen Buddhazauber, den gibts in Tongking tagaus, tagein, der hängt mir schon zum Hals raus ...‹ Ich aber preise unbeirrbar im liebenswürdigsten Philisterton meine Ware an: ›Sie werden Ihren Besuch nicht bedauern, Madame. Denn es handelt sich hier um ein hochberühmtes Kloster, und viele verzweifelte Pilger sind von dort frohen Herzens zurückgekehrt. Es gibt dort eine riesenhafte Buddhastatue aus rotem Gold, deren Nabel aus einem faustgroßen Smaragd besteht. Wer immer sich an diesem Stein reibt, soll sogleich an Leib und Seele geheilt sein. Diese heilige Stätte ist ein chinesisches Lourdes.‹ – ›Damit können Sie mich nicht ködern, Herr Konsul. Mir gehts prima, ich bin kerngesund, und Ihr blödsinniger Abstecher kann mir gestohlen bleiben. Hören Sie mir bloß auf mit Ihrem Lourdes für gelbe Affen. Sie mögen ja was dafür übrig haben, vielleicht haben Sie sich selbst schon mal von einer liederlichen Krankheit dort kuriert. Ich seh Sie vor mir, wie Sie Ihren Pimmel an dem berühmten Smaragd rubbeln ...‹ Und sie lacht schallend, bis der – wieder erwachte – Generalgouverneur einschreitet: ›Meine Liebe, solche unanständigen Sachen darfst du nicht sagen. Ich werde sonst ärgerlich . . . Verzeihen Sie ihr, mein lieber Konsul. Meine Frau macht gern Spaß, sie meint es nicht böse.‹ Ich fahre unbeirrt in meiner Aufzählung fort: ›Und außerdem gibt es eine einmalige Folterkammer, das Phantastischste, was die menschliche Einbildungskraft je ersonnen hat, die Hölle der Zehntausend Qualen, denen die Verdammten unterworfen werden. In einem düsteren, nur von Fackeln beleuchteten Saal erblicken Sie ein zwanzig Meter langes Wandgemälde, ein Inferno aus Menschen jeden Alters und Geschlechts, deren Folterung in Relief und in Farben mit unerhörter Präzision dargestellt ist. Ein Gewirr, Gewimmel, ein Schwall, ein Wust abgehackter, zersägter, verbrannter Gliedmaßen, jede Bewegung ist bis ins kleinste genau dargestellt, in grellen Farben, unter denen das blutige Rot dominiert. Und inmitten dieses menschlichen Schlachtviehs, das sie zerwirken, arbeiten die Henker mit einer Unzahl von Instrumenten, mit den friedlichen Mienen guter Handwerksleute, die ihren Beruf ausüben. Eine Sehenswürdigkeit, glauben Sie mir. Und Sie werden feststellen, daß es in der Folter viel mehr Stellungen gibt als in der Liebe. Und außerdem lernen Sie die chinesische Mentalität kennen, denn wir Europäer haben trotz der einschlägigen Bemühungen unserer Vorfahren niemals eine derartige Fülle von Scheußlichkeiten entwickelt. Gewiß, die frommen Mönche dieses Tempels haben sich bei der Darstellung der Höllenqualen selbst übertroffen. Sie wollen den Gläubigen einbläuen, was ihrer harrt, wenn sie sich nicht streng an die Gebote Buddhas halten, vor allem was die geheiligte Spendenfreudigkeit gegenüber den Gottesdienern betrifft.‹ Die Gouverneuse ereifert sich: ›Danke schön, Herr Konsul. Ich müßte also diese Götzenpriester tüchtig schmieren, damit ich nicht in der Hölle brate. Ich bin bereits bedient, mir genügt der Teufel, den mir meine braven Pfarrer gratis an die Wand malen . . . Außerdem bin ich weder unterbelichtet noch pervers, diese ganzen Schweinereien, die Sie mir als Augenschmaus empfehlen, können mich nicht hinterm Ofen hervorlocken, auch wenn Ihnen bei der bloßen Schilderung das Wasser im Mund zusammenläuft. Foltern, nichts als Foltern, etwas anderes hat Ihr Vergnügungsprogramm nicht aufzuweisen. Mein Fall ist das nicht . . . Verschonen Sie mich bloß mit solchen Lustbarkeiten.‹ Neuerliche wohlgemeinte Intervention des Herrn Generalgouverneurs: ›Ma Chérie, sei nicht so unfreundlich zu unserem Konsul, er gibt sich die größte Mühe, uns zu unterhalten und uns China schmackhaft zu machen. Mein lieber Konsul, Sie dürfen meiner Frau nicht böse sein, sie ist manchmal ein bißchen hitzig, aber sie hat ein gutes Herz ...‹ Ich bleibe standhaft, ich weiß, daß ich dieses Flittchen doch noch herumkriegen werde, denn ich habe einen Plan, eine todsichere List ausgeheckt. Ich setze also in aller Ruhe meine Ausführungen fort: ›Die Mönche dieses Klosters sind vor allem wegen einer seltsamen, ja unerklärlichen Fähigkeit berühmt, deren Geheimnis sie eifersüchtig hüten, einer Fähigkeit, die weit über alles hinausgeht, was man dem Dritten Auge zuschreibt. Wenn man höflich darum bittet, sind sie ohne weiteres in der Lage, Ihnen Ihre Zukunft lückenlos zu enthüllen ...‹ – ›Also damit‹, fällt die Gouverneuse mir barsch ins Wort, mit einer Feindseligkeit, hinter der sich das erwachte Interesse verbirgt, ›damit dürfen Sie mir nicht kommen. Sie können sich doch denken, daß ich in Indochina bedient bin mit diesen läppischen Wahrsagern und Wahrsagerinnen, ihren Pulvern, ihren Reisern, ihren Darmrestchen und sonstigen Innereien, ihren gedörrten Kräutern und komischen Gebeten, sogenannten Zaubersprüchen, das orgelt, als hätte ich tausend Ehemänner, die alle zugleich schnarchen. Und ihre schwerfälligen Geistertänze, ein Getrampel, mit dem man sogar den Heiligen Geist in die Flucht schlagen könnte. Ich habs sogar mit den Hexenmeistern versucht, die allesamt gelber sind als gelb und dazu zaundürr. Diese ganzen Propheten sind kalter Kaffee. Nicht einer von ihnen kann meiner Concierge aus der Rue des Abesses in Paris das Wasser reichen, die mir damals, als ich noch eine kleine Putzmacherin war, aus ihrer Kristallkugel und den Karten geweissagt hat, ich würde einen älteren, aber sehr guten und angesehenen Herrn heiraten – meinen Dicken!‹

Ich aber wittere bereits den Sieg und lasse jetzt nicht mehr locker: ›Ich glaube Ihnen nicht zuviel zu versprechen, Madame, wenn ich sage, daß Sie dieses Mal nicht enttäuscht sein werden. Denn die Bonzen dieses Klosters besitzen wirklich eine Gabe, die ich für übernatürlich erachte. Denn sie sagen Ihnen nicht Ihr Schicksal voraus, sie prophezeien nicht, sondern sie lassen es vor

Ihren Augen in richtiggehenden Bildern erstehen, zeigen Ihnen gewissermaßen Fotografien Ihrer Zukunft. Ganz erstaunlich ...‹

Auch jetzt noch gibt die Gouverneuse vor, sich lustig zu machen, aber sie hat angebissen: ›Ich kann mich demnach sehen, wie ich in fünf oder zehn Jahren sein werde? Hoffentlich nicht Witwe und nicht verblüht. Ich warne Sie, ich mache einfach die Augen zu, wenn Ihre sauberen Brüder mich als wackelköpfiges Mütterchen auftreten lassen, ich tu, als würde ich mich nicht kennen. Ich will mich noch jung und begehrenswert sehen. Natürlich glaube ich nicht an Ihren Schwindel, mein lieber Konsul, aber ansehen möchte ich mir die Sache doch.‹

Endlich habe ich mein Ziel erreicht. Es klappt immer, besonders bei den Damen.

Das Kloster liegt fünfhundert Meter entfernt. Der Generalgouverneur läßt sich in seinem Tragsessel befördern, aber die übrige Gesellschaft marschiert zu Fuß, wie es sich für Touristen gehört. Nach der halben Wegstrecke beginnt die Allee, die zum Tempel führt, eine Prachtstraße mit großen, gut gefügten Pflastersteinen, uralten Platten aus sehr hartem Material, alle genau gleich, jede einzelne glatt poliert, gehöhlt von den Füßen zahlloser Gläubiger. Aber heute ist alles menschenleer, als hätte man die Besucher in Erwartung unserer Ankunft weggescheucht. Unseren Weg säumen Tierfiguren aus Granit, Löwen, Phönixe, Einhörner und sogar Elefanten, die wie göttliche Schildwachen zu beiden Seiten der gewaltigen Auffahrt stehen. Außer von diesen himmlischen Heerscharen werden wir natürlich von unseren Soldaten beschützt, die uns auf dem Fuße folgen. Doch während sie sonst schwatzen wie die Elstern, schweigen sie jetzt, als schämten sie sich ihrer gotteslästerlichen Anwesenheit auf dieser Straße des Großen Himmlischen Friedens, die uns nun sanft ansteigend unter das schützende Laubwerk hundertjähriger Bäume führt. Dieser heilige Hain und die immer dichter werdende Reihe der Tierplastiken verkünden die Nähe der Pagode. Und ich sage mir, während ich frohgemut dahinschreite, daß die Bonzen sich dieses Mal uns zu Ehren tüchtig ins Zeug legen werden. Denn ich kenne sie genau, diese gottgeweihten Gauner: Wenn es ihnen nicht gelungen ist, den reichen Pilgern durch fromme Sprüche und faulen Zauber die letzte Münze aus der Tasche zu locken, so lassen sie sie von Banditen, die mit ihnen im Bund stehen oder sogar in ihrem Sold, überfallen und vollends ausplündern. Aber ich weiß, daß diese schurkischen Mönche heute die ganz große Schau abziehen und meinen Gästen auf Teufel komm raus eins vorzaubern werden. Dieses Mal habe ich mich nicht auf Tang Kiao verlassen, damit sie spuren, denn ohne klingende und springende Münze würde diese Bande sich kein Bein ausreißen, auch nicht wenn der oberste Kriegsherr sie mit seinen Strafen und Züchtigungen bedrohte. Die frommen Brüder sind die einzigen Menschen in ganz Szetschuan, denen der schreckliche Tang Kiao völlig schnuppe ist, sie tun ihn als alten Trottel ab, als Großmaul, als gewöhnlichen Landsknecht, als verächtlichen Söldner. Im allgemeinen gelten die Mönche, Nonnen und Mönchlein mit ihren safrangelben Kitteln – safrangelb, die Farbe der Demut –, den heiligen Brandmalen auf dem kahlgeschorenen Schädel, die sich in den Klöstern mästen oder langsam durchs Land ziehen, ihren Segen spenden und zugleich die nimmersatte Almosenhand ausstrecken, bei der Bevölkerung als abgefeimte Spitzbuben, kaum besser als die Soldaten. Die Insassen dieses großen und mächtigen Tempels dagegen werden, obwohl sie noch größere Scharlatane, Diebe, Lügner und Räuber, noch geldgieriger und sogar verbrecherischer sind als ihre verachteten Kollegen, vom einfältigen Volk verehrt wie Heilige, wie Reinkarnationen des großen Buddhas, wie lebende Götter. Vermutlich sind sie einfach gerissener als die gewöhnlichen Glaubensdiener. Wie dem auch sei, diese Schweine genießen den Respekt und die Verehrung aller Szetschuanesen, fast im gleichen Maß wie ihre Konkurrenz von Ho Mi Schang, dem Berg der sechsundfünfzig Tempel, dem Gebirge, das der Fuß Buddhas gezeichnet hat. Meine Bonzen hier können auf den göttlichen Fuß verzichten, ihre wohlberechneten nebulosen Prophezeiungen würden genügen, um den Pöbel von Tschengtu und der Provinz gegen Tang Kiao aufzuhetzen. Der hütet sich also weislich, ihnen und ihren Interessen zu nahe zu treten. Vor dem fünfstöckigen Portal, dort, wo Statuen der Kriegsgötter mit mächtigen eckigen Vollbärten, gebogenen Hellebarden und roten Masken allen Ausstrahlungen des Bösen den Zutritt zur Pagode verwehren, machen übrigens auch unsere eigenen Soldaten halt und lassen sich zu Boden fallen. Aber sie lümmeln nicht etwa träge herum, sondern nehmen die entspannten und gelockerten Stellungen der Ruhe und der Erwartung ein: die chinesische Technik, Körperkraft zu sparen. Sie lassen uns allein das Portal durchschreiten, durch ein rundes Loch, wie durch einen Reifen. Dabei stelle ich mit berechtigter Genugtuung fest, daß die Mönche alle Vorkehrungen getroffen haben, um unserem Generalgouverneur mit erlesenster Zuvorkommenheit, einem Kundendienst der Sonderklasse aufzuwarten. Alles ist bereit, denn ich habe am gleichen Morgen meinen Chefboy zu ihnen geschickt, der ihnen nach einem höflichen, aber harten Tarifgespräch die für den großen Empfang, ein komplettes Zeremoniell geforderte Summe ausgehändigt hat.

Dem ersten Tor folgen noch zwei weitere. Die Pagode ist von drei konzentrischen Mauerringen umgeben, magische Festungen, die von einer Garnison glückbringender Symbole gehalten werden, hauptsächlich von geflügelten Dämonen, hölzernen Riesen, dräuenden Göttern, deren Blicke die Bösen töten. Endlich schimmern dort, wo die Bäume sich lichten, hoch auf dem Hügel, über den Zweigen, kurz unterhalb des Gipfels die Bogen und Wölbungen in undefinierbaren Farbtönen. Diese Kurven sind die Firste der Tempel, deren Aufbauten zum Himmel ragen. Wiederum Genien, wiederum steinerne Wächter, Stelen, wiederum eine Pforte – wir sind fasziniert von der bizarren Schönheit, angezogen und abgestoßen von dem harmonischen Chaos, das sich uns auftut. Das Meer der Steinplatten, der großen kalten Höfe, der breiten drachengesäumten Stufen, und dann das Allerheiligste. Zerrissenheit und Glätte zugleich, Durchbrüche, Türmchen, Vorsprünge, und in diesem Formentaumel endlich die eigentlichen Pagoden. Sie scheinen nur aus Kaskaden von Ziegeln und Schichten von Dächern zu bestehen, die sich überlagern, überragen, verflechten, vereinen, bekämpfen, gewichtig und flüchtig zugleich. Eine erdrückende, erhebende Schichtung von Dächern, gleich dem geschuppten Panzer einer Riesenechse, die ihre Flughaut spannt, die Flügeldecke breitet und sich in die Lüfte schwingt. Diese Dächer sind die Wirbelsäule, die Panzerringe, die Schuppen, die Tatzen des Drachen. In der Mitte der größte Tempel, der Tempel der Harmonie: wunderbare Ruhe, fern der Welt der Phantasmen, der animalischen und metaphysischen Ängste der Menschheit. Friede, geformt aus der endlosen chinesischen Unrast, dem Abgrund der Schrecken und der Schätze, der unaufhörlichen Bewegung des Denkens, das herumirrt in seinen Träumen, seinen Schimären, seinen Ängsten und Begierden, sich der Präzision und Brutalität der Folgerungen und Berechnungen fügt, die angetan sind, die Leidenschaften zu stillen und den Sieg zu bringen. Das alles findet sich im phantastischen Formenreichtum dieser Stätte. Aber auch der andere, der tiefere, der wahre Friede, der Friede der aufrichtig Gläubigen, der Friede, den Buddha predigt: die Suche nach Verzicht auf das Treiben dieser bösen Welt, der Wille, von der tragischen Bühne der Lebenden abzutreten und durch Tugend und Weisheit einzugehen in die Passivität, das Losgelöstsein, das Nichts, in das Nirwana, in dem nichts mehr ist – denn das einzig mögliche Glück besteht darin, nie mehr zu sein, in keiner wie immer gearteten Form, in keiner Gegenwart, Vergangenheit oder Zukunft. Die einzig wahre Heiligkeit, die immer vollkommenere und höhere, die Heiligkeit der Selbstentäußerung, der totalen Inexistenz, des Nicht-Seins in einer Nicht-Welt, die Aufhebung des Weltenlaufs, der Dinge, der Leben, der Ewigkeiten. Dies ist die Befreiung, der Pfad der Tugend, dem meine Mönche zu folgen vorgeben, diese schlauen Füchse in ihrem kuriosen Bau, wo man alles finden kann: den Abklatsch menschlicher Laster und den Abglanz der Heiterkeit Buddhas.

Der Gouverneur ist abgestiegen. Wir steigen in einem linkischen Häuflein die letzten Stufen hinauf, als eine akustische Apokalypse über uns hereinbricht: die Musik der Bonzen, ein stetiges Rollen und Grollen, von Donnerschlägen zerrissen. Ich unterscheide das Hallen der Gongs, die dumpfen Schläge der eisernen Trommeln, großer Hohlzylinder, deren nachschleppende Wehlaute den Raum erfüllen, die klumpigen und erschreckenden Töne der riesigen Hörner, Überreste jener Fabeltiere, die einst auf den Gipfeln des Himalaja hausten. Über allem das Lärmen der biblischen Posaunen, die aus schlichten, sehr dünnen und bis zu drei Meter langen Röhren bestehen, in die man mit übermenschlicher Kraft hineinbläst. Und von weiterher, von irgendeinem glöckchenbehangenen Turm, lassen hundert oder tausend Glöckchen, die sich in der Luft, im Wind, im geringsten Hauch bewegen, einen glasklaren Schauer aus Klangtropfen über uns rieseln. Dann schweigen alle Geräusche. Wir stehen im Heiligtum, dem berühmten riesigen rettenden Buddha gegenüber. Mich fasziniert weniger sein Nabel als das kaum angedeutete Lächeln, vielmehr die Ahnung eines Lächelns – denn es ist kein Lächeln der Güte, der Liebe, der Barmherzigkeit, nur Losgelöstheit. Zu seinen Füßen kauern hundert anbetende Bonzen in der Lotusstellung, hundert große kahle schwankende Schädel voll Brandnarben, hundert Priesterköpfe, die sich wiegen, neigen und dann in regelmäßigen Abständen auf den Boden schlagen, hundert Münder, die eintönig psalmodieren, zwischen fauligen Zähnen und nackten Kiefern Worte hersagen, eine Art feierliches Schnurren, in dem gewisse Intonationen ständig wiederkehren. Die Reihen der Mönche sind nach dem Alter geordnet. Ganz vorne die uralten, die gerade noch imstande sind, diese Turn- und Gesangsliturgie zu vollziehen. Sie mühen sich verbissen, beugen und strecken sich im Takt, die meisten lassen großperlige Rosenkränze durch die verdorrten Finger gleiten. Diese menschlichen Wracks, diese ausgedienten Buschräuber wirken jetzt allein durch ihren körperlichen Verfall wie Asketen, die der letzten Wiederverkörperung nahe sind, das heißt ihrer Vollendung im Nirwana. Solange diese ›Ahnen‹ hampeln und brabbeln können, sind sie dem Kloster nützlich und werden ernährt, damit man sie dem Publikum als Muster an Heiligkeit vorführen kann. Deshalb strengen sie sich so sehr an, denn sie wissen, sobald sie einmal zu nichts mehr nütze sind, werden ihre jüngeren ›Brüder‹ beschließen, sie unverzüglich durch Nahrungsentzug ins erlösende Nichts zu befördern. Hinter diesen Wackelköpfen kommen die allmächtigen Herren des Klosters, einige fünfzig- bis sechzigjährige Männer, die sich im Lauf ihres geheiligten Wandels als die Gerissensten, Ausgekochtesten und Härtesten erwiesen haben. Wölfe . . . Aber äußerlich die besten Menschen im besten Alter, die ihre allzu blühende Gesundheit und auffallende Korpulenz unter dem Priesterrock und dem gravitätischen Ernst der runden Gesichter verbergen. Ihre Bewegungen sind langsam, ihre Reden spärlich, und jedes Wort, jeder Satz, den man ihnen, die sich ganz der Meditation über die großen Wahrheiten hingeben, entringen will, hat seinen Preis. Wie oft habe ich sie schon bei diesem Handel beobachtet! Aber heute, bei diesem Gottesdienst, den sie uns zuliebe abhalten, ist ihnen nichts zuviel. Weiter hinten die jungen, mit Tonsur und Brandmalen, im Talar, noch mager, scharf wie Messer, zerfressen von Ehrgeiz und zu allem bereit. Danach noch jüngere und schließlich die Mönchlein, entzückende mandeläugige Knaben, die für alles und für jeden da sein müssen. Denn die Mönche dieses Tempels lassen keine Frau über ihre Schwelle, aus Furcht vor Geschichten und Gerüchten, die ihrem Ruf, will heißen ihren Finanzen, abträglich sein könnten. Ihr Sinn steht nach pekuniären, nicht nach fleischlichen Genüssen. Die Mönchlein genügen ...

Als sich nach einer halben Stunde bei den Damen und Herren die ersten Zeichen von Ungeduld bemerkbar machen, hört das Gemurmel, das Gekrieche, das Tête-à-tête mit dem gleichgültigen Buddha unvermittelt auf. Die Bonzen sind in langem Zug, in fast ätherischer Feierlichkeit ins Innere des Tempels entglitten. Plötzlich erscheint vor uns inmitten des Weihrauchdunsts ein Bauch – ein Wanst, darüber ein ölig lächelndes Gesicht. Es ist der Abt des hochberühmten Klosters persönlich. Mit salbungsvoller Geschraubtheit und penetranter Demut, wenn auch nicht ohne einen Unterton von List und Ironie, hebt er an: ›Möge der Herr Generalgouverneur Nachsicht walten lassen. Als Seine Exzellenz geruhten, diesen bescheidenen Ort aufzusuchen, an dem das niedrige Volk, erdrückt vom Rad des Lebens, ein wenig Hoffnung schöpfen kann, waren wir, meine Brüder in der Bußfertigkeit und ich, überwältigt von der außerordentlichen Ehre, die uns zuteil wird. Möge der Herr Gouverneur uns verzeihen, daß wir Buddha dafür dankten und mit unseren wirksamsten Gebeten um das Wohlergehen des Herrn Gouverneurs anflehten. Er geruhe, unsere Kühnheit zu vergeben, ist doch seine Vollkommenheit in allen Stücken so bekannt, daß er nicht unserer unwürdigen Fürsprache bei unserem Herrn Buddha bedarf, zumal er bereits der vielgeliebte Sohn des Herrn Jesus ist. Indes hielten wir es für nützlich, einen Mann, auf dem so viel Verantwortung lastet, der Hilfe aller Götter zu versichern. Dies war unsere Absicht ...‹

Während dieser Worte, die mit gravitätischer Miene vorgebracht werden, schwabbeln die Fettwülste auf dem obszönen

Schädel wie auf einem gekochten Kalbskopf. Er macht sich über uns lustig, dieser Erzvater des Verzichts, er hält uns für Gimpel, denen er bereits einen hübschen Haufen Taels abgelockt hat. Aber der Gouverneur, dem ich die fromme Botschaft übersetzt habe, kann vor Rührung nur noch stammeln: ›Das stimmt, alle Religionen haben ihr Gutes. Sagen Sie ihm, daß ich dankbar bin, daß ich mich bereits viel besser fühle, seit er Buddha für mich angerufen hat . . .‹ Madame la gouverneur gluckst: ›Du trägst ein bißchen dick auf, mein gottvoller Gouverneur. Hast du vielleicht vergessen, daß du Freimaurer bist, mit Kelle, Lederschurz und allem, was dazu gehört? Und ich kann mir seit einer halben Stunde die Beine in den Bauch stehen und mir diesen Zirkus ansehen, ich habe schon die Schuhe ausgezogen, und das alles für nichts und wieder nichts. Für mich hat keiner gebetet! Los, Konsul, fragen Sie doch diesen alten Esel, ob er mir nicht das Appartement zeigen kann, das wir in Paris bewohnen werden, mein Mann und ich, wenn wir einmal China, Indochina und das übrige Asien hinter uns haben und diesen ganzen Kanaken und Philistern adieu sagen können . . .‹ Der Abt beantwortet meine Frage mit mildem, bejahendem Nicken, als handelte es sich um die einfachste Sache der Welt.

Wir folgen dem heiligen Mann durch eine Flucht dämmriger Säle ins Kloster. Hunderte, Tausende von Buddhas, ein ganzes Göttervolk, das thront, beherrscht, befriedet, beängstigt. Einige stehend, die meisten sitzend, golden, kupfern, mit Patina überzogen, auf Sockeln oder Altären. Die einen in der Ekstase der Meditation, die anderen ein einziger Bauch, ein Gebirge von Bauch, ein riesiger Bauch, ein sprechender Bauch, ein spaßender Bauch, ein Ballen glücklicher Gedärme, die in den Nabel münden, ein pfiffig blinzelndes Auge. Neben der eisigen Erhabenheit die Ausschweifung des guten Lebens. Und ringsum die Armeen der Unter-Buddhas, der weisen oder wohltätigen Göttinnen, Darstellungen Kuan-jins, der Göttin der Fruchtbarkeit, Bodhisattvas, mit einem Heiligenschein gekrönt und auf Lotusblättern ruhend, alterskrumme, heiligmäßige Greise, auf den Wanderstab gestützt, auf der Suche nach der Wahrheit. Dazu unzüchtige Gestalten, Gottheiten mit wollüstigen Formen; sie umschlingen sich mit nackten Brüsten und greifenden Schenkeln.

Manchmal paaren sie sich mit gräßlichen Ungeheuern mit mehreren Reihen von Tierköpfen und tausend Armen, die sie auf Phallen reiten lassen oder mit ihren Leibern decken. Manchmal tanzen schwarze Götter, allein oder eine weibliche Gestalt an sich gepreßt, inmitten von Gebeinen, zerstampfen unter zahllosen Füßen ihre Opfer, halten in den ebenfalls zahllosen Händen widerliche Stummel, zerfetztes Fleisch, Schlangen, Flammen. Ein Pandämonium, in dem sich alles vermischt, Göttliches und Menschliches, Animalisches und Teuflisches. Das Ballett des Lebens.

In einem der Säle sehe ich über mir Augen. Verhornt, vereitert, aber es sind menschliche Augen. Handelt es sich um ein Phänomen der Levitation? Rund um die fast geschlossenen, fernen Augen unterscheide ich Materie, schmutzstarrende, alte, leblose Haut, die Knochen umschließt, ein Skelett, ein wenig Fleisch: über uns, hoch in der Luft, schweben ruhende Leiber. Der Generalgouverneur ist verwirrt, er reibt sich die Augen, als wollte er diese Erscheinung verscheuchen, die so wenig der Logik, der Wissenschaft und den Menschenrechten entspricht. Seine Gattin hingegen klammert sich wild, wie in Todesangst an mich und stößt ein tierisches Geheul aus. Ich beruhige sie und die übrige Gesellschaft, erkläre ihnen, daß es sich um Eremiten handle, die in durchsichtigen Bambuskäfigen an Strikken von den Deckenbalken hängen. Eine Einrichtung, die in allen besseren Klöstern üblich ist. Ich muß zugeben, daß diese abgezehrten und verkrümmten Asketen doch einen ziemlich abstoßenden Anblick bieten. Diese dort droben sind nackt, bis auf ein Fetzchen Stoff um die Lenden, und sie scheinen nicht zu leiden, geruhen nicht einmal, unsere Anwesenheit zur Kenntnis zu nehmen. Der Abt weist mich mit beseligter und stolzer Genugtuung auf sie hin: ›Sie sehen dort zwei meiner Mönche, die dabei sind, für unser Kloster großen Verdienst zu erwerben. Unsere gewöhnlichen Bußübungen genügen ihnen nicht. Um den Illusionen und den Äußerlichkeiten des Lebens schneller zu entrinnen, haben sie sich entschlossen, ihre sterblichen Hüllen abzutöten und abzuwerfen, indem sie sich in diese Käfige sperren ließen – sie werden sie erst nach ihrer letzten Wiederverkörperung verlassen, wenn sie durch den Tod befreit sind. Er ist ihr Ziel, ihre Hoffnung, ihr Lohn, vor allem, wenn er sie ins große Nirwana einführt, aus dem man niemals wiedergeboren wird. In der Erwartung dieses Übergangs sind sie glücklich, befreit von den schmutzigen Realitäten, von der Einwirkung der Sinne, von allem Schmerz, empfinden kein Bedürfnis zu sprechen oder zu essen, nehmen nichts mehr zu sich außer ein wenig Luft und einen Schluck Wasser, der ihnen einmal im Monat gereicht wird. Sie befinden sich jenseits des Gebets, in der großen Meditation, bewegen nicht einmal ein Augenlid oder einen Finger. In diesem Zustand können sie jahrelang verharren, Gegenstand der Verehrung der Massen, die herbeieilen, um sie zu sehen, und denen sie keinen Blick schenken.‹

Der Abt ist offensichtlich entzückt über seine lebenden Mumien. Die Gouverneuse ist jetzt nicht mehr das kluge Kind, dem keiner etwas vormacht. Sie ist auf den Leim gekrochen, ja, sie zerfließt vor Mitleid mit den beiden gerupften Vögeln im Bambuskäfig: ›Was denn?‹ ruft sie mit bebender Stimme, ›die zwei kriegen nichts zum Fressen, nicht mal ein paar Krümel? Und sie kratzen nicht ab? Also ich, wenn ich nur eine Mahlzeit auslasse ...‹ Aber ich bringe ihr Mitleid zum Schweigen, ein bißchen selbstgefällig, als Mann, der Bescheid weiß: ›Kein Grund zur Aufregung, Madame. Ich bin überzeugt, wenn keine Pilger in der Nähe sind, läßt unser vortrefflicher Abt ihnen ein bißchen Reis zukommen, nicht viel, damit sie mager bleiben, so dürr, daß sie das Mitleid der Gläubigen erregen und die Münzen locker machen. Das ist der einzige Zweck der Sache. Diese armen Heiligen bringen etwas ein, man muß sie also am Leben erhalten, aber nicht allzu lange. Bei dieser Diät müssen sie schließlich eines Tages doch den Geist aufgeben. Dann organisiert das Kloster um ihre irdischen Reste – ein paar Kilo, die ehrfürchtig aus den Todeskäfigen gefischt werden – ein prächtiges Zeremoniell, das massenhaft Volk anlockt, das brave spendierfreudige Volk. Ja in ihrer Eigenschaft als Leichen bringen die Asketen sogar den größten Gewinn. Danach erfordert die Klosterkasse, daß sie schleunigst ersetzt werden. Der Abt wählt unter seinen Mönchen, die sich wie die Teufel zur Wehr setzen, um diesem glorreichen, aber wenig erstrebenswerten Los zu entgehen, die Nachfolger aus. Er sucht sie unter denen, die sich seine Ungnade zugezogen haben: den Überschlauen, die ihn übers Ohr hauen wollten, oder auch den Tölpeln, die es nicht verstanden, die Kundschaft zu schröpfen. Bei dieser Auswahl blüht die Intrige. Wenn die Auserkorenen erst einmal lahmgeprügelt, mit Drogen vollgepumpt und halb verhungert sind, geben sie in ihren Käfigen vortreffliche Heilige ab.‹

›Wie gräßlich!‹ ächzt die Gouverneuse, einer Ohnmacht nahe. ›Gehen wir, ehe mir übel wird. Und ich bin wirklich keine zimperliche Person . . . Wenn ich bedenke, daß Ihre Bonzen mir fast wie brave Pfarrer vorkamen!‹

Ich bin fest entschlossen, diese Gans, die sich über mich und meine Bonzen lustig gemacht hat, nicht so leichten Kaufs davonkommen zu lassen: ›Das ist China, Madame. Und was diese trefflichen Mönche betrifft, so haben sie sogar noch stärkeren Tobak in petto: den gottgefälligen Selbstmord durch Verbrennen, die unfehlbare Geldquelle, wenn die Geschäfte schlecht gehen und die Sapeken versiegen. Wenn der Glaube des Volks zu lau wird, dann heizen diese Seelsorger ihn, ungefähr einmal pro Jahr, mittels eines Scheiterhaufens neu an, auf dem sich ein heiliger Mann lebendig schmoren läßt. Der Abt läßt dann im ganzen Land verkünden, daß einer seiner Mönche, der es besonders eilig hat, ins Nirwana einzugehen, sich im großen Klostersaal bei lebendigem Leib verbrennen wird. Am festgesetzten Tag strömt alles herbei, Frauen und Kinder eingeschlossen. Die Mönche kauern vollzählig vor dem großen Buddha und beten. Zu Füßen der heiligen Statue thront ein Mann, einen Kranz auf dem Kopf, auf einem wohlgeschichteten Holzstoß. Er hat die gleiche Haltung eingenommen wie der HERR, die Beine untergeschlagen, den Oberkörper gerade und den Kopf erhoben, er lebt sichtlich, seine Augen sind geöffnet, er ist ruhig, entspannt, heiter, imposant in seinem gelben Talar, verehrungswürdig mit seiner Tonsur. Er befindet sich im Zustand der höchsten Teilnahmslosigkeit. Die heiligen Posaunen des Tempels erschallen – der Augenblick ist da. Wenn das Feuer das Holz erfaßt hat, züngelt, hochschlägt, immer höher, zur gezinnten Mauer wird, zum scharlachfarbenen Herz, zur Muschel, die ihn umschließt, verharrt der Heilige in seiner Entrücktheit, trotz der Verbrennungen ändert sich nichts in seinen Zügen. Als empfände er keinen Schmerz ... Während bereits der Gestank verkohlten Fleisches, scharf, süßlich und beißend zugleich, Nase, Ohren und Mund erfüllt. Die letzte Selbstverbrennung habe ich mit angesehen; ich war nur zu einem netten kleinen Picknick mit Landsleuten hergekommen. Ich habe gesehen, wie der Mann von den Flammen erfaßt wurde, die zuerst nur ein wenig an ihm leckten, dann die Füße ergriffen, sich über die Gliedmaßen hermachten, dann den ganzen Körper in ein glühendes Scheit verwandelten, bis plötzlich auch der Kopf zu einem roten Feuerstrahl wurde, die Augen barsten, das Fleisch schmolz und schließlich alles in der Lohe verschwand. Nachdem die Verbrennung vollzogen war, sah ich schwere schwarze Rauchspiralen über dem Scheiterhaufen aufsteigen, der allmählich erlosch: eine Schicht immer matter werdender Glut, die sich von Ocker zu Braun verfärbte. Und dann kam das heilige Brandopfer wieder zum Vorschein, ein unsauberes und mürbes Skelett, bereits zerfallen, der Kopf war zur Seite gerollt, die Schenkelknochen, die Rippen, die Schulterblätter lagen wie lächerliche Reste herum. Ein Mönch hieb mit einer Eisenstange auf den Schädel ein, bis er zerbarst. Noch ein paar Minuten Backzeit, und alle Knochenreste hatten sich aufgelöst. Nun intonierten die auf dem Boden liegenden Bonzen die Litanei der Großen Verherrlichung. Die Menge stürzte sich auf die noch glühende Asche und beschmierte sich damit das Gesicht. Aber der Abt befahl der Plebs zurückzutreten und ließ alle Überbleibsel in einer Urne sammeln. Dann griffen zwei Mönche mit beiden Händen in dieses Gefäß und streuten die Asche über die Gläubigen. Ich war verblüfft. Ich fragte mich, wie die Bonzen den Heiligen so tadellos für seine Rolle vorbereitet haben mochten. Unser Doktor, der gleiche, der uns auch heute begleitet, hatte ein paar geheime Informationen, die er uns mitteilte. Es handelt sich demnach um ein Rezept, das in den guten Klöstern wohlbekannt ist. Man präpariert das Opfer, indem man ihm einen opiumhaltigen Trank aus hochwirksamen indischen Kräutern einflößt, der ihn in einen Grenzzustand, eine Art Hypnose versetzt, sein Empfindungsvermögen lähmt und ihm ein ungemein friedliches Aussehen verleiht. Sicherheitshalber werden ihm Rumpf, Arme und Beine gebrochen, aber so, daß er nicht daran stirbt. Dann steckt man dieses Frikassee in ein enganliegendes Korsett aus Bambusgeflecht, das unter seinem Gewand verborgen ist und ihn in die gewünschte Haltung, die Haltung des Buddhas, zwingt. Und damit der Unglückliche den Kopf hübsch gerade hält, schneidet man ihm die Haut im Nacken auf und setzt einen Bolzen ein. Nach diesen gewissenhaften Vorbereitungen braucht der Mann nur noch auf seinen Holzstoß gesetzt zu werden. Die Illusion der Freiwilligkeit ist perfekt . . .‹

Dieses Mal bin ich zu weit gegangen. Der Generalgouverneur zeigt sich angewidert, sein ganzes Gefolge schmollt. Ich habe mit meinem forcierten Sales-talk die Bonzen bei den Herrschaften in Mißkredit gebracht. Sie wollten die Mysterien des Fernen Ostens sehen, Magie, übernatürliche Erscheinungen, und ich habe ihnen nur ekelhafte Tricks vorgeführt. Die Enttäuschung ist allgemein, die kleine Gouverneuse, die sich prächtig von ihrem Schock erholt hat und fester denn je mit beiden Füßen auf dem Boden der Vernunft steht, herrscht mich an: ›Herr Konsul, Sie machen sich über mich lustig. Wie soll ich den Weissagungen Ihrer Bonzen noch Glauben schenken, nachdem ich jetzt erfahren habe, daß sie nur Scharlatane sind? . . . Die ganze Geschichte ist aufgelegter Schwindel. Und für solchen Humbug locken Sie mich in diesen Affenkasten!‹

Da greift Anne Marie in die Unterhaltung ein. Sie spricht wie die Leute aus Anjou, mit leicht schleppender, sehr sanfter, sehr deutlicher Stimme. Diese Wohllaute, die wie ein Bächlein dahinplätschern, habe ich fürchten gelernt. Die wenigen, ganz einfachen Sätze, die sie ins Gespräch streut, ernten mehr Aufmerksamkeit als meine Vorträge und Bonmots. Ich kenne die seltsame Faszination, die sie, ohne ihr Zutun, ausübt. Wenn Anne Marie sich zu einer längeren Rede hinreißen läßt, gebraucht sie eine besonders flüssige, poetische, packende, anschauliche Sprache, die ihre Zuhörer in Bann schlägt. Man weiß nie, was sie wirklich denkt, aber ich kann unbesorgt sein, denn in der Öffentlichkeit ist Anne Marie formvollendet – ihre Sticheleien hebt sie sich für zu Hause auf. Sie ist, auf ihre Art, immer da, wenn ich Hilfe nötig habe. Außerdem kann sie wirklich sehr gut erzählen, wenn sie will.

›Albert‹, erklärt sie, ›hat es sich so sehr angewöhnt, die Chinesen herunterzumachen, daß er sie immer und überall als

Spitzbuben sieht und schildert. Aber so einfach sind sie nicht, nicht einmal in ihrer Unbegreiflichkeit. Hinter dem Drama dieses verbrannten Bonzen zum Beispiel steckt viel mehr, als er aufgezeigt hat. Der Fall ereignete sich vor genau einem Jahr, während der großen Hungersnot. Die Sonne verbrannte den Himmel, der Himmel verbrannte die Erde, die einer vertrockneten Orangenschale glich, rissig, hart, braun getönt, und nichts anderes trug als Staub. Auf dem flachen Land verhungerten die Menschen, nachdem sie vergeblich auf der Suche nach Baumrinde oder Gräsern umhergeirrt waren. Die Stadt Tschengtu hatte ihre Tore geschlossen, um nicht von den ausgehungerten Massen überfallen zu werden, die indes viel zu geschwächt waren, um eine Bedrohung darzustellen. In der Stadt gab es Kornspeicher. Die Kriegsherren aßen unbekümmert, denn sie waren die Beschützer des Volks. Die Reichen aßen, weil sie Gold besaßen und die Väter des Volks waren. Ich hatte im Konsulat Anweisung gegeben, daß man sich mit unseren Konserven begnüge, was die Dienerschaft als unwürdig empfand. In den Straßen der Stadt lagen mehr Leichen herum als gewöhnlich, aber sie störten kaum, sie waren trocken, unschädlich, während sie in Zeiten der Überschwemmungen widerlich sind mit all der Fäulnis und den aufgetriebenen Bäuchen. Natürlich hatten die Mönche alle Hände voll zu tun, um Regen herabzuflehen. Die Bonzen in ihren Pagoden nahmen die Gebetsmühlen zu Hilfe. Die Christen versuchten es mit Bittprozessionen, trugen den ausgemergelten Christus vor sich her, gleichfalls ein Bild des Hungers ... Aber mit jedem Tag wurde die Sonne röter, der Himmel blauer, unbarmherziger, die Erde nackter. Dann tat sich dem Volk von Tschengtu ein Hoffnungsquell auf: in diesem hochberühmten Kloster, dem Ort der nie versagenden Großen Werke, werde ein Mönch sich lebendig verbrennen, damit das Feuer, das ihn verzehrt, das Feuer des Himmels lösche. Das garantierte Wunder. Am festgesetzten Tag zogen Tausende von Gläubigen aus der geschlossenen Stadt, um Zeugen des heiligen und heilsamen Ereignisses zu sein. Auch wir, Albert und ich sowie die Ärzte, kurz, die ganze kleine französische Kolonie, wurden von der Neugier angesteckt und brachen unter dem Vorwand, ein Picknick abhalten zu wollen, zum Tempel auf. Unser

Weg führte durch das dürre Land, durch ein Totenland, wo zwischen den leeren Lehmhütten auf dem harten Boden einzeln oder in Gruppen eine Art kleiner Stecken herumlagen, die zusammengeschrumpften, ungefährlichen Körper der Toten, blankgeputzte Skelette. Geier stießen vom Himmel und sorgten für diese Reinigung. Die Elendsgestalten, die aus allen möglichen Richtungen gekommen waren, um sich wie wir zum heiligen Opfer zu begeben, waren auch nicht bösartig. Resigniert. Warum sind die Massen in China bei Katastrophen manchmal friedlich und ergeben, manchmal verzweifelt oder wütend? Man weiß es nicht ... Diese menschlichen Ruinen schleppten sich mit letzter Kraft zum Kloster, sie sahen aus wie wandelnde Knochen, wie Gräten, ein Wald von Gräten. Sie bettelten nicht, sie sprachen nicht, sie brauchten alle Kraft, um sich vorwärtszubewegen. Nachdem wir zahllose solcher Gestalten überholt hatten, kamen wir ohne Zwischenfall am Ufer unseres kleinen Sees an, wo Herr Pu eine komplette Mahlzeit für uns vorbereitet hatte. An unserem Picknickplatz wurden wir dann allerdings von einem Menschenschwarm umringt, vor allem von Kindern, Herr Pu hat die Lästigen mit einer strengen Zurechtweisung verjagt: ‚Schämt ihr euch denn nicht, diese ehrenwerten Herrschaften, Freunde Chinas, zu belästigen, ihr Gewürm, ihr Söhne von Hündinnen seit zehn Generationen?‘ Sie entfernten sich ohne Murren. Ich hatte vor diesen leeren Mägen keinen Bissen anrühren wollen. Herr Pu hat sich jedoch, bebend vor Entrüstung und mit überraschender Kühnheit, die sich nur aus seinem Gefühl, im Recht zu sein, erklären läßt, den Hinweis gestattet, daß ich durch solche Abstinenz das Gesicht verlöre, denn auf Grund meines Rangs sei es geradezu meine Pflicht, mich sattzuessen, wenn die Hefe des Volks nichts zu essen habe und verhungern müsse. Musik, die aus der Pagode herüberklang, zeigte an, daß das Sühneopfer seinen Anfang nahm. Ich hatte nicht den Mut hinzugehen. Albert und der Arzt jedoch, die sich an Sandwiches gelabt hatten, wollten es sich ansehen. Nach einer Stunde kamen sie ganz munter von der Veranstaltung zurück, und Albert erklärte: ‚Die können auf ihren Regen warten, diese Hinterwäldler.‘ Er hat mir die ganze Sache geschildert, wie er sie vorhin Ihnen geschildert hat. Als faulen Zauber. Und das stimmt vermutlich auch. Doch Albert war kaum fertig mit seinen technischen Details und seinen Betrachtungen über die Gaunereien der Bonzen, als uns Wolken einhüllten, die von den Berggipfeln kamen und sich in Mulden und Senken hingen. Am hellen Nachmittag umfing uns mit einemmal eine feuchte schwammige Nacht, voll erschreckender Windstöße, eine schwere Dunkelheit, die von feuerroten Blitzen durchzuckt wurde. Man konnte glauben, die ganze Natur habe sich in einen Scheiterhaufen verwandelt, aus dem diese Blitze wie Flammen zuckten. Wir waren wie geblendet von diesen Feuerstrahlen, diesen lodernden Fackeln, die unter furchtbarem Getöse aus der Finsternis herabstürzten. Und danach kam der ungeheure Regen. Herr Pu und seine würdigen Gehilfen mahnten uns zu schleunigem Aufbruch, denn wütende Wassermassen würden alsbald aus den Bergflanken schießen und uns in die Tiefe des noch vor kurzem so spiegelklaren Sees hinabreißen, der begonnen hatte anzuschwellen und hohe Wellen zu schlagen. Der Donner rollte, die Winde heulten, die Wogen peitschten, die Wasser stürzten herab, es war der Weltuntergang. Man konnte kaum noch sehen. Trotzdem machten wir uns auf den Weg. Bejammernswert, fast tastend, erklommen wir die Höhe, immer in der Furcht vor einem Erdrutsch, der uns begraben könnte. Die Pferde hatten Angst, sie schlugen aus, und die Mafus mußten sie mit aller Kraft festhalten, damit sie nicht durchgingen. Albert und ich waren übrigens längst abgestiegen. Endlich erreichten wir das ebene und kahle Plateau. Hier bestand keine Gefahr mehr, daß eine Geröllawine oder ein Wildbach uns mitriß, aber wir waren der Wut der Elemente ausgeliefert, dem Wind, dem Regen, dem Blitz. Wir gingen durch die Wolken, die uns einhüllten wie klebrige Kleider, wie feuchte Laken. Aber wir setzten unseren Marsch fort, bis wir zu der Schlucht mit der Lianenbrücke kamen. Der Abgrund war bis obenhin mit gewaltigen Wassermassen gefüllt, mit schäumenden, geifernden Strudeln. Aus der schmalen Öffnung des Spalts fielen, stürzten, schossen aus allen Richtungen tausend Kaskaden und Bäche, flüssige Garben. Die Brücke schien, trotz ihrer Vertäuung an beiden Ufern, in den Lüften zu schweben, sie knirschte schaurig in allen Fasern. Herr Pu erklärte uns nach eingehender Beratung mit seinen leitenden Boys und Mafus ernsten Gesichts, daß wir unverzüglich hinüber müßten, denn sie könne jeden Augenblick zusammenbrechen oder fortgerissen werden. Dann würden wir wie Schiffbrüchige auf dem falschen Ufer zurückbleiben. Wir folgten Herrn Pus gebieterischem Rat und wagten bangen Herzens den Übergang. Es war, als trieben wir auf einem losgerissenen Nachen, der über dem Nichts tanzte wie auf Wellenkämmen, auf dem Rücken des Windes, und wurden bei jedem Schritt von der gewalttätigen Natur hochgehoben, die uns aus unserer zerbrechlichen Arche reißen wollte. Die Brücke bildete jetzt in der Mitte keine Mulde mehr, sie bäumte sich vielmehr wie ein steigender Papierdrache. Wir gingen hinüber, denn in China bleibt zuweilen kein anderer Ausweg als tollkühner Mut. Und wir hatten gut daran getan, Herrn Pu zu gehorchen, denn kaum eine halbe Stunde später brach die Brücke und riß an die hundert dieser armen Leute, die der Opferung des Bonzen beigewohnt hatten, mit in die Fluten. Sie hatten mehr Regen bekommen, als sie erflehten. Aus diesem Grund bin ich überzeugt, daß die Mönche dieses Klosters, seien sie nun Schwindler oder nicht, tatsächlich über ganz außergewöhnliche Fähigkeiten verfügen, jedenfalls, was die Meteorologie betrifft. Ja, ich fürchte mich vor ihnen, ich glaube fest daran, daß sie seltsame Gaben besitzen, segensreiche oder unheilvolle, natürliche oder übernatürliche, wissenschaftliche oder zauberische Kräfte . . .‹

Anne Marie schweigt, und die ganze Gesellschaft ist sichtlich beeindruckt, zieht diesen Sinn fürs Geheimnisvolle, Romantische entschieden meiner allzu realistischen Skepsis vor. Daher äußere ich, um die Aufmerksamkeit wieder auf mich zu ziehen, einige Betrachtungen übergeordneter, ja philosophischer Art: ›Diese Himmlischen sind komische Vögel. Bei ihnen weiß man nie, woran man ist. Nichts ist hier schwieriger, als schändlichen Betrug von wahrer Mystik zu unterscheiden, denn sie sind durchaus auch der edelsten und überschwenglichsten Empfindungen fähig. Bei den Gelben präsentieren sich die Erscheinungsformen des Guten und des Bösen, die beide stets in ihrer extremsten Ausbildung auftreten, zum Verwechseln ähnlich, wie Zwillingsbrüder. Es ist daher nicht unmöglich, daß diese Bonzen, die als höchst unsaubere Brüder gelten, auch ein Fluidum von Heiligkeit und wundertätige, metaphysische Gaben besitzen. Habe ich Ihnen nicht schon des langen und breiten ihre prophetischen Fähigkeiten gerühmt? Alles ist möglich, auch daß dieser Mönch wirklich freiwillig den Scheiterhaufen bestiegen und mit seinem Opfer den Himmel bewogen hat, prompt seine Schleusen zu öffnen ... Aber ich persönlich glaube es nicht, auch wenn ich es nicht erklären kann.‹

Kaum habe ich mit diesen Worten meinen geordneten Rückzug bewerkstelligt, da bricht eine wahre Lachsalve los, ein Gegacker wie von einem ganzen Hühnerstall, ein atemloses Gekreisch. Die Gouverneuse kräht mit glitzernden Augen und gierig krausgezogener Nase: ›Auf jeden Fall, mein lieber Konsul, sind Ihre Bonzen kolossale Schweine.‹

Wir hatten nämlich inzwischen die sogenannte Höllengalerie betreten, einen Jahrmarkt der Folterszenen, die in krassester Manier an die Wände eines Saales gemalt waren. So realistisch, daß der Generalgouverneur ächzt: ›Ich will das nicht sehen, davon kriege ich wieder Leberbeschwerden.‹ Seine Gattin hingegen bleibt gänzlich ungerührt, eiskalt, angesichts so vieler Torturen, die im Ausweiden, Vierteilen, Braten, Zerstückeln, Sieden, Schinden, Pfählen und allen möglichen Arten von Durchlöchern mit Haken und glühenden Eisen bestehen. Sie betrachtet gelassen das Chaos männlicher und weiblicher Leiber, die in ihrer tragischen und jammervollen Nacktheit, in ihrem abstoßenden Zustand nur noch Larven sind, formlose Klumpen oder armselige, verstümmelte Zwerge und doch, noch in diesem letzten Stadium, die volle menschliche Leidensfähigkeit behalten haben, die letzte Größe, die bitterer Hohn ist. Die Gouverneuse bewahrt ihr Phlegma vor der Darstellung der grotesken Posen, in denen die Opfer gefoltert werden, die meist nicht einmal mehr ganz sind, nur noch aus Resten bestehen, hier ein Rumpf, dort ein Kopf, eine Hinterbacke, ein Paar Beine, alles übrige ist bereits unter den Messern verschwunden, in den Flammen, den Kochkesseln oder in den Windungen und den Rachen der riesigen oder winzigen geschuppten, geflügelten, gezähnten, kamm-, flossen- und stacheltragenden Ungeheuer: furchtbare und prächtige feuerspeiende Hydren, Aasvögel, die mit Schnäbeln und Krallen die Eingeweide herausreißen, und vor allem das Nachtgezücht, Reptilien, Vampire, Ratten, Insekten, die alles, was sie erwischen können, verschlingen, aussaugen, stechen, zerreißen. Eine einzige Freske jedoch hat die bisher so kühle Dame in äußerste Erregung versetzt: die Strafen der Wollust. Denn die Verdammten sind in Kategorien aufgeteilt, je nach der Art ihrer Verfehlungen. Während die Bestrafung des Hochmuts oder des Geizes unsere Gouverneuse nicht interessiert, gerät sie vor der Darstellung der Züchtigungen, die den Wollüstigen widerfahren, völlig aus dem Häuschen. Hier werden nämlich vor allem die sündigen Körperteile, die Geschlechtsteile, in wahnwitzig obszönen Martern abgebildet. Die Betrachterin kann gerade noch mit erstickter Stimme hervorstoßen: ›Das nenn ich ein starkes Stück!‹ Sie steht wie festgewachsen vor den Anstößigkeiten, die aus den Tiefen eines Meeres oder eines Dschungels zu stammen scheinen: Höhlungen wie geöffnete Austern, Auswüchse wie Baumstämme, alle von einem formlosen obskuren Gewimmel befallen, das sie aufzehrt. Dieses Magma scheint auf den ersten Blick pflanzlicher oder mineralischer Natur zu sein, Polypen, Schwämme, Algen, Korallenriffe, aber es ist erotisches Fleisch, besudelt, verstümmelt, einer Fauna und Flora zum Fraß ausgesetzt, die einem Alptraum entstieg. Es handelt sich eindeutig um eine Unmenge von Vaginen und Phallen, die an Resten weiblicher oder männlicher Körper festgewachsen und dennoch schwer zu erkennen sind, so groß ist das Heer der Folterknechte, das sich auf jede Öffnung und auf jede Schwellung stürzt. Klaffende Scheiden, in die Bäume mit giftigen Blüten und scharfen Stacheln ihre Wurzeln treiben. In diesen Scheiden nisten Knäuel von Schlangen, die ihre Köpfe herausstrecken und um sich beißen oder sich im Gegenteil immer weiter in die Eingeweide vorarbeiten, so daß nur noch der Schwanz zu sehen ist. Diese Scheiden sind auch die Brutstätten peinigender Insekten, ganzer Schwärme schwarzer Pestfliegen. Gegerbte Schlitze zur Aufnahme von kochendem Öl, von geschmolzenem Blei, Kohlebeckenschlitze zum Röten der Zangen, mit denen Brüste, Haut und Augen der als Behälter dienenden Frau und der anderen Frauen weggezwickt werden. Mit Krallen oder Messern über den ganzen Leib gezogene Schlitze, Furchen, aus denen die bösen Geister mit ihren Tierfratzen alle Organe reißen, vornehmlich Herz und Leber, um sich daran bei wüsten

Festen zu ergötzen. Frauenschlitze, in denen Teufel, Tiere und Ungeheuer in einem Wirrwarr von Tatzen, Flügeln und Schnäbeln wimmeln, in die sie ungeheure Stacheln stoßen, Spieße, die alles zerreißen, Degen, die alles zerschneiden, mit Spitzen und Nägeln bewehrte Keulen, die den Bauch zerfetzen, Riemen, die das Innere zu einem blutigen Brei peitschen. Schlitze, in die hundertarmige Höllenfürsten ihre hundert Glieder tauchen, Feuerglieder, Giftglieder, deren Samen zersetzt, verbrennt, Löcher durch den Körper ätzt. Schlitze, die von emsigen und schrecklichen Ameisen durchwühlt werden, von riesigen Hunden – Symbolen der Schmach und der Schande –, von kopulierenden Tigern und Drachen, deren behaarte und phantastische Organe den Tod bringen. Fäulnisschlitze, Friedhofsschlitze, in die lebende Skelette tote Knochen legen, stinkendes Aas voller Eiterpusteln, das alles Fleisch mit Wunden wie mit geifernden Mündern durchsetzt, in vielfarbige Krater aufplatzen läßt, in den Farben eines verwesten Regenbogens, es wie einen Strom anschwellen läßt, der sich in Eiterrinnsalen verliert. Gewöhnliche Schlitze, an denen subalterne Höllenbeamte, kleine eifrige Angestellte mit stecknadelgroßen Köpfen wie Automaten Routinearbeiten vollführen: sie quetschen die Schlitze zwischen Roste, wie flach geklopfte Fleischstücke, spicken sie mit den verschiedensten Zutaten, den Gewürzen der Strafe, mit glühenden Kohlen, schleimigen Kröten, Sicheln und Klingen, die manchmal zu raffinierten Eingeweidehackmaschinen zusammengefügt sind, aus nach allen Seiten schneidenden Metallgliedern bestehen, satanischen Nachahmungen der männlichen Glieder, denen die Sünderinnen einst zuviel Neigung entgegenbrachten. Überall Eisenphallen, mannigfache Nachbildungen der Wirklichkeit, zu Instrumenten der Rache geworden: hier die Schlappschwänze von Lustgreisen, Kannenschnäbel, aus denen flüssiges Gold zur Bezahlung der Gunsterweisung fließt, dort Glieder junger Liebhaber, prall und erigiert, jedoch dick wie Balken und heiß wie die Hölle. Um diese Schwänze lagern die Frauen. Sie haben keinen Oberkörper, sind nur noch gespreizte Beine in scheinbar wollüstigen, in Wahrheit jedoch von der Qual verursachten Stellungen. Wenn eine dieser Frauen unzerstückelt dargestellt ist, dann nur, damit sie durch alle Löcher gepfählt werden kann; die dutzendweise eingerammten Schäfte machen aus dem Körper ein Nagelkissen.

Alle Laster sind vertreten und werden entsprechend geahndet. Das Traumwesen, eine Prinzessin oder eine Kurtisane, die sich mit zarten Fingern selbst bediente, wird jetzt von einer eisernen Kralle aufgekratzt. Der Sodomit wird von einem Bohrer bearbeitet. Man sieht sogar eine gebärende Frau, deren Kind, eine Frucht des Ehebruchs oder der Blutschande, mit dem Dreizack aufgespießt und in einen Kessel geworfen wird, in dem kleine Teufel aus menschlichen Innereien eine Suppe kochen. Alles wird unerbittlich bestraft. Manchmal muß das sündige Paar einen ewigen Koitus ausführen, wobei die geschundenen Organe durch die ununterbrochene Betätigung zu Feuer und Blut geworden sind. Sind die Sünder besonders zahlreich, so wurden sie, Männer wie Frauen, auf einen glühenden Draht aufgereiht und bilden eine zappelnde Seilschaft, wie die Fische und Vögel, die auf diese Weise von den Bauern zu Markt getragen werden. Manchmal ist der Draht, an dem die Unglücklichen aufgefädelt sind, durch eine Schlange oder einen langgestreckten Drachen ersetzt. Sie werden umschwirrt von schwarzen Schmetterlingen, Dienern der Hydra, die ihnen die Haut abschälen, ihre Augen oder Geschlechtsteile fressen. Man sieht auch eine Art durchsichtigen Bandwurm, bestückt mit Tausenden von harten Spitzen, Zähnen oder Phallen, an denen im Todeskampf sich paarende Männer und Frauen aufgespießt sind. Der Riesenwurm kriecht dahin, und die Last auf seinen formlosen und farblosen Windungen scheint aus wimmelnden Bakterien in Gestalt saugender Münder und nagender Ruten zu bestehen. Die Scheiden der Frauen sind weit gespreizt, klaffend, völlig ausgeschachtet und mit abscheulichen Gegenständen und Geschöpfen aufgefüllt, während die Glieder der Männer mit der gleichen Raserei zerstampft und vernichtet werden, mit den gleichen Werkzeugen und von den gleichen Wesen.

Die Gouverneuse jubelt lauthals über diese universelle Kastration, die erigierten oder nichterigierten Phallen, die noch aus den verstümmelten Leibern ragen und nun gleichfalls vernichtet werden. Die Hinschlachtung der Männlichkeit. Dieser höchste Stolz, der noch mit allen seinen Attributen zwischen den Schenkeln der den Mächten der Finsternis ausgelieferten Rumpfmänner hängt, wird zu Hackfleisch verarbeitet. Das Schlachtfeld ist übersät von Schwänzen aller Größen und Formen – alten, miesen, zu bloßen Hautlappen verschrumpelten Schwänzen und gewaltigen, in den Himmel ragenden Exemplaren. Die Armee der Dämonen, die in der Brust eines jeden Chinesen wohnen, gibt sich mit Inbrunst dem Schinderhandwerk hin. Manchmal kappen sie brutal den Mast, machen mit ein paar Bissen oder Säbelhieben ihre Opfer zu Eunuchen, die an dieser Erniedrigung sterben. Die Gouverneuse gluckert: ›Schauen Sie doch, wie dieser kleine Teufel den Schwanz in Scheiben schneidet, wie Aufschnitt.‹ Die blitzende Klinge . . . Oft aber ist der Rhythmus langsam, ausgeklügelt, eine Vivisektion mit dem ganzen Arsenal der Folterungen, mit allen Symbolen des Bösen. Und immer die Welt der geflügelten und kriechenden Wesen, langgezogen wie die männlichen Glieder, die sie verschlingen oder zerfetzen. So nistet im völlig entleerten Bauch eines Mannes eine Kobra, die sich aufrichtet, um den Phallus zu verschlingen, zu entwurzeln. Entmannung in jeglicher Form. Einfache oder komplizierte Darstellungen, wie zum Beispiel das Bild mit den Gepfählten: der Spieß ragt aus ihrem Mund, dem eine ekelhafte Masse entquillt, weißlicher Kot, reglose Maden, erstarrter Eiter, während weiter unten Fledermäuse aus dem zu Streifen zerfetzten Glied Riemen flechten. Madame la gouverneur lacht schallend und meint: ›Nicht schlecht, das Dings da. Alles weg. Tabula rasa. Ich kenn ein paar Brüder, die würden hier ganz schön dumm aus der Wäsche gucken . . .‹ Und das Aas mustert die anwesenden Herren einschließlich meiner Person, ausschließlich ihres Mannes und lacht boshaft vor sich hin. Die Herren, diese kolonialistischen Hampelmänner in offizieller Mission, mimen Unverständnis. Ich schlängle mich zur Gouverneuse hin und sage halblaut zu ihr: ›Sie mögen wohl die Männer nicht? Sie wollen sie alle unschädlich machen?‹ – Die Dame erstickt fast vor Entrüstung: ›Aber, Herr Konsul, wofür halten Sie mich? Sehe ich aus wie eine Kostverächterin? Gutaussehende, gutgebaute Männer habe ich noch nie von der Bettkante gestoßen, ich habe für sie gelebt. Wenn sie alle verschnitten würden, könnte ich nur noch ins Kloster gehen. Aber, unter uns gesagt, wenn das einigen von den Bürohengsten passieren würde, die meinem Mann um den Bart gehen und gleichzeitig mich bei ihm anschwärzen, dann würde ich der Jungfrau Maria und meinetwegen sogar Buddha eine Kerze stiften ... Nein, was ich hier in Ihrer Hölle sehe, mein lieber Albert, das regt mich nicht auf, das – ich kann mir nicht helfen –, das regt mich an ...‹ Die Gouverneuse aus Paris könnte Chinesin sein, denn die Himmlischen, Männlein wie Weiblein, brauchen in der Liebe jede Menge Grausamkeit und Tricks, verstümmelte Füße und dergleichen. Und ich muß gestehen, daß die Bonzen ganz schön auf Draht sind: unter dem Vorwand, die Fleischeslust durch Zurschaustellen von Folterungen abzutöten, geilen sie die Phantasie ihrer Pilger auf. Dieses Bordell, in dem sich Lust, Grausamkeit, Monstrosität zu einer vom Intellekt gebändigten Phantasmagorie mischen, muß dem Kloster allerhand einbringen.

Aber China ist nicht nur das Land der Foltern, sondern auch das Reich des Aberglaubens – alle Himmlischen sind davon befallen. Was tun sie nicht alles, um Götter und Dämonen zu besänftigen, deren Beistand bei der Ausführung von Verbrechen zu erlangen. Der Umgang und das Geschäft mit den geheimnisvollen und furchterregenden Kräften aus dem Äther, der Atmosphäre, den Himmeln, den Abgründen, den Paradiesen, den Höllen, den Gräbern vermittelt das Volk der Magier mit seinen Spezialisten für das Gute, für das Böse und für alles, was dazwischenliegt. Obgleich die Konkurrenz groß ist, sind die Bonzen meines Klosters, wie ich der Frau Gouverneurin gesagt hatte, als hervorragende Fachleute bekannt. Dieser Tempel ist eine wahre Weissagungsfabrik. Heute ist keine Kundschaft da, weil wir gekommen sind, aber normalerweise wimmelt es hier von Leuten wie in einer Spielhölle, wobei die monotone Stimme der die Zukunft vorhersagenden Mönche den Singsang des die Gewinnzahlen ausrufenden Croupiers ersetzt. Die Bonzen haben ihr Orakel wie eine Lotterie aufgezogen. Der Kunde zieht aus einem hölzernen Buddha eine geheiligte Karte, deren prophetischer Text dann von einem Mönch vorgelesen wird. Ist ein Unglück angekündigt, so macht der fromme Mann sich erbötig, es nach Entrichtung einiger weiterer Sapeken durch sein Gebet abzuwenden. Das beste Geschäft machen die Mönche jedoch mit dem ›Gericht der Wahrheit‹, bei dem der Kläger den Geistern und Dämonen den Namen eines Menschen nennt, den er verabscheut. Eine einfache Opfergabe genügt, um den also Bezichtigten garantiert und wie es scheint unfehlbar ins Jenseits zu befördern.

Aber in Anbetracht unseres Rangs und meines wohlabgewogenen Schmiergelds hat der Abt die Große Nummer vorbereiten lassen, das Wunder der Höchsten Magie, das die Zeit aufhebt und Vergangenheit, Gegenwart und Zukunft für einen illusorischen Augenblick Gestalt annehmen läßt. Jeder von uns kann sich, wenn er es will, in diesem Augenblick in seiner Urwahrheit sehen, so wie er war, ist oder sein wird: die Hauptetappen seines Lebens tauchen vor ihm auf. Ich bin ungeheuer neugierig, denn wenn ich auch beim Camembert am Ende unserer kolonialistischen Mahlzeit der Gouverneuse alle diese exotischen Wunderdinge ausführlich geschildert habe, so kenne ich sie doch nicht aus eigener Erfahrung. Uneingestandene Angst hat mich bisher immer davon ferngehalten. Auch jetzt, kurz vor der Enthüllung des Geheimnisses, ist mein Interesse mit Furcht durchsetzt, aber ich bemühe mich, Haltung zu bewahren. Denn ich muß meine Truppe, die sich ebenfalls mißtrauisch und unbehaglich fühlt, fest in der Hand behalten. Der Generalgouverneur stolpert dahin und wirft dabei verstohlene Blicke um sich, als befürchte er, in ein übles Abenteuer verwickelt zu werden. Wahrscheinlich fragt sich der gute Mann, ob er, der Oberhäuptling von Indochina, der Prokonsul, an einem derartigen Hexenspuk teilnehmen könne, ohne sich etwas von seiner Würde zu vergeben. Hinter ihm die Administratoren mit ihren Damen, allesamt stocksteif vor Mißbilligung. Nur Anne Marie, die leichtfüßig dahinschwebt, strahlt die gelassene Heiterkeit einer weißen Göttin der Tropen aus, und vor allem die Gouverneuse reckt ihr Stupsnäschen unternehmungslustig in die Höhe und läßt die flinken Augen schweifen, zu allem entschlossen, ganz Feuer und Flamme. Sie will unbedingt wissen – aber was? Unser kleines Frauchen ist nicht mehr zu halten, sie stürmt voran, als der Abt uns beim Licht einer Fackel eine schlauchartige halsbrecherische Treppe in die Tiefen unterhalb der Pagode führt. Wir sind in den Katakomben, einer Flucht schmaler Gänge und

Laufgräben. Ein Labyrinth, ein geheimnisvolles und bedrohliches Universum. Die Luft ist erstickend, Kälte fällt uns an, Wände und Gewölbe triefen von Nässe, es riecht nach Fäulnis und Tod. Der unstete Schein der Fackel in der Hand des Abtes geistert die Wände entlang, zerreißt die Dunkelheit und enthüllt einen großen Keller. Ein Beinhaus. In einer offenen Grube liegen Tonnen von Knochen, die so blank sind, als hätte die Zeit sie gescheuert oder ein Messer sie abgeschabt, ehe sie hier deponiert wurden. Man erkennt Schädel, ganze Skelette, Schienbeinknochen, Brustkörbe. Der Abt schwingt seine Fackel über dem schauerlichen Graben, damit wir besser sehen können, und sagt sanft und salbungsvoll: ›Wir bestatten hier die sterblichen Hüllen unserer Mönche, der Toten, die ins Nirwana eingegangen sind, und der anderen, die unter irgendeiner Gestalt wieder auf die Erde zurückkehren müssen. Seit Jahrhunderten werfen wir ihre Leichen auf diesen Haufen, den wir den Haufen der Großen Demut nennen. Aber seien Sie unbesorgt, aus ihm steigen keine bösen Geister oder Teufel auf, die sich auf Sie stürzen könnten. Es besteht keinerlei Gefahr, dafür bürgen die Heiligkeit der Toten und die Macht unserer Beschwörungen . . .‹ Ringsum sind Nischen in die Mauern geschlagen, in denen Urnen stehen. Strahlend vertraut der Abt uns an, daß diese Urnen die Aschen seiner verehrungswürdigen Vorgänger seit Gründung der Pagode vor fast tausend Jahren bergen. ›Ich selbst habe meine eigene Urne schon bereitstellen lassen, in der ich bald nur noch eine Handvoll Staub sein werde. Denn ich kenne, wie alle Äbte dieses Tempels vor mir, den Tag, die Stunde und den Augenblick, in dem ich in das Reich des Gelben Brunnens eingehen werde. In wenigen Monaten bin ich von aller Illusion und von allem Schein befreit.‹

Fünfzig Meter hinter dem Beinhaus öffnet sich ein großer und großartiger Saal. Der Saal der Weissagung – als ob die Deutung der Zukunft über den Tod führen müsse. Der Abt macht uns auf einen Vogelmenschen aufmerksam, einen Mönch mit dem Körper einer Bachstelze und dem Kopf eines Falken, in dem die tiefliegenden gelben Augen sich eng an die Schnabelnase drängen. Man sieht in diesem schmalen harten Gesicht mit der fliehenden Stirn nur die phosphoreszierenden Augen, die starr vor sich hin blicken. Der Abt stellt uns dieses seltsame Wesen, das sich vor ihm verneigt, in angemessenen Wendungen vor: ›Dieser Mönch besitzt die Gabe, die Zeit aufzuheben, denn er selbst ist jenseits aller Zeiten. Im Lauf der vergangenen Jahrhunderte wurde seine Hülle mehrmals auf den Haufen der Demut gelegt. Er ist jedesmal wieder auferstanden, wobei sein Körper infolge seiner Unreinheit immer mehr Tiergestalt annahm. Da er bei diesen Verwandlungen zum Tier sich nicht entmaterialisieren konnte, hat er gelernt, die Geheimnisse der Materie zu durchdringen, wobei ihm wahrscheinlich eine dämonische Kraft zu Hilfe kam, die über Zerstörung und Entfaltung im Übel, über Werden und Vergehen im Schmerz gebietet. Diesen unheilbringenden Mönch haben wir hier eingeschlossen, abseits der Totenstätte, die er besudelt, der Ruhestätte, wo unsere frommen Verstorbenen sich bemühen, das Nichts oder doch zumindest gute Reinkarnationen zu verdienen. Dank seiner üblen Schutzgeister kann er das Rad des Lebens beschwören und sich in den Zyklus der Zeiten einschalten. Wer von Ihnen jetzt und hier einen Augenblick der eigenen Vergangenheit, Gegenwart oder Zukunft erleben will, der soll es sagen. Und der Verwegene soll sehen.‹

Jetzt sind wir dran, und ich bin geliefert. Ich verwünsche im stillen den Abt, denn er will uns entweder ein X für ein U vormachen oder uns tatsächlich der Schwarzen Magie ausliefern. Ich habe zu lange in der Nähe von Tibet gelebt, um nicht trotz meiner europäischen Skepsis an ihre Teufeleien zu glauben, über die so viele Geschichten im Umlauf sind. Zu lange, um nicht Schiß zu haben. Und dieser Zeitenbeschwörer, ist das wirklich ein Mensch oder eine Kreuzung aus Mensch und Raubvogel? Das frage ich mich beim Anblick seiner Vogelaugen, seines schnabelscharfen Nasenrückens und der klauenförmigen Hände. Ich bin verrückt ... Alle Anwesenden sind leichenblaß, und der Generalgouverneur, der Blut und Wasser schwitzt, sagt: ›Das ist doch eine Farce, eine schlechte Farce.‹ Der Falkenmensch aber heult: ›Wer will sich sehen, wie er war, ist oder sein wird?‹ Ich übersetze die Herausforderung. Tödliches Schweigen, bis endlich unser kleiner Brausekopf, die Generalgouverneurin, mit dem Fuß aufstampft und dem menschlichen Raubvogel zuruft: ›Ich, ich, ich. Ich will wissen. Ich hab keine Manschetten. Würden Sie bitte für mich dolmetschen, mein lieber Konsul.‹

Plötzlich treten drei Buddhas aus dem Halbdunkel. Sie sind angestrahlt wie mit Scheinwerfern. Was ist das wieder für ein Hokuspokus? Denn es gibt natürlich keinen elektrischen Strom hier. Die drei Buddhas gleichen einander zum Verwechseln, sie sind mittelgroß, kauern gleichgültig in Meditationshaltung, drei ausgesprochen klassische Buddhas, wenn man von den Gesichtern absieht, die rußgeschwärzt sind, und davon, daß sie nicht auf Lotusblüten, sondern auf Totenköpfen sitzen. Außerdem hält jeder ein Täfelchen senkrecht vor sich hin, ein mit einer Silberfolie bezogenes Brett, das genau besehen ein alter chinesischer Spiegel, ein Bildabstrahler ist. Jetzt nähert sich der Vogelmann wie im Gleitflug der Gouverneuse, die mit gesträubtem Gefieder wartet, bleibt vor ihr stehen, starrt sie an und sagt mit dumpfer Stimme: ›Das sind die Götter, deren Diener ich bin. Links der Buddha der Vergangenheit, der Ihnen enthüllen wird, was Sie waren; denn Sie wissen sowenig wie alle anderen Menschen, was Sie wirklich getan haben. In der Mitte der Buddha der Gegenwart, der Ihnen enthüllen wird, was Sie sind; denn Sie wissen sowenig wie alle anderen Menschen, was Sie wirklich tun. Rechts der Buddha der Zukunft, der Ihnen zeigen wird, was Sie sein werden; denn Sie wissen sowenig wie alle anderen Menschen, was aus Ihnen wird, obwohl es bereits in dem unabwendbaren Lauf der Zeiten vollzogen ist. Die Vergangenheit, die Gegenwart und die Zukunft, drei Zeiträume, die nur einer sind, stellen für Sie wie für alle Menschen einen undurchdringlichen Nebel dar. Meine Gebieter werden den Schleier der Ungewißheit von Ihnen nehmen. Doch sagen Sie, von welchem der drei Buddhas wollen Sie die Wahrheit erfahren?‹

Ich habe meine Übersetzung kaum beendet, da ertönt auch schon wie ein Peitschenknall die eigensinnige Stimme der Gouverneuse: ›Vom Buddha der Zukunft. Die beiden anderen können wegtreten, ich bin doch nicht blöd, ich brauche keinen, der mir mein Leben erzählt. Aber ich würde sonst was geben, wenn ich jetzt sehen könnte, wo ich in – na, sagen wir, in fünf Jahren sein werde. Dafür mache ich so viel Buddharummel mit, wie Sie wollen. Dafür würde ich sogar meine Seele dem Teufel verschreiben . . .‹

Bei diesen Worten erhebt sich ein leises Murmeln aus der Versammlung, und der Generalgouverneur tadelt seine Gattin: ›Was soll das, bist du denn verrückt geworden?‹

Ich amüsiere mich, denn ich weiß, worum es geht. Die Geschichte der kleinen Dame hat so oft die Runde gemacht, daß ich sie auswendig kenne. Sie hat ihren Mann fest am Gängelband, bearbeitet ihn im stillen Kämmerchen oder stachelt ihn in der Öffentlichkeit auf, immer mit der ganzen Unverblümtheit einer Lustspielzofe. Darum ist sie auch in Hanoi so verhaßt und wird von allen angegeifert. Was ihr völlig egal ist. Für sie zählt nur eins: sie muß aus ihrem Mann bis zur Rückkehr in die Heimat einen Herriot machen, einen großen Präsidenten. Wenn er nur bis dahin durchhält und nicht völlig verkalkt. Darum ist sie jetzt in den unterirdischen Gewölben dieser Pagode, neben dem Beinhaus, angesichts dieser drei teuflischen Buddhas bereit, sich dem Willen des Vogelmenschen zu fügen. Sie will wissen.

Alles geht sehr schnell vor sich. Ich frage mich, ob der Zauberer nicht eine Maske trägt, seine Züge wirken wie holzgeschnitzt, nicht ganz menschlich, nicht ganz tierisch, beides zugleich. Das Wesen – wie soll ich es sonst nennen – neigt sich über die Generalgouverneurin wie ein Geier über seine Beute, breitet die Greifarme aus und beginnt zu psalmodieren. Es gibt nicht den beruhigenden Singsang der Bonzen von sich, der zum Nirwana führt, sondern langgezogene, bizarre, schrille, unirdische Pfeifgeräusche, Töne, mit denen die Dämonen sich über die Zeiten hinweg verständigen. Sicher ruft es damit die Geister herbei. Nach einer Minute hört es damit auf und fragt mit tonloser Stimme die Gouverneurin: ›Sind Sie bereit? Der Atem aus dem Jenseits umweht Sie. Sie werden ihn spüren.‹ Es legt ihr eine Art Beutel aus kaltem Leder, das sich wie Menschenhaut anfühlt, in die linke Hand. Plötzlich schreit die Gouverneurin: ›Aber das rührt sich ja da drinnen, das lebt, ich habe Angst . . .‹ Und wirklich, die Schweinereien im Amulett, magischer Kot oder magisches Aas, zucken und stoßen aneinander. Die Dame ist drauf und dran, in Ohnmacht zu fallen, aber der

Teufelsmönch packt sie an den Schultern: ›Fürchten Sie nichts. Achten Sie die Götter, die zu Ihnen gekommen sind. Nachdem sie jetzt von Ihrem Körper Besitz ergriffen haben, werden sie zur Ruhe kommen und Ihnen dienen. Nehmen Sie diese Lampe in die rechte Hand – Sie ist Ihre Wesenheit, die Ewigkeit Ihres Seins durch die Zeiten und außerhalb der Zeit.‹ Madame ergreift tapfer das kegelförmige Ding aus dunklem Harz. Der Vogelmensch weicht zurück, er scheint sich von der Erde zu lösen, blickt die Gouverneurin an, als wolle er sich auf sie stürzen, seine harten dunklen Augen werden immer größer, unendlich, man sieht nur noch sie. Zwei riesige Höhlen, unter deren Einfluß der bis dahin tote Kegel zu knistern beginnt und in blendendem Licht erstrahlt. Mir ist, als würde die Gouverneurin sich in genau diesem Moment entkörperlichen, verflüchtigen, verschwinden. Aber die seltsame Lampe, die sie hochgehalten hat, wirft ihr Lichtbündel auf den Silberspiegel des Buddhas der Zukunft: die ehrwürdige Mattscheibe beginnt zu flimmern, belebt sich, füllt sich mit bunten Flecken, die sich zusammenfügen, ein zusammenhängendes Bild ergeben. Die Szene wird deutlicher, Leute und Dinge sind zu sehen, es ist fast wie beim Kinematographen. Ich habe den Eindruck, Häuser zu erkennen, ein Pariser Stadtviertel, eine Art Militärparade. Und plötzlich sehe ich inmitten der Menge Madame la gouverneur, wie sie leibt und lebt, in großer Abendtoilette. Der völlig entgeisterte Generalgouverneur kann gerade noch rufen: ›Ma chérie, ma chérie, was ist mit dir, wo bist du, ich komme dir zu Hilfe‹, da ist auch schon alles wieder wie zuvor, als wäre nichts geschehen. Die Gouverneurin ist unter uns, unverändert, jedoch strahlend, wie verklärt, als trüge sie einen Heiligenschein. Sie ergießt ihr jubelndes Glück über den braven Herrn Gemahl, der nichts kapiert, nur blöde und verstört dreinschaut, die kurzen Arme ausstreckt, um sein ekstatisches Herzblatt zu beschützen, zu umfangen, an sich zu drücken. ›Dicker, Dicker, das war der Elysée-Palast, ich schwöre es dir, ich hab ihn genau erkannt, das Gitter, der Innenhof, die Freitreppe, die Garde mit Helmbusch und Säbel, die großen Salons, die Wandteppiche, die Lüster, die Lakaien, die Oberen Zehntausend, die Hautevolee, alles – ich kann mich nicht täuschen, du hast mich doch fünf- oder sechsmal mitgenommen, ich weiß es noch, weil du mir vorher immer so eindringlich Benimm gepredigt hast, daß ich keinen Pieps getan habe, auch nicht als der Präsident mir zugelächelt und Komplimente gemacht hat. Aber diesmal warst du der Präsident mit dem breiten Ordensband über der Brust, du warst majestätisch, schön, gut, fein, proper, ein grandioser Poupou, der die Gratulation der Parlamentarier und des Diplomatischen Korps entgegennahm. Du hast eine kleine, aber umwerfende Rede gehalten. Und ich war die Präsidentin, in einem tollen Kleid, dezent, aber oho! Ich war so hübsch, so unbefangen und wurde sehr gefeiert. Ich bin nicht verrückt, Dicker, glaub mir, ich war wirklich dort.‹ Ich höre ein schlecht unterdrücktes hämisches Lachen. Ein Herr oder eine Dame aus dem Gefolge des Generalgouverneurs. Der hochrote, fassungslose Poupou würgt schließlich hervor: ›Das ist doch die Höhe! Irgendwer hat sich einen schlechten Scherz mit dir erlaubt. Ich konnte dich einen Augenblick lang nicht mehr sehen und hatte fürchterliche Angst um dich. Wo bist du denn gewesen? Hat dich jemand von hier fortgebracht, dir weh getan?‹ – ›Aber nein, Poupou, ich war im Elysée-Palast, so glaub mir doch! Alles ist so einfach, so sanft, so natürlich vor sich gegangen, ganz ohne Schock. Ich hab für ein paar Augenblicke in der Zukunft gelebt. Und jetzt weiß ich, daß du Präsident der Republik sein wirst und ich deine Präsidentin . . .‹ Hüsteln aus den Reihen der Anwesenden. Poupou läßt die Nase hängen, er fühlt sich blamiert, schließlich ist es ausgesprochen lächerlich für einen Großmeister der Freimaurerloge, wenn an seiner eigenen Ehefrau ein Wunder geschieht, in einem recht zweifelhaften Lourdes. Aber er kann seine Gattin nicht zum Schweigen bringen, sie spinnt mit Verve das goldene Märchen weiter: ›Du wirst sehen, Poupou, wir geben ein fabelhaftes Präsidentenpaar ab. Alle Franzosen werden uns lieben und verehren. Du wirst dich nicht mehr gehen lassen, kein alter Weinschlauch, kein Fettwanst mehr sein, keine versabberten Jacketts mehr, von denen die Speisenfolge abzulesen ist. Kein mürrisches Erwachen am Morgen, mit steinerweichenden Seufzern. Keine Wutanfälle mehr, keine Launen, vorbei die Depressionen, in denen du zu allem und jedem ja und amen gesagt hast, nur um deine Ruhe zu haben. Du wirst arbeiten. Du wirst auf dein Äußeres achten. Deine

Akten studieren. Deine Besucher aufmerksam anhören. Würdig auftreten, schwungvolle Reden halten, Worte finden, die jedem ans Herz greifen und alle zu Tränen rühren. Ich halte mich freundlich an deiner Seite, ganz große Dame. Ich schwöre dir, du wirst mir nicht mehr auch nur so viel vorzuwerfen haben, wie ich Schwarzes unterm Nagel hab.‹

Diese flammende Ansprache der Generalgouverneurin an ihren Eheherrn ist um so komischer, als der Saal der Weissagungen während ihrer Faseleien zusehends seinen mystischen Zauber verloren hat. Er ist wieder völlig unansehnlich geworden, mit den schmutzverkrusteten Buddhas, den Öllämpchen, die mühsam gegen das muffige Halbdunkel ankämpfen. Bei diesem trüben Licht besehen, kommt mir nun auch der Magier, der Vogelmensch, nur noch wie ein zaundürrer, vertrottelter Bonze vor, der nichts Tierhaftes an sich hat, einfach ein Mensch ist mit schweren Augenlidern und einer monströsen Schädelauswucherung, die ihn mitnichten einem Falken, viel eher einer Ente gleichen läßt. Plötzlich kann ich mich des Verdachts nicht erwehren, daß ich zwar unbeabsichtigt, aber doch durch meine Schuld die Generalgouverneurin in dieses Schlamassel gebracht habe. Wahrscheinlich war ich den Mönchen gegenüber zu freigebig gewesen, und sie wollten sich für die vielen von mir gespendeten Taels gebührend erkenntlich zeigen. Der Abt neben mir strahlt väterlich, zufrieden, wie ein Mann, der sein Geld redlich verdient hat. Ich werde ihm auch nicht einen Tael wieder abjagen können. Außerdem werde ich nie mit Bestimmtheit wissen, ob es sich bei dieser ganzen Szene um Magie, um Hypnose oder Massenhalluzination gehandelt hat, hervorgerufen durch einen ausgeklügelten, sinn- und nervenverwirrenden Theatercoup.

Hier muß man wissen, daß solche und ähnliche Phänomene für uns Europäer von Tschengtu eines der beliebtesten Tischgespräche bilden. Jeder hat irgendeine Anekdote, irgendeinen haarsträubenden Bericht parat. Gegen all das, was sie angeblich bei den Lamas und Bonzen von Szetschuan und dem benachbarten Tibet gesehen haben und im kleinen Kreis zum besten geben, ist unser Erlebnis von eben bloß kalter Kaffee: da hört man von Levitationen, Gedankenübertragungen, zweitem Gesicht, ganz zu schweigen von Morden durch magische Formeln,

Gespenstererscheinungen, wandelnden Leichen, Friedhöfen, die zu dämonischen Jahrmärkten werden, auf denen zauberkräftiges Aas verhökert und gekauft wird, Schädeln, Mumien und Skeletten, die einander heulend jagen, Versammlungen von Höllengeistern, die in Gesellschaft ihrer Diener, den Schlangen und Ungeheuern, ihrem König huldigen. Diese Geschichten finden nicht nur Gläubige unter den hiesigen Wahlchinesen, sondern auch unter den Durchreisenden, den Seidenhändlern aus Lyon oder den Parfümkaufleuten, die sich bis aufs Dach der Welt wagen auf ihrer Jagd nach Moschus, dieser widerlichen und stinkenden Absonderung tierischer Blasen und Drüsen, Grundstoff der exquisitesten Düfte, die in der Rue de la Paix verkauft werden. Ehrlich gesagt, mir ist immer ein bißchen schwummerig, wenn meine Gäste bei Diners im Konsulat auf dieses Thema zu sprechen kommen. Denn meine großmäuligen Franzosen, die sich beim Dessert gern um Gott und die Welt oder um ein Nichts zanken, wobei der eine immer alles besser weiß als der andere, meine Landsleute also, regen sich dabei fürchterlich auf. Manche halten alles für Schwindel, andere wieder verfechten mit Leidenschaft die Ansicht, daß an der Sache ›etwas dran‹ sei. Im allgemeinen hüte ich mich weislich, meine Ansicht beizusteuern. Und ausgerechnet heute lasse ich es dem Generalgouverneur gegenüber an meiner üblichen Vorsicht fehlen, ich mache einen Riesenschnitzer, indem ich seine Dulcinea wenn auch keiner echten Gefahr, so doch der Lächerlichkeit aussetze. Denn in einigen Tagen wird ganz Hanoi todsicher über das peinliche Abenteuer der Dame klatschen – und vor allem über ihre naiven Zukunftsvisionen. Und mich wird man als Komplizen und Scharlatan hinstellen. Der Generalgouverneur dürfte bereits jetzt fuchsteufelswild auf mich sein.

Zunächst einmal treten wir schleunigst den Rückzug an. Nichts wie raus aus den Katakomben, raus aus der Pagode, wo die Bonzen noch eine letzte Schau abziehen, einen vollzähligen großen Ringelreihen um den großen Buddha, als Abschiedsgruß sozusagen. Ich habe sie zu großzügig geschmiert, daran gibts keinen Zweifel mehr. Draußen finden wir unsere Soldaten und Kulis wieder, unsere Träger und Mafus, sie rülpsen um die Wette, so gründlich haben sie sich am Nachmittag die Bäuche vollgeschlagen. Während die Karawane sich in Marschordnung aufstellt, tadelt der Generalgouverneur mich milde:

›Ich weiß, Sie haben sicher nur das Beste gewollt, aber Sie haben das Spiel ein bißchen zu weit getrieben. Mit meiner Frau als Einsatz. Sie hat sich selbst danach gedrängt, das muß ich zugeben . . .‹

Aber die Gouverneuse nimmt mich beiseite und beruhigt mich:

›Keine Sorge, ich spreche mit meinem Mann und bringe alles wieder ins Lot. Und die Sache mit den Bonzen war einfach umwerfend. Ich jedenfalls glaube nach wie vor daran. Der Elysée-Palast . . .‹ Sie blickt mich mit zusammengekniffenen Augen an: ›Mein lieber Albert, Sie gefallen mir. Wenn wir uns früher begegnet wären, wir hätten uns gut verstehen können und Spaß miteinander gehabt. Aber jetzt hat Ihre Anne Marie Sie am Wikkel . . . Sie werden vermutlich nicht mehr viel zu melden haben, da möcht ich drauf wetten.‹

Ich bin geschmeichelt, gebe aber zurück:

›Sie haben Ihren Mann auch ganz schön am Wickel . . .‹

Da schwingt sie sich zu grandioser Würde auf und versetzt mir:

›Aber ich, ich liebe meinen Alten.‹

Mir steigt die Galle hoch, denn sie will damit doch nur sagen, daß Anne Marie mich nicht liebt. Was sicherlich falsch ist, das weiß ich, auch wenn Anne Marie ihre Gefühle nicht zeigt.

Die Prozession setzt sich endlich in Richtung auf Tschengtu in Bewegung. Der Rückweg verläuft reibungslos, der Generalgouverneur macht sogar an den schwierigsten Stellen keine Zicken, als würde er von einer großen inneren Zufriedenheit getragen: vielleicht sieht er sich auch schon im Elysée-Palast. Auf alle Fälle strahlt sein Gesicht von Jovialität. Als die Karawane sich vor dem Konsulat auflöst, zeigt er sich von geradezu verschwenderischer Freigebigkeit. Er läßt dem Befehlshaber unserer Schutztruppe eine stattliche Menge Taels zur Verteilung unter die Soldaten überreichen. Ich kann mir denken, wie diese Verteilung vor sich gehen wird. Eine weitere große Summe geht an die Befehlshaber des Hausgesindes, gleichfalls zur Weitergabe an die Dienerschaft. Das kann nicht gut ausgehen. Kaum ist der Generalgouverneur im Inneren des Konsulats verschwunden, wo er sich wie immer in einen Sessel fallen läßt, da bricht draußen das Geschrei los, der offene Aufstand. Alle Kulis und Mafus protestieren, kreischen, daß man sie bestehle, fallen über Herrn Pu und seinen Stab her. Herr Pu, der unter einem Durcheinander aus Armen und Fäusten fast begraben ist, brüllt lauter als alle Angreifer zusammen. Er gibt nicht nach und läßt sich nicht einschüchtern. Schließlich muß ich selbst eingreifen, um die Ordnung wiederherzustellen.«

Eine unmerkliche Veränderung geht in dem Raum vor. Die Nacht ist jetzt weniger dicht, trägt bereits den Keim der Auflösung, des Verfalls in sich, die Ankündigung einer ersten Helligkeit. Weniger ein Zeichen als eine Ahnung, und sie dringt bis ins Bewußtsein des Konsuls. Er räkelt sich im Traum, kommt ein wenig zu sich und blickt auf seine Uhr: vier Uhr morgens. Der Chefboy ist zu seinen Füßen zusammengesunken wie ein Häuflein von Astragalen eines Knöchelspiels. An die Gegenstände im Zimmer heften sich die Spiegelungen eines noch nicht vorhandenen Lichts. Draußen, im Wirtschaftshof, beginnt das Federvieh sich scharrend zu regen. Auch die Stadt gerät in noch kaum merkliche und doch unleugbare Bewegung. Wiederum meldet sich im Hirn des Konsuls der Gedanke, sein Schlafzimmer aufzusuchen. Wird er hinübergehen? ... Nein, er möchte diese Nacht seines Ruhms in Gesellschaft des Generalgouverneurs und der Gouverneurin beschließen. Er findet rächendes Vergnügen darin, seine eigene Vulgarität, die Anne Marie unaufhörlich herausstreicht, auf dieses edle Paar zu projizieren, vor allem auf die unmögliche Gouverneuse.

»Immer noch zwei Tage bis zum Abschluß des offiziellen Besuchs des Generalgouverneurs von Indochina in Szetschuan. Scherereien und kein Ende ... Als erster pirscht sich der Bischof heran, der zweifellos irgendeinen Wunsch in petto hat. Mir ist dieser struppige, ungehobelte, großkotzige Fanatiker mit den ständig entzündeten Kohleaugen nicht besonders sympathisch. Da schiebt er sich auch schon linkisch und zögernd in mein Amtszimmer:

›Herr Konsul, ich möchte gern eine Audienz beim Herrn Generalgouverneur.‹

›Aber der Generalgouverneur hat Sie doch bereits empfangen, Monsignore.‹

›Ich muß unbedingt noch einmal mit ihm sprechen. Es geht um eine Sache, die für die Zukunft des Christentums in dieser Provinz von höchster Bedeutung ist.‹

Ich habe den Eindruck, daß er Geld verlangen will für seine Mission, die weiß Gott nicht gerade arm ist, und ich schicke mich bereits an, ihn abfahren zu lassen. Aber es ist etwas anderes. Der Prälat redet noch eine Weile herum und vertraut mir schließlich an:

›Herr Konsul, ehe ich mich an den Gouverneur wende, muß ich an Sie eine Frage stellen – eine etwas delikate Frage, wie ich zugeben muß. Aber Sie sind ein guter Christ, und das ermutigt mich . . .‹ In Anbetracht meines höchst laxen Glaubens ein unerwartetes Kompliment, das mir zeigt, daß der heilige Mann das Terrain sorgfältig vorbereitet. ›Ehem, Monsieur le consul, stimmt es, daß der Gouverneur, wie mir gerüchtweise zu Ohren kam, der christusfeindlichen Freimaurerbewegung angehört?‹

Ich bin perplex. Ich überlege mir meine Antwort sehr genau:

›Monsignore, das kann ich Ihnen wirklich nicht sagen. Mag sein, mag sein auch nicht. Aber eins kann ich Ihnen versichern, der Herr Gouverneur steht der katholischen Kirche mit großem Wohlwollen gegenüber und beschützt sie in Tongking und Indochina mit allen ihm zu Gebote stehenden Kräften.‹

›Gott sei bedankt. Sie nehmen eine große Sorge von mir. So will ich denn für diesen Mann beten, ehe ich seine Unterstützung erbitte.‹ Ein Paternoster steigt aus der behaarten Kehle. Nachdem dieser Berserker seine fromme Anrufung beendet hat, erkundige ich mich:

›Was möchten Sie vom Generalgouverneur?‹

›Daß er mit dem Papst spricht. Daß er Krach schlägt. Wie Sie wissen, brauchen die Chinesen, auch die getauften, unsere Schäflein also, eine feste Hand. Sonst holt Satan sie sich wieder. Und jetzt, stellen Sie sich vor, will der apostolische Nuntius in China, ein Italiener, einen gelben Klerus organisieren, mit Geistlichen, Bischöfen, Erzbischöfen, die an unsere Stelle treten sollen. Hält man so etwas für möglich? Eine Verirrung, vom Geist des Bösen angestiftet. Aus den chinesischen Christen kann man zur

Not Küster, Katecheten, Meßdiener machen. Aber ihnen die Weihen erteilen, sie zu Priestern und Kirchenfürsten zu machen, das wäre die Zersetzung, die Zerstörung des heiligen Bekehrungswerks, für das so viele Missionare in Szetschuan Verfolgung, Martyrium und Tod erlitten haben. Der Schutz des Glaubens in Asien ist Frankreich anvertraut, und daher muß der Generalgouverneur den Heiligen Vater von dieser Gefahr in Kenntnis setzen . . .‹

Ich stelle mich dumm: ›Wie sollte denn der Gouverneur in Ihrer Sache beim Papst intervenieren, da in unserem Land doch die Trennung von Kirche und Staat herrscht?‹

Der Bischof fegt dieses Argument mit einem Bartschwenken unter den Tisch. ›Die Missionare sind Frankreichs treueste Söhne und vertreten seine Interessen im Fernen Osten aufs beste. Wir sind für Frankreich und seinen Einfluß mehr wert als sämtliche Bankiers, Geschäftemacher und – ohne Ihnen zu nahe treten zu wollen – Konsuln zusammengenommen. Der Gouverneur wird mich verstehen . . .‹

Tatsächlich gibt sich der Generalgouverneur im Gespräch mit dem plebejischen Kirchenfürsten als Erzheuchler, der trotz seines hohen weltlichen Amts vollstes Verständnis hat für diese erhabene, für Frankreich und die Menschheit so wichtige Institution, die Religion. Er trieft also von Wohlwollen, und nur ein verstohlenes Glimmen in seinen Augen verrät, wie königlich er sich amüsiert, während er den rasenden Gottesstreiter mit schönen Worten abspeist: ›Von Ihren Befürchtungen, Monsignore, habe ich schon häufig in Tongking und in Indochina zahlreiche französische Missionare sprechen hören, heilige Männer, Gottesstreiter und, wie Sie ganz richtig bemerkten, leidenschaftliche Patrioten. Ich kann Ihre Sorge verstehen, wenn ich auch keineswegs überzeugt bin, daß die obersten Interessen von Kirche und Vaterland auf dem Spiel stehen. Aber Sie müssen auch verstehen, daß ich weder befugt noch in der Lage bin, mich direkt an Seine Heiligkeit den Papst zu wenden. Sie wissen außerdem, daß Frankreich keine diplomatische Vertretung beim Vatikan unterhält. Trotzdem werde ich, auf dem Wege über gewisse halboffizielle und vertrauliche Kontakte, wie sie ja immer vorhanden sind, dem Nachfolger Petri Ihre Probleme zur Kenntnis bringen . . .‹

Besseres kann man an Schaumschlägerei kaum bieten. Und unser Tölpel ist wirklich hochzufrieden. So sehr, daß er huldvoll die schwarzen übelriechenden Zahnstummel bleckt und dem Gouverneur mit großer Geste erklärt: ›Am morgigen Sonntag werden wir das Hochamt in der Kathedrale von Tschengtu eigens für Sie lesen, für die Vergebung Ihrer Sünden und für Ihren Erfolg in dem hohen Amt, für das Gott Sie ausersehen hat.‹

›Monsignore, ich danke Ihnen, auch im Namen Frankreichs. Selbstverständlich werden meine Frau und ich diesem Gottesdienst beiwohnen, der mir Gelegenheit geben wird, mich mit eigenen Augen von der Dynamik der Kirche in Szetschuan unter Ihrem Hirtenstab zu überzeugen.‹

Worauf der Primas, nachdem er uns noch den Segen erteilt hat, abzieht und sich auf sein Maultier schwingt, während der Gouverneur sich schieflacht . . .

Die Kathedrale ist eine Pagode mit geschweiften Dächern, auf denen heilige George die Drachen töten, augenfällige Symbole des Triumphs der Gläubigen über die Heiden. Im Inneren blüht der Edelkitsch, die ganze Kirche quillt über von Heiligen Jungfrauen mit und ohne Jesuskind, von Unbefleckten, Gebenedeiten, Glorreichen, Schmerzensreichen, zu Füßen des Gekreuzigten Hingegossenen oder von einer Engleinriege in den Himmel Erhobenen. Darstellungen des gekreuzigten Christus, des Kreuzwegs, ein ganzer Ramschladen voll Heiligster Herzen Jesu, Lilienbannern der Heiligen Johanna von Orleans, Bilder der Heiligen Familie, Seitenkapellen, die von den Auslandsmissionen besonders geschätzten Heiligen gewidmet sind, Lourdes-Grotten und Opferstöcke. In der Mitte der riesige, überladene, gewichtige Hochaltar, ein Monument mit all seinem Beiwerk: den Spitzentüchern, Leuchtern, Blumen, dem Tabernakel voll geweihter Hostien und davor das Ewige Licht, das die Gegenwart Gottes anzeigt. Und zu alledem, in massivem Aufgebot, das Volk Asiens, das niedrige Volk. Denn im allgemeinen bekehren die Patres kaum einen der reichen und mächtigen Chinesen, die sich selbst vor den Unbilden des Lebens schützen können. Zum wahren Glauben bekennen sich nur die Armen, die Entrechteten, die Leidenden, die Bedrückten, denen die Kirche nicht nur eine himmlische, sondern vor allem eine irdische Macht bedeutet, eine starke Organisation von der Art, wie die Chinesen sie verstehen und schätzen: eine ›Schutzgesellschaft‹, die im Zeichen des Kreuzes ihren Schutz speziell zum irdischen und unmittelbaren Gebrauch verkauft, und das Paradies als Dreingabe. Für die gelben Gläubigen ist die Kirche eine Besser-Lebens-Versicherung in einer harten und gefährlichen Welt, sie bietet ihnen Sicherheit vor Hunger und Unglück und folglich eine Chance, nicht allzu rasch zu sterben und nicht allzu früh ins christliche Jenseits einzugehen, so wonnevoll es dort auch sein möge. Daß die Geistlichen ihre Pfarrkinder verteidigen wie Tiger ihre Jungen, gegen die Kriegsherren, die Soldaten, die Banditen, die Beamten, die anderen Chinesen und gegen alle Mißgeschicke, das weiß ich aus Erfahrung, das weiß ich nur allzu gut! Für Sicherheit und Wohlergehen ihrer Christenschar lassen sie sich auf die verworrensten und wüstesten Intrigen ein, auf endlose Stänkereien und Querelen, auf Gemauschel mit den unmöglichsten Leuten. Heiliger Starrsinn! Und diese Gottesmänner sind obendrein noch parteiisch und ungerecht, sie schrecken auch nicht vor einem frommen Schwindel zurück, vor Drohungen und schon gar nicht vor falschem Zeugnis zugunsten eines ihrer Schäflein, das gegen einen Heiden oder eine Heidenclique prozessiert. Sie verlangen, daß ich Protest einlege, mich für sie stark mache, alle Hebel in Bewegung setze, daß ich Entschädigungen fordere, Schmerzensgelder, Garantien, exemplarische Bestrafung der Verbrecher, Peitschenhiebe, Foltern, Köpfe. Ich soll bei den Behörden deren Eingeständnis eines fahrlässigen oder schuldhaften Handelns erwirken, Entschuldigungen, Widerruf oder einen feierlichen Spruch zugunsten der Religion Jesu. Wenn es nach ihnen ginge, wäre ich Tag und Nacht in meinem Tragsessel unterwegs, um einen Kriegsherrn zur Rechenschaft zu ziehen, einen Zunftmeister, einen Richter oder den offiziellen Vertreter einer Piratenbande – stets ein nutzloses Beginnen, das unweigerlich in einem Palaver à la chinoise endet, mit einem höflich-abweisenden Gegenüber, das alles leugnet, sich entrüstet und mich am Schluß erpreßt. Wenn ich unverrichteterdinge zurückkomme, sind die Missionare wütend, und ich habe Kopfschmerzen! Eine unersättliche Gesellschaft! Ihre römisch-katholische Kirche ist nichts weiter als eine ›gang‹, die mit zahllosen anderen ›gangs‹ in Konkurrenz steht – aber eben eine besonders mächtige ›gang‹, mit der man sich nicht anlegen sollte und deren Mitglieder glücklich und in Ruhe leben und sich sogar ein bißchen bereichern können. Der einzige Haken ist, daß die Konvertiten von den anderen Chinesen als Verräter gehaßt und verachtet werden. Aber diese Feindseligkeit wirkt sich zur größeren Ehre Gottes aus, denn die gelben Christen, diese Reis-Nassauer, sind mit Leib und Seele bei der Sache. Allein schon, um ihr Gesicht zu wahren, tun sie, als würden sie von der göttlichen Gnade und nicht von weltlichen Interessen bestimmt. Sie flüchten sich in Ritual und Frömmigkeit. Und sie klammern sich an die Patres wie an Rettungsringe. Die Patres verlangen für ihre Protektion und die damit verbundenen materiellen Vorteile von den Christen blinden Gehorsam, absolute Unterwerfung und die Beweise einer demonstrativen Frömmigkeit, wie man sie nicht einmal mehr in Frankreich praktiziert. Ihre Katechumenen sind daher päpstlicher als der Papst. Denn wenn die Chinesen ein Spiel spielen, dann spielen sie es gründlich. Das Leben dieser Christen ist ausgefüllt mit den kirchlichen Festtagen, den feierlichen Prozessionen, der Liturgie in all ihrem Pomp, einem Kirchendienervokabular, der Beichte im umfassendsten Sinn – zugleich Bekenntnis der eigenen Sünden und Denunziation pflichtvergessener Glaubensbrüder –, mit strengen Bußübungen, Fasten und Sakramenten. Nichts als Fahnen, Monstranzen, Kniebeugen, Opfergaben, Ekstasen, Novenen, Kreuzzeichen, gregorianische Gesänge, Küchenlatein, Messen über Messen. Die christlichen Chinesen sind ihren weißen Seelenhirten beispiellos ergeben, denn das irdische und ewige Heil eines jeden von ihnen hängt von einem mißtrauischen Blick oder mißbilligenden Wort dieser Gottesmänner ab. Und vor lauter Engleinspielen sind diese Himmlischen nicht mehr wie die anderen Chinesen, sie sind ›gute‹ Chinesen, die einzigen, die die ›fremden Teufel‹ nicht hassen, die einzigen, die ihnen wirklich von Herzen zugetan sind.

Dies alles erklärt, warum unser Hochamt in Tschengtu zur Offenbarung naiver Gläubigkeit an das heilige Mysterium, an Gottes Wort wird, vor dem die Masse der gelben Köpfe in Anbetung versinkt. Der Herr Generalgouverneur und seine Gattin thronen in der ersten Reihe in prachtvollen roten Fauteuils. Rechts und links von ihnen, auf gewöhnlichen Stühlen, ich und Anne Marie, dann die Herren und Damen des Gefolges. Wir sind eine Insel der Weltkinder inmitten des Ozeans der Chinesen, die mit verzweifelter Inbrunst beten, beflissen das Ritual erfüllen, im Takt niederknien, aufstehen, sich bekreuzen. Über dicken Gebetbüchern bewegen sich die murmelnden Lippen, öffnen sich die Münder, um zum Brausen der Orgel die gregorianischen Gesänge anzustimmen: die heiligen Weisen ertrinken in ungeheurem Genäsel. Zahllose ernste Gesichter, gebannte Augen, knochige Hände, die Rosenkränze durch die Finger laufen lassen, da und dort ein paar halb verzückte alte Weiblein, die auf dem Boden kauernd vor sich hin brabbeln. Verkrampfte Finger, leiernde Münder, Köpfe, die auf den harten Boden schlagen, das große Flehen: ein mittelalterliches Bild. Und ich staune wieder einmal, daß diese von Natur aus so anarchistischen, individualistischen, egoistischen Chinesen sich einem System, das sie einmal akzeptiert haben, mit wahrer Inbrunst anpassen, geradezu in einen Anpassungswahn verfallen können, in permanente Übertreibung, und einander im Glaubenseifer zu überbieten suchen. Allerdings haben die Machthaber des ›christlichen Systems‹ alle Schrauben angezogen, alle nur möglichen Maßnahmen und Vorkehrungen getroffen und nichts dem Zufall überlassen. Die Überwachung ist lückenlos. Am Hochaltar zelebriert der Bischof persönlich, umgeben von kleinen gelben Cherubim, Champions im Umgang mit Meßkännchen, Weihwedel und Rauchfaß, kleine Aufziehpuppen in diesem heiligen Ballett, die mit schrillen Stimmchen ihre Responsorien piepsen. Überall zwischen den gebeugten Gestalten der Eingeborenen ragen die Köpfe der jungen Priester und der alten Nonnen, Aufpasser, die alles registrieren, den Grad der Entrücktheit eines jeden, den kleinsten Verstoß. Die Heerschar Christi ist hier wirklich in Spezialeinheiten aufgeteilt, je nach Alter und Geschlecht. Ein ganzes Karree wird von den Waisenmädchen in blauweißen Uniformen gebildet, zarten, andächtigen Marienkindern, musterhaft brav und artig, die größten ganz vorn, die kleineren dahinter, rundum blutjunge chinesische Nonnen, Kleine Blumen mit Flügelhauben, einstmals ausgesetzte Kinder, die, nackt und sterbend aus der Gosse gefischt, vom Lieben Gott ernährt und später dem Lieben Gott geweiht wurden. Die entzückenden runden mandeläugigen Gesichter der Nönnchen scheinen den Ausdruck des Glücks zu tragen, vielleicht auch der Resignation à la chinoise, der lächelnden Hinnahme des Unvermeidlichen, der Gewalt. Denn die Gewalt, die sie dem Tod entrissen hat, um sie Gott zu schenken, ist da, wacht über sie in Form von weiblichen Drachen, der Klosterfrauen. Sie sind aus den entferntesten Winkeln Frankreichs nach China gekommen, kleine derbe Bäuerinnen mit frischen Farben und Apfelbäckchen, um Dienstmägde des Herrn zu werden – während die Patres die Mandarine des Herrn sind. Unter der Fuchtel der Geistlichen rackern sie sich bei den frommen Werken der Armut ab, müssen Entbehrungen, Hunger, tückische Krankheiten und Todesqualen erleiden, sich Jahr um Jahr gegen Grauen und Greuel zur Wehr setzen, bis sie schließlich zu diesen lederzähen Gestalten mit den wachsbleichen oder quittengelben zerfurchten Gesichtern und den stählernen Augen wurden. Zu harten schweigenden Frauen, die ihre guten Werke ohne Zärtlichkeit verrichten, unerbittliche Strenge walten lassen im Dienst des Guten, das heißt in ihrer täglichen Erniedrigung, der Pflege halbverwester Sterbender, der verröchelnden Greise und der todgeweihten Neugeborenen, die ihnen vom schönen heidnischen China überlassen werden. Als Lohn ernten sie den Abscheu der gelben Massen, die sie bezichtigen, bei den wehrlosen Todeskandidaten auf Seelenfang auszugehen. Dem kleinen Häuflein menschlichen Strandguts, das sie am Leben zu halten vermochten, legen sie sodann unerbittliche Disziplin auf, damit es fürderhin im Fleisch und im Herzen auf den Pfaden des Herrn wandle. Gebet und Arbeit in den Heimen und Werkstätten, Rosenkranz und Stickereien für ein kleines bißchen Reis. Diese schlauen und schrecklichen Nonnen, diese armen alten wettergegerbten, verrunzelten, unschuldigen und furchtbar erfahrenen Frauen schlagen sich durch eine Welt von Hohn und Spott, geben nie auf, sterben in den Sielen, die einen rasch dahingerafft, andere, deren Widerstandskraft und Zähigkeit mit den Jahren wuchs, hochbetagt. Alle aber geben sich unendlich demütig gegenüber den weißen Männern, nicht nur den Patres, sondern auch den französischen Herren von Tschengtu, angefangen bei mir selbst; ständig umschleichen sie uns in der Hoffnung auf irgendeine Unterstützung. So sind sie heute, zum feierlichen Hochamt für den Generalgouverneur, mit ihrem ganzen Kontingent von Bresthaften angerückt, mit den gelben Novizinnen, den jungen Mädchen, kleinen Kindern und Säuglingen, alle sehr ordentlich, sehr sauber, sehr artig, von der unvergleichlichen, fast anormalen Artigkeit der gläubigen oder scheingläubigen Chinesen. Artigkeit nistet in den zerknitterten Gesichtern der Greise und Greisinnen aus dem Altenspital, das die Nonnen leiten. Blühende, ernste, strahlende Artigkeit liegt über den zarten Gesichtchen der Hunderte von Waisenmädchen und Waisenknaben. Denn die Schwestern haben, mit Ausnahme ihrer katholischen Aussätzigen, ihren gesamten Bestand, alle ihre Schäflein in die Kirche mitgebracht. Vielleicht haben sie diese Mobilisierung aus unschuldiger Eitelkeit getätigt, vielleicht aber auch aus frommer Berechnung, damit der Herr Generalgouverneur den rechten Eindruck von ihren Werken bekomme und sich zu überdurchschnittlicher Freigebigkeit aufgerufen fühle, zu einer großzügigen Schenkung, neben der die Spenden, die sie meiner Frau und mir entreißen, nur Bagatellen wären. Ein Stück weiter sieht man eine ganz andere Herde. Junge Pfäfflein, frisch aus Frankreich eingetroffen, ganz verbohrt vor Glaubenseifer, mit noch ungeformten Zügen, hüten zehn- bis fünfzehnjährige Knaben, den Nachwuchs gläubiger Familien, für den die Patres schulgeldpflichtige Lehranstalten eingerichtet haben. Bei den christlichen Ehepaaren gilt es als Sünde, die Söhne nicht dorthin zu schicken, wo sie ihren Katechismus lernen, indem sie ihn von morgens bis abends im Chor herleiern, bis sie ihn auswendig können – genau wie es die Heiden mit den Geboten des Konfuzius tun. Diese Unterweisung ist mühelos, weil es niemals Unfug, Krach oder Laster unter den Schülern gibt, nur das eifrige typisch chinesische Streben, ein Gelehrter zu werden, sei es auch ein christlicher Gelehrter. Man kann sie daher den ›Milchbärten‹ anvertrauen, den Grünschnäbeln unter den Missionaren, ungeschliffenen Bürschchen, die nichts verstehen, aber reinen Herzens sind. Ihre erste Aufgabe. Sie haben noch einen weiten Weg zurückzulegen, bis sie wie die alten Geistlichen sein werden, die alten Priester, die zwar in Sachen Dogma unerbittlich geblieben sind, aber in den langen Jahren der Bekehrungsarbeit, des

Apostolats, des Leitens und Herrschens zu durchtriebenen und vergnügten Gevattern wurden, mit allen Wassern gewaschen, heiligmäßig vielleicht, aber in ihrer Freundlichkeit zu allem fähig, wenn es um die Ehre Gottes und um ihren eigenen Profit geht. Diese Oldtimers bilden ein gottgefällig munteres Grüppchen inmitten der ganz dem Kult hingegebenen Beter. Denn das Gros der Anwesenden, die Masse der Gläubigen, besteht aus Großfamilien und aus ganzen ›Gemeinden‹, Konvertiten, die sich in einem Dorf oder einer Straße zusammengetan haben. Sie sind mit ihrem Patriarchen gekommen, mit ihren alten Männern und Frauen, den christlichen Ehehälften, den christlichen Gattinnen, der getauften Brut. Sie führen ein ganzes Arsenal an geweihten Medaillen, Heiligenbildern und Devotionalien mit. Jede dieser Gemeinden gehört praktisch einem der guten alten französischen Priester, der alles von ihr weiß, die Geheimnisse eines jeden und einer jeden kennt, ihr Oberhaupt ist. Dieser Priester, der oft mehrere Gemeinden unter sich vereinigt, ist hier, unter seinen Schäflein. Er hat ihnen befohlen, der Messe beizuwohnen, die der Bischof für den Generalgouverneur von Indochina liest. Er kennt sie aus allem Volk heraus, zwinkert ihnen zu, begibt sich zu seinen Pfarrkindern, um ihre ehrfürchtigen Respektsbekundungen entgegenzunehmen. Hände greifen nach ihm, und Münder flüstern: ›Gott sei mit Euch, ehrwürdiger Pater.‹ Die Tausende von Chinesen haben ihren Sonntagsstaat angelegt, aber er besteht bei Männern wie Frauen aus hundertfach, tausendfach zusammengesetzten Flicken, entfärbt, abgeschabt, vielleicht voll Ungeziefer. Das Sanctus, der Chorgesang und der Weihrauch verscheuchen alles Elend. Und nun kann man ein seltsames Anpassungsphänomen beobachten. Während die Missionare aussehen wie alte Chinesen, wie himmlische Patrizier, haben die Chinesen das frömmelnde, süßliche Gehabe von Betbrüdern angenommen; und die alten Chinesinnen, auch die Einäugigen, die Zahnlosen, die Kropfigen, solche, die nur noch Nasenlöcher ohne Nasen haben, solche mit Warzen wie riesige Früchte aus Menschenfleisch, die auf dem Humus ihres Körpers üppig gedeihen, solche, die an Ticks leiden und plötzlich sinnlos zu lachen, idiotisch zu meckern, zu sabbern beginnen, alle diese alten Weiber, die gezeichnet sind von einem Leben als Lastträgerinnen, als Sklavinnen, als Fronarbeiterinnen, als Scheißeschlepperinnen und Gebärmaschinen, sie haben sich auf wunderbare Weise die Affektiertheiten der bigotten Weihwasserratten einer reichen französischen Pfarrei angeeignet. Diese Unglücklichen sind trotz allem froh, noch am Leben zu sein, sie finden in Christus und dem Pfarrer gute Herren, den ersten Gott und den ersten Menschen, der sich jemals ein bißchen um sie gekümmert hat.

In dieser Versammlung gibt es, wie gesagt, keine einflußreichen Chinesen, keine himmlische Prominenz, außer einem General in Uniform. Seine Anwesenheit ist ein weiterer Beweis für Tang Kiaos feinen Takt, der unter seinen Bütteln einen Christen herausgefischt und zu diesem hohen militärischen Rang befördert hat – damit dieser Mensch ihn bei der Messe vertrete. Jetzt sitzt er an der Seite des Generalgouverneurs, der keine Ahnung hat, daß diese Ratte mit den spitzen Zähnen ein ganz übles Subjekt, ein ehemaliger Bandit ist. Seit seiner Bekehrung hat der Brigant die christlichen Missionen wohlweislich verschont, die Patres protegieren ihn und nennen ihn liebevoll den ›rechten Schächer‹. Sie nehmen ihm die Beichte ab und spenden ihm die heilige Kommunion, sie beten sogar für ihn. Daher ist dieser Mann mit der Liturgie des Meßopfers bestens vertraut, und der Generalgouverneur, der außer einigen in Tongking erworbenen Anfangsgründen keine Übung darin hat, tut es ihm in allen Stücken nach, steht auf, setzt sich, wenn der andere aufsteht und sich setzt.

Ein wohlbeleibter Pater besteigt nun die Kanzel, preist die alleinseligmachende Kirche, den lieben Gott, die Jungfrau Maria, Frankreich, China, den Generalgouverneur und sogar den Marschall Tang Kiao. Orgeln, Gesang, Kreuzzeichen, himmlische Wonnen. Gottes Freude, Gottes Leid, der gekreuzigte Christus. Vor dem Tabernakel der grobschlächtige Bischof mit seinem schwarzen Rauschebart und den düsteren unsteten Augen. Er hebt den Kelch, vollzieht das Meßopfer und spricht mit dumpfer Stimme: ›Dies ist mein Leib, dies ist mein Blut . . .‹ Die gelbe Menge verharrt in atemlosem Schweigen während des Wunders der Transsubstantiation, der Wandlung von Brot und Wein in den leibgewordenen Gott, während dieser Gott zur Speise wird für den Menschen, den Chinesen, den Kuli, das Waisenkind. Der Herr Generalgouverneur, der mit Mystik wenig anfangen kann, flüchtet sich in tolerante staatsmännische Würde. Aber seine ganze Umgebung ist in Ekstase. Auf der einen Seite schlägt sich der ›rechte Schächer‹ beim ›mea culpa‹ an die ordengeschmückte Brust, an der anderen kniet Madame la gouverneur, eine kleine, stumme, inbrünstig betende Gestalt, das brave Frauchen, das sich Gott zu Füßen wirft, die reuige gutbürgerliche Sünderin, eine Maria Magdalena im angemessenen Bußgewand: schlichtes dunkles Kleid und schwarzer Hut mit Schleier. Da schmettert eine Art Fanfare ein halb gregorianisches, halb militärisches Motiv, und die ganze Armee der Chinesen setzt sich in Marsch. Der Heerwurm rückt in tadelloser Ordnung, Karree um Karree, geführt von den Nonnen und Patres, zum Altar vor, die Gesichter in Konzentration gepanzert, erloschene Züge, die auf Erweckung hoffen, himmlische Züge, in Einkehr, Ernst und Andacht versunken, Züge, aus denen jede Spur irdischen Elends verschwunden ist. Ein endloser Aufmarsch der Hunderte, Tausende von Himmlischen, die sich Schritt für Schritt voranschieben, geduldig warten, bis sie an der Reihe sind, dann in Wellen von je zwanzig bis dreißig vor der Kommunionbank in die Knie sinken und alle gleichzeitig weit den Mund aufreißen, um Gott zu empfangen, um auf der herausgestreckten Zunge die Hostie entgegenzunehmen, die der Bischof, dieser unermüdliche Titan, jeder der immer wieder neuen Schichten in den Rachen schiebt. Denn mit Ausnahme der Kleinkinder gehen alle Chinesen zur Kommunion. Plötzlich flüstert mir die Gouverneuse mit verdrehten Augen zu: ›Ich halts nicht mehr aus. Ich gehe auch. Ich will meine Portion lieber Gott.‹ Sie steht auf und tritt vor. Nichts hält sie ab, weder die gelbe Menge, die zurückweicht, um ihr am Tisch des Herrn Platz zu machen, noch der Bischof, der, als er sie mit gerecktem Kopf und klaffendem Kiefer zu seinen Füßen sieht, ein paar Sekunden mit der Verteilung innehält und triumphierend die ihr zugedachte Scheibe des Himmelsbrots, ihre Ration lieber Gott, in die Höhe hebt, langsam senkt und endlich mit seinen groben, immer schmutzigen Händen ostentativ bedächtig zwischen die Zähne der Dame legt. Glorreicher Augenblick, der wohl eine kleine Ausnahme wert ist. Denn

Monsignore und überhaupt alle Missionare sind sehr streng, sehr scharf mit zweifelhaften chinesischen Christen, die das Abendmahl empfangen wollen, nehmen sie ins Verhör, kanzeln sie ab, schicken sie wieder weg, wenn sie nicht durch lange Exerzitien und löbliche Werke gebührend vorbereitet sind, wenn sie nicht gebeichtet und gebüßt haben, nicht nüchtern sind, nicht im Stand der Gnade. Aber eine Generalgouverneurin, Gattin eines notorischen Ungläubigen, die dem ganzen christlichen Szetschuan ihr Gottesverlangen geoffenbart, ein erhebendes Beispiel ihrer Frömmigkeit gegeben hat, verdient wohl, daß man es bei ihr nicht so genau nimmt. Die Wege des Herrn sind unerforschlich. Die selbstbewußte Dame kehrt ganz klein, ganz demütig auf ihren Platz zurück, den Kopf gesenkt, die Augen niedergeschlagen, die Hände gefaltet wie eine Erstkommunikantin. Nachdem sie wieder in ihren Betstuhl geschlüpft ist, flüstert sie mir zu: ›So, das wärs. Schlicht und einfach. Mein Mann wird allerdings nicht gerade entzückt sein, daß ich mich in aller Öffentlichkeit auf die Seite der Pfaffen schlage. Seine Logenbrüder werden ihm was flüstern! Aber was wollen Sie, ich bin Katholikin, und außerdem hats mir Spaß gemacht.‹ In der Tat rollt der Herr Gemahl erzürnt die Augen. Und ich frage mich, wie ich die Geschichte wieder ausbügeln kann. Es gibt nur eine Lösung: ich muß dem Skandal die Spitze abbrechen. Ich mache Anne Marie heimlich, aber gebieterisch ein Zeichen, sie solle ebenfalls zum Tisch des Herrn gehen. Im allgemeinen beschränkt sie sich auf den österlichen Empfang der Sakramente. Obwohl ihr Heimatort Ancenis das rückständigste und klerikalste Nest in ganz Frankreich ist, zeigt sie sich in puncto Religion genauso lau und gleichgültig wie in so vielen anderen Dingen, die sie als nicht standesgemäß erachtet. Sie betrachtet den Herrn von oben herab, so wie sie auch mich wohl manchmal von oben herab betrachtet. Und die Missionare von Tschengtu sind nach ihrer Auffassung das letzte an Gewöhnlichkeit, Ackerknechte Gottes, die sich nicht einmal fürs Austeilen der heiligen Wegzehrung die Hände waschen. Sie mag nicht vor ihnen niederknien, am wenigsten vor dem Bischof, um sich von ihren drekkigen Fingern die Himmelsspeise auf die Zunge legen zu lassen. Für sie bedeutet die Kommunion, wie sie in Tschengtu praktiziert wird, nur eine besonders unappetitliche Art des Essens. Heute jedoch sieht Anne Marie an meinem Gesichtsausdruck, daß es um ihre Pflicht als Konsulin geht. Sie steht also auf, und mit der arroganten und wohlerzogenen Ungezwungenheit, mit der sie alles tut, was sie besonders tadellos machen will, vorausgesetzt, daß es zu ihrer Rolle gehört, der Rolle meiner Gattin, der Ehefrau Albert Bonnards, des Repräsentanten Frankreichs in Szetschuan, schluckt sie den lieben Gott aus den Pranken des Bischofs. Der schwere Haarknoten zieht das schöne und stille Madonnenantlitz ein wenig nach hinten, der Mund ist gerade so weit geöffnet, wie es bei dieser Prozedur unerläßlich ist. Ihre ganze Haltung drückt Korrektheit aus, es ist allerdings schwer zu sagen, was sich dahinter verbirgt: Langeweile, Verachtung oder ein Minimum an Frömmigkeit. Wie dem auch sei, Anne Marie hat den Anstoß gegeben. Sämtliche Ehefrauen aus dem Gefolge des Gouverneurs gehen als gute Katholikinnen ebenfalls zur Kommunion, während die Ehemänner würdevoll zurückbleiben und sich als verstocktes Häuflein um den Gouverneur scharen. Der chinesische General ist, als Vorzugskind der Missionare und zugleich als Abgesandter Tang Kiaos, in der Zwickmühle. Er muß wählen zwischen seiner großen Frömmigkeit und der diplomatischen Opportunität. Er entschließt sich, auf den lieben Gott zu verzichten und sich auf die Seite des Gouverneurs zu schlagen. Dank dieser Arbeitsteilung löst sich alles aufs trefflichste: die Damen huldigen Gott im fernen China, die Herren halten der radikal-sozialistischen Republik unverbrüchlich die Treue.

Endlich ist die Messe aus. Die Patres scheuchen die gelbe Christenplebs, die im Moment nicht mehr gebraucht wird, schleunigst aus der Kirche. Aber auf dem Vorplatz haben sie bereits die Waisen und die Schulkinder aufgestellt, die frenetisch französische und chinesische Fähnchen schwingen. Der Gouverneur strebt mit verdrießlicher Miene von dannen. Aber die alten Nonnen haben die Generalgouverneurin eingekreist, für sie die Heldin des Tages. Die zerklüfteten Gesichter werden plötzlich weich, die Augen schwärmerisch, die Haut strafft sich in Ekstase, sie werden von unwiderstehlicher Kühnheit so weit hingerissen, daß sie es wagen, das Wort an die

First Lady zu richten. Sie gackern unverständlich, zusammenhanglos durcheinander, stammeln halbe Sätze, die sie nicht beenden, weil sie wieder von der Schüchternheit der Klosterschwestern erfaßt werden, die an Geringschätzung und schlechte Behandlung gewöhnt sind, an Befehle, Schweigen und Demütigungen. Endlich kommt die Mutter Oberin zu Wort, der von ihrer aristokratischen Geburt nur die große Adlernase in dem farblosen, wie verwaschenen Gesicht geblieben ist. Sie sagt zu unserem indonesischen Hausdrachen: ›Madame, Sie sind eine Heilige . . . Sie haben diesen verstockten Heiden in Szetschuan ein erbauliches Beispiel gegeben. Wir wissen, daß Sie dem wahren Glauben anhängen. Aber wir wollen beten, daß es Ihnen gelingen möge, Ihren edlen Gatten unserem Heiland nahezubringen, damit er sich der leidenden und streitenden Kirche in China annehme . . .‹ Die Geistlichkeit ringsum beginnt verlegen zu hüsteln, um die Oberin zum Schweigen zu bringen. Aber der Generalgouverneur, der die kleine Ansprache gehört hat, reißt seine Frau abrupt von den Nonnen weg. Doch die Oberin läuft der Gouverneuse nach und reicht ihr mit der abgezehrten Hand ein kleines Päckchen. Der Gouverneur zieht seine Gattin weiter, die Oberin hastet mit ihrem Geschenk hinter dem Paar her und fleht: ›Madame, das ist eine Tischdecke, die unsere Waisenmädchen für Sie gestickt haben. Nehmen Sie sie an, Madame . . .‹ Die Gouverneuse grabscht sich das Päckchen, schaut die Decke an und ruft: ›Nein, wie hübsch. Ich hab was übrig für hübsche Wäsche . . .‹ Anne Marie hat mit scharfem Auge festgestellt, daß es nur eine ganz gewöhnliche Stickerei ist, keine von den Hohlsaumdecken, an denen ein ganzes Waisenhaus jahrelang arbeitet, hundert junge Mädchen von morgens bis abends die Nadel führen und kaum zwischendurch einen Bissen essen und ein Gebet sprechen. Anne Marie sagt sich jetzt wohl, daß die frommen Schwestern trotz ihrer Komplimente an die Gouverneurin sich für sie nicht in Unkosten gestürzt haben . . . Inzwischen bläst der Gouverneur seiner Ehehälfte tüchtig den Marsch. Und dann wendet er sich mit einem vorwurfsvollen Seufzer an mich: ›Wenn ich gewußt hätte, daß ich in China von der schwarzen Gefahr bedroht werde . . . Sie hätten mich warnen müssen, Herr Konsul. Diese Missionare sind Tollhäusler . . .‹ Aber seine Gouverneurin ist sozusagen im siebenten Himmel. Sie klopft mir burschikos auf die Schulter: ›Sie werden immer noch besser, mein lieber Konsul. Vor ein paar Tagen, in der Pagode, haben Sie mich zur Präsidentin der Republik befördert. Und heute, in der Kirche, befördern Sie mich ins Paradies, mit einem Heiligenschein um den Kopf. Sie verwöhnen mich, Herr Konsul.‹

Schluß mit der Geistlichkeit. Schluß auch bald mit dem ganzen Staatsbesuch. Ich zähle die Stunden. Zeit, daß es ein Ende hat. Denn während die Gouverneuse in bester Form ist und munter wie ein Vögelchen und beinah mit mir zu schnäbeln beginnt, gleicht der Gouverneur immer mehr einem alten Stockfisch oder vielmehr einem gestrandeten Neunauge. Gesicht und Bauch sind aufgequollen, er quengelt und brummt, schleppt sich nur noch dahin. Im Konsulat faucht er mir seinen übelriechenden Atem mitten ins Gesicht: ›Herr Konsul, ich bin nicht in meinem Alter und in meiner Stellung, in meiner Eigenschaft als Generalgouverneur von Indochina eigens hierher nach China gekommen, um einen fernöstlichen Luna-Park zu eröffnen, sondern um eine französische Eisenbahnlinie einzuweihen. Genug der Possen. Kommen wir zur Sache.‹«

Der Streifen Tageslicht ist schon weniger trüb. Er schiebt sich Meter für Meter ins Zimmer vor, bis er das Gesicht des Konsuls erreicht: struppige, welke, fast leichenfahle Haut. Der schmerzliche Augenblick ist da, wo der Konsul, der sich bislang an seiner eigenen Wichtigkeit gütlich getan hat, den wahren Herren seiner Eisenbahn und des Lebens gegenübertreten muß: den Geldleuten. Ihre Rechnung wird er, das spürt er selbst in seinem Opiumwahn, zahlen müssen, wenn er seinen Wunschträumen die Krone aufsetzen will.

»Der Gouverneur wird zufrieden sein, denn soeben sind mit dem regelmäßig verkehrenden Zug stocknüchterne Herren in Tschengtu eingetroffen, die diese Reise bestimmt nicht unternommen haben, um an offiziellen Feierlichkeiten oder an folkloristischem Klamauk teilzunehmen. Sie bewegt nur der Zaster, die Geldfrage: wieviel wird die Bahnlinie einbringen. Einer dieser Herren hat, genau gesagt, den Gouverneur schon auf der ganzen Tournee begleitet. Aber dieser Mann, der einzige Nichtbeamte im Bunde, ist so zurückhaltend, so farblos, daß er praktisch in Vergessenheit geriet. Ein kleiner, drahtiger Mensch mit ruckartigen Bewegungen und hagerem Gesicht, ohne besondere Merkmale, außer den leicht rötlichen Augen, der sonnenverbrannten Haut, den Schnurrbartspitzen wie Luntenschnüre, die aussehen, als könnten sie jeden Moment aufflammen. Tropenhelm und Buschhemd, die unterwürfige Höflichkeit und Schweigsamkeit eines kleinen Angestellten, immer wie bereit zum Befehlsempfang. Er sieht aus, als könne er keiner Fliege etwas zuleide tun, aber ich behalte ihn im Auge, denn ich weiß nur zu gut, wer dieser schwächliche kleine Franzose ist: der Konstrukteur der Bahnlinie nach Tschengtu, der technische Leiter der Eisenbahngesellschaft. Der Dschungel, die Gebirge, das Trümmergestein, die Epidemien, die haufenweise sterbenden Kulis, das alles schert ihn nicht. Er wettert, wenn er an eine verlassene Baustelle kommt, wo der Busch bereits die gelben Leichen der von einer Krankheit dahingerafften Arbeiter überwuchert. ›Das muß verschwinden‹, sagt er und läßt Schwefel über die Leichen streuen, die, soweit noch Fleisch und Exkremente vorhanden sind, einen Festschmaus für Heere von Ameisen, Insekten und anderes Geziefer darstellen. Und er schlägt flüchtig ein Kreuz, wenn er auf einen toten Weißen stößt, irgendeinen Leuteschinder von Vorarbeiter, denn manchmal krepieren die auch, oder sogar einen Ingenieur, einen naiven Jungen, frisch von der Ecole Polytechnique, der sich als Baumeister des Imperiums sah, oder auch einen alten hoffnungslosen, ausgebrannten, abgebrannten Knastbruder, dem Alkohol und Laster noch einen Rest technischer Kenntnisse übrigließen und der sich für die Kolonien anwerben ließ, für den Straßenbau oder die Bodenkultur, Projekte, die eines Tages in Berichten und Reden wunderschön zu lesen und zu hören sein werden, zunächst aber reine Todeskommandos sind. Den Chef, den kleinen Herrn, der meine Eisenbahn gebaut hat, interessiert all das Furchtbare, Herzzerreißende, Sinnlose keinen Deut. Er sieht die Dinge praktisch, und er wird mit ihnen fertig. Er regelt alles tadellos, auch wenn Malaria und Ruhr in seinen Eingeweiden wüten. Er überwindet seine Erschöpfung. Seine angeborene Zähigkeit besiegt alle Hindernisse, ob sie von den Menschen oder von der

Natur aufgestellt sind. Jahr um Jahr treibt er seine Schienen tiefer hinein in unerforschte Gegenden, wo außer ein paar armseligen Weilern, die sich um eine Hügelkuppe oder in eine Senke schmiegen, nur Nomaden und Geächtete hausen. Aber der kleine Mann – immer tadellos sauber, immer in strammer Haltung – schiebt seine Eisenbahnschienen über die Abgründe, spannt Brücken wie Spitzenwerk über die Cañons, bohrt Tunnels wie Maulwurfsgänge durchs morsche Gestein. Er ist das Muster eines Chefingenieurs, mit seinen Vermessungen, Planierungen, Sprengungen, seinen gelben Zwangsarbeitern, die bis zum Umfallen den Spaten schwingen, seinen europäischen Angestellten, diesen leberkranken, halb verrückten Bestien, seinen Maultierkarawanen, die das schwere Material über Urwaldpfade herbeischaffen, seinen täglichen, höchst ungefähren Statistiken über die Sterbefälle, seinen Ärzten, die Abenteurer ohne Diplome und Medikamente sind, seinen Lazaretten, die Leichenhäuser sind, seinen Friedhöfen, flüchtig gerodeten Parzellen im Dschungel, mit einer großen Grube für die Gelben und einer Art Gräbern für die Weißen. Was immer auch geschehen mag, er führt seine Bücher laufend und auf den Sou genau, mit musterhafter Ehrlichkeit. Geld ist für ihn etwas Heiliges. Er hat seine Bahnlinie schließlich bis nach Tschengtu geführt, ohne den Kostenvoranschlag, die genehmigten Mittel zu überziehen. Allein auf diese untadelige Verwaltung der Finanzen ist er stolz.

Das also ist dieser Mann. Ein Wunder an Dickfelligkeit, an Phantasielosigkeit. Er besitzt alle Banalität des Durchschnittsfranzosen, er ist eine Mischung aus Musterschüler, Renngaul, Familienvater, bravem Angestellten, Befehlsempfänger, aber alle diese an sich schätzenswerten Eigenschaften, diese Achtung vor den herkömmlichen Werten, dieser Arbeitsgeist sind bei ihm bis zu einem so extremen, so verstiegenen, so gedrängten Maß gesteigert, daß sie ans Phantastische grenzen. Diesen Schlag kenne ich in- und auswendig ... Unsere Kolonialgeschichte wimmelt von solchen Leuten. Im allgemeinen enden sie – in Würdigung ihrer guten und treuen Dienste – als zweite oder dritte Direktoren der Firmen, in denen sie ganz unten angefangen haben, bekommen einen Orden und sterben in der Heimat als Siebzigjährige, bedauert von ihren Angehörigen, beweint von ihren

Kindern. Meist findet man eine Anzeige im ›Figaro‹, eine schmerzgebeugte schwarzverschleierte Witwe, ein paar Schwiegertöchter in Tieftrauer und Söhne, die eine der großen Schulen Frankreichs absolviert haben, traurige und würdige Herren, nur eine Spur moderner als der Vater, mit Trauerflor am Rockärmel. Das Ende dieser Leute ist sanft. Wer ahnt etwas von ihrer einstigen Härte? Aber meiner hier in Tschengtu steht noch in der Blüte seiner Jahre, und in seiner tiefwurzelnden und ehrlichen Bescheidenheit wundert er sich fast, wieso man ihn zu seinem Werk beglückwünscht. Als ich ihm in lobenden Worten meinen Dank dafür aussprach, daß er mir meine Eisenbahn bis in mein Tschengtu gebracht hat, hat er gehüstelt, einen roten Kopf gekriegt, den Kopf abgewandt, ganz linkisch, ganz verlegen, wie ein kleiner Junge. Und dann gestottert: ›Oh, Monsieur le consul, Ihr Lob steht mir nicht zu. Ich habe nur die Anweisungen der leitenden Herren meiner Firma ausgeführt. Das sind wirklich erfahrene Männer, große Männer . . .‹ Alles, was er selbst in diesen Jahren geleistet hat, im Dschungel, umgeben von Gefahren, von Schrecknissen, von Leichen, dieses Sträflingsdasein, diesen blutigen Krieg, das alles, das Wunder der Eisenbahn, legt er seinen Arbeitgebern zu Füßen, den hohen Tieren weit vom Schuß, die ihn mittels Schmähtelegrammen ›geleitet‹ haben, in denen sie sich über Verzögerungen, Ausgaben, unvorhergesehene Zwischenfälle konsterniert zeigten. Er kennt auf der Welt nur sie, diese hehren Namen der Hochfinanz, die über gemeine Wirklichkeit erhaben sind und nur durch Dossiers, Bilanzen und Gewinne sprechen. Der Dividendenadel.

Dieser kleine Herr ist mir unheimlich. Denn ich weiß, daß Frankreich ihm im Grund gestohlen bleiben kann, auch wenn er ein guter Franzose ist, auch wenn er einen oder zwei Söhne bei Verdun verloren hat. Trotz seiner unbedingten Höflichkeit fühle ich, daß ich für ihn eine Null bin, desgleichen der Generalgouverneur. Er würde durchaus imstande sein, zu gegebener Zeit alle Schüchternheit abzuwerfen und über uns herzuziehen, uns von oben herab zu behandeln, anzubrüllen, uns Szenen zu machen und ultimative Forderungen zu stellen. Ich spüre, daß er hinter seiner Lakaienmiene unglücklich und beunruhigt ist, immer nervöser wird, er würgt an jedem Wort. Zum Glück beherrscht er sich, nur einmal flüstert er mir die rätselhaften Worte zu: ›Was werden meine Vorgesetzten sagen? Sie werden ärgerlich sein.‹ Er ist wie eine Krabbe, ein Frosch, aber ein Knallfrosch. Irgend etwas quält ihn. Es sind natürlich die Zahlen, die ersten, die über die Rentabilität seiner Strecke eingingen. Er hat zu seinem glorreichen Werk die Einstellung eines Krämers zu seiner Ware. Ständig trägt er eine Mappe unterm Arm, in der eine Art Hauptbuch steckt, mit einer mächtigen Spalte für die Passiva, die Kosten und Investitionen, und einer schmächtigen für die Aktivposten. Denn die Eisenbahn läßt sich nicht besonders gut an, sie könnte sogar eine Pleite werden. Die Waggons rollen leer dahin, während die Laderäume der Dampfer auf dem Yangtsekiang voller sind denn je. In den Häfen am Oberlauf des Stroms hasten die Kulis mit ihren wundgescheuerten Rücken auf die Schiffe, um den aus Schanghai eingetroffenen Schund zu löschen und an seiner Stelle die schönsten Waren aus Szetschuan aufzuhäufen, die Säcke voll Reis, die Ballen von Baumwolle, Tee, Seidenstoffen. Ganz zu schweigen vom Opium, das ebenfalls diesen Weg nimmt . . .

Die Taipans von Schanghai haben natürlich ihre Maßnahmen getroffen. Sie haben die Frachttarife auf ihren Kähnen gesenkt, haben ihre Compradores zu den gelben Großhändlern von Tschungking geschickt, denen sie besondere Vergünstigungen in Aussicht stellen. Die Eisenbahngesellschaft erntet lediglich Forderungen chinesischer Familien, die für ihre überfahrenen Mitglieder Sühnezahlungen geltend machen. Diese verflixten Gelben benutzen nämlich die Bahnlinie gratis und franko, zu Fuß, wie eine Straße, sie ziehen ihre Esel und Maultiere mit sich und scheren sich den Teufel um die schrillen Pfiffe der Lokomotive, lassen sich nicht von ihrem Weg abbringen, tauchen wohlgemut in die Nacht der Tunnels und lassen sich dort über den Haufen fahren. Und prompt verlangen die älteren Brüder und die angeblichen Witwen sagenhafte Entschädigungen, hetzen die Bevölkerung auf, die Stadtverwaltungen, zwingen die Züge unter hysterischem Geschrei zum Anhalten. Eine aufgebrachte Menge fiel sogar mitten in einer Ortschaft über den französischen Lokomotivführer her, der den ersten Zug nach Tschengtu gefahren hatte, den Mann, den ich damals zu seiner Leistung beglückwünschte.

Er liegt im Spital und berichtete, daß eine ganze Meute vor den gleichgültigen Blicken einiger Soldaten den Führerstand erklommen, ihn herabgerissen und zu Boden geschleudert habe, neben die beiden Hälften eines Menschen, der allem Anschein nach von einem Rad entzweigeschnitten worden war. Der Lokomotivführer konnte seine Haut nur dadurch retten, daß er schwor, die Gesellschaft werde dieses Leben mit tausend Taels bezahlen, tausendmal mehr, als ein Chinese, lebend oder tot, wert ist. Kurzum, eine neue Art von Erpressung. Der miserable Geschäftsgang, die Widrigkeiten aller Art sind eindeutig auf ein Komplott zurückzuführen, auf eine ausgeklügelte Verschwörung. Hier hat das perfide Albion die Hand im Spiel. Und das schlimmste ist, daß der große Freund der Franzosen, der gute Tang Kiao, nichts dagegen tut, nicht reagiert, nicht eingreift. Und dabei versteht er es weiß Gott, durchzugreifen, wenn er will! Im Moment läßt auch er alle fünf gerade sein . . .

Angesichts dieser verheerenden Bilanz schweigt der kleine Franzose, aber er magert ab, wird grün, wird gelb. Wenn er nicht explodiert, so hat das seinen Grund: er wartet. Er beherrscht sich sogar heldenhaft, bis endlich seine Herren, seine Kommanditäre, seine verehrten Chefs eintreffen: die Großbankiers. Sie nehmen sich sofort ganz wohlgemut der Sache an, als Leute, die nichts aus der Ruhe bringen kann, die es gewohnt sind, ihren Willen auf die sanfte Tour durchzusetzen, unerbittlich, ohne Geschichten und ohne großes Trara. Sie sind zu dritt. Der erste für die groben Arbeiten, ein Gummimännchen, das ständig Grimassen schneidet. Der zweite: Marke ehemaliger Kavallerieoffizier mit Adelsprädikat. Reiterbeine, schneidiges Auftreten und das Talent, jede Affäre, auch die dreckigste, auf eine Ebene anzuheben, wo niemand mehr das Gefühl haben muß, sich daran die Hände schmutzig zu machen. Der dritte ist der ›Boss‹. Rosiges rundes Gesicht, liebenswürdige Miene, blasse Augen, das leicht strohige Haar wohlgebürstet, die Haut wohlgeschrubbt, von einem Hauch Eau de Cologne umweht. Er verkörpert die überlegene Eleganz, den Landadel vom Faubourg Saint-Germain. Angenehmer Tischgenosse und Plauderer, gewandt, ohne sich jemals in den Vordergrund zu drängen, ohne jemals etwas Bedeutendes von sich zu geben. Und doch heißt es, vor diesem Mann in jedem Augenblick auf der Hut zu sein, denn er sieht alles, wägt blitzschnell und reagiert auf seine ganz spezielle Art. Man hat ständig den Eindruck, daß er hinter dem Schild der Banalität Pfeile abschießt, Warnungen ergehen läßt, Ultimata stellt. Seine Sprache ist ein einziger Geheimkode. Es bedarf höchst ungewöhnlicher Umstände, damit man aus diesem Mund einen kurzen und präzisen Satz zu hören bekommt. Im allgemeinen hält man ihn für den gutmütigsten Burschen der Welt, vertrauenerweckend, charmant. Ich frage mich nur, wie er sich diesen frischen, klaren Teint erhalten konnte, obwohl er seit so vielen Jahren in diesem Schwitzkasten Saigon lebt. Alle Leute aus den Kolonien sind gezeichnet, ihre Haut ist streifig, fleckig, schweißbedeckt, sie sind zu fett oder zu mager, leiden an der Leber, an Schwellungen, an Ausfluß oder Austrocknung. Bei ihm keine Spur von alledem. Er ist immer picobello, sieht aus, als hätte er sich niemals aus Frankreich und vom »Tout Paris« entfernt. Das Leben in Asien hat kein sichtbares Zeichen an ihm zurückgelassen, und doch ist er der gefürchtetste und geehrteste aller Kolonialhaie. Und er ist der Erzfeind meines Beschützers in Schanghai. Wie wird er mich behandeln? Ich mache mir um so ernstere Sorgen, als ihm und seinen Begleitern ein übler Ruf vorangeht. Man nennt sie ›die Henker‹. Sie haben Indochina systematisch ausgepowert, legal, in allen Ehren, mit dem Segen des Generalgouverneurs und der Zivilbehörden. Sie tun weiter nichts, als die Reusen auslegen und den Fang einholen. Will heißen, sie sind grenzenlos entgegenkommend in den fetten Jahren, während der Kautschuk- und Reisbooms in Cochinchina, wenn Saigon seine wackeren Pioniere nicht genug zu rühmen weiß, seine guten Oldtimer, seine braven Kolonialfranzosen, die so versessen sind auf Geld und Geschäfte, Champagner und Schwadronieren, auf Taxigirls, erpicht darauf, den großen Wald zu roden und sich Plantagen anzulegen, Bodenschätze zu entdecken. Die große Bediene ... In dieser Jahrmarktsstimmung gewähren unsere Bankiers allen und jedem Kredit. Wer immer das Abenteuer wagt, wer immer ein Unternehmen startet, sei es noch so hirnrissig, noch so betrügerisch, wird von ihnen mit Geld versehen. Unter den Kolonisten herrscht Jubel, Trubel und Heiterkeit, die Phantasie schwappt über, jeder wird von dem Trieb erfaßt, irgend etwas zu unternehmen, egal was. Nur die Bankiers behalten ihren kühlen Kopf. Sie häufen in ihren Stahlschränken kiloweise die korrekt ausgefertigten rechtsgültigen Schuldscheine an. Die Kreditbedingungen sind gesalzen, aber keineswegs wucherisch. Und nun können die Bankiers in aller Ruhe die weitere Entwicklung abwarten. Denn sie kennen die Kurve der tropischen Wirtschaft. Sie wissen, daß auf jedes Hoch ein Tief folgt, daß die Kurse nach schwindelhaften Anstiegen jäh ins Bodenlose fallen. Dann kommt die Zeit der Depression, der Zusammenbrüche, der Selbstmorde, der Totenstille in Saigon, der in die Enge getriebenen Schuldner, die ihre Bank verzweifelt um Zahlungsaufschub anflehen. Nur zu gern würden die Banken ihnen entgegenkommen, die Bankiers sind untröstlich; aber sie müssen ablehnen, denn sie sind ihren eigenen Aktionären gegenüber gebunden, sie müssen hart bleiben, um nicht selbst Konkurs anmelden zu müssen. Gelobt sei, was hart macht und der Bank erlaubt, sich an Realwerten schadlos zu halten, sich den gesamten Besitz, Anwesen, Güter, Ländereien der zahllosen insolventen Schuldner unter den Nagel zu reißen, aller dieser Gimpel, die Geld aufgenommen, geschuftet, neue Werte geschaffen haben, an ihren Erfolg glaubten und die plötzlich bettelarm dastehen, abgebrannt, besitzlos, wenn nach vergeblichen Mahnungen der richterliche Entscheid ergangen ist. Und dieser Vorgang wiederholt sich mit absoluter Regelmäßigkeit . . .

Ich muß offen zugeben, vor diesen Bankiers habe ich Schiß. Ein feines Trio: der Killer, der Scharfrichter mit der verspannten Maske, dann der zackige Auslagendekorateur, der die Mordtaten akzeptabel wirken läßt, und schließlich The Brain, der Boss, der die Verbrechen ausheckt und dirigiert, der zugunsten seiner Bank abkassiert. Natürlich handelt es sich nur um Vermögensmorde, bei denen kein Blut fließt, außer wenn sich verzweifelte Opfer durch Selbstmord in ein Jenseits ohne Bankiers flüchten. Kleine Schönheitsfehler. Und doch werden hier mit Piaster, Kautschuk und Reis ebenso furchtbare Wunden geschlagen wie mit der schärfsten Waffe. Aber es ist saubere Arbeit. In den übrigen französischen Kolonien herrscht grenzenloses Schlamassel, Schlamperei, Schwindelei, es wird übers Ohr gehauen, im trüben gefischt, die Eingeborenen sind jeder Willkür ausgesetzt, der Tyrannei des kleinen Zöllners und des engstirnigen Beamten. Indochina hingegen ist ein Hort der Lauterkeit – der souveränen Lauterkeit des großen abstrakten Geldes, das alles beherrscht, alles lenkt und niemals offen in Erscheinung tritt, außer in Form der Angestelltenlöhne und gelegentlicher Schmiergelder. In diesem unnahbaren und unerbittlichen Imperium regieren meine drei Geldmagnaten, und sie sind härter als die Engländer von Schanghai, verschlagener als die fetten Chinesen und die grazilen Annamiten, bessere Psychologen als die Jesuiten, und sie wissen alles, wittern alles, wuchern mit allem, sind perfekte Registrierkassen – ein Druck auf die Taste, und das Geschäft ist geritzt.

Sie begnügen sich nicht damit, das Land auf den Hund zu bringen. Sie begnügen sich nicht damit, an sämtlichen Plätzen Asiens die Devisen- und Aktienkurse zu manipulieren: ein Tip, ein paar Telegramme, ein paar Transaktionen, und jedesmal eine normer Gewinn. Diese Leute sind deshalb so furchtbar, weil sie keine Abenteurer sind, was immer sie auch unternehmen mögen. Sie sind von Grund aus honorig, Fachleute, die aus den oberen zweihundert Familien kommen, aus den großen Schulen, aus der Spitze der Administration. Bei ihnen läuft alles stillschweigend, spurlos, geheimnisvoll – und doch liegen stets lückenlos und einwandfrei entlastende Dokumente vor. Wehe dem, der sie verdächtigt, herausfordert, in die Enge treiben will. Diesen Herren ist nicht beizukommen. Korrekte Hyänen tagsüber in ihren Büros, Männer von Welt des Abends und bei Tag und Nacht die wahren Beherrscher Indochinas. Aber ihr allergrößter Trumpf besteht darin, daß sie nicht nur Geldleute sind. Sie beschränken sich nicht auf die Spekulation, das Finanzierungsgeschäft, Import-Export, auf Winkelzüge und Kunstgriffe. Sie sind schöpferisch tätig. Ja, sie erschaffen das französische Indochina. Das Indochina der Reichtümer: riesige Kautschukwälder, Kanäle und Deiche, die den Reisertrag vervielfachen, neue Städte, Fabriken mit spottbilligen Arbeitskräften, Häfen, die von Frachten überquellen, Straßen und Eisenbahnen. Die Kunst besteht darin, daß man die Gründungsinvestitionen von anderen leisten läßt – von den kleinen Weißen, denen man dann den Kragen umdreht, oder von der Regierung, mit der man sich arrangiert. Vorausgesetzt, die Sache wirft etwas ab. Was bedeutet, daß es mir schlecht ergeht, wenn meine ›Linie‹ nach Tschengtu nichts abwerfen sollte . . .

Schauerliche Arbeitssitzung in meinem Büro. Um mich lauter gesetzte, ernste, steife, feierliche Mienen, deren Sorge dem Geld gilt. Es fängt schon gut an: der kleine französische Ingenieur – klein, aber oho – legt die Abrechnung vor. Er legt los wie ein Mensch, der an Verstopfung litt und sich endlich erleichtern kann, aus seinem Hühnerpürzelmündchen spuckt er mit jammernder, abgehackter und überstürzter Stimme Wehklagen und Anklagen. Der Generalgouverneur wirft mir einen scheelen Blick zu, wie ein Papi, den es verdrießt, daß man ihm Verdruß bereitet und der sich daher anschickt, ärgerlich zu werden und sich in schulmeisterliche, landesherrliche Empörung hineinzusteigern. Er atmet bereits keuchend, die Äderchen beginnen sich zu röten, er steht vor einem Schlagfluß. Und ich muß sagen, daß die Gesichter seines Stabes bei aller natürlichen Kälte und Blässe nicht ermutigender sind, ganz im Gegenteil. Und erst die Bankiers, die hören zu, als hielten sie das Jüngste Gericht ab! Der Gummimensch verzieht höhnisch die Schnauze, er renkt sich fast die Kiefer aus, wie ein Schwertschlucker. Der Kavallerist hält sich bereit, einem Exekutionspeloton das Kommando ›Feuer‹ zu geben. Der Boss reibt sich genießerisch die Hände wie ein Dschingis-Khan der Finanzen, der sich anschickt, alles in Grund und Boden zu stampfen, mich zuerst. Ich bin verloren, geliefert, im Eimer. Doch da kommt die Rettung. Der große Bankier spitzt plötzlich das Mündchen und macht überraschenderweise ›tsch, tsch, tsch‹, wie ein kleiner Junge, der Eisenbahn spielt. Es ist auch wirklich das Haltesignal für den kleinen Franzosen, der schon völlig außer Atem ist, aber mit letzter Kraft noch immer sein Gift verspritzt. Nicht mich trifft der Donnerkeil. ›Schluß jetzt‹, sagt der Herr Finanzminister zu seinem kleinen Liebling, ›Sie echauffieren sich viel zu sehr. Sie werden sich noch ganz krank machen, wenn Sie sich so aufregen . . .‹ Er pflanzt ein breites, glückliches, aufmunterndes, ansteckendes Lächeln auf. Er strahlt vor Zufriedenheit, streichelt zärtlich und zwanglos seine Finger und hebt dann ein wenig den Kopf, ehe er ganz gemütlich das Wort an die völlig verblüffte

Versammlung richtet, die nicht auf das Kommende gefaßt ist: ›Herr Generalgouverneur, meine Herren, was hatten Sie sich erwartet? Die Sachlage entspricht voll und ganz meiner Einschätzung. Es war von Anfang an klar, daß der liebe Tang Kiao uns irgendwann ein Bein stellen würde. Er möchte noch mehr Vorteile herausschlagen, unser teurer Freund. Ein Gierschlund, aber wir bringen ihn schon zur Räson. Allerdings werden Sie, Herr Generalgouverneur, noch ein kleines Opfer bringen müssen. Es ist jetzt an Indochina, als dem Hauptinteressenten an dieser Bahnlinie nach Szetschuan, Tang Kiaos Forderungen zu erfüllen. Denn ich und meine Bank, wir sind bereits bis an die Grenzen des Möglichen gegangen. Ja, wir haben diese Grenzen sogar überschritten, aus schierem Patriotismus ... Aber noch weiter können wir nicht gehen.‹

Noch am gleichen Nachmittag wird die Arbeitssitzung bei Tang Kiao in seinem Yamen fortgesetzt. Eine verschwiegene Zusammenkunft. Kaum ein Fanfarenstoß zu unseren Ehren, nicht aus mangelnder Wertschätzung, sondern aus Diskretion: auch in China werden Geldgeschäfte in aller Stille abgewickelt. In einem kleinen Raum, der dunkel ist wie eine Stahlkammer, drängen wir uns um einen runden Marmortisch. Wie Verschwörer. Es ist ein großer Moment. Fast eine Stunde lang werden mit unbewegten Mienen Höflichkeiten ausgetauscht. Denn je mehr auf dem Spiel steht, um so länger, endloser, unerträglicher ist der nichtssagende Prolog. Tang Kiao, im kleinen Dienstanzug, erkundigt sich in hundertmal wiederholten Fragen nach der Gesundheit des Generalgouverneurs. Die Nashornschnauze verzieht sich in innigstem Mitgefühl, während der Generalgouverneur über alle seine Wehwehchen jammert, vor allem über die Schmerzen in seinen inneren Organen. Schließlich sagt Tang Kiao ein paar leise Worte zu Siu, der daraufhin hinausgeht. Siu verkörpert in Tang Kiaos Stab das zivile Element. Deshalb hat er sich auch geradezu sagenhaft herausstaffiert, mit Schwalbenschwanz, Lackschuhen, weißem Stärkhemd mit Fliege, eine schlagend unmilitärische Symphonie in Schwarzweiß. Das erstaunlichste an ihm ist eine glänzende Angströhre, ein Zylinder, der übergangslos den fast ebenso gewichtigen und feierlichen Zylinder seines Schädels fortsetzt. Herr Siu ist jung, noch keine vierzig, seine Haut ist so glatt und so straff über das Fett ansetzende Gesicht gespannt, daß es wie eine glatte Kugel wirkt. Man wundert sich, daß er überhaupt Augen, Ohren, einen Mund und eine Nase hat, so sehr ist alles in Selbstzufriedenheit gebettet. Aber er hört die Nachtigallen trapsen, er ist schlauer als ein alter Affe, als der älteste alte chinesische Raubvogel. Tang Kiao vertraut ihm und hat ihn zum Chef seiner ›Regierung von Yünnan-Szetschuan‹ ernannt. Siu ist natürlich Yünnanese. Er drängt Tang Kiao, sich einen eigenen Staat, unabhängig vom übrigen China, zu schaffen und eventuell eine Art Protektorat der Franzosen zu akzeptieren, vorausgesetzt, daß sie gut zahlen. Aber werden sie genügend herausrücken? Zweifellos sind Tang Kiaos Gedanken heute in Tschengtu von dieser Frage bewegt. Denn er hat zu dieser Pokerpartie mit unserer Gruppe nur Siu mitgebracht. Siu, der von Tang Kiao beauftragt ist, den Franzosen eine Portion Tang Kiao zu verkaufen. Siu, der die Franzosen für ihre Eisenbahn weitere Millionen schwitzen lassen soll. Siu, der zunächst, um uns Sand in die Augen zu streuen, von seinem Gebieter weggeschickt wird, um ein Wunderelixier zu holen, das die inneren Organe des Herrn Generalgouverneurs erleichtern wird. Siu, der mit einem Flakon aus Bergkristall zurückkommt, in das ein Drache eingeschnitten ist. Darin eine trübe Flüssigkeit ... Siu, mehr denn je ein großes Kind, mehr denn je nur als Erwachsener verkleidet, reicht mit seinen Patschhändchen diesen Flakon dem Herrn Generalgouverneur mit den, wie der Herr Generalgouverneur selbst berichtete, wirklich allzu flüssigen Eingeweiden.

Dann beginnt der eigentliche Waffengang. Ich schweige. Ja, wir sehen alle aus, als schliefen wir; Zeichen gespanntester Aufmerksamkeit. Die Köpfe wackeln. Während er den Franzosen zuhört, wiegt Tang Kiao in regelmäßigem Rhythmus den Kopf, wie ein kauernder Kuli den Hintern wiegt. Herr Siu hat die Lider geschlossen und scheint nun überhaupt keine Augen mehr zu haben. Der Generalgouverneur ist vielleicht als einziger wirklich eingeschlafen. Aber auf seine Beredsamkeit kommt es jetzt an. Er hat das Wort. Er drückt also Tang Kiao brummend seine Unzufriedenheit aus. Warum er nicht Vorsorge getroffen habe, die Züge zu füllen, wie er einst versprach? Damit hat er sein Pulver auch schon verschossen. Nun springt der Chef der

Zivilverwaltung in die Bresche, er kann sich nicht länger beherrschen. Er geht los wie eine Rakete: der Zornausbruch des guten französischen Beamten gegenüber dem unbotmäßigen Eingeborenen. Er kanzelt Tang Kiao ab wie einen gewöhnlichen annamitischen Mandarin. Weißglühender Zorn. Aus seinem Mund kommen Ausdrücke, wie Unfähigkeit, Versagen, Schlamperei, Betrug, Hinterlist, Nachlässigkeit, Treubruch, Aufsässigkeit. Echtes Kolonialistengeplärr. Tang Kiao jedoch, anstatt als stolzer Kriegsherr aufzubrausen, krümmt den Rücken, schlägt sich an die Brust, ist eitel Bußfertigkeit und Reue. Seine ganze imposante Erscheinung schrumpft zusammen, als er mit dumpfer Stimme murmelt: ›Meine Fehler sind groß. Ich habe versäumt, die nötigen Schritte zu ergreifen, um der Bevölkerung Szetschuans die Wohltaten der Eisenbahn klarzumachen. Ich fühle mich sehr schuldig ...‹ An dieser Stelle wird der Geldherr unruhig, beginnt verlegen herumzurutschen. Er findet, daß die Debatte die denkbar schlechteste Wendung nimmt: Tang Kiaos Fügsamkeit wird einen hohen Preis kosten ... Daß er sich die Unverschämtheiten dieses Dummkopfs von Kabinettchef bieten läßt, sie sogar noch durch Selbstvorwürfe überbietet, sich anklagt, das Gesicht riskiert, kann nur eine hochgefährliche Komödie sein, eine List, eine Falle. Ein vorgefaßter Plan. Möglich ist alles. Entweder daß Tang Kiao plötzlich, als hätte soviel Nachgiebigkeit seinen guten Willen erschöpft, in flammende Wut ausbricht, in einen Zorn, der sich nur mit Geld, mit viel Geld beschwichtigen läßt. Oder daß man ihm, um eben diesen Ausbruch zu vermeiden, um zu verhindern, daß er von den Krokodilstränen zur offenen Drohung umschwenkt, den Mund mit Banknoten und Goldstücken stopfen muß. Der dicke Siu ist offensichtlich beauftragt, das Manöver zu lenken ... Also kommt der Bankier der weiteren Entwicklung zuvor. Er verbeugt sich sogar vor Tang Kiao und spricht mit einer Mischung aus Respekt und Vertraulichkeit: ›Der Kriegsherr Tang Kiao hat uns eine Lektion in Großherzigkeit erteilt, indem er alle Schuld auf sich nehmen will. Indessen ist er in keiner Weise für unsere Sorgen verantwortlich, er hat alles getan, was er tun konnte. Wir selbst haben den großen Irrtum begangen, die Engländer zu unterschätzen, die uns in diese Lage gebracht haben. Sie haben es nur zu gern getan, sie haben das ganze Unternehmen sabotiert. Wir sollten jetzt, anstatt uns zu entzweien, in aller Freundschaft mit dem Herrn Marschall abstimmen, was zu tun ist, damit sich das Blatt wendet.‹ Trotz dieser Worte scheint Tang Kiao in seine Apathie zurückgefallen. Jetzt spielt Herr Siu die erste Karte aus. Wir sind bei der ›Eröffnung‹ angelangt, dem hochwichtigen Augenblick bei jeder Verhandlung mit den Himmlischen, dem Augenblick, der erst nach Stunden eintritt. Herr Siu hat die Augen geöffnet, ein Lächeln aufgesetzt und hält uns im Jargon des ›verwestlichten‹ Himmlischen eine Rede, die ebenso lächerlich ist wie sein Aufzug:

›Erlauben Sie, daß ich trotz meiner Unwürdigkeit meine Meinung zu Gehör bringe. Ich habe in Europa und Amerika die ökonomischen Wissenschaften an den größten Universitäten studiert. Ich habe gelernt, daß es sehr schwierig ist, die eingefahrenen Strömungen der Wirtschaft zu verändern. Dazu bedarf es großer Umstellungen. In der gegenwärtigen Lage genügt der Bau einer Eisenbahnlinie allein nicht. Es muß zugleich eine moderne Industrie geschaffen werden. Das denkt mein Gebieter Tang Kiao. Wenn die Franzosen uns die Mittel geben würden, in Szetschuan große Fabriken zu errichten, so würden diese Fabriken natürlich mit Indochina Hand in Hand arbeiten, so daß der gesamte Verkehr in diese Richtung liefe.‹

Ein furchtbares Knurren ertönt, Tang Kiao hat es ausgestoßen. Seine Stirnadern schwellen, in den Augen flammt ein gieriges Licht auf, der Mund öffnet sich gefräßig, kannibalisch. Zügellose Gier, fast bis zum Schlaganfall, eine Art heilige Raserei. Er stößt hervor:

›Was ich will, ist eine Waffenfabrik, wo ich meine Kanonen und meine Gewehre herstellen kann. Dann werde ich meine Feinde vernichten, meine Macht ausdehnen und meine französischen Freunde davon profitieren lassen. Ich will auch Maschinen, damit ich mein Eisen und meine eigene Elektrizität fabrizieren kann. Ich will . . .‹

Der bestürzte Generalgouverneur versucht vergeblich, Tang Kiao zu stoppen, er stammelt: ›Mein erhabener Freund, Ihre Vorschläge sind sehr interessant. Faszinierend sogar. Aber sie werden zweifellos ernste Probleme aufwerfen, insonderheit solche finanzieller Art. Sie wissen, der Etat von Indochina ... Dies alles wird sorgfältigster Überlegungen bedürfen ...‹

Der Maßhalteappell des Gouverneurs, der um seine Piaster bangt, geht in einem allgemeinen Tohuwabohu unter. Der Bankier ist in Ekstase geraten, er hat Tang Kiaos Ärmel gepackt, beschwört den Koloß mit Augen, Mund und Händen, seine herrische und arrogante Kühle ist von ihm abgefallen. Man hört ihn rufen: ›Der Herr Marschall Tang Kiao hat recht. Ich habe mir übrigens bereits ähnliche Projekte durch den Kopf gehen lassen. Jawohl, es ist die Pflicht Frankreichs, die Aufgabe Frankreichs, Szetschuan zu industrialisieren. Die Investitionen sind kein Problem, darum werde ich mich kümmern, denn die Perspektiven könnten nicht besser sein: so viel Rohmaterial und so viele Arbeitskräfte! Am besten gründet man unter der Schirmherrschaft des Herrn Marschalls und einiger großer Geschäftsleute von Tschengtu frankoszetschuanesische Gesellschaften, die sich zunächst den vordringlichsten Aufgaben zuwenden werden ...‹

Ich sehe, worauf er hinaus will, dieser alte Schlauberger, dem bereits beim Gedanken an die künftigen Dividenden und Gewinne der Mund wässert. Natürlich wird der gute Tang Kiao weder seine Waffenfabrik noch seine Hochöfen bekommen, denn die Schwerindustrie ist zu riskant, zu aufwendig, sie wirft keinen leichten Gewinn ab. Nicht nötig, es ihm schon jetzt zu sagen, es genügt, wenn man ihn zu gegebener Zeit mit einem Haufen Ausschuß tröstet, ihm den ganzen überalterten Geschützpark unterjubelt. Auf jeden Fall muß Tang Kiao geschmiert werden wie ein rostiger Wagen – aber was tuts? Denn wenn das Geschäft richtig betrieben wird, wirft es jährlich mindestens seine hundert bis zweihundert Prozent Gewinn ab. Einschlägige Erfahrungen hat man bereits in Tongking gesammelt. Man braucht ein paar Zementfabriken, viel Textilindustrie, vor allem Baumwollverarbeitung, ein paar Seidenmanufakturen, ein paar Kohlengruben und Elektrizitätswerke und dann noch eine Reihe verschiedener Fabriken, so für Salz, Opium, Zigaretten, vielleicht ein paar Brauereien und Schnapsbrennereien, Eisfabriken. Kurz, es geht darum, einer noch im Mittelalter lebenden Gesellschaft den modernen Komfort in Bausch und Bogen zu verpassen. Nicht den großen Komfort. Nur Ramsch, den man an Ort und Stelle fabriziert, aus den im Lande vorhandenen Grundstoffen und mit Hilfe von Kulis, Frauen und kleinen Mädchen, aus denen man ein unterbezahltes Proletariat macht. Mit diesem Ramsch überschwemmt man sodann die Bevölkerung, die bald daran Geschmack gewinnt und ihn nicht mehr missen will. Man braucht dazu keine kostspieligen, raffinierten, komplizierten Maschinen, nur das Allernötigste, primitive Kessel, Hähne, Kabel, Zahnräder, Motoren, Kolben, Generatoren. Aber vor allem muß man sich die Hände, die Rücken, die Arme und Finger der Hungrigen zunutze machen, muß diese Männer und Frauen in Barackenlager sperren, zusammen mit dem alten chinesischen Handwerkszeug und einem aus Frankreich importierten Minimum an Maschinen. Die Hungersnöte, Überschwemmungen und anderen Heimsuchungen sorgen dafür, daß man überall, in den Elendshöhlen der Städte und des flachen Landes, so viele Arbeitskräfte findet, wie man haben will – Bauern, Bettler, Waisenkinder, Landstreicher, geflüchtete Konkubinen, ausgesetzte Kinder, Kulis, Treidelschlepper, alle Arten von armen Teufeln, die man nur zusammenfangen und anlernen muß. Das kostet so gut wie nichts. Ein paar energische Weiße für jeden Betrieb und ein paar Dutzend chinesische Vorarbeiter, mit tüchtigen Knüppeln ausgerüstet, um das Gesindel zur Arbeit anzutreiben. Zwei, drei Sou Tagelohn, nur so viel, daß der Arbeiter oder die Arbeiterin sich eine Schale Reis kaufen kann und nicht vor Hunger krepiert, was bereits einen ungeheuren Fortschritt bedeutet – verglichen mit früher, mit dem Leben vor der Industrialisierung, wo die Menschen täglich aufs neue vor der Frage standen, wie sie es anstellen sollten, nicht zu verhungern. Also soziale Verbesserung zu Niedrigstpreisen. Ein paar Bretter zum Schlafen, immer vierzig, fünfzig Leute in einem Verschlag, das genügt reichlich. Medikamente und all der Krampf sind dank der Vitalität der Rasse nicht nötig. Kratzt einer ab, so wird er fortgeschafft und ersetzt. Ein wunderschönes Bild, die Volksmassen Asiens, in den industriellen Arbeitsprozeß eingegliedert. Für die Bergwerke eine Winde, einen Bohrer und die Tausende von menschlichen Ameisen, die sich mit ihren Schaufeln, ihren Körben unter die Erde stürzen, um das Fördergut herauszuholen. In den Textilfabriken die Frauen vor dem Sausen der Webstühle. Das Arbeitsleben in den Seidenspinnereien, diesen Schwitzkästen, wo kleine Mädchen mit feinen Fingern pausenlos, sechzehn, achtzehn Stunden am Tag, die Kokons zum Abhaspeln in heißes Wasser legen. Ein paar Wägelchen und viele Männer, um die Lasten, die Waren zu tragen. Überall Gewerkel. Aber diese Chinesen könnten revoltieren. Man muß sie unter der Knute halten. Die roten Aufwiegler, die in Schanghai ausgebildet wurden, unschädlich machen. Zu diesem Zweck braucht man die Hilfe Tang Kiaos und der dicken himmlischen Gevattern, der Großhändler von Tschengtu. Man tut besser daran, sich ihrer zu versichern, sie einzuweihen, im Gegensatz zur Praxis der Engländer, der Taipans von Schanghai, die ausschließlich weiße, britische Firmen aufgezogen haben und Gelbe nur als Compradores benutzten. Jetzt bringt ihnen das in Schanghai und in Kanton ernstliche Scherereien ein. Szetschuan ist zu abgelegen, um von dieser Unsitte bereits angesteckt zu sein, aber es gilt, schnell zu handeln. Es wird eine tolle Zeit werden, wenn einmal diese hundert Millionen Szetschuanesen zu Konsumenten, zu Käufern geworden sind. Aber die Schaffung dieses Markts wird die alte Gesellschaftsordnung zerstören, die gesamte traditionelle soziale Struktur, wird die Zünfte und die alten Handelszweige vernichten, die Handwerker und die Schiffsleute ruinieren, den Grundbesitz den Neureichen ausliefern und denjenigen unter den Handelsherren, die die Zeichen der Zeit begreifen und alles mit brutalem Griff an sich reißen. Die industrielle Revolution wird zudem eine blutige Revolution sein. Mit Aufruhr, Krieg, tödlichem Haß. Es heißt also, in aller Eile und mit allen Mitteln massenhaft Geld scheffeln, sämtliche Investitionen in drei bis vier Jahren wieder hereinholen. Was man danach vereinnahmt, ist Reingewinn. Die Sache lohnt sich also. Das Grundkapital ist unschwer beizubringen, aus Indochina, aus Frankreich, aus China, aus der Bank, der Hochfinanz und den Großfirmen. Man kann haufenweise kleine Firmen gründen, mit Sitz in Tschengtu, Yünnanfu oder Hanoi. Trotz alledem wird es aber gut sein, das Generalgouvernement zur Übernahme einer Bürgschaft zu bewegen, für den Fall, daß der Rückschlag früher als erwartet einsetzt . . .

Ich weiß, daß alle diese Erwägungen dem Bankier im Kopf umgehen. Ich spüre, wie sie sich den übrigen Anwesenden, der ganzen Atmosphäre mitteilen. Jubel, Trubel, Heiterkeit, ein neues Zeitalter wird aus der Taufe gehoben. Schon spricht man von einzelnen Modalitäten der Durchführung. Tang Kiao erläutert dem Generalgouverneur, wie dringend er eine Anleihe benötige, um seine Truppen fest im Griff zu behalten, die es ihm ermöglichen, Szetschuan zu halten, das hinwiederum Kernstück des ganzen Systems sei. Nach einigem Sträuben und Schwanken läßt der Gouverneur sich breitschlagen und stammelt Worte, die wie ein Versprechen klingen. Jedenfalls faßt Tang Kiao sie so auf. Und sogleich strahlt er übers ganze Gesicht, ist die Freundschaft in Person und erklärt kategorisch, von morgen an würden die Züge mit Fracht ausgelastet sein – er werde sich persönlich der Sache annehmen, energisch ein- und durchgreifen und alle seine handeltreibenden Freunde zu Wohlverhalten überreden. Tang Kiao denkt auch heute an jede Kleinigkeit. Zum Beispiel teilt er uns einen äußerst weisen Entschluß mit. Um mit dieser ärgerlichen Manie gewisser Szetschuanesen, sich in den Eisenbahntunnels überfahren zu lassen, ein für allemal aufzuräumen, werde die Eisenbahngesellschaft kurzerhand für jedes Schlachtopfer eine Pauschalsumme von hundert Sapeken auszahlen, also so wenig, daß allen, die mit dieser schamlosen Praxis der Erpressung mittels Selbstmords liebäugeln sollten, die Lust dazu vergehen würde. Allgemeine Heiterkeit. Lauwarmer Champagner. Wachsende Euphorie. Nur der Generalgouverneur wirkt ein bißchen besorgt. Beim Abschied grüßt uns Tang Kiaos Gesicht wie ein feister, von innerer Fröhlichkeit erleuchteter Vollmond. Der Geldgewaltige, der Bankier, beglückwünscht zuerst Tang Kiao und dann sich selbst mit würdevoll wabbelndem Doppelkinn, während seine Begleiter bereits zappeln vor Tatendrang. Nur die Sorgenfalten des Gouverneurs wollen sich nicht glätten. Und auf dem Rückweg, kurz ehe wir im Konsulat anlangen, schleudert er mir ins Gesicht: ›Mein lieber Konsul, Sie mit Ihrer Eisenbahn und so weiter, Sie kommen mich teuer zu stehen.‹ Aber ich beruhige den Trefflichen: in derlei Finanzfragen könne er sich voll und ganz auf seine Ziviladministratoren verlassen. Wenn es um Geld geht, setzen diese Herren ihre ganze Ehre drein. Ihr Ruhmesblatt ist die alljährliche Haushaltsabrechnung; sie legen für Indochina, für alle Territorien, aus denen

Indochina sich zusammensetzt, Bilanzen vor, die wahre Wunderwerke der Buchführung sind, in Einnahmen und Ausgaben bis auf den Piaster genau ausgeglichen. Und sie werden es sich nicht einfallen lassen, diese Meisterstücke leichtfertig durch törichte Großzügigkeit zu verpfuschen. Diese Pfennigfuchserei ist ihr Kotau vor dem Wohlstand, der Zivilisation und den Leistungen Frankreichs. Nein, so dumm sind sie nicht. Der Herr Generalgouverneur soll sich nur keine grauen Haare wachsen lassen. Denn bei aller Sorge um ihren Jahresabschluß haben die Staatsdiener durchaus Verständnis für die Bedürfnisse der Banken und der Trusts, die ja gleichfalls als unentbehrliche Instrumente der Kolonisierung anzusehen sind. In Indochina ist Patriotismus und alles, was sich daraus an Fortschritt, Frieden, Wohlergehen für die Bevölkerung und sonstigen edlen Gefühlen ergibt, gleich Geld, Geld und nochmals Geld, ob im öffentlichen oder privaten Bereich. Daher sehen die Administratoren auch einen Teil ihrer vaterländischen Pflichten in der Unterstützung der Finanzmächte, allerdings auf tausend verschlungenen, verborgenen, indirekten, aber darum nicht weniger zum Ziel führenden Wegen, die an den offiziellen Zahlen vorbeiführen. Die Zahlen sind in Indochina immer in Ordnung, zumindest dort, wo sie zu Buch schlagen: in der Verwaltung und bei den ›Schwergewichten‹. Wie gesagt, der Herr Generalgouverneur möge sich nicht den Kopf zerbrechen. Da die Raffkes sich wirklich sehr für die Eisenbahn und die Fabriken Szetschuans zu interessieren scheinen, werden die Administratoren ihnen im Namen des Vaterlands nach Kräften unter die Arme greifen.

Meine Erbauungspredigt hat den Generalgouverneur wieder aufgerichtet. Außerdem ist er von den letzten Feierlichkeiten begeistert, hingerissen, geblendet – den Abschiedsfeierlichkeiten. Ende gut, alles gut. Es geht zurück nach Hanoi. Zuvor aber finden die letzten Galaveranstaltungen statt, die noch grandioser sind als der Empfang. Das Schmalz der Freundschaft ist so dick aufgetragen, daß man fast erstickt. Es trieft von Tang Kiaos Lächeln, von seinen Lippen und aus den Poren sämtlicher Chinesen. Nichts wie Freundschaft in den Trinksprüchen, den Grußadressen, den Bücklingen, den Höflichkeiten, den Aufmerksamkeiten, den Wünschen, Gelöbnissen, Schwüren, Versprechen, in jeder Rede, in jedem Wort, in allen Knopflöchern und in jedem einzelnen Haar. Sie quillt aus den Ärmeln der sehr ehrenwerten Händler, den Federbuschen der Militärs, den Trompeten und Bajonetten der Soldaten. Die französisch-szetschuanesische Freundschaft zum immerwährenden Besten beider Völker treibt ihre schönsten Blüten. Sie wuchern üppig. Und dazu das Zeremoniell der Geschenke. Der Generalgouverneur packt aus, was er an Orden mitgebracht hat, einen ganzen Kramladen an Plaketten, Bändern, an denen Monde, Elefanten, Sonnen hängen, aus falschem Emaille, aus falschem Gold, aus falschem Silber, alles recht pittoreske koloniale Auszeichnungen, ebenso billig wie nützlich, heftet sie den Himmlischen an die Brust und brabbelt bei der Überreichung der Patente die geheiligte Formel: ›Im Namen der Französischen Republik ...‹ Fast wie das Verteilen von Glasklunkern an die braven Wilden, aber dieser frevle Vergleich kommt keinem in den Sinn. Der Generalgouverneur läßt Tang Kiao sogar die feierliche Umarmung zuteil werden, den Manneskuß auf beide Wangen – Tang Kiao ist von solchen Sitten im ersten Moment überrascht, aber nach sekundenlangem Zögern schickt er sich mutig darein. Allgemeine Rührung. Tang Kiaos Musikzug spielt die Marseillaise. Auch die Damen sind anwesend. Die kleine Gouverneuse klatscht in die Hände. Und das ist noch nicht alles. Der Generalgouverneur hat auch noch einen Überschuß an Sèvres-Vasen, die er verteilen läßt. Die größte ist für Tang Kiao, der sich bestimmt denkt, daß sie einen prächtigen Spucknapf abgeben wird.

Das alles sind Lappalien im Vergleich zu den Geschenken, mit denen die Himmlischen sich revanchieren. Eine Flut von Sandelholzkassetten mit Schiebedeckel, darin alle Kostbarkeiten des Reichs der Mitte. Über die Damen und Herren ergießen sich Kaskaden von Schmuck, Edelsteinen, Seidenstoffen, Keramiken, tausendjährigen Bronzen, kunstvoll geschnitztem Elfenbein. Die Stücke sind weitaus kostbarer, weitaus seltener als alles, was die weißen Gäste bei ihrer Ankunft in Tschengtu eigenhändig in den Läden zusammengerafft haben. Nur die edelsten Materialien, die gewundensten Formen, die erlesensten Schätze Chinas. Museumsreif ... Jeder der Notablen von Tschengtu ist aus freien Stücken mit einem Geschenk angerückt. Das Interesse muß wirklich gewaltig sein, wenn diese alten Schlitzohren sich zugunsten ungebildeter Barbaren von ihren liebevoll gehätschelten Kleinodien trennen. Bitter, aber die Zukunft steht auf dem Spiel. Die Gerüchte über Fabriken, über die Industrialisierung müssen sich bereits in der Stadt verbreitet und die Köpfe erhitzt haben. Jetzt gilt es, durch die Großartigkeit der Gaben die Liebe zu Frankreich und den Franzosen zu beweisen. In Wahrheit handelt es sich um moralische Nötigung – denn wer in China etwas herschenkt, zwingt, auch wenn die Gabe untertänig, bedingungslos, wortlos überreicht wird, den Empfänger dazu, sich erkenntlich zu zeigen. Daher glauben die Reichen von Tschengtu, sich mit ihren Nippes beim Generalgouverneur, den Administratoren und den Bankiers eine Dankesschuld gesichert zu haben, die eines Tages in Form von Millionen, Maschinen und Dividenden rückzahlbar wird. Gesprochen wird darüber kein Wort. Man versteht sich stillschweigend. Um ganz sicherzugehen, überschütten die Himmlischen nicht nur den Gouverneur, nicht nur sein ganzes Gefolge mit ›Kuriosa‹, die ganze französische Kolonie bis zum letzten Würstchen bekommt etwas ab. Unnötig zu sagen, daß der Gouverneur keine blasse Ahnung hat von den Berechnungen und Hintergedanken. ›Diese Chinesen werden oft als Schufte bezeichnet, aber in Wirklichkeit sind sie doch sehr nett‹, meint er. Überall findet man Geschenke, bei Tisch neben dem Gedeck, auf den Stühlen, in den Betten, dazu untertänigste Empfehlungen auf einer roten Papierrolle. Manchmal geht einer der Himmlischen so weit, daß er, um seine Unwürdigkeit zu bekunden, die Geschenke nicht durch einen Boten zu schicken wagt, sondern die Diener des Konsulats besticht, die sie dann irgendwo ablegen, oft an den unglaublichsten Stellen. Daher findet im Yamen eine Art Ostereiersuchen statt. Die Gouverneuse ist entzückt wie ein Kind, wenn sie fündig wird. Denn die schlauen Chinesen überwinden ihre Weiberverachtung und machen Madame zur Zielscheibe ihrer Großzügigkeit. Sie weiß nicht mehr, wohin mit all den Schachteln und Schatullen, reißt die Verpackungen mit Zähnen und Nägeln auf, läßt sich von niemandem bei der Untersuchung des Inhalts helfen, quietscht und kreischt, schneidet die närrischsten Gesichter, gerät in Ekstase und wird dann plötzlich wieder zur ganz nüchternen kleinen Krämerin, die Kassensturz macht: ›Ah, das dreißigste Jadehalsband, der achtzehnte Goldreif, der zehnte Achat . . .‹ Endloses Abzählen. Und dann bereitet Tang Kiao ihr die allerfeudalste Überraschung. Wieder einmal übertrifft er alle anderen Chinesen, denn mit seiner Gabe kann sich keine der ›Chinoiserien‹ messen, auch nicht die prächtigste. Er liefert das unbestreitbare, das durchschlagende Argument. Und es kommt, via Schanghai, aus der Rue de la Paix in Paris! Aus dem Herzen des Abendlands. Ein Geschenk für eine Herzogin, eine Milliardärin, für eine Grande Dame aus dem Geldadel, für eine Luxuskokotte: ein Samtetui, darin ein Kollier blauer Diamanten, insgesamt mindestens zehn, von reinstem Wasser und feurigstem Schliff, der kleinste hat sieben bis acht Karat. Bei diesem Anblick schwinden der Gouverneuse die Sinne. Sie kommt wieder zu sich, packt die Juwelen mit beiden Händen, küßt sie, schluchzt: ›Dicker, Dicker, schau. Ich bin so glücklich . . .‹ Aber der Dicke ist feuerrot geworden, unwirsch stößt er hervor: ›Das kannst du nicht annehmen. Man würde mich beschuldigen, daß ich Indochina verkaufe . . .‹ Da fährt sie wie eine Wölfin auf ihn los: ›Idiot! Diese Steine nimmst du mir nicht wieder weg. Lieber bringe ich mich um . . . Ich habe sie, und ich behalte sie. Und außerdem habe ich sie verdient. Glaubst du denn, es macht Spaß, mit einem alten Ekel wie dir zu leben, einem Geizkragen, der sich mit seinen Grundsätzen nur lächerlich macht? Nicht einmal zu unserer Hochzeit hast du mir auch nur den kleinsten Brillanten schenken können . . . Monsieur möchte eine reine Weste haben, Monsieur denkt an sich, und um mich schert er sich einen Dreck. Aber dieses Mal tu ich nicht mit.‹ Ich spüre, daß meine Stunde gekommen ist. Ich erlaube mir, dem Herrn Generalgouverneur zu bedenken zu geben: ›Herr Gouverneur, Sie können unmöglich dieses Kollier Tang Kiao wieder zurückschicken. Es wäre eine tödliche Beleidigung, er würde das Gesicht verlieren, alles wäre verdorben . . .‹ – ›Nun, Herr Konsul, dann müssen Sie ihm eben die Situation erklären.‹ – ›Herr Gouverneur, Tang Kiao würde das niemals begreifen . . .‹ Mein Einwand ist natürlich berechtigt, und er kommt zur rechten Zeit. Und ich handle sogar sozusagen selbstlos, denn Anne Marie hat von Tang Kiao nur einen winzigkleinen Solitär bekommen, was einerseits meinen Ruf als unbestechlichen Mann bestätigt, andererseits aber meinen Verdiensten nicht genügend Rechnung trägt. Denn schließlich ist die Eisenbahn und damit das ganze Projekt einer Industrialisierung großenteils mein Werk. Ich bin ein wenig ärgerlich, wohingegen Anne Marie der geringe Wert ihres Schmuckstücks nicht zu stören scheint. Sie hat ihr unergründliches Lächeln aufgesetzt. Der Generalgouverneur streckt die Waffen – nicht vor seiner Gattin, sondern im Namen der Staatsräson. Das Resultat ist das gleiche ... Während des Abends zieht mich die Gouverneuse, die bereits ihren Brillantschmuck trägt, in eine Ecke des Salons: ›Albert‹, flüstert sie mir zu, ›ich werde nie vergessen, was Sie für mich getan haben. Ich danke Ihnen. Aber, wie mein Mann zu sagen pflegt, eine Hand wäscht die andere. Kommen Sie doch einmal als Strohwitwer nach Tongking. Dann kann ich meine Schuld in natura begleichen ...‹

Ich bin sprachlos. Was soll ich tun? Es ist gefährlich, die Gunst einer solchen Frau auszuschlagen, denn sie könnte in ihrem Stolz gekränkt sein und auf Rache sinnen. Aber es ist genauso gewagt, mit der Gattin des Generalgouverneurs zu schlafen, es könnte ins Auge gehen, meine Karriere ruinieren. In meiner Bedrängnis murmle ich irgend etwas Vages. Aber die Gouverneuse ist gutmütig: ›Na, na, Albert, sehr galant sind Sie grade nicht. Aber ich mag Sie trotzdem. Also, wenn Ihnen eines Tages danach sein sollte ... Dankbarkeit ist nämlich meine stärkste Seite.‹ Worauf sie prustend abzieht und Platz macht für Anne Marie, die mit funkelnden Augen und harter Miene auf mich zusteuert. Ohne die Stimme zu heben, ohne daß jemand sie hören könnte, sagt sie schneidend: ›Ich habe Ihr Manöver mitbekommen. Im Grunde ist es mir gar nicht so unlieb. Wie Sie wissen, mache ich mir nicht besonders viel daraus ... Trotzdem möchte ich Ihnen raten, auf dieses Abenteuer zu verzichten, denn ich will nicht zum Gespött von ganz Hanoi werden, die arme kleine Madame Bonnard ...‹ Mit Anne Marie kenne sich einer aus. Immer dieses Bedürfnis, ihre zarten Gefühle zu verbergen, mir mit falschen Begründungen zu kommen, während sie mich in Wahrheit eben liebt und eifersüchtig ist. Zum Glück weiß ich, daß ihre Gleichgültigkeit nur gespielt ist, kenne die Zärtlichkeit, die sich hinter ihrem Hochmut verbirgt, hinter der Maske der stolzen unnahbaren Königin ...

Alles geht gut. Alles geht bestens. Ich darf mit mir zufrieden sein, ohne falsche Eitelkeit. Trotz einiger unvermeidlicher kleiner Pannen, die ich mit einem Fingerspitzengefühl, einem Takt, einer Geschicklichkeit, die mir Ehre machen, zu beheben wußte, ist diese Reise des Generalgouverneurs durch Szetschuan ein sehr großer Erfolg. Darauf kann ich mit gutem Recht in dem umfangreichen Bericht hinweisen, den ich für das Außenministerium verfassen werde – meine Verleumder, meine Neider am Quai d'Orsay werden bei der Lektüre blaß werden vor Zorn. Ich kann es nicht anders sagen, meine Gäste erweisen mir ausnahmslos ihre größte Wertschätzung, ja Freundschaft, sie sind mir gegenüber stets des Lobes voll. Sogar der Chef der Zivilverwaltung, der mir anfangs die kalte Schulter zeigte, ist aufgetaut, spricht mich breit grinsend mit ›mein lieber Albert‹ an und klopft mir sogar auf die Schulter. Die unendliche Mühe, die ich mir gemacht habe, hat sich gelohnt. Ich bin müde, wahrhaftig kein Wunder, aber bald wird der hohe Besuch abdampfen, ich muß nur noch die ganze Gesellschaft zum Zug bringen. Dort findet das allerletzte Tamtam statt. Ganz Tschengtu ist wiederum aufgeboten, um Begeisterung zu zeigen, jubelnde Ovationen auszubringen, in die sich freilich pflichtschuldiges Bedauern über die Trennung, die Abreise der illustren Gäste mischt. Einfach grandios. Tang Kiao hat sich wahrhaftig selbst übertroffen, er ist ein Organisator, der es verstanden hat, in wenigen Wochen einer anfangs recht gleichgültigen und nachlässigen Bevölkerung den Komment beizubringen. Nun, nachdem er die Lage so trefflich gemeistert hat, kehrt er in sein Yünnanfu zurück: er wird dem Generalgouverneur bis dorthin sogar das Geleit geben. In einem gepanzerten Waggon führt Tang Kiao etwa zwanzig riesige eisenbeschlagene Kisten mit, die wie Särge aussehen. Darinnen sind, wie Grabbeigaben, die Schätze Szetschuans, alles, was er während seines Aufenthalts in Tschengtu an Gold und Taels an sich reißen konnte. Er hat seine Zeit nicht verloren, der Wackere! Seine eiserne Garde hütet mit Bajonetten und Maschinenpistolen diesen Schatz. Ich muß gestehen, daß dieser Anblick mir einen unerfreulichen Gedanken eingibt. Sollte Tang Kiao Angst haben? Einen Militärputsch in Tschengtu befürchten, der ihn seinen dicken Kopf kosten könnte? Wird er sich, sobald er die Beute in Sicherheit gebracht hat, schleunigst aus dem Staub machen, um in Frieden und Sicherheit zu genießen, was er zusammengestohlen hat? Vielleicht ist die Lage in Tschengtu wider allen Anschein doch recht prekär, vielleicht könnten Ereignisse eintreten, die meiner Eisenbahn und meinen Fabriken verderblich wären. Dieses verfluchte China, wo nichts jemals gewiß, jemals endgültig gewonnen ist ... Aber ich dränge diese Gedanken zurück, ich will das strahlende Bild nicht trüben, das sich der Generalgouverneur von mir gemacht hat, ich will Seine Exzellenz nicht betrüben. Er zieht so glücklich und zufrieden ab, in der Gewißheit, daß Frankreich durch mein Verdienst einen großen Teil Chinas erobert habe. Außerdem sind die Abschiedszeremonien auf dem Bahnhof ein noch strenger geregeltes Ballett als der Empfang. Das Pandämonium der Musikzüge, der Verbeugungen, des ›Präsentiert das Gewehr‹. Ganz Tschengtu neigt sich bis zum Boden vor Tang Kiao wie vor einer Gottheit. Das kleine Grüppchen der vollzählig erschienenen Franzosen hebt sich aus dieser Pracht ab wie ein Familienkränzchen: Gefühlsausbrüche, Glückwünsche, Umarmungen, Rührung, Küsse, Händeschütteln, letzte Mitteilungen, letzte Mahnungen, hehres Geschwätz, Wiedersehenspläne, Versprechungen mit einer Träne im Auge, leises Lachen und inniges Lächeln. Während die Chinesen nie mehr aus dem rhythmischen Auf und Ab ihrer Verbeugungen herauszufinden scheinen, während die Lokomotive zum Leben erwacht, zu schnaufen und zu keuchen beginnt, sind die Franzosen, die zurückbleibenden wie die abreisenden, noch immer fest dabei, Freundlichkeiten und Vertraulichkeiten auszutauschen. Tang Kiao klettert mit würdevoller Schwerfälligkeit in seinen Waggon, die Blechmusik donnert, die Bajonette blitzen. Madame la gouverneur, noch immer auf festem Boden, zieht ein großes Taschentuch und wedelt mir damit vor dem Gesicht herum – eine letzte Anzüglichkeit. Ihr Gatte, der ebenfalls noch nicht eingestiegen ist, packt mich plötzlich an der Schulter, zieht mich beiseite und überschüttet mich mit Liebenswürdigkeiten, er zerschmilzt förmlich. Er drückt mich ans Herz. Endlich würgt er hervor: ›Erlauben Sie, daß ich Sie Albert nenne, mein lieber Konsul. Ein alter Mann wie ich ist mißtrauisch geworden, ich habe Sie die ganze Zeit über heimlich beobachtet. Sie haben meine Achtung gewonnen, und das ist, wie Sie wissen, etwas sehr Seltenes. Sie haben mich gelehrt, dieses rätselhafte China richtig zu sehen und es zu lieben. Wie viele Fallen haben Sie umgehen müssen! Aber immer wußten Sie sich glänzend aus der Affäre zu ziehen. Es ist Ihr Verdienst, daß Frankreich nun am Yangtsekiang Fuß faßt! . . .‹ Seine Exzellenz pausiert, um Atem zu schöpfen, und setzt dann seine Laudatio im Tonfall schelmischer Autorität fort: ›Wie Sie wissen, gebricht es der französischen Administration an treuen Dienern, an ehrlichen, fähigen, patriotisch denkenden Männern. Glauben Sie mir, das Land wird Ihrer noch zu weitaus wichtigeren Aufgaben bedürfen. Ich werde zuweilen für einen verknöcherten, verkalkten Tapergreis gehalten . . . Nein, nein, keinen Widerspruch, mein lieber Albert, manchmal bin ich wirklich ein bißchen bescheuert . . . Aber ich habe einen Namen in Frankreich. Man hört auf mich, ich habe verläßliche Freunde in der Regierung, im Parlament, in den Ministerien, auch im Außenministerium. Ich gehe jede Wette ein, daß Sie in absehbarer Zeit zum Botschafter avancieren, und Sie werden ein sehr bedeutender Botschafter sein . . .‹«

Fünfter Teil

Katastrophe

Der Tag bricht an. Bleiches Licht fließt über die Lackdächer, die ihm ein paar Goldsprenkel mitgeben, sickert durch die mit Bambuspapier bespannten Fenster, rückt dem eintönig summenden Flämmchen zu Leibe, bricht das Monopol der Opiumlampe, dieses Leuchtturms für Traumschiffe, dieser Laterna magica. Die ganze nächtliche Szenerie löst sich auf. Kopf und Augen des Buddhas verlieren den allesverstehenden Schimmer, die Statue wird wieder zu einem der vielen Kuriosa im Salon des Konsulats. Der Chefboy kauert noch immer auf seinem Platz, aber die Finger haben ihre Geschäftigkeit eingestellt, sind zu ruhenden Greifwerkzeugen geworden. Der ganze Mensch ist geschrumpft, ein entbehrliches, nutzloses Objekt. Er hockt da und wartet, daß mein Vater so weit zum Leben erwache, um Befehle zu erteilen, er hält sich bereit, keine Müdigkeit zeichnet die glatte Haut, die schmalen Augen. Müßig beginnt er, die Gerätschaften auf seinem kleinen Tablett zu ordnen, die leeren Pfeifenköpfe aufzureihen – mein Vater hat in dieser Nacht mindestens fünfzig Pfeifen geraucht. Das leise Herumräumen dringt bis in das Bewußtsein des Herrn Konsul, der mit erschöpfter Stimme dem Diener gebietet: »Mach nicht so viel Lärm. Lösch die Lampe, gut so . . . Türen auf, man bekommt ja keine Luft hier. Mein Gott, ich habe solche Kopfschmerzen . . . Sei leise, beim kleinsten Geräusch platzt mir der Schädel. Paß doch auf, du Dummkopf . . .« Der Chefboy huscht so lautlos umher wie eine Fledermaus, aber die zarten Nerven des Konsuls von Frankreich leiden doch darunter. Der Herr Konsul ist eine hilflose Beute seines Katzenjammers. Die Augen sind schwarz wie Kohle, dunkle Löcher, und auf seinem Gesicht, das ausgewaschen wirkt wie die Gesichter verwitterter Statuen, wächst dünnes braunes Moos: Bartstoppeln. Er bietet ein recht jämmerliches Bild, unser Herr Konsul, der doch sonst so eitel ist, sich nie gehenläßt, sich des Tags zweimal balbiert, da er einen so starken, stacheligen, wuchernden Bartwuchs hat, daß Anne Marie, sobald er nur wenige Stunden nach der Rasur seine Wange der ihren nähert, aufschreit: »Sie kratzen mich!« Dann schabt mein Vater sich die Haut glatt, erfrischt sie mit Eau de Cologne, ist stets eine untadelige Erscheinung . . . Daher sieht man ihn selten so wie zu dieser Morgenstunde: ein Wrack, das der Tag an den Tag gebracht hat. Furchen, Runzeln, erweiterte Poren, geschwollene, gerötete Lider, zerzauster Haarschopf, schwarz getüpfeltes Kinn. Sämtliche Dienstboten haben die ganze Nacht kein Auge zugetan, auf der Lauer gelegen, und sein Zustand scheint sie nicht zu überraschen. Sie müssen wohl daran gewöhnt sein. Nun, in dem schwierigen und gefährlichen Moment des ersten Frühlichts, das den Herrn Konsul wieder zu sich bringt, hält das unsichtbare Heer der Domestiken den Atem an. Denn er ist dann in mörderischer Stimmung. Wehe, wenn er einen von ihnen erwischt ... Außerdem ist es das Privileg, die letzte Arbeit des Chefboys, Albert von Albert zu entbinden, ihn auf diese Welt zurückzuholen.

Alle kennen die Spielregel: sich nicht erwischen lassen. Sie verfolgen das Grimassenspiel meines Vaters, der wieder mit der Wirklichkeit Kontakt aufnimmt. Nicht daß er sie jemals völlig aus den Augen verloren hätte, denn sogar im Traum wußte er, daß er träumte, lenkte die Illusion in einer Art Halbwachheit. Das große Spiel ... Aber jetzt überfällt ihn die Morgenfrische – oder auch ein Fieber –, und er klappert mit den Zähnen. Seine Haut ist quittengelb. Alles an ihm zittert, sogar seine Stimme, als er dem Chefboy zuruft: »Ich will mir keinen Rheumatismus holen. Zieh mir meinen Rock wieder an, schnell ...«, denn er hatte ihn zum Opiumfest ausgezogen und in Hemdsärmeln geraucht. Der Diener bringt es fertig, ihm die Arme hochzuheben, einen nach dem anderen, und nach allerhand Mühen das Kleidungsstück überzuziehen, ein achtungsvoller Kampf mit der rettungslosen Schlappheit, die vom Körper meines Vaters Besitz ergriffen hat. Nach endlich gelungenem Werk erhebt der Konsul sich mit Hilfe des Chefboys ächzend von seinem Lager. Wo bleibt das komische, aber lebhafte Gestikulieren der Nacht, der Rhythmus der Droge, das Recken von Kopf und Oberkörper, um das Mundstück der Pfeife zu fassen? Dies ist die langsame, tragische Talfahrt in die Wirklichkeit, unter Schmerzen, Erschöpfung, Seufzern. Plötzlich überfällt ihn ein Gedanke, der ihn vor kurzem, beim Verklingen des Traums, schon gestreift hat, mit voller Wucht. Und unter dem Anprall erstarrt er:

»Dumont! Dumont wird *wirklich* mit dem Generalgouverneur von Indochina zusammenkommen. Er wird ihn umgarnen, ihn herumkriegen, ihn gegen mich ausspielen. Dieser Dumont wird von Tschengtu aus direkt nach Hanoi flitzen. Und danach hinauf nach Yünnanfu, um mit Tang Kiao handelseins zu werden, mich zu verraten, zu verkaufen, dieser Schweinekerl. Für ihn sind doch der Gouverneur und der Marschall lebende Menschen, leicht erreichbar, mühelos zu manipulieren, konkrete Verhandlungspartner. Er wird sie zu seinen Schachfiguren, seinen Marionetten machen. Er wird sich dem Generalgouverneur unterwürfig nähern, wird Tang Kiao wie einen alten Kumpel behandeln! Dieser Schuft wird sie einwickeln mit seinen Argumenten, seinen Listen, seinen Kniffen. Ja, nachdem er hier den guten Freund markiert hat, läuft er spornstreichs erst zu dem einen, dann zu dem anderen, um sie beide ins Garn zu locken, zu ködern und irgendeine schmutzige Geschichte anzuzetteln. Sobald er von mir bekommen hat, was er wollte, wird er sich freundschaftlich, herzlich von mir verabschieden und Tschengtu verlassen. Und während er seine Tour abdreht, zuerst den Yangtsekiang stromab bis Schanghai, dann mit dem Dampfer nach Tongking, per Bahn von Hanoi nach Yünnanfu, kann ich tatenlos hier herumsitzen, weitab vom Schuß, ohnmächtig, auf Gedeih und Verderb ihm ausgeliefert, und warten, bis der Schlag fällt, von dem ich nicht einmal weiß, von welcher Seite er kommen wird ...«

Mittlerweile hat mein Vater sich wieder zurechtgemacht. Dank der hilfreichen Geschicklichkeit des Chefboys trägt er wieder seine Schmetterlingskrawatte und die schmalen spitzen Lackschuhe, eine sehr kleine Nummer. Auf seine zierlichen Füßchen ist mein Vater besonders stolz. Aber leider sind diese Extremitäten auch besonders empfindlich, und so hört man ihn allmorgendlich plärren – je nach Stimmung ein weinerliches oder wütendes Plärren –, wenn der Chefboy ihm trotz aller Behutsamkeit beim Schuhanziehen weh tut. Heute morgen geht die Operation reibungslos vor sich. Denn der Konsul von Frankreich ist zu sehr durch andere Sorgen abgelenkt, er verbohrt sich in den Gedanken an Dumont, steigert sich systematisch in heftige Erbitterung:

»Wenn ich bedenke, daß dieser Mensch es gewagt hat, mich vorhin bei Tisch zu erpressen, mich, Albert Bonnard! Er will mich benutzen, um mit dem Marschall von Tschengtu und seinen

Yünnanesen ins Geschäft zu kommen. Ich muß die Opiumlieferung für ihn und seine Blaue Bande beschaffen, oder ... Und der ganze Aufruf gespickt mit Anspielungen, Drohungen, Augenrollen, Bauchwackeln, falscher Aufrichtigkeit und faulen Versprechungen! Für wen hält der sich eigentlich, Nom de Dieu, dieser Dumont?«

Mein Vater sitzt auf der Sofakante, seine Füße schleifen auf dem Boden. Der Traum ist verflogen, der Ernst des Lebens setzt mit anbrechendem Tage wieder ein. Dumont hingegen schläft bestimmt noch seinen Rausch aus, grinst im Schlaf zufrieden und listig vor sich hin. Dieser Viechskerl hat ihn in der Hand, er muß sich nicht mit Phantasiegebilden, mit den Wonnen der Droge trösten. Der pennt friedlich. Opium bedeutet für ihn viele Tonnen guter Ware, die er in nächster Zeit verhökern wird, den großen Schnitt, der seine Taschen und seine Bankkonten füllt. Und außerdem will er auch an allem anderen profitieren, an den Waffen, der geplanten Eisenbahn, der ganzen patriotischen und selbstlosen Arbeit meines Vaters. Über diesen angenehmen Perspektiven ist dieser Erzschieber sanft eingeschlummert. Aber er soll die Rechnung ohne den Wirt gemacht haben ...

An diesem Punkt seiner Überlegungen, beim Gedanken an den schnarchenden Dumont, wird mein Vater von Übelkeit ergriffen. Er verkrampft sich, seine Züge sind verzerrt, dann sammeln sie sich zu eisiger Ordnung, zu einem angedeuteten, bitteren Lächeln. Er zieht sich in sich selbst zurück und verschließt seine Miene. In seinem Schädel brodelt es wie in einem Kessel. Aber äußerlich wird er immer kaltblütiger: ein Schild aus eisigem Metall. Sein Kopf ist nur noch ein langgezogener Rhombus auf einem Hals, den er immer mehr reckt und streckt, wie wenn ihn ein harter Kragen beengt. Mein Vater hat den flachen Kopf einer aufgerollten Kobra, die toll ist vor Wut und sich hin und her wiegt, ehe sie zustößt. Krisen dieser Art, ein Konzentrat aus Zorn und Bitterkeit, treten bei Albert Bonnard häufig auf. Aber im Gegensatz zu den Reptilien behält er sein Gift, das Gift der Gereiztheit – das auch er produziert, wenn er gereizt ist, und er hat dazu ein besonderes Talent –, im allgemeinen bei sich. Er kann sich in Gesellschaft stundenlang, tagelang mit vorgerecktem Kinn, erloschenen Augen, verkniffenem Mund und abwesender Miene zeigen, das Bild des bemitleidenswerten, von Ungerechtigkeit verfolgten Mannes, der sich jedoch zu beherrschen weiß – besonders wenn zu dieser Gesellschaft eine wichtige Persönlichkeit gehört, die man nicht vergrämen darf. Zuweilen überwindet er sogar mit übermenschlicher Anstrengung seinen legitimen Schmerz, mischt sich unter die Sterblichen auf dieser schnöden Welt. Dann trägt er das blasse Lächeln des Mannes zur Schau, der sich selbst besiegt hat, läßt sich zu einem flüchtigen Scherz herbei, einer kleinen Galanterie. Im stillen aber hat er wortreich Rache geschworen, seine Gehässigkeit gehärtet, für einen späteren Zeitpunkt gehortet.

So macht er es auch heute. Nachdem er eine Weile wie betäubt gewesen war, kehrt mein Vater zum normalen Leben, zu seinen üblichen Ticks zurück. Er redet laut vor sich hin:

»Diesem Dumont werd ichs heimzahlen. Ich will ihm die Luft ablassen, dem aufgeblasenen Kerl. Ja, aber er darf den Braten nicht riechen. Ich muß mich ducken, die Freuden offenen Zorns den Wonnen der Scheinheiligkeit opfern. Ich habe schon meinen Plan. Ich muß Anne Marie sagen, daß sie freundlicher zu ihm sein soll . . .«

Mein Vater strahlt plötzlich trotz seiner Erschöpfung und schickt sich an, sein trautes Heim aufzusuchen. Er steht auf, es gelingt ihm tatsächlich, sich geradezuhalten und sogar einigermaßen geradezugehen. Man hört ihn mit knarrenden Schuhen den Hof überqueren. Man hört ihn die Holztreppe zum ehelichen Schlafzimmer hinaufsteigen, wo Anne Marie schlummert. Ringsum nichts als Ruhe und Friede. Alles verschwindet bei seinem Nahen, sowohl der Chefboy, der von der Bühne seiner Pflichten in die Versenkung taucht wie eine Eidechse in einen Mauerspalt, wie auch die versteckten Gestalten, die nun in ihren weißen Gewändern aus ihren Löchern hervorkriechen und sich lautlos entfernen, wie Gespenster am Morgen. Li schlüpft in mein Zimmer, tritt an mein Bett, um sich zu überzeugen, daß ich schlafe, reibt liebevoll die Plattnase an der meinen und geht wieder. Ich bin allein. Lis verfrühter Morgenbesuch überrascht mich, ich bleibe wach, denn dank meiner chinesischen Erziehung beherrsche ich längst die Kunst der Verstellung, bin ein kleiner Spion. Ich sehe alles, ich höre alles, ich begreife vieles, ohne mir jemals etwas anmerken zu lassen. Ich verstehe mich darauf, die Ohren zu spitzen, mich lautlos zu bewegen. Ich höre die Schritte meines Vaters, ich warte ein paar Minuten, bis er bei Anne Marie im Schlafzimmer anlangt. Und während die Geräusche der erwachenden Stadt herüberdringen, während ich im noch stillen Konsulat mein Pferd im Stall wiehern höre, schleiche ich mich an die Verbindungstür zwischen meinem Zimmer und dem meiner Eltern. Wie ich erwartet hatte, zanken sie sich. Ich kann ihre Stimmen durch die sehr dünne Wand belauschen, fast eine Wand aus Papier.

Der arme Albert! Jedesmal, wenn er sich die Nacht um die Ohren geschlagen, getrunken, schwadroniert, diskutiert, geraucht hat, kommt ihn am Morgen das dringende Bedürfnis an, Anne Marie aufzusuchen, um ihr sein Herz auszuschütten, ihr brühwarm seine Geheimnisse, seine Leistungen, seinen neuesten Schachzug zu servieren und damit vor ihr zu prahlen. Natürlich sagt er nicht alles, er setzt sogar eine besonders ungezwungene Miene auf, wenn er seine Lügen vorbringt, spricht in leicht selbstgefälligem Ton, wenn er seine Listen bis ins einzelne schildert, seine Rede mit treffenden Bemerkungen durchsetzt. Wichtig ist dabei vor allem, daß die Gattin ihm nicht ins Wort fällt. Also versucht er, noch ehe er seinen Redestrom losläßt, noch ehe er sich entkleidet, ihr Wohlwollen zu gewinnen. Die erste Schwierigkeit besteht darin, sie aufzuwecken. Schon beim Betreten des Zimmers, beim Anblick der langen schmalen Gestalt der Schläferin, die wie eine Spindel unter den Laken ruht, der entspannten Züge, des regelmäßig atmenden Mundes, des geflochtenen Haars über der ovalen Stirn, der langen Wimpern, die wie Vorhänge die geschlossenen Augen schützen, beginnt er demonstrativ mit seinen Manövern und Mätzchen: Gehüstel, Seufzen, Füßescharren auf dem Boden, ungeschicktes Anstoßen an Möbelstücke. Hat Anne Marie endlich die Augen aufgeschlagen, sich ein wenig in den Kissen aufgerichtet, ihm das sofort mißtrauische, schon gereizte Gesicht halb zugewandt, dessen zarte Haut erste Anzeichen von Unmutsfalten zeigt, während das Kinn sich reckt und das Braun der Iris in Erwartung des Kampfes aufleuchtet, dann versucht mein Vater, sie zu küssen und flüstert: »Ich liebe Sie«, genau wie auf einer Postkarte aus der Belle Epoque. Albert Bonnard ist wirklich unbelehrbar, denn jedesmal – oder fast jedesmal – holt er sich eine scharfe Abfuhr. Und die wird ihm auch heute zuteil, und zwar in besonders kräftiger Form. Mit rauher, abgehackter, beinah knochiger Stimme, die nichts mehr mit ihrem sonstigen sanften, gedämpften Tonfall gemein hat, erstickt Anne Marie die galanten Annäherungsversuche des Gatten und Konsuls im Keim: »Rühren Sie mich nicht an. Wie, Sie möchten in mein Bett, Sie möchten mit mir sprechen? Aber Sie riechen nach Alkohol, mein Freund, und noch mehr riechen Sie nach Opium. Legen Sie sich anderswo schlafen ...«

»Aber, Anne Marie, ich habe Ihnen sehr wichtige Dinge zu sagen, Dinge von entscheidender Bedeutung.«

»Die können noch ein paar Stunden warten. Ich weiß genau, womit Sie die Nacht zugebracht haben. Sie wollten sich vor Dumont aufs hohe Roß setzen, und er hat Sie zur Schnecke gedreht, Sie fühlten sich gedemütigt und nahmen Zuflucht zum Opium. Wenn es Ihnen wenigstens wirklich Spaß machte ... Aber Sie rauchen aus Feigheit, der kleine Mann, der sich als großer Mann fühlen möchte. Sie beweihräuchern damit Ihre Schwächen. Wie viele Pfeifen waren es diesmal, vierzig oder fünfzig? Bleiben Sie bei Ihren Pfeifen, sie können einen geistreichen Mann aus Ihnen machen, und das kann ich leider nicht. Los, verschwinden Sie.«

»Sie vergessen, was Sie mir schuldig sind.«

»Seien Sie nicht auch noch rüpelhaft. Es ist völlig sinnlos, daß wir diese Diskussion noch einmal anfangen. Sie brauchen sich nicht aufzuplustern wie ein gereizter Truthahn. Gewiß haben Sie das auch bei Dumont getan, ehe er Ihnen den Schnabel gestopft hat. Bei mir verfängt das genausowenig wie bei ihm ...«

»Anne Marie, ich flehe Sie an ...«

»Versuchen Sie auch nicht, mein Mitleid zu erwecken. Ich werde Sie später anhören, wie ich versprochen habe. Aber jetzt lassen Sie mich in Ruhe, ziehen Sie sich nach nebenan zurück, das Bett ist gerichtet. Und, wenn ich bitten darf, ohne lächerliches Getue, kein zorniges Brummen, Aufstampfen, Schnauben oder Türenschlagen. Sie wecken jedesmal den Kleinen. Apropos, haben Sie darauf geachtet, daß er beizeiten zu Bett gebracht wurde?«

»Das war Ihre Aufgabe, Madame.«

Und mit dieser rächenden Replik geht Albert ab und begibt sich in das Kämmerchen, wohin meine Mutter ihn häufig abschiebt. Dieses Exil liegt auf der anderen Seite meines Zimmers. Wie oft habe ich meinen Vater auf dem Weg in die Verbannung bei mir durchgehen sehen. Manchmal war er wütend, wetterte, zerschlug Gegenstände, stampfte mit dem Fuß auf, ließ auf seinen Spuren verbrannte Erde zurück. Häufiger entfernte er sich wie ein gekränkter König, hoheitsvoll, mit steinerner Miene, die zu sagen schien: »Das werden Sie noch bedauern, Madame.« Es kam auch vor, daß er wimmerte, sogar weinte, schniefte und sich das Taschentuch vor die Augen hielt. Aber im allgemeinen gebrauchte er alle diese Ausdrucksmöglichkeiten gleichzeitig.

So auch heute morgen. Sein Gesicht ist eine Studie feierlicher Entrüstung, deren Würde jedoch von Wallungen tückischer Rachsucht zersetzt wird, von dem Wunsch, noch ein wenig bei der Gattin zu verweilen, sie aus ihrer Reserve zu·locken, mittels eines raffinierten Handstreichs zu obsiegen, den Partherpfeil abzuschießen und so das Feld als Sieger, nicht als Besiegter zu räumen. Aber alles war fehlgeschlagen, denn seine Cäsarenpose vermochte Anne Marie nicht im geringsten zu beeindrucken, die Pfeile giftigen Hohns waren am Panzerkleid ihrer Gleichgültigkeit abgeprallt, und sie hatte ihn ungerührt, mit einer wohlgezielten, wohldosierten Salve ihrer angeborenen Verachtung abblitzen lassen. Daher verfällt mein Vater wie so oft einem fast kindischen Kummer, der sich in seinen Mienen und in seinem Benehmen äußert: verkniffene Nase, geschwollene Lider, hängende Backen, feuchte Augen, Türenknallen und Wiederholen einzelner Sätze in immer lauter werdendem Ton. Nach dieser eindrucksvollen Vorstellung, nach einem letzten melancholischen und starren Blick, der sich stracks durch die Zimmerwand in weite Fernen richtet, geht er hinaus oder tut vielmehr, als ginge er, bis Anne Marie sich halb im Bett aufrichtet, nachdem sie die Decken wie eine Brustwehr um sich gezogen hat. Ihre Stimmung ist streitbar geworden, das sieht man an den Mundwinkeln, die sich auseinanderziehen, hochschieben, vertiefen und bereitmachen, Worte wie vergiftete Pfeile abzuschießen, die bis ins Herz treffen, schwärende, fressende Wunden schlagen. Jetzt muß Albert ernstlich fürchten, daß Anne Marie ihn wie eine eiskalte Furie attackiert. Er verzieht sich also in der Richtung, die Anne Marie, noch immer stumm und weiß auf ihrem Bett sitzend und bis auf den Kopf unter dem Federbett geborgen, ihm gewiesen hat, will sagen, durch mein Schlafzimmer.

Unnötig zu sagen, daß ich mich vor dem Durchzug meines Vaters durch mein kleines Reich fest in meine Laken vergrub, mein regelmäßiges, braunes, ovales Gesicht, das ich mit Ausnahme der großen väterlichen Nase von Anne Marie geerbt habe, ruhte auf der weißen Fläche, ich atmete gleichmäßig, tief, artig, wie das brave Kind, für das Albert mich hält. Er ist nämlich überzeugt, daß ich ein guter Schüler sein, die Prüfungen mit Glanz bestehen werde, und sooft der berühmte Koffer eintrifft, erhalte ich Geschenke, aus denen ich mir nichts mache, und dazu Ermahnungen, daß ich stets folgsam, brav und fleißig sein solle. Oft beteuert er mir mit Tränen in der Stimme, daß er jedes Opfer für mich bringe, daß er einen Hauslehrer kommen lassen werde. Inzwischen hat er eine ganze Wand meines Zimmers mit Büchern von Jules Verne und der Comtesse de Segur vollgestellt, die ich nicht lese. Und der ganze Fußboden wird von einer elektrischen Eisenbahn eingenommen, die mein Vater mit Hilfe seines Chefboys mühevoll aufgebaut hat. Der Chefboy hat zwar in seinem ganzen Leben noch keine Eisenbahn gesehen, aber die Installation tadellos vorgenommen. Und als der erste Zug durch einen Tunnel fuhr, sagte mein Vater strahlend: »Schau, das ist die erste kleine Eisenbahn in Szetschuan für meinen kleinen Jungen. Vielleicht wird er eines Tages das beste Examen in der Ecole Polytechnique ablegen ...« Das war vor ein paar Tagen. Inzwischen habe ich absichtlich, heimlich, die Schienen kaputtgemacht, die Weichen, die Lokomotiven. Und jetzt sage ich mir während meines Scheinschlafs: »Bestimmt wird mein Vater in die zerbrochenen Gleise treten. Und er wird schreien . . .« Um die unausbleibliche Szene zu genießen, öffne ich ein wenig die Lider über meinen gelben, goldbraunen Augen, Katzenaugen, wie die Gäste des Konsulats, um meinen Eltern eine Freude zu machen, bewundernd zu sagen pflegen. Und tatsächlich, da kommt mein Vater auf dem Weg in sein Kämmerchen, und er gleicht mehr einem kleinen Jungen als ich. Prompt verfängt er sich in einer Schiene, stößt einen Bahnhof um, zieht die ganze Gleisanlage hinter sich her, humpelt, hüpft auf einem Bein und jammert: »Autsch, autsch, autsch«, und bückt sich, um seine Zehen zu massieren. Aber anstatt wütend zu sein, bleibt Albert stehen, steuert auf mein Bett zu, beugt sich über die kleine, scheinbar schlafende Gestalt, küßt mich mit feuchten Lippen auf die Stirn und murmelt gerührt: »Mein kleiner Junge . . .«, denn endlich hat er Gelegenheit, seine zärtlichen Gefühle anzubringen. Ich tue, als merkte ich nichts, schlafe tiefer denn je. Und von drüben höre ich Anne Maries Stimme: »Lassen Sie Ihre Rührseligkeit nicht an dem Kleinen aus. Lassen Sie ihn schlafen.« Mein Vater verschwindet. Ich schlafe wirklich wieder ein.

Die Morgensonne, die wie ein Topf voll Licht am reinen, hellen Himmel steht, schickt durch meine geöffneten Fenster einen heißen, goldenen Keil wie ein Stück frischen knusprigen Kuchen, den ich mit den Zähnen zu fassen suche. Ich erwache. Und jetzt kommt das ganze Tschengtu mit allen seinen Geräuschen und Gerüchen zu mir herein! Es ist die Stunde intensiver Geschäftigkeit, die Stadt ist wie ein Gong, der das Getrappel, das Geschrei, den Wald von Geräuschen, die Lust am Dasein, am Essen, am Leben widerhallen läßt. Aber von dieser Geräuschkulisse heben sich im Nebenzimmer die Stimmen meiner Eltern ab. Stimmen, die sich nicht mehr Widerpart halten. Meine Mutter in ihrem langen schmalen Gartenkleid ist vom Blumenschneiden zurück, hat wilde und anmutige Blütenkronen mitgebracht, flammende Orchideen, stolze Lilien, sanft trauernde Chrysanthemen. Und alle Düfte. Mit ihren langen Händen ordnet Anne Marie die Ernte mit Lis Hilfe in die Vasen. Ihr Kopf trägt wie eine Amphore das schwere Haargeflecht, das leicht geneigte Gesicht zeigt heiteren Gleichmut, Seelenruhe und inneren Frieden. Wieder einmal bin ich, der kleine Junge, hingerissen von Anne Maries Grazie, von der Eleganz ihrer Haltung und Bewegungen. Denn die Tür ist offen, ich bin zu ihr gelaufen und schmiege mich an sie, spüre den Flaum ihrer Wangen, die Zartheit ihrer Haut, das dunkle Leuchten ihres Haars, die Klarheit ihrer Augen. Und sie unterbricht das Stecken der Sträuße, die kunstvolle Zusammenstellung furchterregender Gewächse, züngelnder Flammen, teuflischer Trichter, fleischfressender Schlünde mit Blumen der Ekstase, der Tröstung, der Süße, sie öffnet die Arme und umschließt mich mit der selbstverständlichen Bestimmtheit einer Göttin. Sie stellt die Gruppe »Mutter und Kind«. Nichts von sinnlicher und hemmungsloser Mütterlichkeit, nur die harmonische Darstellung, bei der alles, was sie als zu materiell, animalisch, instinktgebunden erachtet, sublimiert wird durch die Schönheit, durch die Kunst der Gebärde, deren äußerste Einfachheit, höchst nüchtern und zugleich höchst raffiniert, da sie aus der Seele kommt, in ihrer Verhaltenheit fast symbolisch wirkt. Schon nach wenigen Sekunden findet Anne Marie, daß unsere Verbindung lange genug gedauert habe, daß ein Verweilen sie ins Vulgäre, ins allzu Natürliche abgleiten lassen könne. Nach einem leichten Kuß, einer flüchtigen Berührung der Lippen löst sie mit geschmeidiger Langsamkeit die Arme, die sie um meinen Kopf gelegt hatte, taucht sie wieder in die Sträuße und sagt: »Geh spielen, mein Kleiner. Li soll dich ankleiden.« – »Und um mich kümmert sich niemand?« sagt Albert in gespieltem Groll.

Er sitzt behäbig im scharlachroten Hausmantel mit Quastengürtel am Frühstückstisch und prüft, ob seine weichen Eier genau richtig gekocht sind. Der Chefboy steht zum Servieren hinter ihm. Mein Vater ist bereits frisch rasiert, guter Dinge, fast übermütig, er fühlt sich wohl in seiner Würde als pater familias, Eheherr, Papa, ganz zu schweigen von seinem hohen Amt. Bereit zu gründlicher, rückhaltloser Aussprache, zu vertraulichen Mitteilungen, freier Rede, Witzen und Wortspielen, und Anne Marie scheint geneigt, ihm zuzuhören. Zunächst aber muß er mich auf seine Knie ziehen, mit mir »Hoppe, hoppe, Reiter« spielen, mich hoch in die Luft hopsen lassen, mir seinen Schnurrbart auf die Augen pressen. »Lassen Sie ihn in den Garten laufen oder in den Stall, dort kann er spielen«, sagt Anne Marie, die mich vor ihm retten oder mich loswerden will oder beides. Aber mein Vater, der jetzt in voller Fahrt ist, versucht, die Mutter umzustimmen: »Nein, nein, Lulu wird uns nicht stören. Er versteht ja noch nicht, wovon wir sprechen . . .« Und schon packt mich Albert, schleudert mich bis zum Plafond, setzt mich auf seine Schulter und macht mein Pferdchen, trabt, galoppiert, wiehert. Endlich erschöpft ihn die väterliche Anwandlung, er beruhigt sich, setzt mich ab, und ich hocke mich nach Chinesenart auf den Boden, tue, als schaute ich ein Bilderbuch an, aber in Wahrheit lasse ich mir nichts entgehen, bin ganz Ohr.

Heute sehe ich diese Szene mit den Augen des Erwachsenen, ich sehe ihr auf den Grund. Damals war ich nur ein Kind, das die Vorgänge in seiner Umwelt beobachtete, dem Drama seiner Eltern beiwohnte und nicht wissen konnte, daß es sich dabei auch um sein eigenes Drama handelte. Erst viele, viele Jahre später sind diese Dinge mir im vollen Umfang klargeworden, haben sich in ihrer ganzen Schärfe herausgeschält.

Nachdem mein Vater sein Frühstück beendet und den Chefboy hinausgeschickt hat, albert er wie ein junger Mann, trällert das Liedchen von den »Mädchen von La Rochelle« – La Rochelle ist seine Heimatstadt. So gelöst ist er nur auf dem Gipfel der guten Laune, nur wenn er wirklich mit sich zufrieden ist und wenn Anne Marie ihm diese Selbstzufriedenheit durchgehen läßt. Das ist heute der Fall; sie heißt ihn nicht schweigen, sie betrachtet ihn nur ein wenig spöttisch aus den Augenwinkeln. Sie weiß, daß sie von Zeit zu Zeit ihre Rolle als Egeria, als Beichtmutter, als Ratgeberin spielen muß. Das gehört zu ihren Pflichten. Also sucht sie keine Ausflüchte, sondern macht sich entschlossen und gewissenhaft ans Werk, zeigt sich freundlich, freundschaftlich, sorgt jedoch dafür, daß mein Vater aus dem

Konzept kommt, den Faden verliert, den Kopf verliert. Dann entkräftet sie seine Argumente, seine Angebereien, seine Spitzfindigkeiten und seinen Dünkel. Sie arbeitet dabei mit dem Mittel der vernichtenden Wahrheitsliebe, der zwingenden Offenheit und aufreizenden Wirklichkeitsnähe. Und während sie Albert so brutale, zynische Ratschläge verpaßt, daß ihm die Luft wegbleibt, zuckt sie ständig mit den Achseln, als wolle sie sagen: »Sie können meinem Rat folgen oder nicht, ganz wie Sie wollen, mir kanns egal sein . . .«

Heute ist Anne Marie besonders freundlich zu Albert, sie zeigt keine Spur von Abneigung, ihr Ton ist liebenswürdig, sogar heiter, ein Lächeln liegt auf ihren Lippen und in ihren Worten. Albert schnurrt bereits vor Behagen. Dabei war es nicht schwer zu erraten, daß diese Liebenswürdigkeit nichts Gutes zu bedeuten hatte. In Anne Maries sanfter Stimme spürte man die eingezogenen Krallen, die den Herrn Konsul jeden Augenblick zerreißen konnten. Denn solche Freundlichkeiten, solche Kundgebungen von Anteilnahme ließ sie ihn jedesmal teuer bezahlen, sei es direkt oder indirekt. Er hingegen war und blieb naiv und vertrauensselig. Und vor allem konnte er nicht ohne sie auskommen.

Anne Marie beginnt also mit geschürzten Lippen, ihn aus der Reserve zu locken, indem sie ihm geradezu schmeichelt:

»Nun, mein Freund, für die Nacht, die Sie hinter sich haben, sind Sie heute in prächtiger Verfassung. Nicht einmal die Leber macht Ihnen Beschwerden! Sprechen Sie. Was haben Sie mir Schwerwiegendes mitzuteilen, daß Sie mich unbedingt im Morgengrauen wecken mußten? Was macht Ihnen Kopfzerbrechen?«

Der Konsul, noch immer im ochsenblutfarbenen Schlafrock, hört auf, den kleinen Schäker zu mimen, und wird der ernste, salbungsvolle, bedächtige, konzentrierte Konsul. Er drückt sich in gewählten Worten aus, malt sie mit der Stimme kunstvoll in die Luft, hängt ihnen klingende Schnörkel an, trägt eine wohlüberlegte Erklärung vor:

»Meine liebe Anne Marie, ich werde Sie um eine Gefälligkeit bitten, die Ihnen vielleicht nicht sehr angenehm sein wird. Aber ich habe das Für und Wider reiflich erwogen. Und ich bin zu folgendem Schluß gekommen: Sie müssen sich Monsieur

Dumont gegenüber ein wenig umgänglicher zeigen. Im Konsulat behandeln Sie ihn, als wäre er Luft. Sie gehen ihm aus dem Weg. Und wenn sich eine Begegnung nicht vermeiden läßt, blicken Sie einfach durch ihn hindurch. Wenn er Sie grüßt, danken Sie nicht einmal durch ein Nicken, nur mit einem Zucken des Nackens, das ich kenne, einem Zeichen des Abscheus. Immer, wenn er Ihnen die Hand küssen will, ziehen Sie sie absichtlich in der letzten Sekunde zurück – so daß er sich über die leere Luft beugt. Und er hat sich noch nicht wieder aufgerichtet, was bei seiner Leibesfülle ein wenig länger dauert, da haben Sie ihm bereits den Rücken gewandt. Den ganzen Tag würdigen Sie ihn keines weiteren Worts als ›guten Morgen, Monsieur‹ und ›gute Nacht, Monsieur‹. Die übrige Zeit sind Sie einfach da, nicht einmal abweisend, nur unendlich fern mit Ihrem unnahbaren Madonnengesicht. Manchmal schnüffeln Sie in seiner Gegenwart ein paarmal kurz und schaudern dann zusammen, als röche er schlecht, als wäre er nur eine Nase voll stinkender Luft. Und bei Tisch sprechen Sie nicht, Sie lächeln nicht, Sie nehmen geziert nur ein paar Bissen zu sich, ohne der Unterhaltung zu folgen, ohne Monsieur Dumont die geringste Aufmerksamkeit zu schenken, der sich in Komplimenten an Ihre Adresse erschöpft, und gleich nach dem Dessert, nachdem Sie deutlich sichtbar ein Gähnen unterdrückten, ziehen Sie sich ohne ein Wort der Entschuldigung zurück. Es bleibt dann mir überlassen, mich beschämt zu zeigen, mich in Entschuldigungen zu ergehen, Ausreden zu erfinden, die mir kein Mensch glaubt . . . Das alles ist sehr kränkend für Monsieur Dumont. Ja, er hat sich sogar bei mir, in aller Höflichkeit und Wohlerzogenheit, über Ihr Verhalten beklagt. Es schmerzt ihn.«

Auf die Bitten und Vorhaltungen des Herrn Konsul antwortet Anne Marie nur mit einem Schürzen, einem Auseinanderziehen der Lippen. Die beiden Reihen ihrer kleinen Perlenzähne, die sie täglich mindestens fünf- bis sechsmal bürstet – eine Manie, die bei ihr sogar noch stärker entwickelt ist als bei Albert –, trennt ein leicht bebender Spalt, durch den hastiger und ein wenig heiserer Atem dringt. Man spürt, daß die Stimmbänder zittern, ohne indes ein Wort hervorzubringen, nur ein unmerklich beschleunigtes Hecheln. Über dem Kragen ihrer Bluse zucken die

Nerven, tanzt ein falscher Adamsapfel, der hervortritt, wenn sie erregt ist. Die Augen hingegen sind starr, regungslos zwischen den bewimperten Lidern, aber darin zucken Pünktchen auf: Irrlichter einer seltsamen Heiterkeit. Alle diese kleinen Sturmzeichen legen sich nicht, im Gegenteil, sie werden deutlicher, als mein Vater nach Beendigung seiner Ansprache blöde auf eine Antwort wartet, die nicht kommt. Anne Marie läßt ihn im eigenen Saft schmoren, sie ist eindeutig in der Laune, ihm einen Streich zu spielen, eine Lektion zu erteilen ... Aber sie hat Zeit.

Und sie hat heute Nachsicht mit Albert, sie will nur mit ihm spielen wie die Katze mit der Maus. Sie findet es besonders komisch, daß er die Maus darstellen soll. Denn während er keine Angst vor einer Kobra hat, zittert er vor den kleinen Pelztierchen wie ein Wackelpudding. Er hat einen Heidenbammel. Eine Maus! Geschrei, Gekreisch, Albert sucht das Weite oder flüchtet sich auf einen Tisch. Ein ganzes Regiment von Boys eilt mit Besen und Stöcken herbei, um das winzige Tier zu jagen und zu töten, während er sie von seinem Hochsitz aus anfeuert, anraunzt und vor Entsetzen bibbert. So lange, bis ihm der Leichnam des Missetäters gebracht wird, den der justizübende Diener mit zwei Fingern am Schwanz hochhält. In diesem Augenblick heißt es Albert flugs zu Hilfe geeilt, ihn gestützt, damit er nicht fällt, denn er wird oft ohnmächtig. Albert, die schöne Seele, die fast das Zeitliche segnet beim Anblick einer Waldmaus im Schlafzimmer oder eines Haars in der Suppe. Sobald er nur ein winziges Fäserchen in seinem Teller findet, geht der Tanz los. Das Haar wird mit einer Pinzette herausgefischt, ausgiebig als Gegenstand der Schande und des Abscheus geschwenkt, sodann folgt die Suche nach seiner Herkunft, das Ermittlungsverfahren zur Ausfindigmachung des Schuldigen, der es hineinfallen ließ, die Vorladung des dicken Küchenchefs, der geltend macht, daß ihn keine Schuld treffe, da er kahlköpfig sei ... Narrenpossen der Mittelmäßigkeit, die Anne Marie resigniert über sich ergehen läßt, da ihr nichts anderes übrigbleibt. Sie reckt nur den Kopf, als wollte sie sich in höhere Regionen erheben, weit weg, zu anderen Gefilden ...

Aber heute kann sie ihn diese Auftritte entgelten lassen, bei denen Albert nicht einmal merkt, wie lächerlich, wie widerwärtig er ihr vorkommt. Die Gelegenheit ist günstig: er hat in der vergangenen Nacht vor Dumont klein beigegeben. Anne Marie läßt sich keine offene Feindseligkeit anmerken, sie triumphiert nur innerlich. Sie sagt sich: »Darauf hätte ich gewettet. Er hat sich tatsächlich von Dumont das Fell über die Ohren ziehen lassen . . .«

Ein leises zufriedenes Lachen verrät, daß sie einen fest umrissenen Plan hat, aber sie läßt kein Wort verlauten. Ihr Schweigen wird Albert zwingen, in seiner unseligen Rede fortzufahren, sich mit seinem Ansinnen: »Könnten Sie nicht nett sein zu Dumont« eine immer tiefere Grube zu schaufeln.

Dieses Schweigen bedrückt Albert. Alles andere wäre ihm lieber gewesen, eine bissige Bemerkung Anne Maries, eine Beleidigung, eine Herausforderung, eine Weigerung, irgendeine Schmähung. Aber Anne Marie ist weder gallig noch zänkisch. Sie ist nur unergründlich. Was letzten Endes noch viel, viel beunruhigender ist . . .

Dreißig Sekunden sind vergangen, seit Albert nach dem ersten Teil seiner mündlichen Verlautbarungen zu sprechen aufgehört hat. Stummes Duett der geöffneten Münder: hier Anne Maries schmale Lippen, über die kein Ton kommt, dort die volleren, fleischigeren meines Vaters, die von den Damen gern als sinnlich bezeichnet werden, jetzt aber jeden Dienst versagen, nur auf eine Reaktion Anne Maries warten, auf ein Anzeichen für ihre Stimmung, das meinem Vater erlauben würde, im geeigneten Sinn in seinem Speech fortzufahren und sich in seiner weiteren Argumentation danach zu richten. Aber es kommt nichts. Nun wagt mein Vater den Sprung ins Unbekannte. Und er versucht es mit Schmeichelreden:

»Meine Liebe, Sie sind die großartigste Gastgeberin in ganz China. Das sage nicht nur ich. Hier, in Schanghai, überall heißt es in den besseren Kreisen, keine Konsulsgattin könne Ihnen das Wasser reichen. Es ist allgemein bekannt, daß Sie allein durch Ihren Charme alle Ihre Gäste bezaubern, ihnen zugleich das Gefühl der Ungezwungenheit vermitteln und Respekt einflößen. Manche Leute behaupten sogar, ohne Sie wäre meine Karriere nicht so steil nach oben verlaufen, Sie trügen ein Gutteil zu meinen Erfolgen bei, in allen Ehren, versteht sich. Ich nehme diese Bemerkungen nicht krumm, denn ich gebe zu, daß etwas Wahres daran ist. Ich verdanke Ihnen viel ...«

Der Konsul unterbricht sich, um die Wirkung seiner Eloge zu prüfen. Er findet, daß er Anne Marie mit dieser Würdigung ihres Beitrags zu seinem Vorwärtskommen ein großes Zugeständnis gemacht habe – im allgemeinen ist dieses Thema ihm unlieb, er vermeidet es nicht nur, sondern runzelt grämlich die Stirn, sobald ihm von den überragenden Verdiensten seiner Gattin gesprochen wird, es sei denn mit dem ausdrücklichen Hinweis auf die Tatsache, daß er sie erzogen habe, daß sie seine Schülerin sei. Ja, wenn er heute selbst ihre Vorzüge rühmt, dann müßte sie sich wirklich für die Blumen bedanken. Aber dieser Dank wird ihm nicht zuteil, von seiten seiner Frau erfolgt kein Wort, kein Zeichen. Vielmehr betrachtet Anne Marie mit leise glitzernden Augen ihren Albert, der sich in seinen eigenen Netzen fängt wie eine Fliege im Honig. Und sie denkt, daß der Herr Konsul sich auf Gedeih und Verderb Dumont ausgeliefert haben muß, wenn er nun für diesen Menschen alle Mienen springen läßt.

Nachdem er zuletzt nur noch mit ersterbender Stimme gehaucht hatte, holt Albert nun angesichts von Anne Maries beharrlichem Schweigen tief Luft, um dem Folgenden den nötigen Schwung zu verleihen, einen volltönenden Schwung vor dem Hintergrund leichten Zögerns: er entschließt sich sogar, sie mit einem Kosenamen anzusprechen:

»Mimi, es wundert mich, daß Sie mit Dumont so streng ins Gericht gehen. Ich möchte fast sagen, daß Ihr Verhalten in diesem Fall nicht völlig korrekt ist, daß Sie ausnahmsweise Ihre Pflichten nicht perfekt erfüllen. Sie vergessen, daß Sie die Frau Konsul sind und daß Sie folglich diesen Herrn höflich behandeln müssen, auch wenn er Ihnen nicht sympathisch ist, denn er ist Franzose, ein Landsmann, ein sehr einflußreicher Geschäftsmann und überdies unser Gast, der im Zeichen der Trikolore unseren Schutz genießt. Natürlich verlange ich keineswegs, daß Sie ihm Sympathie entgegenbringen. Aber ihm derart die kalte Schulter zeigen ... Ich würde das als

Verstoß bezeichnen, wenn ich jemals erlebt hätte, daß Sie einen Verstoß begingen.«

Anstatt höhnisch aufzulachen, zeigt Anne Marie jetzt ein zerknirschtes, demütiges Lächeln. Sie spricht, und ihre Stimme ist ein Sündenbekenntnis, ein Beichtgeflüster:

»Sie haben recht, mein Lieber, wie immer. Trotzdem schelten Sie mich vielleicht ein wenig zu hart. Schließlich behandle ich Monsieur Dumont nicht grausam. Ich halte ihn nur ein wenig auf Abstand. Aber ich werde mich bemühen, gefälliger zu sein, da ich nun weiß, daß er Ihr Freund geworden ist. Sie hätten mich von dieser Veränderung in Kenntnis setzen sollen . . .«

Albert hüstelt mehrmals verlegen. Er macht die Augen schmal und schraubt die Stimme hoch, wie immer, wenn er delikate Erklärungen abgibt:

»Dieser Herr und mein Freund – da übertreiben Sie nun doch, Anne Marie. Nein, mein Freund ist er nicht. Ich will Ihnen die Sache erklären . . .«

Er tuschelt nur noch, legt sogar die Hände um den Mund, um die Stimme zu dämpfen, flüstert wie durch einen Verband, einen Korb, als lauerten ringsum Dumont oder seine Agenten und spitzten die Ohren, um mitzuhören. Doch während er sich in einem Atemzug seiner Geheimnisse entledigt, gerät er in Ekstase. Ein strahlendes, glückliches, zufriedenes Lächeln erhellt seine Züge, denn er ist völlig überzeugt, unvergleichlich schlau zu sein, Anne Marie durch seine diabolische Gerissenheit verblüfft zu haben:

»Um es kurz zu machen, ich will diesem Dumont das Genick brechen. Es wird mir gelingen, und wenn ich Monate, Jahre daran wenden muß. Einfach wird es nicht sein, aber eines Tages werde ich ihm zeigen, wer ich bin, diesem Dumont, diesem aufgeblasenen Kerl, diesem Stinktier, dieser Pestbeule. Sie wissen, daß ich eine Beleidigung niemals verzeihe; bei mir heißt es Auge um Auge . . . Und letzte Nacht hat Dumont sich schwer danebenbenommen. Ich hasse ihn. Gerade deshalb muß ich während seines Aufenthalts bei uns besonders höflich zu ihm sein und Sie ebenfalls, Anne Marie, damit dieser gemeingefährliche Mensch nichts von meinen Absichten ahnt. Also großer Bahnhof, Sammetpfötchen, ›mon cher‹ hier und ›mon cher‹ dort und dabei immer nur denken ›Rache ist süß‹. Soll er sich hier im Konsulat vorkommen wie die Made im Speck, um so weniger wird er ahnen, was ich mit ihm vorhabe.«

Und Albert verkneift das Gesicht zu einem messerscharfen Lächeln. Ein selbstzufriedenes Lächeln, das Alberts Ingenium sichtbar macht, die Monstranz, in der er seine Überheblichkeit zur Schau stellt. Das Himmelsbrot seines Lächelns, die geheimnisvolle Wegzehrung, die nach dem Grundsatz verabreicht wird »Wir verstehen uns«. Anne Marie soll davon erbaut sein und es bewundern, Dumont hingegen, der Unwürdige, dem es nicht zuteil wird, soll in seiner Verblendung weiterhin Albert für einen Dummkopf halten – verhängnisvoller Irrtum. Albert wird: ihn zu Fall bringen. Alles in Ordnung.

In der Tat scheint Anne Marie überzeugt. Auch sie lächelt sonnig, legt den Kopf leicht zurück, hebt die Arme zum Nacken und richtet ihr Haar, um Albert voll und offen das reine Antlitz beseligter Überraschung darzubieten. Nach einer weiteren Pause offenbar verzückter Sprachlosigkeit, nach Lidersenken, Wimpernschlagen, Nüsternbeben, sanftem Erzittern der Lippen kehren endlich Stimme und Sprache zurück, und sie beeilt sich, von Albert Genaueres über dieses Mirakel zu erfahren. Ihr Eifer ist so aufrichtig, daß sie alles wissen will, bis ins kleinste Auskunft erheischt.

»Aber, Albert, wie konnte dieser Dumont, der doch so unendlich tief unter Ihnen steht, Sie überhaupt so irritieren? Eine Null wie er! Warum ihn nicht gleich auf seinen Platz verweisen, wenn er unverschämt war gegen Sie, den französischen Konsul? Sie erinnern sich doch, daß Sie ihn eigentlich gar nicht im Konsulat empfangen wollten. Nun, so schicken Sie ihn jetzt wieder weg, anstatt mich aufzufordern, ihm Entgegenkommen zu erweisen. Ich verstehe das alles nicht recht ... Sie wollen es ihm besorgen, und Sie behandeln ihn wie einen König, schwänzeln um ihn herum und verlangen, daß auch ich vor ihm katzbuckeln solle ...«

Nun beginnt Albert, Gefahr zu wittern. Um ihr zu begegnen, setzt er, wie Anne Marie das in seiner Abwesenheit oder auch in seiner Gegenwart nennt, sein Schafsgesicht auf. Will heißen, eine halb verbindliche, halb feierliche Miene. Er schlüpft in die Rolle des Vortragenden, des Mentors, des Experten, der Kapazität, des Metternich von Tschengtu, sein Schnurrbart wird zur Standarte, und die ernste, getragene Aussprache wird immer feuchter, sprüht Weihwasser. Er ist der Mann, der vom hohen Podest hinabsteigt, um die Unwissenden zu lehren. In Wahrheit überlegt er, dreht jedes Wort im Munde um und verspürt, während er seine Argumente, seinen Tonfall und sein Vokabular mit Sorgfalt wählt, bereits eine Angst, die er sich nicht eingesteht.

»Mein liebes Kind, die Diplomatie ist, wie ich Ihnen schon mehrmals erklärte, ein Metier, das die vortrefflichsten und seltensten Qualitäten erfordert. Es gilt, den Möglichkeiten Rechnung zu tragen und sich notfalls selbst zu opfern. Sie wissen, daß ich mein Leben, meine Gesundheit, alle meine Kräfte und Fähigkeiten dem Plan einer französischen Eisenbahn nach Tschengtu widme. Sie kennen die ungeheuren, fast unüberwindlich scheinenden Hindernisse, die sich vor mir auftürmen. Nun, Dumont kann mir, trotz seiner infamen Forderungen, obwohl er sich gräßlich benimmt und seine Konditionen ohne eine Spur von Takt oder guter Erziehung stellt, in gewisser Weise bei meinem Vorhaben nützlich sein. Dies jedenfalls habe ich gestern abend im Verlauf unserer im übrigen weiß Gott unangenehmen und sogar widerwärtigen Unterhaltung festgestellt. Dieser grobschlächtige Mensch ist recht tüchtig, hat große Erfahrung in diesem Erdteil gesammelt und kennt sowohl in China wie in Indochina die richtigen Leute. Er hat mir seine Dienste angeboten, und ich glaubte mich, so schmerzlich es für mich auch war, nicht berechtigt, sie abzulehnen. Man kann nicht aus seiner Haut. Ich bin nun einmal ein Sklave der Pflicht, da ist nichts zu machen, ich gehorche meinem Gewissen, koste es was es wolle, auch dann, wenn mein Beginnen in der Folge gefährlich werden, falsch ausgelegt werden oder sich gegen mich wenden könnte. Was kümmerts mich, ich denke in erster Linie an Frankreich ... Und außerdem, wenn ich dafür meine Eisenbahn bekommen kann, bin ich bereit, mit dem Teufel zu paktieren, jeden Schlag einzustecken ...«

Erstes Lachen Anne Maries. Ein Lachen wie ein Alarmsignal, wie der Pfiff der Eisenbahn, die es noch nicht gibt. Noch nicht allzu schrill, gewiß, aber doch ein gefährliches Lachen. Eine entzückte Feststellung der so sehr erhofften, so sehr erwarteten Dummheit meines Vaters. Noch nicht Urteil, Verurteilung, Ächtung, dazu muß sie erst noch mehr wissen, alles erfahren, sich an seinem umfassenden Geständnis ergötzen. Ein Lachen, in dem sich der erste Spott mit der kommenden Inquisition mischt. Und dieses Lachen ist kaum verklungen, da reckt Anne Marie den Kopf, einen schräg geneigten, neugierigen, von glücklicher Erregung erfüllten Kopf, einen Suchkopf. Mein Vater fühlt, daß sie sein Innerstes bloßlegen wird. Angesichts dieser sprungbereiten Miene Anne Maries geht mit Albert eine völlige Wandlung vor. Schon im vorhinein bricht ihm der Angstschweiß aus, denn er hat endlich begriffen, daß er sich durch seine Prahlerei eine Blöße gegeben, sich töricht in Anne Maries Hand gegeben hat. Und wie immer, wenn er in der Falle sitzt, verwandelt Albert sich in eine formlose Festung, die reichlich mit Abwehrmunition versehen ist. Er ist imstande, in Sekundenschnelle aus diesem inneren Bollwerk jede Menge Nebeltarnung und verbissenen Widerstand zu liefern. Ein physiologisches Phänomen, an dem die Angriffe des Gegners abprallen, das ihm Deckung und Schutz bietet. In seiner bösartigen, rasenden Bedrängnis gleicht er einem Furunkel, das Anne Marie aufstechen möchte. Mit welcher Wonne wird sie den Saft herausspritzen lassen! Aber sie muß geschickt operieren, damit sie nicht nur das Unwichtige zutage fördert, sondern genau das herausdrückt, was Albert vor allem anderen zu verbergen sucht: die niederschmetternde, die armselige Realität.

Eröffnung der Feindseligkeiten. Ein ermatteter, mattgesetzter Albert murmelt mit tödlicher Müdigkeit:

»Anne Marie, das ist nicht fair. Sie hören mir überhaupt nicht zu. Sie machen sich über mich lustig, während ich so sehr des Trostes bedarf ... «

Albert macht Miene, das Zimmer zu verlassen, den unverstandenen und unglücklichen Ehemann zu spielen, der alle Hoffnung aufgegeben hat. Aber selbstverständlich bleibt er. Anne Marie, die begriffen hat, daß sie zu schnell vorging, setzt ihr sanftestes, verständnisvollstes Lächeln auf. Sie folgt damit einer bewährten Taktik. Zuerst einmal Albert mit kleinen

Nadelstichen aus dem Schutzmantel seiner Überheblichkeit locken. Dann aber nicht zu schnell und nicht zu heftig nachstoßen, sonst verschanzt er sich in seiner Höhle der Unwilligkeit. Und dann ist nichts mehr zu wollen. Eine Heidenarbeit, ihn von dort wieder aufzustöbern! Im Augenblick scheint er sich in diesem Stadium zu befinden. Anne Marie, die ihre Fehleinschätzung der Lage erkannt hat, versucht, den Schaden wiedergutzumachen, um endlich einen gefügigen und straffähigen Albert zu haben. Also entspannt sie die bereits kampflustig geschürzten Mundwinkel und sagt honigsüß:

»Sie täuschen sich, Albert. Ich bin eine gute Ehefrau, Ihnen und Ihren Interessen sehr ergeben. Aber Sie behandeln mich, als wäre ich noch immer das kleine Provinzgänschen aus Ancenis. Sie wollen mich unbedingt in alle Ihre Geschäfte einweihen, und doch bin ich für Sie nicht einmal eine echte Frau, nur eine Puppe, der Sie Ihre glänzenden Rollen umhängen – Rollen, die nur wenig gemeinsam haben mit der Realität, mit dem, was wirklich vorging. Sie benutzen mich nur dazu, mit mir Staat zu machen und sich zu meinem Besitz beglückwünschen zu lassen. Ihr Gefasel geht mir auf die Nerven, ich gebe es zu. Mein lieber Albert, ich könnte Ihnen von weit größerem Nutzen sein. Ich bin der einzige Mensch auf der Welt, der Ihnen die Wahrheit sagen könnte. Das aber verschmähen Sie. Auch vor mir flunkern Sie, haschen nur nach Komplimenten. Sie flunkern zuviel. Sie wollen Dumont hereinlegen, Sie wollen die ganze Welt hereinlegen. Ich frage mich, ob Sie sich nicht eines Tages in Ihren eigenen Netzen fangen. Versuchen Sie doch heute, mir gegenüber aufrichtig zu sein, und ich werde Ihnen helfen, so gut ich irgend kann.«

Ein wenig verdrossen brummelt Albert:

»Was mir fehlt, ist weniger Hilfe als vielmehr Zuneigung. Damit wäre mir am meisten geholfen. Sie aber lassen sich keine Gelegenheit entgehen, unerbittlich über mich zu urteilen, als wäre ich ein Schuft.«

Lächeln meiner Mutter, das uns alle einschließt, meinen Vater in seinem höllenfeuerroten Morgenrock und mich in meinem stillen Winkel. Die heilige Familie. Anne Marie leuchtet wie eine Ikone, ihre Stimme ist anmutig, das wohlgeformte

Gesicht strahlt Weiblichkeit, Zärtlichkeit aus. Eine beinah überirdische, mystische Erscheinung, denn die Sonnenstrahlen, die ins Zimmer fallen, umhüllen Anne Marie, scheinen sie gen Himmel zu entführen . . .

Dieses Bild genügt, um den Konsul zu rühren. Denn er, von Natur eher ein Genießer, ein nicht gerade zartbesaiteter Damenfreund, ist immer wieder bezaubert von der Schönheit seiner eigenen Frau, sobald sie einmal die Waffen streckt oder zu strecken scheint. Der Ärmste ist rettungslos den Wonnen und Wirrnissen der Liebe verfallen, die ihn vor ein paar Jahren am Bahnhof von Ancenis mitten ins Herz getroffen hat. Anne Maries Charme hat sich für ihn seither nicht abgenutzt, trotz ihrer verächtlichen Kälte, trotz der Art, wie sie ihn als Parvenü behandelt. Sobald sie ein wenig Nachsicht mit ihm übt, bezwingt ihn Anne Maries poetischer Zauber, der dem ihrer heimatlichen Loire gleicht.

Denn Anne Marie ist und bleibt eine Tochter dieses Flusses – der langsamen, mitreißenden Loire, der Loire mit ihrer gefährlichen Ruhe, der Loire, die von starken, blanken und kalten Strömungen durchzogen ist, von mitleidlosen Wirbeln erfüllt, der furchtbar stolzen, ungebärdigen Loire, der weichen, wilden und leidenschaftlichen Loire. Diese verräterische Loire ist auch die Wiege aller Süßigkeit des Lebens, der aristokratischen Prachtentfaltung, des zaubrischen Lichts, der vollendeten Kultur. Anne Marie ist wie die Loire, eine unbeugsame Frau, die nur manchmal geruht, sich ein wenig zähmen zu lassen, jedenfalls scheinbar. Dann ist mein Vater wie berauscht vor Erleichterung und verfällt sogleich in primitive Bonhomie – die Anne Marie sofort auf die Nerven geht. Heute beherrscht sie sich, und Alberts Stimmung hebt sich prompt, er ist wieder so vergnügt wie vorhin beim Frühstück.

Ein zufriedener, erleichterter, frohlockender, hingerissener Albert. Seine Züge straffen sich, strahlen, die Augen sind feucht, die Lippen sabbern, die Stimme wird ölig. »Trallalala«, trällert mein Vater und läßt seinen Koloraturübungen das neckische Couplet folgen: »Helene, Helene, wie ich mich nach dir sehne . . .« Als Folge dieses Gesangsvortrags wird Anne Marie sogleich von einer kleinen nervösen Anwandlung ergriffen, einer Art Schauder, den sie unterdrückt, ja sie läßt sogar ihr vorübergehend erloschenes Lächeln wieder aufleuchten. Nicht daß sie prüde wäre, nein, sie ist der Ansicht, daß ein rechter Mann sich alles erlauben könne, daß dies sogar ein Zeichen seiner Virilität sei. Aber Albert?

Albert, der mit leicht belegter und stotternder Stimme sagt: »Augenblicke wie dieser, Anne Marie, entschädigen mich für alles, geben mir neue Kraft . . .« Und mit dieser neuen Kraft erhebt er sich, die Schlafrockquasten tanzen um seine Hüften, das schwarzbehaarte Gesicht strahlt, und das Auge glüht. Er stapft auf Anne Marie zu, breitet die Arme aus, um sie zu umfangen, spitzt die dicken Lippen, läßt sie vorschnellen, um einen leidenschaftlichen Kuß auf ihren Mund zu drücken. In diesem Moment stößt Anne Marie, die einen Schritt zurückgewichen ist, einen kleinen erstickten Schrei aus, keinen Schrei des Abscheus, denn sie beherrscht sich gut, nur die Warnung eines vorsichtigen Komplizen, und sie klingt fast bedauernd: »Gemach, Albert, nicht doch, der Kleine ist im Zimmer . . .«

Wieder einmal mußte ich in aller Unschuld für Anne Marie den Retter aus der Not spielen. Ich war daran gewöhnt. Meine Mutter bediente sich meiner häufig. Und auf Albert verfehlte dieses Argument seine Wirkung nie. Sobald Anne Marie auf meine Anwesenheit hinwies, wurde Alberts Schwung gebremst. Er sah sich in der Rolle des vorbildlichen Vaters, und er genierte sich, errötete sogar, wand sich vor Verlegenheit, wenn ich, der kleine Lulu, der sich überall herumtrieb, ihn einmal bei etwas überraschte, was als aufkeimende Liebesglut gelten mochte. Anne Marie gebrauchte und mißbrauchte Alberts zimperliche Schamhaftigkeit nach allen Regeln der Kunst.

Eines Tages spielte ich im Hof der englischen Pastorin, bei der wir regelmäßig den Five o'clock tea tranken, und ich hörte meine Mutter mit verhaltener Stimme und fast in einem einzigen Atemzug zu der häßlichen Matrone sagen: »Albert ist gräßlich, er widert mich an. Ich mag das einfach nicht. Zum Glück schläft mein Sohn im Zimmer nebenan, was Albert daran hindert, sich gehenzulassen, sich unschicklich zu betragen. Dieser Mann ist normal, zu normal, zum Fürchten normal. Ein Tier. Er soll sich sogar vor unserer Ehe, wenn er keine

Frauensperson zur Hand hatte, gelegentlich eines Boys bedient haben. Schändlich, nicht wahr?« – »Shocking«, kommentierte gelassen die behäbige Tochter Albions und ließ sich ihre Marmeladentoasts mit einem Appetit schmecken, den nichts zu trüben vermochte, hantierte ungerührt mit einem ganzen Arsenal von Gabeln, Löffeln, Messern und schob Bissen um Bissen in das vorgestülpte Mündchen. »Shocking«, wiederholte sie noch majestätischer und schöpfte dann aus dem Schatz ihrer Weisheit und Erfahrung, als Frau, die das Leben kennt: »Aber Männer sind eben ... Männer. Sehen Sie, mein pfarrherrlicher Ehemann mit seinem dicken Bauch und dem gestärkten Kragen hat trotz seines Alters noch die heftigsten Anwandlungen. Ihr Albert ist kein übler Bursche, Sie müssen Nachsicht mit ihm haben, auch wenn es um seine Manieren nicht zum besten steht. Aber Ihr Sohn darf auf keinen Fall etwas mitbekommen ...« Nun begriff ich, trotz Lis Liebkosungen, nicht im geringsten, was zwischen meinen Eltern vorging, aber ich empfand schon damals heftigen Widerwillen, wenn ich einen bestimmten Ausdruck auf dem Gesicht meines Vaters sah, wenn ich ihn zu Anne Marie mit keuchender, dumpfer, überstürzter Stimme sprechen hörte. Aus dem elterlichen Schlafzimmer drangen manchmal Geräusche zu mir herüber ... Nein, ich wollte nicht, daß mein Vater sich meiner Mutter auch nur näherte.

Deshalb bin ich jetzt hochzufrieden, daß mein Vater sich auf der Stelle in eine Salzsäule verwandelt.

Unbeweglich betrachtet Albert mit starren und ärgerlichen Knopfaugen seine Gattin, die ein wenig schaudert. Vor Erleichterung. Aber sie läßt sich keinen Triumph anmerken, fälscht vielmehr ihre Bewegung in ein Zeichen der Verwirrung, ja des Bedauerns ab. Albert, der arme Tropf, der arme Gimpel, fällt auch prompt darauf herein. Geteilte Enttäuschung ist halbe Enttäuschung, aus seiner Bitterkeit wird aufrichtiger und beinah glücklicher Kummer. Dabei konnte man unschwer sehen, daß Anne Marie ihrem Albert eine Komödie vorspielte, die Komödie, die sie vorhin fast durch zuviel Aggressivität, durch ihr verfrühtes und herausforderndes Lachen verdorben hätte.

Jetzt also ist sie eitel Sanftmut, obwohl sie Albert keine Zugeständnisse macht. Aber der Konsul gibt sich auch so zufrieden.

Daraufhin zieht Anne Marie mich an sich wie einen Schild, hält mich mit den langen schlanken Armen, über die durchsichtig blaue Adern laufen. Wiederum die Gruppe Mutter und Kind ... Albert hat sein leicht verrutschtes Hausgewand zurechtgezogen, dann schlägt er schneidig die Hacken zusammen, steht stramm, was ungemein komisch aussieht, klappt ein wie ein Taschenmesser, vollführt einen waschechten Kotau. Die übertrieben feierliche Haltung im Verein mit seinem Negligé genügt ihm noch nicht, er bedient sich seines mondänen Tonfalls, eines gekünstelten und samtigen Säuselns, um zu seiner eigenen Frau zu sagen: »Gestatten Sie, Madame, daß ich Ihnen ergebenst die Hand küsse.« Lächelnd fügt Anne Marie sich Alberts übermütigem, im Grunde traurigem Scherz. Sie reicht ihm eine Hand, auf die er unter allen möglichen Parodien auf die offizielle Galanterie die Lippen des Konsuls drückt, der einer unnahbaren Schönen seine Huldigung darbringt. Da Albert nun gezähmt ist, schickt Anne Marie mich wieder zu meinem Bilderbuch, nicht zu weit weg, falls sie nochmals auf mich zurückgreifen müßte, auf den Platz zu ihren Füßen.

Nach diesem höfischen Intermezzo ist nunmehr eindeutig die ernsthafte Stunde, die Stunde der großen politischen Konversation angebrochen. Anne Marie, die noch immer aufrecht steht, leicht, ätherisch, schwebt durchs Zimmer und sucht mit den Augen die besten Plätze für ihre Vasen, kleine Gondeln, in denen riesige Blumensträuße stecken. Sie scheint völlig von dieser Aufgabe in Anspruch genommen, die Augen sind ganz bei der Sache, die Finger ordnen ein letztes Mal die Blumen, ehe sie in ihrer ganzen kostbaren Pracht abgestellt werden; dennoch spricht sie dabei mit Albert, ihre Sätze sind präzis, ohne zuviel Nachdruck, der Tonfall ist neutral mit einer Spur von Herzlichkeit, Wärme, Freundschaft. Nur dann und wann heben sich ein paar kräftige betonte Worte von diesem Gleichklang ab. Und so kommt sie ganz unauffällig, aus liebenswürdiger Anteilnahme, als gute Gattin, treue Gefährtin, vorbildliche Konsulin und Grande Dame, zum gordischen Knoten:

»Mein Freund, Ihre Unterredung mit Dumont in der vergangenen Nacht beunruhigt mich. Ich habe Sie heute früh abgewiesen, weil ich klaren Kopfs mit Ihnen sprechen wollte. Sagen

Sie mir, zu welchen Vereinbarungen Sie mit Dumont gekommen sind. Er hat Ihnen gewisse Zusagen gemacht – das gaben Sie mir bereits zu verstehen, und außerdem ahne ich es, ich bin sogar davon überzeugt. Andernfalls hätten Sie nicht verlangt, ich solle ihm entgegenkommen. Ich kenne Sie, Albert, ich kenne Sie ... Gewiß, Sie verabscheuen diesen Menschen, aber Sie können seinen Versprechungen nicht widerstehen, Sie schnappen danach wie der Fisch nach dem Köder, wie der Hund nach dem Knochen. Sie sind dabei nicht sehr wählerisch, Sie können sich sehr wohl denken, daß in dem Köder ein Haken steckt, ein Giftbrocken, aber die Versuchung ist übermächtig, und Sie sind schwach. Schneiden Sie kein Gesicht. Sie wissen, daß ich Sie noch immer gut beraten habe. Sagen Sie mir, worum es genau geht.«

Albert senkt den Kopf wie ein Sünder, wie ein Schuldiger. Er sieht so schmerzlich sinnend und niedergeschlagen aus, wie sonst, wenn er an Verstopfung leidet.

Anne Marie hat ihr Herumwandern eingestellt. Sie hat sich kerzengerade neben meinem Vater aufgepflanzt, die Blumenschere in der Hand, wie ein glänzend schwarzer Rabe, einer dieser Vögel, die hoch im Geäst lauern, um auf die Beute herabzustoßen. Auch ihr Blick gleicht dem des Raben, ist scharf und wachsam. So verharrt sie eine ganze Weile. Sie macht keine Bewegung, und doch hat man den Eindruck, als zöge sie bereits weite drohende Kreise um den armen Albert. Aber Albert ist friedlich, entspannt, entschlossen, alles zu gestehen, erleichtert, und die Erinnerung an Dumont beunruhigt ihn weit mehr als die Gegenwart Anne Maries.

»Sie wissen, daß mir an dieser Eisenbahn durch Szetschuan mehr liegt als an meinem Leben, daß sie für mich nach Ihnen und unserem Sohn das Wichtigste auf der Welt ist. Dumont war raffiniert genug, sich von dieser Seite her an mich heranzumachen, er hat mir vor Augen geführt, wie er mir bei der Ausführung dieses Lieblingsplans behilflich sein könnte. Eine Karte nach der anderen hat er mit teuflischer Schläue ausgespielt, sie alle auf den Tisch gelegt, um mir durch seine Wichtigkeit, sein Vermögen, seine Beziehungen, seine Macht zu imponieren. Und mir ist Hören und Sehen vergangen, denn er steckt wirklich mit allem unter einer Decke, was in Asien Rang und Einfluß hat: den Kriegsherren, den Geheimbünden, den englischen Taipans, den Großbanken. Fünf, sechs Stunden lang konnte ich nichts anderes tun als seinen Prahlereien zuhören. Sie können ihn sich vorstellen: schleimig, süßlich, hochrot, lärmend, hinterhältig und gerissen. Natürlich habe ich mich meiner Haut gewehrt. Zunächst war ich auch gar nicht so sehr beeindruckt. Denn Dumont hat mit Lappalien begonnen, die weit und breit längst jeder kennt. Daß er von den englischen Taipans bestochen werde, daß er ständiger Gast im französischen Generalkonsulat sei, daß er dem Cercle sportif vorstehe und sogar daß er Gehilfe, Gewährsmann und Komplize des berüchtigten Polizeichefs der französischen Konzession sei. Das alles gab Dumont unter dramatischem Augenrollen von sich, und ich dachte mir: ›Du findest wohl kein Ende mehr, du alter Schwätzer?‹ Ich fragte mich, worauf er hinauswollte. Aber er quasselte immer weiter. Sie kennen die Gerüchte, die über seine Zugehörigkeit zur Blauen Bande in Umlauf sind? Nun, gerade als ich ernsthaft ungeduldig werden wollte, fing Dumont an, die Geschichte triumphierend mit allen Einzelheiten aufzutischen. Wie er das große Einführungszeremoniell mitgemacht habe, wie Herr Tu sein Älterer Bruder geworden sei und wie seitdem die ganze Sekte mit ihrem gewaltigen Einfluß hinter ihm stehe. Und während Dumont redete, war mir, als legte er mir den Arm um den Hals, als erwürgte er mich . . .«

Bleiches Lächeln meines Vaters. Anne Marie, deren braune, verdächtig hell gewordene Augen auf Albert ruhen, sagt nur mit einer fast mathematisch präzisen und regelmäßigen Stimme:

»Und diesen Menschen, der sich solcher Verbindungen rühmt, um Sie wirksamer erpressen zu können, haben Sie nicht augenblicks hinauswerfen lassen? Nein, natürlich nicht, sonst würden Sie mir nicht nahelegen, daß ich ihn besonders pfleglich behandeln solle . . .«

Schweigen. Völliges, totales, absolutes Schweigen, lastend, eisig, trotz Sonnenlicht und Blumenduft. Doch in Anne Maries Wangen steigt ein seltsames, sehr fernes, immaterielles Lächeln. Der Konsul reißt sich zusammen und fährt, müde, aber tapfer fort:

»Verurteilen Sie mich nicht vorschnell, Anne Marie. Ich spürte, daß Dumont gefährlich sei. Ich wußte nicht, was er vorhatte. Ich ließ ihn reden, weil ich möglichst viel erfahren wollte, um meinen Entschluß in voller Kenntnis aller Tatsachen fassen zu können. In meiner Stellung, meine liebe Anne Marie, darf man nicht leichthin, nicht nach einem bloßen Impuls handeln . . .«

Jetzt kehrt Anne Marie zur Erde zurück. In ihrem gleichgültigen Blick ist nicht einmal Raum für Verachtung. Als hätte sie Alberts Verhalten so deutlich vorhergesehen, daß ihr nun die Kraft, die Lust, das Vergnügen vergangen ist, es zu geißeln. Nur der Form halber gebraucht sie schneidende Worte:

»Kurzum, Sie wagten nicht, Dumonts Wortschwall auch nur ein einziges Mal zu unterbrechen. Und sein Mundwerk hat Sie so eingeschüchtert, daß Sie sich in die Hosen gemacht haben.«

Albert erstarrt. Entsetzen steht in den runden Augen, waagrechte Falten bilden sich auf seiner Stirn, die Hände machen einen schwachen Versuch, Unerhörtes abzuwehren:

»Anne Marie, was ist Ihnen? Was wandelt Sie an? Ich traue meinen Ohren nicht. Wie können Sie, der alle Gentlemen Asiens als der Vornehmheit in Person huldigen, der Takt und Wohlerzogenheit die allgemeine Hochachtung sichern, wie können Sie sich einer so derben Sprache bedienen? Ich erkenne Sie überhaupt nicht wieder, Anne Marie.«

Anne Marie läßt ein leises Lachen hören, ein wenig schmerzlich, ein wenig verletzt, kein höhnisches Lachen, ein Lachen, mit dem sie sich über sich selbst lustig macht.

»Sie haben recht, Albert. Ich weiß selbst nicht, was mich überkommen hat. Ich bitte um Entschuldigung, mein guter Albert . . . Bitte fahren Sie in Ihren Erklärungen fort. Nachdem Sie Dumont die halbe Nacht zugehört haben, kann ich Ihnen wohl auch den halben Tag zuhören.«

Wieder ein leises Lachen, ohne daß sich sagen ließe, ob sie sich über sich selbst oder über Albert lustig macht. Albert nimmt es als Besiegelung eines Waffenstillstands. Und nachdem er sich, wie gewöhnlich, mehrmals mit Nachdruck geräuspert und eine kleine Denkpause eingelegt hat, beginnt er, verständliche, zusammenhängende, wohlmodulierte Worte von sich zu geben, wobei sein Mund reiche rednerische Mimik vollführt, sich bald weit, bald nur halbwegs öffnet und schließt, während ihm der Strom der Rede entquillt.

Ja, Albert referiert, als trüge er Anne Marie seinen offiziellen Rapport vor, als wäre sie die Marianne des Quai d'Orsay. Er spricht zu ihr wie zu einem Minister, zu einem seiner Vorgesetzten im Außenministerium. Er hat dazu einen ganz besonderen feierlichen Stil entwickelt, verziert die vorsichtigen Wendungen mit dezenten Bildungsfloskeln, tut sein möglichstes, um Scylla und Charybdis zu umschiffen, diese beiden Klippen, die nicht nur im Yangtsekiang lauern, sondern auch in den Korridoren des »Amts« in Paris, vor allem in der Asien-Abteilung und hier wiederum vornehmlich in der Personalabteilung, dort, wo über Qualifikation und Beförderung der Beamten entschieden wird, das Wichtigste in seinem Leben, und wohin er mit der Pünktlichkeit des Monsunwinds an jedermann, bis zu den Sekretären, Geschenke schickt, die für ihn Stimmung machen sollen, ganz wie es die Chinesen tun. Denn er kennt die große Zahl der Böswilligen, der hochgeborenen Amtsbrüder, voll giftiger Höflichkeit und galligem Schliff, die nicht gewillt sind, gewisse pikante Einzelheiten betreffend den Konsul Erster Klasse Albert Bonnard in Vergessenheit geraten zu lassen. Daher achtet mein Vater stets darauf, durch wohlausgewogene Darstellungen den Gefahren von beiden Seiten zu entgehen, die über seinen eingehenden Schreiben schweben. Sei es, daß irgendein Schnösel, der fest in der Hierarchie, in seinem Amt und in seinen verschiedenen Degenerationserscheinungen zementiert ist, den Bericht aus reiner Langeweile in den Papierkorb wirft und zu einem gleichgesinnten Kollegen bemerkt: »Warum muß dieser Bonnard ständig Schriftstücke verfassen, wenn er es nicht kann? Ich bin nicht einmal überzeugt, daß er das Bakkalaureat gemacht hat.« Oder sei es, daß Albert zu sehr auf die Pauke gehauen, sich auf lächerliche Weise herausgestrichen und dabei seinen Vorgesetzten in Paris schamlos die Stiefel geleckt hat, worauf der gleiche oder ein anderer Herr meint: »Der arme Bonnard! Er will uns wieder einmal weismachen, daß er die Sache Frankreichs unter Einsatz seines Lebens gerettet hat! Wofür hält er sich eigentlich? Und obendrein kriecht er dem Minister in den Arsch, mehr als der Brauch ist.

Sein chinesischer Pinsel ist eine Pfauenfeder, die in Scheiße getaucht ist . . .« Um also Bewertungen dieser Art zu entgehen, hält Albert sich bei seiner Berichterstattung an den Quai auf einer mittleren Linie, an eine Beinahe-Wahrheit, die nur ein kleines bißchen aufgezappelt ist. Er hat sich diese Art von Beschreibung so angewöhnt, daß er auch jetzt, bei der mündlichen Mitteilung an seine Frau, unwillkürlich in diesen zwar nicht nüchternen, aber banalen Bürokratenjargon verfällt.

Anne Marie, die diese endlose Phrasendrescherei zur Genüge kennt, bringt es heute fertig, einen interessierten und sogar lebhaften Ausdruck zu zeigen. Sie beugt sich lauschend vor. Sie runzelt in angestrengter Aufmerksamkeit die Stirn. Bei besonders wohlgelungenen Sätzen klimpert sie mit den Wimpern. Schon plustert Albert sich wieder ein wenig auf. Er vergißt völlig, welche Schmach diese Beichte für ihn bedeutet, er lauscht wohlgefällig den eigenen Worten, spricht sich immer mehr frei, schon schleichen sich kleine Scherze und geistreiche Wortspiele in seine Rede. Er kommt in Schwung, achtet jedoch darauf, daß er sich nicht zu viele Freiheiten mit der Wahrheit erlaubt – er weiß, daß Anne Marie ihm das nicht durchgehen ließe. Seine Stimmung hebt sich vollends, als er auf diese Gottesgeißel, seine unerfreulichen französischen Landsleute, zu sprechen kommt, die ihm seine Aufgabe so bitter schwermachen, auf Leute vom Schlag Dumonts, und er wettert los:

»Ein dicker Hanswurst. Aber gestern abend wußte ich anfangs nicht, ob er sich nur dick tat oder ob die Sache ernst war. Und sie war verdammt ernst. Höchst fatal. Sie kennen doch glasierten Schweinebraten, dieses chinesische Gericht, das zugleich süß und sauer ist? Genauso war Dumont, ein Ragout. Er hat mich von allen Seiten eingewickelt. Nach seinen Worten würde ich ohne ihn, ohne einen Menschen wie ihn, in Schanghai nichts erreichen können und in Hanoi noch viel weniger. Er allein könne die richtigen Leute interessieren, dem Plumpsack von Generalgouverneur Beine machen und die Bankiers auf Trab bringen, die sich allemal Zeit lassen und eine gute Ware so lange schlechtmachen, bis sie sie für ein Butterbrot einramschen können. Ja, wenn er, Dumont, nicht Hand anlege, dann könne meine Eisenbahn durch Szetschuan bis in alle Ewigkeit warten!

Aber er sei bereit, den zuständigen Stellen einzuheizen, bis zu den Beamten der Zivilverwaltung. Von denen habe er ohnehin schon die Hälfte auf Grund verschiedener Geschäfte in der Tasche ... Immer zu Späßen aufgelegt, dieser Dumont, zu Späßen, die recht ernst, ja gefährlich wurden, als er prustete: ›Lustig, aber wahr.‹ Und hinter jedem Wort, direkt oder indirekt, verzuckert oder vergiftet, eine Drohung. Aber je weiter der Abend fortschritt, um so mehr war er bereit, alles für mich zu erledigen. Und ich wußte nicht, was ich glauben sollte, ich verwünschte ihn und sagte mir zugleich: ›Mäßige dich, Albert. Wenn es nun wahr wäre?‹«

Wenn Anne Maries Züge ausdruckslos werden, bedeutet das Haß, den geheimen Wunsch zu töten. Albert töten? Sie betrachtet ihn mit jener Nachsicht, die man für die hoffnungslosen Fälle hegt.

»Und Sie haben wirklich geglaubt, es könne wahr sein? Sie haben es geglaubt?«

Albert ist in Verlegenheit. Er kratzt sich mit dem Fingernagel das rechte Ohr. Macht verdutzt: »Hm, hm, hm ...« Danach müht er sich in schmerzvollen Wehen, seine Gefühle gegenüber Dumont auszudrücken. Ein mühseliges Beginnen, denn er hat innerhalb der letzten vierundzwanzig Stunden so vielerlei aufrichtige Gefühle empfunden, wie eine Zwiebel Schalen hat. Alles geht ihm durcheinander.

»Ehrlich gestanden, Anne Marie, ich weiß es selbst nicht mehr genau. Ich war umstellt, in die Enge getrieben wie ein Tier. Dieser Mensch lähmte mich. Und wie er sofort auf alles seine fetten Pfoten gelegt hat. ›Wir wollen zusammenarbeiten, Hand in Hand. Um Ihre Eisenbahn werde ich mich kümmern, das ist so gut, als wäre sie schon gebaut. Natürlich müssen Sie noch ein bißchen warten. Nur keine Ungeduld. Sie kriegen Ihr Spielzeug. Und außerdem haben Sie ja im Moment ohnehin reichlich zu tun.‹ Und zu allem Überfluß spottete er noch über die Sorgen, die ich mir um meine Freunde, die Yünnanesen in Tschengtu, mache. ›Den Busenfreunden des Herrn Konsul von Tschengtu soll also der Garaus gemacht werden? Der Herr Konsul will sie retten! Der Herr Konsul möchte, daß Indochina ihnen eine reichliche Menge Waffen zum Geschenk macht. Aber wenn der

Herr Konsul glaubt, Französisch-Indochina werde ihm zuliebe etwas herschenken . . . Nun, ich will sie Ihnen verschaffen. Aber Sie müssen nett zu mir sein, Sie müssen mich mitmachen lassen.‹ Die Unterredung wurde peinlich, sehr peinlich, wie ich gestehen muß.«

Anne Marie blickt Albert von der Seite an. So wie sie verdorbene Ware anblickt, einen halbverwesten Fisch oder eine verfaulte Frucht, wenn Herr Pu, der Küchenchef, wieder einmal trotz aller Treue und Ergebenheit der Versuchung nicht widerstehen konnte, sie mit minderwertigen Nahrungsmitteln zu betrügen. Obwohl Herr Pu genau weiß, daß solche Versuche zum Scheitern verurteilt sind, muß er einfach sein Glück probieren, er sagt sich, irgendwann einmal müsse es doch klappen. Wenn meine Mutter den Koch dabei ertappt, verdreht sie sofort auf diese ganz spezielle Art den Hals, so daß ihr Blick sich nicht auf den Sünder Pu richtet, sondern auf seine wenig ehrenwerten Waren. Sie mustert sie so lange, bis Pu seine Niederlage einsieht und von sich aus ruft: »Oh, diese Auberginen sind nicht würdig, daß Madames Auge auf ihnen ruhe, und die Karpfen auch nicht . . .« Die Sache ist taktvoll aus der Welt geschafft, Herr Pu hat seine Lehre bekommen und trotzdem nicht das Gesicht verloren.

Anne Marie betrachtet also meinen Vater wie ein Stück faules Fleisch. Sie kann den Kopf so lange schräg nach vorn geneigt halten, den schönen, stolzen Kopf mit den tadelnden Augen, bis mein Vater nur noch unappetitlicher Abfall ist. Aber so leicht wie mit Herrn Pu wird sie doch nicht mit ihm fertig. Sobald der lange, schräge, durchdringende Blick aus Albert das gemacht hat, was er in Wahrheit ist, nämlich ein Stück Dreck, spricht Anne Marie ein kleines Sätzchen, nichts Aggressives, nur eine Feststellung. Genau ausgeklügelt, damit es die Bombe zum Platzen bringt:

»Aber, mein Freund, Sie haben sich für nichts und wieder nichts ins Bockshorn jagen lassen. Das Ganze ist doch bloß der Erpressungsversuch eines kleinen Commis voyageur. Mein armer Albert, Sie sind wirklich leicht zu beeindrucken.«

Jetzt wirft Albert alle Zerknirschung ab, sträubt das Gefieder, reckt das Kinn. Der Schnurrbart zittert, die Zähne blitzen, und er wirft die Arme in die Luft, verzweifelt und entmutigt ob solchen Unverständnisses:

»Herrgott, Herrgott noch mal . . .«

Anne Marie, die jetzt wieder lächelt, amüsiert sogar, legt einen Finger auf den Mund:

»Albert, fluchen Sie doch nicht vor diesem Kind . . .«

Albert stapft mit großen Schritten durchs Zimmer. Dabei mahlt er mit den Kiefern, brummt unschöne Worte, zu denen die Quasten des Hausmantels den Takt schlagen. Aber Anne Maries Verweis beantwortet er mit gezogenen Registern, mit voller, tiefer und ernster Stimme, der gepflegt heiseren und deutlichen Stimme eines gewissen Mounet-Sully, des großen Tragöden, dem er einmal in Paris vorgestellt wurde und der ihn gefragt hat: »Junger Mann, kennen Sie zufällig eine chinesische Tragödie, in der eine schöne Rolle für mich als Kaiser enthalten ist?« Damals schwärmte mein Vater nämlich für die Bretter, die die Welt bedeuten . . .

Heute ruft Albert majestätisch aus:

»Anne Marie, ich fluche nicht, ich fluche ganz und gar nicht . . .«

»Albert, seien Sie doch nicht so zornig.«

»Ich bin nicht zornig, ich bin überhaupt nicht zornig. Sie sind verrückt.«

»Beruhigen Sie sich, Albert, und fahren Sie fort.«

»Aber Sie unterbrechen mich ja die ganze Zeit. Da vergeht einem der Wunsch, sich auszusprechen. Sie machen sich jedes Wort zunutze, um mich herabzusetzen.«

Meine Mutter lächelt. »Aber nein, aber nein, Albert, das dürfen Sie nicht sagen. Ich bin immer an Ihrer Seite, auf Ihrer Seite, das wissen Sie doch. Erzählen Sie mir, was Dumont Ihnen angetan hat . . .«

Albert ist gar nicht wirklich verstimmt. Er hat nur eine Weile das arme Opfer gespielt, Zorn und Betrübnis sorgfältig dosiert. Er will Anne Marie nur rühren. Er möchte um jeden Preis Anne Marie in der Rolle sehen, die er ihr bestimmt hat: sie soll ihn bewundern und überströmen von Mitleid mit diesem Albert Bonnard, dem Dumont trotz dessen heldenhaften Widerstands so übel mitgespielt hat:

»Sie sollten an meiner Stelle gewesen sein, meine Liebe. Dann hätten wir ja gesehen, ob Sie diesem Dumont gegenüber auf dem hohen Roß geblieben wären. Ach, mir wird übel, wenn ich nur dran denke. Entschuldigen Sie, Anne Marie . . .«

Und mein Vater bekommt Aufstoßen, einen Schluckauf, das Ganze ist recht unappetitlich. Aber Anne Marie übertrifft sich selbst:

»Ich hole Ihnen ein wenig Wismut. Oder hätten Sie lieber Aspirin? Mein armer Freund, Sie sind ja ganz blaß, Sie sehen gar nicht gut aus. Soll ich nach einem der Ärzte ins Institut schicken?«

Aber mein Vater schüttelt mit einem Ruck des Oberkörpers mannhaft, ja heldenhaft die Krankheit und ihre Schatten ab. Sein Tonfall wird zu dem des Leidenden, der über seine Leiden triumphiert. Seinem Innern entsteigen, anstatt der leidigen Geräusche, die hehren Worte:

»Nein, nein, Anne Marie, wir wollen auf keinen Fall die Ärzte bemühen. Es geht mir besser, glauben Sie mir, ich bin wieder ganz in Ordnung. Nur eine vorübergehende Übelkeit. Geben Sie mir nur einen Schluck Wasser und meine Pillen . . .«

Nicht der Chefboy, sondern Anne Marie persönlich geht zu dem weißen Apothekenschränkchen, das immer mit zahllosen Medikamenten vollgestopft ist, mit Röhrchen und Fläschchen, ebenso zahlreich wie die eingebildeten oder wirklichen Krankheiten meines Vaters. Manchmal entkorkte er sie vor mir mit Leidens-, ja Todesmiene:

»Mein armes Kind, da siehst du, wie ich im Dienste Frankreichs meine Gesundheit ruiniert habe. Ich muß alle möglichen abscheulichen Sachen nehmen, damit ich die Kraft zu meiner Arbeit finde. Wenn ich eines Tages nicht mehr da wäre, dann würdest du traurig sein, mein kleiner Lulu, du würdest um deinen Papa weinen, der dich so liebgehabt hat, nicht wahr? Und du wirst auch später von Zeit zu Zeit an mich denken?«

Jedesmal tat ich, als träten mir Tränen in die Augen, und Anne Marie zankte Albert aus.

Aber heute geht das Spiel anders. Wie eine richtige Krankenschwester, die einen richtigen Kranken pflegt, kommt Anne Marie mit einem Glas Wasser auf einer Untertasse zurück und schüttelt zwei Tabletten aus einem Röhrchen, die sie Albert mit den aufmunternden Worten reicht:

»Das wird Ihnen guttun, mein Freund.«

»Danke, Anne Marie. Ich schlucke diese Pillen eigentlich nur noch Ihnen zuliebe. Wirklich, ich brauche sie gar nicht mehr, ich bin wieder völlig in Ordnung.«

Albert schüttelt sich, windet sich, schneidet Grimassen, während er die Tabletten nimmt.

»Oh, was ist das bitter, oh ... Geben Sie mir schnell noch einen Schluck Wasser, Anne Marie. So, das wärs, uff ...«

Nach beendeter Prozedur beugt Anne Marie sich über Albert:

»Also, was hat Dumont gesagt, daß Sie sich so sehr damit abquälen?«

»Wir wollen nicht übertreiben. Noch bin ich nicht tot, Gott sei Dank. Und Sie werden nicht in Kürze Witwe sein. Machen Sie kein so schmerzliches Gesicht, Sie werden mich noch lange haben. Und dieser Dumont, der wird schon sehen ...«

Es ist ganz typisch für den Konsul, daß er sich zunächst seine Sorgen mit lauter Stimme hersagt, von der Seele redet, wiederkäut, von allen Seiten beleuchtet, hin und her wendet, wobei er ständig die Register wechselt, von »himmelhoch jauchzend« in »zu Tode betrübt« verfällt und umgekehrt. Er muß mindestens ein Dutzend Variationen durchspielen, bis er die richtige Tonart für sein bevorstehendes Konzert gefunden hat. In ihrer Ungeduld beschließt Anne Marie, ein bißchen nachzuhelfen:

»Kommen Sie zur Sache, Albert.«

»Ich bin ja schon dabei, Anne Marie. Also, folgendes ist passiert ... Dieses Schwein Dumont hat mir ganz zum Schluß den Nackenschlag versetzt, als er sagte: ›Na schön, oberschlauer Herr Konsul, nehmen wir mal an, Sie könnten ganz allein, wie ein großer Junge, die Waffen in Indochina lockermachen. Ich wette mein letztes Hemd, daß sie ohne Ihren ergebenen Diener nie in Tschengtu eintreffen werden. Weil nämlich Papa Tang Kiao sie sich auf halbem Weg unter den Nagel reißt. Können Sie mir folgen, Monsieur le consul ...?‹ Natürlich konnte ich ihm folgen, seine hundsföttischen Ausführungen waren sonnenklar. Aber ich habe meine leicht amüsierte Miene aufgesetzt, mein Pokergesicht, das niemand zu ergründen vermag, auch Sie nicht, Anne

Marie. Ich erwiderte ironisch: ›Demnach haben Sie, Monsieur Dumont, das einmalige, einzigartige Privileg, Tang Kiao nach Ihrer Pfeife tanzen zu lassen! Sie sagen ihm, er dürfe diese Waffen nicht anfassen, und er faßt sie nicht an! Erlauben Sie, daß ich lache ...‹ Wer gelacht hat, war Dumont. Eine ganze Fettlawine ist über mich hereingebrochen. Ganz honigsüß hat er mir eröffnet, worauf seine Macht über Tang Kiao beruht. Daß – was für die Yünnanesen ein Geheimnis ist – Tang Kiao der Blauen Bande angehöre und daß er selbst, Dumont, ihn dort eingeführt habe.«

Während sie zuhört, scheint Anne Marie durchsichtig zu werden, von jener Durchsichtigkeit, die bei ihr bedeutet, daß sie einen Entschluß gefaßt hat; als verflüchtigte sich ihr Körper vor der Intensität der eisigen Leidenschaft:

»Na und? Mein lieber Albert, sollten Sie dieses eine Mal ausnahmsweise in Ihrer Rolle als Konsul von Frankreich keine Glanzleistung geboten haben? Sie sind doch sonst geradezu versessen auf offizielle Berichterstattung, sollten Sie in diesem Fall versäumt haben, Dumont darauf hinzuweisen, daß Sie ihn und seine Machenschaften der zuständigen Stelle – wie Sie zu sagen pflegen – bekanntmachen würden? Sollten Sie es unterlassen haben, Dumont energische Vorstellungen zu machen? Und Ihre dialektischen Fähigkeiten? Haben Sie diesem Menschen nicht bewiesen, daß Frankreich, dessen Vertreter Sie sind, Tang Kiao weit fester in der Hand hat als er, trotz seiner Banden und seiner dunklen Geschäfte? Mein Gott, Albert, schließlich haben Sie wieder und wieder zu mir gesagt, daß Tang Kiao ohne Französisch-Indochina keinen Pfifferling wert wäre, daß Indochina ihn stützt, ihn praktisch gekauft hat. Und Sie haben diese durchschlagenden Argumente, mit denen Sie mir dauernd in den Ohren liegen, nicht diesem Dumont an den Kopf geworfen, dieser widerlichen Mißgeburt?«

Mein Vater nimmt nun sein Gesicht in beide Hände, versteckt es fast darin. Dann entfernt er ganz langsam das stützende und schützende Gerüst, enthüllt einen gebeugten, leidenden, einsamen, fast blinden Kopf mit geschlossenen Lidern, als wollte er der schnöden Welt, dem Anblick des Universums entfliehen. Ein langgezogener Seufzer wie von einem Blasebalg ist das

Zeichen des Erwachens, der Rückkehr ins Leben. Dann öffnet Albert die Augen wieder, ganz langsam, als schmerzte ihn das Licht, Zuckungen durchlaufen ihn. Als er zu sprechen anhebt, ist seine Stimme ein kleinlautes Gejammer:

»Anne Marie, eines müssen Sie mir zugestehen: ich lasse nicht leicht ab von meiner Beute, ich bin wie eine Dogge. Sogar meine Feinde geben zu, daß Monsieur Bonnard sich nicht einschüchtern läßt. Und doch hat Dumont mich zum Rückzug gezwungen. Ja, das gestehe ich Ihnen . . .«

Und mit wehem Hundeblick:

»Ja, und je mehr ich den Konsul herauskehrte, um so zügelloser wurde Dumonts Heiterkeit. Halb erstickt von Lachen und Zigarrenrauch stieß er in Abständen hervor: ›Ersparen Sie mir Ihren Sermon . . . Sie als alter Hase wissen doch genau, daß man einen Chinesen bös in der Zange haben muß, wenn er spuren soll. Wenn Sie glauben, Sie hätten Tang Kiao in der Hand! . . . Sie kennen ihn ebenso gut wie ich, unseren wackeren Tang Kiao. Der schwört Frankreich ewige Liebe und Treue, und dabei zettelt er schon seine himmlischen Intrigen an, bei denen Sie sämtliche Federn lassen würden. Sie könnten sogar von Glück sagen, wenn Sie am Leben blieben! Zum Beispiel kann Tang Kiao Ihnen von Briganten auflauern lassen, von marodierenden Soldaten, ein Trick, der so alt ist wie das Reich der Mitte. Ihre Waffen, Ihre schönen Waffen können meinetwegen in Yünnanfu eintreffen und auch von dort unter starker Bewachung in Richtung Tschengtu zu Ihrem Gevatter Marschall expediert werden. Aber ich wette, daß der Marschall sie nicht einmal von fern zu sehen kriegt. Wer hat den Transport unterwegs überfallen und die Beute beiseite geschafft? Sie werden es nie erfahren. Sie sind der Gelackmeierte. Und denken Sie bloß an Ihren Freund, den Marschall von Tschengtu, der keine Waffen bekommt und sauer wird. Dann dürfte Ihre Haut in Tschengtu nicht mehr viel wert sein . . . Wenn man bedenkt, daß Sie sich alle diese Wehwehchen ersparen, indem Sie mit mir zusammenarbeiten.‹ Das also war Dumonts schweres Geschütz, und ich sah sofort, daß es sich nicht um eine Spielzeugkanone handelte . . .«

Anne Marie reagiert nur mit einem knappen Achselzucken, der ersten Bewegung vor dem Sturm. Doch noch ist ihre Stimme nicht tonlos vor Zorn, nur ein wenig heiser und hastig, mehr ironisch als gereizt:

»Jetzt verstehe ich alles, mein lieber Albert: daß Sie sich heute nacht mit Opium vollpumpten ... und vor allem, warum Sie mich bei Morgengrauen aufweckten, warum Sie schon den ganzen Vormittag mit eingezogenem Schwanz um mich herumtanzen. Sie schämten sich, und ich sollte Sie trösten, Sie flattieren, Sie bewundern. Sie haben endlos um die Sache herumgeredet und versucht, sie mir in einem möglichst günstigen Licht darzustellen! Mein armer Albert! Und ich hielt Sie, jedenfalls in Ihrem Beruf, denn was alles übrige angeht ... für einen mutigen Mann, fast für einen Helden. Ich stelle fest, daß Sie auch hierin nur ein erbärmlicher Feigling sind ...«

Anne Maries Anschuldigung versetzt Albert in Raserei. Er klappt die Kiefer auf und zu, rollt mit den Augen, daß man nur noch das Weiße sieht. Er geht völlig aus dem Leim. Doch er rappelt sich noch einmal auf, sucht mühsam die Bruchstücke seines Ich zusammen, fuchtelt mit den Händen und bricht in eine dumpfe Klage aus:

»Das ist nicht wahr, Anne Marie. Sie tun mir unrecht, bitter unrecht. Nicht um mich hatte ich Angst, sondern um Sie, begreifen Sie doch, um Sie und um unseren Sohn.«

Anne Marie macht keine Bewegung. Nur ein Nerv zuckt an der Seite ihres Halses. Hastig flüsternd wie eine Dame, die einen dummen Schwätzer zum Schweigen bringen will, stoppt sie meinen Vater mitten im schönsten Schwung, einfach wie man das Licht ausschaltet:

»Schweigen Sie. Das Kind ist hier, es hört Sie. Wie können Sie vor ihm so etwas erzählen ...«

Ich ahnte bereits in meiner Ecke, daß man mich vor die Tür setzen würde, und das paßte mir gar nicht. Immer das gleiche Lied. Gewiß, meine Mutter machte sich mein Vorhandensein zunutze, um gewissen Aufmerksamkeiten meines Vaters zu begegnen. Bei anderen Gelegenheiten hingegen, bei Festlichkeiten im Konsulat, im Salon oder bei Tisch, bedeutete sie meinem Vater, sobald er sich anschickte, eine schlüpfrige Geschichte oder eine blutrünstige Anekdote zum besten zu geben, daß ich in der Nähe sei. Sie machte mit dem Kinn eine Bewegung von mir zu

Albert, legte den Zeigefinger auf die Lippen und blickte den Gatten verschwörerisch an. Mein Vater verstummte augenblicklich. Ich wurde hinausgeschickt, und er nahm sein Thema unter den spöttischen Blicken seiner Frau wieder auf, aber es machte ihm keinen rechten Spaß mehr. Ich habe nie verstanden, warum Anne Marie in dieser Hinsicht so ängstlich war. Schließlich war ich allen Gefahren Chinas ausgesetzt, Li und mein Mafu führten mir alle seine Grausamkeiten und Schamlosigkeiten vor, wenn ich mich mit ihnen in der Stadt herumtrieb. Und darüber machte meine Mutter sich überhaupt keine Gedanken. Ich kam daher zu dem Schluß, daß sie mich im Konsulat auf die eine oder die andere Weise dazu benutzte, meinem Vater eins auszuwischen.

Heute liegt der Fall offensichtlich anders. Anne Marie will um jeden Preis verhindern, daß mir gewisse Worte aus Alberts Mund zu Ohren kommen. Sie schickt mich ungewohnterweise fast sofort weg. Nachdem sie mich an sich gedrückt hatte, sagt sie mit sanfter Stimme:

»Geh jetzt, mein Kind. Laß deinen Vater und mich allein. Wir haben Dinge zu besprechen, die dich nicht interessieren.« – Ich trolle mich, aber nicht in Richtung auf mein Zimmer, um bei meinen Eltern keinen Verdacht zu erwecken, sondern zur Holztreppe, die in den Hof führt. Ich schließe die Tür hinter mir und poltere geräuschvoll hinunter, dann aber schleiche ich mich zurück zum Vorplatz und beziehe meinen Lauscherposten. Ich kann die Stimmen hören, und ich sehe Albert und Anne Marie durch einen Spalt zwischen zwei schlecht gefügten Brettern in der Trennwand des Yamen.

Ich sehe eine Art Ballett, eine Szene aus einer chinesischen Oper, deren Helden sich, nachdem sie ihre Masken angelegt haben, mit genau festgelegten und tragischen Worten und Gesten begegnen. Mein Vater ist der Kaiser, dem die Stunde des Unglücks und des Bekennens geschlagen hat, meine Mutter die Prinzessin, die eine Beute luzider und unerbittlicher Leidenschaften geworden ist. Gestikulieren, Deklamieren, Raserei. Es sollen viele Jahre vergehen, ehe ich diesen Auftritt, der sich in meiner Phantasie fortwährend wiederholt, mit Leben erfüllen, mit der Wirklichkeit verknüpfen kann.

Meine Eltern stehen einander gegenüber. Albert tritt verlegen von einem Bein aufs andere. Anne Marie steht regungslos. Ihre Lippen bewegen sich kaum, als sie ihn fragt:

»Und jetzt sagen Sie die Wahrheit. Ist das Kind in Gefahr?«

Albert sucht auszuweichen:

»Ja und nein. Es ist schwer zu sagen. Aber es stimmt, daß Dumont auf die Möglichkeit angespielt hat, daß unser Sohn entführt werden könnte. Er selbst würde nichts damit zu tun haben, Tang Kiao wäre der Verantwortliche. Eine Möglichkeit, nichts weiter als eine Möglichkeit, betonte Dumont und erinnerte mich gleichzeitig daran, daß Tang Kiao mit allen Mitteln arbeitet, um zu bekommen, was er will: in diesem Fall die Waffen aus Indochina. Der Junge würde dann gegen Auslieferung des gesamten Kriegsmaterials an die Kidnapper wieder freigelassen. Natürlich würde bei der ganzen Transaktion nicht der Schatten eines Verdachts auf Tang Kiao fallen. Ja, er würde ein echt chinesisches Ding drehen, Entführer anheuern und selbst scheinheilige Empörung mimen, während er seinen Bütteln die schändlichsten Anweisungen erteilt. Ja, das Leben des Kindes könnte bedroht sein ... Dumont hat mir alles mit großer Deutlichkeit beschrieben und dann hinzugefügt, es handle sich natürlich nur um eine Mutmaßung seinerseits, und außerdem könne überhaupt nichts passieren, wenn ich mit ihm gemeinsame Sache machte, er würde stets auf der Hut sein ...«

Anne Marie zeigt sich von diesem Geständnis nicht erzürnt, sie gleicht einer chinesischen Statuette aus reinstem Kristall. Glasblock, Quelle. Als hätte sie keinen Körper mehr, keine Organe, keine Stofflichkeit. Jedoch sie flammt in reinstem Feuer, aber die Flamme ist so rein, so blaß, daß nur ein blendend weißes Strahlen sie verrät. Trotz dieses Anscheins handelt es sich um einen furchtbaren Brand, in dem sie ihre Waffen schmiedet.

Mit ganz beiläufiger Stimme, in ihrer gewohnten Haltung fragt sie meinen Vater, als stellte sie eine völlig alltägliche Frage:

»Und als Dumont das sagte, da haben Sie ihn nicht auf der Stelle getötet?«

Mein Vater ist so überrumpelt, daß er nicht einmal eine verdutzte Miene aufsetzen, sondern nur noch erwidern kann:

»Nein, nein, Anne Marie. Wo denken Sie hin. Ein Konsul von Frankreich kann doch keinen französischen Staatsbürger meucheln . . .«

»Und als Dumont das sagte, da haben Sie ihn auch nicht geohrfeigt?«

Jählings beginnt Albert zu kreischen. Er, der sonst der Akustik so große Beachtung schenkt, dem Echo, der Resonanz, der überall Lauscher argwöhnt und seine Stimme entsprechend dämpft, in reinstem Bühnenflüstern spricht, um nicht von Neugierigen gehört zu werden, gelegentlich aber auch wettert und poltert, mit voller Absicht, zur heilsamen Erschütterung nicht nur seiner Gesprächspartner, sondern aller Leute, die sich in Hörweite befinden. Heute brüllt er, was die Stimmbänder hergeben, ohne an die Folgen zu denken, an alle die verborgenen Ohren, die womöglich zuhören, angefangen mit den meinen. Er plärrt so laut, daß sich seine gutturale Stimme überschlägt und aus dem öligen Brei, in dem er seine Worte zu kneten pflegt, ein Schluckauf wird.

»Nein, Anne Marie, ich habe an das Kind gedacht, und ich habe mich beherrscht.«

Anne Maries Erwiderung kommt langsam und deutlich, sie betont jede einzelne Silbe wie eine Lehrerin, die aus irgendeinem kleinen Vorfall die Nutzanwendung zieht:

»Das war absolut richtig, Albert. Man darf sich keine Blöße geben. Sie haben sich sehr klug verhalten, sowohl in Ihrer Eigenschaft als Konsul wie als Gentleman und Vater. Unter den gegebenen Umständen konnten Sie nur eins tun: Dumonts dargebotene Hand ergreifen. Aus all den Gründen, die Sie mir erläutert haben, und vor allem, um unseren Sohn keiner Gefahr auszusetzen. Kurz, Sie haben sich für ihn geopfert. Ich begreife sehr wohl, Albert . . .«

Anne Marie läßt ein amüsiertes Lächeln um den einen Mundwinkel spielen. Sie fragt freundlich, in aller Unschuld:

»Sie haben also mit Dumont Frieden geschlossen, Albert; Sie haben sich mit ihm unter den ehrenhaftesten Bedingungen verbündet. Mit Ihrer guten Fee, dem teuren Dumont, der so ganz nebenbei droht, unseren Sohn ermorden zu lassen. Was schadet es, wenn er im Vorbeigehen ein paar Krümel aufsammelt ... So ist es doch, nicht wahr?«

Albert, der froh ist, so leichten Kaufs davonzukommen, ordnet Mienenspiel und Morgenrock und nickt mehrmals bestätigend mit dem Kopf. Nachdem er seine Schlagfertigkeit zurückgewonnen hat, öffnet er den Mund. Doch ehe er sich mit gemessener Rührung äußern kann, kommt Anne Marie ihm zuvor. Sie flötet:

»Aber, sagen Sie, mein lieber Albert, dieser Monsieur Dumont hat es gewiß nicht dabei bewenden lassen, daß er Ihnen seine Dienste anbot, auch wenn er sich selbst dabei bereichert. Das dürfte ihm nicht genügen. Er ist auch auf einen sofortigen Profit aus: auf den Tisch des Hauses. Hier Geld, hier Ware ist sein Grundsatz. Er ist bestimmt nicht wegen eines Pappenstiels nach Tschengtu gekommen, in dieses elende Nest. Ein Mensch wie er tut nichts ohne Grund. Was also will er? Welchen Judaslohn hat er von Ihnen gefordert? Albert, Sie haben sich bereit erklärt, irgend etwas für ihn zu tun. Was ist es?«

Beschämt zwirbelt Albert seinen Schnurrbart:

»Was Dumont interessiert, ist unser Opium. Die ganze Ernte aus Szetschuan. Er will sie für Herrn Tu und die Blaue Bande. Und er weiß sehr wohl, daß er sie nur dann kriegen wird, wenn ich in seinem Sinne beim Marschall von Tschengtu und bei Herrn Lü vorstellig werde.«

»Sie werden also diesen Herren in aller Stille einen Besuch abstatten, um sie zu überreden, daß sie nett zu Monsieur Dumont sein sollen.«

»Ja. Es wird mir nicht leichtfallen. Aber ich habe mein Wort gegeben. Jetzt bleibt mir keine Wahl. Eine peinliche Sache ...«

Anne Marie zeigt sich überhaupt nicht schockiert, die Argumente des Gatten scheinen sie überzeugt zu haben. Wie kann sie, diese intelligente und scharfblickende Frau, Albert dieses Geschwätz abkaufen? Auch wenn sie ihn mit aller Gewalt zum Geständnis der Wahrheit hat zwingen wollen, ist doch klar, daß er noch immer schwindelt. Albert wird zwar gelegentlich schwach, aber er kapituliert niemals völlig. Weiß er eigentlich selbst, was bei ihm Lüge und was Aufrichtigkeit ist? Sein Sohn dient ihm als Ausrede, als hätte er in seiner Eigenschaft als Vater vor Dumont die Waffen gestreckt! Aber die Wahrheit ist, daß Albert dem Wort »Botschafter« nicht widerstehen konnte, mit dem der Dickwanst ihn geködert hat. Da mußte er anbeißen. Wie oft sagt er zu Anne Marie, um sich vor ihr zu rechtfertigen: »Sie müssen sich eins klarmachen: Sie haben einen zukünftigen Botschafter geheiratet . . .« Aber glaubt Anne Marie wirklich Alberts Worten? Sie läßt ein frohes, verheißungsvolles, fast verführerisches Lachen hören, wie eine unterwürfige, gehorsame Gattin, die von ihrem Mann hingerissen ist, ihn bewundert. Albert stutzt ein wenig, wird unruhig. Denn an diesem Lachen merkt er, daß Anne Marie sich nicht hinters Licht führen ließ, sie redet Albert zu sehr, viel zu sehr nach dem Munde . . .

»Diesen Besuch beim Marschall, den Sie Dumont versprochen haben, müssen Sie abstatten, Albert, und zwar möglichst schnell und erfolgreich. Damit Dumont durch Ihre Hilfe sein Opium bekommt und zufrieden ist, Ihnen Dank schuldet. Ich würde mich sehr freuen, ihn glücklich zu sehen, den guten Dumont, Ihren Freund . . .«

Die Freude des Konsuls ist nicht ganz ungetrübt, er fragt sich wieder einmal, was seine Frau wohl im Sinn haben mag. Er hält es für klug, sich der englischen Taktik des »wait and see« zu bedienen.

»Wie immer behalten Sie am Ende recht, meine Liebe. Ich werde baldmöglichst beim Marschall vorsprechen – aber Sie kennen die Chinesen, ihre verwünschten Höflichkeiten, ihren unausrottbaren Argwohn. Wenn ich überstürzt vorgehe, werden sie sich wundern, Verdacht schöpfen, Ausflüchte suchen oder endlos überlegen und sich die ganze Zeit fragen, ob ich ihnen nicht eine Falle stelle. Trotzdem können Sie sich darauf verlassen, Anne Marie, daß ich diese unerfreuliche Angelegenheit mit aller schicklichen Energie erledigen werde. Denn Sie dürfen mir glauben, auch mir geht es, genau wie Ihnen, einzig darum, Dumont loszuwerden, ihn mit Sack und Pack abziehen zu sehen.«

Anne Marie neigt den Kopf schmeichelnd Albert entgegen, so nah, daß ihr Näschen sich fast an seinem martialischen Zinken reibt:

»Beeilen Sie sich, mein Freund. Warum machen Sie sich Gedanken wegen des Marschalls? Er wird Ihnen Dumonts Opium ohne weiteres geben, wenn Sie ihn darum bitten. Warum noch zögern? Warum sich dem Marschall gegenüber genieren? Nein, tragen Sie ihm lieber im Verlauf Ihrer Unterredung noch ein zusätzliches kleines Ersuchen vor. Sie könnten ihm ganz diskret, in ein paar Worten, am Ende der Audienz, als Abschluß nahelegen, daß er Sie ein für allemal von Dumont befreien solle. Da Sie diesen Menschen aus dem Weg haben möchten, warum nicht gleich endgültig ...«

Diese noch sibyllinischen Worte kann und will mein Vater nicht verstehen. Aber er ahnt, daß sie Sturm bedeuten. Das genügt, um ihn in Alarmzustand zu versetzen. Er verkleinert die Oberfläche, zieht Arme, Kopf und Beine ein, zwinkert mit den Augen wie ein Warnlicht. Albert ist alarmiert: was mag Anne Marie für ihn bereithalten? Er bringt es gerade noch fertig, sie mit erstickter Stimme zu fragen:

»Meine Teure, was wollen Sie damit sagen?«

Anne Maries Lachen wird deutlich schriller. Es ist noch immer vergnügt, aber bereits unheilverkündend:

»Ach, Sie wollen also nicht hören, Albert? Und dabei ist mein Vorschlag der vernünftigste der Welt. Warum sollten Sie Dumont nicht mit gleicher Münze heimzahlen – warum ihn nicht mit seinen eigenen Waffen schlagen, ihm zuvorkommen, diesem Dummkopf? Er hat den starken Mann gespielt und Ihnen in Aussicht gestellt, daß er notfalls uns alle umbringen, mit Hilfe seines erbötigen und geschickten Freundes Tang Kiao die ganze Familie Bonnard ausrotten werde. Was könnte Sie hindern, daß Sie, um unsere Köpfe zu retten, den seinen von Ihrem Freund, dem Marschall von Tschengtu, fordern? Ich bin überzeugt, er würde Ihnen mit Freuden diese kleine Gefälligkeit erweisen. Und Sie können versichert sein, daß er mit der gleichen Geschicklichkeit vorgehen würde, mit der Tang Kiao es uns besorgt hätte. Ein echt chinesischer, unentwirrbarer Fall, bei dem Sie, der Konsul von Frankreich, über jeden Verdacht erhaben, in keiner Weise in Mitleidenschaft gezogen wären ...«

Der Konsul fährt in die Höhe. Unter der Heftigkeit der Bewegung heben sich auch seine Gesichtszüge um ein paar Zentimeter, die Stirn runzelt sich verdutzt. Aber alles sackt sogleich wieder zusammen. Ein verschmitztes Lächeln breitet sich über die ganze Fläche, das besagen will: wirklich ein guter Witz, denn es kann sich doch wohl nur um den müßigen Scherz einer Dame handeln, die ein wenig überreizt ist, noch erregt von der vorhergegangenen Szene. Und so ringt auch Albert sich ein Lachen ab, wirft vor Belustigung das Kinn nach vorn:

»Ah, die Frauen, die Frauen . . . Man weiß nie, was in ihrem Köpfchen vorgeht. Ah, die Frauen sind doch immer voller Überraschungen! Seien Sie nicht ärgerlich, Anne Marie. Aber Sie haben sich gewiß nicht klargemacht, daß das, was Sie mir da vorschlagen, schlicht und einfach Mord ist. Wirklich zu komisch . . .«

Anne Marie schweigt so beharrlich, daß Albert sein Gelächter in immer gezwungeneren Quinten verlängert. Doch da die Gattin sich offensichtlich nicht davon entwaffnen lassen will, muß Albert sich entschließen, dieser scheinbar ebenso albernen wie gefährlichen Kinderei mit väterlichen und eheherrlichen, nachsichtigen und verständnisvollen Worten ein Ende zu machen:

»Anne Marie, Sie lassen sich düpieren. Sie dürfen Dumonts Gerede nicht wörtlich nehmen. Ich hätte Ihnen überhaupt nichts von diesem Geschwafel erzählen sollen. Lassen Sie mich nur machen, ich bringe das alles bestens in Ordnung. Hols der Teufel, ich bin schließlich auch nicht von gestern . . .«

Aber Alberts Elan versandet, genau wie sein Versuch, Anne Maries befremdlichen Vorschlag der weiblichen Unlogik zuzuschreiben, überspannten Vorstellungen, einer unreifen Phantasie. Die Hochstimmung des Konsuls, seine Fähigkeit zum Bagatellisieren, die Sprüche, mit denen er beruhigen, trösten, die Situation wieder in den Griff bekommen will, prallen an der steinernen Miene der Konsulin ab. Anne Maries Regungslosigkeit ist total, ihre Atmung regelmäßig, die Haut glatt wie eine Schale, das Haar glänzt wie dunkles Gehölz. Nie ist ihre Schönheit makelloser gewesen. Doch die unsichtbaren Nerven unter der Haut sind elektrisch geladene Drähte. Albert wird angst und bange. Als fürchtete er, daß diese ungeheure Spannung den

Geist seiner Frau zerrütten, ihr den Verstand rauben könnte. Schon tauchten in ihren Augen gewisse Flecken auf, Schwingungen in ihrer Stimme, Zuckungen um den Mund, denen sie nicht Einhalt gebieten konnte. Das alles dauert immer nur ein paar Sekunden, aber es ist schrecklich. Heute fürchtet er eine viel ernstere Krise, einen echten Wahnsinnsanfall. Weit und breit gilt Anne Marie als die verkörperte Gesundheit, obwohl sich in ihr Feuer und Eis begegnen. Und trotzdem . . .

Ich reckte mich auf der anderen Seite der Wand auf die Zehenspitzen, um das Auge an den Spalt pressen zu können, durch den ich lugte und der ein bißchen zu weit oben für mich war. Ich verharrte lange in dieser schwierigen Stellung, und ich verhielt den Atem, um mich nicht zu verraten.

Ich schauderte, als ich meine Mutter in dieser Verfassung sah, denn mehr noch als mein Vater ahnte ich in Anne Marie einen schwarzen Abgrund. Im chinesischen Theater hatte ich eine wunderschöne und hochgeborene Dame gesehen, einen Jadevogel, die einem furchtbaren Geschick die Stirn bot, bis sie plötzlich, als hätte sie einen Sprung bekommen, wunderliche und erschreckende Dinge zu sprechen begann, wie die Wesen aus dem Reich der umnachteten Schatten.

An jenem Tag überfiel mich, das Kind, das sich vor nichts fürchtete, zum erstenmal in meinem Leben ein furchtbarer Schrecken, das Gefühl, in das Grauen abzustürzen, die Gewißheit, daß meine Mutter auf dem Weg war in die Nacht des Wahnsinns.

Im Augenblick allerdings ist Anne Marie durchaus bei Sinnen, auch wenn sie eine fixe Idee verfolgt. Sie weiß ganz genau, was sie will: sie muß aus Albert, dem Weichling, Albert, dem Phrasendrescher, Albert, dem Wirrkopf, Albert, dem eitlen Albert, einen

Mann machen, der einen notwendigen Entschluß zu fassen vermag, ohne sich um Trivialitäten zu kümmern wie die landläufige Moral oder Unmoral, um Äußerlichkeiten. Sie muß diesen Albert unbarmherzig hetzen, der sich wehrt, sich ausgerechnet in die Gemeinplätze bürokratischen, kleinbürgerlichen und patriarchalischen Stils flüchtet. Anne Marie eröffnet den Kampf:

»Mein lieber Albert, hören Sie endlich auf mit Ihrem überheblichen Getue. Ich bin keine Unschuld vom Lande mehr. Das junge Mädchen aus Ancenis, dessen Einfachheit es Ihnen angetan hatte, ist ein für allemal dahin, seit Sie es ohne die geringsten Skrupel in diesen Winkel Chinas verschleppt haben. Wundern Sie sich also nicht, daß ich mich verändert habe. Beklagen Sie sich nicht. Es ist übrigens viel besser so. Hören Sie lieber auf meine Ratschläge, Albert, Sie fahren nicht schlecht damit ...«

Albert setzt mechanisch den Kneifer wieder auf die Nase und betrachtet Anne Marie mit ungläubigem Staunen. Ein paar Sekunden starrt er sie an, als könnte er sie nicht richtig sehen, als suchte er sich zu überzeugen, daß diese Frau hier vor ihm wirklich seine eigene ist, Anne Marie. Nachdem er sich vergewissert hat, nimmt er mit einer müden Bewegung die Gläser ab und trommelt mit den wohlmanikürten Fingern darauf herum, während er in bereits jetzt resigniertem Tonfall spricht:

»Anne Marie, Sie werden es immer verstehen, mich aus der Fassung zu bringen. In meiner Naivität glaube ich mich sicher vor Ihren Überraschungen, die nicht immer angenehmer Art sind. Wenn alles gutgeht, bilde ich mir ein, Sie durch und durch zu kennen. Für mich sind Sie, bis auf ein paar Kleinigkeiten, in allen Stücken vollkommen. Und dann, peng! ... Plötzlich sind Sie wie verwandelt, hundert Meilen von mir entfernt, ein unbekanntes, unberechenbares Wesen mit unglaublichen, fast ungeheuerlichen Reaktionen. In solchen Augenblicken machen Sie mir Angst ... Sagen Sie, ist das Ihr letztes Wort, wollen Sie wirklich, daß ich diesen Dumont, der unter unserem Dach weilt, in den Tod schicken soll?«

Anne Marie lächelt wie eine Jungvermählte, die einen allerliebsten Plan ausgeheckt hat und sich darüber freut:

»Aber natürlich, Albert. Sie dürfen mich nicht für böse halten, es ist einfach unerläßlich ...«

»Unmöglich, Anne Marie, so können wir nicht an Dumont handeln ...«

»Warum nicht? Nichts ist einfacher als das.«

Wiederum lächelt Anne Marie, aber diesmal wie eine Seherin. Noch ein Schritt weiter auf diesem Weg der Rache, und sie könnte straucheln, in den Abgrund des Wahnsinns stürzen. Im Augenblick ist sie noch eine Statue der redlichen Überzeugung, der Logik, der Vernunft. Ein Fels.

So muß mein Vater wohl oder übel in die Rolle des Philosophen schlüpfen, des Mannes, der schon so vieles gesehen und verstanden hat und der sich über nichts mehr wundert, auch nicht bei seiner eigenen Frau. Er setzt eine halb zärtliche, halb ironische Miene auf und sagt, um das Terrain zu sondieren:

»Kurz, Übel muß Übel vertreiben?«

»Ja.«

»Kurz, Anne Marie, Sie sind zur Lady Macbeth von Tschengtu geworden?«

Anne Marie schnieft verächtlich.

»Sie sind ein gebildeter Mann, Albert. Ich weiß, daß Sie sogar das Bakkalaureat haben.«

»Mit Auszeichnung, aber ich war arm und mußte das Studium aufgeben, um mein Brot zu verdienen. Ich habe mich aus eigener Kraft emporgearbeitet ...«

Mit einer knappen Handbewegung fegt Anne Marie diesen Kehrreim beiseite.

»Schluß jetzt. Sagen Sie mir lieber, was Sie mit Dumont vorhaben.«

Albert trommelt lange Zeit wie verloren auf der Sessellehne, wobei er geräuschvoll ein- und ausatmet: er denkt nach. Dann steht er auf, um besser überlegen zu können, schreitet grüblerisch das Zimmer aus und setzt sich zögernd wieder hin, als sei er noch immer zu keinem Entschluß gelangt. Eine ganze Weile bleibt er mit leicht schmerzlichem Ausdruck so sitzen und schnauft vor sich hin. Albert brütet einen Plan aus, um Anne Marie zum Verzicht auf ihr barockes Vorhaben zu bewegen, das zwar nicht dumm ist, aber doch für seinen Geschmack allzu krude, allzu direkt. Natürlich macht es Spaß, im Geist mit dieser heroischen Lösung zu jonglieren: Dumont wäre der Schnabel gestopft. Aber zur Tat schreiten ist etwas anderes und auf gar keinen Fall Alberts Sache. Andererseits will er sich auch nicht mit dieser verstörten Anne Marie und ihrer Mordgier anlegen. »Was mag sie nur dazu treiben?« fragt er sich. Blutdurst? Rache? Will sie die Vulgarität bestrafen? Oder steckt einfach ein Instinkt dahinter, das bestimmte Gefühl, wenn man Dumont nicht tötet, wird er uns töten? In diesem Fall wäre es Notwehr ... Aber keine dieser Erklärungen paßt zu Anne Marie. Woher dieser Anfall von Tollwut? Wie dem auch sei, er hat nicht die Absicht, sich darauf einzulassen. Noch einmal sagt er sich energisch: »In diesem Haus hat nicht Anne Marie die Hosen an.«

Aber Albert hütet sich wohl, diesen Satz laut auszusprechen. Was soll er tun? Anne Marie ein Schnippchen schlagen? In der fernen und auch näheren Vergangenheit haben beinah alle seine Versuche, sie anzuschwindeln, mit einem Fiasko geendet. Das kam daher, sagt sich Albert, daß er seiner Sache zu sicher war, daß seine Schliche zu durchsichtig waren. Dieses Mal und in dieser Sache muß er es wirklich geschickt anfangen und zunächst einmal einen Kompromiß schließen. Er wird so tun, als akzeptiere er den Vorschlag seiner Frau, damit beide dann später, beim gemeinsamen Studium der praktischen Durchführung, alle die technischen Hindernisse entdecken könnten, die Dumonts Beseitigung im Weg stehen. Er würde es so einfädeln, daß Anne Marie aus freien Stücken zu dem Schluß käme, man müsse Dumont am Leben lassen ...

Aber alles an Alberts Betragen ist so heuchlerisch, daß Anne Marie, wie stets so auch dieses Mal, seine Unaufrichtigkeit erkennt. Sie hatte übrigens auch nichts anderes erwartet. Und sie ist daher gerüstet, Alberts Ausflüchte und Winkelzüge zu vereiteln.

Er hat seine Binnenwanderung wiederaufgenommen, jetzt aber trägt er den Kopf hoch, blickt unbesorgt, läßt die Arme schwingen, setzt die Füße sicher auf. Er spielt jetzt den sicheren Mann, gibt sich jung, ja schelmisch:

»Anne Marie, raten Sie einmal, wen ich hier durchs Fenster sehe? Ihren lieben Dumont, der im Hof auf und ab marschiert. Sicher wartet er auf uns und auf sein Mittagessen. Es ist schon halb drei Uhr. Wir müssen wohl gehen ...«

Albert lacht übertrieben ordinär, als hätte er soeben einen gesalzenen Witz gehört; er prustet.

»Der wackere Dumont würde ziemlich dumm aus der Wäsche gucken, meine Liebe, wenn er uns hören könnte. Denken Sie nur, wenn er wüßte, was Sie seit einer Stunde von mir verlangen. Einfach unbezahlbar ... Und in ein paar Minuten werden Sie ihn begrüßen und noch strahlen vor Freude, weil Sie seinen Kopf bekommen sollen. Und er wird sich über Ihre liebenswürdige Laune wundern. Ah, ihr Frauen, ihr habt Nerven ... Ich an Ihrer Stelle würde in Verlegenheit geraten.«

Anne Marie tadelt ihn barsch:

»Albert, ersparen Sie mir Ihre Scherze. Ich finde die ganze Geschichte keineswegs zum Lachen. Sie muß erledigt werden – und damit basta.«

Albert aber ulkt weiter – der Herr Konsul ist wieder zum Pennäler geworden:

»Aber die Himmlischen und noch mehr ihre Gattinnen amüsieren sich wie Bolle, sooft sie einen zum Teufel schicken, das wissen Sie ja. Vorhin rühmten Sie sich, daß dieses, wie Sie sagen, ein wenig beunruhigende, aber reizende Land Sie umgeformt hätte. Nach Ihren Worten wären Sie gründlicher chinesifiziert als ich, halten Sie sich für eine zweite Kaiserin Tse-hi, während ich nur ein Wahlgelbling bin. Wenn das stimmt, dann müßten Sie sich doch jetzt halb totlachen, Anne Marie ...«

»Spielen Sie nicht den Witzbold. Dazu besteht kein Anlaß ...«

Woraufhin Albert von der gezwungenen zur echten Heiterkeit übergeht. Er will Anne Marie zeigen, daß er Herr der Lage ist und daß sie ihm vertrauen kann. Er scheint rückhaltlos aus sich herauszugehen ... Wenn sie jetzt noch immer nicht zufrieden ist ... Schließlich ist es nicht seine Schuld, wenn man vorsichtig zu Werke gehen muß! ...

»Meine Liebe. Ich weiß nicht, wie ich es Ihnen sagen soll, ich bin ein bißchen in Verlegenheit. Schließlich bin ich französischer Konsul. Trotzdem gebe ich Ihnen recht, was Dumont betrifft. Solange er am Leben ist, müssen wir auf alles gefaßt sein ... Ich will sehen, was der Marschall unternehmen kann. Ich werde nicht lockerlassen. Auch wenn ich nicht Fraktur rede, wird er begreifen und entsprechend handeln. O ja, an Deutlichkeit will ich es nicht fehlen lassen: daß Dumont unerwünscht ist, welche Erleichterung sein Verschwinden bedeuten würde. Anspielungen dieser Art, verstehen Sie, die nach chinesischer Sitte einem konkreten Vorschlag entsprechen. Und ich werde sofort sehen, was dabei herauskommt. Schweigt der Marschall, so ist es eine Ablehnung. Aber wenn er überhaupt etwas erwidert, und sei es noch so beiläufig, zum Beispiel daß Dumont von Übel sei und ein Problem darstelle, das man eines Tages lösen müsse, dann ist er einverstanden. Und er wird den Rest besorgen, während ich meine Hände in Unschuld wasche. Was sagen Sie zu meiner kleinen Kriegslist, Anne Marie?«

Albert nimmt seine schönste Pose ein: die des Wohltäters. Die er stets einnimmt, wenn er auf seine Visitenkarte eine Empfehlung an Herrn Soundso für Herrn Soundso schreibt, wenn er Herrn Soundso verspricht, ihn in seinem nächsten Bericht lobend zu erwähnen, oder wenn er einem Anwärter auf einen bestimmten Posten seine Unterstützung zusagt. Wenn Albert sich einmal von seiner Großzügigkeit so weit hinreißen läßt, was immerhin vorkommt, daß er sich jemandem, der ihm um den Bart ging und seiner Eitelkeit schmeichelte, erkenntlich zeigen will, tut er es mit großer Geste, mit ergreifenden Worten und gönnerhaftem Lachen. Aber im allgemeinen teilt mein Vater wahre Danaergeschenke aus, und die Empfänger drehen und winden sich, um sie nicht annehmen zu müssen, denn sie wissen genau, daß der Konsul nur sich selbst einen Dienst erweist. Wenn Albert zum Beispiel einem Mann in untergeordneter Stellung anbietet, ihn einem hochgestellten Herrn vorzustellen, dann nur mit dem Hintergedanken, daß der kleine Protegé der betreffenden einflußreichen Persönlichkeit Alberts Vorzüge preist, Vorzüge so persönlicher Art, daß Albert sie nicht selbst ins Treffen führen kann. So ist Albert ... Wenn er also seine zweifelhaften und zweischneidigen Gunstbeweise verteilt, benimmt er sich wie ein Handlungsreisender, der Klinken putzt. Immer wieder hält er dem widerstrebenden Kunden seine Ware unter die Nase, auch wenn der murrt: »Nein, nein, das ist zuviel, bemühen Sie sich nicht, das kann ich nicht annehmen ...« Aber Albert setzt dem Ärmsten so lange zu, bis er ihn mürbe gemacht hat, bedrängt ihn mit Armen, Augen, Lächeln, sagt in regelmäßigen Abständen samtweich, gütig, bescheiden: »Aber nein, nicht der Rede wert, kein Grund zur Dankbarkeit, genieren Sie sich nicht, Sie kränken mich ...« Und jetzt versucht Albert mit eben diesen Mitteln, Anne Marie kirre zu machen.

Anne Marie weiß, was sie davon zu halten hat, aber sie bleibt zunächst ganz ruhig, weil sie sehen will, wie weit ihr scheinheiliger Eheherr das Spiel treibt.

»Sie wollen sich also dem Marschall gegenüber mit feinen Anspielungen begnügen, Albert. Wird das genügen?«

»Es entspricht dem chinesischen Verhandlungsstil, das wissen Sie doch. Bei den Himmlischen nennt man die Dinge niemals beim Namen. Man versteht einander auch so. Und zwischen Leuten von Rang hat dieses Verfahren viel für sich. Nichts wird klar ausgesprochen. So kann im Fall einer Ablehnung auch niemand beleidigt sein, denn es lag, genau gesagt, auch kein Angebot vor. Ich halte es für sehr taktvoll, wenn in einer etwas heiklen Angelegenheit nicht alles bis ins kleinste ausgesprochen wird. Die Chinesen sind in manchen Dingen nicht so ohne. Könnten Sie sich vorstellen, daß ich, der französische Konsul, vom Marschall verlange, er solle Dumont abmurksen? Das wäre in seinen Augen eine Flegelei, eine grobe Ungezogenheit, er würde mich verachten, und ich wäre für ihn erledigt. Indessen wird er mein Vorgehen für höflich, klug, kurz, meiner würdig erachten, wenn ich durchblicken lasse, daß ich ein Verschwinden Dumonts, über dessen nähere Umstände ich im vorhinein nichts wissen möchte, insgeheim zu schätzen wüßte und daß ich ihm trotz meiner zahlreichen offiziellen Proteste und Beschwerden gewiß keine Scherereien bereiten würde. Damit ist der Fall erledigt ...«

Anne Marie knabbert auf ihrer Unterlippe herum, sie vermag diese ärgerliche Regung nicht zu unterdrücken:

»Eine erhebende Ansprache, Albert! Ich hätte daran denken sollen, daß Sie in Sachen China unschlagbar sind. China hat einen breiten Rücken. Man kann alles dahinter verschwinden lassen ... Lächeln Sie nicht so süffisant, Albert.«

Anne Marie tritt noch einen Schritt auf Albert zu, sie stehen fast in Tuchfühlung.

»Trotzdem haben der Marschall und seine graue Eminenz Herr Lü Sie erst vor ein paar Monaten durch ihre Brutalität verblüfft. Sie vergessen, daß Sie mir erzählten, wie bestürzt Sie waren. Dieses Skelett Lü hat ohne alle die höflichen Umschweife, die Sie mir jetzt so gefällig schildern, von Ihnen die Beschaffung von Kriegsmaterial aus Indochina gefordert. Sie haben es ihm so gut wie versprochen. Sie machen also mit ihnen gemeinsame Sache. Es besteht kein Grund, warum Sie sie mit Samthandschuhen anfassen sollten. Sagen Sie ihnen einfach, ein gewisser Dumont, der ein großangelegtes Waffengeschäft vermitteln soll, sei ein Verräter. Lü und der Marschall setzten ihr Leben aufs Spiel. Wenn Sie den beiden rundheraus sagen, daß Ihnen das Los dieses Dumont, der unvorsichtigerweise nach Tschengtu gekommen ist, völlig gleichgültig sei, dann wird es klappen, glauben Sie mir ...«

Albert sucht augenrollend einen Fluchtweg. Seine Haut ist mit Schweißperlen bedeckt.

»Sie übertreiben, Anne Marie. Sie verlangen von mir, ich solle Dumont, der vielleicht ein Lump ist, aber doch ein Landsmann, französischer Staatsbürger, und den ich von Amts wegen um jeden Preis beschützen muß, auf einen bloßen Verdacht, eine reine Hypothese hin ans Messer liefern. Und das auf die schmählichste Art und Weise. Wenn das jemals herauskäme ... Ich riskiere meine Karriere, meine Ehre und sogar eine Gefängnisstrafe. Man könnte mich auf französisches Territorium bringen, vor Gericht stellen und aburteilen wie einen Verbrecher ...«

Anne Marie schreit ihn an:

»Ihre Feigheit stinkt zum Himmel. Sie widern mich an!«

Albert verdreht den Kopf nach allen Seiten. Er jammert:

»Ich soll wohl in Handschellen abgeführt werden? Zwischen zwei Gendarmen? Und was würde dann aus Ihnen werden? Mein Gott, welche Schande!«

Anne Marie mißt Albert von oben bis unten, als hätte sie ihn jetzt endgültig durchschaut:

»Sie tragen zu dick auf, Albert. Schluß jetzt mit dieser Schmierenkomödie. So dumm sind Sie auch wieder nicht.«

Der bloßgestellte Albert setzt seine pfiffigste Miene auf. Er preßt zwischen den Zähnen hervor:

»Aber, meine Teuerste, die Gefahr ist sehr konkret. Der Marschall könnte es für ratsam halten, mich an Tang Kiao zu verkaufen, um bei ihm wieder in Gunst zu kommen. Hingegen riskiert er Kopf und Kragen, wenn er Dumont um die Ecke bringt. Denn das würde Tang Kiao ihm nicht verzeihen. Sie sehen, dem Marschall wird die Entscheidung nicht leichtfallen. Ich muß vorsichtig zu Werke gehen, sehr vorsichtig sogar.«

Es ist die große Auseinandersetzung zwischen Anne Marie und Albert, ohne Krach, ohne Ironie, ohne Zorn, fast eintönig. Der unerbittliche Kampf Wille gegen Wille. Anne Marie wirft sich hinein:

»Keine Spitzfindigkeiten, Albert. Dumont wollte Sie beeindrucken und sein Opium bekommen, deshalb hat er Ihnen von Tang Kiaos ruchlosen Plänen erzählt. Und vorgegeben, sie vereiteln zu wollen. Der edle Dumont, der heiligmäßige Mann! Er winkt mit Zuckerbrot und Peitsche, und Sie fallen auf sein Gefasel herein. Aber der Marschall von Tschengtu ist kein Gimpel wie Sie. Sein gesunder gelber Verstand sagt ihm ganz bestimmt, daß er bei Dumonts Lebzeiten noch nicht einmal den Schatten eines Maschinengewehrs zu sehen kriegt. Er weiß, daß alle seine Soldaten über die Klinge springen müssen, wenn Dumont nicht kaltgemacht wird. Sie können ganz beruhigt sein, der Marschall wird Sie anhören, wenn Sie offen mit ihm sprechen. Los, gehen Sie zu ihm, damit die Sache aus der Welt geschafft wird!«

Albert protestiert ungestüm, seine Stimme wird zu frenetischem Geblök. Um seiner Vorstellung mehr Nachdruck zu verleihen, schlägt er sich mit beiden Fäusten an die Brust:

»Anne Marie, sie rennen offene Türen ein. Schließlich habe ich selbst Sie vor Dumont gewarnt, Ihnen von seinen Machenschaften berichtet.«

Anne Marie nimmt von Alberts Worten keine Notiz, sie fährt mit unglaublichem Starrsinn in ihrer Rede fort. Nichts scheint sie mehr aufhalten zu können:

»Dumont muß weg. Wenn er tot ist, mausetot, kann alles anders werden. Viel einfacher. Ohne diesen unseligen Menschen ist Tang Kiao Wachs in unseren Händen . . .«

Albert lächelt schlau: der alte Fuchs, der sich einen naiven Rat wohl anhört, aber ihm nicht folgt. Er bringt einen scharfsichtigen Einwand vor:

»Haben Sie wirklich alles bedacht? Wenn Dumont etwas zustoßen sollte, wird Tang Kiao zumindest Lunte riechen. Er wird dafür sorgen, daß sein Verdacht europäischen Kreisen zur

Kenntnis kommt, der Generalgouverneur von Indochina wird alarmiert, und ich sitze bis zum Hals in der Tinte!«

»Sie haben nichts zu fürchten, wenn Sie Ihre Vorkehrungen treffen . . .«

»Und wie, meine kleine Mimi? Erklären Sie mir das.«

»Natürlich wird Tang Kiao uns Scherereien machen, wenn man ihn dazu kommen läßt. Aber er ist leicht zur Räson zu bringen.«

»Verraten Sie mir Ihr Rezept.«

»Tang Kiao hat sich in Yünnanfu maßlos bereichert, ohne für andere auch nur ein Krümel übrigzulassen. Und auch hier bei uns wäre so mancher treue General bereit, ihn zu beseitigen, um seinen Platz einnehmen zu können. Es würde genügen, einen dieser Herren ein klein wenig zu ermutigen . . .«

Albert kräht:

»Sie sind unersättlich, Anne Marie. Dumonts Skalp genügt Ihnen nicht. Sie müssen auch Tang Kiao in die ewigen Jagdgründe schicken. Sie geben sich wahrhaftig nicht mit Halbheiten ab! Sie stehen wohl nicht gern auf einem Bein.«

Albert kostet seinen Scherz aus, und Anne Marie zuckt mit den Achseln.

»Sie brauchen an Tang Kiao nicht Hand anzulegen. Es genügt, ihm Angst einzujagen. Sie verfassen ein ausführliches und verschlüsseltes Telegramm an Ihren Gönner im Außenministerium, worin Sie ihn bitten, die nötigen Instruktionen an Ihren Amtskollegen, den französischen Konsul in Yünnanfu, und an das Generalgouvernement von Indochina zu schicken. In Yünnanfu gibt es alles, was man an Hilfe und Helfern braucht: annamitische Spione, französische Abenteurer, eurasische Politiker, lauter Professionelle, die sich mit einem von Tang Kiaos Helfershelfern absprechen können. Wenn Tang Kiao dann erfährt, daß die Franzosen einen seiner Gefolgsmannen mit Geld und Kriegsmaterial für einen Staatsstreich versorgen, so wird Freund Tang Kiao klein beigeben, er wird keinen Ton pfeifen, wenn ihn die betrübliche Nachricht von Dumonts Ableben erreicht, darauf können Sie sich verlassen . . .«

Albert setzt eine ratlose Miene auf:

»Was sollte ich meinem Gönner im Außenministerium erzählen.

um ihn gegen Tang Kiao aufzubringen? Wenn Dumont ermordet wird, erinnert er sich an meinen Vorstoß, und dann wird er den Braten riechen. Jeder würde Verdacht schöpfen.«

»Aber nein, Albert, nicht wenn Sie es richtig anfangen. Äußern Sie den Verdacht, daß Tang Kiao einen üblen Streich plane – was jedermann plausibel erscheinen wird –, daß er sich der Waffen bemächtigen wolle, die dem Marschall von Tschengtu zugedacht sind, oder irgend etwas ... Später wird kein Mensch Ihre Depeschen nach Paris mit dem in Verbindung bringen, was Dumont zugestoßen ist. Sie riskieren überhaupt nichts.«

Alberts Augen sind groß wie Untertassen.

»Ich soll also alle hintergehen, auch Frankreich, dessen Vertreter ich bin? Dazu hab ich nicht den Nerv ... Und außerdem ist mir die Sache zu unsicher. China ist ein Land, wo verwickelte Angelegenheiten sich bis zu einem Punkt weiterverwickeln, an dem niemand mehr absehen kann, wie sie enden werden.«

Er versucht zu scherzen:

»Und können Sie sich vorstellen, wie mein Amtsbruder in Yünnanfu reagieren würde, wenn er Order bekäme, gegen Tang Kiao vorzugehen? Er würde sterben vor Angst. Sie kennen doch den gelehrten Cosimus, der orientalische Sprachen studiert hat, Sinologe und Philosoph obendrein. Er hat im Quartier Latin eine kleine Studentin geheiratet, eine polnische Jüdin, häßlich wie die Nacht, ohne Beine, ohne Hals, ohne Haare und fett wie ein Kloß. Das Ehegespons glaubt an die guten Chinesen und möchte den ganzen Cercle français von Yünnanfu zu diesem Glauben bekehren. Sie hat es sich in den Kopf gesetzt, den Damen der französischen Kolonie die Volkstänze der Himmlischen beizubringen. Inzwischen wirft sich der Herr Gemahl im Konsulat in ein weites rotes Mandarinsgewand, um eine seltsame Zeremonie abzuhalten. Er deklamiert, feierlich wie der Papst persönlich, ungemein schweinische erotische Verse aus dem Hausschatz der Himmlischen und inspiriert sich dabei im Hintern einer nackten chinesischen Prostituierten. Können Sie sich diese Witzfigur im Kampf mit Tang Kiao vorstellen ...?«

Anne Marie läßt sich nicht beirren:

»Lassen wir das. Es ist unwichtig. Wir können auf diesen Schachzug gegen Tang Kiao verzichten – ich habe diesen Vorschlag nur gemacht, um Sie zu beruhigen, nachdem Sie überall Schwierigkeiten sehen und alle möglichen Ausflüchte suchen. Es geht auch einfacher. Am Ende wäre es sogar besser. Ich versichere Ihnen, sobald Dumont aus dem Weg geschafft ist, hat Tang Kiao nichts mehr gegen Sie in der Hand. Die Chinesen wissen wie alle echten Spieler, wann sie verloren haben. Tang Kiao wird höchstens finden, daß Sie sehr gerissen seien, und er wird es sich gesagt sein lassen. Es kann Ihnen nichts geschehen, wenn Sie Ihre Rolle in Tschengtu gut durchhalten.«

»Welche Rolle?«

»Das wissen Sie genau. Die Rolle eines guten Konsuls. Sie müssen nichts weiter sein als Sie selbst, der vortreffliche Konsul Albert Bonnard. Benehmen Sie sich ganz natürlich. Seien Sie gewissenhaft, pflichteifrig, erfüllt von der Würde, der Größe und den Rechten Frankreichs, wie Sie es immer waren.«

»Ich verstehe nicht recht . . .«

»Hören Sie auf, sich dumm zu stellen. Sie haben ganz genau verstanden. Na schön, also . . . Eines schönen Tages wird jemand mit allen Anzeichen der Bestürzung ins Konsulat galoppiert kommen und Sie aus Ihrem Mittagsschläfchen reißen, um Ihnen mitzuteilen, daß Monsieur Dumont, der sich nach dem Essen zu irgendeiner Geheimverhandlung in die Stadt begeben hat, von bewaffneten Männern entführt wurde. Die Darstellungen werden abweichend, widersprüchlich sein, einmal heißt es, die Entführer seien szetschuanesische Soldaten gewesen, dann wieder irgendwelche andere Leute, Meuterer oder Banditen. Wie dem auch sei, Sie fackeln nicht lange. In Ihrer Empörung schwingen Sie sich aufs Pferd, sprengen geradewegs und ohne vorherige Anmeldung zum Yamen des Marschalls, vorbei an den Wachen, erzwingen sich Zugang und sprechen zu ihm, wie es Ihnen ansteht. Sie sagen ihm, daß Sie ihn, als Gouverneur der Stadt, für Monsieur Dumonts Leben verantwortlich machen. Sie verlangen mit allem Nachdruck, daß er alles unternehme, um Dumont unverzüglich zu befreien. Daß er eine Proklamation verkünde, die seinen Zorn ausdrücke, ungeheure Belohnungen für Hinweise zu seiner Auffindung und furchtbare Strafen für die Verbrecher ankündige, falls diese sich nicht eines Besseren besinnen und ihr Opfer freigeben würden. Sie fordern sofortige Mobilisierung der Soldaten, Polizisten und Spione in Tschengtu und der ganzen Provinz. In Ihrer Erregung gebrauchen Sie eine Sprache, die den Marschall so sehr das Gesicht verlieren läßt, daß er in seiner Erniedrigung und seinem Zorn über diese Behandlung nicht wagt, Ihnen die einzig vernünftige Lösung vorzuschlagen: warten, bis sich irgendwo ein Emissär der Entführer meldet, um die Verhandlungen über das Lösegeld einzuleiten. Der Marschall läßt also seine Schergen los, die in Straßen, Gassen und Hütten Furcht und Schrecken verbreiten, angeblich, um die Schuldigen aufzuspüren und Monsieur Dumont zu retten. Am Ende finden sie Dumonts Leiche: die Entführer, die fanden, daß der Marschall sich nicht an die Spielregeln gehalten und die Usancen des Business mißachtet habe, sahen sich gezwungen, Monsieur Dumont zu töten, anstatt ihn zu verhökern. Nun zeigen Sie offen Ihren Schmerz, Sie setzen Ihre Leimsiedermiene auf, der Marschall bietet Ihnen ein paar hundert angebliche Entführer als Sühneopfer an plus ein paar Kilo Gold Wiedergutmachung an Frankreich und an die Witwe, denn es gibt in Schanghai eine Madame Dumont. Ich kann mir Ihr gravitätisches Auftreten schon jetzt deutlich vorstellen, Ihren feinen Takt, Ihre Ansprachen, die Leichenrede, in der Sie Dumonts sämtliche Tugenden rühmen. Die ganze Stadt wird Trauer tragen, der Marschall erweist, ganz in Weiß, dem Toten die letzte Ehre, die anderen Konsuln und die Honoratioren der Stadt drücken Ihnen ihr Beileid aus, Sie lassen die obligatorische Totenklage über sich ergehen, die Aufbahrung mit all den Blumen, die zugleich mit dem Leichnam verwesen, die Aussegnung und das Requiem der Missionare, die Gebete der Waisenkinder, die sich im Vorbeiziehen bekreuzigen, Sie führen Verhandlungen, um einen soliden Sarg zu beschaffen. Schließlich nehmen Sie an der Spitze einer Delegation Abschied von dem, was einmal Dumont gewesen ist und nun von Kulis in seinem Katafalk nach Schanghai auf den Weg gebracht wird, zur letzten Ruhe auf dem Friedhof der französischen Konzession. Vielleicht geben Sie der sterblichen Hülle sogar ein paar Tage lang das Ehrengeleit. Und dann kehren Sie nach Tschengtu zurück und verfassen einen erschöpfenden Bericht an den Quai d'Orsay, um darin festzuhalten, daß Sie nichts unversucht gelassen haben, um Dumont zu retten. Aber ach! es war vergebens ...

Und abschließend verbreiten Sie sich über die enorme Entschädigung und Bußzahlungen, die Sie von den Chinesen bekommen haben und die beweisen, daß die Himmlischen, dank Ihrer Bemühungen, Frankreich mehr denn je fürchten und respektieren. Ich sehe Ihren Bericht schon vor mir . . . Und dann ist Dumont von aller Welt vergessen.«

Albert, der schweigend zugehört und an seinem Schnurrbart gezogen hat, lächelt abermals ironisch:

»Was soll denn dieser Roman?«

»Es ist kein Roman. Genauso muß alles ablaufen. Dann wird niemand den geringsten Verdacht schöpfen. Vielleicht wird man sogar Ihre Hochherzigkeit rühmen. Es wird heißen: ›Was hat der arme Albert Bonnard nicht alles für Dumonts Rettung versucht! Der Ärmste hat seine Mühe nicht belohnt gesehen . . .!‹ Sie werden sich schon ins rechte Licht setzen, davon bin ich überzeugt. Außerdem werde ich Ihnen zur Seite stehen. Und zwar mit dem größten Vergnügen. Wir beide werden die einzigen Weißen sein, die Bescheid wissen.«

Albert betrachtet seine verzückte Frau mit einem langen, bedrückten, traurigen Blick und sagt:

»Sie erschrecken mich.«

Anne Marie ist in ihrer Raserei häßlich geworden:

»Hätte Dumont nicht unsern Sohn bedroht, so würde ich niemals seinen Tod von Ihnen fordern. Nach dieser Erpressung empfinde ich keinerlei Gewissensbisse, ich würde ersticken vor Wut, wenn er nicht seine Strafe bekäme. Und zwar die Todesstrafe.«

Albert zündet sich nachdenklich eine Zigarette an, läßt, um Zeit zu gewinnen, aus seinem Mund Rauchkringel aufsteigen.

»Ihr Plan ist nicht so gut, wie Sie glauben. Gewiß, man kann sich darauf verlassen, daß die Yünnanesen des Marschalls ihre Sache gut machen. Aber die peinliche Komödie, die wir dabei spielen müssen, enthält verschiedene schwache Punkte. Die Leute werden sich zweifellos fragen: ›Warum legt Albert Bonnard sich gar so ins Zeug? Warum dieses überstürzte Ultimatum an den Marschall? Hätte er sich Zeit gelassen, hätte er mit den Banditen zu verhandeln versucht, dann wäre Dumont vielleicht noch am Leben.‹ Mein Verhalten könnte sehr wohl verdächtig wirken und Argwohn auslösen.«

»Sie wissen genau, wenn in Tschengtu jemand entführt wird, sind alle Lösungen fatal. Läßt man sich auf Verhandlungen ein, so schicken die Kidnapper Körperteile des Entführten, um immer mehr Geld herauszupressen, und man bekommt ihn doch niemals lebend zurück. Nein, im Fall Dumonts wird jedermann denken, daß Sie mit dieser Mobilisierung der Yünnanesen, mit dieser großen Treibjagd zur Auffindung Dumonts, die einzige Chance zu seiner Rettung ergriffen haben. Niemand wird Ihnen einen Vorwurf daraus machen, daß Sie alles auf eine Karte setzten, auch wenn die Sache ein übles Ende nahm.«

Albert führt ungerührt fort, immer vollendetere Rauchkringel zu produzieren.

»Sie kennen das Leben nicht. Ich gehe jede Wette mit Ihnen ein, daß die Briten Unrat wittern würden. Die sind auch keine heurigen Hasen.«

»Sie kennen doch die Engländer und ihr Phlegma. Wenn sie keine formellen Beweise in der Hand haben, schweigen sie. Und es wird keine solchen Beweise geben.«

»Einer ihrer Agenten vom Intelligence Service wird einen Bericht darüber machen. Woraufhin Tschengtu den Besuch einiger Gentlemen bekommen dürfte, die ein bißchen intelligenter sind als ihr jetziger Konsul, und das wäre mir äußerst unangenehm.«

»Sie träumen, Albert. Im äußersten Fall würden ein paar Leute auf den Marschall und seine Yünnanesen tippen, aber niemals auf Sie. Sie würden wie üblich sagen: ›Wieder einer dieser Chinesentricks. Ein gräßliches Land . . . Dumont hat es direkt herausgefordert durch seine Geschäftemacherei mit den Gelben.‹ Das wird sein Nachruf sein.«

»Apropos Chinesen, haben Sie an die Blaue Bande gedacht? Die wird alles erfahren, die . . .«

»Und wenn schon, was tuts? Der Marschall muß nur dem sehr ehrenwerten Herrn Tu mitteilen, er habe die Absicht, sich an das Opiumabkommen zu halten, das der unglückliche Monsieur Dumont noch kurz vor seinem Tod mit ihm getroffen hat. Herr Tu wird sich alsbald darüber trösten, um so mehr, als er nun keine Prozente mehr an Dumont abführen muß . . .«

Albert legt die Hand an die Stirn, als habe er Migräne, eine jener Migränen, die im allgemeinen jedes Leben im Konsulat zum Erlöschen bringen.

»Und wenn Sie schon an alles denken, haben Sie auch an den Marschall gedacht? Wenn ich Dumont von ihm ermorden ließe, hätte ich fortan keine ruhige Stunde mehr. Sooft er mich anblickte, sähe ich in seinen Augen den Schimmer der Ironie. Ich wäre einer ständigen Erpressung von seiner Seite ausgesetzt.«

»Er ist weit mehr auf Sie angewiesen, als Sie auf ihn. Sie haben also von ihm nichts zu fürchten. Und außerdem, was bedeutet schon ein Ermordeter für einen Chinesen? Höchstens ein Geschäft. Sie haben bereits einige Geschäfte mit dem Marschall laufen. Mit oder ohne Dumonts Ermordung sind Sie Komplizen. Es sei denn, Sie verzichteten auf alles, sogar auf Ihre Eisenbahn ...«

Abgrundtiefer Seufzer meines Vaters:

»Nein, meine Eisenbahn will ich haben. Aber mein Gewissen ... Verdammt noch mal, ich bin doch kein Wilder.«

Anne Marie rückt Albert noch näher auf den Pelz:

»Eine volle Stunde höre ich mir jetzt Ihr wehleidiges Gefackel an. Entschließen Sie sich endlich ...!«

Aber Albert beeilt sich nicht. Er spannt Anne Marie auf die Folter. Er gibt sich normal, allzu normal, behaglich, entspannt, ungezwungen, nicht schrulliger als sonst, ganz als wäre alles in schönster Ordnung, als belauerte Anne Marie ihn nicht in äußerster Spannung. Er holt ein Lederkästchen vom Nachttisch und schreitet zum Zeremoniell des Zigarrenanzündens. Eine riesige Zigarre, an der er eine Reihe von Operationen vornimmt. Er knetet lange das eine Ende, köpft das andere mit einem silbernen Instrument, dann dreht er die Havanna so lange über einer Streichholzflamme, bis sie zu knistern beginnt, ehe er sie endgültig anzündet und in den Mund steckt. Eine Minute, zwei ... Sorglose Rauchspiralen, die aus seinem Mund aufsteigen wie aus einer Friedenspfeife. Albert gibt sich ganz diesem behäbigen Genuß hin, der ihn sichtlich aufheitert. Er sagt zu Anne Marie:

»Treten Sie ein wenig zurück, ich könnte Sie sonst brennen.«

Diese Zigarre ist seine Revolutionsfahne. Obwohl Albert sie

ganz unkriegerisch mümmelt und schmaucht, hat er das Stadium unbeugsamer Entschlossenheit erreicht. Jetzt ist er nicht mehr ängstlich, er ist felsenhart.

Schon sind ein paar Zentimeter abgebrannt. Albert stippt mit knappen Bewegungen die Asche ab. Dann läßt er sich in seinen Sessel sinken, hält die rauchende Zigarre weit von sich weg und sucht die bequemste Stellung. Er lächelt ein wenig matt, ein leicht spöttisches Leuchten in seinen Augen gilt Anne Marie, ihm selbst, allem Bestehenden, und schließlich beginnt er zu sprechen. Es klingt ein wenig schwerfällig, kehlig, erschöpft: nicht von der Niederlage, sondern im Gegenteil von der Abspannung, die man empfindet, wenn der Kampf ausgekämpft ist, wenn nichts anderes mehr übrigbleibt, als die Wahrheit zu sagen:

»Anne Marie, Sie haben mich zermürbt. Ihre Szene hat zu lange gedauert ... Ehrlich gesagt, Sie haben mich richtig beurteilt. Es stimmt, daß ich Listen gebraucht habe, Winkelzüge, Spitzfindigkeiten und Tricks, um Sie in Ihrem Entschluß zu erschüttern. Sie sollten freiwillig von Ihrem Plan abrücken, ohne daß ich nein sagen müßte. Ich weiß, wie empfindlich Sie sind, ich wollte Sie nicht durch eine kategorische Ablehnung verletzen. Ich weiß auch, daß Ihren Motiven nichts Niedriges anhaftet, ja daß sie sogar einer gewissen Logik nicht entbehren. Vielleicht haben Sie recht. Aber ... aber ich tu da nicht mit.«

Anne Marie hört wie versteinert zu. Albert wirft sein ganzes Gewicht als verständiger Mensch in die Waagschale. Er schweigt, richtet sich ein wenig auf, um einen tiefen Zug an seiner Corona zu tun, dann lümmelt er sich wieder in den Sitz, um zu zeigen, daß er das Ganze jetzt endgültig satt habe, und fährt fort:

»Es wäre vielleicht nicht dumm, Dumont ermorden zu lassen. Und für mich wäre, wie Sie ganz richtig begriffen haben, praktisch keine Gefahr damit verbunden. Ein umsichtiges Abkommen mit dem Marschall und danach diese Posse, die Sie sich so trefflich ausdachten. Ja, das wäre eine sichere Sache. Sie hat nur den einen Haken, daß ich kein Mörder bin und es auch nie sein werde ...«

Der Konsul ist gut bis ans Herz hinan. Doch ein Leichengrinsen beginnt sein Gesicht zu verzerren, wie aufkeimende Bosheit, die sich verstärken will, in seinem Mund zu quellen anfängt. Und tatsächlich stößt er mit verkniffenem, hinterhältigem Ausdruck hervor, als könnte er nicht länger an sich halten:

»Aber Sie, Anne Marie, Sie sind abgebrüht. Verdammt abgebrüht. Ich hatte wirklich keine Ahnung, daß Sie derart aufs Ganze gehen. Ich muß gestehen, mir wird ein bißchen blümerant, wenn ich an meine Zukunft denke, ich meine, falls ich Ihnen eines Tages lästig sein sollte. Jetzt, da ich Ihre summarischen Methoden kenne, frage ich mich, ob Sie mir nicht den Garaus machen würden, so wie er jetzt, wenn es nach Ihnen ginge, dem armen Dumont gemacht werden soll ... Ich mache doch nur Spaß, Anne Marie. Anne Marie ...«

Die letzten Worte sind ein hilfloses Stammeln. Albert sitzt ganz belämmert vor seiner Gattin, die sich bis zur Unkenntlichkeit verwandelt hat. Sie ist nicht mehr der flammende Blitzstrahl, der Racheengel, auch nicht eine Frau, die den Verstand verloren hat, weil ihre Nerven der Anspannung nicht mehr gewachsen waren. Viel schlimmer. Sie ist nur noch ein Tier, das mörderisches Geheul ausstößt. Ihr Gesicht ist ein Loch, aus dem unartikulierte Schreie tönen. Ein Alptraum. Sie grimassiert wie die vertierten Wahnsinnigen, die man in den Straßen von Tschengtu, an Ketten geschmiedet, sehen kann. In ihrer Trance steht Anne Marie stocksteif da, wie bewußtlos, die Arme schlagen um den Körper, ihr Kreischen geht durch Mark und Bein, durchbohrt die Seele, dringt durch die Wände. Manchmal läuft eine Zuckung durch ihren Körper, sie bäumt sich und lacht. Das dauert eine Ewigkeit, ganz bestimmt mehrere Minuten.

Albert ist so verdattert wie ein Wiederkäuer, neben dem der Blitz einschlug, er kann nur brabbeln: »Himmelherrgottnochmal ... was ist denn hier los? Was soll ich tun? Das hat mir gerade noch gefehlt ...« Dann faßt er sich ein Herz, versucht, Anne Marie in die Arme zu nehmen, und spricht ihr gut zu: »Was ist denn bloß, ma chéri? Was haben Sie? Ich wollte Sie nicht erzürnen. Beruhigen Sie sich, ich bin bei Ihnen. Bitte, beruhigen Sie sich, man könnte Sie draußen hören.«

Bei Alberts Berührung kommt Anne Marie zu sich und stößt unter Schluchzen hervor:

»Fassen Sie mich nicht an. Fassen Sie mich nicht an.«

Albert, der immer ärgerlicher, immer mißmutiger wird, murmelt beruhigend, wie zu einer Kranken:

»Nein, nein. Ich fasse Sie nicht an. Anne Marie, erkennen Sie mich denn nicht? Ich bin Ihr lieber Mann, Albert . . .«

Anne Maries Schreie sind verstummt, sie weint, die Tränen rollen über ihre Wangen. Sie ist wieder menschlich geworden: leichenblaß, kraftlos, die Lippen zucken noch, das Kinn ruckt im Takt nach vorn, der Hals bebt, die Schultern schaudern. Das Leben kehrt zurück, in ihren Augen erwacht der Glanz, wie der erste Lichtstrahl, der sich durch das Nachtgewölk Bahn bricht. Über die Züge, die vom Veitstanz verzerrt waren, legt sich sanfte Betäubung ähnlich einer wohltätigen Ohnmacht. Ohne zu schwanken, geht sie wie eine Schlafwandlerin zu ihrem Bett und legt sich nieder. Himmlischer Friede. Sie ist sehr schön, wie aus Todesnot gerettet. Sie schließt die Lider, als wollte sie schlafen. Der Atem geht ruhig zwischen den entspannten Lippen, den gleichen Lippen, die noch vor wenigen Minuten das geifernde Sprachrohr des Wahnsinns waren. Die Atmung wird noch leiser, dann unhörbar. Sekunden vergehen – mein Vater beugt sich über die Gestalt Anne Maries, diese Starre beunruhigt ihn. Doch dann kommt aus Anne Maries Mund eine klare Stimme, die sagt: »Ich werde mir nie verzeihen, daß Sie, ein Mann wie Sie, Albert, mich in diesen Zustand versetzen konnten! Es wird nicht wieder vorkommen, das verspreche ich Ihnen.«

Diese sibyllinischen Worte bringen Albert aus dem Gleichgewicht. Anne Marie will damit sagen, daß Albert ihr, als er sie berührte, den Verstand wiedergegeben hat. Es war eine Reaktion des Abscheus, nicht der Liebe. Die Scham über ihre Schwäche, ihre Unbeherrschtheit gegenüber ihrem Ehemann hat Sie dem Chaos entrissen . . .

Anne Marie hat sich auf ihrem Lager aufgerichtet. Sie betupft das Gesicht mit einem Taschentuch. Sie verlangt eine Bürste. Lange bürstet sie das Haar, aus dem sie alle Nadeln gezogen hat, so daß es sie umfließt, dann steckt sie es wieder auf. Ein kompliziertes Gebäude. Danach steht sie auf, bringt ihre Kleider in Ordnung und mustert sich prüfend im Spiegel. Endlich nimmt sie die Gegenwart Alberts zur Kenntnis, der um sie herumschwirrt, tut, als wolle er sich hilfreich erweisen, aber immer nur jammern kann: »Anne Marie, mein Gott, Sie haben mich erschreckt. Was für eine Aufregung! Geht es Ihnen jetzt wieder gut? Es fehlte nicht viel, und ich hätte einen Herzanfall erlitten, ich fühle mich gar nicht wohl.« Er führt die Hand zum Herzen, wie um es zu beschwichtigen, dann läßt er sich endlich mit Leidensmiene, keuchend wie ein Ochse, auf seinen Stuhl plumpsen und macht laut: »Uff!«

Anne Marie hat die Verwüstungen in Aussehen und Kleidung wieder beseitigt, nur die Augen sind noch leicht gerötet. Sie dreht sich zu Albert um, und anstatt über ihn und seine Leiden zu spotten, lächelt sie ihm zu. Mit unheimlicher Ruhe, der Ruhe tiefen Wassers, sagt sie zu ihm:

»Ich bitte Sie um Vergebung, mein Freund. Ich habe mich getäuscht. Sie sind wirklich Albert Bonnard, mehr noch, als ich dachte.«

Albert, mit einer Spur von Beunruhigung:

»Was wollen Sie damit sagen?«

»Daß Sie wirklich der Herr Konsul sind. Es ist allein Ihre Sache, sich durch alle diese China-Geschäfte zu lavieren. Mich gehen sie nichts an. Ich werde Sie in Zukunft nicht mehr mit meinen einfältigen und hausbackenen Ratschlägen behelligen.«

»Ihr Rat ist mir oft sehr nützlich gewesen, das wissen Sie. Ich brauche Sie.«

»Nein, Albert, Sie müssen selbst wissen, was Sie zu tun und zu lassen haben. Gewiß, ich bin zutiefst überzeugt, daß Sie einen schwerwiegenden Fehler begehen, wenn Sie Dumont nicht aus dem Weg schaffen lassen. Aber fürchten Sie nichts, ich werde nicht wieder darauf zu sprechen kommen, ich wasche meine Hände in Unschuld . . .«

»Anne Marie, ich merke doch, daß Sie ärgerlich sind . . .«

»Keineswegs. Aber ich will Ihnen eines sagen: für mich gibt es keinen Zweifel, daß Sie in Ihr Unglück rennen, wenn Sie diesen Menschen am Leben lassen. Aber seis drum, ich werde Sie begleiten . . . Aus Stolz. Weil ich mich von keiner Katastrophe in die Knie zwingen lasse. Ich kann nicht über meinen Schatten springen, ich bin unfähig, klein beizugeben, erkennen zu lassen, daß etwas mir nahegehen, daß ich leiden, mich fürchten, in Panik geraten kann . . .«

»Ich darf also auf Sie zählen? Sie halten zu mir?«

»Ja. Auch das gebietet mir mein Stolz. Das Schicksal hat mich Ihnen verbunden. Ich bin Ihre Frau. Ich bin die Frau Konsul. Ich kenne meine Pflichten und werde sie erfüllen. Und was auch immer uns an Schrecklichem zustoßen mag, ich werde Ihnen niemals einen Vorwurf machen. Niemals. Allenfalls würde, wenn man eines Tages uns alle töten sollte – mich, das Kind und Sie –, mein Abschiedswort an Sie lauten: ›Armer König‹.«

»Was Sie da sagen, ist nicht sehr freundlich, Anne Marie. Sie empfinden also keine Zuneigung für mich, Sie verachten mich . . .«

Anne Maries Stimme klingt müde:

»Aber ja, ich habe Sie gern, Albert. Sind Sie jetzt zufrieden? Dann kleiden Sie sich jetzt an. Wir dürfen den guten Dumont nicht länger warten lassen, er langweilt sich bestimmt schon zu Tode. Es ist schon fast eine Stunde über Essenszeit . . .«

Folgsam schlüpft Albert in seine Hose, ohne seinen Chefboy zu Hilfe zu rufen. Er verheddert sich heillos in den Hosenbeinen. Von meinem Versteck aus sehe ich seine behaarten Beine. Er ist sehr nachdenklich.

Anne Marie lacht leise:

»Dieser Dumont wird niemals wissen, was er Ihnen verdankt. Sogar meine Huld. Denn, Albert, ich werde Ihnen in allen Stücken gehorchen. Sie haben zu Beginn dieser Unterredung verlangt, ich solle liebenswürdiger zu diesem Herrn sein. Er soll sich über die Veränderung wundern, die mit mir vorgegangen ist. Ich werde mich ihm aufmerksam widmen. Sie wissen, ich kann sehr charmant sein . . .«

Albert braust auf:

»Aber übertreiben Sie nicht. Fallen Sie nicht von einem Extrem ins andere. Er könnte Gott weiß welche Schlüsse daraus ziehen . . .«

Anne Marie lacht jetzt frei heraus:

»Sie sind wirklich nie zufrieden, Albert. Mißtrauen Sie mir etwa? Das sollten Sie nicht, ich habe Ihnen gesagt, daß ich Sie nach besten Kräften unterstützen werde. Kommen Sie, ich will Ihnen sogar die Krawatte knoten, da Sie es offensichtlich allein nicht fertigbringen . . .«

Eine köstliche, seltene, ja einzigartige Szene: zum erstenmal, soweit ich mich erinnern kann, legt Anne Marie sorgende Hand an Albert, um ihm zu helfen, ihn zu verhätscheln, zu verwöhnen. Die langen weißen Hände an Alberts gedrungenem Hals. Albert schnurrt vor Behagen, er ist selig, drückt die Lippen auf Anne Maries Schläfe. Anstatt sich abzuwenden, anstatt ihre Miene leicht angewiderter Überraschung aufzusetzen, wendet Anne Marie ihm das Gesicht zu. Wenn das alles ist, was bei ihrem bitteren Zwist herauskam ... Aber plötzlich, als hätte sie das Spiel nun satt, sagt sie: »Genug, Albert. Ziehen Sie Ihren Rock an, wir wollen uns beeilen, Dumont den Hof zu machen ...«

Diese Intimität gefällt mir nicht. Ich mag es nicht, wenn mein Vater sich meiner Mutter nähert – es ist mir, als beschmutze er sie. Anne Marie hat mich mit dem Widerwillen, den sie vor Albert empfindet, längst angesteckt. Nicht daß ich meinen Vater haßte, aber schon verachte ich ihn als einen ordinären Menschen. Der Anblick bereitet mir Übelkeit, ich will nichts mehr sehen, nichts mehr wissen. Und außerdem ist es höchste Zeit, daß ich meinen Ausguck, meinen Wachtposten, verlasse, wenn meine Eltern mich nicht ertappen sollen. Ich steige die Treppe hinunter, ein kräftiger, schweigsamer, verschlossener Junge, dem das Herz schwer ist. In meine Gedanken versunken gehe ich gesenkten Kopfs über die Platten im Hof auf den Speisesaal zu, als ich an eine warme, weiche, harte, klebrige Masse pralle – genau wie das Tier, das mich in meinen Alpträumen verschlingt. Ich springe zurück, aber eine Faust packt mich, eine Woge von Gelächter schlägt über mir zusammen, ich blicke in das feiste Gesicht Dumonts, das noch gerötet ist vom Rasiermesser, apoplektisch vor Gesundheit. Er hat mich mit beiden Händen bis zu seinem Kürbis hochgehoben, in dem die harten Äuglein glitzern. Ich bin sein Gefangener. Seine Finger halten mich fest, pressen sich in meine Seiten, ich bin dem schwammigen Mund ausgeliefert, der mich mit drohender Leutseligkeit ausfragt:

»Na, gings heiß her, dort droben ...?«

Ich blicke Dumont unschuldig an, als begriffe ich nicht.

»Laß das, du kleiner Nichtsnutz, bei mir verfängt das nicht. Mir kann keiner mehr was vormachen. Du hast alles mit angehört . . . Wirst allerhand zu hören gekriegt haben, deine Herren Eltern haben ganz schöne Brocken gespuckt!«

»Lassen Sie mich los, Monsieur Dumont. Sie tun mir weh . . .«

»Du Range. Und wenn ich nun deinem Vater und deiner Mutter erzähle, daß du ein kleiner Spion bist, daß du sie immer hinter den Türen belauschst? Dann wär dir eine Tracht Prügel sicher! Außerdem würden sie dich womöglich nach Frankreich in ein Internat schicken, damit du Mores lernst. Dann ist es vorbei mit dem freien Leben.«

»Monsieur Dumont, das werden Sie doch nicht tun . . .«

»Nein, mein Junge. Aber dafür mußt du mir alles erzählen, was du gehört hast. Wenn du nett zu mir bist, gebe ich dir, was du willst. Papa Dumont ist nämlich auch ein netter Kerl. Und intelligente Kinder hat er sehr gern . . .«

»Ich würde Ihnen gern alles sagen, was ich weiß, Monsieur Dumont. Aber ich weiß nichts. Ich bin noch zu klein.«

Dumont betrachtet mich gereizt, seine Backen blähen sich, die Augen spielen ins Rötliche. Aber er zwingt sich weiterhin zur Freundlichkeit:

»Streng dich ein bißchen an, Kleiner. Deine Mutter hat sich furchtbar aufgeregt. Warum?«

»Ich weiß nicht, Monsieur Dumont.«

»Halt mich doch nicht zum Narren. Sag mir wenigstens, ob deine Eltern von mir gesprochen haben?«

»Ich glaube nicht, Monsieur Dumont.«

Dumont ist wütend – kleine Äderchen flammen in seinem Gesicht auf. Schmerz durchzuckt mich. Dumont reißt mit seinen groben Fingern an meinem Ohrläppchen:

»Du kleines Aas! Du wirst noch von mir hören. Es ist noch nicht aller Tage Abend. Bei mir kriegt jeder sein Fett . . .«

Endlich läßt Dumont mich an seinem Bauch entlang zu Boden gleiten. Aus sicherem Abstand blicke ich ihm geradewegs in die Augen und sage:

»Monsieur Dumont, wenn Sie meinen Eltern sagen, daß ich sie belauscht habe, dann sage ich, Sie hätten mich geschlagen, damit ich Ihnen erzählen sollte, was ich gehört habe.«

Ich hatte mich verrechnet. Denn schon stürzt sich diese Masse Dumont zähnefletschend auf mich. Schon rammt mich sein

Wanst, schon hebt er die Hand, wie um mir eine Ohrfeige zu verabreichen. Aber die Bewegung endet in einem Streicheln meiner Stirn. Denn der Herr Konsul und die Frau Konsulin sind in diesem Augenblick oben an der Treppe erschienen und steigen herunter in den Hof.

Albert und Anne Marie zeigen sich als Paar. Das ideale Paar. Keine Spur ihres Scharmützels. Glückliche Mienen. Albert ist wie aus dem Ei gepellt, nicht zu förmlich im Hinblick auf die Tageszeit und die Gesetze der Gastfreundschaft, die einfaches und ungezwungenes Auftreten erheischen. Umweht von Eau de Cologne, wohlgezogener Scheitel, vollendet geknotete Krawatte. Und vor allem das Willkommenslächeln, das sein Gesicht spaltet, nicht rundum, nur zur Hälfte, wie es sich gehört. Anne Marie trägt eine große Jadebrosche an der Brust. Sie ist ganz Dame. Aber sie betrachtet Dumont jetzt nicht mehr von oben herab, blickt nicht durch ihn hindurch, als wäre er Luft, ein Nichts. Nein, ihr Blick gilt dem Menschen Dumont, läßt ihn gelten. Sie neigt den Kopf ein wenig, nur eine Spur herablassend, und sie lächelt Dumont sogar zu.

Dumont ist sprachlos. Im Handumdrehen ist aus dem Scheusal, das mich bedrohte, wieder der gutmütige Dicke geworden, der überfließt von Wertschätzung für meine Eltern und von Wohlwollen für mich. Doch seine Augen starren verständnislos auf die wunderbar verwandelte Anne Marie.

»Entschuldigen Sie unsere Verspätung«, sagt Albert weltläufig. »Wir haben uns nicht beeilt, weil wir dachten, daß Sie nach der langen Reise Ruhe nötig hätten.«

Dumont dröhnt:

»Dumont ist immer auf dem Posten, wie Sie wissen, Monsieur le consul . . .«

Noch immer mit ihrem geheimnisvollen, bezwingenden, bezwungenen, souveränen Lächeln reicht Anne Marie Dumont langsam die Hand. Ihre Hand wie eine Hostie, die sie mit majestätischer Huld darbietet. Um sie zu empfangen, krümmt er sich, bückt sich, so gut sein Bauch es zuläßt, schiebt die Fettmassen zusammen. Endlich gelingt es ihm, Anne Maries Finger zu küssen, devot die fleischigen Lippen daraufzudrücken. Anne Marie zeigt keinen Abscheu, sie läßt ihn gnädig gewähren, erleichtert ihm sogar die Prozedur. Und als Dumont sich endlich wieder aufgerichtet hat, gießt sie ihren ganzen Charme über ihn aus:

»Monsieur Dumont, ich wünsche Ihnen einen erfreulichen Aufenthalt in Tschengtu. Und zehntausendfaches Glück, wie die Chinesen sagen.«

Dumont wirft sich in die Brust:

»Ah, Madame, mit Ihrem Beistand wird alles gutgehen. Sie können sich darauf verlassen, daß der Konsul und ich den Laden schmeißen. Seine Eisenbahn ist ihm sicher, dafür garantiere ich Ihnen ...«

»Monsieur Dumont, ich verstehe leider gar nichts von den Geschäften meines Mannes. Aber ich glaube doch, daß er sich darüber freuen wird . . . Ich danke Ihnen.«

»Ich habe zu danken, Madame.«

Dumont frohlockt. Er ist hochzufrieden, aber doch auch beunruhigt, denn er fragt sich, ob das alles ernst zu nehmen oder bloß Theater sei. Auf jeden Fall möchte er gern diesem bewundernswerten Schauspiel der Freundschaft und Versöhnung seinen Tribut zollen. Zu diesem Zweck beginnt er von neuem, mir mit den Händen im Gesicht herumzufummeln, und sagt dabei zu Anne Marie in einem Ton, als offerierte er ihr einen Blumenstrauß:

»Sie haben einen reizenden kleinen Jungen, er sieht Ihnen sehr ähnlich.«

Mein Vater mischt sich ein:

»Er ist ein bißchen verschlossen. Es macht mir manchmal ein wenig Sorge.«

Anne Marie zieht mich an sich, als fühlte sie, daß sie mich trösten solle. Fühlt sie auch, daß es mir lieber wäre, wenn sie Dumont töten ließe, anstatt ihm diese Zugeständnisse zu machen?

Die ganze Gesellschaft begibt sich zu Tisch. Ich aber gehe hinaus zu Li. Und dann hole ich mein Pferd, führe es in den Hof, wo schon mein Mafu auf mich wartet, und reite an seiner Seite nach Tschengtu, stürze mich in das Gewimmel der Stadt wie in einen Strom des Vergessens.

Epilog

Der Porzellanturm

Inmitten einer kahlen, gleichförmigen, trostlosen Ebene, ein paar Kilometer außerhalb von Tschengtu, ragt ein Porzellanturm kerzengerade zum Himmel auf. Schlank und elegant steht er da, ein Wunder der Ausgewogenheit. Ohne weiteren Zierrat als eine Anzahl sehr kurzer, einander überlagernder Dächer, die kleinen Schwimmflossen gleichen. Drinnen führt eine Wendeltreppe zu mehreren Etagen, auf denen sich kleine weiße Bündel häufen. Wickelkinder ... Die frommen Familien, die ihre Nachkommenschaft nicht einfach auf der Straße aussetzen wollen, stecken einem Wächter ein paar Sapeken zu, damit sie die Neugeborenen dort deponieren dürfen. Dieser Turm ist die Sterbekammer der überzähligen Säuglinge. Die Sonne brennt unbarmherzig vom Himmel, und feiste schwarze Vögel kommen zu Hunderten herbei und besorgen den Leichenputz. Der Gestank ist fürchterlich. Der Porzellanturm ist eine wohltätige Einrichtung.

Diesen Turm gibt es wirklich. Ich kannte ihn schon als ganz kleiner Junge und wußte, wozu er diente. Der Turm erschien immer wieder in meinen Alpträumen. Vergebens schlug ich dann im Schlaf um mich, ich mußte ersticken. Ein großer Raubvogel umkreiste mich, zückte schon den Schnabel, um mir die Augen auszuhacken. Ich stieß einen Schrei aus und erwachte aus dem Nachtmahr.

Die jüngsten Ereignisse im Konsulat lasteten auf meinem Kindergemüt genauso schwer wie die Schwüle, die dem nahen Monsunausbruch voranging. Nacht für Nacht beherrschte der Porzellanturm meine Träume. Ich erinnere mich, daß ich eines Abends durch einen grellen Blitz aus meinem Entsetzen gerissen wurde. Der Himmel hatte seine Schleusen geöffnet. Eine neue Regenzeit setzte ein. Die Wolken hingen über der Stadt wie übervolle Bäuche, die endlich aufplatzen und ihre Wasser ausspeien.

Seit Wochen schon hatte die mörderische Hitze angedauert. Es war das Ende der Trockenperiode, die Monsunwolken zogen sich immer dichter zusammen, aber ohne sich zu entladen. Der Himmel über uns war eine riesige graue Decke aus brauenden Gewittern, mit Wetterleuchten und bedeutungsvollem Donnergrollen, aber nichts geschah. Unten auf der Erde war alles ein einziger überhitzter Dampf, brodelnde Feuchtigkeit, aber kein Tropfen Wasser fiel. Ein Universum, patschnaß und strohtrocken zugleich, ein stickiger abgeschlossener Raum, in dem Mensch und Pflanzen auf eine Sintflut warteten, die nicht kommen wollte. Jeder war mit seinen Kräften und mit seinen Nerven am Ende.

Und dann zuckten an jenem Abend die Feuerstreifen über den Himmel, Katarakte stürzten herab, ein Erdbeben erschütterte die Stadt, es war wie ein Weltuntergang. Doch mit ihm kam die Erlösung, das Ende der Qual. Die Katastrophe war eine Wohltat, sie würde das Leben wieder wecken, die Ernten wachsen lassen, die Menschen retten, auch wenn ganze Völkerschaften in den Überschwemmungen und durch die Epidemien, die diesen Aufruhr der Elemente begleiteten, umkommen würden. Als müßte in China jeder Segen mit einem furchtbaren Fluch bezahlt werden.

Von den Fenstern des Konsulats aus sah man das nächtliche Tschengtu mit seinen Tausenden ineinander verschachtelten Dächern und seinem Gewirr von Hütten, die von Blitzen und Windböen gepeitscht wurden. Ein Höllenkonzert, ein Brausen seltsamer und furchteinflößender Geräusche, ein Grollen aus den Eingeweiden der Natur. Ein ohrenbetäubender Knall, gefolgt von blendenden Feuerpfeilen, erschütterte den ganzen Yamen, und Albert Bonnard erhob sich von seinem Lager und knurrte:

»Bei diesem Zirkus kann kein Mensch schlafen.«

Damals begann ich, ein denkendes Wesen zu werden. Ich blicke zurück auf die Welt, in der ich wie ein kleiner Prinz heranwuchs. Ohne daß es mir bewußt wurde, hatte ich während meiner Kindheit in Szetschuan mit der Grausamkeit leben gelernt. Ich war Augenzeuge aller Greuel geworden, aber selbst das Furchtbarste war noch eingehüllt in gelassene Heiterkeit, als seien Sadismus, Unmenschlichkeit und Schrecknis das Natürlichste von der Welt, ja die Vorbedingung für ein glückliches Leben. Alles spielte sich inmitten der lauten chinesischen Daseinsfreude ab, dieser unglaublichen Fähigkeit, sich zu ergötzen, wenn die anderen eines gräßlichen Todes sterben. Meine besten Lehrer waren die treue Li und der aussätzige Mafu gewesen.

Während der Tage, die ich zuletzt geschildert habe, lernte ich die Traurigkeit kennen. Mir schien, das Konsulat sei von Fäulnis befallen worden, vor allem und jedem empfand ich nur noch Abscheu: vor den Kriegsherren, vor Dumont, vor ganz China. Und was das schlimmste war: zum erstenmal in meinem Leben hatte ich über meine Eltern ein Urteil gefällt. Ich hatte die dümmliche Eitelkeit meines Vaters deutlich erkannt, den aberwitzigen Stolz meiner Mutter. Beide waren sie nur schwache Strohhalme, die unter den Schlägen des Schicksals zermalmt würden.

Ich war verzweifelt, denn ich ahnte, daß ich ihnen glich. Ich war kein echter Chinese, nur ein moralisches Halbblut, ein Mischlingskind, das sie mit sich fortreißen würden auf die gefährliche Jagd nach ihren ehrgeizigen Wunschträumen, der Eisenbahn und anderen Projekten, auf diesen abschüssigen Weg, der zur Erfüllung führen sollte und an dessen Ende uns der Abgrund erwartete.

Inhalt